Laura Kneidl
Die Krone der Dunkelheit

LAURA KNEIDL

Roman

Mit 9 Schwarzweißabbildungen
und 1 Karte

PIPER

Entdecke die Welt der Piper Fantasy:

Piper 🐉 Fantasy.de

FSC
www.fsc.org
MIX
Papier aus ver-
antwortungsvollen
Quellen
FSC® C083411

Originalausgabe
ISBN 978-3-492-70526-4
© Piper Verlag GmbH, München 2018
Dieses Werk wurde vermittelt durch die
AVA international GmbH Autoren- und Verlagsagentur, München.
www.ava-international.de
Illustrationen: Gabriella Bujdosó
Karte: Markus Weber
Satz: Kösel Media GmbH, Krugzell
Gesetzt aus der Minion
Druck und Bindung: CPI books GmbH, Leck
Printed in Germany

Für Verena

Prolog – Weylin

– Daaria –

Vor achtzehn Jahren
Die Luft in Daaria, der Heimatstadt der Seelie, schmeckte nach Asche, und der Wind trug den Geruch von Rauch mit sich. Lautlos betrat Weylin den Innenhof des Schlosses, in dem sich zahlreiche Fae tummelten, denn Königin Valeska hatte zum Fest geladen. In teure Gewänder gehüllt standen ihre Gäste beisammen, tauschten sich über die neuste Mode aus – goldene Ringe, welche die gesamte Länge ihrer spitzen Ohren zierten – und spekulierten über die jüngsten Angriffe der Elva – bestialische Wesen, die ihr Unwesen außerhalb der Stadt trieben –, als hätten sie Erfahrung im Kampf. Bedienstete des Hofes schwirrten währenddessen über den Platz, schenkten süßen Wein nach und reichten raffinierte Häppchen aus rohem Fisch und gegartem Fleisch. Zwei Schausteller tanzten über den Platz und erschufen mithilfe ihrer Magie und einiger Fackeln komplexe Skulpturen aus Feuer, deren Hitze Weylin sogar aus mehreren Fuß Entfernung spüren konnte.

Kaum einer der Anwesenden bemerkte ihn, und jene achtsamen Fae, die ihn dennoch wahrnahmen, wandten ihre Blicke eilig von ihm ab. Denn er war nicht wie sie. Er war ein Halbling. Ein Schatten. Ein Niemand. In ihren Augen hatte er keine Beachtung verdient. Und wäre da nicht seine schneeweiße Haut gewesen, hätte er mit seinen schwarzen Haaren und der dunklen Uniform wohl vollständig mit dem Mauerwerk verschmelzen können. Denn das Schloss im Herzen von Daaria war aus finsterem Vulkanstein errichtet worden und gehörte ohne Zweifel zu den beeindruckendsten Bauwerken des Landes. Selbst wenn Weylin seinen Kopf in den Nacken legte, konnte er die sechzehn Turmspitzen kaum ausmachen, auf denen das *Ewige Feuer* brannte – Flammen, die nie erloschen – als Zeichen für die niemals endende Macht des Königshauses.

Weylin allerdings brauchte keine Erinnerung an die Macht der Königin. Er spürte sie jeden Tag am eigenen Leib und sah sie im Spiegel, wenn er seinen Rücken betrachtete. Zwar waren die Wunden des Blutschwurs seit langer Zeit verheilt, doch noch heute konnte er die wulstige Narbe sehen, die in der Form eines Dreiecks unter seinem Nacken saß. Sie zeichneten ihn nicht nur als Sklaven, sondern vor allem als Verfluchten. Er hatte keine andere Wahl, als Valeska zu dienen.

An diesem Abend hatte sie ihn in ihre Gemächer bestellt, und das konnte nur zwei Dinge bedeuten: Entweder würde er heute Nacht das Bett mit ihr teilen oder für sie morden. Beide Möglichkeiten waren ihm zuwider. Hätte er eine Wahl, würde er lieber eine ganze Armee mit seinen bloßen Händen töten, als noch einmal in das Bett dieser Frau zu steigen. Doch Valeska liebte es, auch im Schlafgemach die Oberhand zu haben, und niemand war gehöriger als ein Blutsklave, der gezwungen war, jedem Wort aus ihrem Mund zu gehorchen.

Weylin erschauderte, und obwohl er es nicht wollte, trugen ihn seine Füße durch das Schloss, bis zu einer Flügeltür, die mit goldenen Ornamenten verziert war. Zwei Fae aus der Leibgarde flankierten das Schlafgemach der Königin. Anders als Weylin besaßen sie das typisch rote Haar der Seelie. Doch im Gegensatz zu den meisten Fae ihrer Art trugen sie es nicht lang, sondern kurz geschoren, so wie der Kodex der Garde es verlangte.

Die Blicke der Wachmänner waren starr geradeaus gerichtet, und sie reagierten auf Weylins Anwesenheit ebenso wenig wie all die anderen Fae. Was hatte er auch erwartet? Eine freundliche

Begrüßung? Ein Lächeln? Nein, ein Halbling wie er war dergleichen nicht wert, denn er war nicht mehr als ein Spielzeug in den Händen der Königin. Doch sie schienen über seine Ankunft informiert zu sein, denn ohne ihn aufzuhalten, ließen sie ihn vorbeiziehen. Er stieß die Türen zu den königlichen Gemächern auf. Der Raum, der sich nun vor ihm auftat, versetzte ihn jedes Mal aufs Neue ins Staunen. Er war viel größer, als das Zimmer, das er in der *Libelle* bewohnte, einer Taverne unweit des Schlosses. Und die Wände waren so hoch, dass sie jedem Geräusch ein Echo verliehen, obwohl sie mit roten Stoffen in den verschiedensten Schattierungen kunstvoll verziert waren. Schwarze Felle mit kurzen Borsten an den Beinen und langen Zotteln am Rücken, die von wilden Elva stammten, schmückten als Teppiche den Boden. Dem Schlafgemach schlossen sich ein Waschraum und ein Kleiderzimmer an, dessen Inhalt wertvoll genug war, um ein ganzes Stadtviertel davon zu ernähren.

Wie von selbst richtete sich Weylins Blick auf das große Himmelbett, in dem er schon zu oft gelegen hatte. Valeska rekelte sich nicht darin, was er als ein gutes Zeichen wertete. Stattdessen stand die Königin an einem geöffneten Fenster und betrachtete ihren Garten, der ein Kunstwerk in sich war mit seinen geschwungenen Kieswegen, den dunklen Bäumen und den Blumenbeeten, deren Farben an flüssige Lava erinnerten. Die Blüten verbreiteten einen herben Duft, der selbst den Geruch der Asche zu verdrängen vermochte, der aufgrund der brodelnden Berge auf der Vulkanhöhe stets über der Stadt zu hängen schien.

Die Königin rührte sich nicht und nahm Weylins Anwesenheit mit keinem Wort zur Kenntnis. Ihm war es nicht gestattet, zuerst zu sprechen, und Valeska wusste das. Sie kostete dieses Machtspiel jedes Mal aus. Doch selbst wenn er das Wort hätte ergreifen dürfen, so hatte er der Königin nichts zu sagen.

Schweigend trat er neben sie an das Fenster. Er konnte das Fest im Innenhof von hier aus nicht sehen, aber hören. Ein Musiker hatte begonnen auf einer Laute zu spielen, und das nicht sonderlich gut, wie Weylin feststellte. Er fragte sich, wie es dieser Fae überhaupt an den Hof geschafft hatte. Er schien noch nicht einmal zu bemerken, dass sein Instrument verstimmt war.

Weylin schnaubte über diesen Mangel an Talent und konnte spüren, wie das leise Geräusch Valeskas Aufmerksamkeit auf ihn lenkte. »Du bist spät dran«, sagte sie schließlich. »Ich mag es nicht, wenn man mich warten lässt.«

Weylin blickte die Königin an, und ein Lächeln trat auf seine Lippen, obwohl dies das Letzte war, was er wollte. Doch dieses Lächeln gehörte nicht ihm. Es war ein fremdes Lächeln, das sich jedes Mal auf sein Gesicht drängte, wenn er der Königin begegnete. »Ich bitte um Verzeihung.«

Eine Lüge.

Valeska nickte und wandte sich ihm vollständig zu. Eines musste man der Königin lassen, so hässlich ihr Inneres war, so hinreißend war ihr Äußeres. Ihr faltenfreies Gesicht war ein Meisterwerk der Ebenmäßigkeit, und ihre vollen Lippen und grünen Augen verliehen ihr ein jugendliches Aussehen. Das Haar fiel Valeska in roten Locken über die Schultern und umspielte die Ansätze ihrer Brüste.

»Was kann ich für Euch tun, Eure Hoheit?«

Valeska stieß ein Lachen aus, das in Weylins Ohren viel zu schrill klang, und schritt mit erhobenem Kinn in Richtung ihres Bettes, dessen Anblick ausreichte, um Übelkeit in ihm aufsteigen zu lassen. »Wieso so förmlich, Weylin? Wir sind doch unter uns.«

Nein, sind wir nicht, dachte er. Seit er das Zimmer betreten hatte, spürte er die Anwesenheit einer dritten Person. Das Lächeln, das er tragen musste, wenn er die Königin ansah, fiel in sich zusammen, als er seinen Blick durch den Raum gleiten ließ. In der dämmrigen Ecke, die am weitesten von ihm entfernt war, konnte er ein Flimmern in der Luft erkennen, wie es häufig an heißen Tagen zu sehen war. Aber das, was Weylin nun betrachtete, war kein Trugbild der Natur, es war ein magischer Schleier aus Luftmagie gewoben. Und nur wer wusste, wonach er suchte, konnte den Zauber durchschauen.

»Kommt raus, Samia!« Ihr Name klang wie ein Knurren aus Weylins Mund. »Ich weiß, dass Ihr hier seid.«

»Das hat aber lange gedauert«, antwortete eine rauchige Stimme aus dem Nichts, und im nächsten Moment verdichtete sich die zitternde Luft zu einer Gestalt, die ein Gewand aus weißen, grauen und schwarzen Federn trug. Samia hatte bereits Valeskas Vater gedient und gehörte seither zu den engsten Vertrauten der Familie. Und vermutlich gab es im ganzen Land keine zweite Fae wie sie, denn Samia war vollkommen farblos. Für gewöhnlich setzte der Alterungsprozess bei den Fae erst mit fünfhundert Jahren ein, aber Samias rotes Haar war schon vor dieser Zeit ergraut. Ihre Haut war aschfahl, und ihre eigentlich grünen Augen färbte sie sich mit einer speziellen Tinktur rabenschwarz. Sie erinnerten Weylin jedes Mal an den Schlund eines Vulkans. »Du wirst unzuverlässig.«

»Und Ihr seid keine Gefahr«, sagte Weylin gelangweilt. Er hasste die Spielchen der Fae und ihren ständigen Drang, ihre Macht und Magie unter Beweis stellen zu müssen. Er blickte zur Königin, die ihr kurzes Wortgefecht mit einem amüsierten Lächeln beobachtet hatte. Er hätte es ihr am liebsten aus dem Gesicht geschlagen. »Was wollt Ihr von mir, Eure Hoheit?«

Die Königin schritt noch immer durch den Raum. Sie erzeugte keinen Laut, und es war, als würde sie über den Boden schweben, und womöglich tat sie dies auch. Ebenso wie Samia konnte Valeska über das Element Luft herrschen. Nur war ihre Magie wesentlich stärker. Valeska verfügte über eine Macht, von der Weylin nur träumen konnte. Doch seinen Mangel an Elementarmagie glich er mit seinem Können als Krieger aus. Schließlich war er nicht ohne Grund der Schatten der Königin geworden.

»Ich habe einen Auftrag für dich«, sagte die Königin.

»Er ist von höchster Wichtigkeit«, ergänzte Samia.

»Lasst mich raten, Ihr hattet wieder einen Traum?«, fragte Weylin.

Samia schnalzte missbilligend mit der Zunge. »Keinen Traum, eine Vision der Zukunft.«

Natürlich. Weylin richtete seinen Blick auf die Königin, sodass der Schwur ein Lächeln hervorbrachte, das es ihm ermöglichte, seine wahren Gedanken vor der Seherin zu verbergen. Einige Fae waren von den Göttern der Anderswelt nicht nur mit der Magie der Elemente gesegnet worden, sondern hatten zusätzliche Gaben erhalten. Sie konnten die köstlichsten Speisen zaubern, die großartigsten Geschichten erzählen und die lebhaftesten Bilder zeichnen. Weylin selbst gehörte ebenfalls zu den *Beschenkten.* Er war von den Göttern mit einem Talent für die Musik bedacht worden. Noten waren seine zweite Sprache, und jedes Instrument, das er nicht beherrschte, konnte er innerhalb weniger Stunden lernen. Doch Samia war seit jeher die einzige Fae, die behauptete, ein Talent dafür zu haben, die Zukunft sehen zu können. Es gab Gerüchte, dass sie dafür während der Vollmonde ein Blutopfer darbringen musste.

Allerdings hielt Weylin sie bloß für eine Hochstaplerin. »Und was habt Ihr in der Vision gesehen?«

»Vor zwei Tagen hat die Königin der Unseelie einen Jungen zur Welt gebracht«, erklärte Valeska an Samias Stelle. »Samia wurde ein Einblick in seine Zukunft gewährt.«

Weylin wusste von Königin Zarinas Schwangerschaft, aber die Nachricht über die Geburt eines Sohnes hatte ihn bisher nicht erreicht, obwohl die Gäste in der *Libelle* Klatsch und Tratsch liebten, vor allem über das andere Faevolk. »Soll ich dem Prinzen ein Geschenk überbringen?«

»Oh nein, wir wollen den Prinzen nicht beschenken.« Samia bedachte Weylin mit einem boshaften Lächeln, das ihre dunklen

Augen nicht erreichte und ihn einmal mehr daran erinnerte, wen er vor sich hatte. »Wir möchten, dass du ihn für uns tötest.«

Seine Augen weiteten sich vor Unglauben. »Ihn töten?«

Samia nickte. »Der Prinz wird mit seiner Krönung ein großes Unglück über das Land bringen.«

»Was für ein Unglück?«

»Ich weiß es nicht.« Die Seherin richtete ihren Blick an die mit Stuck verzierte Decke. Sie erkundete das Muster, als würde sie mehr darin erkennen als nur die bloße Schönheit der Handwerkskunst. »Ich habe nur Dunkelheit gesehen. Sie wird sich zuerst über Melidrian legen, dann über Thobria und schließlich über die ganze Welt. Sie wird mit ihrer Schwärze alles ersticken.«

Weylin musste sich dazu zwingen, nicht mit den Augen zu rollen. »Und deswegen muss der Prinz sterben?« In all den Jahren, die er Valeska diente, hatte er schon einige fragwürdige Aufträge für die Königin ausgeführt. Widerwillig hatte er Köpfe von Hälsen geschlagen, Gliedmaßen abgetrennt, Frauen gefoltert und Kinder verschwinden lassen. Doch der Befehl, den Thronerben der Unseelie zu ermorden, übertraf alles, was er bisher für sie getan hatte.

»Ich vertraue Samia«, sagte Valeska. Sie stand nun wieder bei Weylin und streckte die Hand aus. Ihre warmen Finger mit den samtweichen Kuppen berührten seine Haut. »Unser Land lebt schon zu lange im Frieden. Es war nur eine Frage der Zeit, bis jemand wie der Prinz geboren wird.«

»Ist sein Tod wirklich notwendig? König Nevan ist jung. Sein Sohn wird erst in Jahrhunderten den Thron besteigen.« Weylin spürte, wie die Narbe aufglühte, die Valeska einst mit einem feuergebundenen Dolch in seine Haut geritzt hatte. Die Königin duldete keine Einwände. Was machte es also für einen Sinn, ihr zu widersprechen, wenn er sich ohnehin nicht weigern konnte? Aber sie sprachen hier nicht von einem Aufständischen, den er im Fluss ertränken sollte, sondern von dem zukünftigen König der Unseelie. Was immer Samia gesehen hatte, konnte kaum schlimmer sein als der Krieg, der ihnen drohte, sollte jemand herausfinden, dass Valeskas Schatten für die Ermordung des Jungen verantwortlich war.

»Die Ära von König Nevan neigt sich dem Ende zu«, erklärte Samia. Sie hatte die Hände in die langen Ärmel ihres federgeschmückten Gewandes geschoben. »Die Vision hat es mir gezeigt. Der Prinz wird der jüngste König aller Zeiten, und seine Machtergreifung wird nicht lange auf sich warten lassen.«

»Weylin.« Sein Name klang wie eine Drohung. Königin Valeska lächelte ihn an, doch weder Gutmütigkeit noch Gnade spiegelten sich in ihren Augen. Er erkannte die Entschlossenheit in ihrem Blick, und er wusste, sie hatte ihr Urteil längst gefällt.

»Ich habe dich nicht hierher zitiert, um deine Meinung zu hören. Es gibt nur eine Sache, die ich von dir will, nämlich dass du den Prinzen für mich aus dem Weg räumst. Hast du verstanden?«

»Natürlich, meine Königin.« Ohne sich dagegen wehren zu können, verließen die Worte Weylins Zunge, und damit besiegelte er nicht nur sein eigenes Schicksal, sondern auch das des neugeborenen Prinzen.

Teil 1

1. Kapitel – Freya

– Amaruné –

Heute

Freya umklammerte den Dolch, den sie in den Ärmel ihres Umhangs geschoben hatte, fester und beschleunigte ihre Schritte. Eigentlich gehörte Amaruné, die Hauptstadt des sterblichen Landes, zu einem der sichersten Orte von ganz Thobria. Nirgendwo anders gab es mehr Wohlstand, mehr Hochschulen für Gelehrte und mehr Akademien für die königliche Garde als hier. Doch die Wachen patrouillierten nur in den inneren Ringen der Stadt, welche wie eine Zielscheibe angeordnet war. Das Schloss der Familie Draedon bildete das Zentrum und war mit seinen adeligen Einwohnern und wohlhabenden Bürgern besonders schützenswert. Aber je weiter man sich vom Stadtkern entfernte, desto unbedeutender wurden die Menschen, desto schäbiger die Häuser und desto ärmer die Verhältnisse. Diese äußeren Bezirke interessierten die Garde nicht; wieso einen verwahrlosten Haufen Abfall bewachen?

Dem letzten Gardisten war Freya vor fünf Querstraßen ausgewichen, als sie die Schwelle vom dritten in den vierten Ring übertreten hatte. Dieser Bezirk war bereits bei Tag kein angenehmer Ort, doch jetzt in der Dunkelheit der Nacht krochen die schändlichsten Schatten hervor. Sie lauerten in den finsteren Ecken, die vom Licht der Monde nicht erreicht wurden. Blutgeld wechselte dort seine Besitzer. Diebesgut wurde verscherbelt. Mordaufträge abgesprochen. Und verborgen hinter Tüchern, die zwischen zwei Häusern gespannt waren, bezahlten manche Frauen und Männer ihre Schulden mit dem eigenen Körper ab.

Nein, diese Seite der Stadt war bei Nacht wahrlich kein Ort für eine Prinzessin, aber mittlerweile hatte sich Freya an die verdorbene Gesellschaft und die zerfallenen Gebäude mit den schiefen Dächern gewöhnt. Nur der beißende Gestank ließ sie jedes Mal aufs Neue die Nase rümpfen, denn während die inneren Ringe bereits mit den neuartigen Abwasserkanälen ausgestattet waren, sammelte sich hier der Dreck auf der Straße.

Ihr Weg führte Freya durch ein Labyrinth aus Gassen bis in den fünften Ring. Die Straßen hier waren noch unebener, und in der Dunkelheit musste sie darauf achten, nicht über herumliegenden Unrat zu stolpern. Eigentlich hatte Freya heute nicht vorgehabt, ihre Mentorin zu besuchen. Doch während des Banketts am Abend hatte ihr Vater, König Andreus, nicht aufgehört, von Talon zu erzählen. Die Geschichten über ihn hatten bei Freya alte Wunden aufgerissen, die nie ganz verheilt waren. Ihr Herz blutete vor Sehnsucht nach ihrem Bruder – ihrem Zwilling.

Vielleicht wäre dieser Schmerz für sie leichter zu ertragen gewesen, wenn es keine Hoffnung mehr gegeben hätte; doch die gab es. Denn egal was ihre Eltern und das Volk glaubten: Talon war noch am Leben.

Freya konnte es spüren, mit jedem Atemzug und jedem Schlag ihres Herzens. Ihre Eltern hatten ihn vielleicht aufgegeben – sie jedoch nicht. Und sie war bereit, alles zu riskieren, um Talon wiederzufinden. Sollte ihr Vater jemals erfahren, dass sie sich für die Suche nach ihrem Bruder der Magie zugewandt hatte, würde er sie dafür verbrennen lassen. Und weder seine Liebe für sie noch ihr königlicher Status würden sie dann vor dem Scheiterhaufen bewahren können. Freya war das egal. Damals war sie zu feige gewesen, um Talon zu retten. Sie hatte nur an sich gedacht und ihn seinem Schicksal überlassen, aber diesen Fehler würde sie nicht noch einmal begehen.

Sie erreichte Moiras Haus, und wie erwartet brannte noch Licht in der Hütte, denn die Alchemistin arbeitete, wenn alle anderen schliefen. Freya klopfte den vereinbarten Takt gegen das morsche Holz, um sich Moira zu erkennen zu geben. Sie lauschte den Schritten, die im Inneren erklangen. Kurz darauf wurde die Tür einen Spaltbreit aufgezogen.

»Was willst du hier, Mädchen?«, fragte Moira und spähte hinter dem morschen Holz hervor. Ihre Stimme hatte einen krächzenden Klang, der Freya immer an die Schreie der Krähen erinnerte, die das Schloss umflogen.

»Guten Abend, Moira«, sagte sie und zeigte sich unberührt von der schroffen Begrüßung. Sie nahm sie nicht persönlich, denn das Leben im fünften Ring ließ jede noch so gütige Seele hart und misstrauisch werden. »Ich brauche deine Hilfe.«

Unmut spiegelte sich in Moiras Augen. Ihre Haut war dunkel gebräunt und rissig wie altes Leder. Ihr Haar, das bei ihrer ersten Begegnung mit Freya noch von tiefem Schwarz gewesen war, war inzwischen von grauen Strähnen durchdrungen. »Ich habe keine Zeit für deinen Unterricht.«

»Ich bin heute nicht als Schülerin hier.« Freya hatte damit gerechnet, dass Moira versuchen würde, sie abzuwimmeln, aber darauf war sie vorbereitet. Sie schob sich die Kapuze aus dem Gesicht, lächelte die ältere Frau an und griff in eine Tasche, die ins Innere ihres Mantels eingearbeitet war. »Ich bin hier, um einen Suchzauber zu wirken«, sagte sie und zog eine Münze hervor, die trotz des fahlen Lichts golden glänzte.

»Wie lange willst du deinem Bruder noch nachjagen?«, fragte Moira und öffnete die Tür. Sie trug ein schlichtes braunes Gewand aus Leinen mit langen Ärmeln, die ihre vernarbte Haut verdeckten.

»So lange, bis ich ihn gefunden habe«, antwortete Freya und trat ein, dankbar für die Wärme, denn zu dieser Zeit des Jahres wurden nicht nur die Tage kürzer, sondern auch die Nächte kälter.

Freya ließ ihren Blick durch das Zimmer gleiten. Oberflächlich betrachtet wirkte es gewöhnlich. Es gab ein Feldbett, einen Tisch, eine Nische zum Kochen, und im Kamin brannte ein Feuer. Allerdings war es eine Öffnung im Boden, die sich üblicherweise unter einem alten Teppich versteckte, welche dieses Haus zu etwas Besonderem machte. Eine Leiter führte in den Keller – Moiras bestgehütetes Geheimnis.

Freya legte ihren Umhang mitsamt dem Dolch ab. Darunter kam ein schlichtes Kleid zum Vorschein. Es war aus dunkelgrünem Stoff genäht, ohne Perlen und ohne Stickereien. Sie trug auch keinen Schmuck, mit Ausnahme einer goldenen Kette, an der ein runder Glasanhänger befestigt war. Im Inneren des Anhängers funkelte ein orangefarbener Schimmer. Sie hatte sich bemüht, ein bürgerliches Aussehen anzunehmen, und dennoch wirkte ihre Kleidung zu königlich für die heruntergekommene Hütte mit den knarzenden Dielen.

»Du musst lernen loszulassen«, erwiderte Moira und legte ihr eine Hand auf den Arm. Ihr Gesichtsausdruck wurde sanfter, und sie lächelte, was die Fältchen um ihren Mund tiefer erscheinen ließ.

Freya schluckte schwer und schüttelte den Kopf. »Ich kann nicht loslassen, denn Talon ist nicht tot. Ich kann es spüren.«

»Ich habe nicht gesagt, dass der Junge tot ist«, meinte Moira. »Aber kam dir schon einmal der Gedanke, dass es deinem Bruder dort, wo er jetzt ist, besser gehen könnte?«

»Auf keinen Fall!«, protestierte Freya. Sie musste täglich an ihn denken, und wenn Talon nur annähernd so fühlte wie sie, wollte er gefunden werden. »Wenn Talon an diesem anderen Ort glücklicher ist, werde ich das akzeptieren, aber ich muss mich mit eigenen Augen davon überzeugen.« Freya trat neben Moira. Der Geruch von verbrannten Kräutern haftete an ihrer Kleidung. »Lass es mich versuchen. Bitte!« Sie nahm Moiras schwielige Hand in ihre, legte den Dukaten hinein und schloss ihre Finger um die Münze. »Ich will es, und du kannst das Gold brauchen.«

Moira wog das Geldstück in ihrer Hand, ehe sie es in die Schürze ihres Kleides steckte. »Einverstanden, aber du wirst den Zauber alleine durchführen.«

»Natürlich«, antwortete Freya mit einem schmalen Lächeln. Sie hatte gewusst, dass sie Moira würde überzeugen können. Ihre Mentorin hatte sie noch nie im Stich gelassen. Sie ging zu der Öffnung im Boden und stieg die Leiter hinunter. Ihre Bewegungen waren bedacht, und ein leises Ächzen entkam ihren Lippen, jedes Mal, wenn sie ihren Fuß auf eine Stufe aufsetzte.

Freya folgte ihr nach unten und fand sich in einem Raum wieder, der dieselben Umrisse hatte wie der, der über ihren Köpfen lag. Die Decke war jedoch niedriger, und statt eines Schlaf- und Kochplatzes gab es hier nur einen großen Tisch und Schränke voller Fläschchen, Gläser und Tiegel. Ein Feuer brannte in einem weiteren Kamin, dessen Schacht sich hinter dem des oberen verbarg. Darüber hing ein Kessel, in dem Kräuter kochten. Zudem stapelten sich zahlreiche Bücher über Magie und die Faevölker, deren Besitz strafbar war, auf den Regalen, die an den Wänden hingen.

»Und du bist dir absolut sicher, dass du das tun möchtest?«, fragte Moira.

Freya nickte. Was hatte sie schon zu verlieren, abgesehen von einer Münze und ihrer Hoffnung, immer und immer wieder ihrer Hoffnung. Es wäre nicht das erste Mal, dass sie diesen Suchzauber ausübte. Ihre eigene Magie war allerdings noch nicht so kraftvoll wie die von Moira. Diese lernte schließlich bereits seit Jahrzehnten, sich die Überreste der Magie in Thobria zu eigen zu machen. Doch es war nicht nur Stärke, die einem Zauber seine Macht verlieh, sondern auch der Wille und das Verlangen, mit dem er durchgeführt wurde. Und auch Glück spielte hinein. Manchmal funktionierten Zauber und manchmal nicht, denn die Magie wanderte wie eine Gruppe Zugvögel. Sie lag nicht wie eine ebenmäßige Decke über Thobria, sondern wie ein zerschlissener Lumpen mit unzähligen Löchern.

Mit wachsender Ungeduld beobachtete Freya ihre Mentorin dabei, wie sie den Tisch freiräumte, an dem sie bis eben gearbeitet hatte. Sie schnüffelte an verschiedenen Korken und ordnete sie den beschrifteten Fläschchen zu, da das Vertauschen von Zutaten fatale Folgen haben könnte. Anschließend wischte sie mit einem Lappen über das fleckige Holz, ehe sie ein Messer und eine Karte von Lavarus darauflegte.

»Die Karte ist neu«, stellte Freya fest und fuhr mit ihren Fingern die harten Linien nach. Lavarus war eine riesige Insel, geteilt in das sterbliche Land *Thobria* im Norden und das magische Land *Melidrian* im Süden. Dazwischen lag das Niemandsland, das Gebiet der unsterblichen Wächter, dessen Herzstück eine Mauer war, welche Thobria und Melidrian voneinander trennte. Für Thobrias Hauptstadt Amaruné hatte der Kartograf ein kleines Schloss eingezeichnet, während im südlichen Melidrian Nihalos, die Stadt der Unseelie, von einem Mond, und Daaria, die Stadt der Seelie, von einer Sonne markiert wurden.

Moira schöpfte mit einer Schüssel etwas von dem heißen Kräuterwasser aus dem Kessel über den Flammen und stellte sie neben die Karte. »Sie hat selbst gebraucht noch ein kleines Vermögen gekostet.«

»Sie ist wunderschön.«

»Morthimer hat sie gezeichnet.«

Freya hatte bereits von Morthimer gehört. Er war für seine detailgetreuen und zugleich kreativen Karten bekannt, die manchmal mehr Kunst als Wissenschaft waren. Angeblich war er verrückt, aber wer war Freya, um über ihn zu urteilen? Das, was sie hier tat, war ebenfalls verrückt. Und verboten obendrein. *Strengstens* verboten, selbst für eine Prinzessin. Doch während ein Großteil der Bevölkerung die Magie verabscheute, weil sie

sie an den Krieg vor tausend Jahren und die Fae erinnerte, war Freya von ihr fasziniert. Das war nicht immer so gewesen. Erst Talons Verschwinden hatte sie der Alchemie und damit der Magie nähergebracht, und seitdem gierte sie nach dieser Art von Wissen. Die Vorstellung, eine Verletzung innerhalb von Sekunden heilen, ganze Ernten mit der Bewegung einer Hand heranzüchten und die Elemente beherrschen zu können, übte einen Reiz auf Freya aus, dem sie sich nicht entziehen konnte.

»Lass uns anfangen.« Moira entzündete eine ihrer selbst gegossenen Kerzen. Augenblicklich breitete sich ein angenehmer Duft in dem kleinen Raum aus. »Was hast du mitgebracht?«

»Eine alte Notiz von Talon, die er während des Naturkunde-Unterrichts gemacht hat.« Freya bückte sich und zog ein zusammengefaltetes Stück Papier aus ihrem Stiefel. Talons Schrift war groß und zeugte von der Selbstsicherheit, die er in ihren gemeinsamen Schulstunden immer gezeigt hatte.

»Du weißt, was zu tun ist?«

Freya nickte, und ihre Hände zitterten, wie jedes Mal, wenn die Möglichkeit bestand, dass sie ihren Bruder finden könnte. Nachdem er von ihrem Vater für tot erklärt worden war, hatte Freya ihre Mutter einmal gefragt, ob sie noch Hoffnung besaß. Denn sie selbst stellte sich immer wieder vor, wie es wäre, wenn Talon zu ihnen zurückkäme. In ihren Träumen marschierte er mit erhobenem Haupt in das Schloss, und es war, als wäre kein Tag vergangen. Sie fielen einander in die Arme, und ihr Vater rief ein Fest zu Talons Ehren aus.

Doch Königin Erinna hatte ihre Frage damals verneint und gesagt, das Verständnis für den Tod und auch seine Akzeptanz würden mit dem Alter wachsen. Freya wartete bis heute darauf, dass ihre kindlichen Hoffnungen vergehen würden, aber sie waren geblieben und etwas Größeres war aus ihnen entstanden: Gewissheit.

Womöglich lag es daran, dass Talon und sie sich den Leib

ihrer Mutter geteilt hatten. Oder an ihrer Freundschaft und der tiefen Verbundenheit, die sie immer füreinander empfunden hatten und die stets über reine Geschwisterliebe hinausgegangen war. Was auch immer es war, Freya spürte tief in ihrem Inneren, dass Talon noch lebte.

In Gedanken beschwor sie ein Bild ihres Zwillingsbruders hervor und versuchte sich vorzustellen, wie er heute aussehen würde mit seinen schmalen Gesichtszügen, den blonden Haaren und den blauen Augen, die ihren eigenen so ähnelten.

Mit diesem Bild im Kopf griff sie nach dem Messer und drückte die Klinge, ohne zu zögern, gegen ihren linken Mittelfinger, dessen Kuppe von den zahlreichen Suchzaubern schon ziemlich vernarbt war. Obwohl die Wunde nur klein war, begann sie dennoch sofort zu bluten, und Freya zeichnete die Skriptura – ein magisches Symbol der Alchemie – auf Talons Notizblatt. Anschließend hielt sie das Blatt über die Kerze und beobachtete, wie das Papier Feuer fing. Es ringelte sich, die Ränder wurden schwarz, und Rauch schlängelte sich durch die Luft. Freya führte den Zettel über die Schale, Asche rieselte in das Wasser und färbte es trüb.

Sie wartete, bis ihr das Feuer zu heiß wurde und an ihren Fingerspitzen leckte, erst dann ließ sie die Papierreste in die Wasserschale fallen. Mit einem Zischen erloschen die Flammen, und zurück blieben nur kleine Stücke der Notiz, an der so viele vergangene Erinnerungen hingen. Eines Tages würden ihr die Andenken an Talon ausgehen, aber sie war bereit, jedes einzelne davon zu opfern, wenn sie dadurch die Möglichkeit hatte, ihren Bruder wiederzufinden.

»Jetzt das Pendel«, sagte Moira und reichte ihr einen spitzen Kristall, der an einer Lederkordel befestigt war. Freya legte das Pendel ins Wasser, das durch das angezündete Papier auch mit dem Element Feuer und durch die Kräuter mit dem Element Erde verbunden war.

Bitte, lass es funktionieren!

Sie legte ihre Hände über die Schale und konzentrierte ihre Gedanken noch ein letztes Mal auf ihren Bruder, bevor sie die feuchte Kordel aus dem Wasser nahm, wodurch der Kristall auch noch vom vierten Element – der Luft – gestreift wurde. Sie hielt das tropfende Pendel über die Karte und versetzte es etwas in Schwung. Der Kristall folgte seiner natürlichen, rotierenden Bewegung. Freya ließ weiter ihre Erinnerungen an Talon fließen und durchlebte den Moment seiner Entführung erneut in ihren Gedanken.

Nichts geschah. Die ausladenden Kreise des Pendels wurden immer kleiner, und der Kristall wurde nicht von Magie erfasst. Wütend starrte Freya ihn an. Sie wünschte sich, er würde eine Reaktion zeigen.

Irgendeine.

Sie verlangte nicht viel, nur die Andeutung einer Himmelsrichtung, um sie wissen zu lassen, dass Talon wohlauf und in Sicherheit war. Doch ohne einen Hinweis kam das Pendel zum Erliegen. Freyas Finger krampften sich um die Kordel, und Tränen der Frustration stiegen ihr in die Augen. Sie war nicht bereit zu akzeptieren, dass sie ihre Zeit ein weiteres Mal verschwendet und ihr Leben erneut für nichts riskiert hatte.

Freya bemühte sich mit aller Kraft, sich ihre Enttäuschung nicht anmerken zu lassen. Sie wusste, dass das Ausbleiben der Magie nicht ihre Schuld war. Die Mauer, welche vor Hunderten von Jahren errichtet worden war, teilte den Kontinent nicht nur in zwei Länder, sondern hatte die Magie mitsamt der Fae und Elva auch aus Thobria vertrieben. Denn Magie suchte stets nach anderer Magie, und da nur noch in Melidrian übernatürliche Wesen wohnten, zog es auch die Magie dorthin. Im sterblichen Land war deshalb nur ein schwaches Echo des früheren Zaubers zurückgeblieben.

»Es tut mir leid, dass es nicht geklappt hat«, sagte Moira, die

Freyas Maske des Gleichmuts durchschaut hatte. Sie schenkte ihr ein Lächeln, und in ihren Augen lag mehr Trost, als Freya bei ihrer Familie je hätte finden können. »Vielleicht funktioniert es das nächste Mal.«

»Vielleicht«, erwiderte Freya mit einen Seufzen und wollte das Pendel gerade zur Seite legen, als es auf einmal zuckte und sich erneut zu bewegen begann.

2. Kapitel – ein Unbekannter

– In der Dunkelheit –

Früher war die Dunkelheit seine Verbündete gewesen, inzwischen war sie sein Feind. Er hatte die Sonne seit einer Ewigkeit nicht gesehen, und alles, was ihm geblieben war, war das gelegentliche Licht einer aufleuchtenden Fackel.

Seit Stunden beobachtete er eine Maus dabei, wie sie sich ein Nest baute. Sie zerrte Heu aus dem Bündel, das sein Bett war, und rannte damit davon. Das kleine Tier schlüpfte einfach durch die Gitter, die ihn seit Jahren gefangen hielten, und kehrte doch wieder zurück. Die Maus musste verrückt sein, einen Ort wie diesen freiwillig aufzusuchen, aber er würde sie nicht verscheuchen, denn er mochte ihre Besuche. Tatsächlich hatte er sogar begonnen, das Heu, seine einzige Wärmequelle, manchmal selbst aus der Unterlage zu ziehen und in kleine Stücke zu zerreißen, damit es das Tier leichter hatte.

Zuerst war die Maus unsicher gewesen, aber sie war mutig und hatte seine Hilfe am Ende angenommen. Er dachte seit Tagen darüber nach, wie er sie nennen sollte. *Die Maus* war nicht die richtige Anrede für seine einzige Freundin, aber ihm fiel kein Name ein, denn mittlerweile erinnerte er sich nur noch selten an seinen eigenen.

3. Kapitel – Freya

– Amaruné –

Was war das? Hatte sie dem Kristall versehentlich selbst neuen Schwung verliehen? Oder war das ein Windstoß gewesen? Freya zwang sich dazu, ihre Hand ruhig zu halten, um das Zittern ihrer Finger zu verbergen. Sie hielt die Luft an, und das Blut rauschte in ihren Ohren. Ohne ihr Zutun wurden die Kreise, die das Pendel beschrieb, immer größer und ausladender, bis sie die komplette Karte umfassten.

»Es funktioniert«, murmelte Freya. Mit offen stehendem Mund betrachtete sie den Kristall und rief sich abermals ein Bild ihres Bruders vom Tag seiner Entführung in Erinnerung.

Das Pendel drehte sich schneller und schneller, bis die Bewegung so abrupt stoppte, wie sie begonnen hatte. Der Kristall zeigte jedoch nicht auf die Mitte der Karte, sondern er schwebte in der Luft.

Freya glaubte an ihrer Aufregung zu ersticken. Sie beugte sich weiter über den Tisch, denn sie konnte ihren Augen nicht trauen. Nein. Das konnte nicht sein. Talon konnte nicht …

»Nihalos«, flüsterte Moira.

Die Stadt der Unseelie.

»Das ist unmöglich.« Freyas Stimme klang atemlos, auf einmal wurde ihr ganz schwindelig, und sie ließ sich gegen die Tischkante sinken, unfähig, sich noch länger aus eigener Kraft auf den Beinen zu halten. Talon konnte nicht an einem Ort wie diesem sein. »Das Pendel muss kaputt sein.«

»Nein, ist es nicht.« Moira bewegte die Landkarte. Der Kristall folgte ihr und zeigte weiterhin auf Nihalos. Freya stieß ein Keuchen aus, und die Alchemistin legte ihr eine Hand auf die Schulter. »Hat dein Vater damals auch in Melidrian nach deinem Bruder suchen lassen?«, fragte sie und streichelte ihr beruhigend den Rücken, doch die Berührung spendete Freya keinerlei Trost.

Sie schüttelte den Kopf. »Nein, die Garde hat jeden Winkel Thobrias nach Talon durchkämmt, aber sie sind nie nach Melidrian vorgedrungen. Es gab keinen Grund, die Fae zu verdächtigen und das Abkommen zu brechen.«

»Verstehe«, murmelte Moira gedankenverloren und tätschelte ihr noch einmal die Schulter. »Lass uns nach oben gehen. Ich glaube, wir könnten beide einen Tee brauchen.«

△

Vor sieben Jahren
»Mein Leben liegt in Eurer Hand. Meine Zukunft in Eurem Tun. Bewahret mich vor dem Unheil und behütet mich vor den Fae …«
»… Lehret mich und formt mich …« Freya sprach die Worte der Gläubigen mit, die vor den Mauern des Palastes knieten und beteten. Sie kannte ihre Gesichter nicht, aber sie kannte ihre Stimmen, die jeden Morgen zu einem Chor anschwollen, um der königlichen Familie ihre Ehrerbietung entgegenzubringen. »… Schützet mich und wachet über mich.«

»Hör auf damit«, mahnte Talon. »Vater ist kein Gott.«
»Wieso sagst du das?«, fragte Freya. Ihr Bruder hatte es ihr schon öfter erklärt, aber sie verstand es nicht. Ihr Vater war der mächtigste Mann des Landes, und jeder wusste, dass die Draedons für das Abkommen verantwortlich waren, das die Fae aus Thobria verbannt hatte und mit ihnen die Elva, monströse Tiere, deren einziger Instinkt es war zu töten. Ihre Familie hatte Tausenden von Menschen das Leben gerettet und bewahrte seit gut einem Jahr-

tausend den Frieden zwischen den Ländern. Machte sie das nicht zu Göttern?

»Vater hat noch nie eine Fae oder Elva mit eigenen Augen gesehen, geschweige denn gegen eine gekämpft. Wir sollten die Wächter an der Mauer anbeten, die jeden Tag ihr Leben riskieren, um uns zu schützen«, erklärte Talon mit fester Stimme. Seit er gemeinsam mit ihrem Vater vor einigen Wochen die Mauer besucht hatte, war er besessen von den Männern in Schwarz und ihren magiegeschmiedeten Waffen. »Wenn ich erst einmal König bin, werde ich die Königsreligion verbieten, denn es gehört sich nicht, sich mit fremden Federn zu schmücken.«

»Du würdest sie wirklich verbieten?«, fragte Freya und blickte auf Talon herab, da sie in den letzten Monaten deutlich mehr gewachsen war als er. Sie bewunderte ihn für seine Entschlossenheit und Reife und wünschte sich, sie könnte ein bisschen mehr wie ihr Zwilling sein. Er fand immer die richtigen Worte, schien alles zu wissen und fürchtete sich nicht davor, seine Gedanken laut auszusprechen. Eine eigene Meinung und der Wille, diese durchzusetzen, zeichnet einen starken König aus, doch ein wirklich guter König stellt sich niemals über sein Volk, pflegte ihr Vater stets zu sagen, und wenn er recht hatte, würde Talon der stärkste König aller Zeiten werden.

Im Kräutergarten hinter dem Schloss wartete ihr Lehrer Ocarin bereits auf sie. Ocarin war ein amüsant anzusehender Mann, wie Freya fand, mit einem dicken Bauch und dürren Beinen, die eigentlich zu schmächtig waren, um sein Gewicht zu tragen. Er hatte eine Brille auf, die zu klein für sein rundes Gesicht war, und einen Anzug an, dessen Knöpfe jederzeit wegzusprengen drohten.

»Mein Prinz, meine Prinzessin, ich habe schon auf Euch gewartet«, sagte Ocarin und erhob sich von der Bank, die vor einem reich bepflanzten Beet stand. Er bedeutete Talon und ihr, sich zu setzen, ehe er selbst wieder Platz nahm, wobei es immer Talon war, der zu seiner Rechten saß. Manchmal störte es Freya, dass sie von ihrem Vater, den Leuten am Hof und ihrem Volk als weniger wichtig erachtet wurde als Talon, weil er der Thronerbe war und nicht sie. Doch heute verschwendete sie keinen Gedanken daran. Eifrig schlug sie ihr in braunes Leder gebundenes Notizbuch auf.

»Wer von euch kann mir sagen, was das ist?«, fragte Ocarin und deutete auf eine Pflanze mit zackigen Blättern und gelben Blüten, die abzweigten wie die Äste eines Baumes.

»Liebstöckel«, antwortete Talon.

»Hervorragend«, lobte Ocarin und nickte zufrieden. »Freya, als Nächstes seid Ihr dran. Was ist das?« Dieses Mal zeigte er auf eine Pflanze mit ovalen Blättern und violetten Blüten. Freya kniff die Augen gegen die Sonne zusammen.

Sie kannte die Antwort. Sie lag ihr auf der Zunge, denn sie hatte die Namen gestern gemeinsam mit Talon in der Bibliothek geübt. Zusammen hatten sie sich ein Gedicht überlegt – »Salbei!«, platzte es aus Freya heraus.

Talon schenkte seiner Schwester ein breites, von Stolz durchzogenes Lächeln, das seine Augen zum Leuchten brachte. Sie wiederholten dieses Spiel noch ein paarmal, ehe sie gemeinsam mit Ocarin durch den Kräutergarten spazierten. Immer wieder deutete ihr Lehrer auf Pflanzen, um deren Namen zu erfahren. Anschließend erzählte er ihnen mehr über die Wirkung der Blumen und Sträucher. Freya liebte die gemeinsamen Unterrichtsstunden mit Talon, diese wurden jedoch zunehmend seltener. Denn er wurde langsam, aber stetig auf seine Rolle als zukünftiger König vorbereitet, und immer öfter musste er mit ihrem Vater verreisen, an Sitzungen teilnehmen oder Strategien lernen, von denen sie nichts wissen sollte.

Ocarin war gerade in eine Erklärung über Wacholder vertieft, als Freya sie bemerkte: vier Männer. Sie tauchten wie aus dem Nichts aus dem Schatten eines Baumes auf und ragten wie Riesen in den Himmel. Ihre schlanken und zugleich muskulösen Gestalten waren in dunkle Kleidung gehüllt, und schwarze Tücher verdeckten ihre Gesichter, aber nicht die kalten Augen, die Freya und Talon fixierten.

»Ocarin.« Freya flüsterte den Namen ihres Lehrers. Er drehte sich um und entdeckte die Krieger sofort, denn das waren sie: Krieger. Freya war noch nicht vielen von ihnen begegnet; aber sie wusste es instinktiv.

Talon packte sie und zerrte sie hinter sich. Im selben Augenblick stellte sich Ocarin vor sie. Die Arme ausgebreitet versuchte er sie vor den Männern zu schützen.

Nur wenige Fuß von ihnen entfernt blieben diese stehen, lediglich ihr Anführer trat vor. »Geh uns aus dem Weg!«

»Nein.« Ocarin schüttelte den Kopf. Seine Stimme zitterte. »Auf keinen Fall!«

Freya schlang die Arme um ihren Oberkörper und drängte sich näher an Talon heran. Er legte ihr eine Hand auf die Schulter, und sie glaubte, ihn etwas flüstern zu hören, aber sie konnte ihn nicht verstehen, all ihre Aufmerksamkeit galt den Männern vor ihr. Zwei von ihnen hatten ihre Waffen gezogen und traten nun ebenfalls nach vorne. Sie wurden eingekesselt.

»Geh uns aus dem Weg!«, wiederholte der Mann, die Härte seiner Stimme ließ Freya erschaudern. Irgendetwas an ihm war falsch, schrecklich falsch.

»Nein«, sagte Ocarin erneut.

»Ich werde mich nicht noch einmal wiederholen.« Der Anführer der Gruppe neigte den Kopf, aber niemand regte sich; auch Ocarin nicht. Bis plötzlich ein Ruck durch seinen Körper fuhr. Zuerst begriff Freya nicht, was geschehen war, bis sie die Schwertspitze entdeckte, die aus Ocarins Rücken ragte. Sie wurde wieder herausgerissen, Blut tropfte zu Boden, und ihr Lehrer sackte röchelnd in sich zusammen. Freya wollte schreien, aber sie war vor Angst wie betäubt.

»Lasst meine Schwester in Ruhe!«, hörte sie Talon wie aus der Ferne rufen. Furchtlos trat er vor sie und streckte seine Arme

*aus, wie Ocarin es zuvor getan hatte. Die Krieger begannen zu
lachen.*

»Macht Euch keine Sorgen«, sagte der Anführer. »Wir interessieren uns nicht für die Prinzessin. Wir sind Euretwegen hier, junger Prinz.«

Der zarte Duft von Melisse mischte sich unter den Geruch der wilden Kräuter, die im Keller köchelten. Freya hatte sich neben den Kamin an den Tisch gesetzt, während Moira einen Tee für sie machte. Ihre Finger zitterten trotz der wärmenden Flammen, und sie versuchte zu begreifen, was eben passiert war. Sie konnte nicht glauben, nein, sie *wollte* nicht glauben, dass Talon tatsächlich in Nihalos war. Es rankten sich zahlreiche Geschichten um diese Stadt der Unseelie. Sie galten als das grausamere der beiden Faevölker, angetrieben von ihren Instinkten und vergiftet von dem Glauben an ihre Götter. Aus den Sagen, die man sich nachts zuflüsterte, und aus Moiras verbotenen Büchern wusste Freya, dass sie über die Elemente Wasser und Erde herrschten.

Manche dieser Fae besaßen den Erzählungen nach auch die Gabe, mit ihrer Magie das Wasser im Körper eines Lebewesens zu beeinflussen, so konnten sie ihn austrocknen lassen oder den Blutfluss stoppen, bis das Herz aufhörte zu schlagen. Doch ein solch schneller Tod wäre gnädig und untypisch für die Unseelie. Neben ihnen gab es auch noch die Seelie, die angeblich gnädigeren Fae, welche die Elemente Feuer und Luft beherrschten und in der südlichen Stadt Daaria lebten, die seit über einem Jahrhundert von derselben Königin regiert wurde.

Und dann existierten da noch die Elva, die in den Wäldern um die Städte Melidrians herum Zuhause waren. Diese Kreaturen waren wilder und bestialischer als die Fae und töteten zum Vergnügen. Sie konnten nicht nur Körper zerstören, sondern auch Seelen – Stück für Stück. Angeblich liebten sie es, ihre Opfer in den Wahnsinn zu treiben und ihnen dabei zuzusehen, wie sie den Verstand verloren. Sie zeigten ihnen die schlimmsten Erinnerungen ihrer Vergangenheit und die grausamsten Visionen ihrer Zukunft. Sie drangen mit ihrer Magie in den Geist einer Person ein und kehrten sein Innerstes nach außen, bis nur noch Scherben übrig waren und der Tod zur Erlösung wurde.

Freya wollte sich nicht vorstellen, wie es für Talon sein musste, an einem solchen Ort festgehalten zu werden. Und sie fragte sich, ob von dem Jungen, den sie gekannt hatte, überhaupt noch etwas übrig war, oder ob die Fae ihm seinen Lebenswillen bereits geraubt hatten.

»Trink das«, sagte Moira und stellte eine Tontasse vor ihr auf den Tisch. Der Tee duftete herrlich, aber Freya bezweifelte, dass er die Situation erträglicher machen konnte, dafür brauchte es etwas Stärkeres.

»Du hast nicht zufällig ein bisschen Wein?«, fragte sie nur halb im Scherz. Sie hatte sich den Moment, in dem das Pendel ausschlug, ebenso oft vorgestellt wie Talons Rückkehr, und in keinem dieser Tagträume hatte der Kristall auf einen solch schrecklichen Ort wie Nihalos verwiesen.

»Nein, Wein habe ich leider nicht«, antwortete Moira mit einem schiefen Lächeln.

»Schade!« Freya klammerte sich an ihren warmen Becher. Talon war tatsächlich am Leben, ihr Gefühl hatte sie nicht getäuscht. Es sollte eigentlich keine Rolle spielen, ob er in einer Taverne in Amaruné saß, in einer Mine im Schatzgebirge arbeitete oder von Elva umzingelt war.

Talon gehörte zu ihr, war ein Teil von ihr, und sie war es leid, sich wie eine halbe Person zu fühlen. Sie musste ihn zurückholen, und sie musste sich beeilen. Er war schon viel zu lange im magischen Land, und jeder Tag dort könnte sein letzter sein. Doch wie sollte sie ihn retten?

Das Abkommen zwischen den Ländern besagte, dass Menschen Melidrian und Fae Thobria nicht betreten durften. Das galt vor allem für die Männer ihres Vaters. Einen Gardisten loszuschicken, um in Nihalos nach Talon zu suchen, käme einer Kriegshandlung gleich. Außerdem wollte Freya nicht erklären müssen, woher sie das Wissen um Talons Aufenthaltsort hatte. Diese Erkenntnis brachte nämlich nicht nur sie, sondern auch Moira in Gefahr. Und sie konnte auch niemanden sonst schicken, da sie niemandem am Hof genug vertraute, um ihn mit einer solch wichtigen Aufgabe zu bedenken. Damit blieb ihr nur eine Möglichkeit: Sie musste Talon selbst zurückholen.

Es würde gefährlich werden, aber Freya hatte keine Angst vor den Fae, den Elva oder dem Tod, sie hatte Angst davor, Talon erneut zu verlieren. Sie würde eine Weile untertauchen und sich verstecken müssen, um nach ihm zu suchen. Aber sollte sie ihn aufspüren und mit dem rechtmäßigen Thronerben zurückkehren, wäre sie eine Heldin – und sollte sie scheitern, würde sie sich einfach entschuldigen und Melvyn DeFelice heiraten, wie es sich ihre Eltern wünschten. Und wenn sie im magischen Land sterben sollte – daran wollte sie nicht mal denken.

Freya blickte von ihrem Becher auf, als Moira einen Teller mit zwei Scheiben Brot vor ihr abstellte. Sie waren mit einer dünnen Schicht Butter beschmiert. »Warum musste es Nihalos sein?«

»Das ist die Schattenseite der Magie«, sagte Moira und setzte sich ihr gegenüber. Sorge und Verständnis lagen in ihrem Blick. »Sie ist unberechenbar, und man weiß nie, was sie einem bringt.«

Sie hatte diesen Satz schon häufig zu Freya gesagt. Magie war keine Wissenschaft. Magie war Leben. Magie war Glauben. Sie ließ sich in keiner mathematischen Formel festhalten und nicht in die Schranken weisen.

Magie war Freiheit.

»Warst du schon einmal im magischen Land?«, erkundigte sich Freya. Sie hatte Moira noch nie danach gefragt, denn der

Gedanke, dass ein Mensch freiwillig die Mauer überwand und sich den Elva und Fae stellte, war lächerlich.

»Nein, aber ein Freund von mir.« Moira trank einen Schluck ihres Tees. »Sein Name war Galen. Er war ein talentierter Alchemist und konnte Dinge mit Magie wirken, von denen ich nur träumen kann. Sein Talent war ausnahmslos, doch ihm war es nicht genug. Er wollte ins magische Land reisen, um noch mehr über die Magie zu erfahren. Wir haben ihm gesagt, es sei ein Fehler, dennoch ist er gegangen.«

»Ist er zurückgekommen?«

Moira nahm sich eine Scheibe Brot und kaute darauf herum. Ihre Zähne waren nicht faulig, wie bei vielen anderen Einwohnern des fünften Rings, sie hatten dennoch eine gelbliche Verfärbung. »Ich habe ihn seitdem nicht mehr gesehen, aber das hat nichts zu bedeuten. Galen ist ein zäher Bursche.«

Diese Antwort beruhigte Freya nicht im Geringsten, bestärkte sie allerdings in ihrem Vorhaben, Talon nicht den Fae zu überlassen.

Sie ließ von ihrem Tee ab, der bereits deutlich abgekühlt war, und griff nach ihrem Mantel. Aus einer der Taschen zog sie ein Säckchen hervor, das mit goldenen Dukaten und silbernen Nobelstücken gefüllt war. Sie legte es zwischen Moira und sich auf den Tisch. Erwartungsvoll blickte diese von ihr zum Geld und wieder zurück. »Angenommen, ein Mensch würde planen, nach Melidrian zu reisen, was würdest du ihm raten?«

»Ich würde ihm raten, einen Heiler aufzusuchen, denn er hat wohl den Verstand verloren.«

Freya schob das Geld in Moiras Richtung. »Und weiter?«

Moira schürzte ihre runzeligen Lippen und zögerte. Ihre Unentschlossenheit war nicht zu übersehen, und Freya wusste genau, was in der älteren Frau vorging. Sie wollte ihrer Prinzessin eine gut bezahlte Information nicht verwehren, aber zugleich war es ihre Pflicht, sie als ihre Schülerin zu beschützen.

»Ich werde nach Melidrian gehen«, sagte Freya und verlieh ihren Worten einen entschlossenen Nachdruck. »Du kannst mir helfen zu überleben und dabei noch etwas verdienen. Oder ich werde jenseits der Mauer mit diesen Münzen sterben.«

»Das wäre Verschwendung.«

Freya lächelte. »Dann hilf mir!«

»Das kann ich nicht.«

»Verstehe«, murmelte Freya und griff nach dem Säckchen. Kaum hatten ihre Finger den samtigen Stoff berührt, packte Moira ihr Handgelenk und hielt sie zurück. Freya hob den Blick.

»*Ich* kann dir nicht helfen«, wiederholte Moira. Sie neigte den Kopf, und eine Strähne ihres Haares löste sich aus ihrem Zopf. »Aber der unsterbliche Wächter, der im Verlies deines Vaters sitzt, kann es.«

4. Kapitel – Ceylan

– Niemandsland –

Ceylan zog den Mantel, den sie vor einigen Wochen einem Buchbinder in Limell abgenommen hatte, fester um sich. In der Nacht hatte es zu regnen begonnen und seither nicht mehr aufgehört. Begleitet vom monotonen Rauschen der Tropfen hatte sie sich bereits vor Sonnenaufgang auf den Weg ins Niemandsland gemacht. Ihre Kleidung war von dem langen Marsch durchnässt und klebte in feuchten Lumpen an ihrer Haut, die von einem goldenen Braunton war.

Eigentlich hatte Ceylan die Mauer und den Hauptsitz der Wächter schon vor einigen Tagen erreichen wollen, um sich als eine der Ersten für die Rekrutierung einzuschreiben. Zu ihrem Leidwesen hatte sie die letzten Tage allerdings in einem Gefängnis in Orillon verbracht. Man hatte sie dabei erwischt, wie sie versucht hatte, einen Laib Brot zu stehlen. Vermutlich konnte sie von Glück reden, dass man nicht beschlossen hatte, ihr die Finger abzutrennen.

Die Festnahme war ihre eigene Schuld. Sie war in Eile und unachtsam gewesen und hatte nicht bemerkt, dass der Sohn der Bäckerin an diesem Tag nicht zum Markt aufgebrochen war. Aber das war nun auch egal. Jetzt war sie frei, und der Wald vor ihr lichtete sich im Schatten der Mauer.

Der Klang von Stimmen mischte sich unter den prasselnden Regen, und Ceylan verspürte ein nervöses Ziehen in ihrem Magen, das ausnahmsweise nicht von ihrem Hunger stammte.

Ein weiterer Nachzügler, der seit dem letzten Dorf vor ihr lief, blieb mitten auf dem Weg stehen. Der Junge musste das Mindestalter von siebzehn für die Rekrutierung erst kürzlich erreicht haben. Er hatte schmale Hüften und besaß keinerlei Muskeln. Seine Arme waren so dünn wie die Äste eines Dornbuschs. Er erweckte den Anschein, als könnte der kleinste Windstoß ihn zerbrechen. Vermutlich hatte ihn die Aussicht auf eine warme Mahlzeit an die Mauer getrieben, und nun stellte er seine Entscheidung infrage.

Die unsterblichen Wächter, welche das Land bewachten, hatten nur eine Mission: Sie mussten den Frieden bewahren, das Abkommen schützen und Elva, Fae und Menschen, die dagegen verstießen, zur Strecke bringen. Dafür riskierten sie jeden Tag ihr Leben und ließen ihre Menschlichkeit hinter sich. Zwar wurden sie nicht wirklich *unsterblich*, wie ihr Name verlauten ließ, aber sie bekamen Fähigkeiten verliehen, die sie stärker, ausdauernder, robuster und langlebiger machten als gewöhnliche Menschen, denn nur so hatten die Wächter überhaupt eine Chance gegen ihre übermächtigen Feinde.

Wie genau den Wächtern diese Fähigkeiten verliehen wurden, wussten nur die Wächter selbst und vermutlich die königliche Familie. Es war das wohl am besten gehütete Geheimnis des Landes, denn die Angst, dass jemand die Unsterblichkeit ausnutzen und für seine eigenen Zwecke missbrauchen könnte, war allgegenwärtig.

Ceylan hatte sich schon viele Male vorgestellt, wie das Ritual der Unsterblichkeit aussehen könnte, aber schon bald musste sie es sich nicht mehr nur ausmalen. In wenigen Tagen würde sie es wissen. Sie beschleunigte ihre Schritte und ging an dem Jungen vorbei. Der Wald öffnete sich, und sie trat auf die riesige freie Fläche aus Erde, Gras und flachen Hügeln, die sich vor der Mauer erstreckte. Das Niemandsland. Ein schmaler Landstrich, der niemandem gehörte. Nicht den Seelie. Nicht den Unseelie.

Nicht den Elva. Und auch nicht König Andreus. Hier galten keine menschlichen Gesetze. Und auch die Regeln der Fae waren außer Kraft gesetzt. Alles, was zählte, war das Abkommen und die Teilung Lavarus'.

Dutzende Männer verteilten sich über den Platz und gingen ihren Aufgaben nach. Sie trainierten, pflegten ihre Waffen, hackten Holz, häuteten Tiere für das Abendessen oder saßen einfach nur beisammen und spielten unter einem Zelt Karten, ihre Schwerter griffbereit, sollte es einen Alarm geben.

Aber nicht nur ihre Waffen kennzeichneten die unsterblichen Wächter, man erkannte sie auch an ihrer Kleidung. Sie trugen dunkle Gewänder mit zahlreichen Gürteln, die sie um ihre Körper schnallten, dazu geschaffen, Waffen daran zu befestigen. An ihren Schultern waren Umhänge befestigt, und einige von ihnen trugen Mäntel, die mit hellem Pelz bestickt waren, um sich vor dem kaltnassen Wetter zu schützen.

Ceylans Aufmerksamkeit galt allerdings nicht nur den Wächtern, sondern auch dem Herzstück des Niemandslandes: der Mauer. Sie hatte die Mauer schon öfter gesehen. Nein, nicht einfach nur gesehen. Ceylan hatte sie *besucht*, um sich mit ihr vertraut zu machen, in dem Wissen, dass sie eines Tages zurückkehren würde, um ihr zu dienen. Heute war dieser Tag, und die Mauer hatte auf sie noch immer dieselbe einschüchternde Wirkung wie bei ihrem ersten Besuch vor sieben Jahren.

Mit ihren fünfhundert Fuß überragte die Mauer vermutlich sämtliche Gebäude des Landes, selbst das königliche Schloss in Amaruné reichte nicht so weit gen Himmel. Ceylan versuchte jedoch, sich von der Höhe der Mauer nicht beeindrucken zu lassen, schließlich war sie von Fae errichtet worden, und sie weigerte sich, mehr als Hass und Verachtung für diese Kreaturen zu empfinden. Mit Gewissheit konnte niemand mehr sagen, wie dieses Ungetüm aus Stein vor tausend Jahren entstanden war, aber die Sagen erzählten, dass die Seelie den dunklen Basalt aus der Vulkanhöhe geschlagen hatten, einem Gebirge nahe ihrer Heimat Daaria. Stein für Stein hatten sie die Mauer errichtet, um die Völker voneinander zu trennen und um die Magie aus Thobria zu vertreiben. Denn sie war ein Ungeheuer, das seinesgleichen suchte, und war daher fast gänzlich aus dem sterblichen Land verschwunden, was nicht weiter schlimm war, außer in den Augen der letzten verbliebenen Alchemisten.

Ceylan war in ihrem Leben schon einer Handvoll von ihnen begegnet, verschrobene Gestalten, die mit ihrer Kraft nur harmlose Taschenspielertricks wirken konnten. Dennoch waren sie auf dem Scheiterhaufen verendet – zu Recht. Denn unabhängig davon, wie schwach die Magie in Thobria auch war, ihre Ausübung war verboten und wurde mit dem Tod bestraft. Sie war ein Merkmal der Fae und Elva, und ihre Existenz erinnerte an eine Zeit und einen Krieg, den alle am liebsten vergessen würden. Schon damals hatten sich die Menschen, Fae und Elva wegen ihrer Andersartigkeit bekämpft. Jene mit Magie bedachten Kreaturen hatten sich für etwas Besseres gehalten und an ihre Überlegenheit geglaubt. Ein Glaube, der im Krieg zerschlagen worden war, da keine Seite gewonnen hatte.

Hinter sich vernahm Ceylan plötzlich Schritte. Sie drehte sich um und erkannte den Jungen von vorhin. Er wankte hinter einen der Büsche am Waldrand, beugte sich nach vorne und übergab sich mit würgenden Lauten.

Mit gerümpfter Nase wandte sich Ceylan ab. Sie konnte seine Nervosität verstehen, schließlich war dies auch für sie ein wichtiger Wendepunkt in ihrem Leben. Sie würde sich jedoch niemals die Blöße geben, ihren Mageninhalt vor den Augen der unsterblichen Wächter zu entleeren. Diese Männer waren Krieger mit Nerven aus Stahl. Sie würden über ihre Zukunft entscheiden, und das Letzte, was sie an der Mauer brauchten, waren Versager, die nicht einmal ihren eigenen Körper unter Kontrolle hatten.

Ceylan ignorierte die würgenden Geräusche hinter sich und sah sich auf dem Platz um. Wenige Fuß entfernt brannte ein überdachtes Feuer. Andere Anwärter wie sie scharten sich um die Wärme wie Motten um das Licht. Einige von ihnen erweckten den Eindruck, als würden sie bereits tagelang im Niemandsland ausharren, um auf ihre Rekrutierung zu warten. Gebannt beobachteten sie einen Trainings-Schwertkampf zwischen zwei Wächtern, die sich an dem schlechten Wetter nicht störten. Mit feuchten Haaren, schweren Mänteln und mit Matsch unter den stahlverstärkten Stiefeln gingen sie immer wieder aufeinander los.

Ceylan hatte in den letzten Jahren einige Kämpfe gesehen. Wenn es ihre Zeit zuließ, besuchte sie gerne die öffentlichen Übungskämpfe der Gardisten. Doch die Möchtegernkrieger, welche an der Akademie des Königs ausgebildet wurden, waren nichts im Vergleich zu diesen beiden Männern, die ihr Handwerk vermutlich schon seit Jahrzehnten erlernten.

Die beiden Wächter griffen einander schnell und schonungslos an. Kein Schritt wirkte unbedacht, und sie schienen instinktiv zu wissen, welches Manöver ihr Gegner als Nächstes wählen würde. Ihre Bewegungen waren wendig und besaßen eine Eleganz, die Ceylan nicht erwartet hätte. Und jedes Mal, wenn ihre Schwerter mit einem harten Knall aufeinandertrafen, klang es wie Donner im Regen.

Sie hätte den Kampf gerne weiter beobachtet, um zu sehen, welcher der Wächter als Sieger hervorgehen würde, aber sie wollte sich so schnell wie nur möglich einschreiben, denn sollte sie zu spät kommen und die Frist verpassen, würde sie drei Jahre warten müssen, bis sich ihr eine neue Chance bot.

Ceylan wandte sich von dem Kampf ab und überquerte den Platz. Ein Flattern breitete sich in ihrer Brust aus, denn einige der Männer – Anwärter und Wächter – beobachteten sie. Ob reine Neugierde oder mehr dahintersteckte, konnte sie nicht sagen, dennoch zog sie sich die Kapuze ihres Mantels tiefer ins Gesicht und unterdrückte das Verlangen, den Kopf in den Nacken zu legen und an der Mauer emporzublicken.

Eilig lief sie bis zu dem Stützpunkt der Wächter, einem flachen Gebäude direkt an der Mauer, mit einem Aussichtsturm, so hoch wie die Mauer selbst. Das Haus war ebenfalls aus dunklem Stein errichtet, und direkt daneben befand sich ein Tor, das mit einem komplexen Mechanismus versehen war, der es ermöglichte, an dieser Stelle einen Durchgang nach Melidrian zu öffnen. Entlang der Mauer gab es mehrere dieser Stützpunkte, um das gesamte Niemandsland zu bewachen, aber nur dieser Hauptsitz der Wächter war mit einem Tor versehen.

Vor dem Gebäude erblickte Ceylan eine Reihe aus jungen Männern, die vor einem überdachten Häuschen aus Holz standen. Am Dach des Häuschens hatte man ein Schild befestigt, auf dem etwas geschrieben stand, das *Einschreibung* bedeuten könnte. Ceylan war sich allerdings nicht sicher. Sie war gerade dabei gewesen, das Lesen und Schreiben von ihrer Mutter zu erlernen, als eine Meute Elva in ihr Heimatdorf eingefallen war. Kaltblütig hatten sie all die Menschen ermordet, die Ceylan je gekannt und geliebt hatte. Dieser Tag hatte ihr Leben verändert, und seitdem blieb ihr keine Zeit mehr für ihre Bildung, denn sie hatte andere Sorgen, wie etwa im Winter nicht zu erfrieren und im Sommer nicht zu verhungern, wenn die Ernten knapp ausfielen. Lediglich das Rechnen hatte sie gelernt, schließlich sollte man immer wissen, wie viele Münzen man bei sich trug.

Ceylan reihte sich unter den Wartenden ein und senkte den Blick auf ihre verschlissenen und vom Regen durchnässten Schuhe. Ihre Zehen konnte sie kaum mehr spüren. Ob die Wächter ihr ein neues Paar geben würden?

Die Warteschlange wurde schnell kürzer, und schon bald war sie an der Reihe. Das Kribbeln in ihrem Inneren wurde stärker, und die Härchen an ihren Armen stellten sich auf, als sie nach vorne trat.

»Name?«, bellte der Wächter in der Hütte.

Ceylan blickte auf, und beinahe wäre ihr vor Schreck ein Schrei entwichen. Das Gesicht des Mannes war so entstellt, dass man es gar nicht mehr als ein solches bezeichnen konnte. Seine Haut war geschmolzen und wie das Wachs einer brennenden Kerze an seinem Gesicht nach unten getropft, sodass Kinn und Hals durch zusätzliche Hautlappen miteinander verbunden waren. Dadurch konnte er seinen Kopf nicht heben, weshalb seine wimpernlosen Augen verdreht zu Ceylan aufblickten.

»Wird's heute noch was, oder hast du es dir anders überlegt?«, fragte der Wächter. Seine Stimme klang harscher, als Ceylan es jemandem ohne Lippen zugetraut hätte.

Sie räusperte sich und schob sich die Kapuze aus dem Gesicht.

»Mein Name ist Ceylan Alarion, und ich habe es mir nicht anders überlegt.«

Der Wächter starrte sie an. Blinzelte. Und dann begann er zu lachen. Sein Körper bebte, als hätte sie ihm gerade den besten Witz erzählt, den er seit Jahren gehört hatte. Dabei warf seine geschmolzene Haut unnatürliche Falten, die sein Gesicht abscheulich verzogen. Amüsiert schlug er mit seiner Hand auf die Tischfläche und brachte damit das Tintenfass vor ihm gefährlich ins Wanken.

Sein Lachen verstummte so plötzlich, wie es gekommen war, und ein schmerzerfüllter Ausdruck trat in seine Augen, die zu tränen begonnen hatten.

»Verdammt, Mädchen«, fluchte er und fuhr sich mit seiner Hand – einer unversehrten Hand – über das Gesicht. »Bring mich nicht zum Lachen. Diese Schmerzen machen keinen Spaß.«

»Wie ist das passiert?«, fragte Ceylan unverfroren. »Ich dachte, ihr Wächter verfügt über beeindruckende Heilungsfähigkeiten.«

Der Schreiber hörte auf, seine rote Haut zu streicheln. Er musterte sie eindringlich und fuhr sich mit der Zunge über die nicht vorhandene Oberlippe. »Schnell geheilt worden bin ich allemal, anderenfalls hätte ich vielleicht das Glück, tot zu sein. Diese vermaledeite *Unsterblichkeit* macht einem das Sterben nicht leicht.« Ein amüsiertes Funkeln über den makabren Witz blitzte in den Augen des Mannes auf, aber vermutlich steckte mehr Wahrheit in seinen Worten, als er sich eingestehen wollte. »Wenn ich dir einen Tipp geben darf: Solltest du je in die Nähe eines magischen Feuers kommen, renn weg!«

Ceylan nickte und blickte auf das Papier, das vor dem Wächter auf dem Tisch lag. Sie konnte vielleicht nicht schreiben, aber sie wusste, wie ihr eigener Name aussah. Er stand nicht auf dem Zettel, und noch hatte sie nicht vor wegzurennen. »Willst du meinen Namen nicht aufschreiben?«

»Nein«, antwortete der Wächter und legte seinen Füllfederhalter zur Seite.

»Nein?« Sie zog eine Braue in die Höhe.

»Die Mauer ist keine Wohlfahrt, Kindchen. Wenn du Geld für dich und deinen Balg brauchst, geh in eines der Frauenhäuser. Oder gehörst du zu diesen kranken Weibern, die sich wünschen, von einer Fae geschwängert zu werden?«

Ceylan biss die Zähne zusammen, und ein verkniffenes Lächeln trat auf ihre Lippen. »Ich habe kein Kind, und ich will auch keines, vor allem nicht von einer dieser widerwärtigen Kreaturen. Und eure Münzen könnt ihr euch gerne so tief in den Arsch schieben, dass ihr davon tagelang Gold kackt. Ich will rekrutiert werden, um zu kämpfen, also schreib meinen Namen auf!« Ceylans Stimme klang ruhig, aber als sie nun über ihre Schulter spähte, erkannte sie, dass der Schreiber und sie inzwischen dennoch einige Zuhörer hatten, wobei alle Blicke auf ihr ruhten.

»Frauen sind an der Mauer nicht erwünscht.«

»Vielleicht sind sie nicht erwünscht, aber sie sind auch nicht verboten«, erwiderte Ceylan. Sie hatte sich informiert. In keinem Gesetz, das die königliche Familie in den letzten Jahrhunderten erlassen hatte, wurde es Frauen verboten, zu unsterblichen Wächterinnen zu werden – zumindest wenn der Bibliothekar in Amaruné die Wahrheit gesprochen hatte.

Der Schreiber befeuchtete abermals seine nicht vorhandene Oberlippe, dann seufzte er und griff nach seiner Feder. »Bist du dir sicher, dass du das tun willst, Mädchen? Die Mauer ist kein Ort für Frauen.«

»Warum nicht?«, fragte Ceylan und reckte trotzig ihr Kinn nach vorne. »Weil es gefährlich ist? Weil ich kämpfen muss? Weil ich sterben könnte?«

»Nein, weil unsere Männer Tiere sind«, antwortete der Schreiber und setzte ihren Namen auf die Liste.

▽

Die Dämmerung hatte eingesetzt, und Ceylan hatte sich in den Schatten des Waldes zurückgezogen, um nicht noch mehr Aufmerksamkeit zu erregen. Sie hatte natürlich damit gerechnet, unter den männlichen Wächtern aufzufallen, es gefiel ihr dennoch nicht, im Mittelpunkt zu stehen. Sie war es gewohnt, unsichtbar zu sein. Denn nur wer nicht gesehen wurde, konnte den gierigen Händen der Betrunkenen, den wachsamen Augen der Händler und den Peitschenhieben der Gardisten entgehen.

Lange Zeit hatte Ceylan darüber nachgedacht, sich die schwarzen Haare abzuschneiden und sich als Mann auszugeben, aber sie hatte den Gedanken verworfen. Einige Tage hätte sie die Wächter vielleicht an der Nase herumführen können. Doch früher oder später hätte man ihre Täuschung bemerkt.

Sie versuchte es lieber auf die ehrliche Weise und überzeugte die Wächter auf herkömmlichem Weg von ihrem Können. Sie trainierte seit Jahren jeden Tag mit ihren Messern und war zu einer guten Kämpferin geworden, die sich nicht hinter einem anderen Geschlecht verstecken musste.

Gedankenverloren kaute Ceylan auf einer Brotrinde herum, die sie aus Orillon mitgebracht hatte, und beobachtete mit angespannten Muskeln das Niemandsland – in der Erwartung und zugleich in der Angst, sie könnte heute das erste Mal seit vielen Jahren eine Fae oder Elva sehen.

Sie zuckte zusammen, als plötzlich mehrere Glockenschläge ertönten, die alle in Aufruhr versetzten. Die dunkel gekleideten Wächter liefen in Richtung der Mauer, während sich eine Gruppe junger Männer auf der Mitte des Platzes zusammenfand. Nachdem es aufgehört hatte zu regnen, war dort ein großes Feuer entzündet worden, das mehrere Fuß weit reichte und dessen Hitze Ceylan auch in den Bäumen spüren konnte.

Sie steckte die Überreste der Brotrinde in ihren Mantel und sprang von dem Ast, auf dem sie gesessen hatte, sechs Fuß in die Tiefe. Der feuchte Boden federte ihren Sprung ab, und sie eilte zu den anderen Anwärtern, die gerade angewiesen wurden, sich in einer Reihe aufzustellen; ihre Musterung stand bevor. Ceylan wollte weder die Erste noch die Letzte in der Reihe sein, also drängte sie sich schnell zwischen zwei Männer, die sie mit zornigen Blicken bedachten.

Der Anwärter zu ihrer Rechten war hochgewachsen und musste bereits Mitte zwanzig sein. Sein Haar war kurz geschoren, und auch seine Augenbrauen hatte er sich abrasiert. Hoffentlich war dies eine rein modische Entscheidung und nicht das Resultat eines extremen Flohbefalls. Zur Sicherheit rutschte Ceylan weiter nach links. Der Anwärter dort hatte blonde Haare und eine so spitze Nase, dass man damit vermutlich Augen ausstechen konnte. Anders als sie und *Flohbefall* trug er Kleidung, die seinen Reichtum in die Welt hinausschrie.

Eine ganze Weile stand Ceylan mit den anderen regungslos vor dem Feuer. Sie war dankbar für die Wärme, die ihre noch nasse Kleidung trocknete, dennoch wurde sie allmählich unruhig. Es war für sie anstrengend, so lange stillzustehen. Vermutlich sollte dies ein Test für ihre Geduld und ihren Gehorsam sein, und Ceylan war sich sicher, sie würde ihn bestehen.

Vorsichtig trat sie von einem Fuß auf den anderen, um ihr Gewicht zu verlagern, als erneut Glockenschläge ertönten. Der Hall vibrierte durch die Luft, und Ceylan straffte ihre Schultern, als sich links von ihr etwas bewegte. Mehrere Wächter traten hinter der Reihe der Anwärter hervor, und einen davon erkannte Ceylan sofort: Field Marshal Khoury Tombell.

Tombell war ein imposanter Mann, der Ceylan um gut einen halben Fuß überragte, obwohl sie es für eine Frau auf eine stolze Größe von knapp sechs Fuß brachte. Die Art, wie Tombell sich bewegte, verstärkte den Eindruck seiner Größe zusätzlich, ebenso wie der Mantel mit dem hellem Pelz, der auf seinen Schultern ruhte. Mit großen Schritten trat er vor das Feuer, das seinen Schatten auf die Anwärter warf. Seine Begleiter, eine Gruppe von vier Wächtern, flankierten ihn, die Arme hinter dem Rücken verschränkt, den Blick geradeaus gerichtet. Das wahre Alter dieser Männer erkannte man nicht in ihren jung gebliebenen Gesichtern, sondern an ihren Augen, das war Ceylan bereits bei dem Wächter in der Hütte aufgefallen. Ihre Blicke waren müde, gezeichnet vom Leben und den Erfahrungen vieler Jahrzehnte.

»Mein Name ist Khoury Tombell«, verkündete der Field Marshal mit einer Stimme, die so tief war, dass sie den Untergrund ihrerseits in Schwingung zu versetzen schien. »Ich bin der Field Marshal und damit der Befehlshaber über das Niemandsland und die Mauer.« Er deutete auf das Bauwerk hinter ihren Rücken, als könnten sie den Koloss aus Stein vergessen haben. »Ihr seid heute hier, weil ihr der Mauer und eurem Königreich dienen wollt, aber nicht jeder ist dieser Aufgabe würdig. Wir suchen Männer, die dazu bereit sind, ihr Leben dieser Sache zu verschreiben. Der Dienst an der Mauer ist hart, schonungslos und vom Tod geprägt. Es heißt, wir seien unsterblich, aber das ist nur ein Phrase. Eine nette Geschichte, die man sich erzählt. In Wahrheit weiß niemand, wie alt wir werden, denn noch ist kein Wächter eines natürlichen Todes gestorben. Wir alle fallen im Kampf, und die Frage ist nicht, *ob* ihr an der Mauer fallen werdet, sondern *wann*. Und die Arbeit eines Wächters ist einsam, auch wenn ihr von euren Brüdern umgeben seid.« Tombell legte eine Pause ein, um seine Worte wirken zu lassen.» Wer glaubt, der Unsterblichkeit und dem Krieg doch nicht gewachsen zu sein, hat jetzt die letzte Chance, vorzutreten und zu gehen.«

Ceylan verspürte bei Tombells Worten ein erregtes Schaudern. Er versuchte ihnen Angst einzujagen und die Taugenichtse mit seinen Warnungen zu vertreiben, aber sie ließ sich von seinen Drohungen nicht beeindrucken. Sie wollte sich für den Tod ihrer Eltern an den Fae und Elva rächen, und sie hatte weder Angst vor dem Sterben noch vor der Einsamkeit.

Es vergingen einige Herzschläge, und schließlich trat einer der Anwärter vor. Ceylan erkannte den schmächtigen Jungen, der sich hinter den Büschen übergeben hatte. Tombell nickte ihm zu. Eine zustimmende Geste, als würde er ihn für seine Courage zu gehen ebenso respektieren wie die anderen für ihren Mut zu bleiben. Mit zitternden Knien eilte der Junge in Richtung des Waldes davon. Ihm folgten noch weitere Männer, und die Reihe der Anwärter dünnte sich aus.

Tombell wartete, und als sich niemand mehr regte, löste sich der Field Marshal von seinem Platz vor dem Feuer. Er und seine Männer traten vor einen der verbleibenden Rekruten.» Wie ist dein Name?«

»Ethen«, antwortete der Mann so leise, dass Ceylan sich nicht sicher war, ob sie seinen Namen richtig verstanden hatte.» Ethen Sunwins.«

Tombell musterte Ethen abschätzend. Er war in Ceylans Alter, neunzehn oder zwanzig Jahre, hatte ungekämmtes braunes Haar und trug zerschlissene Kleidung, aus der er längst herausgewachsen war. Seine Schultern waren breiter als die der meisten Anwärter und sein Körper gestählt, vermutlich von der Arbeit auf einem Feld oder in den Minen des Schatzgebirges. »Warum willst du ein Wächter werden?«

»Ich … also meine Familie braucht Geld. Meine kleine Schwester ist krank, und ähm … mein Vater ist letztes Jahr gestorben.« Ethen stotterte vor Aufregung. Ceylan konnte es ihm nicht verdenken, und immerhin hielt er dem eisernen Blick des Field Marshals stand.

»Du weißt, dass deine Familie sterben wird?«, fragte Tombell. Kein Mitgefühl lag in seiner Stimme. »Du allerdings wirst noch hier sein, wenn sie bereits tot sind.«

»Ich würde alles für meine Familie tun.«

Tombell nickte anerkennend und trat zu dem nächsten Anwärter, der ähnliche Beweggründe hatte. Viele Männer wählten den Dienst an der Mauer, um ihre Familien finanziell zu unterstützen. Ceylans Vater wäre beinahe einer dieser Männer geworden, hätten die Elva ihn nicht zuvor umgebracht.

Schließlich blieb Tombell vor dem Anwärter links von Ceylan stehen. »Derrin Armwon«, sagte der Mann, ohne auf die Frage des Field Marshals zu warten. »Ich bin der Sohn von Lord Bartley Armwon und Erbe der Armwon-Minen.«

»Soso, und was bringt den Erben der Armwon-Minen an meine Mauer?«, fragte Tombell. Er verzog seine Lippen zu einem höhnischen Grinsen. Der Field Marshal sah jünger aus, als Ceylan es aus der Ferne wahrgenommen hatte. Selbstverständlich sagte das nichts über sein wahres Alter aus, aber er konnte keinen Tag älter als fünfundzwanzig gewesen sein, als er den Wächtern beigetreten war. Er hatte lockiges braunes Haar, und nur ein paar Lachfältchen zogen sich um seinen Mund.

»Ich möchte ein Wächter werden, um meinem König zu dienen«, verkündete Derrin mit erhobenem Kinn und der typisch lauten Stimme eines Adeligen, der es gewohnt war, gehört zu werden.

»Du gehörst der Königsreligion an?«, fragte Tombell.

Derrin nickte, und Ceylan musste ein Schnauben unterdrücken. Sie würde niemals verstehen, weshalb Menschen andere Menschen anbeteten, nur weil sie eine Krone auf dem Kopf trugen. Natürlich hatte die königliche Familie einst das *Abkommen* geschlossen und damit den Krieg beendet, aber ihr jetziger König hatte noch nie in seinem Leben gegen eine Fae oder Elva gekämpft oder war den Gefahren ihrer Magie ausgesetzt gewesen.

»Du weißt, dass wir Wächter zur Neutralität verpflichtet sind?«

»Mein Glaube wird meinen Pflichten nicht im Weg stehen. Ich möchte meinen König und seine Untertanen schützen, aber wenn einer von ihnen es wagt, unbefugt die Mauer zu überwinden, werde ich nicht zögern, ihn zu bestrafen.«

Tombell nickte Derrin zu und sah ihn ein letztes Mal an, ehe er vor Ceylan trat. Seine Ausstrahlung war überwältigend, und Ceylan spürte, wie sich etwas in ihrem Inneren regte. Der Field Marshal musterte sie eindringlich, und sein Blick war alles andere als erfreut. Ceylan wurde warm, und gleichzeitig sank ihr das Herz in die Hose. Ihr Hals war so trocken, als hätte sie tagelang nichts getrunken. »Ceylan Alarion.« Der Field Marshal betonte jeden Buchstaben ihres Namens einzeln. Ceylan spürte, wie sich etwas in ihr zusammenzog. »Du hast für viel Aufruhr unter meinen Männern gesorgt.«

»Das war nicht meine Absicht.« Ceylan ballte ihre Hände zu Fäusten, um das verräterische Zittern ihrer Finger zu verbergen. Sie wollte vor dem Field Marshal nicht schwach wirken. Dieser Mann war ihr Vorbild. Kein anderer Wächter hatte im Kampf gegen die Fae länger überlebt als Tombell, und niemand hatte mehr Elva getötet als er, und dafür bewunderte Ceylan ihn.

Wenn überhaupt ein Mensch vergöttert werden sollte, dann der Field Marshal.

»Absicht oder nicht, du bist eine Ablenkung für meine Männer, und das kann ich nicht dulden. Verschwinde von hier, das ist kein Ort für eine Frau!«

Einen Moment glaubte Ceylan, sich verhört zu haben, aber Tombell war bereits an den nächsten Anwärter herangetreten. *Bei den Elva, es war sein Ernst!* Ceylan konnte es nicht glauben. Das sollte alles gewesen sein? Ihre Fingernägel gruben sich in das Fleisch ihrer Handfläche, und bevor sie wusste, was sie tat, trat sie einen Schritt nach vorne. »Ihr könnt mich nicht einfach wegschicken«, sagte sie mit fester Stimme und fiel dabei dem anderen Anwärter ins Wort. »Jeder hat ein Recht darauf, der Mauer zu dienen.«

Ein unruhiges Tuscheln setzte unter den Wächtern ein. Vermutlich wagte es für gewöhnlich niemand, dem Field Marshal zu widersprechen. Dieser wandte sich nun wieder Ceylan zu. »Du kannst nicht hierbleiben«, erwiderte Tombell. Er wollte sie tatsächlich nicht haben. Ceylan konnte es nicht glauben. Er schickte sie weg, ohne ihr die Möglichkeit zu geben, ihr Können zu zeigen. Das konnte sie nicht zulassen. Sie hatte zu lange für diesen Tag – dieses Leben – trainiert, um kampflos aufzugeben. »Ich verlange von Euch, dass Ihr mich kämpfen lasst.«

Amüsiert zog Tombell seine rechte Augenbraue nach oben, die an einer Stelle von einer Narbe gezeichnet war. »Du verlangst es?«

»Ja, ich verlange es. Ihr könnt mich nicht dafür bestrafen, dass Eure Männer nicht willensstark genug sind, um Ablenkung zu widerstehen«, sagte Ceylan nüchtern. Die Blicke der anderen Wächter brannten auf ihrer Haut, aber sie hielt dem Feuer stand. »Lasst mich gegen einen Eurer Männer kämpfen. Wenn Ihr mich danach noch immer wegschicken wollt, werde ich gehen.«

Es war eine gewagte Aussage, aber Ceylan hatte Vertrauen in

ihre Fähigkeiten. Sie wusste, was sie konnte, anderenfalls stünde sie heute nicht hier, sondern läge tot in einem Graben oder nackt im Bett eines Freiers.

»An Selbstbewusstsein mangelt es dir jedenfalls nicht«, stellte Tombell fest, und fast glaubte Ceylan, so etwas wie Anerkennung in seiner Stimme zu hören. »Aber das ändert meine Meinung nicht. Ich will dich nicht an meiner Mauer haben.« Die Endgültigkeit seiner Worte verpasste ihr einen Schlag in die Magengrube. Übelkeit stieg in ihr auf, aber sie unterdrückte das Verlangen, sich übergeben zu müssen. Das durfte nicht passieren. Unmöglich.

Ihr Leben war darauf ausgelegt, eine Wächterin zu werden. Sie konnte nichts anderes außer Kämpfen, und mit Sicherheit würde sie nicht in der Garde eines Königs dienen, der sich einen Dreck für den Verlust ihres Heimatdorfs interessiert hatte. Sein einziges Zugeständnis war die Verhaftung des damaligen Field Marshal gewesen, aber nicht, weil er für den Tod von Hunderten von Dorfbewohnern verantwortlich war, sondern weil unglücklicherweise auch ein paar Adelige ums Leben gekommen waren, die sich auf der Durchreise befunden hatten. Wären diese Adligen nicht gewesen, wäre Larkin Welborn vermutlich noch immer der Anführer der Wächter.

»Ich werde nicht gehen«, sagte Ceylan mit wilder Entschlossenheit. Sie wich nicht vor dem Field Marshal zurück, sondern straffte ihre Schultern. Wenn er glaubte, sie einschüchtern zu können, irrte er sich.

Tombell schnaubte. »Tu, was du willst, aber der Mauer wirst du nicht dienen.« Er wandte sich von ihr ab und ließ sie einfach stehen.

Das werden wir noch sehen, dachte Ceylan und verschränkte die Arme vor der Brust, ohne vom Fleck zu weichen, denn sie war bereit zu kämpfen, für das, was sie wollte, und für die Zukunft, die ihr zustand.

5. Kapitel – Freya

– Amaruné –

Es gab drei Dinge auf der Welt, die Freya mehr hasste als alles andere: die Ansprachen ihres Vaters, sinnlose Unterhaltungen mit hochnäsigen Adeligen und leere Weingläser. Für sich allein stehend waren diese Gegebenheiten noch erträglich, trafen sie jedoch aufeinander, ergaben sie eine Mischung tödlicher Langeweile. Und zu Freyas Leidwesen hatte sich dieses Zusammenspiel in den vergangenen Wochen zu oft ergeben.

Seit Tagen glich der Palast jeden Abend einem Bienenstock. Herzöge, Fürsten und Grafen gingen ein und aus. Sie schwirrten um ihre zukünftige Königin, stachen mit ihren spitzen Zungen aufeinander ein und verbreiteten Gerüchte wie Gift. Wenn man Freya fragen würde, was gefährlicher war, die Adeligen oder die Flucht aus der Stadt, die sie für jene Nacht plante, würde sie sich jederzeit für die Adeligen entscheiden, auch wenn der Rest der Bevölkerung – ihre Eltern eingeschlossen – ihr widersprechen würde.

Im Allgemeinen hatte sie nichts gegen Musik, Tanz und gutes Essen. Ihr gefiel es nur nicht, ihre Zeit zu verschwenden, während sie wichtigere Dinge zu tun hatte, wie die Planung für den Ausbruch des unsterblichen Wächters.

Der Umstand, dass diese Feier ihretwegen abgehalten wurde, zu Ehren ihres bevorstehenden achtzehnten Geburtstages, machte die Sache nicht besser. Sie hätte diesen Tag, der früher immer Talon und ihr gehört hatte, am liebsten schnell und unbemerkt hinter sich gebracht, denn er weckte nur allzu schmerzliche Erinnerungen. Elf Jahre ihres Lebens hatten sie gemeinsam gefeiert, und im zwölften Jahr war Freya plötzlich alleine gewesen. Sie musste den Berg aus Geschenken ohne Talon öffnen, ihre Lieblingstorte ohne ihn essen und ohne ihn und sein heiteres Lachen tanzen.

Bis zu jenem Geburtstag hatte Freya nicht gewusst, wie einsam man sich fühlen konnte, obwohl man von Menschen umgeben war. Mit jedem Jahr, das verging, wuchs ihre Einsamkeit. Heute war sie kaum zu ertragen. Das Wissen, dass Talon jenseits der Mauer in Nihalos darauf wartete, gerettet zu werden, lastete auf ihren Schultern. Sie wollte nicht hier sitzen, mit im Schoß gefalteten Händen freundlich lächeln und so tun, als würde sie sich für das Wetter oder den Bau des neuen Königtempels interessieren.

»Du wirkst unruhig.«

Freya sah von ihrem Weinglas zu ihrem Sitznachbarn auf: Melvyn DeFelice. »Ich bin nur müde«, log sie, bemüht, ihre wahren Gedanken mit einem Gähnen hinter vorgehaltener Hand zu verbergen, da sie Melvyn unmöglich von ihrem Plan erzählen konnte. Den ganzen Tag hatte sie damit verbracht, ihre Abreise vorzubereiten.

Zuallererst hatte sie versucht, mehr über den unsterblichen Wächter herauszufinden, von dem Moira ihr erzählt hatte: Larkin Welborn. Er war nicht einfach nur ein Wächter, er war der ehemalige Field Marshal des Niemandslands und saß im Verlies unter dem alten Schloss im sechsten Ring eingesperrt.

Freya erinnerte sich nur noch vage an die Ereignisse von vor sieben Jahren, die zur Inhaftierung des Wächters geführt hatten. Damals waren Elva über die Mauer nach Thobria gelangt. Sie waren in ein Dorf eingefallen, was an sich nichts Ungewöhnliches war, da die wilden Kreaturen unberechenbar waren. Doch hatte sich zu diesem Zeitpunkt eine Gruppe aus Herzögen dort aufgehalten, um Ländereien zu besichtigen. Den Verlust dieser Adeligen hatte König Andreus nicht einfach ungestraft hinnehmen können, nicht zuletzt wegen der Forderungen ihrer Familien, weshalb er ein Exempel an dem damaligen Field Marshal statuiert hatte, der nun bis in alle Ewigkeit für seine Nachlässigkeit Buße tun sollte.

»Freya?«

Sie blickte zu Melvyn auf. Der junge Lord trug sein schwarzes Haar etwas länger, wie es die neuste Mode am Hof war, und seine dunkelbraunen Augen sahen sie forschend an. »Ja?«

»Hast du gehört, was ich gesagt habe? Hast du mit deinem Vater gesprochen?«

Freya sah die Tafel entlang zu ihrem Vater. König Andreus unterhielt sich angeregt mit einem seiner Diplomaten, dennoch fing er den Blick seiner Tochter auf. Er prostete ihr zu, und sie nickte verhalten. Er bemerkte überhaupt nicht, wie unwohl sie sich zwischen all diesen Leuten fühlte. »Worüber?«

»Die Verlobung.«

Natürlich, die Verlobung. Bis vor wenigen Tagen war ihr bei diesem Gedanken der Schweiß ausgebrochen, heute empfand sie nur noch eine wachsende Gleichgültigkeit für ihre arrangierte Eheschließung, denn es gab wichtigere Dinge, um die sie sich Gedanken machen musste. Sie würde das Schloss noch vor Anbruch des Morgengrauens verlassen haben, und dann gab es kein Zurück mehr. Entweder starb sie im magischen Land, oder sie würde mit Talon heimkehren, dem rechtmäßigen Thronerben, der sie von ihrer Verpflichtung, Königin zu werden, befreien würde. Die dritte Möglichkeit, nämlich dass sie mit leeren Händen aus Melidrian zurückkäme, zog Freya lieber erst gar nicht in Erwägung. Schließlich wäre da auch immer noch der Hochverrat, den sie begehen würde, indem sie einem Verurteilten zur Flucht verhalf. »Freya?«, fragte Melvyn wieder und legte ihr eine Hand auf die Schulter.

Sie schluckte schwer. Auf einmal war ihre Kehle staubtrocken. Sie griff nach ihrem Weinglas, musste jedoch feststellen, dass es bereits leer war. Nach kurzem Zögern, währenddessen sie sicherstellte, dass die anderen Gäste sie nicht beachteten, tauschte sie Melvyns volles Glas gegen ihr leeres. »Nein, ich bin noch nicht dazugekommen, mit ihm zu sprechen.«

Melvyn sah sie finster an. »Allmählich glaube ich, dass du diese Ehe willst.«

Freya stieß ein undamenhaftes Schnauben aus. Sie wollte Melvyn nicht heiraten, aber sie verstand, weshalb ihre Eltern es sich wünschten, denn er war in jeder Hinsicht eine gute Wahl für das Königshaus. Sein Vater besaß zahlreiche Ländereien und war im Besitz mehrerer Goldminen in *Caurum*, dem Schatzgebirge. Die DeFelices waren beim Volk beliebt und dafür bekannt, großzügige Entlohnungen an ihre Arbeiter zu bezahlen. Sie hatten in den letzten Jahrzehnten dabei geholfen, die neue Mittelschicht aufzubauen, und das machte sie zu starken Verbündeten. Es wäre das Einfachste für Freya, Melvyn zu heiraten, sich dem Willen ihrer Eltern und des Volkes zu beugen, aber um welchen Preis?

Den Verrat an Talon?

Das Akzeptieren der Einsamkeit?

Den Verzicht auf Magie?

Nein, das war es Freya nicht wert. Lieber starb sie für Talon, ihre Prinzipien und die Magie, anstatt ein hohles Leben zu führen, das es ihr schwer machen würde, ihren eigenen Anblick im Spiegel zu ertragen.

»Wenn du diese Ehe nicht willst und ich sie nicht will, worauf wartest du dann? Uns läuft die Zeit davon.« Was Melvyn wirklich sagen wollte war: *Mir* läuft die Zeit davon. Wenn diese Verlobung einer Person noch mehr missfiel als ihr, dann war das Melvyn. Obwohl er fünf Jahre älter war als sie, sperrte er sich gegen die Hochzeit. Er besaß bereits alles, was er wollte: gutes

Aussehen, Ansehen und mehr Geld, als er jemals würde ausgeben können. Wieso sich also die Verantwortung aufhalsen, die mit dem Königstitel einherging? Wäre Freya an seiner Stelle, würde sie sich auch nicht heiraten wollen.

Sie stellte ihr Weinglas wieder ab. Rückstände ihrer feuchten Finger waren auf dem klaren Kristall zu erkennen. »Mach dir keine Sorgen, Melvyn! Diese Ehe wird nicht zustandekommen. Ich kümmere mich darum.« Sie verlieh jedem einzelnen Wort Nachdruck. Auch wenn Melvyn das Ausmaß dieses Versprechens nicht begreifen konnte, nickte er langsam und winkte einen der Bediensteten zu sich heran, um sich Wein nachschenken zu lassen.

Freya wandte sich von ihm ab und ließ ihren Blick durch den Saal gleiten, der ihr auf erschreckende Weise vertraut war. Selbst mit geschlossenen Augen konnte sie die gewölbte Decke sehen, die von Säulen aus Sandstein getragen wurde. Gemälde der königlichen Familie in heroischen Posen zierten die Wände, die außerdem mit kunstvollen Webstücken geschmückt waren, und das Licht der neuartigen Petroleumlampen, welche an einer der Hochschulen entwickelt worden waren, fing sich in den Buntglasfenstern und verdrängte die Dunkelheit der einsetzenden Dämmerung. Seit Freyas Geburt hatte sich in diesem Schloss nichts verändert. Selbst die Gardisten, welche den Durchgang zu diesem Speisesaal flankierten, waren seit ihrer Kindheit dieselben. Nur sie war nicht mehr dieselbe, und mit jedem Tag, der verging, wuchs in ihrer Brust das Gefühl der Rastlosigkeit. Wegen Talon. Wegen der Magie. Wegen ihrer zukünftigen Rolle als Königin. Aber schon bald würde sie dem nachgeben und das Schloss verlassen – und die Stadt und das Land.

»Entschuldigt meine Verspätung, Prinzessin.« Der leere Stuhl gegenüber von Freya wurde zurückgezogen, und Roland Estdall, oberster Kommandant der Garde, nahm ihr gegenüber Platz. »Ich wurde auf einer Versammlung aufgehalten.«

»Ich freue mich, dass Ihr es dennoch geschafft habt«, erwiderte Freya, und im Fall von Roland entsprach dies tatsächlich der Wahrheit. Der Kommandant war ein Mann der Tat und mochte die oberflächlichen Gespräche der Adeligen ebenso wenig wie sie, und trotz seiner dunkelblauen Uniform mit den goldenen Abzeichen wirkte er fehl am Platz. Es würde Freya so gar nicht wundern, wenn er sich absichtlich verspätet hätte.

»Eine Versammlung?«, fragte Melvyn interessiert.

»Nichts von Belang«, sagte Roland mit einer wegwischenden Handbewegung, bevor er sich etwas von dem gepökelten Fleisch nahm, das auf Silbertabletts vor ihnen angerichtet war. »Ich war vergangene Woche im Niemandsland, um die Rekrutierung der neuen Novizen mit Field Marshal Tombell zu besprechen. Deswegen musste ich mich heute mit dem Schatzmeister und den königlichen Schreibern treffen. Eine langweilige Angelegenheit. Diese Männer besitzen weniger Humor als eine tote Ratte.«

Freya unterdrückte ein Schmunzeln, denn Roland ahnte nicht einmal, wie schlecht es um seinen eigenen Humor bestellt war. »Ich wusste nicht, dass Ihr an der Ausbildung der Wächter beteiligt seid.«

»Das bin ich auch nicht, aber solange Euer Vater sein Gold in die Wächter investiert, will er darüber informiert sein, was an der Mauer passiert. Der Field Marshal hofft dieses Jahr auf viele Rekruten. In den vergangenen Monaten sind einige Wächter gefallen, da sich die Angriffe der Elva häufen.«

»Diese Viecher werden jedes Jahr aggressiver«, murmelte Melvyn und beugte sich über den Tisch, als wäre dies eine Kriegsratssitzung. Wie alle Männer am Hof hegte er eine krankhafte Faszination für den Kampf, als hätte er auch nur ansatzweise eine Ahnung davon, wie es sich anfühlte, wenn das eigene Leben auf dem Spiel stand. Zwar hatte er wie so viele Adelige an einer der königlichen Akademien gelernt und gehörte selbst zur Garde, aber die größte Herausforderung, der sich Männer wie

Melvyn stellten, waren die Duelle, die einmal im Jahr ausgetragen wurden.»Plant Ihr, die Mauer höher zu bauen?«

»Nein, denn die Höhe der Mauer ist nicht das Problem«, erklärte Roland. Sein Tonfall war freundlich, aber unter seinem Lächeln konnte Freya erkennen, dass es dem Kommandanten nicht gefiel, wie Melvyn sich in Dinge einmischte, von denen er keine Ahnung hatte. Vermutlich hatte er ebenso wie Freya die Mauer noch nie aus der Nähe gesehen.»Das Gestein ist einige Jahrhunderte alt. Es wird brüchig, Steine lockern sich, und die reparierten Stellen sind schwach. Außerdem erkennen immer mehr Elva, dass man die Mauer über den Meerweg umgehen kann. Wir werden in den kommenden Wochen und Monaten die Stützpunkte an der Grauen und der Atmenden See verstärken.«

»Habt Ihr bei Eurem Besuch eine Fae oder Elva gesehen?«, fragte Freya mit schneller werdendem Puls. Einst hätte sie diese Frage aus reiner Neugierde gestellt, aber nun hoffte sie darauf, dem Kommandanten vor ihrer Abreise noch ein paar Details zu diesen Kreaturen entlocken zu können, denn vermutlich würde sie schon bald selbst einem Einwohner des magischen Landes gegenüberstehen. Und obwohl sie alles über die Seelie, Unseelie und Elva gelesen hatte, was es zu lesen gab, wusste sie nicht wirklich viel.

Die offiziellen Aufzeichnungen über den Krieg waren löchrig, denn viele Dokumente waren unleserlich gemacht oder zerstört worden. Die Gründe für den Krieg – Andersartigkeit, Besitzansprüche auf Land und Überheblichkeit auf beiden Seiten – ließen sich nur noch erahnen, genauso wie die Umstände, die letztlich zu dem Abkommen geführt hatten, das dem Töten ein Ende bereitet hatte. Und die meisten Bücher, die Aufschluss gaben über die Elva und Fae und ihre Gabe, die Elemente zu beherrschen, waren von Freyas Vorfahren vernichtet worden. Sie hatten jedoch die menschliche Neugierde und Abenteuerlust unterschätzt, und so waren aus alten Wahrheiten und Legenden geworden, von Familie zu Familie weitergetragen. Freya kannte jede einzelne davon. Ihr Vater akzeptierte ihr Interesse an der Magie nur widerwillig, ohne zu ahnen, wie viel mehr dahintersteckte.

Roland lachte. »Nein, ich habe keine Fae oder Elva gesehen. Mein Besuch war nur kurz. Aber unter den Wächtern ist mir eine Neuigkeit zu Ohren gekommen.«

Freya richtete sich in ihrem Stuhl auf. »Tatsächlich?«

»Bei den Unseelie steht eine Krönung bevor«, flüsterte Roland. Er wusste, wie ungern dieses Thema im Schloss besprochen wurde. Das hatte ihn allerdings noch nie davon abgehalten, Freyas Neugierde zu stillen. »Prinz Kheeran, der Sohn von König Nevan, soll zur nächsten Wintersonnenwende den Thron besteigen.«

Prinz Kheeran. Freya kannte seinen Namen, aber sie wusste nicht viel über den Erben der Unseelie, doch bevor sie Roland eine weitere Frage stellen konnte, erhob sich ihr Vater von seinem Platz, und die Musik, die den Abend bis hierher begleitet hatte, verstummte. In der einen Hand hielt der König sein Glas, mit der anderen bedeutete er der Runde zu schweigen – und alle verstummten. Andreus' Präsenz erfüllte den ganzen Saal, obwohl er weder besonders groß noch sonderlich kräftig war. Er hatte dichtes blondes Haar und einen ebenso vollen Bart. Seine Augen waren von demselben stechenden Blau wie die von Freya.

Er schielte zu seiner Tochter, und die unausgesprochene Warnung in seinem Blick verriet ihr, dass ihr Gespräch mit Roland vor ihm nicht unbemerkt geblieben war. »Die wichtigsten Männer und Frauen ganz Thobrias sitzen heute vereint an diesem Tisch«, hob der König an. »Wir feiern nicht nur das Leben und die Schönheit unseres Landes, sondern vor allem wollen wir meine Tochter würdigen: Prinzessin Freya Draedon. Es kommt mir so vor, als hätte ich ihr schreiendes Bündel erst gestern zum ersten Mal in den Armen gehalten, und doch feiern wir in wenigen Tagen schon ihren achtzehnten Geburtstag.«

Freya zwang sich zu einem Lächeln. Es war zwar der König, der sprach, aber nun richtete sich die Aufmerksamkeit auf sie – und sie hasste es. Sie verabscheute diese Beachtung mit jeder Faser ihres Körpers. Nicht nur, weil sie in der ständigen Furcht lebte, jemand könnte sie durchschauen und ihre alchemistischen Fähigkeiten entlarven, sondern vor allem weil sie nicht dazu erzogen worden war, im Mittelpunkt zu stehen. Das hatte sich erst mit Talons Verschwinden geändert, doch auch heute noch fühlte sie sich unter den Blicken der Menschen befangen. Sie wollte die Aufmerksamkeit nicht, die einer Königin zuteilwurde, und ihr Volk hatte jemanden verdient, der gerne die Führung übernahm. Ein weiterer Grund, Talon zurückzuholen.

»Dieser Tag markiert das Ende einer Kindheit und den Anfang einer Herrschaft. Den Aufstieg einer Königin, deren Verstand bereits jetzt Jahrzehnte dem ihrer Altersgenossen voraus ist und die, wenn die Zeit gekommen ist, meinen Platz einnehmen und gemeinsam mit ihrem Gemahl über unser Land regieren wird. Meine Freude über diesen bevorstehenden Tag könnte nicht größer sein«, fuhr König Andreus fort. Das Lächeln, das unter seinem Bart hervorblitzte, wurde dennoch schmaler. »Leider erinnert Freyas Geburtstag jedoch auch an den Verlust meines Sohnes, der ebenfalls seine Volljährigkeit gefeiert hätte. Talon war ein erstaunliches Kind und hat schon sehr früh großes Interesse an seinem Land gezeigt. Er wurde uns und seinem Volk zu früh genommen, und wir vermissen ihn. Möge er in Frieden ruhen, ohne Leid und ohne Magie.«

Die Gäste um Freya herum senkten ihre Köpfe im Gebet. Selbst der König und die Königin stimmten zu Ehren ihres Sohnes ein, nur Freya schwieg und verweigerte die Worte, deren Klang einen Zorn in ihr entfachte, der wie Feuer durch ihre Adern brannte. Nun, da sie mit Gewissheit wusste, dass Talon noch am Leben war, konnte sie nicht anders, als an ihren Eltern zu zweifeln. Warum hatten sie die Suche nach ihm so schnell eingestellt? Was hatte sie dazu gebracht, ihren einzigen Sohn schon nach wenigen Monaten aufzugeben? Wieso hatten sie die Fae nie als Entführer in Betracht gezogen, wenn sie sie so sehr hassten? Damals hatte Freya diese Fragen nicht gestellt, heute lagen sie ihr auf der Zunge. Wäre Talon ihren Eltern nur ansatzweise so wichtig wie ihr, würden sie nicht um ihn trauern – sie würden ihn suchen.

Die Gebete um Freya herum verstummten, und der König dankte seinen Gästen. Einige von ihnen besaßen wenigstens den Anstand, noch ein paar Sekunden andächtig zu schweigen, ehe sie sich erneut auf den Tratsch am Hof stürzten und sich ihren überfüllten Tellern widmeten. Die Musik setzte abermals ein, und die ersten Paare versammelten sich zum Tanz in der Mitte des Raumes, als gäbe es tatsächlich etwas zu feiern.

Freya hingegen war der Appetit vergangen, und mit einem großen Schluck leerte sie ihr Weinglas. Einer der Bediensteten kam zu ihr, um ihr erneut nachzuschenken, aber sie ließ ihn mit einer Handbewegung innehalten, denn es gab einen feinen Unterschied zwischen sich betrinken und sich Mut antrinken – und für heute Nacht brauchte sie das Letztere.

△

Freya beugte sich über eine Karte von Lavarus, die sie auf ihrem Bett ausgebreitet hatte. Sie war nicht so kunstvoll gezeichnet wie Moiras, aber sie erfüllte ihren Zweck, und mit der Fingerspitze fuhr Freya den Weg nach, den sie bereisen würde.

Es würde sie mehrere Tage kosten, Melidrian zu erreichen, und bis sie die Hauptstadt der Unseelie betrat, gab es einige Hindernisse zu bewältigen, wie zum Beispiel das Umgehen der Mauer, welche Thobria und Melidrian voneinander trennte. Und dies war nicht ihre einzige Sorge. Seit sie ihr Schlafgemach betreten und mit ihren Gedanken alleine war, musste sie unaufhörlich an all die Dinge denken, die sie davon abhalten könnten, Talon zu finden. Ein Rückzieher kam dennoch nicht infrage.

Sie rollte die Karte zusammen und packte sie in ihren Beutel. Und obwohl sie dessen Inhalt bereits etliche Male überprüft hatte, so konnte sie das Gefühl nicht abschütteln, etwas Entscheidendes vergessen zu haben. Neben Kleidung nahm sie auch ein Kästchen mit Glaskugel-Anhängern mit, welche Moira ihr vom Schwarzmarkt besorgt hatte, sowie regulären Schmuck, den sie verkaufen könnte, sollten die Münzen, die sie aus der Schatzkammer ihres Vaters gestohlen hatte, nicht ausreichen.

Ihre Zweifel ignorierend, schwang Freya den Beutel über ihre Schulter, tastete nach der Kette an ihrem Hals und fühlte ein letztes Mal nach dem Dolch, den sie mit einem Lederriemen im Ärmel ihres Umhangs befestigt hatte, ehe sie die Tür ihres Zimmers einen Spaltbreit öffnete und lauschte. Es war ruhig, und nur aus der Ferne erklang das Geräusch von Schritten auf Stein.

Sie huschte in den Korridor und sah sich nach verräterischen Schatten um. Die Bediensteten hatten das meiste Licht für die Nacht gelöscht, sodass der Gang nur noch dämmrig beleuchtet war. Bisher hatte das für Freya nie ein Hindernis dargestellt, denn sie fand sich im Schloss blind zurecht.

Mit angehaltenem Atem schlich sie auf Zehenspitzen den Flur entlang und eine Wendeltreppe hinunter. Die Decken waren hier höher, und sie konnte das Echo von Gesprächen hören. Einige Angestellte waren dabei, das Schloss zu putzen, sodass am Morgen kein verschütteter Tropfen Wein mehr an das Bankett erinnerte.

»Sie hat kein einziges Mal mit dem jungen Lord getanzt«, hörte Freya plötzlich die Stimme einer Frau, ganz in der Nähe, sagen. Freya drückte sich mit dem Rücken gegen die Wand und biss sich auf die Zunge, um keinen Laut von sich zu geben. Obwohl sie sich schon oft aus dem Palast gestohlen hatte, war sie nervös.

»Ich würde jederzeit mit Melvyn tanzen … und mehr«, säuselte eine andere Frau, deren Stimme jünger klang.

»Nicht nur du. Die Prinzessin muss blind sein.« Freya verdrehte die Augen. Es gab außer ihr innerhalb von Amaruné wohl keine Frau, die Melvyn nicht verfallen war. Vermutlich war das auch einer der Gründe, warum sich der Lord nicht an sie binden wollte.

»Oder sie hat andere Vorlieben«, meinte die jüngere Frau.

»Was willst du damit sagen?«

»Gar nichts. Nur dass der Lord sehr gut aussieht und sie das scheinbar überhaupt nicht zu schätzen weiß. Womöglich würde sie lieber seine Schwester …«

»Du solltest diesen Satz besser nicht beenden«, schnitt ihr die ältere Frau, die zuerst gesprochen hatte, das Wort ab. »Ein solches Gerücht kann dich mehr kosten als nur deine Zunge. Hol lieber das Mehl für morgen aus dem Keller!«

Ein angestrengtes Seufzen war zu hören, und erst nachdem sich Freya sicher war, dass die beiden Frauen gegangen waren, wagte sie es weiterzulaufen. Ohne weiteren Zwischenfall erreichte sie einen der Ausgänge, denn sie kannte die unbewachten Wege, die aus dem Palast führten, dank ihrer nächtlichen Besuche bei Moira in- und auswendig.

Doch statt zu der Alchemistin zu flüchten wie so oft, würde sie heute das Verlies aufsuchen, das im Westen der Stadt angesiedelt war, unterhalb des alten Schlosses. Bei dem Gedanken an die Ruine überkam Freya ein kalter Schauer. Sie hatte den Bezirk, den man als *sechsten Ring* von Amaruné bezeichnete, bisher nur durchquert, um die Stadt zu verlassen, aber sie kannte Rolands Erzählungen, weshalb sie sich nicht gerade darauf freute, das alte Schloss aufsuchen zu müssen. In der zerstörten Burg, deren

Türme während des Krieges eingestürzt waren, wurden jene Verbrecher festgehalten, denen nicht die Gnade einer Hinrichtung zuteilwurde. Sie waren gezwungen, einen langsamen Tod zu sterben, wie der Field Marshal, falls dieser überhaupt in der Lage war zu sterben.

Bei der Vorstellung, schon bald einem unsterblichen Wächter gegenüberzustehen, setzte in Freyas Magen ein nervöses Ziehen ein, denn sie empfand nicht nur Angst und Sorge, sondern auch Neugierde darüber, einen *Unsterblichen* zu treffen. Kein Mensch kam der Magie näher als ein Wächter. Sie floss durch seine Adern und verlieh ihm eine Macht, von der Freya nur träumen konnte. Ihre Suchzauber und Tränke waren nichts im Vergleich zu der Magie, die ein Wächter in sich trug. Aber hier im Norden des Landes begegnete man ihnen nur selten, denn sie gehörten ins Niemandsland, und so waren sie für die Bewohner von Amaruné zu Legenden geworden, ähnlich wie die Kreaturen jenseits der Mauer.

Im Schutz der Schatten schlich Freya aus dem Palast und schlüpfte durch ein Tor in der Schlossmauer in die Stadt, die noch nicht vollkommen schlief. Man hörte gedämpfte Gespräche, angestimmte Musikinstrumente und melodischen Gesang aus den Tavernen und den neu aufgekommenen Spielsälen, die derzeit wie Pilze aus dem Boden sprossen. Und jedes Mal wenn sie in die Nähe einer dieser Hallen kam, schlug ihr der Gestank von Rauch entgegen. Freya hasste den herben Geruch des Tabaks und hoffte inständig, dass diese Eigenheit, den Qualm verbrennender Blätter zu inhalieren, schnell wieder aus der Mode kommen würde. Man konnte den Gestank sogar auf der Zunge schmecken – salzig und fahl, wie Asche.

Freya zog sich die Kapuze ihres Umhangs tiefer ins Gesicht und beeilte sich, um den Gardisten zu entgehen, die ihr Vater überall um den Palast herum hatte aufstellen lassen. Sich aus dem Schloss zu schleichen war für sie mit den Jahren immer leichter geworden. In den Nächten, in denen sie Moira besuchte, dachte sie zum Teil kaum mehr über den Ablauf nach. Doch heute nahm sie alles um sich herum so bewusst wahr wie vor vier Jahren, als sie die Alchemistin zum ersten Mal aufgesucht hatte, und ihr Herz pochte heute mindestens genauso wild wie damals: geradezu schmerzhaft schnell, als wollte es ihren Brustkorb verlassen.

Trotz später Stunde und der Dunkelheit blickte Freya in jedes Fenster, in der Erwartung einen Adeligen oder Gelehrten zu sehen, der sie beschattete und an die Gardisten verraten würde. Erst als sie den zweiten Ring betrat und die Anwesen kleiner wurden und die Bürger mittelständischer, wurde sie ruhiger.

Mit achtsamem Blick überquerte sie schließlich auch die unsichtbare Grenze zwischen dem dritten und vierten Ring, und augenblicklich machte sich das Fehlen der Abwasserkanäle bemerkbar, indem ihr penetranter Gestank in die Nase stieg. Aber das war nicht das einzige Problem. Direkt vor sich vernahm Freya laute Stimmen. Es klang danach, als würde ein betrunkener Unruhestifter aus einer Taverne geschmissen werden.

Sie bog in eine schmale Gasse, um den Streit zu umgehen. Gerade heute konnte sie keinen Ärger brauchen, denn sie wollte Limell noch vor Sonnenaufgang erreichen – eine Kleinstadt, die einen halben Tag Fußmarsch von Amaruné entfernt lag und die ihnen hoffentlich Schutz gewähren würde. Ihr Plan war es, sich dort bis zum Einbruch der folgenden Nacht zu verstecken, da ihr Gesicht der Bevölkerung in und um Amaruné vertrauter war als den Leuten weiter oben im Norden oder unten im Süden. Und unter keinen Umständen durfte sie erkannt werden. Sie beschleunigte ihre Schritte …

»He, Kleine!«

Beim König, musste das jetzt sein?

Hinter Freyas Rücken war aus einer Gasse ein Mann getreten, dessen Gestalt sie in ihrer Eile nicht bemerkt hatte. Seine tiefe Stimme war von einem Nuscheln durchzogen, das nur von zu viel Schnaps kommen konnte.

»Bleib stehen!«

Das würde Freya mit Sicherheit nicht tun. Sie straffte die Schultern und beeilte sich, von dem Mann wegzukommen. Doch seine Schritte erklangen hinter ihr. Sie seufzte. Es war wohl töricht von ihr gewesen, zu glauben, sie könnte das Verlies bei Nacht ohne einen Zwischenfall erreichen.

»Bleib stehen!«, wiederholte der Betrunkene. Seine Zunge war bereits zu schwer, um die Worte klar zu formen. Ein Gefühl der Enge breitete sich in Freyas Brust aus, während die Unruhe in ihr anschwoll. Sie griff in den Ärmel ihres Umhangs und packte den Dolch, den sie genau für solche Fälle mitgenommen hatte.

»He, ich rede mit dir!« Die Stimme des Mannes klang auf einmal viel näher, und Freyas Körper wurde von einem nervösen Schaudern erfasst. Sie umklammerte das Heft ihres Dolches fester – gerade rechtzeitig. Eine schwielige Hand legte sich auf ihre Schulter, und sie wurde herumgerissen. »Ich habe gesagt, du sollst stehen bleiben!«

»Lass mich los!«, befahl Freya und konnte dabei fühlen, wie ihre Hände vom Angstschweiß feucht wurden. Männer wie dieser waren unberechenbar. Aus der Nähe konnte sie den Alkohol in seinem Atem riechen und rümpfte angewidert die Nase. Sie zögerte noch, den Dolch hervorzuziehen. Sie wollte keinen Ärger, weder für sich noch für diesen betrunkenen Tölpel. »Geh deinen Rausch ausschlafen, alles andere würdest du morgen bereuen.«

Er lachte. »Wie viel verlangst du?«

»Ich bin keine Hure.« Freya spähte unter der Kapuze ihres Umhanges hervor, und im dämmrigen Licht, das aus einem der umliegenden Häuser schien, konnte sie das Gesicht des Mannes schemenhaft erkennen. Er hatte eine lange, dünne Nase und eingefallene Wangen.

Ein anzügliches Lächeln formte sich auf seinen schmalen Lippen.»Komm schon. Wie viel?«Der Mann ließ seine Finger, die bis eben noch immer auf ihrer Schulter geruht hatten, zu ihrem Hals wandern.

»Verschwinde, ich bin nicht käuflich!«, fauchte Freya mit angeschlagener Stimme. Der Mann lachte nur. Genug war genug. Sie zog den Dolch aus dem Ärmel ihres Umhangs. Das polierte Metall der Klinge glänzte selbst im schwachen Licht, und in ihrer Handfläche konnte Freya das Emblem des Königshauses spüren, das man in den Griff eingraviert hatte.

Augenblicklich verstummte das Lachen des Mannes, und seine betrunkene Heiterkeit wich einer zornigen Miene.»Du wagst es, mich zu bedrohen? Weißt du nicht, wer ich bin?«

Nein, dachte Freya, und ihr stand auch nicht der Sinn danach, es zu erfahren. Mit bebender Hand hob sie den Dolch drohend in Richtung der Kehle des Mannes. Doch dieser überraschte sie mit einer Schnelligkeit, die sie nicht von ihm erwartet hatte. Er packte ihr Handgelenk und schob den Dolch von sich weg. Wut funkelte in seinen Augen.»Glaubst du wirklich, du hast eine Chance gegen mich, Weib?«

Freyas Herz pochte wie wild.»Lass … lass mich los!«

Das Lachen des Mannes kehrte zurück. Er musterte sie eingehend von Kopf bis Fuß, und Gier blitzte in seinen Augen auf. Zuletzt betrachtete er den Dolch.»Eine schöne Waffe. Gestohlen?«

»Nein«, zischte Freya, die Zähne aufeinandergebissen, und zerrte an ihrem Arm. Der Griff des Mannes war jedoch zu fest, und obwohl er nicht sonderlich groß oder stark war, war sie ihm unterlegen. Ihre Stärke lag nicht in ihren Muskeln, sondern in ihrem Verstand und ihrer Magie – vor allem ihrer Magie.

Mit ihrer freien Hand griff Freya nach dem Anhänger ihrer Kette. Sie riss ihn sich vom Hals, flehte zu der Magie, dass sie sie dieses Mal nicht im Stich lassen würde, und zerdrückte die gläserne Kugel mit dem orangefarbenen Schimmer zwischen ihren Fingern. Splitter drückten sich in ihre Haut. Freya ignorierte den Schmerz und öffnete ihre Faust. Schlagartig verdrängte Hitze die kühle Nachtluft. Flammen loderten in ihrer Handfläche, heiß und gierig – zerstörerisch.

Die Dunkelheit wich dem Feuer, das Schatten zeichnete, wo zuvor keine gewesen waren. Die Augen des Mannes weiteten sich. Er ließ ihr Handgelenk los, auf dem er ohne Zweifel blaue Flecken hinterlassen hatte, und taumelte einen Schritt zurück.

»Du … du bist …«, stotterte der Mann, und selbst im dämmrigen Licht konnte Freya erkennen, wie seine vom Alkohol geröteten Wangen blass wurden. »Du bist eine … eine Hex–« Er wollte das Wort rufen, doch seine Stimme brach ab, als Freya ihre Finger bewegte, was die Flammen in ihrer Hand zum Tanzen brachte. Die Wärme des magischen Feuers, das aus Melidrian stammte, war unangenehm, aber es verbrannte sie nicht.

»Verschwinde!«, forderte sie und näherte sich dem Mann in einer stummen Drohung.

»Bitte, verschon mich!« Er hob seine nun zitternden Hände und deutete eine demütige Verbeugung an. »Es tut mir leid. Ich wollte nicht …«

»Verschwinde!«, wiederholte Freya. Sie hatte nicht die Geduld, sich seine Entschuldigungen anzuhören, und fürchtete, dass ihr Feuer jeden Moment erlöschen könnte. Doch dieses Mal hörte der Mann auf sie. Er warf ihr noch einen letzten, unsicheren Blick zu, ehe er mit wankenden Schritten davonhastete, ohne sich noch einmal nach ihr umzudrehen. Freya vermochte nicht zu sagen, ob er sie nur als Alchemistin oder auch als Prinzessin erkannt hatte, aber das spielte keine Rolle. In seinem betrunkenen Zustand würden ihm die Männer ihres Vaters eh keinen Glauben schenken, und womöglich würde er ihre Begegnung am Morgen nach dem Aufstehen bereits als Einbildung seines benebelten Verstandes abtun.

Freya ballte ihre Hand, um das Feuer zwischen ihren Fingern zu ersticken, dankbar für die magischen Glasanhänger, die sie Moira abgekauft hatte. Sie schob ihren Dolch zurück in den Umhang und seufzte. Das lief nicht wie geplant. Aufmerksam studierte sie ihre Umgebung, um herauszufinden, ob noch jemand Zeuge dieses Zwischenfalls geworden war, aber auf der Straße war es ruhig. Mit weichen Knien setzte sie ihren Weg in Richtung des alten Schlosses fort und erreichte schließlich das Verlies inmitten des Ruinenviertels. Diese Gegend war wie ausgestorben, denn niemand, der eine Wahl hatte, würde freiwillig diesen Ort aufsuchen.

Fackeln, die man in den Boden gerammt hatte, erleuchteten die Trümmerhaufen aus Stein und Erde, die von Moos und Ranken überwuchert waren. Freya schritt um die Steinberge herum, bis sie den Eingang zum Verlies erkennen konnte. Bereits aus der Ferne entdeckte sie einen einsamen Gardisten, welcher den Durchgang in den Untergrund bewachte. Sie hatte Glück. Der Mann war jung, nur ein paar Jahre älter als sie, was die Hoffnung in ihr weckte, er wäre unerfahren und leicht zu beeinflussen; genau das, was sie brauchte, um, ohne viel Aufsehen zu erregen, in das Verlies zu gelangen.

Im Schatten eines Trümmerhaufens blieb Freya stehen. Sie schob die Kapuze ihres Mantels zurück, bevor sie in den Lichtkegel einer Fackel trat. Der Gardist bemerkte sie umgehend. Alarmiert zückte er sein Schwert, die Spitze auf Freya gerichtet. Aber bereits einen Moment später weiteten sich seine Augen, als er erkannte, wen er da gerade mit seiner Waffe bedrohte.

»Meine Prinzessin«, stammelte er atemlos und ließ sein Schwert zurück in das Heft an seinem Gürtel gleiten. Anschließend verbeugte er sich so tief, dass Freya glaubte, er versuche, seine eigenen Schuhspitzen zu lecken. »Es tut mir furchtbar leid. Ich habe nicht damit gerechnet, Euch hier anzutreffen.«

»Das macht nichts«, sagte Freya und gab dem Gardisten, der in eine dunkle Uniform gekleidet war, damit die Erlaubnis aufzublicken. Sie näherte sich in andächtigen Schritten, wie es sich für eine Prinzessin gehörte.

»Entschuldigt mein Verhalten«, stotterte der Gardist, der vermutlich immer noch um seine Position und womöglich sogar um sein Leben bangte. Menschen waren schon für weniger hingerichtet worden. »Und verzeiht mir diese Frage, aber was macht Ihr an einem Ort wie diesem?«

Freya schenkte dem Gardisten ein verhaltenes Lächeln und blieb nur wenige Fuß von ihm entfernt stehen. Abschätzend ließ sie ihren Blick über ihn gleiten. »Euch sei verziehen, aber was ich hier mache, geht Euch nichts an.«

»Natürlich nicht. Wie kann ich Euch helfen?«

»Ihr könnt mich in das Verlies lassen.«

Verunsicherung blitzte in den Augen des Gardisten auf. »Ihr … Ihr wollt in das Verlies?«

»Das habe ich doch gerade gesagt, oder nicht?«, fragte Freya mit erhobenem Kinn, bemüht, ihrer Stimme einen erhabenen Klang zu verleihen. Sie stand über diesem Mann. Dies war ihr Königreich. Sie hatte ein Recht, hier zu sein – auch wenn es sich verboten anfühlte. »Lasst mich durch!«

Unruhig sah sich der Gardist um, als vermutete er einen Scherz hinter ihrer Anwesenheit oder einen Test, den er zu bestehen hatte. »Ich halte das für keine gute Idee.«

»Ich habe Euch nicht nach Eurer Meinung gefragt. Lasst mich durch!«

Der Gardist trat nicht zur Seite.

Freya neigte den Kopf. Ihr Lächeln war verschwunden und einer hoffentlich glaubhaften erzürnten Miene gewichen. »Ihr

wollt Euren Posten doch behalten, oder?« Der Gardist nickte.
»Dann zwingt mich nicht dazu, mit meinem Vater zu sprechen –
oder Kommandant Estdall.« Bei der Erwähnung von Rolands
Namen wurde das Gesicht des Gardisten aschfahl, und Freya
fragte sich, was Estdall seiner Truppe abverlangte, um ihm diese
Reaktion zu entlocken.

»Bitte nicht«, flehte der Gardist und trat von einem Fuß auf
den anderen.»Ich lasse Euch durch, aber bitte erzählt Kommandant Estdall nichts davon.«

Freya hob eine Augenbraue.»Ihr wollt mir etwas vorschrei-
ben?«

»Nein. Nein, natürlich nicht«, stammelte der Gardist.»Das ...
das war eine Bitte. Aber Ihr könnt tun und lassen, was Ihr wollt,
meine Prinzessin.«

»Was ich will?«, fragte Freya, und auch wenn ihr der Gardist
ein wenig leidtat, freute sie sich über den Verlauf, den dieses
Gespräch nahm. Einen Gardisten wie Roland hätte sie niemals
davon überzeugen können, sie nachts in das Verlies zu lassen.
Sie war zwar die Prinzessin, aber auch ihre Befugnisse hatten
ihre Grenzen.

Dennoch nickte der Gardist eifrig.

»Dann lasst mich in das Verlies, und gebt mir Euren Schlüssel!« Auffordernd hielt Freya ihm ihre Hand entgegen, zeigte
deutlich, dass sie ein *Nein* nicht akzeptieren würde. Dennoch zögerte der Mann. Unsicher sah er zwischen ihr und dem
Eingang des Kerkers hin und her, seine Stirn in tiefe Falten
gelegt.

Doch letztlich siegte sein Respekt vor Freyas Namen und
seine Angst vor Roland über seine Vernunft. Er griff nach dem
Schlüsselbund an seiner Uniform und überreichte ihn Freya.

»Soll ich Euch begleiten?«

»Nein, das wird nicht nötig sein«, erklärte Freya. Einen
Moment wirkte es so, als wollte der Gardist ihr widersprechen,

aber er besann sich eines Besseren und trat zur Seite. Ohne ein Wort der Dankbarkeit ging Freya an ihm vorbei, um einen leeren Gesichtsausdruck bemüht, obwohl sie innerlich jubelte.

Sie zog ihren Umhang fester um sich und stieg die Treppe in den eisigen Keller hinab. Die Luft hier unten war kalt und feucht, und Wasser tropfte von modrigen Wänden. Sie folgte den von Fackeln erhellten Gängen bis zu dem Bereich mit den Zellen. Dort versperrten ihr zwei weitere Gardisten den Weg, aber wie erhofft waren auch sie leicht von Freyas Befugnis, das Verlies zu betreten, zu überzeugen. Denn diese Männer vertrauten auf das Urteil des ersten Gardisten, und schließlich trug sie auch einen Schlüssel bei sich.

Mit einer selbstsicheren Haltung, die nur Fassade war, betrat Freya schließlich den Kerker. Sie drehte das Licht ihrer Lampe weiter auf, um die Schatten zu vertreiben. Die neugierigen Blicke der Gefangenen begleiteten sie, und einige flehten sie um Gnade an. Sie streckten ihre Arme durch die Gitter, in der Hoffnung, Freya berühren zu können, als könnte sie sie retten. Doch das konnte sie nicht. Nicht jetzt. Sie hatte eine andere Mission, aber mit jedem weiteren Klagelaut wurde der Kloß in ihrem Hals größer. Was dachte sich ihr Vater nur?

Zwar hatte sie stets gewusst, dass die Gefangenen in diesem Verlies nicht gut behandelt wurden, aber dieser Ort war in der Realität noch grausamer als in all ihren Vorstellungen. Der Gestank von Urin und Blut, der tief im Kerker herrschte, trieb ihr die Tränen in die Augen.

Grausamer als der Geruch war nur der Anblick der Gefangenen. Am liebsten hätte Freya ihre Augen vor dem Elend verschlossen, doch sie musste den Field Marshal finden, also zwang sie sich, in jede einzelne Zelle zu schauen. Die Menschen darin waren nur noch Häufchen aus Haut und Knochen. Sie hatten sich auf ihren schimmeligen Heubetten zusammengerollt, um auf den Tod zu warten. Dort lagen sie in ihren eigenen Fäkalien, zu kraftlos, um sich gegen die Maden und Fliegen zu wehren, die hier ein Festmahl sahen.

Dies war ein Ort der geschundenen Körper und gebrochenen Seelen.

Und irgendwo hier unten saß Larkin Welborn.

6. Kapitel – ein Unbekannter

– In der Dunkelheit –

Maus war zurück. Sie stellte sich auf die Hinterpfoten, streckte die Nase in die Luft und witterte. Ihm war unbegreiflich, wie sie abgesehen von den Fäkalien, dem Blut und Erbrochenen etwas riechen konnte. Nicht einmal seine magiegeschärften Sinne durchdrangen den Gestank, an den er sich niemals gewöhnen würde. *Maus* hingegen schien sich nicht daran zu stören. Sie flitzte durch seine Zelle und blieb neben seinem Bett aus Heu stehen. Mit großen schwarzen Augen musterte sie ihn und stieß ein leises Fiepen aus. Er glaubte darin eine Bitte zu hören und warf einen Krümel seiner verbrannten Brotrinde in ihre Richtung. *Maus* zuckte zurück, aber bereits einen Moment später schnappte sie sich den Brösel, rannte davon und schlüpfte einmal mehr durch die Gitterstäbe.

Wie sehr er sie beneidete.

Er schob sich den Rest des Brotes in den Mund. Es war so hart und trocken, dass er warten musste, bis sein Speichel es aufweichte, dennoch wollte er diese Mahlzeit nicht missen. Es war die einzige, die er bekam. Nur einmal am Tag brachten die Gardisten ihm Wasser und warfen ihm etwas kaum Essbares durch die Gitter, das selbst die Schweine nicht mehr wollten.

Ein anderer Mann wäre an dieser Behandlung längst gestorben, aber während sich sein Verstand langsam verabschiedete, war sein Körper ein Verräter. Geschaffen für die vermeintliche Ewigkeit würde er in nächster Zeit keinen natürlichen Tod finden. Denn es war nicht leicht, zu sterben, wenn man außergewöhnliche Heilungsfähigkeiten besaß.

Zu Beginn seiner Inhaftierung hatte er in falscher Hoffnung versucht, sich sein Leben zu nehmen. Er hatte seinen Kopf gegen die Gitterstäbe geschlagen, versucht, seine Adern aufzubeißen, die Luft anzuhalten, bis seine Lunge zu zerbersten drohte, denn er hatte den Gedanken, eine mögliche Ewigkeit in dieser Dunkelheit zu verbringen, nicht ertragen. Aber irgendwann hatte er aufgegeben. Denn Tatsache war, dass es nur wenige Möglichkeiten gab, einen unsterblichen Wächter zu töten. Eine Enthauptung würde seinem Leben ein Ende bereiten, oder wenn man ihm das Herz rausrisse. Auch eine magiegeschmiedete Waffe würde ihm den Tod bringen. Doch nichtsdestotrotz empfand er Schmerzen, dies hatte ihn schließlich auch innehalten lassen, obwohl er das Leid an manchen Tagen auch willkommen hieß, denn das Brennen und Pochen einer Wunde, so kurz es auch andauerte, erinnerte ihn daran, dass er trotz seiner Magie noch immer ein Mensch war – und heute brauchte er diese Erinnerung.

Immer wieder ließ er seinen Hinterkopf gegen das Mauerwerk fallen, bis ihm die Bewegung und der Schmerz in Haut und Haar übergegangen war und er trotz oder gerade wegen der dumpfen Aufschläge in einen unruhigen Halbschlaf verfiel. Wie jeden Tag und jede Nacht driftete er dabei zwischen Traum und Wirklichkeit hin und her. Meistens waren es Albträume, die ihn heimsuchten. Visionen der Vergangenheit, die ihm wieder und wieder das Blutbad zeigten, das er zu verantworten hatte. Doch es waren nicht nur seine Träume, die ihn immer wieder weckten, sondern auch die Geräusche der anderen Gefangenen. Weinen. Husten. Stöhnen. Erbrechen. Stimmen. Schritte …

Ruckartig setzte er sich auf und lauschte auf das Echo, das nicht an diesen Ort gehörte. In der Dunkelheit hatte er kein ganz genaues Gefühl für die Zeit, aber es war auf jeden Fall zu früh für die nächste Kelle Wasser. Zudem klangen die Schritte falsch. Sie waren nicht hart und herrisch, wie er es von den Gardisten kannte, sondern zögerlich und darauf bedacht, kein Geräusch zu erzeugen. Ohne seine magiegeschärften Sinne hätte er sie vermutlich überhaupt nicht wahrgenommen. Manchmal wurden sie lauter, dann wieder leiser. Es schien, als würde die Person orientierungslos durch das labyrinthartige Verlies irren, und gelegentlich glaubte er eine zarte Stimme zu hören, die seinen Namen sagte, aber das konnte nicht sein. Anscheinend hatte der Wahnsinn ihn nun endgültig erreicht.

Flackerndes Licht durchbrach die Schwärze des Kerkers, und obwohl es schwach war, begannen seine Augen zu tränen. Er musste blinzeln, und als er das nächste Mal aufblickte, erkannte er, dass jemand vor seiner Zelle stehen geblieben war.

Die Gestalt, die einen Beutel auf dem Rücken trug, war in einen langen anthrazitfarbenen Umhang gekleidet. Und obwohl darunter eine Hose hervorblitzte und das Gesicht der Person von einer Kapuze verdeckt war, konnte er erkennen, dass es sich bei dem Eindringling um eine Frau handelte. Sie war klein, mit schmalen Schultern, und selbst unter all dem Stoff konnte er ihre zierliche Figur erahnen. Mit Ausnahme von ein paar Insassinnen und noch weniger Gardistinnen hatte er seit Jahren keine Frau gesehen.

»Seid Ihr Larkin Welborn?«, fragte die Frau. Ihre Stimme war so zart, wie ihre Erscheinung, dennoch klangen die Worte entschlossen.

Er konnte seinen Blick nicht von ihr abwenden und starrte sie an, unfähig, etwas zu sagen. Sein Name. Sie hatte ihn tatsächlich ausgesprochen. Er hatte ihn so lange nicht mehr gehört, dass er sich wünschte, sie würde ihn noch einmal sagen, doch gleichzeitig fürchtete er sich davor, was der Klang mit seinem schwindenden Verstand anrichten könnte.

»Seid Ihr Larkin Welborn?«, wiederholte die Frau tatsächlich.

Wie lange war es her, dass jemand ihn das letzte Mal so genannt hatte? Seit Jahren war er nur noch *der Wächter*, aber die Männer der Garde redeten ohnehin nicht *mit* sondern nur *über* ihn. Die Frau stieß ein enttäuschtes Seufzen aus. Sie schielte in Richtung der Kammer, in der die Folterungen stattfanden und die nur wenige Fuß von seiner Zelle entfernt lag. Hoffentlich konnte sie in der Dunkelheit das getrocknete Blut nicht erkennen, das von den heutigen Torturen zurückgeblieben war.

»Könnt Ihr mir zumindest sagen, wo ich Larkin finde?«, fragte die Frau.

Er sitzt direkt vor Euch.

Bevor Larkin wusste, was er tat, stand er von seinem Heubett auf und trat an die Gitterstäbe heran. Die Frau hob ihren Kopf, und zum ersten Mal erhaschte er einen Blick auf ihr Gesicht. Sie war jünger, als er erwartet hatte, und eine Locke aus blondem Haar war unter ihrer Kapuze hervorgerutscht. Jemand wie sie gehörte nicht an einen Ort wie diesen, dennoch verzogen sich ihre Lippen zu der Andeutung eines Lächelns. »Ihr seid es, nicht wahr?«

Er nickte, denn er konnte sich ihrer Freude darüber, ihn gefunden zu haben, nicht entziehen. Vermutlich würde er es bereuen, aber was hatte er schon zu verlieren? Er besaß ohnehin nur noch einen Körper, den er nicht wollte, und einen Verstand, der ihn früher oder später verlassen würde.

»Ich dachte schon, ich würde Euch nicht mehr finden.« Die Frau schob ihre Kapuze zurück und gab ihr Gesicht preis. Sie war von einer überwältigenden Schönheit. Ihre Wangen waren von der Kälte im Verlies gerötet, und trotz des dämmrigen Lichts waren ihre Augen von einem strahlenden Blau. Und die Hoffnung, die in ihrem Blick lag, galt ganz allein ihm. Es war wohl gut ein Jahrzehnt her, dass ihn eine Frau das letzte Mal auf diese Weise angesehen hatte.

Larkin schluckte schwer und rügte sich für die Reaktion seines verräterischen Körpers. Denn die Frau, die vor ihm stand, war praktisch noch ein Mädchen. Sechzehn, vielleicht siebzehn Jahre alt. Er sollte sie nicht begehren.

»Ich habe Euch etwas mitgebracht.« Die junge Frau griff in eine Tasche ihres Umhangs. Sie zog ein Bündel aus eingeschlagenem Stoff hervor und reichte es ihm durch die Gitterstäbe.

Ein Fehler.

Ein *dummer* Fehler.

Larkin packte ihr Handgelenk und zerrte sie zu sich, bis ihr Körper gegen die rostigen Gitterstäbe schlug. Sie stieß einen erstickten Laut aus, der Larkin wie ein Schwerthieb durch die Glieder fuhr. Ihre Augen weiteten sich vor Schreck, und sie ließ ihr Päckchen fallen. Weintrauben rollten über den Boden.

»Lasst mich los«, presste sie zwischen zusammengebissenen Zähnen hervor. Ihre Worte klangen trotzig, aber das Beben ihrer Stimme war nicht zu überhören. Richtig so. Hatte man sie nicht davor gewarnt, den Gefangenen nicht zu nahe zu kommen?

Larkin betrachtete das Gelenk der jungen Frau, das er fest umschlossen hielt. Seine dreckige Hand setzte sich dabei selbst im Halbdunkel deutlich von ihrer zarten Haut und den ordentlich gefeilten Nägeln ab. Sie roch nach sauberem Wasser und einer blumigen Seife – nicht wie eine Verbrecherin, sondern wie eine Adelige.

»Nehmt Eure Finger von mir!« Die Frau begann an ihrem Arm zu zerren, doch gegen seine Kraft hatte sie keine Chance. Und während sie sich loszureißen versuchte, bemerkte Larkin ein Stück Holz, das unter dem Ärmel ihrer Robe hervorblitzte. Mit seiner freien Hand griff er unter den Stoff. Ihre Gegenwehr erstarb, und sie wurde völlig regungslos, wie eine Elva, die sich tot stellte, in der Hoffnung, nicht von ihm gefunden zu werden.

Larkin zog an dem Holzgriff, und ein Dolch kam zum Vorschein. Es war Jahre her, dass er eine solche Waffe in den Händen gehalten hatte. Die Klinge war aus feinstem Metall geschliffen, ein Meisterwerk der Schmiedekunst und mit dem Holzgriff wunderbar ausbalanciert. Solche Waffen kosteten ein Vermögen und waren nicht leicht zu bekommen.

Larkin drehte den Dolch und bewunderte seine Anmut, als er eine Gravur im Holz bemerkte. Er verengte die Augen. Das konnte nicht sein. Denn was er sah, war das Emblem der königlichen Familie.

7. Kapitel – Ceylan

– Niemandsland –

Ceylan holte mit der Axt aus und ließ das Beil niedersausen. Mit einem Knacken brach das Holzscheit, und die zwei Hälften fielen zu Boden.

Sie sammelte sie ein und warf sie in den beinahe vollen Karren. Obwohl die Sonne hinter ihrem Rücken gerade erst aufging, rann ihr der Schweiß über Rücken und Stirn, denn sie war bereits seit Stunden wach. Mit dem Ärmel ihres Hemdes wischte sie sich über das Gesicht, ehe sie sich das nächste Holzstück nahm und auf den Block stellte. Ihre Arme waren bereits schwer von der Anstrengung, aber das hielt sie nicht davon ab, erneut mit der Axt auszuholen.

»Was soll das werden?«, bellte plötzlich eine tiefe Stimme hinter Ceylan.

Unweigerlich trat ein Grinsen auf ihr Gesicht. Darauf hatte sie gewartet. Langsam ließ sie die Axt sinken und drehte sich zum Field Marshal um. Er sah noch genauso beeindruckend aus wie am Vorabend, in der dunklen Uniform mit dem hellen Pelz, der vor langer Zeit einmal weiß gewesen sein musste, sich inzwischen aber grau verfärbt hatte. »Ich hacke Holz.«

»Das sehe ich.« Tombell kniff die Augen zusammen. »Aber was machst du *hier*? Ich habe dich weggeschickt.«

»Nein, hast du nicht«, erwiderte Ceylan, jede Förmlichkeit vergessend, obwohl die Anwesenheit des Field Marshals noch immer ausreichte, um eine nervöse Hitze in ihr aufsteigen zu lassen. Immerhin entschied dieser Mann über ihr Schicksal. »Ich sagte: *Ich werde nicht gehen.* Und du meintest: *Tu, was du willst.* Und jetzt tue ich, was ich will.« Sie deutete mit der Axt auf den Karren. »Ich hacke Holz.«

Der Field Marshal kräuselte die Lippen, und Ceylan genoss es, zu sehen, wie sie ihn offensichtlich zur Weißglut trieb. »Aber musst du das hier tun? Du lenkst meine Männer ab.«

Das war ihr nicht entgangen. Seit sie nach der Axt gegriffen hatte, waren immer wieder Wächter in ihrer Nähe stehen geblieben, um sie zu beobachten. Immer wieder waren ihr dabei die Worte des Schreibers in den Sinn gekommen: *Weil unsere Männer Tiere sind.* Aber das war nicht ihre Schuld und auch nicht ihr Problem. Wenn sie sich wie Tiere verhielten, würde sie zur Jägerin werden und ihnen das Fell über die Ohren ziehen.

»Ich *müsste* es nicht hier tun«, sagte Ceylan leichthin und zuckte mit den Schultern. »Aber ich *will* es«, fügte sie mit einem schelmischen Lächeln hinzu.

Genervt rieb sich der Field Marshal die Nasenwurzel zwischen Daumen und Zeigefinger. »Du solltest von hier verschwinden. Das Niemandsland ist kein Ort für eine Frau.«

Ceylan hob eine Augenbraue. »Woher weißt du das?«

»Ich weiß es einfach.«

Vielsagend schaute sie sich um, aber sie war die einzige Frau, in einem Meer aus schwarz gekleideten Männern und zerlumpten Anwärtern, die schon bald zu Novizen werden würden. »Klingt für mich eher nach einer Vermutung. Ihr müsstet erst eine Frau bei euch aufnehmen, um es mit Sicherheit zu wissen.« Ceylan straffte ihre Schultern. »Ich stelle mich gerne zur Verfügung.«

Tombell stieß ein amüsiertes Schnauben aus. »Das hättest du wohl gerne.«

»Ja.«

»Vergiss es«, erwiderte der Field Marshal schroff und brachte mit diesen zwei Worten erneut alle Hoffnung in ihr zum Bröckeln, doch Ceylan ließ sich nichts anmerken. Ihr Gesicht war so ausdruckslos wie bei einem Kartenspiel. »Von mir aus hackst du hier Holz, bis deine Hände bluten und dir die Finger abfallen, aber unter meiner Aufsicht wirst du keine Wächterin.« Tombell wandte sich ab und marschierte davon, vermutlich gewöhnt, das letzte Wort zu haben. Aber nicht heute.

»Das werden wir noch sehen«, brüllte Ceylan ihm nach. Er würde seine Meinung schon noch ändern. Dafür würde sie sorgen.

$$\triangledown$$

Ceylan war da. Immer. Wohin der Field Marshal auch ging und wohin es seine Wächter auch trieb. Sie war da. Und es gab nichts, was er dagegen tun konnte, denn das Niemandsland unterlag nur einem Gesetz. Dem Gesetz des Abkommens. Und solange sie nicht versuchte, die Mauer zu überwinden, konnte Tombell nichts gegen ihre Anwesenheit oder ihre Einmischung tun.

Nachdem sie Holz für eine ganze Woche gespaltet hatte, reinigte sie die Feuerstellen. Sie kehrte Ruß und Asche raus, brachte die verkohlten Überreste weg und legte neue Holzscheite hinein. Danach befreite sie die Dächer der Zelte vom Regenwasser, das sich dort gesammelt hatte, ehe der Stoff von dem Gewicht reißen konnte.

Zwischenzeitig legte sie immer wieder Pausen ein, um die Novizen beim Training zu beobachten. Sie waren noch nicht zu Unsterblichen gemacht worden, und Ceylan fragte sich, auf was die Wächter noch warteten. Vielleicht auf die Vollmonde. Oder den König. Was immer es war, zumindest verschwendeten sie keine Zeit, wenn es um das Training der Rekruten ging. Eine kluge Entscheidung, denn es gab einiges zu tun. Mit Ausnahme von Derrin, der vermutlich bereits an einer der königlichen

Akademien gelernt hatte, waren die Anwärter ein Haufen Taugenichtse. Es mangelte ihnen an Technik, Kondition, Geschick und einigen auch an Stärke. Bereits nach ein paar Trainingskämpfen zitterten ihre Arme vom Gewicht der Waffen.

Ceylan war selbst keine Schwertkämpferin, dennoch war sie sich sicher, besser mit dem Schwert umgehen zu können als die meisten dieser Männer. Sie selbst bevorzugte handlichere Waffen, die sich leicht unter ihrem Mantel verstecken ließen, wie ihre Mondsichel-Messer. Diese hatten die Form zweier sich überkreuzender Halbmonde, mit je vier tödlichen Spitzen, dazu geschaffen, auf den Gegner einzuhacken. Die Sicheln waren scharf geschliffen, und nur das gegerbte Leder an einer Seite des einen Halbmondes erlaubte es Ceylan, die Waffen in den Händen zu halten, ohne sich selbst die Finger blutig zu schneiden.

Der nächste Tag begann für Ceylan mit dem Polieren der Trainingswaffen, welche die Wächter achtlos in einem der Zelte liegen gelassen hatten. Anschließend begab sie sich auf die Jagd und durchkämmte den Dornenwald, bis sie auf die Spur eines Wildschweins traf. Sie folgte der Fährte bis zu einer Höhle, wo das Tier geradezu auf sie zu warten schien. Ceylan zog einen Pfeil aus dem Köcher, den sie sich von den Wächtern *ausgeliehen* hatte, und legte ihn an die Sehne ihres Bogens. Alles, was es brauchte, war ein präziser Schuss. Das Schwein ging röchelnd zu Boden, und den Rest erledigte Ceylan mit einem Dolch. Sie schaffte ihre Beute rechtzeitig zum Mittagessen an den Stützpunkt, ehe sie Pfeil und Bogen zurückbrachte.

Den Nachmittag verbrachte sie damit, vom Training durchbohrte Zielscheiben zu reparieren. Sie hockte auf der vom Regen noch feuchten Erde und war gerade dabei, die Kerben mit ihrer selbst angerührten Füllmasse auszubessern, als sie die Anwesenheit einer anderen Person spürte. Bereits eine Sekunde später legte sich ein Schatten über sie. Sie hob den Kopf. Zuerst erkannte sie nur eine dunkle Gestalt, die sich vor der Sonne abhob, aber nach einigen Wimpernschlägen wurde ihr Blick klarer. Über ihr stand ein Wächter, der ihr schon des Öfteren aufgefallen war. Nicht nur, weil er sich häufig in der Nähe des Field Marshals aufhielt, sondern auch, weil sein Aussehen ihn deutlich von den anderen Männern unterschied. Er hatte zwar die typisch breiten Schultern und muskulösen Arme. Doch seine Haare waren so hell, dass man sie kaum mehr als blond bezeichnen konnte, und seine Augen waren von einer ähnlichen Farblosigkeit. Im Schein der Sonne wirkten sie hellgrau, mit einer geradezu geisterhaften Aura.

»Was willst du?«, fragte Ceylan misstrauisch, die in ihrer Arbeit innegehalten hatte, eine Zielscheibe in den Händen.

»Mit dir reden.«

Sie hob eine Braue. »Wieso?«

»So skeptisch und angriffslustig.« Der Wächter schmunzelte und setzte sich einfach neben sie auf den Boden. Er trug nicht die vollständige Wächtermontur, sondern nur eine schwarze Hose und ein dunkles Hemd, auch sein magiegeschmiedetes Schwert hatte er abgelegt. »Ich bin Leigh.«

Ihr gefiel es, dass er sich mit seinem Namen und nicht mit seinem Rang vorstellte, obwohl sie sich sicher war, dass er einen besaß, wenn er so viel Zeit an der Seite von Tombell verbrachte. »Ceylan.«

»Ich weiß. Jeder weiß das. Ceylan Alarion.«

»Hat dich der Field Marshal geschickt, um mich loszuwerden?« Sie war sich nicht sicher, ob das ein gutes oder ein schlechtes Zeichen wäre.

»Nein.« Er schüttelte den Kopf. »Ich bin nicht wegen Khoury hier.«

Ihre Skepsis wuchs. Wenn er sie fragen würde, ob sie mit ihm eine Weile ins Dickicht verschwinden wollte, würde sie ihm die Zielscheibe an den Kopf donnern. Vorerst sagte sie jedoch nichts und wartete.

Leigh räusperte sich. »Versteh das nicht falsch, aber warum willst du unbedingt eine Wächterin werden? Für eine Frau wie dich gibt es einfachere Wege, Geld zu verdienen. Ich wette, viele Männer würden gut für dich bezahlen.« Es war kein Vorschlag, sondern lediglich eine Feststellung, ohne eigenes Interesse – und das war auch der einzige Grund, weshalb Ceylan ihm diese Bemerkung durchgehen ließ. Doch sie wusste genau, worauf er anspielte. Ihre Vorfahren stammten aus Séakis, einem Reich westlich von Lavarus. Dies machte sie in Melidrian zu einer Seltenheit, für die Männer durchaus bereit waren, viel zu bezahlen. Aus irgendeinem Grund fanden sie ihre schwarzen Haare, ihre dunkle Haut und ihren trainierten Körper anziehend. Vor allem in Amaruné bekam sie das häufig zu spüren. Nicht selten wurde sie dort von aufmüpfigen Adeligen gefragt, ob sie ihre Haut kosten dürften, da sie aussehe, als würde sie nach Schokolade schmecken. Aber sie war keine verfluchte Süßigkeit, die von Kaufmännern aus Übersee mitgebracht worden war.

Behutsam legte Ceylan das Stück Holz in ihren Händen zur Seite. »Wie ich bereits bei meiner Einschreibung sagte, ich bin nicht wegen des Geldes hier. Und auch nicht, weil ich mich von einem Fae schwängern lassen will.« Bei dieser Vorstellung lief ihr ein Schauder über den Rücken.

»Ist es wegen deines Glaubens?«

»Nein.«

»Also ist es Rache, die dich antreibt.«

Ceylan verengte ihre Augen zu Schlitzen. Ihr gefiel es nicht, wie leicht er sie zu durchschauen schien. »Ja.«

»Verstehe«, murmelte Leigh. »Ich hoffe für dich, deine Rache ist dir dieses Leben wert.« *Mir wäre es das nicht.* Er sprach diese Worte nicht aus, aber Ceylan konnte sie dennoch so klar und deutlich hören, als hätte er es getan.

»Was hat dich an die Mauer gebracht?«, erkundigte sie sich.

»Geld.«

»Tatsächlich?« Sie setzte eine ausdruckslose Miene auf und musterte Leigh. Er war kein Riese wie Tombell, aber groß, und unter seiner dunklen Kleidung war ein gestählter und zugleich geschmeidiger Körper zu erahnen. »Und da habe ich geglaubt, für einen Mann wie dich gäbe es einfachere Wege Geld zu verdienen.«

Leigh lachte und griff nach einer der Zielscheiben, die sie repariert hatte. Er nickte anerkennend. »Bei der Menge Geld, die ich gebraucht habe, hätte mein Arsch nie wieder aufgehört zu bluten, hätte ich diesen Weg gewählt.«

»Wofür hast du das Geld gebraucht?«

»Schulden.« Leigh richtete sich auf und legte die Zielscheibe zurück. Seine schönen Gesichtszüge verhärteten sich, und jede Freude wich aus seinem Blick. In diesem Moment hätte er genauso gut eine Statue aus Eis sein können. »Ich habe Leute beklaut, die ich nicht hätte beklauen sollen … Dunkelgänger.« Seine Stimme senkte sich bei dem letzten Teil des Satzes, als befürchtete er, sie könnten belauscht werden.

Ceylans Augen weiteten sich. Das konnte nicht sein! Er hatte die *Dunkelgänger* bestohlen? Sie selbst hatte in ihrem Leben schon viele dumme Dinge angestellt, aber das? »Warum hast du das getan?«, fragte sie ungläubig.

Leigh zuckte mit den Schultern. »Dummheit. Leichtsinn. Überheblichkeit. Such es dir aus. Aber das ändert nichts. Was passiert ist, ist passiert.«

Ceylans Neugierde war geweckt. Sie wollte alles über die *Dunkelgänger* erfahren, doch ein kalter Blick des Wächters genügte, um sie zum Schweigen zu bringen, obwohl ihr unzählige Fragen auf der Zunge lagen. Denn kaum jemand wusste wahrhaftig etwas über diese Leute, die nicht nur Diebe, Mörder und Rebellen waren, sondern Schatten. Niemand konnte mit Gewissheit sagen, woher die Dunkelgänger kamen, wo sie ihren Ursprung hatten oder wer ihr Anführer war. Und dennoch regierten sie das Land mit ihren kriminellen Machenschaften aus dem Untergrund heraus.

»Es war nett, mit dir zu reden«, sagte Leigh plötzlich und stand vom Boden auf. Er klopfte sich den Dreck von der Hose und blickte auf Ceylan hinab. »Darf ich dir einen Rat geben? Bleib an Khoury dran. Er wird seine Meinung ändern. Du zeigst Einsatz, und so jemanden können wir hier brauchen.«

»Danke«, erwiderte Ceylan, von dem plötzlichen Zuspruch überrascht. Leigh schenkte ihr noch ein letztes Lächeln, bevor er sich abwandte und in Richtung der Mauer lief, seine Schritte erstaunlich leichtfüßig.

▽

Der nächste Morgen kam für Ceylan viel zu früh, nachdem sie, von Leighs Worten bestärkt, bis in die Nacht gearbeitet hatte, um den Field Marshal zu beeindrucken. Die Muskeln in ihren Armen brannten, und ein schmerzhaftes Ziehen zog sich durch ihre Oberschenkel, dennoch ließ sie sich an einem der tiefer hängenden Äste zu Boden gleiten, um den Tag zu beginnen. Sie hatte erneut die Nacht auf einem Baum verbracht, da man ihr, anders als den ausgewählten Novizen, kein Bett zugeteilt hatte.

Trotz der frühen Stunde liefen bereits einige Wächter über den Platz. Manche von ihnen wirkten ausgeruht, bereit, den Dienst anzutreten, während andere patrouilliert und die Nacht auf dem Aussichtsturm verbracht hatten und sich nun erschöpft in die Schlafsäle zurückzogen. Ceylan ließ ihren Blick weiter über den Platz schweifen, um zu sehen, ob sie den Field Marshal irgendwo entdecken konnte, um ihm erneut alle Gründe aufzuzählen, warum er sie zu einer Wächterin machen sollte. Doch sie konnte ihn nirgendwo ausmachen.

Auf der Suche nach einer neuen Aufgabe, welche sie in der Gunst der Wächter steigen ließ, marschierte Ceylan durch das Niemandsland. Sie war erst ein paar Schritte weit gekommen, als sie einen unangenehmen, säuerlichen Geruch bemerkte. Sie rümpfte die Nase und sah sich nach der Quelle des Gestanks um, als sie realisierte, dass sie es selbst war, die zum Himmel stank. Kein Wunder. Sie hatte sich seit Orillon nicht mehr gewaschen. Natürlich stank sie, vor allem nach der Arbeit der letzten Tage.

Was bedeutete, ihr blieben nur zwei Möglichkeiten. Entweder sie lebte mit dem Geruch, der klebrigen Haut und den fettigen Haaren. Oder sie fand einen Platz, um sich zu waschen. Die Entscheidung fiel ihr leicht. Doch der nächste Tümpel lag nicht gerade in der Nähe. Ob sie es riskieren konnte, die Waschräume der Wächter aufzusuchen? Zwar gab es im Niemandsland keine Gesetze, hier zählte nur das Abkommen, aber Einbruch wurde wohl nirgendwo gerne gesehen. Und genau das wäre es: Einbruch. Denn sie war keine Wächterin. Noch nicht.

Scheiß drauf, dachte Ceylan und lief in Richtung der Schlafsäle, wo sie die Waschräume vermutete. Die Wächter lebten und schliefen in großen Gebäuden, aus grauem Stein errichtet. Sie waren von den Jahren und der Witterung gezeichnet, aber es war nicht zu übersehen, dass die Unterkünfte gepflegt waren. Die Dächer mussten erst kürzlich neu gedeckt worden sein, und die eingelassenen Glasscheiben waren klar und ohne Kratzer.

Vor dem Eingang eines der Gebäude entdeckte Ceylan zwei Wächter, die sich unterhielten. Sie konnte sich nicht daran erinnern, sie schon einmal gesehen zu haben, aber bei rund hundert Wächtern und drei Dutzend Novizen, die später überall entlang der Mauer eingesetzt werden würden, war das nicht verwunderlich. Sie selbst hatte schon viele der Namen vergessen, die sie im Laufe der letzten Tage aufgeschnappt hatte.

Die beiden Wächter wussten jedoch genau, wer sie war, das konnte sie deutlich an ihren Gesichtern erkennen. Der kleinere der beiden Männer presste seine Lippen aufeinander, und der andere furchte die Stirn vor Missfallen.

Ceylan blieb vor ihnen stehen, lächelte und ignorierte die Blicke, die trotz offensichtlicher Verachtung für sie zu ihren Brüsten gewandert waren. »Könntet ihr mir sagen, wo ich die Waschräume finde?«

»Die Waschräume?« Der kleinere Wächter schnaubte. »Ich an deiner Stelle würde dort nicht hingehen.«

»Ich habe dich nicht nach deiner Meinung gefragt, sondern nach dem Weg.«

»Vielleicht solltest du besser mit dem Field Marshal sprechen«, bemerkte der größere Wächter und legte die linke Hand auf das Heft seines Schwertes. Diese Geste wirkte an ihm weniger bedrohlich, eher fahrig.

»Sagt mir einfach, wo ich hinmuss«, drängte Ceylan und unterdrückte den Drang, nach ihren Messern zu greifen. Sie wollte nur diesen Gestank loswerden und kein Aufsehen erregen. Alles, was sie brauchte, war ein Lappen und ein Eimer sauberes Wasser.

»Geh hier rein und folge dem Gang. Am Ende ist eine Tür, die wieder nach draußen führt. Dort sind die Waschräume«, erklärte der größere Wächter. Etwas Verschwörerisches lag in seiner Stimme, das Ceylan nicht deuten konnte.

Dennoch bedankte sie sich und folgte der Wegbeschreibung in das Gebäude, das sie bisher nur von außen gesehen hatte. Es war prachtvoller eingerichtet als in ihrer Vorstellung und erinnerte sie an die königlichen Akademien, in die sie vor zwei Jahren eingebrochen war. Petroleumlampen hingen an den Wänden, eisenbeschlagene Türen befanden sich links und rechts des Flurs, der mit einem Teppich ausgelegt war, der sich unter ihren nackten Füßen vermutlich weich angefühlt hätte. Weitere Gänge zweigten von dem breiten Korridor ab und führten tiefer ins Innere der Unterkunft.

Der Geruch von frisch aufgekochtem Haferschleim brachte Ceylans Magen zum Knurren. Sie legte sich eine Hand auf die

Mitte und gab dem Drang nach Nahrung nicht nach, sondern folgte dem Korridor bis ans Ende. Dort stieß sie die Tür auf, die nach draußen führte. Sofort entdeckte sie die Hütte. Rauch quoll aus drei Schornsteinen heraus, und einige Wächter standen vor dem Eingang. Ihre Haare waren feucht, und sie hielten Becher mit einer dampfenden Flüssigkeit in den Händen. Offensichtlich hatte man sie doch nicht angelogen.

Einen Moment fürchtete sie, die Wächter könnten sie aufhalten und ihr den Weg versperren, aber sie rührten sich nicht. Begleitet von ihren neugierigen Blicken lief Ceylan zur Hütte, zu stolz, um einen Rückzieher zu machen. Sie würde kurz reingehen, sich waschen und wieder verschwinden, ehe der Field Marshal bemerken konnte, dass sie unerlaubt eines der Quartiere betreten hatte.

Eine Wolke aus warmer Luft schlug ihr entgegen, als sie die Tür zum Waschraum aufstieß. Das Holz knallte gegen die Wand, und sämtliche Augenpaare richteten sich auf sie. Doch der Blickkontakt hielt nur den Bruchteil einer Sekunde an, ehe Ceylan etwas anderes bemerkte.

Penisse.

Jede Menge Penisse.

Beim König! Vielleicht war dies doch ein Fehler gewesen. Warum hatte sie nicht dran gedacht, dass die Wächter sich hier auszogen? Sie wollte sich abwenden, aber ihre Füße waren wie angewurzelt. Sie hatte noch nie einen Mann nackt gesehen, nicht wirklich. Und vor allem keinen, der den athletischen Körper eines Wächters besaß.

Ein paar der Männer hatten genug Scham und Anstand, um sich zu bedecken oder von Ceylan abzuwenden, anderen schien es egal zu sein; wie Leigh. Er stand nur wenige Fuß von ihr entfernt, und sein kleiner Wächter – der gar nicht so klein war – schien sich über irgendetwas zu freuen.

Hitze schoss Ceylan in die Wangen, und sie hoffte inständig, die Männer würden die Röte ihrer Backen auf den heißen Dampf schieben. Denn sie konnte es sich nicht erlauben, den Ruf einer Jungfrau zu bekommen. Doch als sie ihren Mund öffnete, um etwas zu sagen, kam kein Wort heraus.

»Kann ich dir helfen?«, fragte Leigh amüsiert. Sie konnte das Grinsen in seiner Stimme hören, aber nicht sehen, denn ihr Blick war noch immer auf seine Mitte gerichtet. Als ihr allerdings klar wurde, wie unverfroren sie ihn noch immer anstarrte, schaute sie schleunigst nach oben. Unwillkürlich bemerkte sie dabei eine längliche Narbe auf Leighs Brust, die verdächtig danach aussah, als hätte ein Schwert ihn an dieser Stelle durchbohrt. Ob es eine magische Waffe gewesen war? Oder stammte das Mal aus seiner Zeit als Sterblicher.

»Ich, ähm … ich wollte mich waschen«, antwortete Ceylan stammelnd und verfluchte sich für ihren unsicheren Tonfall.

»Du bist herzlich eingeladen, mir Gesellschaft zu leisten«, sagte Leigh.

Sie schüttelte heftig den Kopf. »Darüber wäre der Field Marshal sicherlich nicht erfreut.«

»Das wäre er tatsächlich nicht«, antwortete dessen tiefe Stimme. Tombell saß auf dem Rand eines großen Waschtrogs. Nackt. *Verdammt! Verdammt! Verdammt!* Ceylan deutete hinter sich auf die Tür, als könnten die Männer vergessen haben, wo der Ausgang liegt, und trat zaghaft einen Schritt zurück. Ihr Herz pochte wie wild. Und sie hatte sich wohl schon lange nicht mehr so sehr selbst gehasst wie in diesem Augenblick. »Ich … ich sollte vielleicht wieder gehen.«

»Nein, wieso denn?«, fragte Leigh.

»Das wäre wohl das Beste«, sagte Tombell im selben Moment.

Ceylan nickte und gab keinen Mucks mehr von sich, als sie sich abwandte, um zu gehen. Ihre Wangen glühten vor Demütigung, und ihre Augen brannten vor Wut auf sich selbst. Was hatte sie sich nur dabei gedacht hierherzukommen? Natürlich war der Waschraum um diese Uhrzeit nicht leer. Die Männer vor der Hütte hätten ihr eine Warnung sein sollen, und nun wusste der Field Marshal auch, dass sie unbefugt das Quartier betreten hatte. *Großartig.* Hoffentlich hatte sie ihre einzige Chance, jemals Wächterin zu werden, gerade nicht verspielt.

8. Kapitel – Freya

– Amaruné –

In das Verlies zu kommen, war ein Fehler gewesen. Ein Fehler, den Freya nicht bereute, trotz der misslichen Lage, in der sie sich befand. Die Hand des unsterblichen Wächters hatte sich um ihr Handgelenk geschlossen. Er hielt sie fest, und dort, wo seine Finger in ihre Haut drückten, konnte sie das Pulsieren ihres Blutes spüren, das sich wohl schon bald über den Boden des Kerkers ergießen würde. Was hatte sie sich nur dabei gedacht, ihren Arm durch die Gitterstäbe zu schieben? Und dann auch noch der Dolch. Dieser vermaledeite Dolch!

Hilflos blickte Freya an sich herab, nur um festzustellen, dass sie den einzigen Magieanhänger an ihrer Kette bereits an einen Trunkenbold verschwendet hatte. Ihr Herz schlug schnell, und sie war sich sicher, dass der Wächter es pochen, hören konnte.

Ein weiteres Mal zerrte Freya an ihrem Arm, wobei die Heftigkeit ihres Rucks ihr lediglich einen reißenden Schmerz in die Schulter trieb. Sie biss die Zähne zusammen und unterdrückte einen Schrei, denn sie wollte keine Schwäche zeigen. Stattdessen reckte sie ihr Kinn in die Höhe und funkelte den Wächter trotzig an.

Im züngelnden Licht der Lampe erkannte Freya, dass der Wächter eine durch und durch dunkle Erscheinung war. Seine Haut war von Dreck überzogen, sein Bart verfilzt, seine Kleidung von einem tristen Grau, und seine Haare, die ihm bis über die Schultern reichten, waren beinahe schwarz. Doch das Finsterste an ihm war die Leere in seinem Blick.

Sämtliche Geräusche im Kerker waren für Freya verstummt, und all ihre Aufmerksamkeit ruhte auf dem Wächter, der nicht nur sie und ihren Dolch, sondern auch ihr Leben in seinen Händen hielt. Er studierte die Waffe, die er ihr abgenommen hatte, eingehend, als würde er überlegen, auf welche Weise er sie töten wollte. Ein Stich ins Herz? Ein Schnitt durch die Kehle? Oder doch lieber viele kleine Wunden, die sich über ihren ganzen Körper verteilten?

»Ich bin hier, um Euch ein Angebot zu machen«, presste Freya hervor, in einem letzten Versuch, ihr Leben zu retten. »Wenn Ihr mich anhört, könntet Ihr bald schon frei sein.«

Diese Worte wirkten besser als jede Drohung und jedes Flehen. So schnell, wie Larkin sie gepackt hatte, ließ er sie wieder los. Eilig trat Freya einen Schritt zurück und umfasste ihr schmerzendes Handgelenk, ohne den Blick vom Wächter abzuwenden, dessen Kleidung nur noch aus zerfetzten Lumpen bestand, die aussahen, als könnten sie ihm jeden Augenblick vom Körper fallen.

Sie wollte etwas sagen, aber die Worte blieben ihr in der Kehle stecken, als Larkin plötzlich vor ihr auf die Knie ging. Den Kopf gesenkt, sein Gesicht von den Haaren verborgen. Verunsichert sah Freya auf ihn herab, denn er hielt noch immer ihren Dolch fest. Regungslos verharrte er in dieser Position, als wollte er damit um seine Freilassung bitten.

»Eigentlich sollte ich Euch hier unten verrotten lassen«, sagte Freya in einem strengen Tonfall, wie sie ihn schon so oft bei ihrem Vater gehört hatte. Um ihre Macht zu unterstreichen, zog sie die Schlüssel für die Zelle aus einer Tasche ihres Umhangs. Sie bewegte den Bund so, dass das Metall melodisch aneinanderschlug, wie der Lockruf der Freiheit. »Aber ich benötige die Dienste eines erfahrenen Kriegers, und Ihr scheint mir der Richtige dafür zu sein.« *Denn Ihr habt nichts mehr zu verlieren.*

Wachsam beobachtete Freya den Wächter. Doch dieser gab keine Antwort. Vollkommen still kniete er vor ihr, und das Schweigen zwischen ihnen zog sich dahin, wie ein Eimer Wasser, der nur langsam von einem Einarmigen aus dem Brunnen gekarrt wurde.

»Was sagt Ihr?«, drängte Freya schließlich. »Eure Hilfe für Eure Freiheit?«, Sie hoffte inständig, der Wächter würde ihrem Angebot zustimmen, ohne mehr über sie oder ihre Mission erfahren zu wollen. Mit Sicherheit war er nicht gut auf die Familie Draedon zu sprechen, und es wäre wohl klüger, ihre Identität vorerst vor ihm geheim zu halten. Schließlich hatte er das Schicksal in diesem Loch ihrem Vater zu verdanken, und das, obwohl er sein Leben dem Schutz dieses Landes verschrieben hatte.

Auf einmal regte sich Larkin. Ohne den Blick zu heben und ohne ein Wort zu sprechen, stand er vom Boden auf. Dabei drehte er den Dolch in seiner Hand, bis seine Finger die Klinge umfassten. Auf diese Weise schob er die Waffe durch die Gitterstäbe und hielt den Griff Freya hin.

Verständnislos starrte sie den Dolch an und fragte sich, was für ein Spiel der Wächter mit ihr trieb. Sein Schweigen. Sein Angriff. Sein Kniefall – zeugte er von Gehorsam, Angst, oder war Larkin womöglich einfach nur verrückt und wusste selbst nicht mehr, was er tat?

Doch was immer in ihm vorging, die Darbietung des Dolchs war eindeutig die Antwort, auf die Freya gehofft hatte. Sie folgte der stummen Aufforderung und nahm die Waffe an sich, deren Holzgriff trotz der Kälte im Verlies von seiner Haut gewärmt war.

»Ich danke Euch«, sagte Freya, und ohne Larkin aus den Augen zu lassen, schob sie den Dolch wieder in den Ärmel ihrer Robe. »Tretet zurück!«

Er gehorchte und ging zu dem Bett aus Heu, wo eine Maus zwischen seinen Füßen hindurchflitzte. Mit angespannten Schultern und bebenden Fingern entriegelte Freya das Schloss zur Zelle. Ein Klicken war zu hören, gefolgt von einem rostigen Knirschen, das durch die Gänge hallte, als wäre die Tür zu Larkins Verlies bereits seit Tagen oder gar Wochen nicht mehr geöffnet worden.

Freya wich von dem Gitter zurück und bedeutete Larkin, aus der Zelle zu treten. Zögerlich, als würde er ihr ebenso misstrauen wie sie ihm, trat der ehemalige Field Marshal aus dem Verlies hervor. Er überragte Freya um zwei Köpfe, und trotz der Jahre der Gefangenschaft besaß er breite Schultern und muskulöse Arme, wie dafür geschaffen, ein Schwert zu führen. Ein Mann wie er musste ihr keinen Gefallen tun, um seine Freiheit zu bekommen, er könnte sie sich nehmen – hier und jetzt.

Darüber wollte Freya allerdings nicht nachdenken. »Wir müssen uns beeilen«, erklärte sie und zog ein zweites Bündel aus ihrem Umhang hervor. Es war Sprengstoff, den Moira extra für sie hergestellt hatte. Genug, um ein Loch in die Wand zu reißen, ohne die gesamte Ruine zum Einsturz zu bringen.

Freya holte eine Fackel aus einer der Wandhalterungen und flitzte in Larkins Zelle. Dort stopfte sie das Bündel mit der Zündschnur möglichst weit oben zwischen zwei Steine im Mauerwerk, anschließend entzündete sie die Lunte, warf die Fackel beiseite und eilte wieder in den Gang.

»Duckt Euch!«, befahl sie Larkin und ging selbst in Deckung. Gerade noch rechtzeitig. Bereits einen Moment später gab es einen lauten Knall. Der Boden erzitterte, und eine Druckwelle rollte über sie hinweg, ehe kleine Gesteinsbrocken durch die Luft flogen. Schreie waren zu hören. Ob sie von den anderen Gefangenen oder den Gardisten stammten, wusste Freya nicht, aber sie wollte nicht warten, um es herauszufinden. Blinzelnd öffnete sie die Augen.

Staub trübte ihre Sicht, dennoch erkannte sie das Loch in der Wand. Es war nicht groß, und Larkin würde sich hindurchzwängen müssen, aber er konnte es schaffen.

»Kommt! Wir müssen uns beeilen«, sagte Freya noch einmal mit drängender Stimme und trat abermals in die Zelle, die Larkin zuvor jahrelang gefangen gehalten hatte. Dieser zögerte, aber nur kurz. Er folgte ihr, und sobald er erneut in seinem Verlies stand, zog Freya die Tür hinter sich zu, schloss sie ab und warf den Schlüssel zur Seite.

Ohne Zeit zu verschwenden, versuchte sie umgehend, an der Mauer nach oben und durch das Loch zu klettern, aber das Gestein war feucht und schmierig. Ihre Finger und Stiefel wollten einfach keinen Halt finden. Immer wieder rutschte sie ab, dabei schlug ihr Knie schmerzhaft gegen das, was von der Wand noch übrig war. Sie biss die Zähne zusammen.

»Ich glaube, das kam von da hinten!«, rief ein Gardist.

Plötzlich packten Freya zwei starke Hände von hinten und hoben sie vollkommen mühelos in die Höhe. Sie bekam die Kante zu fassen und zog sich mit einem Ächzen durch die Öffnung. Auf dem erdigen Boden krabbelte sie zur Seite, bereit, Larkin ihre Hand zu reichen, aber dieser war bereits halb durch das Loch. Herausstehende Steine zerrten an seiner Kleidung und kratzten an seiner Haut, aber er schaffte es, sich hindurchzuzwängen.

»Der Wächter!«, hörte Freya jemanden brüllen. Sie mussten von hier weg.

Schnell.

»Hier entlang«, sagte Freya und stürmte los. Dies war die Stunde der Wahrheit: Larkin könnte ihr seinen Dank zeigen, indem er ihr folgte, oder er könnte einfach verschwinden. Er folgte ihr. Mit rasendem Herzen und donnernden Schritten, die den Staub unter ihren Stiefeln aufwirbelten, gab Freya die Richtung vor. Sie lief nicht gerade in Richtung Norden, sondern schlug immer wieder Haken und tauchte in schmalen Gassen unter, um den Gardisten die Suche nach ihnen zu erschweren. Erst nach mehreren Straßen wagte es Freya, langsamer zu werden. In ihrer Lunge spürte sie ein Brennen, und in ihrer Seite ein Stechen. Sie stemmte die Hände in die Hüfte und lief noch ein paar Schritte, ehe sie stehen blieb, um zu Atem zu kommen. Nach dem Gestank im Verlies, nahm Freya den Geruch des sechsten Rings kaum mehr war.

Larkin war mit gebührendem Abstand neben ihr stehen geblieben. Ihn hatte die Flucht überhaupt keine Kraft gekostet. Er atmete vollkommen regelmäßig und hatte den Kopf in den Nacken gelegt. Schweigend beobachtete er den Himmel und die Sterne. Erstaunen spiegelte sich dabei in seinen Gesichtszügen. Sein Mund stand leicht offen, und jegliche Bitterkeit war aus seinen Augen gewichen. Die Wolken, welche den ganzen Tag verheißungsvoll über der Stadt gehangen hatten, waren dabei, in den Norden zu ziehen, und ließen eine sternenklare Nacht zurück, die vom Licht der Monde erhellt wurde.

Larkin bemerkte, dass Freya ihn beobachtete, und für eine Sekunde begegneten sich ihre Blicke, ehe er eilig wieder gen Himmel sah, als hätte er Angst, etwas zu verpassen. Wie musste es sich für ihn anfühlen, nach all den Jahren wieder unter einem Himmel zu stehen, der so weit und frei war, ohne Steine und Gitterstäbe, die einen zurückhielten?

»Wir sollten nicht zu lange stehen bleiben«, sagte Freya. »Vermutlich wird bald die gesamte Garde nach uns suchen.« Zögerlich setzte sie einen Fuß vor den anderen in der Hoffnung, dass Larkin ihr auch dieses Mal folgte.

Er tat es nicht.

Reglos blieb er an Ort und Stelle stehen. Seine ganze Aufmerksamkeit ruhte auf den Sternen. Dabei zuckte sein Blick hin und her, als würde er in seinen Gedanken Linien zwischen den leuchtenden Punkten ziehen.

Freya trat einen Schritt auf ihn zu. »Larkin?«

Er blinzelte – und sah sie an. In seinen Augen sah sie Verwunderung, bevor er eilig den Kopf senkte und sich in Bewegung setzte; nicht um wegzurennen, sondern um ihr zu folgen.

△

Gemeinsam mit Larkin verließ Freya das Ruinenviertel. Den sechsten Ring. Und die Stadt, die das einzige Zuhause war, das sie je gekannt hatte. Es war dunkel, aber noch wagte Freya es nicht, ein Licht zu entzünden. Nach und nach lichteten sich die Mauern, bis nur noch Wiesen und Felder zurückblieben. Ohne die Häuser hatte man einen direkten Blick auf das Schatzgebirge. Majestätisch und gewaltig ragte es östlich von Amaruné auf, seine schneebedeckten Spitzen waren bei Nacht allerdings nicht zu erkennen.

Schließlich wurden die Weiden zu Wäldern und die Wege immer schmaler, je weiter sie in den Süden kamen. Das Dickicht um sie herum verdichtete sich, und der Duft nach Erde wurde stärker. Laub- und Nadelbäume drängten sich mit jedem weiteren Schritt enger aneinander, und ihre Stämme wurden zu einer scheinbar undurchdringlichen Wand, die jegliches Licht aussperrte.

»Wartet«, sagte Freya und stellte ihren Beutel auf der Erde ab. Sie holte die Lampe hervor, welche sie für diesen Teil des Weges eingepackt hatte. Inzwischen waren sie weit genug von der Stadt entfernt, und sie wollte es nicht riskieren, in der Dunkelheit zu stolpern und sich ein Bein zu brechen.

Unter Larkins wachsamen Blicken, die immer wieder auch über ihren Kopf hinwegschweiften, nahm sie noch zwei ihrer Anhänger aus der Tasche. Den einen befestigte sie an ihrer Kette, den anderen zerdrückte sie zwischen ihren Fingern. Glas knirschte, kurz bevor eine Flamme in ihrer Handfläche aufloderte.

Larkin stieß ein Zischen aus, und Freya blickte zu ihm auf. Er hatte die Augen weit aufgerissen und starrte auf ihre Hand. Sie wusste, dass es nicht die Magie war, die er fürchtete, sondern das Wissen, das er soeben gewonnen hatte. Magie zu wirken war in diesem Land das schlimmste aller Verbrechen, und eigentlich wäre er nun dazu verpflichtet, sie der Garde zu melden, aber zu Freyas Glück war er ein gesuchter Verbrecher.

Sie entfachte die Flamme in der Lampe und richtete sich wieder auf. »Lasst uns weitergehen«, sagte sie ohne ein Wort der Erklärung. Dafür war jetzt nicht die richtige Zeit. Sie setzten ihren Weg fort, wobei Larkin nicht neben ihr lief, sondern stets abseits im Zwielicht blieb.

Im Lichtkegel folgte Freya dem Pfad, der in dem Teppich aus Kiefernnadeln und Blättern kaum zu erkennen war. Der Marsch erschien ihr endlos. Sie war noch nie so lange zu Fuß gegangen, und selbst ihre liebsten Stiefel aus Rindsleder begannen unangenehm an ihren Zehen zu reiben.

Noch unangenehmer als das war jedoch die Gleichgültigkeit, die Larkin ihr entgegenbrachte. Er würdigte sie keines Blickes und sprach kein Wort mit ihr. Nicht einmal nach dem Ziel ihrer Reise hatte er sich erkundigt, und allmählich fragte sich Freya, ob der Wächter wirklich hier war, um ihr zu helfen, oder lediglich auf der Flucht vor den Gardisten. War sie womöglich seine Gefangene, ohne es zu wissen?

Sie wollte Larkin nach seinen Absichten fragen, aber sie brachte es nicht über sich, die Worte auszusprechen, die ihr durch den Kopf gingen, aus Angst, was passieren könnte. Im Verlies war ein Gitter zwischen ihr und dem ehemaligen Field Marshal gewesen. Doch nun gab es keine Barrieren mehr. Er konnte ungehindert nach ihr greifen, sie verletzen, töten oder sich ihren Körper auf eine ganz andere Art und Weise gefügig machen.

Diese Vorstellung ließ Freya erschaudern, und dennoch verspürte sie eine Faszination für den Wächter, der schon lange vor ihr existiert hatte und auch noch leben würde, wenn sie bereits Rauch und Asche war.

In der Stille des Waldes bemerkte Freya plötzlich, dass Larkins Schritte verklungen waren. Sie drehte sich um und entdeckte, dass er stehen geblieben war. Er neigte den Kopf und lauschte in die Nacht. Instinktiv erstarrte auch sie in der Bewegung und horchte. Doch alles, was Freya wahrnahm, war das Plätschern eines Bachs in der Ferne und das Kreischen nächtlicher Vögel auf der Suche nach Nahrung. »Was ...?«

Ohne seinen Blick von dem dunklen Wald abzuwenden, legte Larkin einen Finger an seine Lippen und brachte Freya damit umgehend zum Schweigen. Und da hörte sie es: das Knacken von Zweigen und das Knirschen trockener Blätter. Gerade noch rechtzeitig fuhr sie herum, um zu sehen, wie zwei Gestalten vor ihr aus dem Schatten der Bäume traten. Ein Mann und eine Frau. Ihre Tuniken waren mit dunklem Leder geflickt, und die löchrigen Knie ihrer schwarzen Hosen ließen erahnen, dass sie viel Zeit damit verbrachten, im Dickicht zu lauern.

»Wen haben wir denn da?«, fragte der Mann und trat nach vorne. Selbst im fahlen Licht der Lampe bemerkte Freya, dass sein Schädel uneben rasiert war. Eine blasse Narbe war unter dem Flaum seiner verbliebenen Haare zu erkennen. »Eine Adelige und ihr Schoßhund. Der stinkt ja noch schlimmer als ich.«

Die Frau schnaubte. »Das bildest du dir nur ein, Tomas. Niemand stinkt so schlimm wie du.«

Der Dieb – Tomas – zeigte sich von der scherzhaften Beleidigung ungerührt. Er richtete seine Aufmerksamkeit auf Freya. Sie kannte die Geschichten über die Diebesbanden, die im Dornenwald ihr Unwesen trieben, doch sie war nie einer von ihnen begegnet – bis jetzt. »Was ist in deinem Beutel?«

»Nur dreckige Wäsche und ein paar Münzen für die Reise«, log Freya. Ein Beben hatte sich in ihre Stimme geschlichen, obwohl sie nicht vollkommen überrascht war, einem Mann wie

Tomas gegenüberzustehen. Natürlich hatte sie gehofft, dass es nicht so weit kommen würde, aber mit Überfällen musste man außerhalb von Amaruné immer rechnen – zumindest hatte das Roland jedes Mal gesagt, wenn sie den Wald mit einer Kutsche durchfahren hatten.

»Soso, ein paar Münzen«, erwiderte Tomas.

Sie nickte und spähte über ihre Schulter zu Larkin, der hinter ihr stand. Seine Muskeln waren angespannt, dennoch regte er sich nicht. Sein Gesicht erschien völlig teilnahmslos, und sie fragte sich, was in dem Wächter vorging. Würde er den Angriff der Diebe nutzen, um sich aus dem Staub zu machen, oder sie verteidigen, wenn ihr eigener Plan nicht aufging? Freya hoffte auf das Letztere, schließlich war Larkin vor seiner Inhaftierung ein Ehrenmann gewesen.

»Das Geld solltest du uns besser geben«, sagte Tomas mit einem Grinsen, so dreckig, als würde er bereits überlegen, wie viele Huren er mit den Münzen bezahlen könnte.

»Bitte tut uns nichts«, flehte Freya. Sie meinte ihre Bitte ernst, aber das Geräusch, das sie von sich gab, war gespielt. Es lag irgendwo zwischen einem Schluchzen und einem Wimmern. Sie hatte in Amaruné bei Nacht schon zu viel erlebt, gesehen und gehört, um sich von ein paar Dieben einschüchtern zu lassen. Willig setzte sie ihren Beutel ab und öffnete ihn. Obenauf lag die Kleidung, von der sie gesprochen hatte, und darunter befand sich ein Säckchen mit Kupfermünzen, das sie für eine solche Situation gepackt hatte.

»Wird's bald?«, fragte die Diebin. Sie hatte ihr dunkles Haar kurz geschoren und trug einen Köcher samt Bogen über ihrer Schulter.

Freya richtete sich wieder auf, den Blick weiterhin gesenkt. Sie klammerte sich an den Beutel wie an ein Rettungsseil. Ihre Hände zitterten tatsächlich, und sie hoffte inständig, dass ihre List aufgehen würde. Sie hatte nicht vor, sich dem Dieb zu nähern, und warf das Säckchen in seine Richtung. Es landete auf dem Boden, das Klirren der Münzen war deutlich zu hören. »Ich danke«, erklärte Tomas und hob das Geld auf. »Und jetzt dein Beutel.« Freya umfasste den Riemen ihrer Tasche, die nun wieder über ihre Schulter hing. »Darin ist nur dreckige Wäsche. Nichts von Belang.«

»Das werden wir ja sehen. Gib mir den Beutel!«

»Und mir deinen Umhang«, verlangte die Frau und tippte mit ihren zerschlissenen Stiefeln ungeduldig auf den Waldboden, als hätten sie vor, heute noch jemanden zu überfallen.

Freya schüttelte den Kopf, das Herz pochte ihr bis zum Hals.

»Gib mir den Beutel!«, wiederholte Tomas. Er näherte sich ihr, bis sie seinen Geruch wahrnehmen konnte. Er roch nach Kiefernnadeln und Erde, kein unangenehmer Duft, wäre da nicht der faulige Gestank seines Atems gewesen, der ihr mit jedem gesprochenen Wort entgegenschlug.

»Ihr habt doch schon die Münzen«, bettelte Freya. Und verfluchte sich selbst für ihre Naivität. Wie hatte sie annehmen können, dass sich so ehrlose Menschen wie Tomas mit einem Säckchen Kupfer zufriedengaben, solange sie noch einen ganzen Beutel bei sich trug?

»Jetzt mach schon, Mädchen!«, sagte Tomas ungeduldig.

Freya begann durch den Mund zu atmen. Der Gestank war mittlerweile einfach unerträglich geworden. Sie ließ ihren Blick am Körper des Mannes entlanggleiten. Ebenso wie seine Gefährtin war er bewaffnet. Sie konnte die beiden unmöglich angreifen, nicht einmal mit ihrer Magie. Ein einziger Trunkenbold war nichts im Vergleich zu zwei bewaffneten Dieben, die etwas von ihrem Handwerk zu verstehen schienen. Vielleicht hätte Larkin sie überwältigen können, aber die Körperhaltung und die Miene des Wächters waren unverändert. Vollkommen reglos stand er da. Wie sollte sie ihm ein Zeichen geben, ohne sich zu verraten? Und viel wichtiger: Würde er überhaupt auf ihrer Seite stehen?

»Meine Geduld ist langsam zu Ende«, mahnte Tomas und legte seine Hand auf die Waffe an seinem Gürtel; die Drohung war unmissverständlich.

Unter keinen Umständen durfte Freya sich weiter bestehlen lassen. Ihre Mission hing von dem Inhalt ihrer Tasche ab, und wenn sie jetzt zum Schloss zurückkehren müssten, um ihre Vorräte aufzustocken, würden sie es kein zweites Mal schaffen, aus Amaruné herauszukommen.

»Ist diese Dreckwäsche wirklich dein Leben wert?«, fragte Tomas mit einem Seufzen und entblößte dabei die dunklen Stumpen, die für die Fäulnis in seinem Atem verantwortlich waren.

Kaum hatte der Dieb die Drohung ausgesprochen, hörte Freya hinter sich das Knacken von Ästen. Instinktiv wusste sie, dass es nicht Larkin war, der sich bewegt hatte. Ein dritter Dieb war dazugekommen.

Sie sah über ihre Schulter und erbleichte, als sie den Neuankömmling erblickte. Er war der beste Beweis dafür, wie gut diese Diebe auf Kosten anderer lebten. Er war nicht dick, aber wohlgenährt. Seine stämmige Figur erinnerte Freya an einen Baumstamm, der jeder Witterung standhielt.

Es waren allerdings vor allem die zwei Kurzschwerter, die der Dieb in den Händen hielt, die sie beunruhigten. Er bewegte sie hin und her und beschrieb Kreise mit ihren Klingen, wie bei einem Tanz.

Freyas Herz setzte einen Schlag aus. Umringt von den drei bewaffneten Dieben bekam sie nun wirklich Panik. Nervös blickte sie sich um, doch abgesehen von dem Licht der Lampe, sah sie nur Dunkelheit, die immer schwärzer wurde, je tiefer sie in den Wald reichte. Sie könnte versuchen zwischen den Bäumen hindurch zu fliehen, aber was sollte das bringen? Tomas und seine Leute lebten hier und kannten vermutlich jede Wurzel und jeden Stein auswendig. Sie hingegen würde wahrscheinlich stolpern und sofort von den Dieben gefasst werden.

»Das ist meine letzte Warnung«, sagte Tomas, mit seinem Dolch in der Hand. »Wenn du mir deinen Beutel freiwillig übergibst, lasse ich euch laufen. Anderenfalls werde ich Davin erlauben, euch langsam zu Tode zu quälen.«

Freya hatte sich den Moment ihres Todes schon des Öfteren vorgestellt. Vor allem seit sie sich mit Moira traf, träumte sie regelmäßig von ihrer eigenen Hinrichtung. Niemals hätte sie erwartet, nachts in einem Wald zu sterben, mit einem flüchtigen Verbrecher an ihrer Seite.

Tomas' Lippen kräuselten sich, als wäre es ihm gleichgültig, ob sie leiden mussten oder nicht. »Deine Entscheidung.« Er nickte dem Dieb mit den Kurzschwertern – Davin – zu, und der Riese trat nach vorne. Freya rückte den Beutel auf ihrer Schulter zurecht, bereit, trotz zitternder Knie wegzurennen, um zumindest den Hauch einer Chance zu haben.

Doch plötzlich trat Larkin neben sie. Sie zuckte zusammen, eingeschüchtert von der Unberechenbarkeit des Wächters. Nichts von ihrer eigenen Panik spiegelte sich in seiner Haltung wider. Er musterte jeden einzelnen der Diebe mit derselben Ruhe, mit der er auch sie im Kerker bedacht hatte, als urplötzlich ein sein rechter Mundwinkel zu zucken begann, und ein angriffslustiges Funkeln in seine Augen trat.

Beim König, dachte Freya. Sie hatte einen Verrückten befreit. Glaubte Larkin ernsthaft, gegen drei bewaffnete Diebe ankommen zu können? Vermutlich würde es nicht lange dauern, bis Davin ihn mit seinen Kurzschwertern durchbohrte, und danach wäre sie an der Reihe.

»Rennt in den Wald und dreht Euch nicht um!«

Freya gefror beim Klang von Larkins tiefer Stimme, die von einem Akzent durchtränkt war, den sie nicht genau zuordnen konnte. Er ließ die Buchstaben voller und die Wörter runder klingen.

»Lauft!«, befahl der Wächter mit mehr Nachdruck. Er wartete nicht darauf, dass sie seiner Anweisung folgte, sondern verpasste ihr einen kräftigen Stoß in Richtung des Waldes. Schmerz durchfuhr Freyas Arm, und sie ließ die Lampe fallen. Ungeschickt taumelte sie zwischen die Bäume, und das keinen Moment zu früh. Aus dem Augenwinkel konnte sie beobachten, wie Davin angriff. Sie wollte Larkin nicht alleine lassen, dennoch stolperte sie tiefer in den Wald, bis die Schatten sie schluckten und sie einen Baumstamm fand, der dick genug, war, um sich dahinter zu verstecken.

Den Rücken gegen das Holz gepresst lauschte sie auf die Geräusche um sich herum. Erst als sie sich sicher war, dass keiner der Diebe ihr gefolgt war, spähte sie vorsichtig aus ihrem Versteck hervor.

Sie hätte es besser nicht tun sollen, denn was sie sah, ließ ihr das Blut in den Adern gefrieren. Davin stürzte sich mit seinen Kurzschwertern auf Larkin, und trotz des mangelnden Lichts erkannte Freya mit erschreckender Klarheit, wie scharf das Metall war. Sie wagte kaum hinzusehen, als er die Arme in die Höhe riss, um seinen Körper zu schützen. Die beiden Klingen schlugen sich in seine Haut. Freya japste erschrocken auf und wartete auf Larkins Schmerzensschrei – doch er kam nicht.

Eine gespenstische Stille legte sich über den Kampf, und die Szene, die sich vor Freyas Augen abspielte, wirkte wie eingefroren. Niemand bewegte sich. Nur das Blut, das über Larkins Arme rann, zeugte davon, dass die Zeit nicht zum Erliegen gekommen war. Davin hielt die Griffe seiner Schwerter fest, während ihre Klingen in Larkins Armen steckten. Ein solcher Schlag hätte jeden anderen Mann in die Knie gezwungen, aber Larkin hatte lediglich die Zähne zusammengebissen.

»Was … was seid ihr?«, stotterte Tomas.

»Er ist mit der Magie verbandelt«, antwortete die Diebin. Die Worte hatten ihren Mund kaum verlassen, als Larkin zum Angriff überging. Er nahm seine Arme zurück, und die Schwerter glitten mit einem schmatzenden Geräusch aus seinem Fleisch. Freya erschauderte, aber Larkins Miene war ausdruckslos. Er packte die Klingen mit seinen bloßen Händen und riss Davin die Waffen aus den Fingern. Mit weit aufgerissenen Augen starrte dieser ihn an. Freya erkannte die Furcht in seinem Blick. Dies wunderte sie nicht, schließlich war der Dieb trotz seiner Größe nur ein Einwohner Thobrias, und wie die meisten von ihnen fürchtete er alles, was sich nicht mit Logik erklären ließ.

Larkin ließ die Kurzschwerter zu Boden fallen, als wären die Klingen eine überflüssige Spielerei. Er trat nach vorne, und sein erster Schlag kam schnell und unerwartet. Seine blutige Hand traf auf Davins Kiefer und hinterließ einen dunkelroten Abdruck. Benommen wankte der Dieb rückwärts, dennoch gelang es ihm, Larkins zweitem Schlag auszuweichen.

Davin stieß ein zorniges Knurren aus, seine Furcht war erneut Wut gewichen, und er ging auf Larkin los. Tomas und die Diebin mischten sich nun ebenfalls ein und stürzten sich mit einem Brüllen in den Kampf. Freya konnte dem, was passierte, kaum folgen, allerdings dauerte es nicht lange, bis Larkin auch die anderen beiden Diebe entwaffnet hatte. Wie ein Pfeil – flink und geschmeidig – bewegte er sich zwischen seinen Gegnern.

Mit angehaltenem Atem beobachtete Freya das Geschehen. Die Jahre im Verlies ihres Vaters hatten Larkin nichts von seiner Wendigkeit oder Kraft genommen, und falls doch, so bemerkte sie es nicht. Sie hatte noch nie einen unsterblichen Wächter im Gefecht erlebt, aber Larkin war ohne Zweifel der talentierteste Krieger, den sie je getroffen hatte. Es war, als hätte er Augen an seinem Hinterkopf. Jedes Mal, wenn einer der Diebe glaubte, ihn hinterrücks angreifen zu können, wirbelte er mit bereits geballten Fäusten herum und landete einen weiteren Treffer. Es schien ihn überhaupt keine Mühe zu kosten, sich gegen diese Diebe zu verteidigen, vielmehr wirkte es, als würde er mit ihnen spielen, um den Kampf hinauszuzögern.

Freya fragte sich, ob sie ihm mit ihrer Magie oder dem Dolch in ihrer Robe zu Hilfe eilen sollte, entschied sich aber dagegen. Trotz seiner Verletzungen schien Larkin alles unter Kontrolle zu haben. Tomas hatte er bereits mit einem Hieb gegen den Brustkorb außer Gefecht gesetzt, als dieser mit seinem Dolch ausgeholt hatte. Nun lag der Mann regungslos auf dem Boden. Die Diebin hielt sich noch wacker auf den Beinen, dennoch war es Larkin bereits gelungen, ihr zwei Zähne auszuschlagen. Blut lief ihr aus dem Mund und tropfte auf ihre Kleidung. Sie atmete schwer und hatte schließlich keine Gegenwehr mehr zu bieten, als er ihr einen Tritt gegen das Schienbein versetzte. Ihr erstickter Schrei wurde als Echo von den Bäumen widergeworfen, als sie in die Knie ging und nicht wieder aufstand.

Nun blieb nur noch Davin übrig. Seit Larkin ihm seine Schwerter entrissen hatte, hielt sich der größte der Diebe im Hintergrund. Seine Zurückhaltung endete jedoch, als sein letzter Komplize fiel. Mit einem animalischen Schrei stürzte er sich auf den Wächter.

Ihm gelangen einige Treffer, und beinahe fürchtete Freya, Larkin könnte den Kampf noch verlieren. Ihre Sorge war allerdings unbegründet, denn Larkin störte sich ebenso wenig an Davins Schlägen wie an seinen Schwertern.

Eine Weile umkreisten sie einander. Hiebe und Tritte wurden ausgeteilt. Larkin duckte sich unter Fäusten hinweg und sprang von einem Bein auf das andere. Er war ständig in Bewegung und hielt keinen Moment still. So dauerte es nicht lange, bis Davin träge wurde und seine Angriffe an Kraft verloren. Larkin nutzte dies aus und verpasste ihm mehrere gezielte Schläge in den Magen. Der Dieb krümmte sich vor Schmerzen, und Larkin versetzte seinem Knie einen Tritt. Freya konnte förmlich hören, wie seine Knochen brachen, und mit jammernden Lauten ging Davin zu Boden. Er blieb dort liegen und versuchte nicht einmal mehr aufzustehen.

Freya atmete die Luft aus, die sie angehalten hatte, doch sie verspürte keine Erleichterung über Larkins Sieg. Ihr Blick glitt von Davin zu Tomas, der sich noch immer nicht regte, und zu der Frau, die ein Häufchen Elend war.

Die Lampe, die Freya hatte fallen lassen, war dabei zu erlöschen. Züngelnd warf die Flamme ihr letztes Licht auf Larkin, der zwischen den reglosen, gekrümmten und jammernden Gestalten stand.

Er atmete schwer, und Blut tropfte von seinen Fingern zu Boden. Die Wunden an seinen Armen hatten sich allerdings bereits wieder geschlossen. Und obwohl er Freya gerettet hatte, beunruhigte sie in diesem Moment das Wissen über seine Tat. Mit bloßen Händen hatte er drei bewaffnete Diebe außer Gefecht gesetzt, und er war noch nicht am Ende.

Larkin stand aufrecht und die Anspannung des Kampfes hatte seinen Körper noch nicht verlassen. Was hatte er vor? Hatten die Diebe ihn auf die Idee gebracht, ihr den Beutel abzunehmen? Von dem Gold und Schmuck, den sie bei sich trug, könnte ein Mann wie Larkin, der keinen Luxus gewohnt war, lange Zeit überleben. Er könnte sich eine kleine Hütte im Wald zimmern, abseits der Zivilisation, und sich von gejagtem Wild ernähren.

Was sollte sie nun tun? Sollte sie sich dem Wächter stellen, in der Hoffnung, dass sie sich irrte? Oder sollte sie weiter wegrennen? Noch hatte er sie nicht entdeckt … Freya spielte noch mit diesem Gedanken, als sich Larkin bereits von Davin abwandte und in ihre Richtung sah. Sie zuckte unter seinem Blick zusammen, obwohl sie sich nicht einmal sicher war, ob er sie in der Dunkelheit ausmachen konnte.

Larkin trat in das Dickicht. Seine nackten Füße erzeugten auf dem erdigen Boden keinen Laut. Freya wich zurück und versteckte sich hinter ihrem Baumstamm. Sie drückte eine Hand gegen ihre Brust, als könnte sie so ihrem rasenden Herzschlag und ihrer keuchenden Atmung Einhalt gebieten. Wenn sie nur still genug war, würde Larkin womöglich glauben, sie wäre seinem Rat gefolgt und bereits davongerannt.

Mit aufeinandergepressten Lippen wartete sie, während zittrige Schauer ihren Körper durchliefen. Sie rechnete jeden Moment damit, von hinten gepackt zu werden – aber Larkin kam nicht.

Kalter Wind pfiff durch die Bäume. Er rüttelte das bunt werdende Laub von den Ästen, und eine gefühlte Ewigkeit verweilte Freya regungslos hinter dem Stamm, bis sie es nicht länger aushielt. Sie spähte aus ihrem Versteck hervor.

Larkin war am Rand des Weges stehen geblieben. Er schenkte der Diebin, die zu Tomas zu kriechen versuchte, keine Beachtung. Forschend ließ er seinen Blick durch den Wald gleiten – und entdeckte Freya.

Er starrte sie an.

Sie starrte zurück.

Larkin setzte sich in Bewegung.

Freya wich erneut zurück, aber eine Baumwurzel war ihr im Weg. Sie geriet ins Taumeln und griff nach dem tiefer hängenden Astwerk, um sich festzuhalten. Doch die Äste waren zu dürr. Sie brachen unter ihrem Griff, und sie stürzte zu Boden.

Stöcke und Steine bohrten sich durch den Stoff ihres Mantels. Sie ignorierte den dumpfen Schmerz. Ihre Aufmerksamkeit galt Larkin, der unaufhörlich näher kam. Sein Gesicht war so ausdruckslos wie zuvor, und jedes Funkeln war aus seinen Augen gewichen, als könnte nur ein guter Kampf ihm Gefühle entlocken.

Mit zittrigen Händen griff Freya in den Ärmel ihrer Robe und zog ihren Dolch hervor, auch wenn sie keine Chance gegen Larkin hatte, der nun vor ihr stand. Sie öffnete den Mund, um etwas zu sagen – irgendetwas –, als der unsterbliche Wächter plötzlich auf die Knie sank.

Zuerst vermutete Freya, er wolle einen Ast aufheben, um sie damit zu erschlagen oder um sich auf dem Waldboden an ihr zu vergreifen. Doch Larkin richtete sich nicht wieder auf. Er senkte den Kopf und brach ihren Blickkontakt ab, wie schon zuvor im Verlies. Regungslos verharrte er vor ihr und begann leise zu murmeln: »Meine Prinzessin, Herrscherin über Thobria, meine Göttin, ich bin Euer Diener, Euer Knecht und Euer Geselle. Mein Leben liegt in Eurer Hand. Meine Zukunft in Eurem Tun ...«

Meinte er das ernst? Ein Gebet? Er hatte die ganze Zeit gewusst, wer sie war? Freya fuhr sich mit der Zunge über die Lippen und musste das trockene Lachen unterdrücken, das in ihrer Kehle kratzte. Sie machte sich Sorgen darum, er könnte sie aufschlitzen, wenn er erfuhr, dass sie die Tochter des Mannes war, der ihn ins Verlies geworfen hatte, und in Wahrheit war der Wächter ein Anhänger der Königsreligion und betete sie an, während sie dem Geruch nach zu urteilen in einem Haufen Rehkacke lag?

Aber das erklärte so vieles. Seine Verschwiegenheit, seinen wandernden Blick, der sie nie direkt zu treffen schien, und den Kniefall im Kerker. Die Gläubigen der Königsreligion hielten sie und den Rest ihrer Familie für Gottheiten. Sie wurden verehrt und angebetet und waren über Normalsterbliche erhaben. Wenn Larkin tatsächlich der Königsreligion angehörte, musste er seine Befreiung durch sie als einen großen Akt der Gnade sehen, auch wenn seine Freiheit für Freya rein selbstsüchtige Gründe hatte.

»... bewahret mich vor dem Unheil und behütet mich vor den Fae. Lehret mich und formt mich ...«

»Larkin, bitte hört auf damit«, unterbrach Freya den Wächter.

Sein Gebet verstummte.

»Helft mir auf!« Sie streckte ihm die Hand entgegen. Larkin hob den Kopf und betrachtete ihre ausgestreckten Finger. Er zögerte, da es sich auch nicht gehörte, eine Göttin anzufassen. Freya erkannte den Zwiespalt in seinen Augen. Er wollte ihr gehorchen, aber zugleich wollte er die Normen seines Glaubens wahren, die er nun schon zweimal gebrochen hatte. Das erste Mal, als er sie im Verlies gepackt, das zweite Mal, als er sie in den Wald geschubst hatte. Wieso er überhaupt noch Wert auf die Etikette legte, nachdem ihr Vater geplant hatte, ihn für die Ewigkeit in der Dunkelheit verrotten zu lassen, war Freya allerdings schleierhaft.

Nach kurzem Zögern richtete sich Larkin dennoch auf und ergriff ihre Hand. Seine rauen Finger umschlossen ihre zarte Haut, und er sah sie nicht an, während er sie in einer einzigen, fließenden Bewegung auf die Beine zog.

»Danke!« Freya lächelte. »Wie habt Ihr mich erkannt?« Sie war sich sicher, diesem Wächter noch nie begegnet zu sein. Und selbst wenn sie sich in ihrer Kindheit einmal über den Weg gelaufen waren, so hatte sie sich in den letzten sieben Jahren, die er im Kerker verbracht hatte, doch deutlich verändert.

Der Wächter neigte den Kopf, wobei ihm seine Haare ins Gesicht fielen. Er brauchte dringend einen Haarschnitt. Im Kampf gegen diese Diebe hatte es ihn nicht behindert, dennoch wäre es von Vorteil, wenn er seine Gegner richtig sehen könnte. Er deutete auf den Dolch in ihrer anderen Hand.

Freya zog die Brauen zusammen. »Deswegen?«

Er nickte.

Sie betrachtete die Waffe und bemerkte das Emblem ihrer Familie im Griff. Die Gravur war noch so deutlich zu erkennen wie an dem Tag vor fünf Jahren, als sie die Waffe aus der Schmiede ihres Vaters geklaut hatte. »Ich hätte ihn gestohlen haben können.«

Larkin schüttelte entschlossen den Kopf, als wäre die Vorstellung, sie könnte jemanden aus der königlichen Familie bestohlen haben, lächerlich.

»Verstehe«, murmelte Freya, obwohl sie nicht verstand, wie er sich ihrer so sicher sein konnte. Und vor allem begriff sie nicht, wie er ihr und ihrer Familie trotz allem, was er hatte durchmachen müssen, so wohlgesonnen sein konnte. Hatte sein Glaube in den vergangenen sieben Jahren überhaupt nicht gelitten?

Freya konnte sich das nicht vorstellen, aber sie würde seine Loyalität nicht infrage stellen, denn sie wollte ihm keinen Grund geben, seine Meinung zu ändern. »Lasst uns gehen«, sagte sie stattdessen. »Wir haben noch einen langen Weg vor uns.«

9. Kapitel – Ceylan

– Niemandsland –

Zwei Tage waren seit dem Vorfall im Waschraum vergangen, und es hatte wohl keine Stunde gedauert, bis sämtliche Wächter des Stützpunktes darüber Bescheid gewusst hatten. Es war eine Katastrophe. Die Blicke der Wächter hatten Ceylan bereits vorher gestört, aber nun waren sie kaum mehr zu ertragen. Sie hatte gehofft, dass diese Männer irgendwann etwas anderes in ihr sehen würden als eine Frau. Eine Wächterin. Eine Kriegerin. Eine Kameradin. Das konnte sie jetzt wohl vergessen, aber das änderte nichts an ihrer Entschlossenheit. Sie brauchte diese Männer nicht für ihre Rache. Früher oder später würde auch sie eine der schwarzen Uniformen tragen – koste es, was es wolle. Die Novizen hatten ihre Wächtermontur heute erhalten, was bedeutete, dass die Zeremonie, die sie zu Unsterblichen machen sollte, kurz bevorstand. Diese Erkenntnis hatte bei drei der Männer für so weiche Knie gesorgt, dass sie das Niemandsland verlassen hatten, bevor es für sie kein Zurück mehr gab. Aber Ceylan war entschlossen, zu bleiben und ein Teil der Zeremonie zu sein, auch wenn ihr die Zeit davonlief.

Mit einem Ächzen stellte sie zwei Eimer Wasser neben dem großen Lagerfeuer ab, die sie für das Abendessen aus einem der Brunnen gekarrt hatte. Die Wächter brachten ihr kein Wort des Dankes entgegen, während sie einmal mehr ihre lüsternen Blicke über ihren Körper gleiten ließen. Doch viel gab es nicht zu sehen, denn Ceylan trug den unförmigen Mantel des Buchbinders. Nicht um sich zu wärmen, sondern um ihre Messer darunter zu verstecken.

Ceylan tastete nach den Klingen, denn das Gefühl des Metalls unter ihren Fingerspitzen hatte auf sie eine ähnlich beruhigende Wirkung wie die Umarmung einer Mutter auf ihr Kind. »Noch zwei Runden!«, hörte sie den Field Marshal brüllen und sah in seine Richtung. Gemeinsam mit Leigh und zwei weiteren Wächtern beobachtete er das Training der Novizen.

Inzwischen hatte Ceylan herausgefunden, dass Leigh mit Nachnamen Fourash hieß und sein Rang der eines Captains war. Captain Fourash. Noch immer konnte sie seinen nackten Körper in ihren Erinnerungen sehen, aber sie verdrängte das Bild jedes Mal aufs Neue. Denn wenn sie so tat, als wäre nichts geschehen, würden das vielleicht auch die anderen Wächter tun. Vielleicht.

Ceylan stellte sich schweigend neben Leigh und verschränkte die Arme vor der Brust. Tombell warf ihr einen abschätzenden Blick zu, sagte aber nichts. Vermutlich hoffte er, dass sie einfach verschwinden würde, wenn er sie lange genug ignorierte. »Der Kerl dahinten«, sagte Ceylan und deutete auf einen Mann mit kurzen blonden Haaren. »Seine Beinarbeit ist grauenhaft. Wäre sein Gegner nicht so zurückhaltend, wäre er mindestens schon zehnmal auf die Nase gefallen.«

»Das habe ich ihm auch schon gesagt«, murmelte einer der Wächter, der Ceylan noch nicht vorgestellt worden war. Er sah jung aus. Verdammt jung, wie fünfzehn oder sechzehn, dabei musste er mindestens siebzehn sein. In Wirklichkeit hatte er die hundert vermutlich schon überschritten.

»Vielleicht fehlt ihm ein Zeh«, merkte Leigh an.

»Oder er ist einfach nur ein Tollpatsch.«

»Und du könntest das besser?«, fragte der junge, namenlose Wächter.

»Absolut«, antwortete Ceylan ohne falsche Bescheidenheit

und laut genug, dass auch die Männer am Feuer sie noch hören konnten. »Soll ich es beweisen?«

»Gerne«, sagte der Wächter.

»Nein«, antwortete Tombell im selben Augenblick und warf dem anderen Mann einen vernichtenden Blick zu. »Niemand hier wird gegen sie kämpfen. Sie ist und wird keine Wächterin. Ende der Diskussion.«

»Wieso nicht?« Die Frage kam von Leigh.

Überrascht sah Ceylan zu dem Wächter auf. Hatte sie ihn eben richtig verstanden? Hatte er ihretwegen dem Field Marshal widersprochen? Oder war das nur ihr Wunschdenken? Sie hielt den Atem an.

»Du glaubst, sie könnte die Männer ablenken, aber können wir es uns wirklich leisten, sie einfach fortzuschicken, vor allem wenn sie eine so gute Kämpferin ist, wie sie behauptet?«, fragte Leigh. »Sieh dir unsere Novizen an. Was haben wir zu verlieren?«

Tombell betrachtete die jungen Männer, die keuchend mit Schwertern aufeinander einschlugen, und gab ein zustimmendes Brummen von sich. »Seit der Dienst an der Mauer eine Sache des Geldes und nicht mehr der Ehre ist, lassen die Novizen ziemlich zu wünschen übrig.«

»Warum also wollen wir eine fähige Kämpferin wegschicken?«

»Sie ist eine Ablenkung«, beharrte Tombell.

»Nur wenn wir sie zu einer werden lassen«, erklärte Leigh.

Der Field Marshal runzelte die Stirn und schien über Leighs Worte nachzudenken. Ein fatales Gefühl der Hoffnung stieg in Ceylan auf. Schließlich wandte sich Tombell ihr zu, sein Gesicht war ausdruckslos. »Warum möchtest du eine Wächterin werden?«

Damit ich mich an den Elva rächen kann. »Ich wuchs auf der Straße auf und habe keine Familie, die mich braucht. Aber ich möchte gebraucht werden, daher erschien mir die Mauer eine gute Wahl.« Keine Lüge; nicht ganz die Wahrheit.

»Verstehe.« Die Lippen fest aufeinandergepresst glitt Tombells Blick zwischen Leigh und ihr hin und her. Schließlich stieß er ein Seufzen aus. »Gut. Ich lasse dich kämpfen, aber das bedeutet nicht, dass du bleiben darfst. Ich will mich erst von deinem Können überzeugen«, ergänzte Tombell. Er klang müde, als würde er seine Erlaubnis nur geben, weil er es leid war zu diskutieren. »Und weil du es dir vor ein paar Tagen noch selbst gewünscht hast, wirst du gegen einen Wächter kämpfen, nicht gegen einen Novizen.«

»Ich bin bereit«, erwiderte Ceylan, bemüht, ihre Bedenken hinter einem kampflustigen Schmunzeln zu verstecken. Warum hatte sie den Mund nur so voll genommen?

»Männer!«, rief Tombell, und seine tiefe Stimme hallte über den Platz. Alle Gespräche verstummten. Die Novizen erstarrten in ihren Trainingsduellen, und alle Aufmerksamkeit konzentrierte sich auf den Field Marshal. »Wer von euch erklärt sich dazu bereit, gegen diese Frau zu kämpfen?«

Er deutete auf Ceylan, und Gemurmel setzte sein. Ceylans Muskeln spannten sich an, und im zuckenden Licht des Feuers erkannte sie Dutzende in Schwarz und Weiß gekleidete Männer, die ihrem Blick auswichen und ihre Köpfe senkten; keiner von ihnen trat vor, um sich ihr zu stellen.

»Ich mache es.« *Leigh.* »Ich kämpfe gegen sie.«

Tombell verdrehte die Augen. »Wieso überrascht mich das nicht?«

Leigh zuckte mit den Schultern und legte eine Hand auf das Schwert, das er rechts an seiner Hüfte trug. Ceylan hatte noch nie gegen einen Linkshänder gekämpft, zumindest nicht wissentlich. Die meisten von ihnen schulten auf ihre rechte Hand um. Kämpfer, die mit links fochten, galten im Allgemeinen als nicht sehr geschickt, aber Ceylan bezweifelte, dass dies auf Leigh zutraf.

»Garrick, dein Schwert«, sagte Tombell und streckte seine Hand aus. Ohne zu zögern, überreichte der jung aussehende Wächter ihm seine Waffe. Es war eine schöne und zugleich dunkle Waffe, mit einem lederumwickelten Griff und einer breiten Klinge aus Metall, so schwarz, dass sie das Licht des Feuers zu verschlucken schien. *Eine magiegeschmiedete Waffe*, dachte Ceylan.

Der Field Marshal hielt ihr die Waffe entgegen.

Ein Test. Ohne Zweifel. Aber wenn er glaubte, sie auf diese Weise loszuwerden, hatte er sich geschnitten. Magiegeschmiedete Waffen waren selten und wurden in Thobria ausschließlich von den unsterblichen Wächtern eingesetzt, denn niemand anders konnte sie führen. Die Magie, welche von Fae in das Metall gebannt worden war, machte es Normalsterblichen unmöglich, diese Waffen zu berühren, ohne Todesqualen zu erleiden. »Das kann ich nicht anfassen.« Sie deutete auf das Langschwert.

»Oh, natürlich. Ich vergaß«, sagte Tombell mit einem feinen Lächeln.

Lügner.

»Das ist ein feuergebundenes Schwert, nicht wahr?«, fragte Ceylan.

»Was bringt dich auf den Gedanken?«

»Nur die Seelie schmieden solch schwarze Waffen.« Sie biss sich auf die Innenseite ihrer Wange und hoffte, dass dies die richtige Antwort war. Sicher war sie sich nicht, denn es gab in Thobria kaum mehr Bücher über die Magie, und die wenigen, die noch existierten, konnte sie nicht einmal selbst lesen.

»Und warum feuer- und nicht luftgebunden?«, hakte Tombell nach, der begonnen hatte lauter zu sprechen, denn dies war keine einfache Unterhaltung mehr, dies war ein Spektakel. Die umstehenden Wächter und Novizen waren näher an sie herangetreten und beobachteten das Geschehen mit neugierigen und amüsierten Blicken.

»Feuergebunden, weil sich kein Licht in der Klinge spiegelt«, antwortete Ceylan mit mehr Selbstsicherheit, als sie in Wirklichkeit verspürte, denn sie hatte bis vor einigen Tagen, noch nie ein magiegeschmiedetes Schwert gesehen.

Der Field Marshal schien jedoch mit ihrer Antwort zufrieden und zog seine eigene Waffe aus der Scheide an seinem Gürtel, das Gesicht weniger düster als noch vor wenigen Minuten. »Und was ist das für ein Schwert?«

»Wassergebunden«, sagte Ceylan nach kurzem Überlegen. Die Waffe wirkte auf den ersten Blick wie aus mattem Stahl, doch bei genauem Hinsehen war zu erkennen, dass die Klinge aus trübem Kristall gegossen war; wie es angeblich nur von den Unseelie hergestellt wurde.

Tombell nickte anerkennend. »Du weißt viel über magische Waffen.«

»*Viel* erscheint mir wie eine Übertreibung«, erwiderte Ceylan mit neutraler Stimme und versuchte sich nicht anmerken zu lassen, wie viel ihr ein solches Lob von einem Mann wie dem Field Marshal bedeutete, unabhängig davon, wie garstig er zuvor zu ihr gewesen war.

»Wollen wir jetzt kämpfen, oder nicht?«, fragte Leigh ungeduldig. Er hielt zwei der Trainingswaffen mit stumpfen Klingen in den Händen und wollte Ceylan eine davon reichen.

»Wenn ich darf, würde ich gerne mit meinen eigenen Waffen kämpfen.« Sie sprach dabei nicht von dem Dolch, den sie unter ihrem Hemd versteckte, oder von dem Stilett in ihrem Stiefel. Sondern von ihrem wertvollsten Schatz. Sie griff unter den Saum ihres Mantels, und umfasste die mit Leder umwickelten Klingen ihrer zwei Mondsichel-Messer.

Tombell hob eine Augenbraue und musterte die seltenen Waffen. Ceylan hatte sie vor sechs Jahren günstig auf einem Markt erstanden, denn es waren die einzigen, die sie sich hatte leisten können und die schmal genug waren, um sie unter dem Stoff ihrer Kleidung verschwinden zu lassen. Ein Schwert hätte bei ihren Diebeszügen zu viel Aufmerksamkeit erregt.

»Bist du dir sicher, dass du damit kämpfen willst?«, fragte der Field Marshal mit hörbarer Skepsis in der Stimme.

Ceylan nickte. Sie wusste zwar auch, wie sie ein Schwert halten musste, aber es war nie die Waffe ihrer Wahl gewesen. Und um gegen Leigh zu bestehen, brauchte sie die beiden vertrauten Messer.

»Deine Entscheidung«, sagte der Field Marshal. »Dann lasst uns anfangen.«

Die anderen Wächter räumten für den Kampf den Platz vor dem Feuer. Dies war Ceylans Chance – sie musste sie nutzen. Mit weichen Knien, die man ihr hoffentlich nicht ansehen konnte, trat sie vor. Leigh war dicht hinter ihr, und sie hörte, wie Tombell noch etwas zu ihm sagte: »Möge dein Sieg dir Schande bringen, ebenso wie deine Niederlage.«

»Leck mich!«, fauchte Leigh und bezog ebenfalls Stellung vor den Flammen.

»Was meinte der Field Marshal mit dem letzten Satz?«, fragte Ceylan, die beiden Mondsichel-Messer kampfbereit in den Händen. Trotz des Feuers war ihr auf einmal kalt, und ihre Finger waren klamm.

»Dass ich ein Idiot bin.« Leigh schnaubte, seine wohlgeformten Lippen zu der Andeutung eines Lächelns verzogen. »Wenn ich gegen dich verliere, bin ich eine Schande als Wächter, und wenn ich gegen dich gewinne, bin ich eine Schande als Mann.«

Wieso glaubten Männer ständig, es wäre etwas Falsches daran, gegen eine Frau zu kämpfen, vor allem wenn diese es wollte? Diese Wächter würden doch auch einer weiblichen Fae den Kopf abschlagen, wenn es darauf ankam, oder nicht?

»Warum hast du dich dann auf diesen Kampf eingelassen?«

»Weil niemand sonst es getan hätte.« Leigh zwinkerte ihr zu und nahm seinen Platz gegenüber von ihr ein. »Viel Glück!«

»Dir nicht«, erwiderte sie, und im nächsten Moment ertönte ein lauter Glockenschlag – das Startsignal.

Ceylan verschwendete keine Zeit und ging direkt in den Angriff über, schließlich war sie diejenige, die ihr Können unter Beweis stellen musste. Alles hing von diesen nächsten Sekunden ab.

Energisch trieb sie ihre Messer in Leighs Richtung. Während sie mit der einen Klinge sein Schwert abblockte, versuchte sie mit der anderen seinen Körper zu erwischen. Sie war geübt darin, beidseitig zu kämpfen, und verspürte keine Sorge darüber, den Wächter verletzen zu können. Er war den Schmerz gewohnt, und seine Wunden brauchten nur eine Sekunde, um zu heilen.

Doch Ceylan gelang kein Treffer. Leighs Schwert begegnete ihrem Mondsichel-Messer mit einer solchen Wucht, dass der Aufschlag bis in ihre Schulter brannte. Sie unterdrückte ein Stöhnen, was es ihr aber unmöglich machte, ihren Angriff zu Ende zu führen.

Sie zog sich zurück, ignorierte den Schmerz, der sie noch vor wenigen Jahren in die Knie gezwungen hätte, und versuchte Leighs Deckung in einem zweiten Manöver zu durchbrechen. Kurz wirkte er von ihrer Aggressivität überrascht, doch schnell hatte er sich wieder unter Kontrolle und wich ihr aus. Trotz seiner massiven Gestalt war er wendig und verfügte über dieselbe hervorragende Beinarbeit wie die Wächter, die Ceylan am Mittag beobachtet hatte.

Sie versuchte sich davon nicht einschüchtern zu lassen und wagte einen weiteren Angriff, bemüht, Leigh in Richtung des Feuers zu treiben. Die Flammen, die ihre Haut zum Glühen brachten, spiegelten sich in dem glänzenden Metall ihrer Waffen wider.

Stimmen erhoben sich aus den Rängen ihrer Zuschauer, feuerten sie an und jubelten. Im Kampf gefangen, konnte Ceylan allerdings nicht verstehen, was die Wächter und Novizen riefen, und es hätte ihr nicht egaler sein können; sie musste Leigh schlagen; koste es, was es wolle.

Entschlossenheit loderte in Ceylan auf. Sie umfasste die Griffe ihrer Messer so fest, dass ihre Knöchel bleich hervortraten, und setzte einen weiteren Schlag. Mit der linken Klinge versuchte sie Leighs Schwert beiseitezuschieben, während sie mit der rechten auf seinen Magen zielte. Aber Leigh blockte ihren Hieb geschickt ab und ging selbst in den Angriff über. Ceylan machte einen Satz zurück, um seiner Klinge zu entgehen. Doch sie rutschte auf der vom Regen feuchten Erde aus und geriet ins Taumeln. Panisch versuchte sie ihre nun offene Deckung wieder zu schließen, als Leigh ein weiteres Mal mit seinem Schwert in ihre Richtung hieb. Seine Klinge zischte auf Ceylans Kopf zu und verfehlte ihr rechtes Ohr nur um einen Fingerbreit.

Beim König! Was war das?

Sie hatte Leigh gerade einen Sieg auf dem Silbertablett serviert. Er hätte ihr die Klinge nur auf die Brust legen müssen. Wieso hatte er das nicht getan? Ceylan verwarf die Frage, denn alles, was zählte, war, dass sie noch eine Chance bekommen hatte, die sie nicht verstreichen lassen würde.

Die Hitze des Lagerfeuers hatte ihr den Schweiß auf die Stirn treten lassen, wohingegen Leigh noch kein Anzeichen von Erschöpfung zeigte. Er kämpfte passiv und wich vor allem ihren Schlägen aus. Es schien, als wollte er ihr eine Möglichkeit bieten ihr Können unter Beweis zu stellen.

Ceylan wich einem von Leighs seltenen Hieben aus und versuchte noch in derselben Bewegung selbst einen Treffer zu landen. Doch dieses Mal sprang der Wächter nicht zur Seite, sondern blockierte ihren Schlag mit seiner Klinge. Metall an Metall rangen sie um die Oberhand. Unweigerlich begannen Ceylans Arme zu zittern. Ihr Körper bebte vor Anstrengung und Erregung, und hätte es den Lärm um sie herum nicht gegeben, hätte sie vermutlich das Blut in ihren Ohren rauschen gehört.

»Wo hast du so zu kämpfen gelernt?«, fragte Leigh, als er ein weiteres Mal versuchte, ihre Waffen mit seiner Klinge niederzudrücken. Dabei lachte er amüsiert, als würde dieser Kampf, der über ihr Schicksal entschied, zu seiner Erheiterung beitragen.

Ceylan konnte nicht antworten. Es kostete sie alle Kraft, dem Schwert des Wächters standzuhalten. Sie biss die Zähne zusammen und drückte fester – nichts. Er stand dort wie aus Stahl gegossen und grinste sie an.

Mistkerl!

Sie stieß ein frustriertes Knurren aus und wich blitzschnell zurück, bevor das Schwert sie treffen konnte. Schwer atmend starrte sie Leigh an. Ihre einzige Chance, ihn zu besiegen bestand darin, schon bald eine Lücke in seiner Verteidigung zu finden, aber seine Deckung war makellos. Er schien jeden Schlag vorherzusehen, was merkwürdig war, denn die meisten Leute konnte sie mit ihrer beidhändigen Kampftechnik überraschen. Ihn nicht. Sie kämpfte also nach einem Muster, das ihm vertraut war, und das bedeutete, sie musste dieses Muster durchbrechen.

Ceylan blieb keine Zeit, sich eine neue Strategie zu überlegen. Leigh griff sie an. Sie riss ihre Klingen in die Höhe, um einen weiteren kräftigen Hieb abzublocken, aber dieses Mal donnerte seine Waffe mit aller Kraft und Schnelligkeit auf sie herab. Ihre Finger verloren den Halt um das Leder ihrer Messer. Sie wurden ihr geradewegs aus der Hand geschlagen, und ein schmerzhaftes Brennen breitete sich in ihrem Gelenk aus, als hätte sie eine Sehne überdehnt. Dennoch versuchte sie panisch nach dem Dolch zu greifen, der unter ihrem Hemd steckte, doch in derselben Bewegung zog Leigh ihr die Füße unter dem Boden weg, und sie landete mit ihrem Hintern auf der nassen Erde.

Nein.

Nein!

Nein!

Sie versuchte wieder auf die Beine zu kommen. Der Kampf war noch nicht vorbei, Leigh hatte seine Klinge noch nicht an ihrer Kehle. Ceylan griff nach dem Stilett in ihrem Stiefel, aber ... das Duell war beendet. Die Wächter und Novizen klatschten und feierten Leigh – auch der Field Marshal.

Ceylan biss sich auf die Unterlippe und schluckte schwer, um das eigenartige Gefühl der Enge in ihrer Kehle herunterzuwürgen. Das sollte es gewesen sein? Ein Kampf? Sie hatte einmal verloren, und diese Niederlage sollte über den Rest ihres Lebens entscheiden? Sie konnte mehr. Sie war besser als das. Sie wollte eine Revanche!

»Willst du auf dem Boden liegen bleiben und dich weiter in Selbstmitleid suhlen?«, fragte Leigh und streckte ihr eine Hand entgegen. Ceylan verzog ihre Lippen zu einem grimmigen Lächeln und stand ohne seine Hilfe auf. Sie wagte es nicht, in die Reihen der Männer zu blicken. Was würde sie in deren Augen sehen?

Verachtung?

Belustigung?

Oder schlimmer: Mitleid?

Sie sammelte ihre Mondsichel-Messer auf und hielt sie fest an ihrer Seite.

»Das war ein *interessantes* Duell«, sagte Tombell, der neben seinen Wächter getreten war. Er klopfte Leigh in einer geradezu väterlichen Geste auf die Schulter. »Einen Moment dachte ich tatsächlich, das Mädchen könnte gewinnen. Du hast sie nahe an dich herangelassen.«

»Ich habe mich fairerweise etwas zurückgehalten«, entgegnete Leigh.

Zurückgehalten? Meinte er das ernst? Sie hatte alles gegeben, und er hatte sich *zurückgehalten*?

»Ein wahrer Ehrenmann«, neckte ihn Tombell.

»Immer zu Diensten.« Leigh deutete eine Verbeugung an,

ohne seinen Blick von Ceylan abzuwenden. Etwas in ihrem Inneren zog sich zusammen, und ein Gefühl wie Eiswasser, das durch ihre Adern lief, breitete sich in ihr aus, als ihr die Tragweite ihrer Niederlage vollends bewusst wurde.

Der Field Marshal würde sie wegschicken.

»Du hast dich wacker geschlagen. Das muss ich zugeben«, sagte Tombell und riss Ceylan aus ihren düsteren Gedanken. »Aber ich halte das noch immer für keine gute Idee. Meine Männer –«

»Rede mit deinen Männern«, fiel Leigh dem Field Marshal ins Wort. »Sprich ein Verbot aus, sie anzurühren, oder gib Ceylan eines der Einzelzimmer, wenn es sein muss. Das von Torin ist noch immer frei.«

Der Field Marshal schüttelte den Kopf. »Sie wäre eine Novizin. Ich kann ihr kein Einzelzimmer geben, das widerspricht unserer Ordnung.«

»Ich brauche kein Zimmer für mich alleine«, sagte Ceylan mit rasendem Herzschlag. Sie begriff noch nicht vollständig, was gerade vor sich ging. Gerade eben war sie noch bereit gewesen, den Field Marshal auf Knien anzuflehen, und nun benutzte er Sätze wie *Sie wäre eine Novizin*, als würde tatsächlich eine Chance für sie bestehen. »Erlaubt mir, mit einem Dolch unter dem Kissen zu schlafen. Und ich werde mich selbst um die Männer kümmern, die ihre Finger nicht bei sich behalten können.«

Tombell stieß ein Grunzen aus. »Das glaube ich dir sogar.«

»Gib ihr eine Chance«, sagte Leigh, der anscheinend einen größeren Einfluss hatte, als von Ceylan angenommen. »Sie kennt das Risiko und sollte es ein Problem mit ihr geben, werde ich mich persönlich darum kümmern.«

Der Field Marshal sagte nichts. Schweigend sah er von Leigh zu Ceylan. Sie erwiderte seinen Blick und wartete darauf, dass er die Worte aussprach, die ihr entweder ihren größten Wunsch erfüllen oder ihn zerstören würden. Sein Zögern schien eine

Ewigkeit anzudauern, und Ceylan hatte das Gefühl, vor Anspannung in die Luft gehen zu müssen wie ein Fass Schießpulver.

Ihr Magen zog sich zusammen, und beinahe war sie dazu bereit, etwas zu tun, was sie seit Jahren nicht getan hatte: betteln. Sie hatte dem abgeschworen, nachdem ihre Bitte nach ein paar Münzen mit einer Klinge an ihrem Hals und Händen auf ihrem Körper geendet hatte. Aber heute, unter diesen Umständen …

Gerade als sie glaubte, es keinen Moment länger auszuhalten, stieß Tombell ein Seufzen aus. »Einverstanden. Du darfst bleiben, aber ich werde dich im Auge behalten. Und erwarte keine Sonderbehandlung!«

»Das tue ich nicht!«, platzte es aus Ceylan heraus, am liebsten hätte sie vor Freude geschrien. »Ich will einfach eine Wächterin sein. Nicht mehr. Nicht weniger.«

»Einverstanden«, wiederholte Tombell, als müsste er sich selbst noch davon überzeugen, die richtige Entscheidung getroffen zu haben.

Ceylan wollte ihm nicht die Möglichkeit bieten, seine Meinung zu ändern. Sie salutierte vor Leigh und dem Field Marshal und machte sich auf den Weg, um den Platz zu verlassen, als Tombells Stimme sie noch einmal innehalten ließ. »Ceylan?« Ihr Herz setzte einen Schlag aus, und sie drehte sich langsam um. »Die Waschräume sind gerade leer.«

10. Kapitel – Freya

– Limell –

Freya und Larkin erreichten Limell bei Sonnenaufgang ohne weitere Zwischenfälle. Eine Weile hatte Freya gefürchtet, die Gardisten könnten ihnen umgehend nachkommen, aber wie erhofft schienen sie ihre Suche zuerst auf Amaruné zu beschränken. Noch war es ruhig auf den Straßen von Limell, aber die Erwartung des anbrechenden Tages erfüllte die Luft. Fensterläden, die schief in ihren Angeln hingen, wurden aufgestoßen, Staub wirbelte durch die Luft, dort, wo Decken und Kissen ausgeschüttelt wurden, und der Duft frisch gebackenen Brotes wehte durch die Gassen.

Freya war in der Vergangenheit schon des Öfteren in Limell gewesen, allerdings nie zu Fuß und stets in der Begleitung ihrer Eltern. Sie kannte den Marktplatz, aber keine Taverne, keine Stallungen und keine Geschäfte für das gemeine Fußvolk. »Ihr wart nicht zufällig schon einmal in Limell?«, fragte sie an Larkin gewandt. Seit seinem Gebet hatte er kein Wort mehr von sich gegeben. Nicht einmal, als sie ihm offenbart hatte, dass sie nach ihrem totgesagten Bruder suchten, hatte er reagiert. Sie vermochte nicht zu sagen, ob er aus Respekt vor seiner Religion schwieg oder ob die Gefangenschaft ihn so hatte werden lassen.

Erwartungsvoll musterte Freya den Wächter, der die Straße vor ihnen anstarrte. Er trug noch immer ihren Beutel. Ihre Lampe war vor einer Weile erloschen, und im aufgehenden Licht der Sonne erkannte Freya, dass Larkins Augen nicht so dunkel waren, wie es im Verlies den Anschein gehabt hatte – zumindest nicht beide. Die Iris seines rechten Auges hatte die Farbe von karamellisiertem Zucker, während sein linkes einige Nuancen dunkler war.

Freya seufzte. »Soll ich Euch ein Geheimnis verraten?« Larkin antwortete nicht, aber er drehte den Kopf in ihre Richtung. »Wörter sind nicht begrenzt. Ihr könnt davon so viele benutzen, wie Ihr wollt, ohne dass sie Euch ausgehen. Faszinierend, oder?«

Die Mundwinkel des Wächters zuckten in die Höhe.

Erstaunt sah Freya ihn an. »War ... war das etwa ein Lächeln?«

»Nein«, erwiderte Larkin und starrte sie nun wieder ausdruckslos an. Jedes Anzeichen von Humor war verschwunden.

Freya seufzte erneut und setzte sich in Bewegung, Larkin folgte ihr, und nur eine Gasse weiter fanden sie eine Taverne. *Der Steinkäfig* war auf dem verblassten Schild über dem Eingang zu lesen, und auf der Tafel darunter stand in Kreide geschrieben: Zimmer frei. Ein Haufen stinkender Unrat lag neben der Tür, der Geruch von alten Essensresten schwängerte die Luft, und auch sonst wirkte der *Steinkäfig* auf Freya nicht sonderlich einladend. Die Fenster waren vergilbt, mit schimmligen Ecken, und dem Dach fehlten mehrere Ziegel.

»Überlasst mir das Reden«, scherzte Freya und zog die Kapuze ihres Mantels tiefer. Larkin starrte mit leerem Gesichtsausdruck geradeaus, und das Nichts in seiner Miene ließ Freya erschaudern. Sie wünschte sich, sie könnte etwas für Larkin tun und ihm helfen, aber sie wusste nicht wie. Denn er war nicht länger ein Gefangener des Königs, sondern ein Gefangener seiner selbst. Und das, was ihn einst als Mensch ausgemacht hatte, seine Seele, hatte er irgendwo tief in seinem Inneren weggesperrt oder womöglich gar verloren.

Freya stieß die Tür zum *Steinkäfig* auf, und der Gestank von abgestandenem Rauch schlug ihr entgegen. Der Innenraum der

Taverne wurde nur von einzelnen Kerzen erleuchtet. Mehrere Tische aus dunklem Holz und mit tiefen Kerben standen vor einem Tresen. Dahinter reihten sich Flaschen aus buntem Glas und beschlagene Bierfässer aneinander, aus deren Hähnen es tropfte. Karten und Zeichnungen hingen an den Wänden, und das Emblem der königlichen Familie war in den Torbogen geritzt, unter dem sich eine Treppe befand, die in den ersten Stock führte.

Eine Tür hinter dem Tresen wurde aufgestoßen, und ein Mann betrat den Raum. Er hatte dunkles Haar und ein spitz zulaufendes Kinn, mit leichtem Flaum, der deutlich zeigte, dass er niemals einen Vollbart tragen würde. »Seid gegrüßt, Fremde, zu dieser frühen Stunde.« Der Wirt wischte sich die Hände an einem fleckigen Tuch ab und betrachtete sie mit wachsender Skepsis, vor allem Larkins zerrissene Kleidung schien sein Misstrauen zu wecken. »Wie kann ich euch helfen?«

Freya trat näher an den Tresen heran und war dankbar für den Schutz, den das gedämmte Licht ihr bot. »Mein Gemahl und ich würden uns gerne eines Eurer Zimmer nehmen.« Das Wort *Gemahl* fühlte sich fremd auf Freyas Zunge an, aber es war die wohl glaubwürdigste Ausrede. Zumal Larkin trotz seiner Unsterblichkeit aussah, als wäre er nur ein paar Jahre älter als sie.

»Könnt Ihr bezahlen?«

Freya nickte und winkte Larkin zu sich heran. Er gehorchte und übergab ihr den Beutel. »Wie viel verlangt Ihr?«

»Wie lange gedenkt Ihr zu bleiben?«

»Nur einen Tag.«

»Ich habe noch ein Zimmer frei, aber das Dach ist undicht.«

»Das stört uns nicht.«

Der Wirt nickte zufrieden. »Das wären vier Tolar, fünf, wenn ihr eine Mahlzeit dazu wollt.«

»Gibt es hier auch die Möglichkeit, sich zu waschen?«

Der Blick des Mannes glitt zu Larkin. Was er wohl über ihn

dachte, so dreckig und zerlumpt, wie er dort stand, ohne Schuhe und mit getrocknetem Blut an den Händen? Neugierde spiegelte sich in den Augen des Wirts. »Im Keller steht ein Waschzuber«, erklärte er. »Zwei Tolar für kaltes Wasser, vier für warmes.«

»Wir nehmen das Zimmer«, erklärte Freya und öffnete ihren Beutel. Sie zog neun Tolar hervor und schob sie über den Tresen. »Und das Essen und ein warmes Bad. Wäre es möglich, dass Ihr uns den Waschzuber aufs Zimmer bringt?«

»Selbstverständlich.«

»Wunderbar.« Freya reichte dem Mann das Geld, ehe sie drei weitere Tolar herausfischte. »Außerdem wären wir Euch sehr verbunden, wenn Ihr mit niemandem über unsere Anwesenheit sprechen würdet.«

Der Wirt grinste. »Nein, natürlich nicht.«

Kaum hatten Freyas Finger auch diese Münze losgelassen, griff der Wirt danach und stopfte sie in seine Hose. »Folgt mir!«

Freya gab Larkin den Beutel zurück, und gemeinsam stiegen sie die morschen Treppen nach oben bis unters Dach. Der Wirt entfernte eine Spinnwebe, die über der Zimmertür hing, und drückte mit seinem ganzen Körper gegen das Holz. »Die Feuchtigkeit hat den Rahmen verzogen«, erklärte er mit einem Ächzen und stieß die verkeilte Tür auf.

Das Zimmer war winzig. Der Ankleideraum hinter ihrem Schlafgemach war größer als diese heruntergekommene Kammer. Das Bett war eine schmale Pritsche ohne Kissen, und ein Tisch stand vor dem einzigen Fenster im Raum, das nur unbedeutend größer war als das Loch in der Decke. Unter diesem stand ein halb voller Eimer, der so rostig war, dass es Freya nicht gewundert hätte, wenn er selbst schon undicht gewesen wäre.

»Den Badezuber werde ich euch sofort bringen, für das Wasser muss ich den Kamin zuerst anschüren«, sagte der Wirt. »Zum Essen kann ich euch Wurst und Brot anbieten. Warme Mahlzeiten gibt es erst ab Mittag.«

Freya bestellte für Larkin. Sie selbst hatte keinen Hunger. Die Flucht aus dem Schloss, der Überfall und der Gedanke an die nächsten Stunden lagen ihr schwer im Magen. In diesem kleinen Raum auszuharren und darauf zu hoffen, dass Roland und seine Männer sie nicht finden würden, bereitete Freya Bauchschmerzen, aber sie hatten keine andere Wahl. Auf offener Straße würde man sie früher oder später erkennen, im *Steinkäfig* hatten sie zumindest eine Chance. Außerdem waren Freyas Füße dankbar für die Unterbrechung des Marsches, ihre Zehen schmerzten, und ihre Fersen waren aufgescheuert. Warum hatte ihr nie jemand gesagt, wie anstrengend ein solcher Marsch war? Es war an der Zeit, dass sie auf ein Pferd umsattelten. Doch in Amaruné war es ihr zu riskant erschienen, ein Tier zu entwenden.

Sie setzte sich auf die Pritsche, schob die Kapuze ihres Mantels zurück und zog sich ihre Schuhe aus. Ihr entwich ein Seufzen, und sie streckte ihre Beine aus. Larkin stand an der Tür, den Blick auf den Eimer gesenkt, der das Regenwasser auffing. Vermutlich hätte er das Tropfen stundenlang beobachten können, ohne sich zu bewegen, doch es war Freya unangenehm, ihn so zu sehen. Wäre er einfach ein Gardist, würde sie sich nicht an seiner steifen Haltung stören, aber er war kein Gardist, er war ein Wächter. Ein *ehemaliger* Wächter, der jeden Grund dazu hatte, sie zu den Elva zu wünschen, aber er tat es nicht, wegen seines Glaubens, und das irritierte Freya mehr als alles andere.

Roland hatte ihr einmal erzählt, dass die Fae die Götter der *Anderswelt* anbeteten, eines sagenumwobenen Reichs, das angeblich den Ursprung der Magie darstellte. In Thobria hingegen gab es nur die königliche Familie, die vergöttert wurde, und das ergab für Freya schon lange keinen Sinn mehr. Sie waren Menschen aus Fleisch und Blut, und eines Tages würden sie sterben und zu Rauch und Asche werden. Es war nichts Göttliches an ihnen, und anders als ihre Vorfahren hatten weder ihre Eltern noch sie etwas dazu beigetragen, das Land vor den Elva und Fae zu schützen.

Bewahret mich vor dem Unheil und behütet mich vor den Fae, hieß es in dem Gebet der Gläubigen. Freya allerdings vermochte niemanden vor den Fae zu behüten und bewahren, nicht einmal sich selbst. Aus diesem Grund hatte sie Larkin schließlich befreit, aber er schien das nicht zu begreifen.

Selbst nach all den Jahren im Verlies und der schlechten Behandlung durch den König und seine Leute hielt er sie noch für eine Heilige. Aber vielleicht konnte sie sich diesen Glauben auch zunutze machen …

»Larkin!« Keine Frage, eine Aufforderung. »Seht mich an!«

Nach kurzem Zögern hob der Wächter seinen Kopf. Ehrfurcht spiegelte sich in seinen Augen, und beinahe befürchtete sie, er würde erneut auf seine Knie sinken, um sie anzubeten.

»Stellt meinen Beutel neben der Tür ab!«

Er gehorchte.

Sie deutete auf den Platz neben sich. »Und setzt Euch!«

Die Bodendielen knarzten unter Larkins nackten Füßen, als er zu ihr kam und sich mit gebührendem Abstand auf die Pritsche niederließ. Vermutlich stank er wie eine Horde Ziegen, aber Freya nahm diesen Geruch bereits nicht mehr wahr. Sie blickte an ihm herab und blieb an dem getrockneten Blut an seinem Arm hängen. Die Einstichwunden, welche Davins Schwerter zurückgelassen hatten, waren kaum mehr zu sehen, nur noch zwei helle Narben waren übrig, die im Laufe des Tages vermutlich ebenfalls verblassen würden.

Freya griff in den Ärmel ihres Mantels und zog ihren Dolch hervor. Bevor sie den nächsten Befehl geben konnte, streckte Larkin ihr seinen Arm entgegen, als hätte er seine Heilungsfähigkeiten bereits Hunderte Male unter Beweis stellen müssen. Ein Gefühl von Schuld breitete sich in Freya aus. Sie konnte das nicht tun, auch wenn sie danach gierte, *richtige* Magie zu sehen.

Larkin hatte in seiner Gefangenschaft bereits genug gelitten, und Freya wollte sich gar nicht ausmalen, wie oft Rolands Männer ihn bereits geschnitten hatten, zur Strafe, aus Spaß oder aus Neugierde, weil auch sie seine Magie sehen wollten.

Freya ließ den Dolch wieder sinken und legte ihn auf den kleinen Nachttisch, der schief neben dem Bett stand. »Es tut mir leid. Ich hätte das nicht …« *Tun sollen*, stimmte nicht ganz. »… denken dürfen. Ich bin nur neugierig, müsst Ihr wissen. Ich bin noch nie einem unsterblichen Wächter begegnet oder überhaupt jemandem, der wahre Magie wirken kann.«

Larkins Blick glitt von Freya zu dem Dolch und wieder zurück zu ihr. Seine Lippen kräuselten sich, als wollte er etwas sagen, wäre aber nicht sicher, ob er das Wort ergreifen durfte.

»Was liegt Euch auf der Zunge?«, fragte Freya.

»Eure Magie … die Magie, mit der Ihr die Lampe entzündet habt«, flüsterte Larkin, als könnte es sie verärgern, wenn er zu laut sprach. »Ist das keine wahre Magie?«

Freya unterdrückte ein Lachen und schüttelte den Kopf. »Das ist nicht *meine* Magie. Die Anhänger stammen aus Melidrian. Eine Freundin hat sie mir besorgt. Mir selbst ist es erst kürzlich gelungen, den Suchzauber zu wirken, mit dem ich meinen Bruder aufgespürt habe. Ihr müsst mir versprechen, mit niemandem darüber zu reden, so unbedeutend meine Magie auch ist. Es könnte nicht nur mir, sondern auch Euch das Leben kosten.«

Larkin musterte sie mit unveränderter Miene. Sein Blick war geradezu gleichgültig, und Freya fragte sich, ob dieses Verhalten für einen Wächter normal war. Hatten die Jahre im Dienst ihn so abgestumpft, dass Gefühle für ihn zur Nebensache geworden waren. Oder waren Roland und seine Gardisten dafür verantwortlich? Sie hatte das Blut an einer der Türen gesehen und konnte sich vorstellen, was man Männern wie Larkin in der Gefangenschaft antat.

Behutsam legte Freya eine Hand auf Larkins Arm. Er zuckte zusammen, wich jedoch nicht vor ihrer Berührung zurück. Sie konnte den körnigen Dreck unter ihren Fingerspitzen fühlen. »Versprecht mir, dass Ihr Stillschweigen bewahren werdet.« Larkin spannte die Muskeln in seinem Arm an und nickte. »Ich würde euch niemals verraten, Prinzessin.«

»Ich glaube Euch.« Freya lächelte und ließ Larkin los. Sie wollte nicht, dass er aufhörte, mit ihr zu sprechen. Ihr gefiel der Klang seiner Stimme und der runde Akzent, der in jedem seiner Worte mitschwang. Doch sie wurden von einem Klopfen an der Tür unterbrochen. Larkin sprang auf die Beine, und Freya zog sich die Kapuze ihres Mantels erneut über das Gesicht. Der Wirt und ein weiterer Mann traten ein. Ihre Köpfe waren gerötet, und mit keuchendem Atem rollten sie eine runde Holzwanne in das Zimmer, die schon bessere Tage gesehen hatte. Hinter ihnen kam eine Frau mit zwei Eimern Wasser, die sie in den Zuber kippte. Es folgte ein Kommen und Gehen, bis die Wanne gefüllt war und warmer Dampf daraus emporstieg.

»Wäre das alles?«, fragte der Wirt, weit nach vorne gebeugt, um einen Blick unter Freyas Kapuze zu erhaschen. Vermutlich glaubte er, sie wäre besonders hässlich oder entstellt.

Freya senkte ihren Kopf. »Hättet Ihr etwas zum Anziehen für meinen Gemahl?«

Der Wirt betrachtete Larkin mit gerunzelter Stirn. »Ich glaube nicht. Elatha?«

Die Frau, vermutlich die des Wirts, betrat erneut das Zimmer. In der Hand hielt sie einen Teller mit Wurst und Brot. Sie hatte einen Kopf voller unbändiger Locken und war von schmaler Gestalt, dennoch hatte sie die Eimer voller Wasser ohne einen Laut des Klagens geschleppt. »Was ist?«

»Hätten wir etwas zum Anziehen für unseren Gast?«

Die Wirtin musterte abschätzend Larkin, der abwesend in

das Wasser starrte.»Vielleicht ist noch etwas in unserer Fundkiste«, sagte sie und erklärte:»Manchmal lassen Gäste Dinge zurück, wir bewahren sie eine Weile auf, bevor wir sie verkaufen.«

»Danke«, erwiderte Freya mit einem Lächeln. Kurze Zeit später brachte man ihnen ein fleckiges Hemd, das nach Heu roch, und eine Hose mit Löchern an den Knien, aber Freya wollte nicht wählerisch sein. Alles war besser, als die Lumpen, die Larkin am Leib trug. Später würden sie einen Schneider aufsuchen und ihm neue Sachen kaufen.

»Ihr solltet das Bad nehmen, solange das Wasser noch heiß ist«, sagte Freya, nachdem der Wirt und die Wirtin wieder gegangen waren. Larkin stand neben der Wanne und betrachtete die aufsteigenden Dampfschwaden. Unter anderen Umständen hätte Freya das Zimmer verlassen, um ihm seinen Freiraum zu lassen. In ihrer derzeitigen Situation war dies allerdings nicht möglich.»Ihr seid doch nicht schüchtern, oder?«

Larkin sah auf, und die Antwort lag in seinem Blick.

Freya seufzte, natürlich war es ihm unangenehm, sich in der Gegenwart seiner *Göttin* auszuziehen, aber es führte kein Weg daran vorbei.»Ich werde nicht hinsehen. Versprochen.« Sie wandte ihm den Rücken zu. Einen Augenblick war es still, dann hörte sie, wie der Wächter sich seiner Kleidung entledigte. Es war beinahe beängstigend, wie willenlos er ihr gehorchte, und Freya stellte fest, dass es ihr nicht gefiel. Die Vorstellung, über andere zu regieren und zu herrschen, hatte für sie noch nie denselben Reiz besessen wie für ihren Vater. Sie wollte niemanden kontrollieren, und vor allem wollte sie nicht mit einer Marionette durchs Land reisen.

Hinter sich konnte Freya hören, wie Larkin sich in das Wasser gleiten ließ und dabei ein leises Seufzen ausstieß. Sie lächelte und drehte sich zu dem Wächter um, der beinahe zu groß für den Waschzuber war. Langsam ließ er seine Hände über die

Wasseroberfläche gleiten und beobachtete, wie sie seine Finger umspielte, ehe er nach der Seife griff, welche die Wirtin ihnen gegeben hatte, und sich zu waschen begann.

Ungeniert beobachtete Freya ihn, da sie in dem vom Dreck trüben Wasser ohnehin nicht erkennen konnte, was sich unter der Oberfläche abspielte. »Wie lange ist Euer letztes Bad her?«

»Sieben Jahre.«

»Das ist also Euer erstes Bad seit der Festnahme?«, fragte Freya fassungslos. Bei diesem Mangel an Hygiene war es kein Wunder, dass es in diesem Verlies fünfmal schlimmer stank als in den Stallungen der Pferde.

Larkin nickte, ließ seinen Oberkörper ins Wasser gleiten und tauchte einen Moment später wieder auf. Wasser schwappte über den Rand des Zubers. Die langen Haare klebten ihm feucht an den Wangen.

Freya setzte sich auf den Hocker vor dem Tisch, sodass sie nur noch Larkins Rücken sehen konnte. Trotz des warmen Wassers waren seine Muskeln angespannt, vermutlich war dies für ihn ein Dauerzustand. Er war es gewohnt, auf der Hut zu sein; immer kampfbereit.

»Wart Ihr schon einmal in Melidrian?«, fragte Freya. Es war das erste Mal, dass sie ihm gegenüber das magische Land erwähnte. Sie hatte ihm erzählt, dass sie glaube, dass Talon am Leben sei, aber bisher hatte sie ihm nicht verraten, wo sie ihn wiederzufinden gedachte.

»Ein paarmal«, antwortete Larkin, dabei nahm seine Stimme einen merkwürdigen, gerade sehnsuchtsvollen Klang an.

»Ist es dort so gefährlich, wie alle sagen?«

Er nickte.

Das war nicht die Antwort, die Freya hatte hören wollen. Sie erlaubte sich nicht, darüber nachzudenken, welchen Gefahren Talon in der Vergangenheit wohl gegenübergestanden hatte, denn daran konnte sie nichts mehr ändern. Was geschehen war,

war geschehen, und zum Teil war es ihre Schuld. Doch Sorge und Selbstmitleid würden Talon nicht retten – nur Taten.

»Mein Bruder ist in Nihalos«, sagte Freya. Von ihrem Platz aus konnte sie Larkins Gesicht nicht sehen, aber vermutlich war es so ausdruckslos wie immer. »Und wir werden ihn zurückholen.«

»Ihr wollt ins magische Land?«

»Ja, mein Plan ist es, in den Südwesten zu reisen. Nach Askane, einer Hafenstadt an der Küste der Atmenden See. Dort können wir uns ein Schiff nehmen, um die Mauer zu umsegeln.«

Diese Worte lösten etwas in Larkin aus und veränderten ihn. Freya konnte nicht mit Gewissheit sagen, was es war, denn seine Muskeln waren angespannt wie eh und je. Aber etwas an seiner Ausstrahlung veränderte sich. Seine Präsenz schien zu wachsen, wie bereits zuvor im Kampf mit den Dieben. Und er schüttelte den Kopf. »Ihr werdet nicht nach Melidrian reisen.«

Freya wusste nicht, was sie mehr überraschte, die Bestimmtheit in Larkins Worten oder die Tatsache, dass er ihr widersprach. »Was?«

»Ihr werdet nach Amaruné zurückkehren«, erklärte er und warf ihr einen strengen Blick über die Schulter zu, sodass sie sein kantiges Profil sehen konnte. Sein Gesicht war eine eiserne Maske, leblos und eiskalt. Niemand, der nackt war, sollte so bedrohlich aussehen können wie Larkin in diesem Moment. Und Freya konnte sich vorstellen, wie er mit dieser Miene eine Armee Unsterblicher angeführt hatte, aber davon ließ sie sich nicht einschüchtern.

Entschlossen reckte sie ihr Kinn nach vorne. »Auf keinen Fall. Ich lasse Talon nicht im Stich. Wir gehen nach Melidrian.«

»*Ich* gehe nach Melidrian. Ich werde Prinz Talon für Euch finden.«

Freya ballte ihre Hände zu Fäusten. Hatte sie vor wenigen Minuten wirklich noch gehofft, Larkin würde weiter mit ihr sprechen? Nun wünschte sie sich, er würde den Mund halten. Sie konnte sich nicht daran erinnern, wann ihr gegenüber das letzte Mal jemand einen solchen Tonfall angeschlagen hatte; abgesehen von ihren Eltern. »Ich werde Euch begleiten.« Es war weder eine Bitte noch eine Frage, sondern eine Feststellung.

»Das werdet Ihr nicht«, widersprach Larkin. Seine Hände hatten den Rand des Waschzubers gepackt. »Ihr gehört nicht nach Melidrian.«

»Weil ich eine Prinzessin bin?«

»Weil Ihr ein Mensch seid«, sagte er. Seine Stimme hatte einen strengen Befehlston angenommen, und da erkannte Freya, was sich verändert hatte. Er war aus der Rolle des Gefangenen und Gläubigen herausgeschlüpft und hatte sich das Gewand des Wächters angelegt, dessen Aufgabe es war, das Abkommen zu bewahren; koste es, was es wolle.

Aber auch Freya war bereit, jeden Preis zu zahlen. »Ihr könnt mich nicht aufhalten. Ich werde nach Nihalos gehen und meinen Bruder finden. Mit oder ohne Eure Erlaubnis.« Er könnte sie sehr wohl davon abhalten, nach Melidrian zu reisen, indem er sie festhielt und den Gardisten auslieferte, aber damit würde er vermutlich auch sein eigenes Todesurteil unterschreiben.

»Ihr könntet einen Krieg verursachen.«

»Nur, wenn man mich erwischt.« Sie hatte nicht vor, sich den Fae zu offenbaren. Sie wollte nur Talon finden und ihn nach Hause bringen.

Larkin stieß ein schweres Seufzen aus. »Erkennt Ihr nicht, wie riskant das ist? Ihr setzt hier nicht nur Euer Leben aufs Spiel.«

»Das weiß ich«, erklärte Freya. Sie hatte in den vergangenen Tagen nichts anderes getan, als über die ganze Situation nachzudenken. Sie von jedem Blickwinkel zu betrachten und jede Möglichkeit abzuwägen. Aber sie konnte Talon unmöglich einem Leben in Qual und Sklaverei überlassen; nicht einmal für ihr Volk. »Bitte, Larkin, helft mir! Nur dieses eine Mal.«

»Nein.«

Wütend presste Freya die Lippen aufeinander. Sie wusste nicht, was sie mehr ärgerte, dass Larkin ihr widersprach oder dass sie in ihrer Naivität angenommen hatte, der Wächter wäre ihr so dankbar für seine Rettung, dass er alles tun würde, was sie von ihm verlangte. »Wenn Ihr mir nicht helft, bin ich gezwungen, meinem Vater von der Sache zu erzählen«, bluffte sie.

»Das würdet ihr nicht tun.«

»Seid Ihr euch sicher?«, fragte sie, bemüht, sich ihre Lüge nicht anmerken zu lassen. »Was glaubt Ihr, wird passieren, wenn er erfährt, dass sein einziger Sohn in Melidrian ist? Festgehalten von den Fae. Das Abkommen wurde längst gebrochen, und das nicht auf unserer Seite. Ein Krieg wird unausweichlich sein, aber Ihr habt die Chance, das zu verhindern. Wir können Talon zurückholen, und niemand muss erfahren, wo er die letzten Jahre verbracht hat.«

Larkin konterte nicht sofort, sondern schien wirklich über ihre Worte nachzudenken und abzuwägen, welches Risiko er eingehen wollte. Sekunden verstrichen, und mit eng zusammengezogenen Augenbrauen starrte er in den Raum, die Missbilligung über Freyas Erpressung war nicht zu übersehen, aber ihr schlechtes Gewissen hielt sich in Grenzen.

Ungeduldig rutschte Freya auf ihrem Hocker hin und her. Sie wollte eine Antwort. *Brauchte* eine Antwort, aber sie wollte Larkin auch nicht drängen und wie eine scheue Katze in die Enge treiben.

»Das Verhandeln liegt Euch im Blut«, sagte Larkin schließlich und wandte sich ab, sodass sie nur noch seinen Hinterkopf sehen konnte. »Einverstanden. Ich werde Euch nach Melidrian begleiten, aber ich brauche Waffen.«

Ein Grinsen trat auf Freyas Gesicht. Sie hatte es geschafft. Sie hatte den Wächter überzeugt. »Ich kaufe Euch Waffen. So viele ihr wollt.«

»Ich rede nicht von irgendwelchen Waffen, sondern von magischen Waffen«, antwortete Larkin. »*Feuergebundenen* Waffen.« Freya wusste aus ihrem Unterricht im Palast, dass die Fae spezielle Waffen produzierten, mit denen sie auch die Wächter ausstatteten, dazu geschaffen, jene magischen Kreaturen zu töten, die sich nicht an das Abkommen halten wollten. »Gibt es eine Möglichkeit, diese Waffen zu beschaffen, ohne an die Mauer zu gehen und die anderen Wächter zu bestehlen?«

»Die gibt es«, sagte Larkin und griff erneut nach der Seife. »Aber bevor ich sie Euch verrate, müsst Ihr mir auch etwas versprechen. Nämlich dass Ihr mit niemandem über das sprecht, was ich Euch jetzt verrate.«

Freya war überrascht von dieser Forderung, doch sie würde Larkin alles schwören, solange es ihr dabei half, Talon zurückzuholen. »Natürlich. Geheimnisse zu sammeln ist eine Leidenschaft von mir.«

»Es gibt einen Schwarzmarkt«, sagte Larkin so leise, dass Freya sich nach vorne beugen musste, um ihn zu verstehen, »der von den Dunkelgängern geführt wird, Ihr könnt dort alles kaufen, auch magische Waffen.«

Freya hatte keine Ahnung, wer die Dunkelgänger waren oder was es mit diesem Schwarzmarkt auf sich hatte, aber ihr war jedes Mittel recht, um an die Waffen zu gelangen, die sie für Talons Rettung brauchten. »Und wo findet dieser Schwarzmarkt statt?«

Larkin sah sie abermals über seine Schulter an. Ein Lächeln zuckte in seinen Mundwinkeln. »In Askane.«

Freya gefiel es nicht, wie die Wirtin Larkin anstarrte. Es war unwahrscheinlich, dass sie ihn als den Wächter erkannte, der vor sieben Jahren verhaftet worden war. Dennoch machten ihre intensiven Blicke Freya nervös. Sie beobachtete, wie die Wirtin sich nach vorne beugte und die Klinge des Rasierers langsam über Larkins Haut gleiten ließ. Dabei gewährte sie ihm tiefe Einblicke in ihr Dekolleté, das trotz ihrer schmalen Gestalt üppig war.

Freya zog die Kapuze ihrer Robe tiefer in ihr Gesicht und lief zu dem Fenster auf der gegenüberliegenden Seite des Raumes. Es war bereits Mittag, und auf den Straßen herrschte ein reges Treiben. Nachdem die Wirtin ihnen zwei Teller warme Fleischsuppe gebracht hatte, bat Freya sie darum, sich um Larkin zu kümmern. Am liebsten hätte sie ihn selbst rasiert und die Haare geschnitten, aber sie hatte so etwas noch nie gemacht und wollte nicht riskieren, ihm versehentlich ein Ohr abzutrennen, auch wenn seine Magie eine solche Verletzung vermutlich schnell geheilt hätte.

»Gibt es hier in der Nähe einen Schneider?«, fragte Freya und ließ ihren Blick die Straße entlanggleiten.

»Ja, ein paar Häuser weiter«, antwortete die Wirtin. »Es gibt dort nichts Ausgefallenes, aber das Nötigste. Solltet ihr etwas Ungewöhnlicheres suchen, empfehle ich euch den Laden von Delano in Amaruné.«

»Nein, nichts Ausgefallenes«, erwiderte Freya und beobachtete einen Gemüsehändler, der seinen Karren über die Straße zog. Eines der hinteren Räder eierte, und bei jedem Schritt drohte etwas von der Ware auf den Boden zu fallen. Drei Kinder rannten um ihn herum und lachten so laut, dass selbst Freya es noch hören konnte. Ob die Kinder die des Gemüsehändlers waren oder nicht, vermochte sie nicht zu sagen, jedenfalls schien sich der ältere Mann nicht an den Rackern zu stören.

Freya beobachtete die drei noch eine Weile und fragte sich, wann sie das letzte Mal so ausgelassen gewesen war. Sie war mit Sicherheit kein Kind von Traurigkeit und wusste das Leben zu genießen. Doch dieses bedingungslose, uneingeschränkte Glück hatte sie schon lange nicht mehr verspürt; nicht, seit man ihr

Talon genommen hatte. Sie hatte die vage Hoffnung, dass sie dieses Glück gemeinsam mit Talon wiederfinden würde, aber tief in ihrem Inneren wusste sie, dass sie nie wieder ganz dieselbe sein würde. Wie auch? Die letzten sieben Jahre hatten sie geprägt, und schon bald würde sie in Melidrian sein, dem grausamsten Ort auf Erden, wenn sie den Gerüchten trauen konnte.

Plötzlich stoppte der Gemüsehändler, und auch die Kinder hielten in ihrem Spiel inne. Ihre Köpfe wandten sich alle in dieselbe Richtung. Freya folgte ihrem Blick – und erstarrte.

Mehrere Reiter waren in die Straße eingebogen, und sie alle trugen die Uniform der königlichen Garde. Sie sahen sich in der Straße um, und ihre Pferde trabten nervös auf der Stelle, bis einer der Männer einen Befehl aussprach. Die Gardisten schwärmten aus und machten sich daran, die Häuser zu durchsuchen. Drei der Reiter kamen direkt auf die Taverne zu.

Freya stieß einen Fluch aus und krallte sich am morschen Holz des Fensterbretts fest. »Elatha?«

Die Wirtin wischte Larkin mit einem feuchten Tuch über die rasierte Haut. »Ja?«

»Ihr solltet besser nach unten gehen«, sagte Freya, um einen ruhigen Tonfall bemüht. »Drei Männer der königlichen Garde sind dabei, Eure Taverne zu betreten.«

»Oh nein! Nicht schon wieder!«

Nicht schon wieder? Was hatte das zu bedeuten? Freya wusste es nicht, und sie hatte auch keine Zeit darüber nachzudenken. »Versperrt die Tür!«, befahl sie Larkin, kaum dass die Wirtin aus dem Zimmer verschwunden war.

Der Wächter sprang von seinem Hocker und riss den Schlüssel im Schloss herum. Das Herz in Freyas Brust raste. Panisch suchte sie nach einem Fluchtweg. Es bestand zwar die geringe Chance, dass Roland und seine Männer nicht nach oben kamen, aber darauf wollte sie sich nicht verlassen. Sie könnten das Fenster einschlagen, doch das würde auch bedeuten, dass sie drei

Stockwerke in die Tiefe springen mussten; alles andere als unauffällig. Und Möglichkeiten, um sich zu verstecken, gab es in dem kargen Raum nicht; sobald die Gardisten das Zimmer betraten, würde man sie entdecken.

Das Donnern von Schritten war im Treppenhaus zu hören. Wütende Stimmen erklangen von den anderen Gästen, und Rolands Männer gaben schroffe Befehle, welche jeden Widerstand zum Verstummen brachten.

Freyas Magen verkrampfte sich, und sie glaubte, sich übergeben zu müssen. Was hatte das Schicksal nur gegen sie? Sie war noch keinen Tagesmarsch von Amaruné entfernt, und schon zum wiederholten Mal drohte ihr Plan zu scheitern. Sie wollte überhaupt nicht daran denken, was passieren würde, sollte man sie hier finden. Vermutlich würden Rolands Männer nie wieder von ihrer Seite weichen, und Larkin ...

Sie sah zu ihm. Mit geballten Fäusten starrte er die Tür an. Er würde für sie kämpfen. Freya wusste es, und vermutlich hätte er die drei Gardisten besiegen können. Doch um welchen Preis? Eine Schlägerei würde nicht unbemerkt bleiben, und schon bald wären nicht nur drei, sondern zehn Männer in diesem Zimmer, und sie alle konnte Larkin niemals überwältigen.

Panisch ließ Freya ihren Blick noch einmal durch den Raum schweifen. Es musste einen Ausweg geben, alles andere war nicht akzeptabel. Und in diesem Moment entdeckte sie ihren Beutel, der noch immer neben der Tür stand, dort wo Larkin ihn abgelegt hatte. Sie lief darauf zu, in der Hoffnung etwas darin zu finden, das ihnen vielleicht helfen konnte. Doch sie kam nicht weit. In ihrer Panik hatte sie den Eimer übersehen, der auf dem Boden stand. Freya stieß mit ihrem Fuß dagegen. Er kippte um, und altes Regenwasser lief über den Boden.

Verdammt!

Erzürnt wollte Freya dem Eimer einen Tritt verpassen, als etwas anderes ihre Aufmerksamkeit erregte. Sie hielt in der

Bewegung inne und legte den Kopf in den Nacken. Sonnenstrahlen trafen auf ihr Gesicht. »Larkin?«, fragte sie, ohne ihren Blick von dem Loch abzuwenden, das ihr neue Hoffnung brachte. »Könnt Ihr das Loch weiter aufbrechen?«

Larkin stellte keine Fragen. Er verstand und griff nach der Öffnung in der Decke, die für ihn gerade niedrig genug war. Er begann heftig daran zu rütteln, was das ganze Dach in Schwingung versetzte.

Freya schnappte sich ihren Beutel und den Dolch vom Nachttisch, während die Gardisten ihres Vaters unaufhaltsam näher kamen. Die Treppenstufen knarzten unter ihren schweren Schritten. Ihnen blieb nicht mehr viel Zeit. Eine Faust donnerte gegen die Tür.

»Aufmachen!«

Staub und Dreck regneten vom Dach. Freya biss sich auf die Unterlippe und hatte das Gefühl, nicht ruhig stehen bleiben zu können, aber sie konnte nirgendwohin.

»Aufmachen!«

»Schneller«, sagte Freya zu Larkin. Sie hatte das Wort kaum ausgesprochen, da barst das Holz unter dessen Fingerspitzen auseinander.

»Ihr zuerst«, befahl dieser. Freya wollte protestieren, Larkin sollte zuerst gehen, für ihn stand mehr auf dem Spiel, aber er hatte sie bereits an den Hüften gepackt und hob sie der Öffnung entgegen.

»Aufmachen!«, erklang die Stimme des Gardisten erneut. Seine Schläge wurden drängender, und Freya zögerte nicht länger. Sie hielt sich an dem verbleibenden Holz fest, das unter ihrem Griff gefährlich knirschte, und stemmte sich auf das Dach. Eilig machte sie Platz für Larkin, der sich aus eigener Kraft durch das Loch zog. Splitter fielen zu Boden. Freya griff nach seinem Arm, um ihm zu helfen. Das Klopfen an der Tür verstummte ...

… und wurde durch gewaltigere Schläge ersetzt.

»Beeilt Euch!«, zischte Freya.

Larkin stieg über den Rand der Öffnung auf das Dach, gerade noch rechtzeitig. In diesem Moment flog die Tür zum Zimmer mit einem lauten Knall auf. »Sie fliehen!«, brüllte der Gardist. Das Holz des Dachs bog sich unter Freyas Gewicht, als sie sich aufrichtete. Lange würde es sie und Larkin nicht tragen; nicht, dass sie vorhatten, hier zu bleiben.

»Folgt mir!«, sagte Larkin und übernahm die Führung. Die Häuser in Limell standen ähnlich gedrungen wie im fünften und sechsten Ring in Amaruné, was es ihnen ermöglichte, von Dach zu Dach zu springen. Ungeschickt stolperte Freya über die losen Ziegel. Immer wieder drohte sie dabei das Gleichgewicht zu verlieren, aber es gelang ihr, sich aufrecht zu halten. Niemals in ihrem Leben hätte sie erwartet, je über Häuser flüchten zu müssen, in denen sie nicht einmal hätte leben wollen. Zum Glück blieb Larkin die ganze Zeit über dicht an ihrer Seite und warnte sie vor lockeren Brettern und Ziegeln. Unter anderen Umständen hatte die Höhe Freya womöglich Angst eingejagt, aber sie hatte gar keine Zeit, sich darüber Gedanken zu machen. Sie tat, was getan werden musste, um den Gardisten zu entkommen. Ihr Atem war zu einem Keuchen verkommen, und der Wind hatte ihr die Kapuze ihrer Robe aus dem Gesicht geschlagen, aber es spielte keine Rolle mehr, ob sie erkannt wurde. Dafür war es zu spät, es blieb nur noch die Flucht.

»Halt!«, brüllte eine männliche Stimme in Freyas Rücken. »Stehen bleiben! Im Namen des Königs. Stehen bleiben!«

Freya konnte hören, wie Rolands Männer hinter ihnen hereilten. Ihr rauschte das Blut in den Ohren, und ein unangenehmes Ziehen breitete sich in ihrer Seite aus. Sie ignorierte es und kämpfte gegen die Steigung des Daches an. Halt suchend klammerte sie sich an dem Kamin fest und zog sich auf die andere Seite, auf der Larkin wartete.

Keuchend zerrte Freya sich den Umhang vom Körper, der sie nur noch behinderte. Darunter trug sie eine dunkle Tunika und eine Reiterhose, die einzige Hose in ihrem Schrank voller Kleider Larkin schaute sich in allen Richtungen um, auf der Suche nach einem Ausweg, doch es gab nur einen Weg: vorwärts, weg von den Gardisten.

»Worauf wartet Ihr?«, drängte Freya.

»Stehen bleiben!«

»Larkin?« Ihre Stimme war von Panik durchzogen. Sie spähte über ihre Schulter und entdeckte die Gardisten hinter ihnen. Sie waren ihnen bereits so nahe, dass Freya ihre Gesichter ausmachen konnte.

»Vertraut Ihr mir?«, fragte Larkin.

Freya zögerte keine Sekunde. »Ja.«

»Gut, dann haltet Euch fest.«

Ehe Freya sichs versah, wurde sie von einem Paar starker Arme gepackt. Sie schrie vor Schreck auf, und Larkin warf sie sich wie eine Puppe über die Schulter. Schmerzhaft krallten sich seine Finger in Freyas Hüfte, während er sie an sich gedrückt hielt. »Lasst mich …« Die Worte erstarben auf ihren Lippen, als sie erkannte, was er vorhatte. »Nein, Larkin! Nein, Ihr könnt nicht …«

Es war zu spät.

Er trat über den Rand des Dachs, und sie fielen.

11. Kapitel – Ceylan

– Niemandsland –

Der Tag der Zeremonie war gekommen. Ceylan hatte es tatsächlich geschafft. Bis gestern war sie nur eine junge Frau mit einem Traum gewesen, heute war sie eine Novizin, und morgen würde sie als Wächterin erwachen. Alles, was sie noch von der Unsterblichkeit trennte, waren ein paar Stunden und ein Ritual, dessen Ablauf sie noch immer nicht kannte. Doch für sie spielte es keine Rolle, ob sie in Lammblut baden oder eine Elva verspeisen musste. Sie würde alles tun, um endlich eine magiegeschmiedete Waffe führen zu können. Zwar hasste sie die Magie, aber wenn es um das Niemandsland und die Mauer ging, war sie ein Mittel zum Zweck. Ein Opfer, das Ceylan bringen musste, um sich den Fae und Elva stellen zu können.

Obwohl die Zeremonie der Unsterblichkeit erst am Abend stattfinden würde, trug Ceylan bereits die Uniform, die sie am Morgen erhalten hatte. Sie war sich sicher, dass sie nie bessere Kleidung besessen hatte. Die dunklen Stoffe waren sauber und gut vernäht, das Leder weich. Es würde ihr im Kampf Bewegungsfreiheit geben und sie zugleich vor kleineren Verletzungen schützen. Der mit hellem Pelz versetzte Mantel, der ihr bei Nacht auch als Decke dienen würde, war großzügig mit Fell bestickt und roch nach Wald und Wiese.

Gekleidet in Schwarz und Weiß betrat sie den Platz vor dem Stützpunkt, da sie nicht wusste, was sie sonst hätte tun sollen. Sie war zu unruhig, um sich auf ihrer Pritsche auszustrecken, und zu unkonzentriert, um zu trainieren. Vermutlich lag es daran, dass sie ihrem Ziel so nahe war, aber sie konnte nicht aufhören, an ihre Eltern zu denken. An ihre lächelnden Gesichter und ihre freundlichen Stimmen, die ihre Kindheit trotz Armut reich gemacht hatten. Wären sie stolz auf sie, wenn sie wüssten, dass sie die erste Wächterin aller Zeiten werden würde? Oder würden sie sie für verrückt erklären? Immer wieder hatte ihr Vater selbst darüber nachgedacht, ein Wächter zu werden, um Geld zu verdienen, aber ihre Mutter hatte ihn stets davon abgehalten; bis zum Schluss.

In ihre Gedanken versunken, betrat Ceylan den Vorplatz. Scheinbar war sie nicht die Einzige, die es nicht mehr erwarten konnte. Ein Großteil der Novizen hatte sich bereits am Stützpunkt versammelt, darunter auch Derrin Armwon, der adelige Schnösel, mitsamt seinen Gefolgsleuten. Sie lungerten auf den Stufen herum, die zum Aussichtsturm führten, und beobachteten die vorbeiziehenden Wächter, die dabei waren, alles für die Zeremonie vorzubereiten. Der Platz war bereits geräumt worden. Tische und Bänke wurden aufgestellt und Holz für ein großes Feuer aufgetürmt.

Ceylan fragte sich, ob sie helfen sollte, aber keiner der Wächter schien dies von ihr zu erwarten, und nachdem die anderen ebenfalls wie Nichtsnutze herumsaßen, beschloss sie, dasselbe zu tun, um nicht noch mehr Aufmerksamkeit auf sich zu lenken.

Sie setzte sich auf den Boden, den Rücken gegen die Wand des Stützpunktes gelehnt, sodass sie nicht nur den Platz, sondern auch die Mauer im Auge hatte. Wenn sie von hier aus den Kopf in den Nacken legte, konnte sie deren letzte Steine nicht mehr sehen, und es schien, als würde sie endlos in den Himmel ragen.

»Ich kann nicht fassen, dass sie bleiben darf«, hörte Ceylan auf einmal einen der anderen Novizen sagen, nicht darum bemüht, seine Stimme gesenkt zu halten.

»Natürlich darf sie bleiben«, antwortete Derrin. »Hast du es nicht mitbekommen? Sie war gemeinsam mit dem Field Marshal im Waschraum. Ich kann mir denken, wie sie ihn von sich *überzeugt* hat.«

Ceylans Hände ballten sich zu Fäusten. Eigentlich wollte sie überhaupt nicht wissen, was die anderen sich über sie erzählten, dennoch rutschte sie etwas näher, um zu lauschen.

»Ich hätte nichts dagegen, mich von ihr *überzeugen* zu lassen«, sagte einer der Novizen mit einem anzüglichen Tonfall, der Ceylan wissen ließ, dass es die richtige Entscheidung gewesen war, sich vorhin nicht im Schlafsaal umzuziehen, sondern das Dickicht der Bäume aufzusuchen.

»Ich wette, keiner von uns hätte das. An ihren Haaren kann man sich sicherlich großartig festhalten«, sagte Derrin.

»Ob sie im Bett genauso stöhnt und ächzt wie beim Kämpfen?«, fragte der andere Novize.

»Ich werde es für euch herausfinden und sie ordentlich zum Schreien bringen.« Derrin stieß ein schmutziges Lachen aus.

»Mit dem kleinen Ding zwischen deinen Beinen? Ich denke nicht«, platzte Ceylan heraus, bevor sie sich davon hätte abhalten können.

Das Lachen der Männer verstummte, und für einen Moment herrschte Stille, bevor sie hörte, wie jemand die Treppe hinunterstieg. Derrin kam um die Ecke und betrachtete sie abschätzig. Auch er trug bereits seine Wächteruniform, und sein blondes Haar hatte er sich aus dem Gesicht gekämmt, was seine Hakennase noch spitzer erscheinen ließ. »Was hast du gesagt?«

Ceylan lächelte. »Du hast mich schon verstanden, Schrumpfling.«

»Du hast keine Ahnung, wovon du sprichst«, zischte Derrin. Seine Gefolgsleute hatten sich ebenfalls erhoben und standen nun hinter ihm wie eine Armee willenloser Trottel.

Ceylan sprang auf die Beine. »Ich habe gesehen, wie du dich umgezogen hast.«

»Hast du nicht.« Derrin blieb so dicht vor ihr stehen, dass sie aufblicken musste, um sein Gesicht zu sehen. »Du bist aus dem Schlafsaal gestürmt, kaum dass Captain Fourash dir dein Bett zugeteilt hat.«

»Ich habe den Anblick deiner mickrigen Männlichkeit nicht länger ertragen«, sagte Ceylan. »Ich hoffe inständig, dass du mit diesem kleinen Ding besser umgehen kannst, als mit einem Schwert.«

»Pass auf, was du sagst«, knurrte Derrin. Er trat noch näher an sie heran, bis seine Brust beinahe ihre berührte. Er war größer als Ceylan, dennoch wusste sie, dass sie ihn jederzeit in einem fairen Zweikampf besiegen könnte. Doch etwas sagte ihr, dass ein Kampf mit Derrin nicht fair sein würde, nicht solange seine Schoßhündchen anwesend waren.

Herausfordernd zog sie eine Augenbraue in die Höhe. »Und was ist, wenn ich nicht aufpasse?« Eine Stimme in ihrem Kopf wollte Derrin dazu auffordern zuzuschlagen, denn auch wenn sie als Verliererin aus diesem Kampf hervorgehen würde, würde sie diesem arroganten Schnösel dennoch eine Lektion erteilen.

»Dann wirst du es bereuen«, zischte einer der anderen Männer. Ceylan spähte an Derrin vorbei zu seinem Freund, der sie mit einem vernichtenden Blick bedachte.

»Ich habe keine Angst vor euch.«

»Das solltest du aber«, sagte Derrin.

»Wieso?«

»Weil …« Er stockte und kniff verärgert die Augen zu zwei schmalen Schlitzen zusammen. Ihm fehlten die Worte. Vermutlich war er es nicht gewohnt, dass man ihm nicht gehorchte. Als Adeliger aus Amaruné war er die Anerkennung der Königsgläubigen gewohnt, die ihn behandelten wie einen Heiligen, weil ihm sein Geld Zutritt in den Palast verschaffte.

»Weil …?« Ceylan ließ ihre Augenbraue noch höher wandern

und bedeutete ihm weiterzusprechen. Sein Kiefer zitterte, ob vor Wut oder wegen der Bemühung, eine passende Erwiderung zu finden, vermochte Ceylan nicht zu sagen. Sie schnaubte. »Hab ich's mir doch …«

Eine Faust kollidierte mit ihrem Kinn und riss ihren Kopf herum. Der Bastard hatte es tatsächlich gewagt, sie zu schlagen! Ceylan fuhr sich mit der Zunge über die Oberlippe und schmeckte ihr eigenes Blut, wie bitteres Eisen. Sie spuckte aus, und mit dem Ärmel ihrer Uniform wischte sie sich den verfärbten Speichel aus dem Mundwinkel. Eines musste sie Derrin lassen. Er war kein Schwächling. Er hatte seine Zeit am Hof gut genutzt und nicht nur Schwachsinn erlernt, wie Klavier spielen oder tanzen.

Langsam richtete sie sich auf. Derrins Grinsen war zurück, und ein angriffslustiges Funkeln flackerte in seinen Augen. Dieser Herausforderung kam Ceylan nur zu gerne nach. Sie verpasste ihm einen kräftigen Stoß gegen die Brust. Er taumelte rückwärts in seine Freunde hinein, die ihn auffingen und zu ihr zurückwarfen. Er lachte und holte noch einmal mit seiner Faust aus. Dieses Mal war sie vorbereitet. Sie duckte sich unter seiner Hand weg und versetzte ihm in derselben Bewegung einen Schlag in den Magen. Er stöhnte auf und stieß geknurrte Worte aus, die sie nicht verstehen konnte. Doch sie ließen einen seiner Freunde hervortreten, die anderen pfiffen und feuerten ihn an.

Der Mann ließ seinen Kopf kreisen und war bereit, das fortzuführen, was Derrin angefangen hatte. Ceylan hatte ihre Fäuste bereits wieder erhoben, als plötzlich ein lauter Glockenschlag ertönte und sie bis ins Mark erschütterte. Ihr Inneres vibrierte, und der laute Klang hallte schmerzhaft in ihren Ohren wider. Derrins Freunde wichen zurück, als ein zweiter und dritter Schlag den Platz in Aufruhr versetzte. Wächter eilten umher und versammelten sich um den Stützpunkt, dabei würdigten sie

Ceylan und die anderen Novizen keines Blickes. Ihre Hände hielten sie kampfbereit an ihren Schwertern.

Was hatte das zu bedeuten? Ceylan wusste es nicht mit Gewissheit, doch es gab nur eine logische Erklärung dafür, weshalb sich diese Männer mit griffbereiten Waffen vor der Mauer versammelten.

Field Marshal Tombell, seine Generäle und Captains, darunter auch Leigh, marschierten an Ceylan vorbei zum Tor, und eine Furcht, wie sie sie während ihres Kampfes mit Derrin nicht verspürt hatte, stieg in ihr auf. Wachsam ließ Tombell seinen Blick durch die Reihen der kampfbereiten Wächter gleiten, ehe er seinen Befehl gab:

»Öffnen!«

▽

Das massive Steintor wurde hochgekurbelt. Stück für Stück gab es den Anblick auf die Ankömmlinge frei. Ceylan hielt die Luft an, und sie schien nicht die Einzige zu sein. Eine gespenstische Stille hatte sich über die Mauer gelegt, nur das Knarzen und Knacken der sich aufwärts bewegenden Steine war zu hören.

Ceylan hatte keine Erinnerung an die Fae oder Elva, die ihr Heimatdorf überfallen hatten. Wenn sie die Augen schloss, sah sie nur das Rot des Blutes und des Feuers und die leblosen Körper ihrer Eltern. Doch sie kannte Zeichnungen aus den verbotenen Schriften, die sie in den vergangenen Jahren überall im Land gesucht hatte, um sich auf ihre Aufgabe als Wächterin vorzubereiten. Daher wusste sie, wie unterschiedlich diese Kreaturen sein konnten, auch wenn sie alle von der Magie zerfressen waren. Während Elva an Tiere mit schwarzem Fell erinnerten, die Hörner und Schwänze, Zähne und Klauen besaßen, waren die Fae vom Menschen kaum zu unterscheiden – genau wie die Ankömmlinge, welche durch die Mauer in das sterbliche Land ritten.

Sie saßen aufrecht, hatten keine zusätzlichen Gliedmaßen, und ihre Haut war von einem zarten Rosa. Das Einzige, was sie auf den ersten Blick von den Menschen unterschied, waren ihre spitzen Ohren, und dennoch war sich Ceylan gewiss, dass auch diese Fae wilde Geschöpfe waren. Sie wurden von ihren Instinkten angetrieben und von ihrer Magie verdorben.

Sie betrachtete die Ankömmlinge, die von ihren Pferden stiegen. Es waren vier Fae, zwei Seelie und zwei Unseelie. Die Seelie hatten Haar rot wie Feuer und waren von einer kräftigen Statur, die sich auch bei der weiblichen der beiden Fae abzeichnete. Sie trugen dunkle Uniformen, die denen der Wächter nicht unähnlich waren, und zahlreiche Ringe schmückten ihre spitzen Ohren.

Die Unseelie hingegen waren hochgewachsen und schmal gebaut, mit sonnenblonden Haaren. Sie waren in einer Montur aus braunem Leder und hellen Stoffen gekleidet, mit unzähligen Gürteln und Schnallen, dazu geschaffen, Waffen daran zu befestigen. Nicht, dass die Fae mit ihrer Magie wirklich auf Schwerter und Dolche angewiesen gewesen wären. Einer der Unseelie hatte die Haare links und rechts von seinem Gesicht geflochten. Glänzende Ringe waren in die Zöpfe mit eingearbeitet und verliehen ihm ein adeliges Aussehen, das durch sein Ziegenbärtchen abgerundet wurde.

Doch nicht er war derjenige, der sich von den anderen Fae abhob, es war der zweite Unseelie. Ceylan wusste nicht, was es war, aber irgendetwas an ihm erregte ihre Aufmerksamkeit, obwohl er keinen Schmuck trug und seine spitzen Ohren hinter seinem goldenen Haar versteckte. Dennoch war seine Herkunft nicht zu verleugnen, denn er war von einer unmenschlichen Schönheit. Sie wollte sich von ihm abwenden, aber sie konnte nicht. Selbst aus der Ferne hielt das stechende Blau seiner Augen ihren Blick gefangen. Er hatte einen schlanken Körper mit fein definierten Muskeln, und in seiner Haltung ruhte eine

Anmut und Eleganz, wie sie unter Sterblichen nur selten zu finden war.

Der Fae begrüßte den Field Marshal, und ein Lächeln, das sein ganzes Gesicht zum Strahlen brachte, zeichnete sich auf seinen Lippen ab. Und auch Tombell lächelte. Ohne zu zögern, ergriff er die Hand des Fae.

Verräter, dachte Ceylan und biss sich auf die Unterlippe. Eine vertraute Wut stieg in ihr auf, und sie ballte ihre Hände, bis die Knöchel weiß hervortraten. Sie hätte gerne gefragt, was die Fae hier wollten, aber insgeheim wusste sie es bereits: die Zeremonie. Sie waren ein Teil davon. Vielleicht mussten sie für die Magie der Wächter geopfert werden. *Schön wär's.*

Tombell hieß auch die drei anderen Fae willkommen. Ihnen wurden ihre Pferde abgenommen, und der Field Marshal bedeutete ihnen, ihm zu folgen. Augenblicklich bildete sich eine Gasse zwischen den Wächtern, um die Fae hindurchzulassen, als wollte niemand mit ihnen in Berührung kommen.

Ceylan drängte sich mit dem Rücken gegen das Fort. Dummerweise lenkte die Bewegung Tombells Blick auf sie, und er hob die Hand, um auf sie zu deuten. *Verflucht!* Die Fae drehten ihre Köpfe in ihre Richtung. Ceylan wünschte sich, der Boden unter ihr würde sich auftun und sie verschlucken.

»Ich möchte Euch unsere erste weibliche Wächterin vorstellen«, sagte der Field Marshal und blieb mit den Fae vor ihr stehen. »Novizin Alarion, das sind Aldren, Erima und Medin sowie Prinz Kheeran, Herrscher über Melidrian, Prinz von Nihalos und baldiger König der Unseelie.«

Die Seelie musterten sie von oben herab. Ihnen war anzusehen, dass sie sich über die Menschen erhaben fühlten und sich für etwas Besseres hielten – aber das waren sie nicht. Sie hatten den Krieg ebenso verloren.

»Ich wurde nicht darüber informiert, dass zukünftig auch Frauen an der Mauer dienen dürfen«, sagte Prinz Kheeran, an den Field Marshal gewandt. Seine Stimme klang nicht abschätzig, eher verwundert.

»Es war nie wirklich verboten«, antwortete Tombell. »Novizin Alarion ist allerdings die erste Frau, die unserer Aufzeichnung nach dieses Recht in Anspruch genommen hat.« Ceylan war sich beinahe sicher, dass es vor ihr schon andere Frauen gegeben haben musste, die der Mauer dienen wollten, aber sie war die erste, die sich dem Field Marshal gegenüber hatte behaupten können.

»Verstehe«, murmelte der Prinz und betrachtete sie mit aufrichtigem Interesse. Seine Gesichtszüge waren kantig, aber seine Lippen rund und voll, und an seinem Kinn hatte er eine kleine, für die Fae untypische Narbe, die Ceylans Blick magisch anzog. Woher stammte sie? War ein Duell mit einer anderen Fae dafür verantwortlich? Oder steckte der Angriff einer Elva dahinter?

»Wie ist dein Vorname?«, fragte der Prinz ohne jeden Respekt.

»Ceylan.« Der Field Marshal antwortete an ihrer Stelle.

»Ceylan«, wiederholte der Fae. Ihr Name war wie Gesang aus seinem Mund, und die Härchen an ihren Armen stellten sich auf. Er streckte ihr die Hand entgegen, und sie starrte auf die schmalgliedrigen Finger mit den gepflegten Nägeln, ohne sie zu ergreifen.

Der Field Marshal räusperte sich.

Ein Befehl.

Widerwillig ergriff sie die ihr dargebotene Hand, und es war, als würde ein Blitz durch sie hindurchfahren. Ihre Muskeln spannten sich an, und schlagartig breitete sich Hitze in ihr aus. Der Prinz musste es auch spüren, denn für den Bruchteil einer Sekunde verrutschten seine erhabenen Gesichtszüge, ehe er seine Fassung wiederfand.

»Es freut mich, dich kennenzulernen«, sagte er und drückte

ihre Finger fester. Ceylan schluckte schwer, um die aufsteigende Übelkeit niederzuringen. Der Prinz hatte ihre Eltern zwar nicht persönlich ermordet, sondern die Elva, aber er hätte es in ihren Augen genauso tun können. Diese Kreaturen waren alle gleich. Er war auch nur ein Wolf im Schafspelz.

Die Berührung des Prinzen und somit auch das Brennen, dauerten für Ceylans Geschmack viel zu lange, und als er sie endlich losließ, zog sie ihre Hand eilig zurück und wischte sie sich ungeniert an ihrer Hose ab. Der Field Marshal warf ihr einen finsteren Blick zu, aber der Prinz lachte, ein glockenhelles Lachen, wie ein Windspiel, das sich sanft in einer Brise wiegte. »Wir sehen uns heute Abend, Ceylan Alarion.«

Seine Worte klangen wie eine Drohung in ihren Ohren.

▽

Dutzende von Fackeln verdrängten die Dunkelheit der Nacht. Sie waren kreisförmig auf dem Platz angeordnet, und in ihrer Mitte brannte ein großes Feuer, das Schatten auf die Gesichter der Anwesenden zeichnete. Auf einem Spieß wurde ein Schwein gebraten, das sich langsam über den Flammen drehte und einen herrlichen Duft verströmte, der Ceylans Magen zum Knurren brachte, auch wenn die Übelkeit seit ihrer Begegnung mit Prinz Kheeran in ihrem Bauch festsaß.

Die Zeremonie rückte immer näher. Sie alle konnten es spüren, denn die Anspannung, welche die Luft erfüllte, war zum Bersten. Die letzten Sonnenstrahlen waren der Finsternis gewichen, und die Monde kletterten den dunklen Himmel empor. Die Wächter hatten sich bis auf wenige Ausnahmen auf dem Platz versammelt und saßen auf den Bänken, die nur auf einer Seite des Feuers standen. Auf der anderen Seite warteten die Novizen stehend auf den Beginn der Zeremonie.

»Ich habe das Gefühl, ich muss mich übergeben«, sagte Ethen, und wischte sich zum wiederholten Mal seine schweißnassen

Hände an seiner Uniform ab. Er war einer der wenigen Novizen, der Ceylan nicht zu verachten schien.

Inzwischen war wohl allen klar, dass die Fae etwas mit der Zeremonie zu tun hatten, und wie Ceylan waren die meisten wenig über diese Erkenntnis erfreut. Als Wächter über das Niemandsland waren sie dazu gezwungen, nach den Regeln des Abkommens zu handeln, doch das änderte nichts daran, dass sie wohl alle in dem Glauben erzogen worden waren, dass die Fae verabscheuungswürdige, hassenswerte Kreaturen waren.

»Da bist du nicht der Einzige«, erwiderte Ceylan. »Denk einfach daran, dass es morgen früh schon vorbei ist. Wir müssen nur diese eine Nacht überstehen.«

»Wie kannst du nur so ruhig sein?«

Ceylan zuckte mit den Schultern, denn in Wirklichkeit war sie alles andere als ruhig. Sie hatte mit den Jahren nur gelernt, jene empfindlichen Gefühle zu verbergen, die ihr zum Verhängnis werden konnten. Dennoch war sie das Warten leid. Sie wollte die Zeremonie, der sie einst entgegengefiebert hatte, nur noch hinter sich bringen.

Sie wandte sich von Ethen ab und betrachtete die anderen Novizen. Wie von selbst fand ihr Blick Derrin. Er stand mit seinen Freunden nahe am Feuer, mitten im Geschehen, selbstsicher und erhaben, mit gestrafften Schultern und erhobenem Kinn, aber ihr konnte er nicht länger etwas vorspielen. Sie wusste, wie feige er in Wirklichkeit war, und sobald die Zeremonie begann, würde von seinem Getue nicht mehr viel übrig bleiben.

Plötzlich bemerkte Ceylan, dass Unruhe unter den Wächtern ausbrach. Durch die hoch lodernden Flammen hindurch erkannte sie, dass die Männer von ihren Bänken aufgestanden waren und alle in dieselbe Richtung blickten. Der Field Marshal hatte gemeinsam mit den Fae den Platz betreten. Ihnen folgten Leigh und ein weiterer Wächter, die eine massive Holzkiste bei sich trugen. Die Fae sahen sich wachsam um, vor allem Aldren wirkte, als fürchtete er einen Angriff aus dem Hinterhalt.

Einige der Novizen wichen vor den Fae zurück, aber Ceylan blieb unbewegt. Sie beobachtete jeden ihrer Schritte. Während Leigh und die anderen einige Meter vom Feuer entfernt stehen blieben, trat Tombell zusammen mit den Fae direkt vor die Flammen. Ihre hochgewachsenen Gestalten wurden von dem warmen Licht umspielt, und die langen Schatten, die sich auf ihre Gesichter legten, ließen sie in Ceylans Augen noch unmenschlicher erscheinen.

Für einen Moment herrschte eine nahezu vollkommene Stille, nur das Knistern der Flammen war zu hören. Es ließ die Anspannung in Ceylans Brust wachsen. Doch das Schweigen wurde mit einem Glockenschlag gebrochen. Sein Hall vibrierte durch die Nacht und verklang in der Dunkelheit.

Die Zeremonie hatte begonnen.

»Heute endet für euch eine Ära!«, verkündete Field Marshal Tombell. »Ihr werdet eure Sterblichkeit hinter euch lassen und die Ewigkeit willkommen heißen, um euer Land zu schützen und den Frieden zu wahren.« Er ließ seinen Blick durch die Reihen der Novizen gleiten und schien dabei jeden Einzelnen von ihnen wahrzunehmen. Dabei strahlte er Entschlossenheit, Ehrgeiz und Stolz aus, und diese Gefühle spiegelten sich auch in seiner Stimme wider.

»Ihr werdet heute die Unsterblichkeit empfangen. Ihre Magie ist ein Privileg, und sie wird nur wenigen Menschen zuteil. Sie ist unser Heiligstes, und das Wissen darum, wie sie empfangen wird, gehört zur Mauer und ihren Wächtern. Kein Mensch außer euch darf davon erfahren. Nehmt dieses Geschenk und dieses Geheimnis an. Beschützt es und bewahrt es. Hier ...« Tombell deutete auf seinen Kopf. »... und hier.« Er zeigte auf sein Herz.

Ceylan erkannte, dass die Wächter hinter den Flammen diese Geste wiederholten. Sie führten ihre Finger zuerst an die Lippen, dann an die Stirn und schließlich an ihr Herz. Dabei formten ihre Münder stumme Worte wie zum Gebet – ein Schwur, den sie bald auch lernen würde.

»Verliehen wird euch die Unsterblichkeit von Prinz Kheeran, dem Unseelie Aldren und den beiden Seelie Erima und Medin«, fuhr Tombell fort und zog Ceylans Aufmerksamkeit wieder auf sich. Er schritt am Feuer auf und ab, als würde die bevorstehende Zeremonie auch ihn nervös machen. »Ich weiß, was ihr denkt, denn vor langer Zeit, zweihundertachtunddreißig Jahren, um genau zu sein, war ich an eurer Stelle und habe die Unsterblichkeit von Kheerans Vater König Nevan erhalten. Ich war verunsichert. Ich wollte ein Wächter werden, um das Abkommen zwischen Melidrian und Thobria zu schützen, und nicht, um mich mit den Fae zu verbünden. Aber ich bereue es nicht, König Nevan damals vertraut zu haben, und wenn ihr Kheeran und den anderen Fae heute nicht dasselbe Vertrauen entgegenbringen könnt, müsst ihr das Niemandsland verlassen.«

Tombell presste seine Lippen zu einem harten Strich zusammen. Er betrachtete Ceylan und die anderen Novizen herausfordernd und gab ihnen ein letztes Mal die Möglichkeit, zu ihrem alten Leben zurückzukehren. Die Männer traten unruhig von einem Fuß auf den anderen. Sie waren ein nervöser, schweißgebadeter und verunsicherter Haufen, aber keiner von ihnen löste sich aus der Menge, denn jeder einzelne Novize hatte inzwischen erkannt: Sie gehörten zusammen. Ceylan konnte es spüren. Die Feindseligkeit und die Missgunst, die während der Trainingskämpfe noch geherrscht hatten, waren verschwunden. Sie waren eine Truppe, keiner von ihnen musste sich den Fae und der Unsterblichkeit alleine stellen. Sie würden gemeinsam trainieren, schlafen und essen, und zusammen würden sie auch die Ewigkeit erkunden.

Ein Ausdruck von väterlichem Stolz trat auf das Gesicht des Field Marshals. »Ich übergebe das Wort nun an Prinz Kheeran,

Herrscher über Melidrian, Prinz von Nihalos und baldiger König der Unseelie.« Tombell deutete auf den adeligen Fae, und sämtliche Augenpaare folgten dieser Bewegung.

Der Prinz trat nach vorne, und Ceylan erkannte, dass er sich umgezogen hatte. Statt der einfachen Ledermontur trug er nun eine helle Uniform mit zwei Reihen goldener Knöpfe, und an seinem Gürtel hing ein Schwert, dessen Klinge mindestens vier Fuß messen musste. Der Prinz hatte auch sein blondes Haar zurückgeschoben, sodass es seine Ohren nicht länger verbarg. Auf deren Spitzen trug er vergoldete Aufsätze.

»Novizen und Wächter, ich freue mich sehr darüber, an der heutigen Zeremonie teilnehmen zu dürfen«, sagte der Prinz, und seine melodische Stimme brachte jedes Scharren und Flüstern zum Verstummen. Selbst die nächtlichen Vögel im Wald schienen seinen Worten zu lauschen. »Es ist mir ein Privileg, neuen Wächtern zu ihrer Unsterblichkeit verhelfen zu dürfen und so meinen Teil zum Abkommen beizutragen.«

Abschriften des Abkommens hingen öffentlich in jeder Stadt und jedem Dorf aus, auf den Marktplätzen, wo jeder sie sehen und lesen konnte. Gelesen hatte Ceylan das Abkommen nicht, aber sie kannte die Grundzüge der Vereinbarung. Die Seelie hatten die Mauer erbaut, und gemeinsam mit den Unseelie schmiedeten sie die Waffen zum Schutz des Niemandslandes. Die Menschen waren seit jeher dafür verantwortlich, die Wächter zu stellen und diese für ihren Dienst zu entschädigen. So musste jedes Königshaus etwas zum Abkommen beisteuern. Was nirgendwo stand, war jedoch, dass es die Fae waren, die die Unsterblichkeit verliehen.

»Ich möchte euch nicht länger hinhalten«, fuhr der Prinz fort. »Ich verspreche euch, das Ritual ist kurz und schmerzlos. Es gibt nichts, wovor ihr euch fürchten müsstet, außer vor den Jahrhunderten, die vor euch liegen.« Er betonte das Wort *Jahrhunderte* mit einer Bitterkeit, bei der sich Ceylan fragen musste, wie lange der Prinz bereits lebte. Sie kannte sein Alter nicht, und sein Aussehen verriet nichts. Er wirkte keinen Tag älter als zwanzig, aber die Wahrheit lag hinter seiner Magie verborgen.

Zwei der Fae, Aldren und Medin, liefen zum Rand des Flammenkreises und lösten vier Fackeln aus der Erde. Sie brachten diese zum Prinzen und blickten in den Sternenhimmel. Nach kurzer Orientierung rammten sie das Feuer wieder in den Boden. »Der Norden steht für das Wasser. Der Süden für das Feuer, der Osten für die Luft und der Westen für die Erde«, erklärte der Prinz. »Entscheidet euch für ein Element. Es wird euch prägen und euer stärkster Verbündeter sein. Wählt ihr das Element Feuer, wird euch dieses Element führen. Ihr werdet auch ein luftgebundenes Schwert berühren können, denn seine Magie liegt in der Klinge, nicht im Heft. Aber mit einer Waffe, die einem anderen Element angehört, werdet ihr niemals so geschickt kämpfen können wie mit einer Waffe, die dem Feuer angehört.«

»Wofür stehen die Elemente?«, rief Ceylan ungeduldig.

Der Prinz neigte den Kopf. »Das ist eine wichtige Frage, die sich nicht leicht beantworten lässt. Seit Tausenden von Jahren versuchen wir die Elemente zu verstehen und zu definieren, aber sie sind unbändig wie die Natur selbst und ständig im Wandel. Magie ist lebendig. Sie wird von ihrem Anwender geformt, und ihr Anwender wird von ihr geprägt.«

»Das bedeutet, die Art, wie sich ein Element auswirkt, hängt von der jeweiligen Person ab?«, fragte Ceylan. Sie spürte die Blicke der anderen Novizen auf sich. Einige schienen ihre Forschheit zu bewundern, während andere fassungslos den Kopf schüttelten – ihr war das egal. Es ging hier um ihre Zukunft und eine Entscheidung, die über den Rest ihres Lebens bestimmen würde. Sie würde nichts dem Zufall überlassen.

»Genau das bedeutet es. Ich werde dennoch versuchen, es euch zu erklären«, sagte der Prinz. Seine Lippen verzogen sich zu einem Lächeln, wobei sein rechter Mundwinkel weiter nach oben wanderte als der linke. An einem anderen Fae hätte dies vielleicht arrogant gewirkt, nicht jedoch an Prinz Kheeran. Dieses Grinsen verlieh ihm etwas Unschuldiges, geradezu Jungenhaftes, aber davon ließ sich Ceylan nicht täuschen. Sie erwiderte sein Lächeln nicht und verschränkte die Arme vor der Brust.

Der Prinz räusperte sich. »Das Wasser steht für Intuition und Feingefühl im Kampf. Seine Träger sind meist klug und haben ein gutes Verständnis für Strategie, sind häufig aber auch rastlos. Das Element Feuer hingegen steht für Temperament und Autorität. Es wird häufig mit Arroganz in Verbindung gebracht, aber auch mit einer Stärke, die nicht unterschätzt werden darf. Meist wird dieses Element von Anführern gewählt.«

Interessant, dachte Ceylan und sah zum Field Marshal, der ihr am Tag zuvor sein eigenes, wassergebundenes Schwert gezeigt hatte. War es das, was der Prinz ihnen hatte sagen wollen? Es kam nicht nur auf das Element selbst an, sondern auch darauf, was die Person daraus machte. Tombell brauchte kein Feuer, um ein Anführer zu sein.

»Die Luft steht für einen klugen und fantasievollen Kampfstil«, fuhr der Prinz fort. »Ihre Träger spezialisieren sich selten auf eine Waffe. Sie sind vielseitig einsetzbar, aber ähnlich dem Wasser oft ruhelos. Die Erde ist das genaue Gegenteil der Luft. Ihre Magie ist ruhig, aber stark, wie ihre Träger, auf sie kann man sich verlassen.« Der Fae hielt kurz inne, und sein wandernder Blick legte sich erneut auf Ceylan. »Keines der Elemente ist dem anderen überlegen. Meine Worte sollten eure Meinung nicht beeinflussen, hört auf euer Herz, entscheidet frei und denkt nicht nach.«

Ceylan konnte ein Schnauben nicht unterdrücken. Wie sollte sie über eine solch wichtige Entscheidung nicht nachdenken? Sie würde für den Rest ihres Lebens an dieses Element gebunden sein. Sollte sie den Weg einer vorbestimmten Anführerin gehen?

Oder wollte sie lieber eine treue Wächterin werden? Sie besaß wenig Feingefühl, aber dafür viel Intuition. Das Leben auf der Straße hatte sie gelehrt, auf ihre Instinkte zu hören. Zugleich konnte sie aus allem eine Waffe machen. Sie liebte ihre Messer, Schwertern war sie nicht abgeneigt, und auch mit dem Bogen konnte sie umgehen.

»Lasst uns beginnen«, verkündete der Prinz, und die Fae bezogen Stellung vor den Fackeln. Mit dem Licht im Rücken warfen ihre Gestalten lange Schatten in ihre Mitte. »Wer möchte anfangen?«

Ceylan senkte den Kopf. Sie neigte vielleicht dazu, in manchen Situationen den Mund zu voll zu nehmen, und sprach Dinge aus, die sie besser für sich behalten sollte, aber unter keinen Umständen würde sie als Erste zu den Fae gehen. Sie wollte nicht blind und unwissend in die Unsterblichkeit stolpern – keiner wollte das. In den Reihen der Novizen blieb es ruhig. Nur Füße scharrten über den Kies, und der Anblick der eigenen Schuhe schien für viele der Männer auf einmal sehr faszinierend.

Rufe erklangen aus den Reihen der Wächter und feuerten sie an. »Kommt schon!« – »Traut euch!« – »Sie werden euch nicht aufschlitzen!« – »Seid ihr Männer, oder was?«

»Ceylan.«

Sie riss den Kopf in die Höhe. *Was zum König?* Wer war das? Sie blickte sich um und stockte bei Derrin. Doch der Adelige wirkte viel zu verunsichert und ängstlich, um auch nur daran zu denken, sie zu verraten.

»Ceylan?«

Dieses Mal war ihr Name eine Frage, und sie erkannte, wer sie gestellt hatte: Der Prinz. Er beobachtete sie, und noch immer ruhte ein Lächeln auf seinen Lippen. Das war ganz allein Tombells Schuld. Wieso hatte er sie ihm vorgestellt? »Möchtest du die Erste sein?«

Nein, dachte Ceylan, aber das konnte sie nicht sagen. Sich nicht zu melden und nicht freiwillig vorzutreten, war eine Sache, sich einem direkten Aufruf zu verweigern, eine ganz andere. Sie ging nach vorn und konnte förmlich hören, wie die anderen Novizen erleichtert ausatmeten, erfreut darüber, nicht an ihrer Stelle zu sein. *Feiglinge.*

Ceylan stellte sich zu den Fae. Sie konnte die Magie, die in warmen Wellen von ihnen ausging, förmlich spüren. Die Fae betrachteten sie voller Misstrauen, als würden auch sie an ihren Fähigkeiten als Wächterin zweifeln. Sie war es leid. » Was soll ich tun?«, verlangte sie zu erfahren.

» Komm in unsere Mitte«, sagte die Fae mit den roten Haaren.

Entschlossen trat Ceylan in den Kreis, den die Fae gebildet hatten. Nun war sie umzingelt von den Kreaturen, die sie hasste. Ein Schauder überkam sie, und ihr Herz schlug schneller als nach einem Kampf. Sie schloss für einen Moment die Augen und nahm einen tiefen Atemzug. Der Geruch von Rauch und gebratenem Fleisch stieg ihr die Nase und noch etwas anderes, Blumigeres, das sie nicht mit Sicherheit benennen konnte. Wüsste sie es nicht besser, würde sie sagen, es duftete nach Nachtkerze.

» Für welches Element hast du dich entschieden, Ceylan?«, fragte der Prinz. Er sprach ihren Namen völlig selbstverständlich aus, als wäre er schon hunderte Male von seiner Zunge gerollt. Sie hatte sich noch nicht entschieden, aber es war, als würde die Frage des Unseelie die Antwort aus ihr herausziehen, nicht gewaltsam, aber mit einer Bestimmtheit, der sie sich nicht widersetzen konnte.

» Wasser«, antwortete Ceylan, ihre Stimme nicht mehr als ein Flüstern.

Das Lächeln auf den Lippen des Prinzen wurde breiter. » Wasser«, wiederholte er lauter, damit alle es hören konnten. Unter den Wächtern brach stürmischer Jubel aus. Vermutlich waren es die anderen Wassergeprägten, die sich darüber freuten, ein neues Mitglied in ihren Reihen begrüßen zu dürfen.

Aus dem Augenwinkel konnte Ceylan beobachten, wie die Truhe geöffnet wurde, die Leigh und ein anderer Wächter auf den Platz getragen hatten. Der Field Marshal griff hinein und zog ein Schwert mit gläserner Klinge hervor, das seinem ähnelte. Stolz zeichnete sein Gesicht, als er dem Prinzen die Waffe mit einer Verneigung überreichte.

»Gib mir deine Hand!« Der Prinz streckte ihr seine eigene freie Hand entgegen, mit der anderen hielt er die Waffe, die ihr gehören würde, sobald sie das hier überstanden hatte. Leigh hatte ihr erzählt, dass man als Wächter nicht an eine einzige Waffe gebunden war, aber die meisten von ihnen bevorzugten es, mit der Klinge zu kämpfen, die ihnen bei der Zeremonie verliehen worden war. Sie würde mit ihr Schlachten bestreiten und Elva töten.

Dieser Gedanke gab Ceylan Mut, und sie legte ihre Hand in die des Prinzen. Die Härchen an ihrem Arm stellten sich auf. Seine Haut war warm und von einer Sanftheit, die erahnen ließ, dass er nur selten eine Waffe führte, und vermutlich war ihm auch jegliche Art von Arbeit fremd als zukünftiger König eines ganzen Volkes.

»Es wird nur kurz wehtun«, sagte der Prinz.

Bevor Ceylan fragen konnte, was nur kurz wehtun würde, zog er das magische Schwert über ihre Handfläche. Die Klinge war so scharf, dass Ceylan das Blut sehen konnte, bevor sie den Schmerz fühlte. Es war nicht der einfache Schmerz einer Schnittwunde, es war der Schmerz einer ihr fremden Welt, der sich in ihr ausbreitete wie ein Parasit, der sich durch ihre Adern fraß. Ceylan schnappte nach Luft. Sie hatte so etwas noch nie gespürt.

Der Prinz ließ ihre Hand los, nur für einen Moment, in dem er die Klinge auch über seine Hand zog. Sein Blut war rot. Aus irgendeinem Grund überraschte dies Ceylan. In ihren Vorstellungen hatten die Fae immer schwarz geblutet, wie flüssige Kohle war das Leben aus ihnen herausgesickert.

Erneut griff der Fae nach ihrer Hand, aber dieses Mal lag ein Zögern in seiner Berührung, als wäre er sich seiner selbst nicht sicher. Dennoch legte er seine Handfläche auf die von Ceylan, und das Brennen in ihren Adern wurde schlimmer. Sie biss die Zähne zusammen und beobachtete, wie das Blut zwischen ihren Fingern hervorquoll; ihr eigenes war nicht von dem des Fae zu unterscheiden.

»Mein Blut werde zu deiner Magie«, sagte der Prinz. »Deine Magie werde zu deiner Kraft, auf dass du dem Niemandsland lange dienen wirst.«

Kaum hatte er die Worte ausgesprochen, veränderte sich der Schmerz, der durch Ceylans Körper pulsierte. Er war noch immer da, aber er wurde träge; sie konnte es nicht anders beschreiben. Im einen Moment glaubte sie, von dem brennenden Ziehen in ihrem Inneren in die Knie gezwungen zu werden, und im nächsten war es, als würde sich der Schmerz von selbst zurückziehen, als würde der Parasit in ihren Adern sterben. Seine Existenz ließ ein fernes Echo in ihr zurück, aber keinen Schmerz, und sie wusste instinktiv, dass es nur eine Frage der Zeit wäre, bis auch dieses verklang.

»Wie fühlst du dich?«, fragte der Prinz. Seine Stimme klang eigenartig unsicher. Er hielt ihre Hand noch immer fest, seine Finger mit ihren verflochten.

»Ich weiß es nicht«, antwortete Ceylan etwas atemlos und sah sich um. Die anderen Fae hatten sich erwartungsvoll nach vorne gelehnt.

»Hast du Schmerzen?«

Sie schüttelte den Kopf.

Der Fae ließ sie los und starrte auf ihre Handfläche. Die Wunde war noch zu sehen, selbstverständlich, immerhin hatte man sie ihr mit einem magiegebundenen Schwert zugefügt –

ihrem magiegebundenen Schwert –, aber die Blutung hatte bereits gestockt. Und Ceylan glaubte zu sehen, wie sich die Haut langsam, aber stetig zusammenzog.

»War das alles?« Sie bewegte ihre Finger.

Der Prinz nickte. Sein Lächeln kehrte zurück, und ein selbstzufriedener Ausdruck trat in seine Augen. Er reichte ihr das Schwert. »Es war mir eine Ehre, Novizin Alarion.«

Ceylan hatte erwartet, sich anders zu fühlen – mächtiger. Der Field Marshal, Leigh und die anderen Wächter wirkten stets so überlegen, man erkannte es an ihrer Haltung und an der Art, wie sie sich bewegten; schneller, kräftiger und geschickter, als es einem Menschen möglich sein sollte. Ceylan spürte nichts von alldem. Nicht wirklich. Sie hätte einen der Wächter danach fragen sollen, wie es sich anfühlen würde, die Unsterblichkeit zu erlangen. Natürlich war ihre Wunde ein Beweis, dennoch war sie sich in diesem Augenblick nicht sicher, ob es funktioniert hatte. Aber es gab einen Weg, das herauszufinden …

Ceylan griff nach dem wassergebundenen Schwert in der Hand des Prinzen. Wäre sie noch immer eine Sterbliche, würde es ihr nicht möglich sein, diese Waffe zu halten. Doch als sich ihre Finger um das Heft schlossen, fühlte sie nichts. Nein, sie fühlte nicht *nichts*, sie fühlte ein Vibrieren, als würde die Magie, die an das Schwert gebunden war, nach ihr rufen; nach *ihrer* Magie, die tief in ihrem Inneren zu summen begann.

»Es wird eine Weile dauern, bis du in der Lage sein wirst, die Magie in all ihren Facetten zu nutzen«, erklärte der Prinz mit gesenkter Stimme.

»Wie lange?«, fragte Ceylan.

»Das weiß ich nicht«, antwortete er. »Die meisten Menschen glauben, Magie wäre etwas Unnatürliches, aber in Wahrheit ist die Magie die Natur selbst. Und die Natur ist ein Teil von dir, wie ein Muskel in deinem Körper. Du musst ihn trainieren, um zu begreifen, wie er funktioniert.«

Ceylan nickte und schob ihr Schwert in die Scheide an ihrem Gürtel. Das Summen ihres Körpers wurde leiser, und sie wurde sich der Anwesenheit der anderen Novizen und Wächter bewusst, die sie noch immer beobachteten. Ceylan hatte sie völlig vergessen, gefangen von der Magie und dem Anblick des Prinzen.

12. Kapitel – Freya

– Limell –

Freya kniff die Augen zusammen und stieß einen Schrei aus. Der Fallwind peitschte ihr ins Gesicht, und sie wartete auf den Schmerz gebrochener Knochen, wenn Larkin mit ihr gemeinsam in zwanzig Fuß Tiefe auf dem Boden auftraf. Doch der Aufschlag kam nicht. Es gab nur einen Ruck, und ein unangenehmes Ziehen in ihrem Magen, das ihr verriet, dass sie sich würde übergeben müssen. Sie würgte den bitteren Geschmack des Erbrochenen zurück und blinzelte zögerlich unter ihren Wimpern hervor. Sie sah Erde, Dreck und Kies – die Straße. Sie stürzten nicht mehr, sie standen. Larkin hatte ihren Fall abgefangen.

Freya atmete erleichtert auf, und eine Beschimpfung für Larkin lag ihr auf der Zunge, als sich dieser aufrichtete, ohne sie abzusetzen – und losrannte. »He!«, rief sie empört, aber wenn Larkin sie hörte, ignorierte er sie. Seine donnernden Schritte schüttelten ihren Körper durch.

Die Straße unter seinen Füßen flog dahin. Leute schrien auf und wichen ihnen aus. Larkin sprang über etwas hinweg, und Freya schlug mit ihrer Stirn gegen seinen Rücken.

»Stehen bleiben!«, brüllte einer der Gardisten, die sie noch immer verfolgten, aber seine Rufe waren entfernter als zuvor, und Larkin hatte nicht vor, ihm Gehorsam zu leisten. Nein, er rannte nun noch schneller, und irgendwie gelang es Freya aufzusehen. Sie wünschte sich, sie hätte es nicht getan. Die zwei Gardisten, die sie verfolgt hatten, standen noch immer auf dem

Dach, aber ihre Kumpanen hatten die Verfolgung auf ihren Pferden aufgenommen. Sie preschten über den staubigen Boden, wirbelten Sand und Kies auf. Die umstehenden Leute wichen zurück, und bei jedem Schritt, den Larkin rannte, kamen die Reiter ihnen näher.

»Larkin«, zischte Freya über den Lärm hinweg. »Sie haben Pferde.«

»Ich weiß«, knurrte er und schlug einen Haken nach rechts in eine der Gassen. Freya wusste nicht, wohin er rannte, vermutlich wusste er das nicht einmal selbst, aber er blieb nicht stehen. Kein einziges Mal.

Rechts. Links. Rechts.

Die Gardisten fielen zurück.

Links. Links. Rechts.

Die Pferde wurden langsamer.

Rechts. Links. Rechts.

Die Straßen wurden schmaler, und die Mauern standen dicht beisammen. Zu dicht.

»*Beim König!*«, rief Freya und konnte ihr Grinsen nicht verdrängen, als sie bemerkte, dass die Pferde vor dem engen Durchgang stehen blieben und scheuten. Die Gardisten sprangen von ihren Rücken, aber sie waren zu langsam, und Larkin schlug bereits einen neuen Weg ein. Sie waren mittlerweile tief in den Stadtkern vorgedrungen. Die Häuser waren größer, die Gassen verwinkelter, die Straßen belebter und die Menschenmenge dichter.

Larkin tauchte zwischen einigen Marktständen unter, und die Schreie der Händler übertönten die verdächtigen Rufe der Gardisten. Hinter einem Stand, der farbenprächtige Tücher verkaufte, blieb Larkin stehen und ließ Freya langsam von seiner Schulter gleiten. Die Aufregung hatte sie ihre Übelkeit vergessen lassen, aber als ihre Füße nun den Boden berührten, war der Schwindel mit einem Mal zurück. Ihr Magen drehte sich um. Sie wankte zur Seite, denn ihre Beine waren wie Ästchen im Wind, hilflos und zerbrechlich. Larkin packte sie am Arm, um sie davon abzuhalten, in einen der Tische zu fallen.

»Danke«, murmelte Freya und legte sich eine Hand auf den Bauch. Sie starrte auf ein Laubblatt, das ihr vor die Füße wehte, und konzentrierte sich darauf, damit sich die Welt um sie herum zu drehen aufhörte, während das Blut ihr aus dem Kopf und zurück in die Glieder floss. Mehrere Atemzüge später hatte sie die Kontrolle über ihren Magen wiedererlangt.

Freya wagte es nicht aufzusehen. Ihr war es unangenehm, wie bedürftig ihr Körper auf ihre Flucht reagiert hatte, dabei hatte sie nichts geleistet. Sie war den Gardisten hilflos gegenübergestanden, und wäre Larkin nicht gewesen, hätte man sie auf den Dächern Limells festgenommen. Es wäre für den Wächter leicht gewesen, sie zurückzulassen und sich die Freiheit zu nehmen, aber er hatte es nicht getan und war ihr treu geblieben. Freya wusste nicht, ob sie an seiner Stelle dasselbe getan hätte.

Sie blickte zu Larkin auf und blinzelte beim Anblick des Mannes, der sie noch immer festhielt, denn dieser hatte nichts mehr mit dem Verbrecher gemeinsam, den sie am Tag zuvor aus einer Zelle befreit hatte. In der Eile hatte sie noch keine Zeit gehabt, zu bewundern, was die Wirtin erschaffen hatte. Larkin wirkte kultivierter, offener – attraktiver. Trotz all der Jahre im Kerker war seine Haut wie von der Sonne geküsst; er besaß eine natürliche Bräune, wie Freya sie selbst im wärmsten Sommer nicht bekam. Auf seiner Nase saß ein sanfter Höcker, und erst ohne den Bart bemerkte sie, wie ausgeprägt seine Kieferknochen waren, die zu seinem markanten Kinn zusammenliefen.

Freya räusperte sich. »Wie ... wie geht es Euch?«

»Bestens«, antwortete Larkin. Ein Lächeln zuckte in seinen Mundwinkeln, und in seinem Blick erkannte sie, wie sehr er dieses Leben vermisst hatte. Das Kämpfen. Die Aufregung. Das Durcheinander. Sie konnte es ihm nicht verdenken. Er war ein

Wächter, für den Kampf geschaffen, und der Kerker hatte ihn seiner Aufgabe beraubt.

Nein, nicht einfach seiner Aufgabe.

Seiner Bestimmung.

△

Freya hatte nie geplant, zur Diebin zu werden. Thobria war ihr Königreich, aber das berechtigte sie nicht dazu, sich alles zu nehmen, was sie wollte, und dennoch war sie dabei, einen Mann zu bestehlen. Ihr Plan war es gewesen, zwei Tiere zu kaufen, aber die Gardisten ihres Vaters hatten ihr diese Chance genommen, denn nun blieb ihnen keine Zeit mehr. Sie mussten Limell auf schnellstem Wege verlassen, wenn die Gardisten sie nicht erneut aufspüren sollten. »Habt Ihr schon einmal gestohlen?«, fragte sie flüsternd.

Larkin schüttelte den Kopf. Er kauerte neben ihr hinter einem Stapel Brennholz. Obwohl sie bereits seit einer Weile durch die Stadt streiften – immer im Schatten und auf der Hut –, hatte sich Freya noch nicht an seinen gepflegten Anblick gewöhnt. Ohne Dreck, ohne Bart und ohne Zotteln, die ihm in die Augen hingen, fiel es ihr schwer, ihn mit jenem Wächter in Verbindung zu bringen, den sie im Wald hatte kämpfen sehen.

Freya richtete ihren Blick von Larkin wieder zu dem Mann, der noch nicht ahnte, dass sie ihn als ihr Opfer ausgewählt hatten. Er arbeitete für ihren Vater und war gerade dabei, die Straßen mit Plakaten zu tapezieren, die Freyas Gesicht zeigten und die Skizze eines bärtigen Mannes, die nur noch wenig mit Larkin gemein hatte.

Einst hatte Freya die Druckerei ihres Vaters sehr zu schätzen gewusst. Bücher, Briefe, Einladungen, alles ging so viel schneller, mit den Maschinen, welche die Tinte auf das Papier pressten. Doch in diesem Moment wünschte sie sich, es gäbe nicht Hunderte von diesen Aushängen. Schon bald würde jeder Einwohner des Landes von ihrem Verschwinden wissen und alles daransetzen, sie zu finden; nicht zuletzt wegen der Belohnung, die ihr Vater ausgesetzt hatte.

Unweigerlich zog sich Freya das Tuch, das Larkin ihr von ihrem eigenen Geld auf dem Markt gekauft hatte, tiefer ins Gesicht. Ihren Umhang zurückzulassen war vielleicht nicht die beste Idee gewesen, aber ohne den lästigen Stoff ließ es sich besser rennen.

»Seid Ihr bereit?«, fragte Larkin.

Freya nickte und beugte sich nach vorne, um ihre Umgebung ein letztes Mal ins Auge zu fassen. Sie folgten dem Herold und seinem Pferd bereits seit einer Weile und hatten nur darauf gewartet, dass er eine der weniger belebten Straßen betrat. Denn alles hing von diesem Augenblick ab. Sollte es Larkin und ihr nicht gelingen, dieses Pferd zu stehlen, oder schlimmer, wenn sie dabei erwischt werden sollten, konnte sie sich endgültig von ihrem Plan, Talon zu retten, verabschieden. Zu Fuß waren sie für die Männer ihres Vaters zu leicht einzuholen, und vermutlich hatte man bereits Verstärkung aus dem Schloss angefordert. Ihnen blieb nicht mehr viel Zeit – jetzt oder nie.

Freya trat hinter dem Holzhaufen hervor und lief geradewegs auf den Herold zu, der ein weiteres Plakat an die Wand nagelte. Keiner der umstehenden Menschen schenkte ihr Beachtung; auf den ersten Blick war sie eben doch nur eine Frau und keine Prinzessin. Doch sie wollte es nicht darauf ankommen lassen, dass jemand einen zweiten Blick riskierte, also beeilte sie sich.

Das Herz schlug ihr bis zum Hals. Sie umfasste den Glasanhänger in ihrer Hand fester und näherte sich mit energischen Schritten dem Herold. Erst als sie nur noch wenige Fuß von ihm entfernt war, brachte sie das Glas zum Splittern. Sofort spürte sie die Scherben, die sich in ihre Haut bohrten, und die Wärme des Feuers, das in ihrer Faust loderte.

In diesem Moment bemerkte auch der Herold ihre Anwesenheit. Sein Hämmern verstummte, und gerade als er sich umdrehen wollte, drückte Freya ihre flammende Hand gegen den Beutel mit den Plakaten, den er über seine Schulter trug. Sie müsste die Aushänge nicht vernichten, aber je weniger Menschen ihr Gesicht an den Mauern der Häuser sahen, umso besser.

Das Papier fing augenblicklich Feuer. Der Herold schrie auf und warf die brennende Tasche von sich, um die Flammen niederzutrampeln. Dichter Rauch stieg auf, und die Luft um Freya herum wurde trüb. Sie hustete und wandte sich dem Pferd zu, von dem Larkin bereits Besitz ergriffen hatte.

Freya zögerte nicht und schwang sich hinter Larkin auf den Rücken des Tieres, während der Herold im Qualm noch immer versuchte, das Feuer zu löschen. Menschen strömten herbei. Freya schlang ihre Arme um Larkin, der dem Pferd einen Tritt in die Flanken versetzte. Sie galoppierten los und ließen den Rauch und die empörten Rufe hinter sich.

Halt suchend drängte sich Freya an Larkin, der nach der herben Seife roch, mit der er sich gewaschen hatte. Immer weiter trieb er das Pferd an. Seine Hufe donnerten im Takt ihres Herzens über den Asphalt und wirbelten Sand und Erde auf. Die Leute auf der Straße wichen ihnen aus und machten ihnen Platz. Gelegentlich wurden sie langsamer, aber nie blieben sie stehen, und ehe sie sichs versah, ließen sie Limell hinter sich.

13. Kapitel – Ceylan

– Niemandsland –

Ceylan hob den Kelch an ihre Lippen und belauerte den Prinzen über dessen Rand hinweg. Der Fae saß zwei Bänke weiter am Tisch des Field Marshals und unterhielt sich mit Tombell. Sie fragte sich, wie der Fae nur so ausgelassen sein konnte, inmitten einer Horde Wächter, deren einzige Aufgabe darin bestand, seinesgleichen beim Überschreiten der Grenze zu töten.

Die drei anderen Fae wirkten nicht annähernd so entspannt. Aldren, der Begleiter des Prinzen, saß so aufrecht, dass bereits der Anblick schmerzte, und die beiden Seelie, die am Rande des Tisches Platz genommen hatten, demonstrierten immer wieder ihre Magie, indem sie das Feuer in ihrer Nähe beeinflussten. Sie ließen es um ihre Finger tanzen und formten Skulpturen aus den Flammen, die nett anzusehen waren, aber dennoch eine stumme Drohung beinhalteten.

»Du solltest ihn nicht so anstarren.«

Ceylan blinzelte und drehte sich zu Ethen, der neben ihr saß.

»Ich starre niemanden an.«

»Ach, nein?« Er zog eine Augenbraue nach oben.

»Nein, aber findest du es nicht eigenartig, wie gut die beiden sich verstehen? Sie reden schon seit einer Ewigkeit miteinander.« Sie riskierte noch einen Blick in Richtung des Prinzen.

»Und das weißt du, weil du ihn nicht angestarrt hast.«

»Vielleicht hab ich ein bisschen gestarrt«, gab Ceylan zu und nippte an dem Met.

Ethen lachte. »Du weißt, wie du herausfinden kannst, über was die beiden reden.« Er schob sich einen Bissen Fleisch in den Mund und kaute mit einem seligen Grinsen, als hätte er ihr gerade nicht vorgeschlagen, den Field Marshal und den Prinzen zu belauschen.

Die gleiche Idee war Ceylan auch bereits gekommen, doch sie hatte sie wieder verdrängt. Schließlich hatte sie ihre Magie nicht zu diesem Zweck erhalten. Die Neugierde nagte jedoch an ihr wie Ethen an seinem Stück Fleisch. Noch wehrte sie sich allerdings gegen den Impuls. Schließlich hatte sie erst vor gut einer Stunde gemeinsam mit den anderen Wächtern geschworen, das Geheimnis der Wächter für sich zu behalten, dem Abkommen zu dienen und ihre neu erlangten Kräfte gewissenhaft einzusetzen. Von Gewissenhaftigkeit konnte wohl nicht die Rede sein, wenn es darum ging, den Field Marshal zu belauschen.

Ceylan seufzte. Wem machte sie hier eigentlich etwas vor? Anständig zu sein und Regeln zu befolgen, waren noch nie ihre Stärken gewesen. Und einmal kurz in die Unterhaltung hineinzulauschen, konnte niemandem schaden, oder?

Ceylan legte ihre Hand auf das Heft ihres Schwertes. Zwar existierte die Magie nun auch in ihrem Körper, aber die von den Unseelie entworfene Waffe zu berühren, half ihr dabei, sie zu fokussieren. Augenblicklich konnte sie das Vibrieren der Magie unter ihren Fingerspitzen fühlen. Ihr Körper wurde von diesem Summen erfasst, und ihre Sinne schärften sich. Während der Zeremonie hatte Ceylan diese Veränderung nicht bemerkt, ihr erster Kontakt mit der Magie war zu überwältigend gewesen. Doch nun spürte sie auch diese Auswirkungen auf ihren Körper, der sich bereits an diesen neuen magischen Teil seiner selbst zu gewöhnen schien.

Ihre Sicht wurde klarer, und trotz des Feuers und gebratenen Fleisches konnte sie Pilze am Rand des Waldes riechen. Sie vernahm jedes Geräusch und jede Stimme mit einer Deutlichkeit,

die es ihr eigentlich unmöglich machen sollte, auch nur ein ge-
sprochenes Wort zu verstehen – und dennoch gelang es ihr. Sie
konzentrierte sich auf Tombell und den Prinzen, und ihre Unterhaltung kristallisierte sich aus dem Stimmengewirr.

»Roland Estdall, der oberste Kommandant der Garde, hat uns
vergangene Woche besucht«, sagte Tombell. »Er hat uns großzügige Gelder zugesprochen und bemüht sich um eine Flotte.«

»Was für eine Flotte?«, fragte der Prinz irritiert.

Tombell zog die Brauen zusammen. »Man hat Euch nicht
davon erzählt?«

»Vermutlich ist es in den Vorbereitungen der bevorstehenden
Krönung untergegangen«, erklärte der Prinz mit einem falschen
Lächeln. Selbst aus der Ferne vermochte Ceylan seine Lüge zu
durchschauen. »Meine Zeit ist in diesen Tagen sehr kostbar. Der
Rat wollte eigentlich einen Abgesandten an meiner Stelle zu
euch schicken, aber ich habe die Mauer schon zu lange nicht
mehr gesehen.«

Ceylan neigte den Kopf. Die Wortwahl und der Tonfall des
Prinzen verblüfften sie. Er sprach auf dieselbe Art über die
Mauer, wie sie in der Vergangenheit daran gedacht hatte. Als
wäre die Mauer ein schöner Ort, den zu besuchen sich lohnte,
auch wenn sie in Wahrheit ein hässliches Ding war, aus dunklem, abgeschlagenem Stein.

»Die Stützpunkte am Meer sollen ausgebaut werden«, erklärte
der Field Marshal. »Kommandant Estdall verhandelt bereits mit
Kapitänen, die bereit sind, uns zu unterstützen.«

»Wieso baut Ihr keine eigene Flotte auf?«

»Ihr wisst, wie unbändig die Atmende See ist, da braucht es
erfahrene Seeleute, außerdem haben wir nicht genügend Männer, um eine ganze Crew zu stellen. Pro Schiff sind fünf Wächter
angedacht.« Tombell führte seinen Kelch an die Lippen. »Leer«,
stellte er fest. »Ich bin gleich zurück.« Er erhob sich von der
Bank und stapfte zu den Fässern, die abseits des Feuers standen.

Ceylan blickte ihm nach und warf einen Blick in die Runde, um nachzusehen, ob die anderen Wächter etwas von dem mitbekamen, was sie hier tat. Doch sie alle waren in ihre Unterhaltungen vertieft, und so richtete Ceylan ihre Aufmerksamkeit wieder auf den Prinzen. Dieser betrachtete das Essen auf seinem Teller. Anders als die Wächter und die Seelie aßen der Prinz und sein Begleiter nichts von dem Fleisch. Man hatte ihm Trauben gebracht und trockenes Grünzeug, das aussah, als hätte man es aus den Stallungen der Pferde geholt.

Ceylan wollte sich von dem Gespräch abwenden, als Aldren sich zum Prinzen neigte und etwas von seiner steifen Haltung verlor. »Du interessierst dich viel zu sehr für diese Menschen, Kheeran«, sagte der Unseelie.

»Ich interessiere mich nicht für sie«, antwortete der Prinz und drehte eine Traube zwischen seinen Fingern. »Ich interessiere mich für das Abkommen.«

»Wie dem auch sei. Du solltest dich zurückhalten«, fuhr Aldren fort. Er nippte ebenfalls an seinem Kelch und verzog das Gesicht zu einer Grimasse. »Es gibt schon genug Gerüchte über deine Sympathien für diese Sterblichen, und wir können uns keinen weiteren Aufruhr leisten, nicht so kurz vor der Krönung.«

Es gab Unruhen in Melidrian? Wegen der Krönung des Prinzen? *Interessant.* Was hatte der Thronerbe verbrochen, um die Missgunst seines Volkes zu verdienen? Sicherlich ging es dabei nicht nur um seine *Sympathien für diese Sterblichen*, dafür waren die Menschen in den Augen der Fae zu unbedeutend.

»Du machst dir zu viele Sorgen, Aldren.« Der Prinz schob sich eine Traube in den Mund. »Wer soll meiner Mutter und dem Rat von alldem hier erzählen? Ich werde nichts sagen, und du?«

»Natürlich nicht, Kheeran, aber …« Aldren unterbrach sich selbst, und Ceylan beugte sich erwartungsvoll nach vorne. Doch der Fae sprach nicht weiter. Stattdessen ließ er seinen Blick durch die Bänke der Wächter gleiten, bis er bei den Seelie verweilte, die noch immer in ihre Feuerspiele vertieft waren. Er betrachtete die rothaarigen Fae dabei, wie sie zwei aus Flammen geformte Schwerter aufeinander niedersausen ließen. »Du bist zu misstrauisch«, sagte der Prinz. Er musterte nun seinerseits die Seelie, die nichts von ihrem Gespräch zu bemerken schienen und ihre lodernden Schwerter zu Schmetterlingen werden ließen. »Bin ich das wirklich?«, fragte Aldren und wandte sich wieder Kheeran zu. »Wenn ja, wieso sitzen die beiden am anderen Ende der Runde und verbringen ihre Zeit lieber mit bedeutungslosen Wächtern, als den Tisch mit uns und dem Field Marshal zu teilen?«

Ceylan stutzte, daran hatte sie bisher überhaupt keinen Gedanken verschwendet, aber der Unseelie hatte recht. Wieso blieben die Seelie auf Abstand? Bisher war sie immer davon ausgegangen, dass die beiden Faevölker miteinander befreundet waren, schließlich teilten sie sich eine Seite der Mauer, aber Aldrens misstrauische Worte erzählten eine andere Geschichte.

»Sie gehen uns aus dem Weg«, antwortete Aldren auf seine eigene Frage.

»Vielleicht«, sagte der Prinz betont nachlässig. »Aber wenn sie Spione für Valeska wären, würden sie uns gegenübersitzen und sich nicht vor uns verstecken.«

»Womöglich wollen sie, dass wir so denken.«

»Aldren, es reicht«, zischte der Prinz durch zusammengebissene Zähne. Sein Tonfall war streng. »Ich bin mir sicher, die Königin weiß mit ihrer Zeit und ihren Ressourcen Besseres anzufangen, als sie auf mich und *mein* Volk zu verschwenden. Sie interessiert sich nicht für uns. Also sei jetzt still!«

»Du hast recht. Verzeih mir!« Aldren seufzte und streichelte mit den Fingern über das blonde Bärtchen an seinem Kinn. »Die Unruhen in der Stadt machen mich nervös.«

»Zu Unrecht. Wir haben alles im Griff«, erwiderte der Prinz. Er klopfte Aldren auf die Schulter und sah von seinem Berater auf, dabei traf sein Blick den von Ceylan. *Verflucht!* Eilig senkte sie den Kopf und nahm die Hand vom Heft ihres Schwertes. Die Stimmen und Gerüche um sie herum verblassten, und das Licht des Feuers wurde dämmriger, während das Vibrieren in ihrem Körper langsam, aber stetig verklang.

»Und?«, fragte Ethen mit einem Schmunzeln. Das Fleisch auf seinem Teller hatte er zwischenzeitig vernichtet. »Hast du etwas Interessantes erfahren?«

Ohne darüber nachzudenken, schüttelte Ceylan den Kopf. Sie wusste nicht, was sie Ethen sagen sollte, denn sie war sich nicht einmal sicher, was genau sie gehört hatte. Die Wächter wollten eine Flotte aufbauen? Es herrschte Spannung zwischen den Seelie und Unseelie? Und was hatte es mit diesen Aufständen auf sich, von denen Aldren erzählt hatte? Wussten der Field Marshal und die anderen Wächter von diesen Unruhen? Und ging es dabei nur um Prinz Kheeran? Oder steckte doch mehr dahinter?

14. Kapitel – Freya

– Im Dornenwald –

Die Nacht war bereits hereingebrochen, als Freya und Larkin eine zerfallene, herrenlose Hütte inmitten des Waldes fanden, umwuchert von Ranken und versteckt unter Baumkronen. Ohne ein Wort zu wechseln war ihnen bewusst gewesen, dass es erneut Zeit für eine Rast wurde. Zwei Tage waren seit dem Zwischenfall in Limell vergangen, und sie hatten nur die nötigsten Pausen eingelegt, aus Angst, von den Gardisten eingeholt zu werden.

Larkin zügelte das Pferd, und unter Schmerzen rutschte Freya vom Rücken der Stute. Ihre Glieder prickelten, und ihre Muskeln brannten wie noch nie in ihrem Leben. Sie sehnte sich nach einem warmen Bad und dem Bett in ihrem Schlafgemach. Larkin sprang mühelos und ohne einen Laut von sich zu geben, vom Tier. Er band es an einem Baum fest, ehe er zielstrebig auf die Hütte zusteuerte und deren Tür gewaltsam öffnete. Das morsche Holz, das von den Jahren verzogen war, protestierte mit einem Knacken und Knarzen, und Laubblätter regneten vom Dach.

Larkin versicherte sich, dass die Hütte wirklich leer war, bevor er Freya bedeutete einzutreten. Ohne das Licht der Monde war es ihr zuerst nicht möglich, etwas zu erkennen, aber nach einer Weile gewöhnten sich ihre Augen an die Dunkelheit. Sie konnte Staub und zwei kaputte Stühle ausmachen. Es gab einen Kamin, in dem offensichtlich seit Jahren kein Feuer mehr gebrannt hatte.

Er war übersät von Blättern und Zweigen, die durch den Schornstein gefallen waren. Und in den Ecken der Hütte lagen Exkremente, die Mäuse und Ratten zurückgelassen hatten, und auch zwei oder drei Kadaver.

»Wie reizend«, sagte Freya mit gerümpfter Nase. Sie hatte gedacht, die Taverne in Limell wäre der Tiefpunkt ihrer Reise gewesen, aber offenbar hatte sie sich getäuscht. Wäre ihre Stute nicht so erschöpft gewesen, hätte sie darauf bestanden, trotz der Schmerzen in ihrem Gesäß weiterzureiten, um eine andere Bleibe zu finden. Wo und wie sollte sie sich hier ausruhen?

»Es ist nur für ein paar Stunden«, sagte Larkin und machte sich daran, Staub und Unrat aus einer der Ecken zu entfernen. Freya beobachtete ihn dabei und hoffte inständig, dass hier keine Insekten aus den Wänden krochen.

Nachdem Larkin einen mehr oder weniger sauberen Untergrund geschaffen hatte, packte Freya alles aus, was sie für einen Suchzauber benötigte. Sie erhitzte Kräuterwasser auf einer magischen Flamme und schnitt sich in den Finger, um eine Skriptura auf Talons alten Notizblättern zu zeichnen. Anschließend ließ sie das feuchte Pendel über ihre Karte kreisen, aber zu ihrem Bedauern wollte es nicht ausschlagen. Angst stieg in ihr auf, dass Talon tot sein könnte, aber diesen Gedanken ließ sie nicht zu.

Nachdem sie alles wieder weggeräumt hatte, beschlossen Larkin und sie, abwechselnd zu schlafen, um nicht von den Gardisten des Königs überrascht zu werden. Larkin bestand darauf, die erste Schicht zu übernehmen.

Freya breitete das Tuch, das ihr Gesicht versteckte, auf dem Boden aus. Sie war zum Glück so klein, dass es ihr gelang, sich auf dem Stoff zusammenzurollen. Mit verschränkten Armen und ihrem Beutel als Kissen, machte sie es sich gemütlich, obwohl davon eigentlich nicht die Rede sein konnte. Für Freya fühlte es sich unwirklich an, in dieser Hütte zu sein. Kürzlich noch hatte sie ihre Nächte in einem Himmelbett verbracht, das nur aus Kissen und Decken zu bestehen schien. Und nun flüchtete sie vor den Männern, die siebzehn Jahre lang ihre Verbündeten gewesen waren.

Die Erinnerungen an die Gardisten, die Diebe aus dem Wald und vor allem ihre Gedanken an Talon hielten Freya noch eine Weile wach. Doch mit der Zeit wurden ihre Lider schwerer. Eingelullt vom Zirpen der Insekten, dem Quaken von Fröschen in einem nahe liegenden Teich und Larkins gleichmäßiger Atmung forderte die Anstrengung der letzten Tage schließlich ihren Tribut.

Freya wusste nicht, wann sie eingeschlafen war, aber als sie das nächste Mal die Augen öffnete, wurde sie von einem Sonnenstrahl geblendet, der dem dichten Blattwerk trotzte und durch eine Ritze im Dach drang. Mit einem Gähnen drehte sie sich in Larkins Richtung, in der Erwartung, dass er eingeschlafen war und sie deshalb nicht geweckt hatte. Doch er kniete abseits von ihr, den Blick in den Norden gerichtet, dabei formten seine Lippen tonlose Worte, die Freya so vertraut waren, dass sie glaubte, sie dennoch zu hören: *Mein König, Herrscher über Thobria, mein Gott, ich bin Euer Diener, Euer Knecht und Euer Geselle. Mein Leben liegt in Eurer Hand. Meine Zukunft in Eurem Tun.*

»Mein Vater ist kein Gott.« Ihre Worte klangen wie ein Ruf in der Stille des Waldes, und Larkins stummes Gebet fand ein abruptes Ende.

Er wandte sich ihr zu, sein Blick unlesbar. »Er hat uns von den Fae und Elva befreit.«

»Nechtan III. hat uns befreit«, beteuerte Freya. Ihr Vater hingegen hatte in seinem ganzen Leben nur ein einziges Mal einen Fae gesehen, und das auch nur versehentlich, während eines Besuchs an der Mauer. Vermutlich hatte er sich bei dieser Begegnung beinahe vor Angst in seine teuren Hosen gemacht. Sie konnte ihm das nicht mal verdenken. Die meisten Menschen fürchteten sich vor den Fae, sie eingeschlossen, trotz der Faszination, welche die Magie für sie barg.

»Und Euer Vater hält sie aus unserem Land fern«, erwiderte Larkin und stand vom Boden auf. Die letzten Tage hatten sichtliche Spuren auf seiner Kleidung hinterlassen, die sie aus Limell mitgenommen hatten.

Freya schüttelte den Kopf und richtete sich auf. »Ihr Wächter haltet sie aus dem Land. Wenn wir jemanden anbeten sollten, dann euch.«

Larkin presste die Lippen aufeinander und zögerte. Wieso erkannte er nicht, dass ihr Vater im Vergleich zu ihm ein Niemand war? Ja, er war ein Mensch mit Stimme und Krone, aber Larkin und die anderen Wächter hatten Fähigkeiten, von denen ihresgleichen nur träumen konnte. »Ihr versteht das nicht.« Larkin fuhr sich durch das gekürzte Haar. »Er ist Euer Vater, und Ihr ... Ihr seid eine Göttin.«

Freya unterdrückte ein Schnauben. Wenn Larkin sie tatsächlich für göttlich hielt, war er ein Idiot. Sie war vieles. Eine Gesetzesbrecherin. Eine Alchemistin. Eine Diebin. Ja, auch eine Prinzessin. Aber mit Sicherheit war sie keine Göttin, denn das, was einer göttlichen Gabe noch am nächsten kam, war ihre Magie, und sie hatte monatelang üben müssen, um überhaupt einen Suchzauber wirken zu können, der funktionierte. Ihre Magie war schwach – sehr schwach, während Larkins Magie lebendig in seinen Adern pulsierte. Sie floss durch seinen Körper, heilte ihn, machte ihn stärker – womöglich unsterblich. Wenn das keine Göttlichkeit war, was dann?

Freya behielt diese Gedanken jedoch für sich. Sie zweifelte zwar an Larkins Religion, aber es wäre töricht, ihn davon abbringen zu wollen, schließlich hatte sie es nur seinem Glauben zu verdanken, dass er ihr half.

Schweigend packten sie ihre Sachen zusammen und verwischten ihre Spuren, ehe sie sich wieder auf den Weg in Richtung Süden machten.

Freya traute dem Frieden nicht. Seit der Hütte im Wald waren einige Tage vergangen, und den letzten Gardisten hatten sie in Limell gesehen. Doch trotz ihres Misstrauens, war sie dankbar für das schnelle und unbeschwerliche Vorankommen. Wer wusste schon, wie lange es andauern würde. Begleitet wurde ihr Weg von Stille, denn bis auf seinen Ausbruch in der Taverne sprach Larkin nur selten und auch nur das Nötigste mit ihr.

Anfangs war Freya diese Stille unangenehm gewesen. Sie hatte händeringend nach Fragen gesucht, die sie stellen konnte, und Themen, zu denen sie etwas zu sagen hatte. Doch jedes Mal, wenn sie den Mund geöffnet hatte, war Larkins Anspannung förmlich mit den Händen zu greifen gewesen. Ihm war es unangenehm zu sprechen, ob es an ihr und ihrer vermeintlichen Göttlichkeit lag oder ob er es generell nicht gerne tat, vermochte Freya nicht zu sagen. Doch er sollte sich in ihrer Gegenwart nicht unwohl fühlen, also hatte auch sie aufgehört zu sprechen, und inzwischen war das Schweigen zu ihrem dritten Wegbegleiter geworden.

Noch nie hatte Freya so etwas erlebt: einvernehmliche Stille. Am Hof gab es so etwas nicht. Es wurde immer gesprochen, und wenn es kein Thema von Belang gab, lästerte man über die Abwesenden oder führte eine sinnlose Debatte über das Wetter, als könnte man es beeinflussen, wenn man sich nur ausführlich genug darüber beschwerte. Freya waren diese Unterhaltungen immer zuwider gewesen, aber mit Larkin an ihrer Seite musste sie erkennen, wie tief diese Gesellschaft in ihr verwurzelt war.

In dieser Stille ritten sie durch die Wälder, immer auf der Hut vor den Gardisten, die es sich anscheinend zur Aufgabe gemacht hatten, die Bäume am Wegesrand mit ihren Plakaten zu pflastern. Um nicht erkannt zu werden, wichen sie ins Unterholz aus. In diesen Teilen des Dornenwaldes war ein Vorankommen nicht leicht, umgestürzte Bäume lagen kreuz und quer, Sträucher stellten sich ihnen in den Weg, und hin und wieder glich der Boden einem Moor, in dem sie stecken zu bleiben drohten.

Dennoch hatte Freya nie schönere Wälder gesehen. Moos in dem sattesten Grün, das man sich vorstellen konnte, säumte den Untergrund, Wildblumen sprossen unter den gefallenen Bäumen hervor und reckten sich dem Sonnenlicht entgegen. Dieses tauchte durch das Geäst hindurch alles in ein dämmriges Licht, das einen glauben ließ, dass Magie auch an diesem sterblichen Ort möglich war.

Freya hätte ewig durch diese Wälder reiten können, wären da nicht ihre steifen Glieder, ihr wundes Gesäß und die Tatsache gewesen, dass sie sämtliche Vorräte bereits aufgebraucht hatten. Hunger, Müdigkeit und Schmerzen führten sie schließlich nach Ciradrea – ein Dorf, hoffentlich belanglos genug, um von der Garde ignoriert zu werden.

Gemächlich trabten sie auf ihrem Pferd durch die leeren Straßen, auf der Suche nach einer Bleibe. In den Häusern brannten noch Lichter, man hörte Familien lachen, Stimmen, die sich unterhielten, und in der Ferne war das Spiel einer Laute zu hören, begleitet von einem schiefen Gesang.

Gib acht, gib acht, komm nicht zu nah.
Hinter der Mauer lauert die Gefahr.
Erbaut aus dunklem Stein,
soll sie für die Ewigkeit sein.

Sie folgten der Musik, die sie wie erhofft zu einer Taverne führte, deren Tür in dieser kühlen Nacht weit offen stand. Die Unterhaltungen von angeheiterten Männern und Frauen mischten sich mit der Melodie sowie das rhythmische Stampfen auf knarzenden Holzdielen. Larkin half Freya vom Pferd und band es fest.

Der Schankraum im Inneren war nur spärlich ausgeleuchtet, aber Freya brauchte nur einen Blick, um zu erkennen, dass diese Taverne kein Loch war wie jene in Limell. Der Fußboden war frisch gewischt worden, es hingen keine Spinnweben von der Decke, und auch wenn der Geruch von Bier und Met in der Luft lag, so war dennoch der herrliche Duft von gebratenem Fleisch auszumachen, der ihr das Wasser im Mund zusammenlaufen ließ.

Einige der Gäste beobachteten Larkin und sie, ohne ihre Unterhaltungen zu unterbrechen. Vermutlich kamen nur selten Fremde durch dieses Dorf, das wahrscheinlich mehr Schweine, Ziegen und Hühner als Hütten besaß.

Der Wirt, ein junger Mann, mit feuerrotem Haar und mehr Sommersprossen im Gesicht, als man je hätte zählen können, grüßte sie mit einem Nicken.»Seid gegrüßt. Was darf ich euch bringen?«

»Wasser«, sagte Larkin und setzte sich auf einen Hocker am Tresen.

»Und etwas zu essen«, ergänzte Freya.»Und etwas für unser Pferd.«

»Kommt sofort«, sagte der Wirt und rief einen Jungen mit schwarzen Haaren herbei, der bei einer Gruppe Männer am Tisch saß, die reihum Karten von einem Stapel zogen.

Freya setzte sich neben Larkin und fischte vier kupferne Tolar aus ihrem Beutel. Auf die für ihn typische Art ließ der Wächter seinen Blick durch die Taverne gleiten und schien dabei jedes Detail in sich aufzusaugen, als würde er in seinem Kopf bereits einen Fluchtplan zurechtlegen. Doch keiner der Anwesenden wirkte auf Freya bedrohlich, und das Interesse an ihnen ebbte bereits wieder ab. Nur ein paar Frauen beobachten Larkin weiterhin mit großen Augen.

Der Wirt kam zurück und stellte zwei Teller mit gebratenem Fleisch, etwas Kartoffelbrei und einer Brotscheibe vor ihnen ab. Er brachte ihnen auch einen Wasserkrug mit zwei Kelchen. Dankend ließ er Freyas Geld in seiner Schürze verschwinden. »Gehört ihr zu Fionas Familie?«

»Nein«, antwortete sie und schob sich einen Bissen Fleisch in den Mund. Es war leicht verkohlt, mit einem strengen Geschmack nach Rauch, als hätte es zu dicht über dem Feuer gehangen.

»Woher kommt ihr?«, fragte der Wirt umgehend. Freya blickte von ihrem Teller auf. Der Wirt beobachtete sie aus wachen Augen, die davon zeugten, dass er nichts von seinem eigenen Met trank. Stellte er diese Fragen aus reiner Neugierde, oder hatte er einen Verdacht, wer sie waren?

»Evardir«, antwortete Larkin, bevor sie etwas sagen konnte. Er ließ in diesem einen Wort seinen Akzent stärker durchdringen.

»Ich war als Kind einmal dort. Eine schöne Stadt«, sagte der Wirt und wischte mit seinem Lappen träge Kreise über den Tresen.

»Allerdings«, bestätigte Larkin, ohne zu zögern, bevor er sich wieder über seinen Teller beugte und weiteraß. Der Wirt beobachtete ihn noch einen Moment länger, verlor aber schließlich das Interesse und widmete sich seinen anderen Gästen, während der Lautenspieler im Hintergrund die Verse wiederholte und zur zweiten Strophe ansetzte:

Halt ein, halt ein, bleib lieber stehn,
bevor die Kreatur'n dich sehn.
Mit spitzen Ohren und schwarzer Macht,
unheilvoll nicht nur bei Nacht.

»Evardir?«, fragte Freya neugierig an Larkin gewandt. Sie wollte die Möglichkeit, mehr über den schweigsamen Wächter zu erfahren, nicht verstreichen lassen.

Larkin nickte.

»Die eisige Stadt?«, hakte sie nach, um sich zu vergewissern. »Ja, oder kennt Ihr noch ein anders Evardir?«

Offensichtlich hatten der Wirt und Larkin eine sehr eigenwillige Definition des Wortes *schön*. Sie kannte Evardir, die am nördlichsten liegende Stadt des sterblichen Landes. Ihr Vater hatte sie vergangenes Jahr dorthin mitgenommen, damit sie ihr zukünftiges Königreich kennenlernen konnte. Doch Freya hätte auf einen Besuch in der eisigen Stadt verzichten können, welche diesem Namen absolut gerecht wurde. Obwohl Evardir und Amaruné nur einige Tagesritte voneinander entfernt lagen, war es, als würde man in eine andere Welt eintauchen, denn Evardir war zwölf Monate im Jahr von Schnee und Eis bedeckt. Irgendwelche Meeresströme und Nordwinde waren daran schuld, genauer konnte sich Freya nicht an die Erklärung erinnern. Woran sie sich jedoch noch sehr genau erinnerte, war die Kälte, die ihre Zähne zum Klappern und ihre Glieder zum Zittern gebracht hatte. »Kommt Ihr aus Evardir?«

Larkin nickte abermals, hob den Wasserkelch an seine Lippen und schwieg einen so langen Moment, dass Freya die Hoffnung auf eine ausführliche Antwort bereits aufgegeben hatte. Sie wollte sich schon wieder ihrem Essen zuwenden, als Larkin schließlich weitersprach. Seine Stimme klang leiser und sanfter als jemals zuvor. Nicht einmal seine Gebete sprach er auf diese Weise. »Meine Mutter stammte aus der eisigen Stadt.«

Eine Mutter. Einen Vater. Eine Familie. Es war so leicht zu vergessen, dass auch Larkin sie hatte – gehabt hatte. In Freyas Augen war er vor allem ein Wächter, aus Magie geboren. Und Magie war das Einzige, was ihm noch geblieben war. »Wann ist sie ... wann habt Ihr sie das letzte Mal gesehen?«

»Vor zweihundertdrei Jahren«, antwortete Larkin. »An ihrem Todestag.«

Ein Knoten bildete sich in Freyas Hals, und schlagartig verspürte sie das Bedürfnis zu weinen. Dabei galten ihre Tränen nicht der Frau, die gestorben war, sondern dem Sohn, den sie zurückgelassen hatte. Larkin wirkte auf sie stark und größer als das Leben selbst, beschenkt mit einer Magie, die nur wenigen zuteilwurde. Doch wenn sie ihn jetzt ansah, erkannte sie in ihm eine Einsamkeit, die ihr nur allzu vertraut war und die nicht davon herrührte, alleine zu sein. Nein, es war diese Art von Einsamkeit, die tief im eigenen Herzen saß, wenn die Seele wusste, dass ein Teil fehlte, der nicht zum eigenen Selbst gehörte, aber zu einer anderen Person.

Einst war Larkin Teil einer Familie gewesen und hatte zu den Wächtern gehört. Doch zuerst hatte die Zeit ihm seine Familie geraubt, und schließlich hatte König Andreus ihm seine unsterblichen Brüder genommen. Alles, was ihm anscheinend geblieben war, war sein Glaube und vielleicht die Hoffnung, dass eines Tages alles besser werden würde. Doch in diesem Augenblick wirkte Larkin verloren. Gedankenversunken starrte er auf den Kelch, den er noch immer fest umklammert hielt. Allerdings gelang es ihm nicht, das Zittern seiner Finger zu verbergen, und plötzlich wünschte sich Freya nichts mehr, als ihm zu helfen.

Sie rang ihre eigene Einsamkeit nieder und wandte sich Larkin mit ihrer ganzen Aufmerksamkeit zu. Zögerlich legte sie eine Hand auf seinen Unterarm. Die Wärme seiner Haut wollte nicht zu der Kälte in seinem Blick passen. Langsam hob Larkin die Augen und sah sie an, ohne etwas zu sagen. Dabei schien er jedes Detail ihres Gesichts in sich aufzunehmen – die Form ihrer Nase, den Schwung ihrer Lippen, die Farbe ihrer Augen. In Freya wuchs das Verlangen, sich abzuwenden, aber sie weigerte sich wegzusehen und hielt dem Blick aus Larkins dunklen Augen stand, während er über die Antwort auf eine nie gestellte Frage nachzudenken schien.

»Es tut mir leid«, sagte Freya schließlich. Ihre geflüsterten Worte gingen im Spiel der Laute beinahe unter. »Ich habe schon lange nicht mehr über sie gesprochen.«

Sie wusste, dass er mit *sie* nicht nur seine Mutter meinte, sondern all die Menschen, die er im Laufe seines langen Lebens hatte zurücklassen müssen. Ihr Herz blutete für ihn, und sie wünschte sich, sie könnte ihm etwas von seiner Einsamkeit nehmen, aber sie wusste aus eigener Erfahrung, dass dies nicht möglich war. Nichts und niemand hatte die Leere in ihr füllen können, die Talon hinterlassen hatte, aber sich an ihn zu erinnern, machte die Leere an manchen Tagen erträglicher. »Wollt Ihr mir von ihr erzählen? Ich höre Euch gerne zu.«

Larkin presste seine Lippen aufeinander. Sein Blick glitt von ihrem Gesicht zu ihrer Hand, die noch immer auf seinem Arm ruhte. Er starrte sie an, und langsam, sehr langsam, lösten sich die Muskeln, die sich unter ihrer Berührung angespannt hatten.

Redet mit mir!, flehte Freya in Gedanken, aber der Wächter schüttelte den Kopf. Es war die erste ihrer Bitten, die er ihr direkt verweigerte. Und auch wenn das Freyas Neugierde keineswegs befriedigte, verspürte sie Genugtuung dabei, von Larkin abgelehnt zu werden. Dies gab ihr das Gefühl, seinem wahren Ich näher zu kommen. Er öffnete sich ihr auf eine ganz andere Art und Weise und erlaubte ihr, eine Seite an ihm zu sehen, die ganz er war. Nicht Wächter. Nicht Gläubiger.

»Danke!«

Eine Furche bildete sich auf Larkins Stirn. »Wofür?«

»Eure Ehrlichkeit. Das bedeutet mir viel.«

Er nickte, zog seinen Arm unter ihrer Hand hervor und beugte sich wieder über seinen Teller. Schweigend aßen sie das kalt gewordene Fleisch, denn sie hatte Hunger und nichts zu verschenken.

Nachdem ihre Teller leer waren, räumte der Wirt sie ab. »Darf es noch etwas sein?«, fragte er und stopfte das Tuch, mit dem er den Tresen gewischt hatte in den Bund seiner Hose. »Ich habe hervorragendes Bier aus dem Osten und köstlichen Wein aus dem Süden.«

»Wir hätten gerne noch ein Zimmer für die Nacht«, sagte Freya und schob eine blonde Haarsträhne, die sich gelöst hatte, wieder unter ihr Kopftuch.

Der Wirt schürzte die Lippen. »Ich habe leider kein Zimmer mehr frei.«

»Kein einziges?«

»Nein, die kleine Fiona heiratet morgen, und all die Räume sind für die Festlichkeiten belegt. Sie hat Verwandte aus Askane, die angereist sind.«

»Seid Ihr euch sicher?«, hakte Freya nach.

»Absolut.«

Freya griff in ihren Beutel und zog ein Silberstück hervor. Sie schob es über den Tresen. Die Augen des Wirts weiteten sich im Erstaunen, und er legte seine Hand über das Nobelstück, bevor es jemand sehen konnte. Hoffnung blühte in Freya auf. »Ich wusste doch, dass …«

»Nein«, unterbrach der Wirt sie und schob das Silber zurück in ihre Richtung. »Es tut mir leid, aber ich habe keinen Platz mehr. Ich würde euch in meinem Lager schlafen lassen, aber auch dort haben sich Fionas Gäste bereits eingenistet. Versucht es in Kilerth, mit dem Pferd ist das Dorf nur einen Stundenritt entfernt.«

Bei dem Gedanken, heute noch einmal auf das Pferd steigen zu müssen, wurde das Brennen in Freyas Oberschenkeln umgehend stärker. Dennoch zwang sie sich zu einem Lächeln und erhob sich von ihrem Platz. Sie dankte dem Wirt und ließ das Geld wieder in einer ihrer Taschen verschwinden.

Schweigend folgte Larkin ihr aus der Taverne. »Wollt Ihr nach

Kilerth reiten?« Er band ihr Pferd los. Das Tier stieß ein Schnauben aus und bewegte den Kopf hin und her, wie um seine Frage zu verneinen.

»Ich kann nicht mehr sitzen.«

»Wir könnten laufen.«

Zeitverschwendung. Bei Dunkelheit würde es mindestens drei Stunden dauern, bis sie Kilerth erreichten. Das war es nicht wert. Ihr Pferd war erschöpft, und auch sie brauchten ihre Kraft für den Rest des Weges; und bis nach Nihalos war es noch eine lange Reise. »Lasst uns hier einen Schlafplatz suchen. Schlimmer als die Hütte im Wald kann es nicht werden.«

»Wenn Ihr das wünscht, Prinzessin.«

Was sie sich wünschte, war etwas völlig anderes, aber ein paar Stunden Ruhe waren das Beste, worauf sie hoffen konnte.

15. Kapitel – Ceylan

– Niemandsland –

Ceylan hatte den Klang des Kampfes schon immer geliebt, aber noch nie hatte sie die Geräusche so klar und scharf wahrgenommen, wie in diesem Moment. Die Luft war erfüllt vom Klirren der Waffen und dem schweren Keuchen der Wächter, die versuchten ihren Gegner zu übermannen. Ceylans Muskeln brannten bereits vor Anstrengung. Obwohl sie durch die Unsterblichkeit auch zusätzliche Stärke und Ausdauer erlangt hatte, war es ein Kraftakt, gegen die anderen Wächter zu kämpfen. Sie strotzen vor Stärke – und Magie. Ceylan glaubte ihr Knistern und Brennen geradezu spüren zu können.

Sie hielt ihr Schwert fest umklammert, um einen weiteren von Ethens Hieben zu parieren, aber sein Schlag drang durch ihre Verteidigung. Die Klinge sauste auf sie herab und das nächste, was Ceylan spürte, war der Kuss des kühlen Metalls auf ihrer Haut. Ein dumpfer Schmerz breitete sich in ihrem Oberarm aus. Vor der Zeremonie hatte man sie mit stumpfen Waffen üben lassen, aber nun war die Schonfrist vorbei und sie sollten auch lernen mit dem Schmerz umzugehen.

Instinktiv griff Ceylan nach der Wunde, um die Blutung zu stoppen, aber der Schnitt schloss sich bereits wieder. Verletzungen waren bei ihr schon immer schnell geheilt, aber noch nie innerhalb weniger Sekunden. Die Magie, welche die Fae ihnen verliehen hatten, erfüllte ihren Zweck.

»Du bist nicht bei der Sache«, sagte Ethen. Er hatte sich sein

Trainingsschwert in einer entspannten Haltung über die Schulter gelegt. Wäre er noch menschlich, könnte diese arrogante Pose ihm das Leben kosten.

Ceylan wischte sich den Schweiß von der Stirn, wobei sie sich sicher war, blutige Streifen auf ihrem Gesicht zu hinterlassen. »Vielleicht bist du einfach besser als ich.« Ethen schnaubte. »Was ist los?«

Ceylan presste ihre Lippen aufeinander. Sie glaubte nicht, dass es ratsam war, ihren Gedanken freien Lauf zu lassen, da sie die Sache eigentlich nichts anging und sie bereute es zutiefst den Prinzen und seinen Berater während der Zeremonie der Unsterblichkeit belauscht zu haben. Die Belange des Faevolkes hatten sie nicht zu interessieren und als Novizin war es nicht ihre Aufgabe, den Field Marshal über diese Entwicklungen in Nihalos zu unterrichten. Dennoch gingen ihr Aldrens Worte nicht mehr aus dem Kopf. In den vergangenen Tagen hatte Ceylan einige der älteren Wächter beschattet, in der Hoffnung, mehr herauszufinden, aber … nichts. Entweder machten sich die Wächter keine Sorgen um die Spannungen zwischen den Seelie und Unseelie, oder sie hatten keine Ahnung von dem, was sich jenseits der Mauer abspielte.

»Wir müssen nicht darüber reden«, sagte Ethen mit einem Schulterzucken und nahm wieder seine Kampfhaltung ein.

Dankbar lächelte Ceylan ihn an und tat es ihm gleich, denn sie wollte nicht länger an die Fae denken. Ihre Aufgabe als Wächterin war es das Abkommen zu wahren; nicht mehr und nicht weniger. Und solange die Faevölker ihre Streitigkeiten in ihrem eigenen Land austrugen, konnte es ihr egal sein, ob sie einander die Köpfe abschlugen.

In den nächsten Stunden gönnte sich Ceylan keine Pause. Abwechselnd trainierte sie mit Ethen und drei anderen Novizen, bis ihr Verstand leer war und sie keinen Gedanken mehr an Aldren und den Prinzen verschwendete. Alles, was zählte, war das Training und ihre Arme, die vor Anstrengung bereits bebten. Es kostete sie alle Mühe, das Schwert nicht einfach fallen zu lassen und mit zusammengebissenen Zähnen kämpfte sie gegen den Schmerz und die Erschöpfung an, während ihr Körper förmlich in Flammen stand. Sie glühte von innen heraus und mit jedem weiteren Kampf kam sie mehr ins Schwitzen.

»Ihr glaubt, ihr könnt nicht mehr. Ihr glaubt, ihr würdet zusammenbrechen. Ihr glaubt, ihr braucht eine Pause. Ihr irrt euch!«, hatte Leigh erklärt, als er durch ihre Reihen geschritten war. »Euer Verstand spielt euch einen Streich. Er lässt euch glauben, ihr wärt am Ende, da er noch nicht begriffen hat, dass eurer Körper sich verändert hat. Doch die Magie treibt uns an und es geht immer weiter und weiter und weiter ...« Leighs Worte waren verklungen, aber nicht das Klirren der Waffen. Geduldig hatte er ihren Kampfstil korrigiert und gemeinsam mit einem der anderen Ausbilder neue Manöver vorgeführt, die sie in ihren darauffolgenden Duellen mit einbauen sollten.

Die Sonne ging bereits unter, als Leigh schließlich den letzten Kampf des Tages verkündete. Für viele war es eine kurze Runde, denn die meisten der Novizen schienen absichtlich zu verlieren, um dem Ganzen ein schnelles Ende zu bereiten. Ceylan war eine der letzten Kämpfenden auf dem Platz. Sie konnte es kaum erwarten, sich endlich den Schweiß von der Haut zu waschen, dennoch war sie nicht bereit, absichtlich aufzugeben und verpasste auch ihrem Gegner keinen Gnadenstoß, der immer wieder zu offensichtliche Lücken in seiner Verteidigung ließ.

»Lass den Jungen gehen«, hörte sie Leigh plötzlich sagen. Der Ausbilder war neben sie getreten, die Arme vor der breiten Brust verschränkt. Dabei bildeten seine blasse Haut, seine hellen Augen und das beinahe weiße Haar einen starken Kontrast zu seiner schwarzen Uniform und dem dunklen Blick, mit welchem er sie bedachte. Doch Ceylan ahnte, dass seine Missgunst nicht

ihr galt, sondern all den anderen Novizen, die frühzeitig aufgegeben hatten.

Der Novize gegenüber von Ceylan konnte es ebenfalls nicht
erwarten, den Platz zu verlassen. Er warf sein Trainingsschwert
auf den Haufen, den die anderen zurückgelassen hatten, und
eilte in Richtung des Speisesaals davon. Ceylan ließ ihr eigenes
Schwert sinken. Ihr Arm bebte, am liebsten hätte sie die Waffe
fallen gelassen, aber ihre steifen Finger wollten sich einfach nicht
von dem Griff lösen.

»Du hast dich heute gut geschlagen,« sagte Leigh.

»Ich schlage mich immer gut«, erwiderte Ceylan, obwohl sie
wusste, dass das eine Lüge war. Sie war vielleicht besser als viele
der anderen Novizen, da ihr der Gebrauch einer Waffe nicht völlig fremd war, aber es würde noch eine Weile dauern, bis sie eine
Meisterin mit dem Schwert war. Sie vermisste schon jetzt ihre
Mond-Sichel-Messer.

Leigh stieß ein Schnauben aus, das ebenso ein Lachen hätte
sein können. »Bescheidenheit gehört offenbar nicht zu deinen
Stärken.«

»Bescheidenheit ist keine Stärke«, erwiderte Ceylan und
trank aus ihrem Wasserschlauch. »Wer bescheiden ist, ist nur zu
feige, sich sein eigenes Können einzugestehen, aus Angst vor
den Erwartungen, die damit einhergehen.«

»Du willst also, dass ich hohe Erwartungen an dich habe?«

»Die höchsten«, sagte Ceylan. »Ich bin hier, um die Mauer zu
verteidigen und das kann ich nur, wenn ich die beste Wächterin
werde, die ich sein kann.«

Leigh ließ seinen Blick über ihren Körper wandern. Dabei
schien er nicht nur ihre langen Beine, ihre breite Hüfte und ihre
Brüste zu sehen, sondern vor allem ihre Hände, die schwielig
vom Kampf waren, das Blut, das auf ihrer Haut getrocknet war
und den Dreck an ihrer Uniform, der von einem Sturz stammte.
»Gut.« Er lächelte. »Denn nicht weniger erwarte ich von dir.«

16. Kapitel – Larkin

– Ciradrea –

Larkin ließ seinen Kopf gegen die kalte Steinmauer sinken und nahm einen tiefen Atemzug der kühlen Nachtluft. Den Blick in den sternenklaren Himmel gerichtet, hielt er Wache, während die Prinzessin neben ihm schlief. Fionas Hochzeit bestimmte in diesen Tagen scheinbar das gesamte Dorfleben, sodass ihnen nichts anders übrig geblieben war, als sich in einer kleinen Sackgasse niederzulassen.

Nach und nach waren die Lichter in den Häusern erloschen, und Stille war über Ciradrea eingekehrt. Manch einer hätte sich vor dieser absoluten Ruhe gefürchtet, aber Larkin genoss das Schweigen und die Abwesenheit von Menschen. In dieser Taverne zu sitzen, der Musik zu lauschen, mit dem Wirt zu reden und von den Frauen angestarrt zu werden, war zu viel für ihn gewesen. Er hatte es kaum erwarten können, der stickigen, nach Alkohol stinkenden Hitze zu entkommen.

Das war nicht immer so gewesen. Er erinnerte sich an eine Zeit, in der er es genossen hatte, mit Leuten zu reden, mit ihnen zu trinken und von ihnen berührt zu werden. Doch die Jahre im Verlies des Königs, hatten ihn verändert. Er konnte nicht sagen, ob es die Schläge und Peitschenhiebe gewesen waren, die andauernde Dunkelheit, die Schreie der anderen Gefangenen oder die Art, wie man ihn angesehen hatte, aber irgendetwas in ihm war zerbrochen.

Er fand keinen Gefallen mehr an der Anwesenheit irgendwelcher Fremden. Ihre Worte erschienen ihm hohl und ihre Gesten bedeutungslos. Sie ließen ihn nichts mehr spüren. Rein gar nichts. Und dieses Nichts war schlimmer als all sein Schmerz, seine Wut und seine Trauer, denn es bedeutete das endgültige Ende seiner Menschlichkeit. Vermutlich war der Besuch in der Taverne aus diesem Grund so unerträglich für ihn gewesen. Er hatte ihm das Nichts vor Augen geführt. Den Abgrund, an dem er stand.

Erst im Kampf, in jener ersten Nacht, in der die Prinzessin ihn befreit hatte, hatte er ein Echo seines früheren Selbst gefühlt. Zuerst hatte er es für eine Wahnvorstellung gehalten, ein weiteres Trugbild seines wandernden Verstandes, aber das Echo war geblieben – war stärker geworden. Allmählich erkannte Larkin, dass es nicht der Kampf gewesen war, der dieses Echo erzeugt hatte, sondern die Prinzessin.

Sie spottete zwar über seine Religion und konnte seinen Glauben an ihre Göttlichkeit nicht verstehen, aber er war sich dessen noch nie sicherer gewesen. Sie hatte seine Gebete erhört, ihn befreit und gab ihm etwas zurück, von dem er geglaubt hatte, es verloren zu haben. Jedes Mal, wenn sie das Wort an ihn richtete, ihn berührte oder auch nur ansah, *spürte* er etwas. Einen Funken, der das Feuer in ihm wieder zu entzünden versuchte; nur glich sein Inneres einem abgebrannten, feuchten Holzhaufen. Es war unwahrscheinlich, dass jemals wieder eine Flamme in ihm brennen würde, aber er wollte dran glauben, und wenn es irgendjemandem gelingen konnte, dann der Prinzessin. In der Taverne war er kurz davor gewesen, ihr alles zu erzählen. Aber er hatte die Erinnerungen an seine Familie schon vor langer Zeit vergraben und war noch nicht bereit, sie wieder ans Tageslicht zu holen. Die Prinzessin hatte das verstanden und ihn nicht weiter bedrängt, wofür er ihr unendlich dankbar war.

Larkin blickte auf die Prinzessin hinab, die zusammengerollt neben ihm auf dem Boden lag. Er schämte sich für die Gedanken, die ihn jedes Mal überfielen, wenn er sie betrachtete, aber Freya war von einer Schönheit, wie man sie unter Menschen nur selten fand. Vielen Männern, die er kannte, wäre sie zu klein und schmal, mit zu wenig Kurven, aber er mochte ihren Körper. Er mochte alles an ihr. Von ihrer kleinen Nase über ihre breiten Lippen bis hin zu den großen blauen Augen und den blonden Haaren, die sich gerade wie ein Fächer um sie herum ausbreiteten.

Sie hatte das Tuch von ihrem Kopf gezogen, um es als Decke zu verwenden, der Beutel diente ihr als Kissen. Larkin selbst hatte beteuert, auch ohne weichen Untergrund schlafen zu können, er sei es gewohnt. Bei diesen Worten hatte die Prinzessin missbilligend die Lippen verzogen, aber sie hatte ihn gewähren lassen, nicht ahnend, dass er ohnehin kein Auge zutun würde.

Seit seiner Flucht aus dem Verlies wurde er von seinen Ängsten gejagt. Jedes Mal, wenn er die Lider schloss, fürchtete er, wieder im Kerker zu erwachen. Eingesperrt hinter Gittern war Schlaf seine einzige Zuflucht gewesen, nun allerdings würde er es nicht ertragen, sollte sich herausstellen, dass die Geschehnisse der letzten Tage nur ein Trugbild seines Verstandes waren. Dass *sie* nur ein Trugbild war.

Jedoch war er sich zunehmend sicherer, dass dies seine neue Wirklichkeit war, denn die Prinzessin aus seinen Vorstellungen hatte nichts mit der jungen Frau gemein, mit der er seit Tagen das Land bereiste. Sie war rebellischer, störrischer, mutiger und selbstloser, als er es je für möglich gehalten hätte, und bis zu diesem Abend hatte er nicht verstanden, weshalb sie ihr eigenes Leben für den Prinzen riskierte, der sie vom Thron stoßen würde. Doch in der Taverne hatte er die Leere in ihren Augen gesehen und die Einsamkeit, die von demselben Nichts durchtränkt war, das auch ihn beherrschte. Sie sehnte sich nach ihrem Bruder, mehr als nach dem Titel einer Königin, und Larkin würde alles in seiner Macht Stehende tun, um der Prinzessin ihre Einsamkeit zu nehmen. Er war es ihr schuldig, ebenso sich selbst und dem Echo in seiner Brust. Er musste es erkunden und in Erfahrung bringen, wie viel von seinem alten Ich noch übrig war, bevor er eine Entscheidung über sein Leben traf, die sich nicht mehr rückgängig machen ließ.

17. Kapitel – Ceylan

– Niemandsland –

Ceylan erwachte mit dem Läuten der Glocken. Sie schlug die Augen auf, und trotz ihres Unwohlseins wegen der männlichen Wächter im Schlafsaal fühlte sie sich ausgeruht. Erfüllt. Kraftvoll. Sie war bereit für den neuen Tag. Bereit für den Waldlauf. Bereit für die Kraftübungen. Bereit für die Duelle, aber ... etwas stimmte nicht. Es war noch zu früh. Sie spürte es in ihren Knochen, und die Glocken verstummten auch nicht nach dem dritten Schlag, wie es üblich war. Ihr Läuten klang immer weiter, und da erkannte Ceylan, dass sie nicht nur eine Glocke hörte, sondern Dutzende. Sie klangen weiter entfernt, aber ihr Schrillen vibrierte bis zu ihnen durch die Luft.

Ceylan sah sich im Saal um, und während all die anderen Novizen fragend dreinblickten, waren die erfahrenen Wächter, die den Raum mit ihnen teilten, aufgesprungen. Ihre Haare waren vom Schlaf noch zerwühlt, allerdings schien jegliche Müdigkeit aus ihrem Körper gewichen zu sein. Hastig zogen sie sich ihre Uniformen an und schnallten sich ihre magiegeschmiedeten Schwerter um die Hüften. Die Wächter sprachen kein Wort miteinander, aber sie alle trugen denselben entschlossenen Gesichtsausdruck, der Ceylan alles verriet, was sie wissen musste.

Sie schwang ihre Beine aus dem Bett, bereit, den anderen Wächtern zu folgen, als Leighs vertraute Stimme sie innehalten ließ. »Herhören!«, brüllte er, lauter als die Glockenschläge, und alle Novizen drehten sich in seine Richtung. Er war bereits angezogen und bewaffnet, nicht nur mit seinem üblichen Schwert, sondern auch mit mehreren Dolchen, die er sich mit Lederriemen um seine Brust geschnallt hatte. Auf seinem Rücken trug er zwei weitere Schwerter, mit schmaleren, leichteren Klingen, aber auch sie waren magiegeschmiedet.

»Östlich von uns ist es einer Gruppe Elva gelungen, die Mauer zu überwinden. Sie haben einen unserer kleineren Stützpunkte umgangen und sind in ein nahe gelegenes Dorf eingefallen. Ich weiß noch nicht, wie lange die anderen und ich weg sein werden, aber bis wir zurück sind, wird keiner von euch diesen Raum verlassen. Habt ihr verstanden?«

Nein, dachte Ceylan, während all die anderen Novizen ein gehorsames *Ja* murmelten. War das wirklich ihr Ernst? Leighs Ernst? Sie sollten hier in diesem Saal bleiben, in ihren Betten, und warten, während dort draußen irgendein Dorf in Chaos versank und Menschen starben?

Ja, sie verstand, weshalb Leigh ihnen diesen Befehl gegeben hatte. Die meisten der Novizen hatten vor wenigen Tagen das erste Mal ein Schwert in den Händen gehalten und hatten noch nie einen richtigen Kampf ausgefochten. Sie allerdings schon. Das Schwert war vielleicht nicht die Waffe ihrer Wahl, aber sie war mit ihren Messern und mit Pfeil und Bogen vertraut, und sie wusste, wie es sich anfühlte, einem Gegner gegenüberzustehen, der keine Gnade kannte.

Sie wollte diesen Menschen helfen, sie *konnte* ihnen helfen – und war sie nicht genau aus diesem Grund an die Mauer gekommen? Um zu verhindern, dass sich die Geschichte ihres Dorfes wiederholte?

Ceylan zögerte nicht länger, denn jeder Moment konnte für die angegriffenen Menschen den Unterschied zwischen Leben und Tod bedeuten. Die vollwertigen Wächter waren bereits aus dem Saal gestürmt, und die anderen Novizen waren zu sehr in ihre aufgeregten Unterhaltungen vertieft, um Ceylan zu beachten. Lediglich Ethen beobachtete, wie sie sich umzuziehen begann, und das erste Mal seit ihrer Ankunft an der Mauer war es Ceylan egal, was die Männer um sie herum sahen.

»Was soll das werden?«, fragte Ethen, als sie gerade dabei war, sich das lederne Bruststück über das Hemd zu ziehen.

Ceylan schnallte die Riemen fest. »Was glaubst du denn?«

»Ich glaube, du ignorierst einen direkten Befehl.«

»Ich helfe«, korrigierte sie, und ihre Lippen verzogen sich zu einem grimmigen Lächeln. So, wie Ethen es sagte, klang es, als wäre sie eine Rebellin, die nicht wusste, wo ihr Platz in der Welt war, aber das wusste sie ganz genau. Und ihr Platz war nicht hier in ihrem Bett, sondern dort draußen.

»Du bist nur eine …«

»Spar dir deine Worte«, unterbrach Ceylan Ethen, ohne ihn anzusehen, und schlüpfte in ihre Stiefel, wobei sie das Zittern ihrer Hände zu ignorieren versuchte. »Ich werde gehen, und nichts, was du sagst, wird meine Meinung ändern.« Sie zog den Dolch, auf dem sie schlief, unter ihrem Kissen hervor und klemmte ihn sich in den Bund ihrer Hose, ehe sie ihr Schwert dazuholte und anschließend auch noch ihre Mondsichel-Messer anlegte.

Ethen verschränkte die Arme vor seiner Brust und musterte sie, ohne ein Wort zu sagen, dabei umspielte ein harter Zug seinen Mund, der sich erst löste, als er wieder sprach. »Soll ich dich begleiten?«

Ceylan schüttelte den Kopf. »Geh, wenn du gehen möchtest, aber geh nicht meinetwegen.« Sie würde es nicht ertragen, wenn Ethen wegen ihrer Überzeugungen starb. Er sollte nur kämpfen, wenn er es wirklich wollte.

Fertig gekleidet, mit ihrem magiegeschmiedeten Schwert bewaffnet, sah sie ein letztes Mal zu Ethen. Er hatte sich nicht von der Stelle gerührt. Das war wohl seine Antwort. Sie nickte ihm zu und glaubte ein geflüstertes »Pass auf dich auf« zu hören, als sie an ihm vorbei zum Ausgang eilte.

Die Blicke der anderen Novizen folgten ihr. Ihre Gespräche verstummten nicht, aber sie wurden leiser, und immer wieder hörte Ceylan ihren Namen. Sie hatte die Tür aus dem Schlafsaal beinahe erreicht, als sich ihr plötzlich jemand in den Weg stellte.

»Vergiss es!«, zischte Derrin und funkelte auf sie herab. Er hatte ohne sein Hemd geschlafen, die nackten Arme nun vor der Brust verschränkt. »Captain Fourash hat gesagt, wir sollen hierbleiben.

»Captain Fourash hat auch behauptet, Ratte würde besser schmecken als Eichhörnchen. Glaub nicht alles, was er sagt«, konterte Ceylan und wollte sich an Derrin vorbeischlängeln, aber der andere Novize folgte ihrer Bewegung und versperrte ihr abermals den Weg.

»Du wirst diesen Raum nicht verlassen, Alarion.«

»Doch, das werde ich.« Ihre Hände ballten sich zu Fäusten. Was glaubte dieser eingebildete Schnösel, wer er war, ihr Vorschriften machen zu können? Sie konnte tun und lassen, was sie wollte, und die einzigen Personen, vor denen sie sich zu rechtfertigen hatte, waren Tombell und Leigh.

»Du würdest Captain Fourash und die anderen nur behindern.«

»Schließe nicht von dir auf mich, und jetzt geh mir aus dem Weg!«

Derrin schüttelte den Kopf. »Nein.«

Ceylans Geduld war am Ende. In dieser Sekunde waren Elva dabei, ein Dorf anzugreifen. Ein Dorf, das aus Großeltern, Vätern, Müttern und Kindern bestand. Ein Dorf, wie Bellmare es gewesen war, bevor die Elva es zu einem Schlachtfeld hatten werden lassen. Hätten die Wächter unter den Befehlen von Larkin Welborn damals nur etwas schneller gehandelt, könnte ihre Familie noch am Leben sein. »Geh mir aus dem Weg!«, mahnte Ceylan ihn ein letztes Mal. »Oder ich werde dir wehtun.«

Derrins Mundwinkel zuckten arrogant. »Versuch es!«

Ich habe dich gewarnt, dachte Ceylan, und bevor sie es sich anders überlegen oder ihr Gewissen sie davon abhalten konnte, griff sie nach ihrem Dolch. Überraschung blitzte in Derrins Augen auf. Damit hatte er nicht gerechnet. Doch bevor er die Chance hatte zu handeln, machte Ceylan einen Satz nach vorne und rammte ihm die Klinge in den Magen.

Derrin schrie vor Schmerzen auf, und Ceylan hörte die Novizen um sich herum erschrocken nach Luft schnappen. Ja, sie war nicht stolz auf sich, aber sie hatte keine Zeit zu verschwenden.

Fassungslos starrte Derrin auf den Dolch, der aus seinem Körper ragte. »Du ... du hast mich erstochen«, stammelte er. Sein Gesicht war kalkweiß geworden.

»Keine Angst, du wirst es überleben.« *Anders als die Menschen in diesem Dorf.* Sie zog ihre Klinge heraus, und Blut quoll aus der Wunde. Ceylan wartete nicht darauf, dass die Heilung einsetzte, sondern sprintete an Derrin, der im Schock erstarrt war, vorbei zum Ausgang.

Dieses Mal versuchte niemand sie aufzuhalten.

18. Kapitel – Freya

– Ciradrea –

Larkin hatte kein Auge zugetan, Freya erkannte es an den dunklen Ringen und dem glasigen Blick, mit dem er sie am nächsten Morgen bedachte. Sie wusste nicht, ob es nur die Angst vor den Gardisten war, die ihn vom Schlafen abgehalten hatte, oder ob mehr dahintersteckte. Doch wenn Larkin sich weigerte, seinem Körper die Erholung zu geben, die er möglicherweise zum Kämpfen brauchte, würde Freya ihn dazu zwingen müssen; nicht mit Gewalt, aber mit Alchemie. Sie versuchte sich an die Rezeptur für das Schlafpulver zu erinnern, die Moira sie einst gelehrt hatte.

»Ihr seht furchtbar aus«, sagte Freya, um Larkin wissen zu lassen, dass ihr seine Müdigkeit nicht entgangen war. Sie stopfte die Utensilien ihres Suchzaubers zurück in den Beutel und reichte ihn dem Wächter. Heute hatte der Zauber funktioniert, und offensichtlich hielt sich Talon noch immer in Nihalos auf.

Larkin schulterte ihre Tasche, sagte aber nichts.

Obwohl es noch früh am Morgen war, schien ganz Ciradrea wach und vollauf mit den Vorbereitungen zu Fionas Hochzeit beschäftigt. Der Duft von frisch gebackenem Brot lag in der Luft. Blumen wurden durch die Straßen getragen, und irgendwo wurde trotz der frühen Uhrzeit bereits Fleisch gegrillt.

Während Freya gemeinsam mit Larkin auf dem Weg zu einer Schneiderei war, die sie am Abend zuvor entdeckt hatten, eilten die Bewohner Ciradreas geschäftig an ihnen vorbei. Die Schneiderei stand eingekesselt zwischen einem Wohnhaus und einer Brauerei, die den schweren Duft von Hefe verströmte. Sie stiegen von ihrem Pferd ab und banden es an einem Holzpflock vor dem Laden fest.

»Seid Ihr sicher, dass Ihr unsere Zeit damit verschwenden wollt neue Kleidung zu kaufen?«, fragte Larkin und starrte die Schneiderei finster an, in deren Schaufenster ein Umhang hing, der die Farbe einer reifen Pflaume hatte. Seine Kapuze war mit Pelz besetzt, und ein prachtvolles Muster, das an die Ranken einer wilden Blume erinnerte, war in den Saum gestickt.

»Es wird nicht lange dauern.« Freya streichelte die Schnauze ihres Pferdes. Es tat ihr bereits jetzt leid, das Tier in Thobria zurücklassen zu müssen, sobald sie das Meer erreichten, aber sie konnten es unmöglich auf einem Schiff mit nach Melidrian nehmen.

»Gut, dann lasst es uns hinter uns bringen«, knurrte Larkin und stieß die Tür zum Laden auf. Freya verstand nicht, was in den Wächter gefahren war. Am Abend zuvor war alles in Ordnung gewesen. *Beim König*, sie hatte sogar das Gefühl gehabt, sie wären in der Taverne einander nähergekommen, aber heute war er noch grummeliger als üblich.

Freya zog das Tuch über ihrem Kopf zurecht und folgte Larkin ins Innere des Hauses. Auch hier roch es nach Hefe, aber auch noch nach etwas anderem – Farbe und Seife. Stoffrollen lagerten in Regalen an den Wänden. Es gab einen großen Spiegel, mehrere Hocker und einen Tisch, auf dem alle möglichen Utensilien verteilt lagen. Dahinter saß eine Frau über eine Hose gebeugt, in deren Schritt sie ein Loch flickte. Sie war jung, etwa in Larkins Alter, wäre er ein normaler Mensch. Ihr braunes Haar war zu einem Knoten gebunden, und ihre Augenbrauen hatte sie vor Konzentration zusammengezogen, aber als sie aufblickte und ihre neue Kundschaft entdeckte, trat ein warmes Lächeln auf ihre Lippen, und sie erhob sich von ihrem Stuhl. »Willkommen!«

»Seid gegrüßt«, erwiderte Freya. »Wir sind auf der Durchreise und brauchen neue Kleidung für meinen Gemahl.«

»Das sehe ich.« Die Schneiderin beobachtete den Wächter, der bisher noch nichts gesagt hatte und grimmig ein azurblaues Tuch anfunkelte, das von der Decke baumelte. »Ihr habt Glück, ich war die vergangenen Tage in Askane und habe neue Stoffe gekauft. Sie sind exquisite …«

»Keine Stoffe«, unterbrach Freya die Frau. »Wir haben es eilig.«

»Immer diese Reisenden«, säuselte die Schneiderin. Das Lächeln wich nicht aus ihrem Gesicht, wurde aber deutlich schmäler. Vermutlich hatte sie gehofft, ihnen ihre neuen Stoffe teuer verkaufen zu können.

Freya nickte. »Habt Ihr etwas für ihn?«

Abschätzend musterte die Schneiderin Larkin. Langsam ließ sie ihren Blick von seinen Füßen über seinen Oberkörper bis zu seinem Gesicht wandern und wieder zurück. Obwohl er ihr kein großes Geschäft einbringen würde, gefiel ihr offensichtlich, was sie sah. Interesse blitzte in ihren Augen auf, während sie den Wächter eingehend studierte, und Freya konnte es ihr nicht verdenken. »Stellt Ihr euch etwas Bestimmtes vor?«, fragte sie mit einem schiefen Lächeln, ohne Larkin aus den Augen zu lassen.

»Dunkle Farben«, sagte Freya im selben Moment, in dem Larkin mit einem »Nein« auf die Frage antwortete. Sie bedachte ihn mit einem finsteren Blick, aber er nahm diesen überhaupt nicht wahr. Lautlos war er weiter in den Laden geschritten und betrachtete einen vorgefertigten Umhang aus einfachem Leinen.

»Verstehe«, murmelte die Schneiderin mit einem nun steif gewordenen Lächeln. »Ich werde nachsehen, was ich für euch habe. Ich habe selten Kunden, die so … groß sind. Schaut euch derweil um, vielleicht findet ihr doch noch einen Stoff, der euch gefällt.«

Freya bedankte sich bei der Schneiderin und wartete, bis diese im hinteren Teil ihres Ladens verschwunden war, der mit einem Vorhang vom Rest des Raums abgetrennt war, ehe sie sich an Larkin wandte. Er hatte ihr den Rücken zugekehrt und fuhr gedankenverloren mit seinen Fingern über einen grob gewebten Stoff. »Was ist los mit Euch?«, fragte sie mit gesenkter Stimme, als sie neben den Wächter trat. »Habe ich Euch verärgert? Wenn es um unser Gespräch von gestern Abend ...«

»Nein«, erwiderte Larkin, noch bevor sie den Satz beenden konnte.

»Was ist es dann?« Sie trat so dicht an den Wächter heran, dass er keine andere Wahl hatte, als sie zu beachten und anzusehen. Ihre Blicke begegneten sich, aber sie vermochte nicht in seinen Augen zu lesen.

»Wir sollten unsere Zeit hier nicht verschwenden.«

»Ihr braucht wirklich dringend neue Kleidung«, erwiderte Freya.

Larkin presste seine Lippen aufeinander und sagte nichts.

»Was stört Euch wirklich? Sagt es mir!«, drängte Freya, nicht mit der Befehlsgewalt einer Prinzessin, aber mit der Neugierde einer Frau.

Er schüttelte den Kopf. »Es ist nichts.«

»Ihr lügt.«

»Und Ihr seid zu neugierig.«

Sie schmunzelte. »Sagt mir etwas, das ich noch nicht weiß.«

»Ihr habt etwas zwischen Euren Zähnen.«

»Was?«

»Ihr wolltet etwas wissen, das Ihr noch nicht wisst«, sagte Larkin. Die Andeutung eines Lächelns trat auf seine Lippen. »Und das wusstet Ihr nicht.«

Freya kniff die Augen zusammen, unsicher, ob er es ernst meinte oder sie nur auf den Arm nahm. Eigentlich konnte es ihr egal sein, wie sie in der Gegenwart eines verschwitzten und unrasierten Wächters aussah, aber ... sie eilte zu dem Spiegel am anderen Ende des Ladens und lächelte ihr eigenes Spiegelbild an. Larkin hatte nicht gelogen. Unter vorgehaltener Hand polierte sie ihre Zähne mit dem Zeigefinger. Dabei versuchte sie, nicht auf ihre eigene Reflexion zu achten, aber ein flüchtiger Blick reichte aus, um Freya zu zeigen, was aus ihr in den letzten Tagen geworden war. Das Haar, das unter ihrem Tuch hervorblitzte, war strähnig, sie hatte Ringe unter den Augen, und ihre Haut war dunkler, nicht von Bräune, aber vor Dreck. *Beim König,* sie vermisste ihr eigenes Bett, ihr Ankleidezimmer und das Bad mit der großen Wanne.

Sie wandte sich wieder Larkin zu. Er beobachtete sie, den Blick ernst und voller Sorge. »Bitte sagt mir, was Euch stört«, bat Freya erneut. »Wenn Ihr es Euch anders überlegt habt und mich doch nicht mehr nach Melidrian begleiten wollt, kann ich das verstehen.«

»Das ist es nicht«, erwiderte Larkin. »Ich will nur nicht, dass Ihr mir Sachen kauft.«

Freya blinzelte. »Warum nicht?«

Larkin betrachtete den Umhang aus Leinen, als würde das Stück ihn plötzlich brennend interessieren. »Es gehört sich nicht, sich als Mann Dinge von einer Frau kaufen zu lassen, es sei denn ... Ihr wisst schon.«

Sie wusste ganz genau, was er meinte. Manchmal war es leicht zu vergessen, dass eine alte Seele in seinem noch jungen Körper steckte – und dann sagte er so etwas. »Ihr seid nicht mein Lustknabe, Larkin.«

Ein entschlossener Ausdruck trat auf sein Gesicht. »Nein, das bin ich nicht«, erwiderte er mit fester Stimme. »Aber ich fühle mich wie einer, wenn ich zulasse, dass Ihr nicht nur für Unterkunft und Essen bezahlt, sondern auch für meine Kleidung. Ein Mann lässt sich nicht von einer Frau beschenken.«

Freya unterdrückte ein Augenrollen. Ob es ihn schockieren

würde, zu erfahren, dass Melvyn es liebte, wenn seine Eroberungen für ihn bezahlten? Für ihn war es eine Ehre, wenn er einer Frau ihr Geld wert war. »Ich beschenke Euch nicht«, sagte Freya, denn wofür sie wirklich keine Zeit hatten, war ein Streit. »Ich bezahle Euch. Wie viel habt Ihr an der Mauer verdient?«

Larkin presste seine Lippen aufeinander, bis nur noch ein dünner weißer Strich zu sehen war. Abwartend sah Freya ihn an, bis er schließlich einknickte. »Einen Golddukaten pro Woche.«

Freya überwand die Distanz zwischen ihnen und nahm Larkin ihren Beutel ab. Sie öffnete ihn und holte ein paar goldene Münzen hervor. »Hier. Eine Münze für jede Woche, die Ihr mich begleitet, und eine Münze für jeden Dieb, vor dem Ihr mich gerettet habt.«

Bevor Larkin widersprechen konnte, griff sie nach seiner Hand und legte das Gold hinein. »Es gehört Euch, und in ein paar Tagen werdet Ihr eine weitere Münze erhalten und die Woche drauf noch eine, bis sich unsere Wege trennen. Und jetzt helft mir, einen neuen Umhang für mich auszusuchen.« Sie griff nach dem Kleidungsstück aus Leinen und hielt es an ihren Körper. »Wie gefällt Euch dieser?«

Er betrachtete sie abschätzend, und für einen Augenblick glaubte Freya, statt einer Antwort das Gold zurückzubekommen, doch schließlich schob Larkin die Münzen in eine seiner Hosentaschen. »Grau ist nicht Eure Farbe«, sagte er und holte das violette Gewand aus dem Schaufenster. »Versucht es hiermit.«

Freya nahm Larkin den Umhang aus der Hand. Der Stoff fühlte sich herrlich an und erinnerte sie an die Kleider, die daheim in Amaruné in ihrem Schrank hingen. Sie legte sich das Gewand um und drehte sich im Kreis. »Wie sehe ich aus?«

Langsam ließ Larkin seinen Blick über sie gleiten. Es war keine flüchtige Musterung, sondern er schien jede Wölbung und Kurve ihres Körpers wahrzunehmen. Seine Augen verdunkelten sich, und obwohl Freya vollständig bedeckt war, stieg Hitze in ihr auf.

Sie schluckte nervös. »Und? Was sagt Ihr?«

»Wunderschön.« Larkins Stimme klang schwer und tief. Freya wusste, dass das nicht ganz der Wahrheit entsprach, schließlich hatte sie sich kurz zuvor selbst im Spiegel gesehen, aber sie nahm das Kompliment an.

»Danke, dann nehme ich den Umhang.«

Larkin nickte. »Eine gute Wahl.«

Freya machte sich nicht die Mühe, das neue Stück wieder auszuziehen, sondern behielt es gleich an. Sie zog die Kapuze tief in ihr Gesicht und stopfte das Tuch, das sie zuvor getragen hatte, in den Beutel. »Die Schneiderin braucht ganz schön lange«, stellte sie dabei fest und blickte in die Richtung des Vorhangs, hinter dem die Frau verschwunden war.

»Womöglich findet sie nichts für mich.«

Freya lief zu dem Vorhang. Sie schob den Stoff zur Seite und spähte in das Hinterzimmer, das mit allem möglichen Krempel vollgestellt war, sodass sie die Schneiderin auf den ersten Blick nirgendwo ausmachen konnte. »Wie lange braucht Ihr noch?«

Keine Antwort.

Freya runzelte die Stirn und trat in das Hinterzimmer. »Seid Ihr noch da?«

Plötzlich hörte sie ein Fluchen, das Zuschlagen einer Tür, und im nächsten Augenblick stand die Schneiderin vor ihr. Ihr Haar war zerzaust und ihre Wangen von einer gehetzten Röte. »Entschuldigt«, sagte sie. Ihre Stimme war zittrig und atemlos. »Es war nur ... ich musste ...« Sie schüttelte den Kopf und setzte ein steifes Lächeln auf.

Freya zog die Augenbrauen zusammen. Hätte sie es nicht besser gewusst, würde sie glauben, die Schneiderin käme gerade von einem Stelldichein mit einem Mann. »Habt Ihr etwas für meinen Gemahl gefunden?«

»Natürlich, natürlich.« Die Schneiderin nickte heftig. »Gebt mir noch einen Moment.«

Freya zog sich ohne ein weiteres Wort zurück in den Laden. Larkin musste ihr Gespräch belauscht haben, denn er stellte keine Fragen, sondern schlenderte von Regal zu Regal und spielte mit dem Gold in seiner Hosentasche, das leise klimperte. Lange mussten sie nicht auf die Schneiderin warten, die kurze Zeit später mit einem dunklen Haufen im Arm hinter dem Vorhang hervortrat. Sie legte den Stoff auf den Tisch, an dem sie zuvor gearbeitet hatte, und lief in die eine Ecke des Raums. Dort löste sie ein Tuch von der Wand, sodass eine Art Umkleide entstand.

»Viel ist es nicht, aber Ihr könnt die Sachen hier anprobieren«, erklärte sie ausdruckslos. »Was Ihr beschädigt, müsst Ihr allerdings kaufen.«

Larkin nickte und trat hinter das Tuch. Die Schneiderin reichte ihm ihre Auswahl. Er zog sich um, ohne sich zu beklagen, und trat vor den Spiegel. An ein paar Stellen saß die Kleidung sehr straff, da die wenigsten Männer so kräftig gebaut waren wie Larkin, dennoch sah er gut darin aus. Er war in dunkle Stoffe, Wolle und Leder gekleidet und hatte sich eine Tunika über den Körper geworfen. Freya hätte es nicht für möglich gehalten, aber mit ordentlicher Kleidung wirkte er noch gefährlicher und zugleich auch attraktiver.

»Wie viel schulde ich Euch?«, fragte Larkin die Schneiderin, die sich hinter ihren Tisch gesetzt hatte.

Ihr Blick zuckte von ihm zu Freya und wieder zurück. »Seid ihr euch sicher, dass ihr nichts weiter braucht?«

Freya nickte. »Ja, das ist alles.«

»Wie wäre es mit einem Mantel für den Winter?«, fragte die Schneiderin, ohne ihr Beachtung zu schenken. »Ich verarbeite nur die hochwertigste Wolle, die hält einen selbst in den kältesten Nächten noch warm. Ihr werdet nie wieder ein Zelt benötigen.«

»Wir reisen in den Süden«, sagte Freya. Sie zog einen silbernen Nobel hervor und reichte ihn der Schneiderin.

Flink ließ sie die Münze in einer ihrer Taschen verschwinden. »Was ist mit einem Kleid? Eine so schöne Frau wie Ihr braucht doch mit Sicherheit noch ein Kleid für die letzten warmen Tage des Jahres.«

Die Tage waren schon lange nicht mehr wirklich warm, aber das sagte Freya nicht. Sie schüttelte den Kopf und sah sich noch einmal im Laden um. Allmählich konnte sie sich des Gefühls nicht erwehren, dass irgendetwas nicht stimmte.

»Wie viel schulde ich Euch?«, fragte Larkin erneut.

Die Frau verzog ihre Lippen zu einem geradezu schmerzhaften Lächeln und erhob sich langsam von ihrem Stuhl. Sie drückte die Hände in ihr Kreuz und streckte sich genüsslich, ohne Larkin eine Antwort zu geben und ohne die Augen von ihnen zu nehmen, und da erkannte Freya ihn: den Verrat. Wie hatte sie ihn nur so lange übersehen können?

Sie zog an Larkins Ärmel, und der Blick, den er ihr zuwarf, ließ keinen Zweifel daran, dass er soeben denselben Gedanken gehabt hatte. Sie mussten von hier weg! Achtlos warf er sich ihren Beutel über den Rücken, und noch in derselben Bewegung griff er nach Freyas Hand, um sie mit sich zu ziehen. Sie wichen zurück, bereit zu fliehen, als die Tür hinter ihnen aufgestoßen wurde und mit einen lauten Knall gegen die Wand schlug.

Zwei Männer standen im Eingang. Der eine von ihnen war hochgewachsen, mit drahtigen Muskeln und schmalen Gesichtszügen, während die Statur des anderen Mannes Freya an ein Weinfass erinnerte; klein und stämmig, aber nicht weniger muskulös. Die Ähnlichkeit zwischen ihm und der Schneiderin war nicht zu übersehen. Ihr Bruder und sein Begleiter gehörten nicht der Garde an, dennoch waren sie bewaffnet.

»Keine Bewegung!«, drohte das Weinfass und deutete mit seinem Dolch auf Larkin.

»Kommt zu uns, Prinzessin«, sagte der Größere und streckte eine Hand nach Freya aus.

Sie bewegte sich keinen Schritt. Stattdessen sah sie zu der Schneiderin. Kein Bedauern spiegelte sich in deren Blick, nur Genugtuung und Selbstzufriedenheit.

»Prinzessin!«, drängte der Mann.

In Gedanken wägte Freya ihre Möglichkeiten ab: kämpfen, wegrennen, leugnen. Sie wollte kein Blutvergießen, schließlich waren die drei keine Verbrecher, sondern ehrwürdige Bürger, die nur ihrem König Gehorsam leisteten. Wegzurennen war jedoch auch keine Lösung, denn würden sie durch die Hintertür fliehen, mussten sie ihr Pferd zurücklassen. Sie musste also lügen – gut lügen.

Freya stieß ein Lachen aus, das in ihren eigenen Ohren furchtbar schrill und falsch klang. »Ihr glaubt, ich wäre die Prinzessin?«, fragte sie und verpasste Larkin einen Stoß mit dem Ellenbogen. »Und du sagst immer, ich würde nicht aussehen wie Prinzessin Freya. Das ist jetzt schon das dritte Mal in vier Tagen, dass man mich mit ihr verwechselt.«

Sie sah zu Larkin auf, und ihr Magen zog sich zusammen. Verwunderung lag in seinem Blick. Durchschaute er ihr Vorhaben nicht? Verstand er nicht, dass … ein schelmisches Grinsen breitete sich auf seinem Gesicht aus und ließ seine kantigen Züge sanfter erscheinen. »Hätten sie dich schon einmal essen sehen, wüssten sie, dass du keine Prinzessin sein kannst.«

Freya stieß ein Schnauben aus. »Meine Tischmanieren sind tadellos.«

»Ihr seid also gar nicht die Prinzessin?«, hakte das Weinfass nach.

Freya schüttelte den Kopf und ließ unter ihrer Kapuze ein Lächeln aufblitzen. »Bedauerlicherweise nicht, anderenfalls müsste ich meine Kleidung wohl nicht in diesem Loch kaufen.«

»He!«, rief die Schneiderin, aber niemand beachtete sie.

Der Größere der beiden Männer runzelte die Stirn.»Seid Ihr euch sicher, dass Ihr nicht die Prinzessin seid?«

»Ziemlich.«

Verunsicherung blitzte in den Augen der Männer auf, aber keiner der beiden senkte seine Waffe. Sie wechselten einen irritierten Blick miteinander, ehe sie zu der Schneiderin sahen, die in der Erwartung eines Kampfes hinter ihrem Tisch kauerte.

»Wir dachten, du wärst dir ganz sicher.«

»Ich bin mir ganz sicher!«

»Die Kleine sieht aber wirklich nicht aus wie eine Prinzessin«, murmelte das Weinfass.»Freya ist zudem viel größer.«

»Und offensichtlich hat man sie auch nicht entführt«, ergänzte der andere.

Die Schneiderin tauchte unter ihrem Versteck hervor, um das Geschehen besser beobachten zu können.»Vermutlich beeinflusst er sie mit seiner Wächtermagie.« Bei diesen Worten deutete sie auf Larkin, als bestünde irgendein Zweifel daran, wen von ihnen sie gemeint haben könnte.

»Ich bin kein Wächter, sondern ein einfacher Hufschmied. Meine Frau und ich sind nur auf der Durchreise.« Larkin legte Freya einen Arm um die Schulter und zog sie enger an sich heran, bis sie Seite an Seite standen. Sie kam nicht umhin, seinen Geruch zu bemerken. Er roch noch immer wie er selbst, aber auch nach kalter Nachtluft und frisch gegerbtem Leder.

Die Männer musterten Larkin eingehend, als müsste er als Zeichen seiner Unsterblichkeit Hörner auf dem Kopf tragen, und Freya fragte sich, ob diese Leute je einen Wächter gesehen hatten.

»Wir sollten ihn testen«, sagte die Schneiderin eindringlich.

»Ihn testen?«, fragte das Weinfass, ohne Larkin aus den Augen zu lassen.

»Wenn er ein Wächter ist, heilen seine Wunden sofort.«

Freya gefiel es nicht, in welche Richtung sich dieses Gespräch entwickelte. Wenn sie zuließe, dass diese Männer Larkin verletzten, wäre das Spiel aus. »Es ist nicht verboten, ein Wächter zu sein«, bemerkte sie leichthin, geradezu gelangweilt. Wenn sie keine Furcht zeigte, keine Sorge, würden die Männer sie vielleicht weiterziehen lassen.

»Aber es ist verboten, eine Prinzessin zu entführen«, erwiderte die Schneiderin. Sie war nun vollkommen hinter ihrem Versteck hervorgetreten, die Hoffnung auf das versprochene Gold war inzwischen größer als die Angst vor einem vermeintlichen Verbrecher.

Träge zog Freya die Augenbrauen in die Höhe. »Welche Prinzessin?«

»Euch!«

»Ich bin aber keine Prinzessin.«

»Oh doch, Ihr seid es.« Die Schneiderin stieß ein abgehacktes Lachen aus, das keinen Funken Freundlichkeit mehr in sich trug. »Ihr könnt Euch nur nicht mehr daran erinnern.«

»Richtig, wegen seiner *Wächtermagie*.« Freya rollte übertrieben mit den Augen. Sie war vor Larkin noch nie einem Wächter begegnet, aber selbst sie wusste, dass so etwas wie *Wächtermagie* nicht existierte. Mittlerweile bereute sie es, die Schneiderei betreten zu haben.

»Wir sollten es tun«, sagte das Weinfass.

»Ich weiß nicht, Beernt«, erwiderte der andere und ließ dabei langsam seinen Dolch sinken. Unsicherheit war in seinen noch jungen Gesichtszügen zu erkennen. »Hältst du das wirklich für eine gute Idee? Wenn sie nicht die sind, für die wir sie halten, und die Garde das mitbekommt ...«

»Wenn sie nicht die sind, für die wir sie halten, sind sie der Garde egal«, unterbrach ihn die Schneiderin. »Und jetzt beeilt euch, bevor die Leute etwas merken und wir das Gold teilen müssen.«

Der Hochgewachsene schüttelte den Kopf. »Ich glaube, ich mache da nicht mit.«

»Sei kein Weichei«, erwiderte das Weinfass, Beernt. »Sieh es als unsere Pflicht an. Stell dir vor, sie ist doch die Prinzessin, und wir haben sie gehen lassen – wenn das rauskommt, würde man uns dafür hängen!«

»Er hat recht«, pflichtete seine Schwester ihm bei.

Der andere Mann wirkte nicht überzeugt.

»Wenn du nicht mitmachen willst, verschwinde, aber erwarte nicht, dass wir die Belohnung mit einem Feigling teilen«, sagte Beernt und trat mit erhobener Waffe einen Schritt auf sie zu. Er hatte Mumm, das musste Freya ihm lassen, denn selbst wenn Larkin kein Wächter wäre, so war er doch zwei Köpfe größer und würde ihn jederzeit in einem Kampf besiegen. Das musste Beernt doch erkennen, oder war er von der Aussicht auf das Kopfgeld ebenso verblendet wie seine Schwester?

»Reicht mir Euren Arm«, forderte Beernt Larkin auf.

»Vergesst es«, zischte Freya und trat einen Schritt nach vorne. »Ihr werdet ihm nichts tun. Ihr könnt doch nicht durch die Gegend rennen und willkürlich Leute verletzen. Was glaubt Ihr, wer Ihr seid?«

Beernt lachte und führte die Spitze seines Dolches in ihre Richtung. Das Metall hatte seinen Glanz schon vor langer Zeit verloren, aber die Klinge war noch immer scharf. Knochen würde man damit wohl nicht mehr durchtrennen, zarte Haut allerdings schon. »Ihr habt ein ziemlich loses Mundwerk für eine Frau.«

»Ich ...«

»Hört auf!« Larkins Stimme klang ruhig, aber es war, als hätte er geschrien, denn alle Augenpaare richteten sich auf ihn. Er zog Freya zurück, weg von der Klinge, und bedachte Beernt mit einem unheilvollen Blick. »Wenn ich kein Wächter bin, lasst Ihr uns gehen?«

»Selbstverständlich«, erwiderte das Weinfass mit einem zufriedenen Lächeln.

Larkin nickte. »Dann bin ich einverstanden.«

Freya riss den Kopf in die Höhe. »Einverstanden?«

Larkin nickte. »Mach dir keine Sorgen! Es ist nur ein Schnitt, das werde ich überleben.« Seine Stimme klang sanft, mit einem vertrauten Unterton, als wären sie tatsächlich Mann und Frau.

Freya zog die Brauen zusammen. Ihr gefiel das nicht. Ganz und gar nicht. Was hatte Larkin vor? Für alle Beteiligten hatte sie versucht, die Situation ohne Gewalt zu lösen, aber wenn die beiden Männer erst einmal Zeuge seiner Heilungsfähigkeiten wurden, würde es für sie kein Halten mehr geben, und Larkin würde nichts anderes übrig bleiben, als die Wände mit ihrem Blut zu beschmieren.

Der Wächter trat nach vorne und schob den Ärmel seiner neuen Tunika nach oben. Das Kinn entschlossen in die Höhe gereckt, streckte er Beernt seinen Arm entgegen; die Muskeln angespannt.

»Das wird etwas wehtun«, bemerkte Beernt mit einem dünnen Lächeln, das davon zeugte, dass er diese Situation viel zu sehr genoss. In einer groben Bewegung zog er die Klinge über Larkins unversehrte Haut, und augenblicklich quoll Blut hervor. Der Schnitt war tief, tiefer, als er hätte sein müssen, um etwas zu beweisen. Freya hielt den Atem an und wagte es kaum hinzusehen. Sie wartete darauf, dass die Heilung einsetzte und sie sich in einem Kampf wiederfinden würde – nichts dergleichen geschah.

Der Schnitt schloss sich nicht, und immer weiteres Blut trat hervor. Es tropfte zu Boden und sprenkelte die Holzdielen mit dunklen Flecken. Freya musterte Larkin, und der Schmerz, den er empfand, war nicht zu übersehen. Seine Lippen waren zu einem Strich gepresst, und Schweiß war auf seine Stirn getreten.

»Es heilt nicht«, sagte Beernt.

»Wirklich nicht?«, fragte die Schneiderin und kam näher.

»Wirklich nicht«, fauchte Freya. Sie riss ein Tuch von der Decke und trat neben Larkin. Eilig wand sie den Stoff um seinen

Arm, um die Blutung zu stoppen. Wieso heilte der Schnitt nicht? »Seid Ihr nun zufrieden? Ist euch sein Blut Beweis genug? Oder wollt ihr ihm die Klinge noch ins Herz rammen?«

Zumindest der dünne Mann, der zuletzt alles schweigend beobachtet hatte, hatte den Anstand, beschämt den Kopf zu senken, während die beiden Geschwister Larkins Arm anstarrten. Aber die Wunde schloss sich noch immer nicht, und Freya wurde zunehmend nervöser, denn mittlerweile wurde Larkins Blut sogar durch das Tuch gedrückt.

»Ich hoffe für euer Wohlbefinden, dass wir einander nie wieder begegnen«, sagte Freya und führte Larkin an den bewaffneten Männern vorbei. Sie konnte den misstrauischen Blick, welchen die Schneiderin ihr zuwarf, förmlich spüren, aber immerhin war sie klug genug, nicht auf die noch ausstehende Bezahlung zu drängen.

Ohne ein Wort miteinander zu sprechen, traten Larkin und Freya ins Freie. Es stank noch immer nach Hefe, die Sonne strahlte, und niemand schien etwas von dem Zwischenspiel in der Schneiderei mitbekommen zu haben. Larkin wickelte sich das blutige Tuch vom Arm und ließ es achtlos zu Boden fallen, ehe er das Pferd losband und aufstieg. Er reichte Freya seinen Arm und zog sie hinter sich auf das Tier. Anschließend verpasste er der Stute einen sanften Tritt in die Flanken. Sie ritten los. Schweigend ließen sie die Schneiderei hinter sich. Erst als der Wald bereits zu sehen war, wagte Freya es zu sprechen. »Was ist da eben passiert?« Sie verstand es einfach nicht. »Eure Magie ...«

Die Worte blieben ihr im Halse stecken, als Larkin seinen Arm ausstreckte, sodass sie ihn sehen konnte. Die Wunde war geheilt. Trockenes Blut klebte auf seiner Haut, aber der Schnitt hatte sich vollständig geschlossen.

»Wie?«, stammelte Freya und streckte zögerlich ihre Hand aus. Mit zitternden Fingern berührte sie die blasse Narbe, die noch zu sehen war. Die Härchen an Larkins Armen stellten sich auf.

»Ich habe meine *Wächtermagie* zurückgehalten«, erklärte er mit Spott in der Stimme.

Freya blickte auf. »Das geht?«

Larkin nickte. »Es ist nicht einfach, aber man kann es erlernen. Ihr könnt es Euch so vorstellen, als würdet Ihr die Luft anhalten. Ich kann mich gegen diesen Instinkt meines Körpers wehren, aber nur für eine Weile.«

Instinktiv hörte Freya auf zu atmen. Ein paar Sekunden gelang ihr dies problemlos, ehe ein drückendes Gefühl in ihrer Brust einsetzte und sie doch wieder Luft holte. Sie seufzte. »Ich bin nur froh, dass es kein Blutvergießen gab – zumindest nicht in rauen Mengen.«

»Es wäre schade um die neue Kleidung gewesen«, sagte Larkin. »Außerdem wäre es wohl nicht im Sinne unserer Mission, drei Tote zurückzulassen.«

»Allerdings«, pflichtete Freya ihm bei. Sie schob sich auf dem Sattel näher an Larkin heran, und erneut tauchten sie in den Schatten des Dornenwaldes ein.

19. Kapitel – Ceylan

– Ein Dorf am Rande des Niemandslandes –

Der Wind pfiff Ceylan um die Ohren, und niedrig hängende Äste peitschten ihr ins Gesicht, dennoch ließ sie ihr Pferd nicht langsamer werden. Sie war seit Ewigkeiten nicht mehr geritten, aber der Angriff auf das Dorf ließ ihr keine andere Wahl. Sie hatte ein mit Pfeil und Bogen ausgestattetes Pferd aus den Stallungen der Wächter gestohlen und konnte von Glück reden, dass niemand sie davon abgehalten hatte. Doch im hektischen Durcheinander war keinem der Männer aufgefallen, dass sie eigentlich noch nicht dazugehörte.

Trotz der donnernden Hufe und des Rauschen des Windes vernahm Ceylan nach einiger Zeit endlich die Geräusche des Kampfes. Sie hörte das Heulen von Kindern, das Schreien von Frauen und die Hilferufe der Männer, die ihre Familien zu retten versuchten. Verzweiflung und Angst schwangen in jedem einzelnen Wort mit, und ihre Furcht wurde greifbarer, je näher Ceylan dem Dorf kam, das an der Grenze zum Niemandsland lag.

Sie hörte auch die anderen Wächter, ihr Stöhnen, ihr Fluchen, aber vor allem das Klirren ihrer Schwerter und das Zischen abgefeuerter Pfeile. Ein Sterblicher hätte diese Laute nicht vernommen, Ceylan jedoch hörte all das mit einer Klarheit, die ihr einen Schauder über den Rücken jagte.

Mittlerweile konnte sie auch den Rauch sehen, der ihr seit

einer Weile in der Nase juckte und in den Augen brannte. Er wurde immer dichter, legte sich wie eine Decke über das Dorf und den Wald und sperrte die Monde aus, dennoch war alles vom Feuer hell erleuchtet. Viele Häuser brannten lichterloh. Flammen züngelten aus den Fenstern, leckten in den Himmel und schlugen Ceylan eine Welle der Hitze entgegen, als sie in das Dorf ritt, oder zumindest in das, was die Flammen und Elva davon noch übrig gelassen hatten.

Türen waren aus ihren Angeln gehoben worden, ganze Wände hatten die Elva eingerissen. Hütten, aus Holz errichtet, waren nur noch Haufen aus Asche. Wie Ameisen in einer Kolonie, die man auszuräuchern versuchte, schwirrten die Menschen umher in dem Versuch, sich in Sicherheit zu bringen. Doch jene, die das Feuer nicht bekam, wurden von den Elva geholt.

Es waren mindestens drei Dutzende von ihnen. Flinke Kreaturen, die mit den Schatten verschmolzen und aus dem Nichts aufzutauchen schienen. Ceylan beobachtete eine Frau, die in den Wald zu flüchten versuchte. Sie hatte ein Kind auf dem Arm. Der Weg vor ihr schien frei, als plötzlich eine Elva vor ihr auftauchte, die Ceylan entfernt an eine Fledermaus erinnerte – nur fünfmal so groß, mit drei Paar Flügeln auf dem Rücken und messerscharfen Eckzähnen, die sich bereits mit dem nächsten Wimpernschlag in den Hals der Frau gruben. Diese schrie vor Schmerzen auf und ließ ihr Kind fallen. Das Mädchen, das gerade alt genug war, um zu begreifen, was vor sich ging, versuchte wegzurennen. Aber bereits einen Moment später hatte die Elva auch ihr die Kehle aufgebissen; sodass Mutter und Kind röchelnd und sterbend nebeneinanderlagen, während die Elva sich das Blut von den Lippen leckte.

Wut keimte in Ceylan auf, und ein anderes, tiefer sitzendes Gefühl, das von den Erinnerungen an ihre eigene Familie geprägt war, drehte ihr den Magen um. Ohne noch länger darüber nachzudenken, sprang sie von ihrem Pferd und stürmte in das

Durcheinander aus Elva, Menschen und Wächtern. Sie konzentrierte sich auf ihre neu gewonnenen Kräfte und konnte spüren, wie alles um sie herum schärfer wurde. Schärfer als jemals zuvor, als würde ihre Magie von der Aufregung des Kampfes angefeuert werden. Der Geruch von Angstschweiß und Blut mischte sich unter den Gestank des Rauches und war geradezu überwältigend.

Ceylan ließ ihren Blick über das lodernde Dorf gleiten und die Menschen und Wächter, die von den Elva angegriffen wurden. Sie wünschte, sie könnte sie alle zur selben Zeit retten, aber das war nicht möglich. Sie musste sich für ein Leben entscheiden und dieses über alle anderen stellen. Ob sich damals ein Wächter bewusst dazu entschlossen hatte, ihre Familie nicht zu retten?

Ceylan erlaubte sich nicht, daran zu denken. Sie entdeckte einen anderen Wächter, der bereits am Boden lag und seine Waffen verloren hatte. Über ihm ragte eine Elva auf, die menschlicher war als jene, welche die Frau und das Kind getötet hatte. Sie hatte keine Flügel, sondern lief auf zwei Beinen. Doch diese Beine erinnerten an eine Ziege, und das Geweih auf dem Kopf glich dem eines Hirsches. Die Krallen und Reißzähne der Kreatur ähnelten denen eines Raubtiers, ebenso wie das schwarze Fell, das ihren ganzen Körper überzog und wie dunkles Öl glänzte. Blut tropfte von den Krallen der Elva, während sie merkwürdig klackernde Geräusche von sich gab.

All das nahm Ceylan dank ihrer geschärften Sinne innerhalb von Sekunden wahr. Kurz darauf stürmte sie auf die Elva zu, die sich nun zu dem Wächter herabbeugte, um seiner Existenz ein Ende zu bereiten. Aber das würde Ceylan nicht zulassen! Wilde Entschlossenheit und die Kraft einer Wächterin loderten in ihr auf. Sie war bereit, die Elva hinterrücks zu erstechen, doch die Kreatur wirbelte im letzten Moment herum und fing Ceylans Schwert mitten im Hieb ab. Die Klinge drückte sich tief in die Klaue der Elva, die daraufhin einen ohrenbetäubenden Schrei ausstieß, der Ceylan erzittern ließ.

Eilig wich Ceylan zurück und zog ihr Schwert mit sich. Dunkles Blut quoll aus der Schnittwunde der Elva, und die Kreatur riss ihr Maul erneut auf. Ceylan konnte eine spitze, zweigeteilte Zunge sehen und stolperte rückwärts, um die Elva von dem Wächter wegzulocken, ehe sie erneut zu einem Schlag ausholte – und die Kreatur verfehlte.

Diese stieß ein Zischen aus, und im selben Augenblick machte die Elva einen Satz nach vorne und wischte mit ihren Klauen in Ceylans Richtung, als wollte sie sie vertreiben wie ein lästiges Insekt.

Trotz des Trainings der letzten Tage fühlte es sich für Ceylan eigenartig an, mit dem Schwert zu kämpfen. Sie versuchte sich vorzustellen, dass es eine Verlängerung ihres Armes war. Sie setzte einen Hieb in Richtung der Elva. Geschickt wich diese ihr aus, denn trotz ihrer gekrümmten Beine war die Kreatur erstaunlich flink.

Sie zeigte ihre Zähne und wich zurück, aber Ceylan ließ sie nicht entkommen. Erneut wagte sie einen Vorstoß, und dieses Mal streifte ihre Klinge die Seite der Kreatur. Mehr von dem dunklen Blut sickerte aus ihrem Körper. Es stank nach abgestandenem Bier und Erbrochenem. Die Elva jaulte auf und funkelte sie wütend an. Diese wartete darauf, dass die Kreatur ihre Magie nutzen würde, um ihr Trugbilder in den Kopf zu setzen, ihr das Augenlicht zu rauben oder ihre Gedanken zu lesen, um sich einen Vorteil im Kampf zu verschaffen. Denn all das und viel mehr konnten diese Ungeheuer angeblich; aber das geschah nicht.

Die Elva griff sie nur immer und immer wieder an. Doch ihre Attacken wurden von Sekunde zu Sekunde träger. Sie verlor eigenartig schnell an Kraft, vermutlich hatte ihr das Töten der Menschen bereits viel abverlangt. Ceylan hatte kein Mitleid. Geschickt wich sie den Krallen und Zähnen aus. All ihre Konzentration ruhte auf der Elva. Sie nahm nichts anderes mehr wahr. Selbst das Brennen des Rauches in ihren Augen gehörte der Vergangenheit an, während sie immer weiter auf die Kreatur einschlug. Sie durfte die Elva nicht gewinnen lassen. Angeblich gab es keinen ehrenwerteren Tod als den auf dem Schlachtfeld, doch bis Ceylan bereit war zu sterben, würde sie noch viele Fae und Elva zu Staub und Asche werden lassen. Wendig sprang sie von einem Fuß auf den anderen, wich den Hieben der Elva aus und attackierte selbst die Kreatur immer wieder. Und schließlich hatte sie Erfolg: Die Elva versuchte einem weiteren von ihren Schwerthieben auszuweichen, aber dieses Mal war sie zu langsam, und Ceylans Waffe durchbrach ihre Verteidigung mit voller Kraft. Ungehindert stieß sie die Klinge in den Hals der Kreatur, und als Ceylan ihr Schwert zur Seite riss, sah sie nur noch schwarz, und die Elva sackte röchelnd vor ihren Füßen in sich zusammen. Eigentlich hatte die Kreatur einen langsamen Tod verdient, aber Ceylan wollte nicht riskieren, dass sie wieder aufstand. Sie holte ein letztes Mal mit ihrem Schwert aus und trennte damit den Kopf vom Körper.

Ein Lachen, leicht hysterisch, entwand sich ihrer Kehle. Ihre erste tote Elva. Doch ihr blieb keine Zeit, sich an dem Anblick zu weiden. Sie wischte sich den Schweiß von der Stirn und rannte zu dem Wächter, den sie gerettet hatte. Sie kannte seinen Namen nicht, wusste nicht einmal, ob er an ihrem Stützpunkt diente oder an einem anderen. Die Klauen der Elva hatten mehrere tiefe Wunden in seinen Bauch gerissen. Blut sickerte zu Boden und tränkte die trockene Erde. Ceylan konnte nicht mit Gewissheit sagen, weshalb sich die Wunden nicht schlossen, vermutlich blockierte die Magie oder das Gift der Kreatur die Gabe der Wächter. Doch was immer es war, dieser Mann hier würde ohne ihre Hilfe auf jeden Fall sterben.

Ceylan ging neben dem Wächter in die Knie und sah an sich herab. Doch sie trug nichts an ihrem Körper, mit dem sie seine Wunden hätte versorgen können. Blanke Angst spiegelte sich in den Augen des Mannes, und er schluckte schwer, wobei ihm Blut und Speichel aus dem Mundwinkel tropften, da die Elva ihm mehrere Zähne ausgeschlagen hatte.

»Es wird alles wieder gut«, sagte Ceylan. Sie war bemüht, ihre Stimme ruhig zu halten und sich nicht von den blutigen Erinnerungen an ihre Kindheit übermannen zu lassen. Sie schob einen Arm unter den Mann, um ihn in eine aufrechte Position zu bringen. Er stieß ein schmerzerfülltes Stöhnen aus und begann zu husten, wobei Blut in Ceylans Gesicht spritzte. »Kannst du dich auf einem Pferd halten, wenn ich dir hinaufhelfe?«

Der Wächter zögerte, krächzte aber schließlich ein heiseres »Ja«.

Ceylan war sich nicht sicher, ob das stimmte, aber alles war besser, als ihn hier liegen zu lassen, und sollte er auf dem Weg zur Mauer vom Pferd fallen, hatte er immer noch eine bessere Chance zu überleben als auf diesem Schlachtfeld. Ceylan half dem Wächter auf die Beine.

Gemeinsam liefen sie, so schnell es ihnen nur möglich war, in Richtung des Waldrandes, dorthin, wo Ceylan ihr Pferd zurückgelassen hatte. Das Feuer spiegelte sich in den dunklen Augen des Tieres wider, das so ungewöhnlich war wie die Wächter, die es ritten. Es scheute nicht vor den Flammen, den Elva oder den Schreien, es stand einfach nur da; beobachtete und wartete.

Ceylan drückte dem Wächter die Zügel in die Hände, damit er sich daran festhalten konnte. Sie bückte sich und schob ihre Finger ineinander. Mit einem Stöhnen stieg der Wächter darauf, und Ceylan stemmte ihn in die Höhe, bis es ihm gelang, sich auf den Rücken des Pferdes zu wuchten. Er lag dort, matt und erschöpft, und Schweißperlen glänzten auf seiner Stirn.

Einen Moment überlegte Ceylan, den Wächter zu begleiten, anstatt ihn sich selbst zu überlassen, aber sie war hierhergekommen, um den Menschen zu helfen. Er war ein Wächter – ein

Krieger – und hatte sich für dieses Leben entschieden, mit all seinen Risiken.

»Pass auf dich auf«, sagte sie zu dem Wächter, riss Köcher und Bogen vom Sattel des Pferdes und trieb das Tier in die Richtung davon, aus der sie gekommen war. Sie wollte sich gerade umdrehen, um sich erneut in den Kampf zu stürzen, als jemand sie am Arm packte und herumwirbelte.

Sie blickte in wütende Augen.

»Was machst du hier?«, schrie Leigh sie an.

Ceylan straffte ihre Schultern. »Ist das nicht offensichtlich?«

»Ich habe gesagt, du sollst am Stützpunkt warten.«

»Und nichts tun, während Unschuldige sterben?«

»Sind noch weitere Novizen hier?«

Sie schüttelte den Kopf. »Ich glaube nicht.«

Erleichterung flackerte über Leighs verdreckte Gesichtszüge. Ruß klebte ihm an den Wangen, und Blut verschmierte seine Haut. Ein Teil seines blonden Haars war verkohlt. »Gut. Immerhin sind die anderen vernünftig, und jetzt verschwinde von hier.«

»Nein.«

Unter Leighs linkem Auge zuckte nervös ein Muskel. »Ceylan, geh zurück zum Stützpunkt, das hier ist kein Spiel.«

Sie reckte ihr Kinn nach vorne und zog demonstrativ ihr Schwert hervor. Das Blut der Elva klebte noch immer an der Klinge. »Glaubst du, das weiß ich nicht?«

»Offensichtlich nicht«, fauchte Leigh. »Und jetzt verschwinde!«

Bevor sie ihm sagen konnte, dass sie nichts dergleichen tun würde, wurden sie von einem schrecklichen, lauten Brüllen unterbrochen. Ceylan drehte sich um und entdeckte sogleich die Kreatur, welche dieses grauenhafte Geräusch ausgestoßen hatte. Nur wenige Schritte von ihnen entfernt stand eine Elva. Sie war weder Wolf noch Bär, weder Schlange noch Adler, aber irgendetwas dazwischen, mit einem breiten Rücken, einer spitzen

Schnauze, einem rasselnden Schwanz und Schwingen mit einer Spannweite von mehreren Fuß. Die große Kreatur stieß ein weiteres Kreischen aus, das Ceylan bis ins Mark erschütterte.

Leigh ließ ihren Arm los und zog die zwei überkreuzten Klingen von seinem Rücken, die Ceylan bereits aufgefallen waren, als er im Schlafsaal der Novizen gestanden hatte. Wie sein Schwert, das er anscheinend im Kampf verloren hatte, waren sie erdgebunden. »Bleib hinter mir«, knurrte er und bewegte die beiden Waffen, eine Drohung und das Versprechen von Schmerz.

Leigh stürzte sich umgehend auf die Elva, und bereits einen Wimpernschlag später wurde Ceylan bewusst, dass sie den Wächter noch nie hatte kämpfen sehen – nicht wirklich. Sie war gekränkt gewesen, als er gesagt hatte, er hätte sich bei ihrem Kampf zurückgehalten. Doch wenn sie ihn jetzt ansah, wusste sie, warum er es getan hatte. Sie war keine ebenbürtige Gegnerin für ihn, nicht im Ansatz. Er hätte sie binnen drei Herzschlägen töten können, hätte er es darauf angelegt. Denn die Art, wie er die Klingen herumwirbelte war nicht menschlich – ganz und gar nicht. Ohne ihre geschärften Sinne wäre es für Ceylan wahrscheinlich unmöglich gewesen, seinen Bewegungen zu folgen. Und wohl das erste Mal in ihrem Leben empfand sie so etwas wie Demut. Sie hätte auf Leigh hören und am Stützpunkt bleiben sollen. Wie war es ihr überhaupt gelungen, diese andere Elva zu töten, mit ihren trägen, ach so menschlichen Bewegungen?

Immer wieder schnappte die Kreatur nach Leigh, um seine Knochen zwischen ihren kräftigen Zähnen zu zermahlen. In geschmeidigen Bewegungen gelang es ihm jedoch, der Elva auszuweichen und sie gleichzeitig immer weiter zu verletzen.

Plötzlich tauchte eine zweite Elva hinter Leigh auf. Sie kam aus dem Nichts und gehörte zu jenen fledermausähnlichen Kreaturen. Sie fletschte ihre Zähne, bereit, sich in Leighs Nacken zu verbeißen. »Hinter dir!«, brüllte Ceylan.

Der Wächter wirbelte herum und setzte einen Stich in Richtung der zweiten Elva. Seine Klinge durchschnitt nur die Luft, und hinter ihm brüllte die große Kreatur auf. Mit ihrer Pranke schlug sie nach Leigh. Er machte einen Sprung zur Seite, duckte sich und stand plötzlich beiden Kreaturen gegenüber. Selbst durch die Schreie und Rufe der Menschen und der anderen Wächter hindurch konnte Ceylan sein Keuchen hören, und ihr Magen zog sich zusammen. Sie konnte spüren, wie ein Gefühl der Sorge in ihr aufkeimte. Leigh hielt sich wacker auf den Beinen, aber diese Elva waren Monster. Seit dem Todestag ihrer Familie hatte Ceylan niemanden mehr durch die Klauen einer Elva oder durch eine Fae verloren, und sie würde es nicht ertragen, Leigh sterben zu sehen. Sie kannte ihn zwar kaum, aber dafür war sie noch nicht bereit.

Die kleinere Elva flatterte um den Wächter herum. Sie griff ihn nicht direkt an, sondern zerrte an seiner Kleidung, zupfte an seinen Haaren, klaute ihm seine Dolche und flog ihm immer wieder vor die Augen, um ihn von der mächtigeren Kreatur abzulenken. Ceylan konnte das nicht länger mit ansehen, egal wie unerfahren sie im Vergleich zu dem anderen Wächter war.

Sie nahm den Bogen, den sie noch immer in den Händen hielt, und legte einen der Pfeile auf die Sehne. Die Spannung brachte ihren Arm zum Zittern, aber sie zwang sich dazu, die Waffe ruhig zu halten. Sie zielte auf die fliegende Elva, hielt den Atem an und schoss. Der Pfeil zischte durch die Luft, aber geradewegs an der Elva vorbei. Die Kreatur drehte sich um und entdeckte Ceylan. Sogleich flog sie von Leigh zu ihr, die Haut ihrer Flügel so dünn, dass man das Flammeninferno des Dorfes hindurchscheinen sah.

Ceylan ließ ihren Bogen fallen und zog abermals ihr Schwert. Sie umklammerte es so fest, dass ihre Knöchel weiß hervortraten. Die Elva wich ihrem ersten Stoß aus und gab ein Geräusch von sich, das wie ein Kichern klang.

Ceylan kniff die Augen zusammen. »Lachst du mich etwa aus?«

Das Kichern der Elva wurde lauter. Sie tauchte unter Ceylans erhobenem Schwert hindurch und umkreiste sie mehrere Male, viel zu schnell, als dass man sie hätte erwischen können. Sie spielte mit ihr, als würde sie ahnen, dass sie es mit einer unerfahrenen Wächterin zu tun hatte. Manchmal wurde sie langsamer, aber jedes Mal, wenn Ceylan versuchte, sie mit ihrem Schwert zu erwischen, war die Elva bereits verschwunden.

»Ahhh!«

Kleine, spitze Zähne hatten sich in Ceylans Hals vergaben. Sie schlug mit ihrer freien Hand nach der Elva. Diese hatte sie bereits wieder losgelassen. Nur ein brennender Schmerz blieb zurück. *Dieses Miststück!*

Ceylan konnte an ihren Fingerspitzen das Blut spüren, das aus der Wunde sickerte und den Kragen ihrer Uniform tränkte. Und obwohl sie das nun schon vertraute Prickeln der Heilung wahrnahm, so spürte sie auch, dass sich die Wunde langsamer schloss als jene, die Ethen ihr beim Training zugefügt hatte.

Ceylan biss die Zähne zusammen und zwang sich dazu weiterzumachen, als sie erneut das Krächzen der Elva hörte, dieses Mal hinter sich. Mit voller Wucht rammte sie ihr Schwert in diese Richtung. Doch abermals traf sie ins Leere, und ein Gefühl der Verzweiflung wuchs in ihrer Brust heran, als das Krächzen kurz darauf auch schon wieder aus einer anderen Richtung erklang.

Ceylan drehte sich um und stand erneut vor dem Nichts, als ihr Kopf plötzlich durch einen Ruck nach hinten gezogen wurde. Sie schrie auf, und ein Schmerz wie von ausgerissenen Haaren, breitete sich auf ihrer Kopfhaut aus. Tränen stiegen ihr in die Augen, bis sie nur noch verschwommen sah.

Die Elva tauchte in ihrem Blickfeld auf. Ceylan blinzelte, und als sich ihr Blick wieder klärte, erkannte sie, dass es nun zwei

Kreaturen waren, die vor ihrer Nase herumflatterten. Die eine hielt ein Büschel dunkles Haar in den Klauen, und ihre schmalen Lippen verzogen sich zu einem höhnischen Grinsen, das ihre scharfen Zähne freilegte, von denen Blut tropfte. Die zweite Elva stürzte sich auf sie; nicht wie die erste um zu spielen und necken, sondern um zu töten. Wild schlug Ceylan mit ihrem Schwert um sich, um die Kreaturen abzuwimmeln. Sie wankte zurück in Richtung des Waldes und wirbelte herum wie eine Spindel. Sie setzte Schläge in alle Richtungen, aber es half nichts. Die Kreaturen fauchten und zerrten, bissen und kratzten, und durch das Rauschen ihres Blutes in den Ohren und ihre eigenen Klagelaute hindurch hörte Ceylan auch das Reißen von Stoff, ehe sie die kühle Nachtluft an der nackten Haut ihres Unterarms spürte.

»Verschwindet!«, zischte sie, den Geschmack von Schweiß und Blut auf der Zunge. Die Elva kicherten, und während die eine ihr erneut an den Haaren zog, verbiss sich die andere in ihren Arm. Ihre scharfen Zähne drangen bis auf den Knochen durch. Ceylan schrie auf und ließ ihr Schwert fallen. Mit ihrer unverletzten Hand wollte sie ihren Dolch hervorziehen. Doch sie musste feststellen, dass die Elva ihr diesen bereits abgenommen hatten. Sie tastete nach ihren Mondsichel-Messern.

Weg.

Sie waren weg.

Wie konnte das sein? Panik stieg in Ceylan auf. Sie bückte sich nach ihrem Schwert. Doch ein Stoß in ihre Seite ließ sie das Gleichgewicht verlieren. Sie fiel zu Boden, und der Geruch von nasser Erde stieg ihr in die Nase. Eilig versuchte sie aufzustehen, aber die Elva waren bereits über ihr. Ihre Krallen hatten sie in ihrer Kleidung verhakt, und sie schnappten immer und immer wieder nach ihr, wobei ihre Zähne jedes Mal tiefe Wunden zurückließen. War es für ihre Eltern so gewesen? Waren sie auf diese Weise gestorben? Zerpflückt von diesen fliegenden Ungeheuern? Oder hatte eine dieser großen Bestien ihre Knochen zermahlen? Hatten sie gelitten? Hatten sie geschrien? Ceylan wehrte sich, schlug um sich und rollte herum. Erde geriet in ihren Mund. Sie begann zu husten, ihre Atmung wurde flacher, und sie merkte, wie ihr Widerstand erstarb, obwohl sie noch immer das Prickeln der Heilung fühlte und von der Hitze der Magie erfüllt war. Doch es dauerte zu lange. Der Blutverlust ihrer Wunden forderte seinen Tribut, und das ständige Keifen der Elva beraubte sie ihrer letzten Kraft.

Sie wollte aufstehen, wollte fliehen, wollte rennen, aber es ging nicht. Sie fiel immer wieder zurück auf die Erde, und nur am Rande ihres Bewusstseins bemerkte sie, dass sich eine dritte Elva hinzugesellt hatte, die sich einen Spaß daraus machte, an ihren verfilzten Haaren zu zerren, bis Ceylan das Gefühl hatte, dass ihre Kopfhaut sich löste. Blind tastete sie nach ihrem Schwert, das noch irgendwo hier liegen musste. Ihre Fingerspitzen fanden allerdings nur Stein und Dreck. Alles, was sie jemals gewollt hatte, war, gegen die Elva zu kämpfen, und auch wenn sie nicht sterben wollte, so konnte sie ihre Entscheidung selbst in diesem Augenblick nicht bereuen.

Ihr wurde schwarz vor Augen, und das Atmen durch den Schmerz hindurch fiel ihr zunehmend schwerer. Es wäre so leicht gewesen aufzugeben, aber sie wollte nicht – konnte nicht, und doch …

»Ceylan!«

Ihre kreisenden Gedanken wurden jäh unterbrochen, als sie einen Namen hörte – ihren Namen – und nicht das Krächzen der Elva, nicht das Prasseln des Feuers und nicht die Rufe der anderen Menschen und Wächter.

»Ceylan!«

Flatternd öffnete sie ihre Lider, und sie konnte einen Schatten über sich ausmachen. Er verpasste der Elva, die sich in ihren Oberschenkel verbissen hatte, einen Tritt. Der nächsten Elva schlug er mit etwas Glänzendem den Kopf ab, und warme, stinkende Flüssigkeit regnete auf Ceylan herab. Unweigerlich musste sie würgen. Sie rollte sich zur Seite und erbrach sich auf den Rasen, während sie erneutes Kichern hörte, gefolgt von einem Knurren und Winseln und einem Geräusch wie dem Reißen von Papier.

Ceylan versuchte ihre Kräfte zu sammeln und aufzustehen, doch ihre Glieder zitterten, wie nach einem stundenlangen Training. Sie konnte nicht sagen, wie lange dieser Kampf direkt über ihrem Kopf tobte, aber schließlich verstummte auch das letzte Gackern.

»Ceylan.«

Ihr Name war nicht länger ein Rufen, sondern ein Flüstern. Der Schatten ging neben ihr in die Knie, und durch die schwarzen Flecken hindurch, die vor ihren Augen tanzten, erkannte sie einen Haarschopf, der sich von der dunklen Nacht abhob wie ein eigener Mond.

Leigh.

»Kannst du mich hören?«

Ja. Ceylan war sich nicht sicher, ob sie das Wort dachte, aussprach oder krächzte. Vorsichtig wurde sie wieder auf den Rücken gerollt. Alles schmerzte. Sie stöhnte auf, und warme Finger legten sich auf ihre Wangen. Behutsam streichelten sie ihr Gesicht, und sie konnte nicht anders, als ihre Augen zu schließen und sich der Berührung hinzugeben. Wie lange war es her, dass ein anderer Mensch sie auf diese Weise angefasst hatte! Monate? Jahre?

»Nicht einschlafen«, forderte Leigh. Er nahm seine Hand von ihrem Gesicht, und am liebsten hätte sie protestiert, aber die Augen wieder zu öffnen, kostete sie bereits all ihre Kraft. Das Lächeln, das Leigh ihr schenkte, war die Mühe allerdings wert.

»Es wird alles wieder gut.«

Ceylan war sich nicht sicher, ob er sich oder sie mit diesen

Worten überzeugen wollte. Doch zu ihrer Erleichterung spürte sie noch immer das Prickeln der Heilung. Das war ein gutes Zeichen, oder? Wie eine Gänsehaut kroch es durch ihren Körper und wanderte zu den pulsierenden Stellen, die ihr das Bewusstsein rauben wollten.

Leigh schob vorsichtig seine Arme unter ihren Körper und hob sie vom Boden auf. »Du hättest nicht eingreifen dürfen«, sagte er. Kein Vorwurf schwang in seinen ruhigen Worten mit.

Es tut mir leid, dachte Ceylan. Ihre Zunge fühlte sich noch immer zu schwer an zum Sprechen. Sie lehnte ihren Kopf an Leighs Schulter und kämpfte gegen den Drang an, erneut die Augen zu schließen.

»Aber für deinen ersten Kampf hast du dich wacker geschlagen«, sprach Leigh weiter. Ceylan wusste nicht, ob er es ernst meinte oder ob es nur leere Worte waren. Sie jedenfalls fühlte sich in diesem Moment nicht stark, sondern wie ein Kind, das vergessen hatte, wo sein Platz im Leben war.

»Vermutlich hast du mir sogar das Leben gerettet«, fuhr Leigh fort, und nur verschwommen nahm Ceylan wahr, wie sie im schützenden Dickicht des Dornenwaldes untertauchten. »Und Gothar hast du ganz sicher vor dem Tod bewahrt. Ich habe gesehen, wie du ihm auf dein Pferd geholfen hast. Er steht wirklich in deiner Schuld, und du solltest dir ganz genau überlegen, wie du diese Schuld begleichen lässt. Du könntest ihn dazu zwingen, einen Monat deinen Stalldienst zu übernehmen.«

Leigh redete ununterbrochen weiter, während die Rufe aus dem Dorf immer leiser wurden und das Brechen der Zweige unter seinen Schritten lauter. Ceylan lauschte seiner Stimme. In manchen Momenten nahm sie seine Worte klarer wahr als in anderen. Seiner Nähe und Wärme hingegen war sie sich in jeder Sekunde bewusst. Sie schmiegte sich an ihn, und es war, als würde jeder seiner Atemzüge ihren eigenen Schmerz lindern. Die Wunden und Kratzer an ihrem Körper schlossen sich wieder, ihr Verstand wurde klarer, und das vom Blutverlust hervorgerufene Schwindelgefühl verschwand allmählich.

Schließlich blieb Leigh stehen, und einen Moment lang fragte sich Ceylans vernebelter Verstand, ob sie bereits wieder am Stützpunkt waren, aber dann erkannte sie die Baumkronen über sich. Langsam ging Leigh in die Hocke und setzte sie hinter einem Busch auf dem feuchten Erdboden ab. »Kannst du hier auf mich warten?«, fragte er so nah, dass Ceylan seinen warmen Atem spüren konnte. »Ich muss wieder zurück, den anderen helfen.«

Natürlich musste er das. Er konnte nicht all die anderen Wächter und Menschen ihretwegen im Stich lassen. Aus demselben Grund hatte sie den Wächter – wie hatte Leigh ihn genannt? Gothar – alleine fortgeschickt.

Langsam nickte sie, ihre Augenlider schwer. »Geh!«

»Und du versteckst dich hier?«

»Ja.« Ihre Stimme klang heiser.

»Du bewegst dich nicht vom Fleck?«

»Nein«, beteuerte sie. Dieses Mal würde sie auf Leigh hören.

»Ich komme wieder«, versicherte er und sah sie mit einem letzten, durchdringenden Blick an, ehe er aufstand und zurück in Richtung des Schlachtfeldes eilte. Hoffentlich konnte er sein Versprechen halten.

20. Kapitel – Freya

– Im Dornenwald bei Askane –

Der Wind zerrte an Freyas Umhang und wehte ihr das Haar, das sich aus ihrem Zopf gelöst hatte, ins Gesicht. Es schien beinahe so, als wollten die Böen, die nach Regen rochen, sie mit der Drohung eines Gewitters aus dem Wald vertreiben. Und wahrlich, es war keine Nacht für einen Spaziergang durch das Unterholz. Die Monde waren von einer schweren Wolkendecke verhangen, und die Schwärze um Freya herum war vollkommen. Nur die Fackel, die Larkin in seinen Händen hielt und die mit magischem Feuer brannte, durchbrach die Finsternis und schuf einen Kreis aus warmem Licht.

Freya ließ ihren Blick durch die Bäume gleiten, in der Hoffnung irgendetwas zu erkennen – doch nichts war zu sehen. Wäre Larkin nicht so zielstrebig vorangeschritten, wäre sie schon vor langer Zeit wieder nach Askane umgekehrt. Dort hatten sie kurz zuvor ihr Pferd verkauft.

»Gleich sind wir da«, sagte Larkin. Er schob einen niedrig hängenden Ast zur Seite und ließ Freya darunter hindurchgehen. Sie lauschte in den Wald, vernahm aber kein Geräusch, das Larkins Worte untermalte. Die Stille war trügerisch, und mit Ausnahme ihrer Schritte und dem Pfeifen des Windes war nichts zu hören.

Freya schlang die Arme um ihren Oberkörper und folgte Larkin mit bedachten Schritten noch tiefer in den Wald. Sie wusste nicht, wie lange sie bereits liefen, als plötzlich Nebel aufkam. Er schien wie aus dem Nichts zu kommen. Im einen Moment streifte er noch über den Boden und waberte über Büsche und Sträucher hinweg. Doch bereits im nächsten Augenblick baute er sich auf zu einer Wand aus Weiß, die alles verschluckte.

Das Licht.

Die Dunkelheit.

Den Wind.

Freya hielt den Atem an. Ihre Schritte wurden langsamer, und sie tastete nach Larkin, den sie neben sich spüren, aber nicht mehr sehen konnte. Der Nebel fühlte sich feucht auf ihrer Haut an. »Was ist das?«, fragte sie und konnte sehen, wie kleine Wölkchen von ihren Lippen aufstiegen.

»Wir sind gleich da«, wiederholte Larkin.

Freyas Magen krampfte sich zusammen; nicht vor Angst, aber vor Ungewissheit. Sie rief sich ein Bild von Talon ins Gedächtnis, um sich daran zu erinnern, weshalb sie hier war. Sie tat all das, um ihn zu finden, und sie würde nicht aufhören, nicht aufgeben, bis sie ihr Ziel erreicht hatte.

Der Nebel verschwand so plötzlich, wie er gekommen war. In der einen Sekunde stand Freya noch mittendrin, aber bereits nach ihrem nächsten Schritt war nichts mehr von ihm zu sehen, und zurück blieb eine andere Welt.

Freya blinzelte irritiert in die Flamme einer Fackel, die nur wenige Fuß von ihr entfernt stand. Ihre Augen mussten sich erst wieder an die Helligkeit gewöhnen, denn der gesamte Platz war von Feuer erleuchtet. Erstaunt blickte sie sich um und erkannte, dass sie nicht länger inmitten von Bäumen und Sträuchern stand. Vor ihr breiteten sich Hütten und Zelte aus, die Gassen formten. Menschen, sowohl in einfacher Tracht als auch in raffinierten Kleidern, liefen zwischen den Ständen umher. Händler priesen so lautstark ihre Ware an, dass sich Freya nicht erklären konnte, wie sie es im Wald nicht hatte hören können. In der Luft lag ein voller Duft, der all die Speisen barg, die sie begehrte, und sie entdeckte auch zwei Schausteller, die Kunststücke mit Feuer und Schwertern vollführten.

»Wie ist das möglich?« Freya kniff die Augen zusammen. Sie sah von dem bunten Treiben vor ihr zu der weißen Wand hinter ihr. Träge bewegte sich der Nebel in Kreisen und überquerte dabei nie die unsichtbare Barriere, die nur eine Armlänge von Freya entfernt war.

»Magie«, antwortete Larkin und rammte die Fackel, die sie nun nicht länger benötigten, in den Boden. »In der Nähe der Mauer ist sie stärker, und hier auf dem Schwarzmarkt versammeln sich die begabtesten Alchemisten des Landes. Sie schützen ihn und seine Besucher.«

»Wer kommt auf diesen Markt?«, fragte Freya.

»Alle. Dunkelgänger. Wächter. Alchemisten. Diebe und Hehler. Häscher. Kaufleute. Piraten. Und nicht selten trifft man hier auch auf Fae.«

Freya riss ihren Kopf in die Höhe. »Fae?«

»Fae«, bestätigte Larkin mit ausdrucksloser Miene. »Sie bringen Ware aus dem magischen Land, aber viele von ihnen interessieren sich auch für menschliche Errungenschaften und schmuggeln diese nach Melidrian.«

Freya konnte nicht glauben, was sie da hörte. Larkin sprach über diesen Ort und die Fae, als wären sie etwas völlig Natürliches und nichts Verbotenes auf dieser Seite der Mauer. Das erklärte jedoch, woher Moira die gläsernen Anhänger hatte, die sie in ihrem Beutel versteckte. »Wie lange gibt es diesen Markt schon?«

»Vermutlich seit dem Bau der Mauer.«

Abermals ließ Freya ihren Blick über die Marktstände gleiten. Wie konnte ein solcher Ort all die Jahre existieren, ohne dass ihr Vater etwas davon bemerkt hatte? Sie beobachtete einen der Schausteller, wie er ein Schwert in seiner Kehle verschwinden ließ, und blickte zu einer korpulenten Frau, die an ihrem Stand alles verkaufte, was Freya an der Alchemie und ihrer Erdmagie hasste. Hasenpfoten. Schlangenhäute. Hahnenköpfe. Gemahlenen Pferdemist und Knochen, die auch von einem Menschen stammen könnten. Aus diesem Grund bevorzugte sie das Element Feuer.»Larkin?«

»Prinzessin?«

»Wäre es als Wächter nicht Eure Aufgabe gewesen, all das hier zu unterbinden?«

Larkin biss sich auf die Unterlippe, wie um die Antwort zu verweigern, von der er dennoch wusste, dass er sie ihr geben würde.»Die Wächter haben sich vor langer Zeit dafür entschieden, diese Leute gewähren zu lassen.«

»Warum?« Er konnte sie nicht an einen solchen Ort bringen und erwarten, dass sie keine Fragen stellte. Sie wollte alles wissen – alles!

»Aus vielen, vor allem eigennützigen Gründen.«

»Welche Gründe?«

Er zögerte.

»Sagt schon. Ich werde Euch und die anderen Wächter nicht dafür verurteilen. Ich möchte es nur verstehen. Ich finde diesen Ort großartig.« Freya konnte dies mit absoluter Gewissheit sagen, obwohl sie noch nicht einmal annähernd wusste, was dieser Markt zu bieten hatte. Doch alleine die Tatsache, dass es hier Fae und Magie gab und Menschen, die keins von beidem verurteilten, erfüllte Freya mit einer kindlichen Aufregung, die ihr Herz schneller schlagen ließ.

»Wir Wächter sind weder Mensch noch Fae. Wir sind irgendetwas dazwischen. Irgendwas mit Magie. Die meisten Leute respektieren uns, aber die wenigsten akzeptieren uns. Sterbliche wollen nicht mit uns reden. Wirte wollen nicht, dass wir in ihren Tavernen trinken. Und Frauen wollen uns nicht in ihren Betten«, erklärte Larkin, wobei seine Stimme immer leiser wurde. »Doch auf diesem Markt können wir einfach *sein*. Wir können loslassen, und von dem Wein der Fae, der hier verkauft wird, können wir tatsächlich betrunken werden, um für ein paar Stunden zu vergessen.«

»Von anderem Wein werdet Ihr nicht betrunken? Keine Kopfschmerzen?«

»Nein. Unsere Fähigkeit zu heilen lässt das nicht zu.«

»Wollt Ihr euch heute denn betrinken?«, fragte Freya, die Augenbrauen in die Höhe gezogen. Wie Larkin wohl war, wenn er betrunken war? Ob er in diesem Zustand etwas von seiner steifen Haltung und der übertriebenen Achtsamkeit verlieren würde, mit der er die ganze Welt zu betrachten schien?

»Heute möchte ich nur ein Schwert«, sagte Larkin. Er führte sie auf dem Schwarzmarkt herum, und es war, als würde sie in eine andere Welt eintauchen. So etwas hatte sie noch nie gesehen, geschweige denn gespürt. Die Luft schien vor Magie zu vibrieren. Freya konnte ein Ziehen in ihrer Magengrube fühlen und ein Kitzeln in ihren Fingern. Sie wollte am liebsten die Glasanhänger aus dem Beutel holen, nur um zu sehen, ob das magische Feuer hier anders reagieren würde. Mit all den Sorgen um Talon und all ihren Bedenken wegen der Reise hatte sie keinen Gedanken daran verschwendet, wie sich das magische Land auf ihre eigene Magie auswirken würde. Sie wollte sie ausprobieren, erkunden, spüren: die Macht, die ihr in Amaruné verwehrt war.

Gefangen genommen von ihrer Umgebung und mutig geworden durch die Magie schlug Freya die Kapuze ihres Mantels zurück, um besser sehen zu können. Hier spielte es keine Rolle, wer sie war und ob sie erkannt wurde. Sie waren alle gleich. Befürworter der Magie und Verbrecher an der Krone.

»Ich möchte etwas kaufen. Ein Andenken«, sagte Freya und ließ ihren Blick über die Auslagen der Stände schweifen. Sie brauchte etwas Unauffälliges, das sie bei ihrer Rückkehr ins Schloss – falls sie zurückkehrte – in ihrem Zimmer aufbewahren konnte, als Erinnerung an die Magie, die auch in Thobria existierte.

»Schwebt Euch etwas Bestimmtes vor?«

Freya schüttelte den Kopf und blieb vor einem Stand mit Kleidern stehen. Sie bestanden aus den außergewöhnlichsten Stoffen in den prächtigsten Farben, die Freya je gesehen hatte. Vor allem ein Kleid zog ihre Aufmerksamkeit auf sich. Es hatte keine Ärmel und war bis zum Hals hin geschlossen. Der obere Teil des Stoffes glänzte silbern und bestand aus großen Schuppen, ähnlich wie bei einer Schlange. Der Rock des Kleides hingegen war ausladend, aus zarter hellblauer Seide.

»Gefällt es Euch?«, fragte eine Stimme neben Freya.

»Es ist wunderschön.« Sie wandte sich der Frau zu.

»Wollt Ihr es anprobieren?«, fragte die Verkäuferin. Sie trug ihr Haar als Knoten unter einem schwarzen Tuch versteckt. Ihre Lippen hatte sie in einer dunklen Farbe bemalt, ebenso wie ihre Augen. Sie war finster wie ein Schatten, der nicht an diesen hellen Ort zu passen schien, und doch tat sie es.

Freya beäugte wieder das Kleid. »Was ist das für ein Stoff?«

»Der Rock ist aus Seide, das Oberteil aus Stahlfäden der Fae. Nicht nur hübsch anzusehen, sondern auch für den Kampf geeignet.« Die Frau nahm das Kleid vom Haken. Einen Moment schien es, als wollte sie es Freya reichen, doch dann übergab sie es an Larkin und bedeutete ihm, es sich an die Brust zu halten. Er tat es ohne Zögern, und Freya musste unweigerlich lächeln.

»Bereit?«, fragte die Frau.

»Ja«, antwortete Freya, obwohl sich die Frage vermutlich an Larkin richtete. Die Frau nahm einen Dolch aus ihrem Gewand hervor und zog die Klinge, ohne zu zögern, über Larkins Brust. Freya zuckte zusammen, und ein erstickter Laut entwich ihrer Kehle. In Gedanken konnte sie das Blut bereits sehen. Doch der Stoff des Kleides verfärbte sich nicht rot. Sie blinzelte und starrte

Larkin an. Seine Mundwinkel zuckten, und auch die Frau lächelte Freya an.

»Es ist eine Rüstung«, erklärte sie stolz. Sie ließ ihren Dolch wieder verschwinden und nahm Larkin das Kleid ab. »Das Kleid schützt vor allen nicht magiegebundenen Waffen. Wollt Ihr es haben?«

Ja.

»Nein«, sagte Freya und schüttelte den Kopf mit Bedauern. In Melidrian, wo vermutlich jede Fae eine magiegeschmiedete Waffe besaß, könnte es sie nicht schützen, und mit all dem Stoff passte es auch nicht in ihren Beutel. Vielleicht würde Freya eines Tages zurückkehren und es sich kaufen.

Larkin und sie verabschiedeten sich von der Frau und tauchten tiefer in den Markt ein, der größer war, als es auf den ersten Blick den Anschein gehabt hatte. Jedes Mal wenn Freya glaubte, sie hätten das Ende einer Gasse erreicht, folgten doch noch weitere Stände. Einige dieser Stände führten anscheinend gewöhnliche Dinge – Instrumente, Masken, Sanduhren –, andere wiederum verkauften Skurriles und Magisches – Puppen mit spitzen Ohren, deren Augen jeder Bewegung folgten, Skulpturen aus Eis, die trotz der Wärme der Fackeln nicht schmolzen, Pflanzen, die niemals aufhörten zu blühen, und Kämme, welche Fae mit einem Zauber belegt hatten, sodass sie die Haare wachsen ließen.

Freya hatte keine Ahnung, wie spät es war oder wie lange sie schon durch den Markt liefen. Wenn sie ihren Kopf in den Nacken legte, sah sie nur Dunkelheit, aber wie der Nebel erschien sie ihr zu dicht und zu vollkommen, um wirklich zu sein. Womöglich ging die Sonne außerhalb des Marktes bereits auf. Freya wusste es nicht, aber in diesem Augenblick spielte es auch keine Rolle. Sie war gefesselt vom Anblick der Stände, und wohin sie auch sah, gab es Neues zu entdecken: Neue Magie, neue Wunder, neue Menschen … neue Fae?

Freya hatte noch keine gesehen, aber sie gierte danach und blickte jeder Person, egal ob Mann oder Frau, jung oder alt, zuerst auf die Ohren, in der Hoffnung, die verräterisch spitze Form zu entdecken.

Larkin betrachtete gerade ein Paar lederne Handschuhe, die einen angeblich geschickter im Kampf machten (nicht, dass er das brauchte), als Freya ein paar Fuß von sich entfernt zwar keine Fae sah, aber einen Stand, der gebratene Kartoffeln am Spieß verkaufte. Aromatischer Rauch stieg von den Flammen aus dem Grill auf. Eine Frau kaufte gerade drei dieser Spieße, warm und knusprig, mit einer dicken Schicht Butter, genau wie Freya es mochte. Ihr knurrte der Magen.

»Ihr habt Hunger«, stellte Larkin fest.

Sie lächelte verlegen. »Ein wenig.«

»Wartet hier!«

Bevor Freya protestieren konnte, war Larkin bereits auf dem Weg zum anderen Stand. Sie blickte ihm nach und beobachtete, wie er sich hinter einer Frau anstellte, die ein schreiendes Bündel in den Armen hielt; auch ihre Ohren waren menschlich.

»Seid gegrüßt«, erklang plötzlich eine melodische Stimme neben Freya.

Sie drehte sich um und entdeckte einen jungen Mann an der Stelle, an der eben noch Larkin gestanden hatte. Ihr Blick zuckte zu seinen Ohren, die keine Spitzen hatten, aber das machte ihn nicht weniger außergewöhnlich. Er war von einer Schönheit, die sich kaum in Worte fassen ließ. Seine braune Haut hatte einen bronzenen Glanz, und seine dunklen Haare hatte er zu einem Zopf zusammengefasst, wobei einzelne Strähnen sein Gesicht in weichen Wellen umspielten. Ein goldener Ring zierte seine schmale Nase und lenkte Freyas Aufmerksamkeit direkt auf die Lippen, die sie verführerisch anlächelten und daran erinnerten, dass er etwas gesagt hatte ...

»Sei gegrüßt«, erwiderte sie und blinzelte einige Male. Konnte ein Mensch von Natur aus so schön sein, oder hatte dieser Mann mit Magie nachgeholfen? An einem Ort wie diesem würde sie das nicht wundern.

»Wie viel verlangst du für ihn?«

»Verzeihung?«

»Dein Wächter.« Er deutete auf Larkin. »Wie viel verlangst du für ihn?«

Freya blinzelte den Fremden an. »Ich verstehe nicht.«

»Wie viel Gold. Willst du. Für deinen Wächter?« Er sprach die Worte langsam und mit übertriebener Bedeutung, als wäre sie schwer von Begriff.

»Ist das Euer Ernst?«

»Selbstverständlich.« Der Fremde lehnte sich gegen die Auslage mit den Handschuhen, Knöchel überkreuzt. Erst jetzt bemerkte Freya, dass er eine Art Uniform trug aus roten und braunen Stoffen. Ein Schwert hing an seinem Gürtel, und mindestens ein Dutzend Ringe schmückte seine Finger. »Also, wie viel verlangst du für ihn?«, wiederholte der Mann. »Ich habe Gold. Viel Gold.« Er zögerte, dann lehnte er sich nach vorne und flüsterte, als hätte er ein Geheimnis zu erzählen. »Oder ist es kein Gold, das du begehrst? Ich kann dich auch auf andere Weise entlohnen.«

Freya wich einen Schritt zurück. »Larkin steht nicht zum Verkauf.«

Der Fremde lachte. »Auf diesem Markt sind wir alle Ware, und jeder hat seinen Preis. Ich habe gesehen, wie er dir dient und gehorcht, also was ist dein Preis für ihn? Hundert Goldmünzen? Zweihundert?«

Freya fixierte den Mann, und unweigerlich fragte sie sich, was sein Preis war. Wie viel Münzen wären nötig, um ihn ihr Eigentum nennen zu dürfen?

»Mehr Gold, als du jemals besitzen wirst«, antwortete der Fremde auf die unausgesprochene Frage, als hätte er ihre Gedanken gelesen.

»Larkin ist nicht zu verkaufen«, bekräftigte Freya und sah dabei direkt in die braunen Augen des Mannes. »Für kein Gold der Welt – und auch für nichts anderes.«

Einen Moment starrte der Fremde sie unverwandt an, dann seufzte er. »Schade, jemanden wie ihn hätte ich in meiner Crew brauchen können.« Er stieß sich von dem Tisch ab, um zu gehen. Doch neben Freya blieb er noch einmal stehen, dabei ließ er seinen Blick über ihren Körper wandern. Er roch nach Meer und Zimt. »Falls du es dir anders überlegst, *Prinzessin*, du findest mich am Hafen von Askane. Fragt nach Elroy!«

Freya verschlug es die Sprache. Er hatte sie erkannte? Bevor sie ihn jedoch darauf ansprechen konnte, war Elroy auch schon verschwunden. Suchend streckte sie ihren Hals, um ihm nachzusehen, konnte ihn in der Menschenmenge aber nirgends ausmachen.

Was für eine eigenartige Person, dachte Freya.

Larkin kam nur ein paar Herzschläge später zu ihr zurück, zwei Spieße in den Händen. Ein dunkler Schatten huschte über sein Gesicht, als sein Blick ihrem begegnete. »Was ist passiert?«, fragte er mit schroffer Stimme. Wachsam sah er sich um, die Muskeln in seinen Armen spannten sich an.

»Nichts«, erwiderte Freya und nahm ihm einen Spieß ab. »Nur ein Fremder, der mich erkannt hat und …« Sie biss sich auf die Zunge.

»Und was?«

»Euch mir abkaufen wollte.«

Larkins Gesicht blieb ausdruckslos. »Habt Ihr es getan?«

»Was? Nein!« Freya schüttelte heftig den Kopf. »Ihr seid doch keine Ware.«

»Auf diesem Markt ist jeder Ware«, sagte Larkin und klang dabei genauso wie Elroy.

»Ich hoffe, Ihr denkt nicht darüber nach, mich zu verkaufen.«

Larkins Gesichtsausdruck wurde sanfter, und die Anspannung wich aus seinem Körper.»Ich könnte Euch niemals verkaufen, Prinzessin. Ihr seid unbezahlbar.«

Freya spürte, wie ihr bei diesen Worten warm wurde. Auch wenn ein Teil von ihr wusste, dass es vor allem sein Glaube war, der sie in seinen Augen zu etwas Wertvollem machte.»Danke! Und nur damit Ihr es wisst. Ich würde Euch auch niemals verkaufen. Ich brauche Euch.«

Larkin deutete eine Verbeugung an.»Ich werde Euch nicht enttäuschen.«

»Daran habe ich nie gezweifelt«, sagte Freya mit einem Lächeln und unterdrückte den Drang; ihre Hand nach Larkin auszustrecken, um ihn fühlen zu lassen, wie wertvoll er wirklich war.

△

Freyas Füße schmerzten bereits, als Larkin sagte, dass es für sie langsam Zeit würde, den Markt zu verlassen. Zielstrebig führte der Wächter sie durch die Menschenmenge in Richtung eines großen Zeltes in der Farbe von Blut. Der Eingang war von einem schweren Tuch verhangen; und in goldenen Lettern stand darüber: *Siegesklinge – kein Umtausch, kein Tauschhandel.*

Der Laden erinnerte Freya an die Waffenkammer im Schloss ihres Vaters. Sie hatte sie das erste Mal wenige Tage nach Talons Verschwinden besichtigt. Roland hatte sie herumgeführt, um ihr zu versichern, dass die Garde durchaus in der Lage war, sie und den Rest ihrer Familie zu beschützen. Das Bild von Äxten und Schwertern, die an den Wänden hingen, Bögen und Armbrüsten, Speeren und Dolchen, Rüstungen und Schutzschilden hatte sich damals in Freyas Gedanken eingebrannt. Sie hatte noch nie in ihrem Leben so viel bedrohlich glänzendes Metall gesehen gehabt.

Das Arsenal des Waffenzeltes konnte damit nicht mithalten, aber das machte es nicht weniger beeindruckend. Das Zelt, das von außen betrachtet nicht allzu groß gewirkt hatte, war im Inneren gigantisch, und Freya fragte sich, ob auch dies eine Wirkung der Magie war. Hunderte von Schwertern hingen von den Halterungen, welche die Wände des Zeltes säumten, aber sie hatten nicht die gewöhnlich silberne Farbe von geschmiedetem Stahl. Sie waren von einem trüben Blau oder einem matten Schwarz. Dies mussten die magischen Schwerter sein, von denen Larkin gesprochen hatte. Sie waren jedoch nicht die einzigen von Fae geschmiedeten Waffen. Die Auswahl reichte von Messern über Spieße bis hin zu Dolchen, und Freya hatte keinen Zweifel daran, dass diese Waffen in den Händen geschickter Kämpfer ausreichen würden, um Roland und seine Garde aus dem Schloss zu vertreiben.

Am anderen Ende des Zeltes standen zwei Männer vor einer der Vitrinen. Der eine von ihnen trug die Schürze eines Waffenschmiedes. Er hielt zwei identisch aussehende Dolche in seinen Händen und führte sie dem anderen Mann vor, der ihnen den Rücken zugewandt hatte. Seine Gewänder waren aus braunen und grünen Flicken genäht, und er trug einen Stock bei sich, dessen Kopf die Form eines Schädels hatte.

Der Mann mit der Schürze blickte auf, und ein breites Lächeln blitzte unter seinem dunklen Bart hervor. »Field Marshal Welborn, was für eine Überraschung, Euch hier zu sehen.«

»Seid gegrüßt, Enoon«, erwiderte Larkin, ohne die Anrede des Waffenschmieds zu korrigieren.

Freya hob ihre Hand zum Gruß, erstarrte jedoch mitten in der Bewegung, als sich ihr der zweite Mann im Profil zeigte, denn sein langes Haar, welches die Farbe von flüssigem Gold hatte, vermochte nicht die Spitzen seiner Ohren zu verbergen. Freya stockte der Atem. Sie konnte nicht mehr anders, als den Mann – den Fae – anzustarren. Seine ebenmäßigen Gesichtszüge waren wie aus Stein gemeißelt. Er erwiderte Freyas Blick mit den blauesten Augen, die sie jemals gesehen hatte, und seine Lippen, die von einer zarten Röte waren, wie frisch nach einem Kuss, verzogen sich zu der Andeutung eines Lächelns.

Menschlich.

Er sah so menschlich aus. Freya wusste aus den Geschichten, dass die Fae anders als die Elva kaum von den Sterblichen zu unterscheiden waren, aber niemals hätte sie eine so große Ähnlichkeit erwartet. Die Art und Weise, wie der Fae sich bewegte, sie ansah und mit einem Nicken grüßte, nichts von alldem erinnerte an die animalischen Bestien, vor denen die Sagen warnten.

Der Fae wandte sich wieder dem Waffenschmied zu und sagte etwas zu ihm, was Freya nicht verstand. Der bärtige Mann schob daraufhin die beiden Dolche in ihre Halterungen, die man an einem Gürtel befestigen konnte, und reichte sie dem Fae. Dieser bedankte sich, und Geld wechselte den Besitzer. Freya beobachtete diesen Handel mit einem Ausdruck des Erstaunens auf dem Gesicht, und immer wieder wanderte ihr Blick von dem perfekten Gesicht des Fae zu seinen Ohren, die alles andere als perfekt waren, aber in ihrer Eigenheit trotz allem wunderschön.

Freya spürte eine Berührung an ihrem Arm und blickte auf. Larkin. Für einen Augenblick hatte sie den unsterblichen Wächter völlig vergessen, nun zog er sie zur Seite, da sie wie erstarrt vor dem Ausgang stehen geblieben war und dem Fae den Weg versperrte. Er bewegte sich mit einer anmutigen Schnelligkeit, die Freya an Larkins Kampfstil erinnerte. Vermutlich war diese Vertrautheit in seinen Bewegungen der Grund dafür, dass sie sich zu sprechen traute, als der Fae bereits dabei war, das Zelt zu verlassen. »Kennt Ihr einen Menschen, der auf den Namen Talon hört?«

Larkin stieß ein mahnendes Zischen aus, und aus dem Augenwinkel konnte Freya sehen, wie er seine Hand zu ihrem Dolch wandern ließ, der nun unter seinem Hemd versteckt war.

Der Fae hatte in der Bewegung innegehalten, drehte sich jedoch nicht um. Einen Moment glaubte Freya, er würde einfach weitergehen und ihre Frage ignorieren. Larkins Reaktion nach zu urteilen, wäre das vielleicht das Beste für alle, aber Freya wollte ihre erste Chance, Talon zu finden, nicht einfach ziehen lassen.

»Nein, ich kenne keinen Menschen, der auf einen solchen Namen hört«, antwortete der Fae ohne Aufhebens, seine Stimme sanft wie eine Feder und zugleich schneidend wie eine Klinge. Und ohne Freya eines Blickes zu würdigen, verließ er das Zelt.

21. Kapitel – Ceylan

– Niemandsland –

Ceylan vernahm den Duft von frischer Minze, als sie aus ihrem traumlosen Schlaf erwachte. Zugleich spürte sie, dass sie nicht mit den anderen Novizen im Schlafsaal lag, denn die Luft um sie herum war klarer und unverbrauchter. Das Kissen unter ihrem Kopf war weicher und die Matratze, auf der sie lag, bequemer. Dennoch fühlte sich ihr Körper eigenartig steif an.

Blinzelnd öffnete Ceylan die Augen. Sie lag auf dem Rücken, und das Erste, was sie sah, war eine Petroleumlampe, die von der Decke baumelte. Das Licht blendete sie, und sie kniff die Lider zusammen, als sich ein Schatten über sie schob. *Leigh.* Leigh, der sie vor den Elva gerettet hat. Erinnerungen an Blut, Rauch und Asche stiegen in Ceylan auf, doch dies waren nicht die Bilder aus ihrer Kindheit, es waren neue Erinnerungen.

»Kannst du mich hören?«, fragte Leigh mit viel zu lauter Stimme.

Ceylan stieß ein Brummen aus. »Ich bin verletzt, nicht taub.«

Er schnaubte. »Und da habe ich mir Sorgen um dich gemacht.«

Ein Arm schob sich unter ihren ungelenken Körper und half ihr, sich aufzusetzen. Ceylan biss sich auf die Unterlippe, um ein Stöhnen zu unterdrücken. Sie wollte nach ihrem Fehlverhalten keine zusätzliche Schwäche zeigen.

»Trink das!« Leigh hielt ihr einen Becher vor die Lippen.

»Was ist das?«

»Tee«, antwortete er mit einem trägen Lächeln, das seine Augen nicht erreichte. Da erkannte Ceylan, wie erschöpft der andere Wächter aussah. Seine Haut war noch blasser als sonst. Dunkelviolette Schatten lagen über seinen Wangen, und die rosa Narbe eines noch nicht vollständig verheilten Kratzers zog sich über seinen Hals, als hätte eine Elva ihm die Kehle aufgeschlitzt.

Ceylan unterdrückte den Drang, die Wulst mit einem Finger nachzufahren, und nahm ihm stattdessen die Tasse aus der Hand. Zögerlich nippte sie an der warmen Flüssigkeit. Ihr Mund war trocken, und ihre Zunge fühlte sich rau und staubig an. Sie trank langsam, um ihren angeschlagenen Magen nicht zu überfordern. Dafür, dass sie unsterblich war, fühlte sie sich ziemlich krank, wie damals, als sie an der Grippe gelitten hatte.

»Bald wird es dir wieder besser gehen. Deine Wunden sind bereits verheilt, aber dein Körper muss sich erst noch erholen«, versicherte ihr Leigh und stand von dem Hocker auf, den er neben das Bett gezogen hatte. *Sein* Bett, wie Ceylan nach einem flüchtigen Blick durch das Zimmer erkannte. Der Raum war klein, wirkte aber trotz des spärlichen Mobiliars gemütlich. Abgesehen vom Bett gab es nur noch einen Schreibtisch und ein Regal, in dem neben Kleidung auch Waffen lagerten. Außerdem lehnten mehrere Schwerter, reguläre Waffen sowie erdgebundene, neben einem Kamin an der Wand – was Ceylan an den Verlust ihrer eigenen Waffen, insbesondere ihrer Mondsichel-Messer, erinnerte.

»Mein … meine Waffen«, krächzte sie.

Leigh warf ein neues Holzscheit in die Flammen. »Mach dir darum keine Sorgen! Du bekommst ein neues Schwert.«

Ceylan nickte, da ihr das Schwert vermutlich wichtiger sein sollte – war es aber nicht. »Und was ist mit meinen Messern? Hat sie jemand gefunden?«

Leigh setzte sich wieder zu ihr. »Nicht, dass ich wüsste.«

Verdammt! Wie hatte sie sich nur die Messer abnehmen lassen können? Unendlich viele Erinnerungen hingen an diesen Klingen. Jahrelang hatten sie Ceylan auf den Straßen und in den Wäldern von Thobria beschützt. Und nun waren sie weg. Ein Teil ihrer Vergangenheit einfach verschwunden. Sie trank einen weiteren Schluck aus ihrem Becher, um sich zu sammeln.

»Wie geht es Gothar?«, fragte sie einen Moment später, obwohl sie Leighs Antwort fürchtete.

»Er wird es überleben. Seine Verletzungen waren schwer, aber du hast ihn gerade noch rechtzeitig gerettet. Die Elva haben ihn ziemlich schlimm erwischt und dich auch.« Er senkte seinen Blick auf das weiße Laken, das ihren Körper bedeckte, und räusperte sich. »Du kannst von Glück reden, dass du noch am Leben bist.«

Der Vorwurf in seinen Worten war nicht zu überhören. Ceylan hatte sich nicht nur selbst in Gefahr gebracht, sondern ihretwegen hatte Leigh auch das Dorf für eine Weile verlassen müssen. Wie viele Menschen waren wohl ums Leben gekommen, während er sie vom Schlachtfeld getragen hatte?

»Es tut mir leid«, sagte Ceylan. Ihre Stimme klang dünn. Sie war so naiv gewesen. Hatte sie ernsthaft geglaubt, gegen die Elva bestehen zu können? Nicht umsonst unterzogen sich die Wächter einer dreijährigen Ausbildung, ehe sie als vollwertige Krieger dem Niemandsland dienen durften.

Leigh neigte den Kopf. »Was tut dir leid?«

»Dass ich deinen Befehl missachtet habe.« Sie ertrug es nicht, den anderen Wächter anzusehen, und starrte nun ebenfalls auf das weiße Laken. »Ich habe das nicht aus dem Grund getan, an den du vermutlich denkst.«

»Du bist uns also nicht gefolgt, weil du dich hoffnungslos überschätzt hast und geglaubt hast, du wärst besser als alle anderen Novizen?«

Diese Worte waren wie ein Schlag ins Gesicht, und Ceylan ließ sich tiefer in das Kissen sinken. »Nicht ausschließlich«, gestand sie und holte tief Luft. Sie hatte noch nie jemandem von ihrer Familie erzählt, denn das Letzte, was sie wollte, war Mitleid. Sie wollte Rache. »Meine Familie wurde von Elva ermordet. Ich ... ich komme aus Bellmare.«

»Bellmare?«, wiederholte Leigh erstaunt. »Ich dachte, niemand hätte diesen Angriff überlebt.«

»Ich habe überlebt. Ich habe mich am Tag des Angriffes mit meinen Eltern gestritten«, erzählte Ceylan. »Ich war zwölf und wollte mir die Haare abschneiden, weil ich es leid war, dass sie ständig im Weg waren.« Abwesend spielte sie mit einer der schwarzen Spitzen. »Meine Mutter hat versucht, es mir auszureden, als mein Vater dazugekommen ist. Er meinte, ich könnte mir das nicht erlauben, denn ich würde allmählich in das Alter kommen, in dem Jungs auf mich achteten, und es wäre wichtig, dass ich einen guten Eindruck erwecke. Mir war das egal, und als sie einen Moment unachtsam waren, habe ich mir die Klinge meines Vaters genommen und geschnitten, bis nichts mehr übrig war.«

»Du hast dir eine Glatze rasiert?«, fragte Leigh, die Augenbrauen nach oben gezogen.

»Ja, nur etwas Flaum an meinem Hinterkopf war noch übrig. Meine Eltern sind ausgerastet, und wir hatten einen Streit wie noch nie zuvor. Sie haben furchtbare Dinge zu mir gesagt, und ich habe noch scheußlichere Sachen erwidert. In dieser Nacht bin ich von zu Hause weggelaufen.« Sie wurde noch leiser. »Nur ... nur deshalb habe ich überlebt.«

»Du hattest Glück.«

»Das nennst du Glück?«, fauchte Ceylan verbittert. Sie spuckte ihm die Worte förmlich ins Gesicht, aber sie konnte sich nicht zurückhalten. Glück wäre es gewesen, damals mit ihrer Familie zu sterben, all die Traurigkeit und all das Leid, das sie sich erspart hätte. »Mein Leben hat nichts mit Glück zu tun, Leigh. Ich habe meine Eltern verloren. Meine Familie. Meine Freunde. Alles ...«

Ihre Stimme brach ab, denn plötzlich war da kein Hass mehr und kein Zorn, sondern nur noch Sehnsucht und Schmerz, Wut und Verzweiflung, die sich gemeinsam mit einem Gefühl der Trauer auf ihr Herz senkten und Ceylan zu ersticken drohten. Sie ballte ihre Hände zu Fäusten, bis sich die Sicheln ihrer Nägel in die Haut drückten und sie eine andere Form des Schmerzes spüren ließen. Tränen stiegen in ihr auf, und sie kniff die Augen zusammen, denn sie wollte nicht weinen. Nicht vor den Augen eines anderen Wächters. Nicht vor ihrem Ausbilder. Nicht vor Leigh. Ihre Tränen waren ein Zeichen der Schwäche, und sie war in ihrem Leben bereits schwach und hilflos genug gewesen.

»Ich wollte in das benachbarte Dorf laufen«, fuhr sie fort. »Aber ich bin nicht weit gekommen. Es hatte zu regnen begonnen, und ich hatte meinen Mantel nicht dabei, weshalb ich zurückgegangen bin. Ich habe die Flammen bereits aus der Ferne gesehen und die Schreie gehört. Verängstigt habe ich mich in einer kleinen Höhle aus Baumwurzeln versteckt, wie ein Feigling.«

»Du warst kein Feigling«, erwiderte Leigh. Er beugte sich nach vorne, bis sie auf Augenhöhe miteinander waren. »Du warst noch ein Kind und hattest Angst. Und ich wette, deine Eltern waren in den letzten Momenten ihres Lebens froh darüber, diesen Streit mit dir gehabt zu haben. Er hat dir das Leben gerettet.«

Vielleicht, echote es in Ceylans Gedanken, aber sie erzählte Leigh nicht von ihrer Vergangenheit, um sich besser zu fühlen. Er sollte lediglich die Wahrheit erfahren, die ihm hoffentlich dabei half, ihr Handeln zu verstehen. »Das ist der Grund, weshalb ich eine Wächterin sein möchte. Als ich gehört habe, dass die Elva schon wieder ein Dorf angreifen, konnte ich nur noch an meine Eltern denken und daran, dass ich sie nicht habe retten können. Dass *ihr* sie nicht habt retten können.« Sie wusste es nicht mit Gewissheit, aber die Vermutung lag nahe, dass auch

Leigh damals unter den Befehlen von Larkin Welborn in ihr Dorf gekommen war, um die Elva zu töten. Und eigentlich sollte sie Leigh dafür hassen, dass er zugelassen hatte, dass ihre Eltern starben. Aber sie hatte ihn gegen diese Monster kämpfen sehen und wusste, dass er auch damals alles gegeben hatte. Wenn eine Person am Versagen der Wächter schuld war, dann Welborn. Er hätte seine Truppen besser organisieren müssen.

»Ich verstehe, wieso du getan hast, was du getan hast. Und Gothar wird dir dankbar dafür sein, dass du nicht auf mich gehört hast«, sagte Leigh. Er klang einfühlsam, aber mit den nächsten Sätzen schwang seine Stimmung um. Er wurde von ihrem Freund zu ihrem Captain und Ausbilder. »Aber du kannst nicht dich selbst und andere auf diese Weise in Gefahr bringen. Was hätten wir tun sollen, wenn dir die anderen Novizen gefolgt wären? Wir können es uns nicht leisten, euch alle zu verlieren.«

»Ich hätte niemals …«

»Das spielt keine Rolle«, unterbrach Leigh sie. »Du hast gegen eine direkte Anweisung von mir verstoßen, und das wird Konsequenzen haben. Gothar hat deinetwegen überlebt, aber nicht alle Wächter hatten so viel Glück, und nach der Beisetzung wird der Field Marshal über deine Strafe entscheiden. Auch wegen der Sache mit Derrin. Was hast du dir dabei gedacht, einen anderen Novizen niederzustechen?«

Ceylan reagierte nicht auf Leighs Frage, denn alles, was sie hörte war: *Beisetzung.* Das Wort klang wie Säure in ihren Ohren und erinnerte sie zum wiederholten Male daran, dass ihre Unsterblichkeit nur eine Phrase war, die der Wirklichkeit nicht standhielt.

Ceylan nickte demütig, denn sie war bereit, jede Strafe zu akzeptieren, die ihr die Wächter auferlegten. Blind vor Rache, Wut und ihrem Wunsch nach Vergeltung hatte sie sich rücksichtslos in einen Kampf gestürzt, den sie nie hatte gewinnen können. Das erkannte sie nun. Sie war zwar noch immer bereit, für diese Sache zu sterben, aber sie hatte sich selbst und ihren Eltern auch das Versprechen gegeben, Menschen zu schützen und die beste Wächterin zu werden, die sie sein konnte, um zu verhindern, dass sich ihre Geschichte wiederholte. Niemandem war damit geholfen, wenn sie bereits morgen starb, also würde sie trainieren und lernen und sich von Leigh führen lassen, und wenn sie das nächste Mal in den Kampf zog, wäre sie bereit.

22. Kapitel – Freya

– Askane –

Freya hatte das Meer schon immer geliebt. Ein endloses Blau, das in der Ferne die Sonne küsst. Weiße Gischt und Wellen, die sich im Takt der Böen wiegten, als würde die Natur ein Schlaflied singen, dass nur jene verstehen konnten, die genau hinhörten. Ihre Eltern hatten diese Schönheit nie zu schätzen gewusst. Freya hatte die beiden nie verstanden, und auch wenn ihre große Liebe der Magie und den Geschichten über die Fae und Elva galt, so hatte sie in ihrer Kindheit und Jugend auch zahlreiche Bücher über Piraten gelesen. Jene Menschen, die die Freiheit beim Schopf packten und tun und lassen konnten, was sie wollten. Vor allem nach Talons Verschwinden hatte Freya oft davon geträumt, eine von ihnen sein zu können: Captain Draedon.

Sie seufzte und richtete ihre Aufmerksamkeit von der Atmenden See auf die Boote am Hafen. Sie wanderten bereits seit Stunden über die Stege auf der Suche nach einem Schiff, dessen Besatzung sich bereit erklären würde, sie nach Melidrian zu bringen. Doch die Angst vor den Fae saß tiefer als die Gier nach Gold.

»Ich hasse diesen Geruch«, bemerkte Larkin. Sein Blick war auf das Meer gerichtet, und das erste Mal seit ihrem Kennenlernen hatte er nicht nur die Ausstrahlung eines Wächters, sondern sah auch wie einer aus. Die dunkle Kleidung betonte seine kräftige Statur, während das magische Schwert an seiner Hüfte eine Macht und Autorität ausstrahlte, der sich die Leute einfach nicht entziehen konnten.

Überrascht blickte sie auf. »Ihr hasst den Geruch des Meeres?«

»Des Fisches.« Er rümpfte die Nase und drehte den Kopf nach rechts, an einen Steg, an dem mehrere Fischerboote angelegt hatten. Sie hatten die Netze für heute bereits eingeholt und waren dabei, ihre Löcher zu flicken und von letzten Fischkadavern zu befreien, die im Strick zurückgeblieben waren.

»Wollen wir uns in den Schatten setzen?«, fragte Freya. Sie konnte eine Pause brauchen, all die Absagen raubten ihr die Kraft. Als Antwort lief Larkin zu einer Reihe Bäume, die entlang des Hafens standen. Dutzende von Menschen saßen hier, um sich die Zeit zu vertreiben, das Meer zu bewundern oder um auf eines der Schiffe zu warten. Auch einige Seeleute waren unter ihnen, sie ruhten sich in der Sonne aus und nutzten den Landgang, um den Frauen, die sich am Wasser aufhielten, schöne Augen zu machen.

Larkin und Freya suchten sich einen Platz zwischen den Bäumen, von dem aus sie die Schiffe beobachten konnten. Direkt vor ihnen war ein Passagierschiff, das laut Aushang nach Amaruné segelte. Eine Traube aus Leuten hatte sich bereits vor dem Steg versammelt und wartete darauf, an Deck zu gehen. Freya stellte sich vor, wie es wäre, sich zu ihnen zu gesellen und in die Hauptstadt zurückzusegeln, ohne ihr Leben im magischen Land aufs Spiel zu setzen. Noch hatte sie die Möglichkeit unbeschadet nach Hause zurückzukehren, aber dieser Gedanke hatte nichts Reizvolles, egal wie groß die Gefahren jenseits des Niemandslands waren.

Unwillkürlich musste Freya an den Fae denken, den sie vergangene Nacht auf dem Markt angetroffen hatte. Er hatte auf sie majestätisch und erhaben gewirkt und war von einer Schönheit gewesen, die ihr –

»Elroy!« Die Erinnerung an ihn überfiel Freya so unerwartet, wie er sie auf dem Markt angesprochen hatte. Wieso hatte sie nicht früher an ihn gedacht?

»Wovon redet Ihr?«, fragte Larkin mit gerunzelter Stirn.

»Der Fremde auf dem Markt, der Euch mir abkaufen wollte«, erklärte Freya und stand auf. »Er sagte mir, ich finde ihn am Hafen von Askane, und er hat von seiner Crew gesprochen. Er muss ein Schiff besitzen.«

Larkin verzog die Lippen.

»Was? Habt Ihr eine bessere Idee?«

Larkin schüttelte den Kopf, aber er rührte sich noch immer nicht von seinem Platz zwischen den Bäumen. Mit dunklen, zweifelnden Augen blickte er zu ihr auf. »Was wollt ihr ihm im Tausch gegen das Boot geben?«

Oh! Darum ging es Larkin. Freya lachte. »Keine Sorge, ich tausche Euch weder für Gold noch für ein Schiff ein. Ohne Euch ist ein Boot, das mich nach Melidrian bringen kann, wertlos. Mit Sicherheit gibt es noch etwas anderes, mit dem wir Elroy bestechen können.«

Larkin zögerte noch einen Moment, doch schließlich stand er auf, und sie machten sich auf die Suche. Es dauerte nicht lange, bis sie jemanden fanden, der ihnen gegen ein paar Münzen Auskunft über Elroy gab. Anscheinend war er am Hafen ein bekannter Name, und sie fanden ihn auf einem Boot, das zur Schenke umgebaut worden war. Dort, wo für gewöhnlich Kisten lagerten, standen nun Tische, die am Boden festgenagelt waren, damit sie im sanften Auf und Ab der Wellen nicht verrutschten. Es roch nach Schweiß, abgestandenem Bier und morschem Holz. Elroy saß an einem der hinteren Tische, in der einen Hand ein Bier, im anderen Arm eine hübsche Frau, die auf seinem Schoß saß und herzlich lachte. Unter den neugierigen Blicken der Seemänner durchquerten Freya und Larkin die Schenke, wobei sie sich nicht sicher war, wer von ihnen mehr Aufmerksamkeit erregte – der unsterbliche Wächter oder die verhüllte Frau.

Vor Elroys Tisch blieben sie stehen. Das Lachen seiner Begleiterin verstummte, und sie blickte fragend zu ihnen auf. Elroy nippte gemächlich an seinem Bier. Die Ringe an seinen Fingern blitzten im Schein der Lampe. »Hast du es dir doch anders überlegt?«, fragte Elroy, ohne aufzusehen.

»Vielleicht«, sagte Freya. Sie wollte nicht, dass das Gespräch endete, bevor es überhaupt richtig begonnen hatte. »Ich könnte deine Hilfe brauchen.«

Das weckte sein Interesse. Er zog eine Braue nach oben. »Wobei?«

Freyas Blick zuckte zu der Frau.

Elroy begriff sofort. Er zog eine Münze aus seiner Hose und reichte sie seiner Gespielin. »Sei so gut und bring mir etwas von diesem gebratenen Fisch.«

Mit einem süßen Lächeln nahm die Frau sich die Münze und stand von Elroys Schoß auf. Doch der Blick, den sie Freya im Vorbeigehen zuwarf, war alles andere als freundlich. Freya wartete, bis die Frau außer Hörweite war, dann schlüpfte sie Elroy gegenüber auf die Bank. Larkin nahm neben ihr Platz.

»Was kann ich für dich tun, Prinzessin?«

»Nicht so laut«, fauchte Freya und sah sich nervös um, aber niemand achtete auf sie. Sie wandte sich wieder Elroy zu, der ein weißes Hemd trug, an dessen Kragen ein Blutfleck prangte. »Wir wollen nach Nihalos, und du sollst uns mit deinem Schiff möglichst nah an die Stadt heranbringen. Wir würden auch gut bezahlen.«

Elroy starrte sie an. Sein schönes Gesicht war vollkommen leer, bis er plötzlich zu lachen begann. Laut und dunkel hallte das Geräusch durch die Schenke und erweckte die Art von Aufmerksamkeit, die Freya nicht haben wollte. Sie beugte sich nach vorne und zog sich die Kapuze ihres Gewands tiefer ins Gesicht. »Was um alles in der Welt wollt ihr in Nihalos?«

»Das geht dich nichts an.«

»Das tut es sehr wohl, wenn ihr meine Hilfe wollt.«

»Das heißt, du wirst uns helfen?«

»Wenn der Preis stimmt und du meine Frage beantwortest.«
Freya zögerte einen Moment, aber was hatte sie schon zu verlieren? Sie antwortete mit gesenkter Stimme:»Ich suche jemanden. Ein Zauber hat mir verraten, dass er sich im magischen Land bei den Unseelie aufhält.«

»Wer ist dieser Jemand?«

»Du bist zu neugierig.« Elroy zuckte mit den Schultern und trank schweigend von seinem Bier.

Sie stieß ein Seufzen aus.»Ich suche meinen Bruder, Talon.«

»Ich dachte, dein Bruder wäre tot.«

»Da bist du nicht der Einzige, aber er lebt, und ich werde ihn zurückholen.«

»Interessant«, murmelte Elroy und stellte seinen Becher ab. Er drehte ihn zwischen seinen Händen, wobei durch die Tischplatte ein leise schabendes Geräusch erklang.»Sein Leben ist dir sicherlich viel wert.«

»Was willst du?«

Er sah zu Larkin.

Freya schüttelte den Kopf.»Nein, alles, aber ihn kannst du nicht haben.«

Elroy fuhr sich nachdenklich mit der Zunge über die Lippen. Freya hielt gespannt die Luft an. Vermutlich gab es nicht viel, was ein Mann mit seinem Aussehen und seinem vermeintlichen Reichtum noch nicht besaß.

»Ich kann dich zum Lord ernennen lassen«, bot Freya an. »Oder willst du ein Schloss? Sobald ich wieder in Amaruné bin, kann ich dir eines zuteilen.«

Elroy lachte.»Nein, ich brauche weder Titel noch Schloss. Ich begehre etwas anderes.« Er beugte sich nach vorne, das Kinn auf die Hand abgestützt, und betrachtete Larkin von oben bis unten. Etwas Anzügliches lag in seinem Blick. Der Wächter versteifte sich.»Unsterblichkeit. Wie bekomme ich sie?«

»Du willst unsterblich werden?«, fragte Freya irritiert.

Elroy nickte. »Deshalb wollte ich ihn dir abkaufen – und weil er meine Crew gut ergänzt hätte –, aber ich gebe mich auch nur mit dem Wissen selbst zufrieden. Sag mir, was ich tun muss, um die Unsterblichkeit zu erlangen, und ich bringe euch nach Nihalos.«

»Nein«, sagte Larkin, kaum dass Elroy das letzte Wort beendet hatte.

Dieser neigte den Kopf. »Nein?«

»Das Wissen um die Unsterblichkeit ist heilig und nicht für die Menschheit bestimmt. Ich habe geschworen, dieses Geheimnis mit in mein Grab zu nehmen, und ich werde mein Versprechen nicht brechen.«

Elroys Kiefer spannte sich an. »In diesem Fall ist unser Gespräch beendet.« Er schwang ein Bein über die Bank, bereit aufzustehen, aber Freya konnte ihn nicht einfach ziehen lassen. Er war womöglich ihre einzige Chance, nach Nihalos zu kommen, ohne sich den Wächtern und der Mauer stellen zu müssen.

»Warte!«, sagte Freya und streckte ihre Hand über den Tisch nach Elroy aus, ohne ihn zu berühren. »Lass mich kurz unter vier Augen mit Larkin sprechen.«

Elroy schnappte sich seinen Bierkrug. »Einverstanden. Ich bin gleich zurück.«

Freya beobachtete, wie er in Richtung des Tresens lief, umgehend wandte sie sich wieder Larkin zu. »Ihr müsst es ihm sagen.« Ihre Stimme hatte den Befehlston angenommen, den sie nur ungern gegen den Wächter einsetzte.

»Das kann ich nicht.«

»Wieso nicht?«

»Ich habe einen Schwur geleistet.«

»Das weiß ich, aber Ihr dient nicht länger den Wächtern«, sagte Freya frustriert. Sie konnte nicht glauben, dass Larkin sich zierte. Sie waren so kurz davor, einen Weg nach Nihalos zu finden. Wenn sie Elroy schnell genug überzeugten, könnten sie womöglich noch heute ablegen.

»Ich bin vielleicht nicht mehr an der Mauer«, sagte Larkin. »Aber ich bin immer noch ein Wächter, und Unsterblichkeit darf kein Allgemeingut sein.«

»Ich verlange nicht, dass Ihr euch auf den Marktplatz stellt und das Wissen verkauft. Es geht einzig und alleine um Elroy. Bitte!«

»Er könnte sich auf den Marktplatz stellen und das Wissen verkaufen.«

Freya schüttelte den Kopf. »Das wird er nicht tun.«

»Das könnt Ihr nicht wissen.«

Frustriert ballte Freya die Hände zu Fäusten. »Nun, wenn Ihr nicht bereit seid, Elroy zu geben, was er verlangt, was sollen wir Eurer Meinung nach tun?«

»Wir könnten ein Boot kaufen und eine Crew anheuern.«

Freya lachte. Der Meeresweg über die Atmende See war gefährlich, und es wäre nicht mit einem einfachen Fischerboot getan. »Ich habe viel Gold dabei, aber nicht *so* viel. Wir brauchen Elroy.«

»Ich kann es ihm nicht verraten.«

»Aber Ihr könnt lügen«, sagte Freya mit gesenkter Stimme.

Eine Furche bildete sich auf Larkins Stirn. »Was?«

Freya beugte sich näher zu ihm, damit niemand sie belauschen konnte. »Belügt ihn! Woher soll er wissen, ob Ihr die Wahrheit sprecht oder nicht? Nur die Wächter und mein Vater kennen das Geheimnis der Unsterblichkeit. Wir werden längst in Melidrian sein, bis Elroy herausfindet, dass Ihr ihn belogen habt.«

Larkin schwieg.

Er machte sie noch verrückt. »Wehe, Ihr sagt mir jetzt, dass Wächter nicht lügen, denn wenn das so ist, werde ich Euch vielleicht doch noch verkaufen.«

»Nein.« Larkins rechter Mundwinkel hob sich kaum merklich. »Ich habe mir nur überlegt, ob es übertrieben wäre, Pferdeexkremente in das Ritual einzubauen.«

△

Elroys Schiff, die *Helenia*, war ein Prachtstück und weckte mit seinen dunkelroten Segeln, den hohen Masten und dem polierten Holz sicherlich den Neid so manch eines Captains. Freya und Larkin standen an Bord des edlen Schiffes und beobachteten, wie Elroys Crew alles für ihre Abfahrt vorbereitete. Die Männer waren alles andere als erfreut gewesen, als sie von ihrem nächsten Ziel erfahren hatten, aber das hielt sie nicht davon ab, ihre Arbeit zu erledigen. Elroy musste ihnen für diesen Gehorsam ein Vermögen bezahlen.

»Wenn ihr seekrank werdet, kotzt in den Eimer«, sagte einer der Männer und deutete auf einen alten Kübel, der zur Hälfte mit dreckigem Wasser gefüllt war. »Ich werde euch nicht hinterherwischen.«

Freya nickte. Ihr war übel, aber nicht, weil sie seekrank war. Es war wegen Talon. Talon. Talon. Der Name ihres Zwillings schwang in jedem Schlag ihres Herzens mit. Und bei der Vorstellung, schon bald in derselben Stadt wie er zu sein, zog sich in ihr alles zusammen. Das erste Mal, seit sie ihre Reise mit Larkin angetreten hatte, erlaubte sie sich über ihr Wiedersehen mit Talon zu fantasieren. In ihrer Vorstellung war ihr Aufeinandertreffen perfekt, begleitet von Sonnenschein und Gelächter, aber sie war nicht naiv und wusste, dass die Wirklichkeit eine andere sein würde.

Wahrscheinlich würden sie Tage brauchen, um Talon aufzuspüren, der vermutlich der Sklave irgendeiner Fae war, missbraucht und misshandelt, nur noch ein Schatten seiner selbst, aber Freya würde ihn in die Arme schließen und retten, egal in welchem Zustand. Und wenn er zu gebrochen wäre, um König zu werden, würde sie für ihn auch dieses Opfer in Kauf nehmen und an seiner Stelle trotz allem den Thron besteigen. Sie könnte alles überstehen, solange er nur an ihrer Seite war und ihrer Einsamkeit ein Ende bereitete.

Freya schüttelte diese düsteren Gedanken ab. Zuerst einmal mussten sie Talon in der Hauptstadt finden, und im Moment war das alles, was zählte. Um sich abzulenken, griff sie in die Manteltasche ihres Umhangs und zog den aus dunklen Holz geschnitzten Würfel hervor, den sie als Andenken auf dem Schwarzmarkt gekauft hatte. In anderer Gesellschaft wäre es vielleicht unklug gewesen, ihn hervorzuholen, aber die Männer um sie herum waren schließlich alle dabei, ein Verbrechen zu begehen, indem sie die Mauer umsegelten.

Freya strich mit ihren Fingern über den Würfel und seine Einkerbungen. An jeder Seite war ein Dreieck, dessen Spitze nach oben zeigte, eingraviert. Das Symbol des Feuers. Es war ihr Element schon immer gewesen, oder zumindest war es ihr in Amaruné immer am leichtesten gefallen, Magie zu wirken, die vom Feuer getragen wurde. Der Verkäufer am Markt hatte behauptet, dass man mit einem solchen Würfel die magische Begabung der Faekinder testete. Denn während die höheren Fae stets ein Talent für beide Elemente ihres Volkes besaßen, wiesen bürgerliche Fae nur eine Begabung auf: Erde oder Wasser bei den Unseelie, Feuer oder Luft bei den Seelie.

Freya legte ihre Hände an die beiden Seiten des Würfels und schloss ihre Augen. Sie holte tief Luft, verdrängte ihre Übelkeit und konzentrierte sich auf ihren Herzschlag. Darauf, wie er das Blut durch ihren Körper pumpte, ihn am Leben hielt und Wärme erzeugte. Wärme. Wärme. Wärme. Freya konnte spüren, wie dieser Gedanke ihre Handflächen heißer werden ließ. Sie hörte ein Klicken und öffnete die Augen. Im nächsten Moment sprang der Deckel des Würfels auf. Im Inneren des Holzes loderte eine kleine blaue Flamme. Sie brauchte keinen Nährboden und keinen Sauerstoff. Sie loderte, ohne zu zerstören und ohne zu erlöschen – ewig.

»Ihr habt wirklich eine Begabung für die Magie.«

Freya sah zu Larkin auf. »Findet Ihr?«

Er nickte, und sie glaubte so etwas wie Stolz in seinen Augen zu erkennen, aber womöglich war das auch nur eine Täuschung, eine Reflexion der Sonne und des Wassers. »Ich habe fast zwei Jahre gebraucht, um einen dieser Würfel zu öffnen.«

»Tatsächlich?«, fragte Freya und betrachtete erneut die Flamme. »Ich meine ... warum? Ihr seid doch selbst Magie.«

»Wir Wächter sind nur ein schwaches Echo der Magie«, erwiderte Larkin, den Blick in die Ferne auf das scheinbar endlose Blau gerichtet. »Selbstheilung. Geschärfte Sinne. Kraft. Diese Dinge sind das Einfachste an der Magie. Sie kommen natürlich und werden den Fae in die Wiege gelegt, aber die Kunst, mit den Elementen umzugehen, muss erlernt werden. Nicht jeder kann sie beherrschen. Es benötigt viel Feingefühl, und das ist bei Männern, die zum Kämpfen ins Niemandsland gehen, meist schwer zu finden. Ich war damals keine Ausnahme.«

Freya hätte diesen jüngeren, unerfahrenen Larkin gerne gekannt, um hinter die Fassade des Wächters zu blicken. In der Taverne in Ciradrea war sie kurz davor gewesen, einen Blick hinter die Mauer zu werfen, die Larkin um sich herum errichtet hat, aber er hatte sie wieder ausgesperrt. Wer war Larkin gewesen, bevor er seine Unsterblichkeit erlangt hatte, und wie viel war von diesem Jungen noch übrig, der inzwischen zum Mann geworden war? Er war ein talentierter Kämpfer, ein Beschützer und ein Gläubiger mit Prinzipien, aber wer war Larkin hinter all diesen auferlegten Gesichtern?

Freya blickte wieder auf ihren Würfel hinab. Er war zugeschnappt und die ewige Flamme in seinem Inneren verschwunden. Mit einem Seufzen schob sie das Spielzeug zurück in eine Tasche ihres Mantels, als ein Ruck durch das Schiff lief. Die Crew hatte Anker und Seile gelöst, während Elroy letzte Anweisungen brüllte. Sie würden gleich ablegen, und hatte sich die *Helenia* erst einmal vom Hafen gelöst, gab es kein Zurück mehr. Dies war Freyas letzte Chance: Wollte sie ihr Leben für Talon riskieren oder ein Leben ohne ihn führen? Die Antwort lag auf der Hand. Freyas Innerstes zog sich zusammen, aber es war nicht länger Übelkeit, die sie verspürte, sondern Aufregung, Hoffnung und Zuversicht. Alles würde gut werden. Sie musste einfach daran glauben. Und als sie ihren Blick auf Larkin richtete, der mit einem Finger über die Klinge seines feuergebundenen Schwertes fuhr, wusste sie, dass sie nichts zu befürchten hatte. Sie lehnte sich gegen die Reling, streckte ihr Gesicht der Sonne entgegen und lauschte den Geräuschen eines Schiffes, das bereit war, in See zu stechen.

Freya Draedon

Larkin Welborn

Ceylan Alarion

Kheeran

Aldren

Weylin

Leigh Fourash

Valeska

Elroy

Teil 2

23. Kapitel – Kheeran

– Nihalos –

Prinz Kheeran wünschte, sein Besuch im Niemandsland hätte kein so schnelles Ende gefunden. Die Reise an die Mauer war für ihn eine willkommene Unterbrechung seiner alltäglichen Aufgaben und Pflichten gewesen, denen er nur allzu gerne entkommen war. Außerdem hatte Aldren recht. Er interessierte sich für die Menschen. Sie weckten seine Neugierde – faszinierten ihn. Und auch wenn die unsterblichen Wächter im klassischen Sinne nicht mehr menschlich waren, hätte er gerne etwas Zeit gehabt, um noch länger mit dem Field Marshal und seinen Novizen zu plaudern.

Den Novizen.

Lüge.

Der Novizin.

Ceylan Alarion.

Kheeran bekam sie nicht mehr aus seinem Kopf. Unaufhörlich musste er daran denken, wie es gewesen war, neben ihr zu stehen und sie zur Wächterin zu ernennen. Das Gefühl ihrer Handfläche auf seiner konnte er einfach nicht vergessen, und er konnte sie noch immer in seinen Gedanken sehen. Störrisch und wild, mit einer Haut so bronzen, als wäre sie ein Schatz. Und mit den dunkelsten Augen, die er jemals gesehen hatte. Dabei war es nicht nur das Braun ihrer Iris, das Ceylans Blick so düster hatte wirken lassen. Es war vor allem der Hass und die Verachtung, mit welcher sie ihn betrachtet hatte. Ähnlich giftige Blicke bekam er sonst nur von seinem Volk und Onora zugeworfen, der ältesten Beraterin seines Vaters, wenn er ihrer Meinung nach mal wieder eine falsche Entscheidung getroffen hatte. Doch Onoras Musterungen lösten in ihm nicht annähernd dieselben Gefühle aus.

Er konnte es nicht beschreiben, aber er hatte sich trotz der offensichtlichen Abscheu mit Ceylan verbunden gefühlt. Denn ihr Hass auf die Fae kam ihm so vertraut vor wie der Geschmack von Feigen. Er sollte so nicht denken. *Bei den Göttern!* Er würde schon bald König über die Fae sein. Aber alles, woran er denken konnte, war, wie sehr er es hasste, in diese Position gedrängt worden zu sein. Und das, obwohl ein großer Teil der Bevölkerung ihn ebenso wenig auf dem Thron sehen wollte wie er dort sitzen wollte. Aber was blieb ihm für eine andere Wahl? Sein Vater war tot, und seine Mutter hatte in die königliche Familie eingeheiratet. Noch trug sie den Titel Königin, aber durch ihre Adern floss nicht das Blut des königlichen Stammbaums, und somit war sie nicht zum Herrschen über das Land bestimmt.

»Kheeran? Kheeran! Hörst du mir zu?«

Von seinen Gedanken abgelenkt hob er den Kopf und sah zu seiner Mutter, Königin Zarina, auf, die ihn mit ihren blauen Augen besorgt musterte. Ihre alabasterfarbene Haut war an den Wangen von einer zarten Röte belegt. Das blonde Haar trug sie wie viele der weiblichen Unseelie kurz geschoren, was die Form ihrer spitzen Ohren betonte, die mit diamantverzierten goldenen Aufsätzen geschmückt waren.

»Entschuldige. Was hast du gesagt?«

»Ich habe dich gefragt, ob du dich auf das Treffen mit den Beratern deines Vaters vorbereitet hast«, sagte Zarina mit verkniffenen Lippen, dennoch schwang Sorge in ihrer Stimme mit. Wenn es eine Person am Hof gab, die ahnte, wie sehr es ihm widerstrebte, das Erbe seines Vaters, König Nevan, anzutreten, dann war es seine Mutter. Sie hatten noch nie offen darüber geredet. Die Worte waren zu gefährlich, um ausgesprochen zu werden, aber manchmal glaubte Kheeran ein wissendes Funkeln in ihren Augen zu erkennen. Sie seufzte. »Wo bist du nur wieder mit deinen Gedanken?«

»Ich bin nur müde«, log Kheeran und täuschte ein Gähnen vor. Er war sich sicher, dass seine Mutter ihn nicht für sein Interesse an den Menschen verurteilen würde, wie all die anderen Fae. Doch er wollte sich auf keine Diskussion einlassen. Davon gab es in letzter Zeit zu viele. »Die Reise war anstrengender als erwartet.«

»Du weißt, du hättest nicht gehen müssen. Teagan hätte das für dich übernehmen können.«

Teagan war ebenfalls ein Berater seines Vaters und in den letzten zweihundert Jahren anstelle des Königs an die Mauer gereist, um den Wächtern die Unsterblichkeit zu verleihen. Doch Kheeran hatte sich die Chance, die Menschenwelt mit eigenen Augen zu sehen, nicht entgehen lassen wollen.

»Aber nur so konnte ich den Field Marshal kennenlernen.«

»Wozu?«

Die Frage seiner Mutter traf Kheeran unerwartet. Um etwas Zeit für seine Antwort zu schinden, lehnte er sich über die Tafel und griff nach den Erdbeeren, die von den Bediensteten des Schlosses akkurat auf einem goldenen Tablett für ihn angerichtet worden waren. »Er und seine Leute sind dafür verantwortlich, den Frieden zwischen unseren Ländern zu bewahren«, erwiderte Kheeran schließlich. »Findest du nicht, da sollten wir uns zumindest kennen?«

»Nein«, antwortete seine Mutter, ohne zu zögern, und beugte sich über den Tisch, um nach seiner Hand zu greifen. Ihre Finger waren schmalgliedrig und ihre Nägel zu perfekten halbmondartigen Sicheln gefeilt. »Denn *du* bist dafür verantwortlich, den Frieden zu bewahren. Diese Wächter kümmern sich nur um Ausrutscher. Elva, Halblinge und hinterwäldlerische

Fae, die nicht schätzen, was wir ihnen bieten können. Doch
solange du deinem Volk gerecht wirst und sie nichts zu beklagen
haben, gibt es für sie keinen Grund, ins sterbliche Land einzufal-
len. Du musst dich auf das konzentrieren, was sich vor deiner
Nase abspielt. In diesem Schloss. In Nihalos. Die Wächter können dir egal sein. Dafür hast du Männer wie Teagan. Dein Volk
braucht dich hier, und deine Abwesenheit ist ihnen nicht entgangen.«

»Vater ist auch viel gereist.«

»Ja, aber er war älter und erfahrener und hat sich mehrere
Jahrzehnte beweisen können. Die Leute hatten keinen Grund,
an ihm und seiner Loyalität dem Volk gegenüber zu zweifeln.«

*Es ist nicht meine Schuld, dass mir keine Jahrzehnte geblieben
sind, um mich zu beweisen,* dachte Kheeran, aber er sprach die
Worte nicht aus, um die Wunde, die der Tod seines Vaters hinterlassen hatte, nicht aufzureißen. Sie war gerade erst dabei, sich
langsam zu schließen, da sein Ableben erst wenige Wochen zurücklag. Doch Kheerans Mutter schien seine Gedanken lesen zu
können. Ihr Gesicht wurde leer, ihre Augen feucht, und ihr Blick
glitt in die Ferne – in eine andere Zeit, zu einem anderen Ort, in
ein altes Leben.

Kheeran drückte tröstend die Hand seiner Mutter. Er ertrug
es nicht, ihre Tränen zu sehen, und richtete seine Aufmerksamkeit auf die Bogenfenster auf der anderen Seite des Saals. Sie
nahmen die komplette Wand für sich ein. Die meisten Räume
im Schloss waren auf diese Weise gestaltet, wodurch der Palast
von außen den Anschein erweckte, als wäre er aus Glas errichtet.
Die Zimmer waren an Tagen wie diesen lichtgeflutet, und die
Fenster gaben den Blick auf einen kunstvoll bepflanzten Garten
frei. Mit sorgfältig gestutzten Rosenbüschen, akkurat verlaufen-
den Kieselwegen und einem großen Brunnen im Herzen, der
Vögel und Insekten anzog wie eine Oase. Dahinter war die Stadt
Nihalos zu erkennen, mit flachen, von Grün überwucherten

Dächern, auf denen sich die Unseelie tummelten. Was würde Kheeran nicht alles geben, um in diesem Moment auch dort sein zu können, anstatt auf sein Treffen mit den Beratern seines Vaters zu warten. Vermutlich würden sie ihm nur dieselben Vorwürfe machen wie bereits seine Mutter. Onora war alles andere als begeistert gewesen zu erfahren, dass er selbst ins Niemandsland reisen würde, und das nur wenige Wochen vor seiner Krönung. Diese musste zeitgleich mit der Wintersonnenwende stattfinden. An diesem Tag war ihre Welt der von Göttern bewohnten Anderswelt am nächsten. Nur dann konnte das Tor, welches die beiden Ebenen miteinander verband, von ihm geöffnet werden, und er konnte die Götter um ihre Gunst und ihre Magie bitten. Denn erst wenn er die Gabe aller vier Elemente – Erde, Wasser, Feuer und Luft – besaß, war es ihm gestattet, wahrhaftig den Thron der Unseelie zu besteigen.

Plötzlich klopfte es an der Tür des Saals. Kheeran blinzelte vom Sonnenlicht geblendet und sah zu dem Gardisten, welcher den Durchgang bewachte. Er regte sich nicht, bis Kheeran ihm mit einem knappen Nicken den Befehl gab, die Tür zu öffnen. Wieso das Unausweichliche hinauszögern?

Aldren betrat den Raum. »Eure Majestät«, grüßte er die Königin und deutete eine Verbeugung an, ehe er sich Kheeran zuwandte. »Mein Prinz.«

Kheeran lächelte seinen alten Freund an. Es kam ihm stets eigenartig vor, wenn Aldren auf diese förmliche Weise mit ihm sprach. Aber seine Mutter legte viel Wert auf höfische Etikette und würde in ihrer Anwesenheit keine andere Umgangsform zwischen Aldren und ihm gutheißen. »Ist es schon wieder so weit?«

Ein missmutiger Ausdruck trat auf Aldrens Gesicht. »Nein, mein Prinz. Euer Treffen mit den Beratern ist erst für den frühen Abend angesetzt. Es geht um ein anderes Belangen. Eure Gardisten haben zwei Verdächtige festgenommen, die um den

Palast herumgeschlichen sind. Sie hatten ein Fläschchen Gift bei sich.«

Königin Zarina sog neben Kheeran scharf die Luft ein und drückte seine Hand fester. Kheeran war weniger überrascht. Es war nicht der erste Mordversuch an ihm und würde vermutlich auch nicht der letzte sein. »Habt Ihr sie zum Thronsaal bringen lassen?«, fragte er.

Aldren nickte. »Oder soll ich sie in den Kerker sperren lassen?« Kheeran zögerte, fragte sich aber erneut: *Wieso das Unausweichliche hinauszögern?* »Nein. Ich werde mich der Sache gleich annehmen.« Er tätschelte die Hand seiner Mutter und stand auf. Doch die Königin überraschte ihn. Sie erhob sich ebenfalls. Ihre Trauer um den König war der wilden Entschlossenheit einer Mutter gewichen, die ihr Kind schützen will. Denn auch wenn Kheeran aussah wie ein Mann, er war dennoch erst achtzehn Jahre alt. In der Menschenwelt wäre er damit alt genug, um zu heiraten und selbst Vater zu werden. Im magischen Land hingegen war er damit kaum alt genug, eigene Entscheidungen zu treffen, geschweige denn König zu werden – und darin lag das Problem. Ein nicht unbedeutender Teil der Bevölkerung wünschte sich, er würde den Thron nicht besteigen. In ihren Augen war er zu jung und unerfahren, der Magie der Götter nicht würdig. Er gab ihnen recht, aber das Blut der königlichen Familie floss nun mal durch seine Adern. Daran ließ sich nichts ändern.

Aldren begleitete Kheeran und die Königin aus dem privaten Speisesaal. Sie folgten mehreren Korridoren aus glänzendem Marmor, durch deren Mitte ein schmaler Fluss verlief, der Teil einer gigantischen Brunnenanlage war, die durch den gesamten Palast führte, sodass die Fae am Hof jederzeit genug Wasser zu Verfügung hatten, um ihre Magie wirken zu können. Entlang des fließenden Gewässers waren Kübel mit Erde in den Boden eingelassen, aus denen die prächtigsten Sträucher und Blumen wuchsen, herangezogen von den talentiertesten Erdmagiern.

Entlang des Weges versuchte Kheeran sich nicht von den Unseelie verunsichern zu lassen, die dabei waren, die gläserne Fassade des Schlosses zu reparieren. Obwohl für den Bau des Palastes das massivste magieverstärkte Glas der Stadt verwendet worden war, fanden die rebellischen Fae, die ihn nicht auf dem Thron sitzen sehen wollten, immer wieder Möglichkeiten, es zu beschädigen. Risse zogen sich dann wie Spinnennetze über die Scheiben, die nur darauf warteten, gebrochen zu werden.

Kheerans Großvater hatte die Mauern nach dem Krieg einreißen lassen, als Zeichen dafür, dass es keinen Grund gab, sich vor weiteren Angriffen zu fürchten – aber Kheeran fürchtete sich. Er bangte nicht um sein Leben, sondern vor allem um das seiner Mutter, Aldrens und all der anderen unschuldigen Fae, die im Palast arbeiteten. Was, wenn die zwei festgenommen Fae das Gift in den falschen Topf gekippt hätten? Und einer seiner Bediensteten oder eines von deren Kindern aus Hunger davon gekostet hätte? Das alles passierte nur seinetwegen, und er konnte nicht anders als Schuld darüber zu empfinden, obwohl er sich dieses Schicksal nicht ausgesucht hatte.

»Königin Valeska hat ihre Teilnahme an Eurer Krönung endlich offiziell bestätigt«, sagte Aldren unerwartet, als sie eine der zahlreichen goldenen Brücken überquerten, welche die Flüsse innerhalb der Korridore überspannten. »Sie ist bereits auf den Weg hierher. Wir erwarten ihre Ankunft aber erst in einigen Tagen, denn sie reist mit großem Gefolge an. Die Räumlichkeiten werden bereits für ihre Übernachtung vorbereitet. Sie besteht darauf, dass in ihren Gemächern blickdichte, dunkle Vorhänge angebracht werden und Feuerschalen bereitstehen.«

»Ausgezeichnet«, erwiderte Kheeran, weil es die einzige akzeptable Antwort war, obwohl Valeska ihm gestohlen bleiben konnte, wie vermutlich dem Rest der Unseelie. Sie und das andere Faevolk lebten zwar seit Jahrhunderten in Frieden, aber nur weil sie keine Feinde waren, machte sie das nicht zu Freunden. Sie hatten lediglich einen Weg gefunden, die Herrschaftsgebiete in Melidrian unter sich aufzuteilen. Er würde als zukünftiger König der Unseelie den Norden einschließlich des Feuergebirges regieren, währen Valeska der Süden und Südosten gehörte.

Doch auch tausend Jahre nach dem Krieg gegen die Menschen herrschten noch immer Spannungen zwischen den einstigen Verbündeten. Sie hatten den Krieg nicht wirklich verloren – aber auch nicht gewonnen, und noch immer gab man dem jeweils anderen Volk die Schuld daran. Die Unseelie warfen den Seelie vor, nicht taktisch genug gehandelt zu haben, während die Seelie in den Unseelie schwache, unwürdige Krieger sahen. Aus diesem Grund regierten die beiden Königshäuser Melidrian nebeneinander, aber nicht miteinander.

Kheeran verstand nicht, wie diese Fehde über tausend Jahre anhalten konnte, und sie war auch nicht der Grund, warum er Valeska nicht ausstehen konnte. Er verabscheute sie, weil sie sich für etwas Besseres hielt und mit derselben arroganten Art auf ihn herabblickte wie all die anderen. Bei seinem Vater hätte sie sich niemals erlaubt, bis zum letztmöglichen Moment zu warten, um auf eine Einladung zu antworten.

Schließlich erreichten Kheeran, Aldren und Königin Zarina den Flur, der zum Thronsaal führte. Dieser Korridor war breiter, und während sich die gläserne Seite zu dem Garten hin öffnete, der das ganze Schloss umgab, hingen an der anderen Seite Porträts früherer Könige und Königinnen. Jedes der Gemälde wurde von einem Gardisten flankiert. Reglos wie Statuen aus Stein standen sie unter den schweren Bilderrahmen, die weit oben an der Wand angebracht waren, sodass die früheren Herrscher Nihalos noch immer überblicken konnten. Vor dem Bild seines Vaters blieb Kheeran einen Augenblick stehen. Er schickte ein kurzes Stoßgebet in seine Richtung und bat ihn um Kraft für das, was nun kommen würde.

Vor den Flügeltüren des Thronsaals blieben sie stehen. Der Durchgang wurde von zwei Gardisten bewacht. Die weibliche Unseelie hatte ihr Haar kurz rasiert, wie die Königin, der Mann hingegen besaß eine blonde Mähne. Zwei Zöpfe mit eingeflochtenen Ringen umrahmten sein Gesicht. Ursprünglich waren die Ringe ein Symbol der Macht gewesen. Jeder silberne Ring stand für einen besiegen Gegner, jeder goldene Ring für zehn; weshalb Kheeran kein einziges Schmuckstück in seinen Haaren trug. Doch die Ringe waren in der Bevölkerung zunehmend zur Zierde geworden und repräsentierten statt Macht und Stärke nun vor allem Reichtum.

Aldren bedeutete ihnen mit einer Handbewegung, die massive Tür zu öffnen.

»Wartet!«, sagte Kheeran, kaum dass ihre Hände die Türgriffe berührt hatten. Alle starten ihn an, und er blickte zu seiner Mutter. »Sehe ich vorzeigbar aus?« Er war so in seinen eigenen dunklen Gedanken versunken gewesen, dass er glatt vergessen hatte, in den Spiegel zu blicken.

Königin Zarina musterte ihn kurz, bevor sie ihre Hand ausstreckte und eine Strähne seines blonden Haares an die richtige Stelle drapierte. Sie lächelte. »Nun siehst du perfekt aus.«

»Danke!« Kheeran erwiderte ihr Lächeln und nickte den Gardisten zu. Sie öffneten die Tür, und zum Vorschein kam ein prunkvoller Saal. Der steinerne Boden war hier auf Hochglanz poliert, sodass sich die reich verzierte Stuckdecke darin spiegelte. Sie lag in gut vierzig Fuß Höhe, und auch wenn man die einzelnen Elemente nicht erkennen konnte, war nicht zu übersehen, wie viel Gold, Zeit und Mühe in ihre Entstehung geflossen war. Stämmige Säulen aus edlem Marmor, an denen sich grüne Ranken emporschlängelten, verliefen rings um den Saal und schafften versteckte Ecken, in denen ebenfalls Blumen und Sträucher gepflanzt waren, deren Blätter und Blüten einen herrlich süßen Duft verströmten. Schon des Öfteren hatte Kheeran mit angesehen, wie diese Ecken während Festlichkeiten von Paaren aufgesucht worden waren, die sich in etwas intimerer Umgebung *unterhalten* wollten. Nicht, dass er sich daran störte. Ihm war es lieber, sein Thronsaal wurde für diese Dinge genutzt als für das, was er gleich im Begriff war zu tun.

Sie durchquerten den Raum, in dessen Mitte ein Brunnen stand, der Skulpturen von Ostara, Göttin der Erde, und Yule, Gott des Wassers, zeigte. Ihre Schritte hallten von den hohen Wänden wider. Am anderen Ende angelangt stieg Kheeran die Stufen zu seinem Thron empor, der erstaunlich schlicht im Vergleich zum Rest des Schlosses wirkte. Er war aus Gold geschmiedet, aber nicht allzu groß, und die Polster, die mit beigen Stoffen überzogen waren, wurden beinahe täglich gewechselt. Kein Fleck durfte den Thron beschmutzen. Königin Zarina nahm auf einem kleineren Thron zu Kheerans linker Seite Platz. Der zu seiner rechten blieb frei, denn er war seiner späteren Gattin vorbehalten.

Aldren marschierte zu einem unscheinbaren Durchgang am Rande des Saals. Die Tür war kaum sichtbar, wenn man nicht von ihrer Existenz wusste. Er sprach ein paar Worte, die Kheeran nicht verstehen konnte, ehe er zurückkam und seinen Platz vor den Treppen, die zum Thron führten, einnahm.

Kheeran holte tief Luft und versuchte seine flatternden Nerven zu beruhigen. Er hasste diese königliche Pflicht noch mehr als alle anderen. Wieso konnte er diese Aufgabe nicht an Teagan oder einen anderen Berater delegieren?

Mehrere Herzschläge verstrichen, ehe sich die versteckte Tür erneut öffnete und vier Gardisten den Raum betraten. Sie alle trugen die helle Uniform der Unseelie, bestehend aus einer dunklen Hose und einem beigefarbenen Gewand, das mit goldenen Ornamenten bestickt war. Die Uniform erweckte den Eindruck, für ein Bankett am Abend und nicht für den Kampf geschneidert worden zu sein. Der erste Blick täuschte allerdings, denn er verbarg die Klingen, welche unter dem edlen Stoff versteckt waren. Nur die hellbraunen Wasserschläuche, die dafür sorgten, dass die Gardisten jederzeit und an jedem Ort ihre Magie wirken konnten, waren offen zur Schau gestellt.

Doch die vier Gardisten waren nicht alleine. Sie führten zwei Gefangene mit sich – einen Mann und eine Frau. Sie waren an den Füßen und Händen gefesselt. Dreck klebte in ihren Gesichtern, als wären sie gestürzt; vermutlich waren die Gardisten alles andere als sanft mit ihnen umgegangen. Ihre Kleidung hingegen verriet Kheeran, dass er es keineswegs mit *Hinterwäldlern* zu tun hatte, wie seine Mutter sie immer nannte.

Die sechs Fae blieben mit gebührendem Abstand vor dem Thron stehen. Während die vier Gardisten mit einem kurzen Nicken ihre Ehrerbietung vor der königlichen Familie zeigten, rührten sich die beiden Gefangenen nicht vom Fleck. Mit wilden, von Zorn erfüllten Mienen betrachteten sie zuerst Kheeran, dann die Königin und schließlich wieder Kheeran. Es kostete ihn einiges an Willenskraft, nicht unruhig auf seinem Thron hin und her zu rutschen, wie damals im Unterricht, wenn er unter der strengen Musterung eines Lehrers saß, weil er mal wieder die Fakten über den Krieg vertauscht hatte.

»Wisst ihr, wen ihr hier vor euch habt?«, fragte Aldren mit seiner autoritärsten Stimme. Es war eine rhetorische Frage, denn er wartete die Antwort der Gefangenen nicht ab. »Vor euch sitzt Prinz Kheeran, Herrscher über Melidrian, Prinz von Nihalos und baldiger König der Unseelie. Neben ihm Königin Zarina, Gattin des früheren König Nevan. Verbeugt euch!«

»Nein«, zischte die Frau. Das Wort triefte vor Missbilligung, und unwillkürlich musste Kheeran daran denken, dass sie sich vermutlich blendend mit Ceylan verstanden hätte. Die beiden könnten bei einem Glas Rotwein wahrscheinlich stundenlang über ihn herziehen – bis Ceylan der Fae ihr magisches Schwert in den Rücken gerammt hätte; schließlich war sie noch immer eine von ihnen.

»Verbeugt euch«, befahl Aldren noch einmal mit aller Strenge. Die Fae gehorchten nicht, und zwei Gardisten traten wortlos hervor. Sie verpassten ihnen Tritte in die Kniekehlen und drängten zuerst ihre Körper und schließlich ihre Köpfe nach unten, bis sie den polierten Boden hätten lecken können. Die Fae kämpften gegen diese Dominanz und die Fesseln, die sie davon abhalten sollten, Elementarmagie zu wirken, an. Allerdings hätten sie nichts gegen die geschulten Krieger und Aldren ausrichten können.

Schließlich ließen die Gardisten ihre Köpfe wieder los, und die Gefangenen tauchten aus der erniedrigenden Haltung auf. Der Mann spuckte auf den Boden. Sogleich bekam er einen Stiefel von hinten in den Rücken gerammt und stürzte das Gesicht voraus auf den Stein. Der Aufprall hallte durch den leeren Thronsaal, und Kheeran glaubte das Brechen einer Nasenwurzel zu hören.

Der Gardist packte die Fesseln des Fae und zerrte ihn wieder in eine aufrechte Position. Blut tropfte aus seiner Nase und sprenkelte den Marmor, bevor die Wunde heilen konnte. Kheeran unterdrückte jede Regung. Warum konnten diese Verhöre nie friedlich ablaufen?

»Wie lauten eure Namen?«, fragte Aldren unberührt von dem Zwischenfall. Für ihn war das nichts Neues. Er war bereits über hundert Jahre alt und der Sohn eines Herzogs. Aufgewachsen im Schloss, hatte er sich zum Gardisten ausbilden lassen und war anschließend an eine der weiterführenden Akademien gegangen. Vermutlich hatte er bereits Dinge gesehen und getan, die sich Kheeran nicht einmal vorstellen konnte.

Beide Gefangene schwiegen weiterhin, doch als sich einer der Gardisten zwischen sie stellte – seine Anwesenheit eine Drohung für sich –, sprach die Frau. »Ich bin Alannah, und das ist mein Partner Riordan.«

Alannah und Riordan. Kheeran wünschte sich, Aldren hätte

sie nicht nach ihren Namen gefragt. Er wollte sie nicht wissen. Auf diese Weise konnte er sie wie skrupellose Verbrecher behandeln. Doch nun musste er daran denken, dass diese Namen von Eltern ausgesucht worden waren. Eltern, die ihre Kinder vermissen würden. Kinder, die ein Leben gelebt haben.

»Ihr wurdet bei eurem Versuch, in den Palast einzudringen, festgenommen«, fuhr Aldren fort, seine blauen Augen funkelten voller Verachtung. »Als man euch entdeckt hat, wolltet ihr fliehen, und man hat euch das hier abgenommen.« Er griff in eine Tasche seiner Uniform und förderte ein Fläschchen zutage, das mit einer roten Flüssigkeit gefüllt war, die an Wein erinnerte. »Gift«, erklärte der Fae, als wäre es nicht allen Anwesenden klar. »Was habt ihr zu eurer Verteidigung vorzubringen?«

Die Gefangenen sahen einander an und tauschten Blicke aus, die einer stummen Unterhaltung glichen. Die Augenbrauen der Frau zogen sich zusammen, und der Mann schüttelte den Kopf als Antwort auf eine Frage, die nie gestellt worden war. Kheeran kam nicht umhin, sich zu wundern, wie lange die beiden wohl schon ein Paar waren; sicherlich einige Jahrzehnte.

»Also, was ist?«, fragte Aldren harsch. Seine Stimme war wie das Bellen der Bluthunde, die jeden Morgen durch den Nebelwald getrieben wurden, um Elva von Nihalos fernzuhalten. Kheeran empfand es jedes Mal aufs Neue irritierend, seinen besten Freund so streng und nüchtern zu erleben. Aldren, wie er ihn kannte, war warmherzig, fürsorglich und freundlich. Jeden Morgen bei Sonnenaufgang holte er Früchte und Nüsse aus der Küche, um die Vögel zu füttern. Doch in diesem Moment war nichts von dem Aldren zu sehen, der seine Morgen damit verbrachte, die Tukane und Aras zu umsorgen, die in den königlichen Gärten lebten. Er hatte eine Maske aufgesetzt und spielte eine Rolle, genauso wie Kheeran selbst es tat.

Niemand, der ihn in diesem Augenblick ansah, konnte ahnen, was wirklich in ihm vorging. Sein Gesicht war ausdruckslos, seine Augen leer, und auf seinen Lippen ruhte ein erhabenes Lächeln, wie er es von seinem Vater kannte. Früher hatte er angenommen, dieser wäre einfach glücklich. Heute wusste er, dass nur ein Lächeln es vermochte, wahre Gefühle zu verbergen.

»Wir wollten unser Volk nur schützen. Vor ihm«, antwortete Alannah schließlich mit erhobenem Kinn und sah zu Kheeran, ihr Blick war von einer schneidenden Kälte, die ihm das Atmen erschwerte. Er wusste, dass er aufgrund seines Alters bei vielen Fae als unwürdig angesehen wurde, aber etwas zu wissen war nicht dasselbe, wie es mit eigenen Augen zu sehen.

»Ihr streitet es also nicht ab, einen Anschlag auf den Prinzen geplant zu haben?«, fragte Aldren.

»Nein«, antwortete Riordan.

Kheeran wusste nicht, ob die Ehrlichkeit der beiden Fae sie dumm oder mutig machte. Sie wussten, welche Strafe sie für den versuchten Mord an ihm erwartete, denn in der Regel hielten die Fae keine Gefangenen. Das war ein zu mühevolles und kostspieliges Unterfangen für ein Volk, das mehrere Jahrhunderte lebte.

Aldren nickte langsam. Die Schultern angespannt drehte er sich erwartungsvoll zu Kheeran um. Sein angespannter Kiefer war das einzige Indiz, dass ihm diese Situation hier genauso wenig gefiel wie Kheeran. Eigentlich sollte er froh sein. Er war noch am Leben, die Beweislage eindeutig, und er hatte ein Geständnis, das keinen Zweifel an der Schuld der Gefangenen ließ. Dennoch wollten ihm die Worte nicht über die Lippen kommen, aber was hatte er für eine andere Wahl? Wenn er die beiden gehen ließ, würden sie zurückkommen, und wer wusste schon, wer ihr Gift dann schlucken würde?

Aus dem Augenwinkel konnte Kheeran sehen, wie seine Mutter über sein Zögern die Stirn runzelte, vermutlich fürchtete sie, er könnte etwas Dummes, Unüberlegtes tun, und vermutlich hatte sie recht. Er ließ sich auf seinen Thron zurücksinken, bemüht, seine neutrale Miene aufrechtzuerhalten, als er die nächsten Worte sprach: »Vergiftet ihn! Nur ihn.«

Kheeran deutete mit gespielter Langeweile auf Riordan.

Der Fae wurde nicht panisch, wie die meisten nach der Verkündung ihrer Hinrichtung. Er blieb vollkommen ruhig, und ein feines Lächeln trat auf seine Lippen. Er versuchte nicht, seine Angst dahinter zu verbergen, sondern ehrliche Dankbarkeit sprach aus dieser Geste.

»Nein!«, brüllte Alannah und riss an den Fesseln. Tränen waren in ihre Augen getreten, und ihr ganzer Körper hatte zu zittern begonnen. »Das ... das geht nicht. Ihr könnt nicht nur ... Das Gift war meine Idee. Ich wollte Euch töten. Wenn Ihr Riordan hinrichtet, dann auch mich. Das ist nur fair.«

»Es geht hier nicht um Fairness«, erwiderte Kheeran. Er wusste, er sollte sie auch töten. Sie als Risiko für ihn auslöschen. Aber er hasste Hinrichtungen, und auf diese Weise konnte Alannah nicht nur leben, sondern Riordans Tod auch als Warnung an die anderen Rebellen weitertragen.

»Aber –«

»Kein aber«, schnitt Aldren der Fae das Wort ab. »Niemand widerspricht dem Prinzen.«

»Ich will nicht –«

»Sei still«, sagte Riordan. Seine Stimme war weniger scharf als die von Aldren. »Es ist in Ordnung.«

»Nichts ist in Ordnung«, sagte Alannah. Sie schloss die Augen, und Tränen kullerten ihr über die Wangen. Sie zeigte ihren Schmerz so offensichtlich, dass es Kheeran die Kehle zuschnürte. Er konnte sie verstehen und nachvollziehen, weshalb ihr der Tod in diesem Moment reizvoller erschien als ein Leben ohne ihren Partner.

Aldren, der die Flasche mit dem Gift noch immer in den Händen hielt, nickte knapp und näherte sich dem Verurteilten. Ein Gardist war hervorgetreten und stand hinter Riordan. Er griff nach seinem Kopf, um ihn festzuhalten. »Nicht«, sagte der Gefangene. »Ich werde mich nicht wehren.«

Unsicher zuckte der Blick des Gardisten zu Kheeran. Dieser nickte, und der Gardist trat einen Schritt zurück. Jedem Lebewesen sollte es gewährt sein, in Würde zu gehen, selbst bei einer Hinrichtung, fand Kheeran. Aus diesem Grund hatte es in den letzten Monaten auch keine öffentlichen Exekutionen gegeben. Er hatte diese unter der Führung seines Vaters miterlebt, und es gab wohl nichts Erniedrigenderes, als kurz vor dem Ableben mit den schlimmsten Wörtern beschimpft zu werden, die der Wortschatz besaß.

Aldren blieb vor Riordan stehen. Ein Beben durchlief den Körper des Fae, und sein Blick zuckte ein letztes Mal zu Alannah. »Ich liebe dich.«

»Ich dich auch«, erwiderte diese und beobachtete Riordan. Sie hatte aufgehört zu weinen, als würde ihr Körper ahnen, dass ihr nur noch wenige Sekunden blieben, um sich das Gesicht ihres Geliebten einzuprägen.

Aldren räusperte sich, und nach einem letzten, sehnsuchtsvollen Blick wandte sich Riordan ihm zu. Er öffnete seinen Mund und legte den Kopf in den Nacken. Aldren zögerte nicht und kippte den Inhalt des Fläschchens seinen Rachen hinab. Riordan schluckte und starrte anschließend auf den Boden, als sollte Alannah nicht mit ansehen müssen, was das Gift mit seinem Gesicht anstellte.

Im Thronsaal wurde es ruhig. Es schien, als würden sie alle die Luft anhalten. Niemand gab einen Laut von sich. Das Glas der Fenster, die den Blick auf die Stadt freigaben, war so dick, dass kein Geräusch von außen nach innen dringen konnte. Es herrschte vollkommene Stille.

Ein Husten.

Riordan versuchte es zurückzuhalten.

Es ging nicht.

Es brach aus ihm heraus, und mit ihm kam Blut. Erst nur ein paar Tropfen, dann immer mehr. Er würgte. Sein Körper begann zu zucken, und er stürzte nach vorne, wieder mit dem Gesicht voraus auf den Boden. Wieso hatte Kheeran nicht daran gedacht, ihm die Fesseln abnehmen zu lassen? Alannah begann wieder zu weinen, während Riordan sich zusammenkrümmte. Sein Gesicht war rot angelaufen, seine Kehle angeschwollen und seine Zähne vom Blut rosa verfärbt. Aus seinem Würgen war ein Röcheln geworden. Seine Augen waren weit aufgerissen, und Kheeran konnte selbst aus der Ferne sehen, wie die Äderchen darin nach und nach platzten. Hätte sein Körper es zugelassen, hätte Riordan mit Sicherheit geschrien. Man konnte ihm seinen Schmerz ansehen, und beinahe bereute es Kheeran, ihn nicht enthauptet zu haben. Sein eigener Magen drehte sich bei dem Anblick um, und es kostete ihn einiges an Kraft, sich nicht zu übergeben.

Riordans Tod dauerte nur wenige Sekunden – das Gift war effektiv –, dennoch fühlte es sich für Kheeran so an, als würden Stunden vergehen, bis sein zuckender Körper schließlich reglos liegen blieb. Speichel- und Blutstropfen liefen aus seinem offen stehenden Mund.

Alannah brüllte Riordans Namen. Ihr Ruf und ihr Wimmern war so herzzerreißend, dass es Kheeran vermutlich noch tagelang in den Ohren nachhallen würde. Ihr Gesicht war von seelischen Qualen entstellt, und sie kämpfte gegen die Fesseln an, die sie davon abhielten, ihrem Liebsten zu Hilfe zu eilen, obwohl es dafür längst zu spät war.

Sie haben sich das selbst zuzuschreiben, rief Kheeran sich ins Gedächtnis, um die Schuldgefühle zurückzudrängen, die sich wie ein Lauffeuer in seinem Inneren ausbreiteten. Sein eigenes Herz blutete für die Fae, denn er wusste nur allzu gut, wie sich Verlustschmerz anfühlte.

»Was ist mit ihr?«, fragte Aldren mit gesenkter Stimme und

deutete auf Alannah. Sie saß schluchzend vornübergebeugt vor dem Leichnam. »Lasst sie gehen«, antwortete Kheeran. Seine Stimme klang gepresst.

»Kheeran –«, hob seine Mutter an, aber er brachte sie mit einem einzigen Blick zum Schweigen. Ihre Lippen pressten sich aus Missfallen zu einem dünnen Strich zusammen. Ihr gefiel es nicht, dass er Alannah am Leben ließ. Doch selbst die Königin wagte es nicht, mit Kheeran zu diskutieren, zumindest nicht vor den Augen von Aldren und den Gardisten.

Schweigend beobachtete Kheeran, wie die Gardisten Riordans Körper durch die geheime Tür davontrugen, dicht gefolgt von Alannah. Sie würden sie aus dem Schloss führen und sie anschließend von ihren Handschellen befreien.

»Ich werde jemanden beauftragen, sich darum zu kümmern«, sagte Aldren und deutete auf das Blut und die anderen Körperflüssigkeiten, die sich über die Fliesen ergossen hatten und sich nun als schmale Rinnsale durch die Fugen schlängelten.

Kheeran nickte, und ohne ein weiteres Wort zu sagen, erhob er sich von seinem Thron und verließ den Saal. Er konnte die Blicke seiner Mutter spüren, die im folgten und auf seinem Rücken brannten. Doch er ignorierte sie und beschleunigte seine Schritte. Sie trugen ihn hinaus in den Korridor, die Flure entlang bis zu seinem Schlafgemach.

Er stieß die Tür auf und schloss sie sogleich wieder. Erschöpft ließ er sich gegen das Holz sinken und holte tief Luft, aber seine Brust war zu eng. Er kam nicht zu Atem. Seine Lunge spannte, und das Gefühl der Enge wurde stärker, bis es schmerzte, wie ein Pfeil, der sich geradewegs durch sein Herz gebohrt hatte. Seine Hände begannen zu zittern, und ein Stechen, wie damals, als er in ein Brennnesselfeld gefallen war, breitete sich auf seinem Körper aus.

Auf weichen Knien wankte Kheeran in den Waschraum und drehte das Wasser auf. Dampfend ergoss es sich in seine Badewanne, während er sich mit bebenden Fingern seiner Kleidung entledigte. Ohne Zögern stieg er in das geradezu brühend heiße Wasser und hieß den Schmerz willkommen, der vermutlich nur einen Bruchteil von dem ausmachte, was Riordan hatte erfahren müssen.

Reglos saß Kheeran im Wasser, die Arme um seine Knie geschlungen, als versuchte er, sich selbst zusammenzuhalten und nicht unter dem Druck der Erwartungen und der Last seiner Entscheidungen zusammenzubrechen.

Wie sollte er ein ganzes Land regieren?

24. Kapitel – Freya

– Die Atmende See –

Es roch nach Salz, Fisch und Erbrochenem. Freya rümpfte die Nase und zwang sich dazu, durch den Mund zu atmen. Larkin lehnte nur ein paar Fuß entfernt über der Reling und erbrach sich in die Wellen, die tosend gegen den Bug des Schiffes schlugen. Wie sich herausgestellt hatte, war der unsterbliche Wächter in seinen gut zweihundertfünfzig Jahren noch nie auf einem Boot gewesen und hatte nichts von seiner Seekrankheit geahnt, die ihn plagte, seit sie den Hafen in Askane verlassen hatten.

Freya hatte gehofft, die Zeit auf dem Schiff nutzen zu können, um Larkin über die Fae und Elva auszufragen, aber er war nicht in der Verfassung, Geschichten zu erzählen. Der einzige Vorteil seiner Krankheit war, dass der bittere Gestank seines Erbrochenen Elroys Crew von ihm – und damit auch von Freya – fernhielt. Sie war sich der gierigen Blicke der Piraten, welche die meiste Zeit des Jahres ohne Frauen auf hoher See verbrachten, nur allzu bewusst.

Freya wankte über das Deck zu dem Fass mit dem Trinkwasser. Sie schöpfte eine Kelle heraus und ging zurück, bemüht, ihre Hände ruhig zu halten, um nichts zu verschütten. Larkins Schultern hingen tief, seine verschränkten Arme ruhten auf der Reling, und er starrte seine eigenen Füße an, als könnte er auf diese Weise das Schwanken der See ausblenden.

»Larkin?«

Glasige Augen blickten sie an. Sein Gesicht war gerötet, nicht nur von seiner Krankheit, sondern auch von der stechenden Hitze, die glühender wurde, je weiter sie in den Süden segelten.

»Trinkt das!«

»Danke«, raunte Larkin mit dunkler Stimme.

Sie hielt ihm die Kelle entgegen. Er versuchte danach zu greifen, gerade als sich das Schiff nach rechts beugte, um eine Felsformation zu umsegeln. Sofort geriet Larkin ins Taumeln und klammerte sich wieder an der Reling fest.

Ein mitfühlendes Lächeln formte sich auf Freyas Lippen. Sie trat näher an Larkin heran, so dicht, dass der Stoff seines Mantels sie streifte, und führte die Kelle direkt an seinen Mund. Er zögerte einen Moment, ehe er sich nach vorne beugte und seine Lippen sich um das Holz schlossen. Langsam, um seinen Magen nicht zu reizen, trank er, bis nichts mehr übrig war.

»Danke«, wiederholte er mit einem Seufzen und schloss die Augen.

Seit sie den Hafen in Askane verlassen hatten, fieberte Freya ihrer Ankunft in Melidrian entgegen. Denn je schneller sie das magische Land erreichten, desto eher konnte sie sich auf die Suche nach Talon begeben. Doch auch für Larkins Wohlbefinden hoffte sie auf eine baldige Ankunft.

Freya blieb noch eine Sekunde länger bei Larkin stehen, ehe sie erneut zu dem Wasserfass ging, um sich selbst einen Schluck zu gönnen. Um sie herum wuselten die Piraten auf dem Deck herum. Sie holten die Segel ein, strafften Seile und bellten Befehle, die Freya nicht verstand.

»Prinzessin«, erklang eine sanfte Stimme neben ihr.

Freya hob den Kopf und sah Elroy an, der sich von hinten an sie herangeschlichen hatte. Obwohl sie den Captain des Schiffes in den letzten Tagen des Öfteren gesehen hatte, brauchte sie einen Moment, um sich an seine Schönheit zu gewöhnen, die sich im Schein der Sonne und im Schimmer des Meeres noch zu verstärken schien. Würde sich der Pirat in Amaruné niederlassen, würde er Melvyn in Windeseile den Ruf des beliebtesten Junggesellen stehlen.

»Elroy«, grüßte sie den Piraten und befestigte die Kelle am Fass.

Er lächelte sie an. Heute zierte ein goldener Ring seine Unterlippe, den Freya noch nie zuvor an ihm gesehen hatte. »Wie ich sehe, geht es deinem Wächter noch immer nicht besser.«

Freyas Blick zuckte zu Larkin. In trägen Bewegungen versuchte er gerade schwankend, sich seinen Mantel auszuziehen. Das magische Schwert, das darunter zum Vorschein kam, erregte augenblicklich die Aufmerksamkeit der Crew. »Nein, leider nicht.«

»Wie gut, dass er nicht mehr lange durchhalten muss.« Elroy neigte den Kopf und lehnte sich locker gegen die Reling. Das Gesicht in den Himmel gereckt schloss er die Augen.

»Das heißt, wir sind bald da?«, fragte Freya hoffnungsvoll.

»Bald?« Elroys rechter Mundwinkel hob sich. »Nein, nicht bald: jetzt.«

Ohne hinzusehen, deutete er in Richtung der Felsformation, die sie gerade umrundeten. Die Segel des Schiffes flatterten im Wind, und mehrere Herzschläge vergingen, in denen Freya nur grauen Stein sah. Doch plötzlich endeten die Felsen, als hätte sie jemand abgeschnitten, und sattes Grün ersetzte dort das Blau des Meeres. Hohe Gräser überwucherten den Landstrich, und gigantische Bäume, die mehrere Hundert Fuß in den Himmel ragten, raubten Freya den Atem. Dies war nicht einfach nur ein Wald, es war ein Dschungel, zumindest glaubte sie, dass dies das richtige Wort war. Sie hatte einen solchen Ort noch nie gesehen, aber Roland und Kaufmänner aus dem fernen Séakis, die im Schloss zu Gast gewesen waren, hatten von einer Natur erzählt, wilder als der Dornenwald und unsteter als das Schatzgebirge, voller Leben und voller Schatten.

»Unglaublich«, raunte Freya und trat einen Schritt nach

vorne, als könnte sie dadurch mehr Details ausmachen und womöglich eine Elva oder eine Fae entdecken, aber dafür war das Schiff noch zu weit vom Festland entfernt. Allerdings war es nur noch eine Frage der Zeit, bis sie anlegen würden. »Ich habe es mir anders vorgestellt.«

Elroy lachte und stieß sich von der Reling ab. »Wie denn?«

Sie schüttelte den Kopf. Sie wollte nicht zugeben müssen, dass sich die grausamen Geschichten über die Fae genauso in ihrem Verstand festgesetzt hatten wie bei allen anderen. Obwohl sie fest davon überzeugt war, dass Magie auch Gutes bewirken konnte. Magie hatte sie hierhergeführt. Und dennoch hatte sie ein karges, lebloses Land erwartet. Mit wüstenartigem Boden, vertrockneten Gräsern und kahlen Bäumen, dahingerafft von den Elva und Fae, die alles zerstörten, was sich ihnen in den Weg stellte.

»Du musst nicht hierbleiben«, sagte Elroy. »Wir können umdrehen und dich zurück nach Askane bringen, oder an einen anderen Ort, der dir beliebt. Warst du schon einmal in Calcheth?«

Obwohl Freya noch immer das Land anstarrte, konnte sie seinen Blick auf sich spüren. Keinesfalls wollte sie umdrehen und zurück nach Thobria flüchten, jetzt, wo sie Talon so nahe war wie seit Jahren nicht mehr. »Ich will nicht nach Calcheth.«

»Bist du dir sicher? Dort ist es schön.«

Hier auch, dachte Freya und reckte ihren Hals. Vor dem Dschungel zeichnete sich ein Strand ab. Der helle Sand funkelte diamantartig in der Sonne und blendete Freya geradezu. Sie konnte es kaum erwarten, ihn zu berühren und durch ihre Finger gleiten zu lassen.

Sie riss sich von diesem Anblick los. Ihr würde in den nächsten Tagen noch genug Zeit bleiben, Melidrian zu bewundern. Nun musste sie sich auf ihre Ankunft vorbereiten. Ohne ein weiteres Wort ließ sie Elroy stehen und ging zu Larkin. Die Erleichterung über ihre baldige Ankunft stand ihm ins Gesicht geschrieben. »Ich packe unsere Sachen zusammen. Braucht Ihr noch etwas?«

Larkin schüttelte den Kopf, und Freya eilte die Stufen hinab, die in den Bug des Schiffes führten. Hier unten roch es muffig, nach altem Holz, Staub, Wein und dem Schweiß der Männer, die hier auf Pritschen und in Hängematten untergebracht waren. Freya lief zu der Kajüte, die Larkin und ihr zugeteilt worden war. Ohne Zeit zu verschwenden stopfte Freya dort all ihr Hab und Gut zurück in den Beutel. Mit Ausnahme von drei magischen Anhängern, die sie an ihrer Kette befestigte und sich um den Hals legte. Ihren Dolch ließ sie im Ärmel ihres Umhangs verschwinden. Larkin hatte ihn ihr wieder zurückgegeben, nun da er ein Schwert besaß. Zwar würde die Waffe sie nicht vor den Fae und Elva schützen können, sie gab ihr jedoch ein Gefühl der Sicherheit.

Freya ließ ihren Blick ein letztes Mal suchend durch die Kajüte gleiten, um sicherzustellen, dass sie nichts vergessen hatte, ehe sie zurück aufs Deck ging. Unruhe war unter den Piraten ausgebrochen. Segel wurden eingeholt, Seile festgezurrt, und Männer mit Waffen positionierten sich entlang der Reling.

Freyas Hände waren feucht geworden, vor Nervosität und Vorfreude gleichermaßen. Sie fragte sich, wie oft Elroy bereits nach Melidrian gesegelt war. Der Ablauf seiner Männer wirkte routiniert und erprobt. Keinesfalls legten sie heute das erste Mal im magischen Land an. Brachte der Captain des Öfteren Menschen zu den Fae, oder verfolgte er hier ganz eigene Ziele? Es ging Freya nichts an, und sie gesellte sich zu Larkin. Er wirkte schon jetzt weniger grün um die Nase, als würde allein der Gedanke ans Festland ausreichen, um seine Übelkeit zu beruhigen.

Mit Abstand zur Küste, um nicht in zu seichtem Gewässer stecken zu bleiben, kam das Schiff zum Erliegen, und Anker wurden ausgeworfen. Freya, Larkin, Elroy und drei Crewmitglieder zwängten sich in ein kleines Boot, das mit Seilen zu Wasser gelassen wurde. Freya und Elroy saßen auf der einen Seite, Larkin mit seiner massigen Gestalt auf der anderen und zwischen ihnen die Männer, die ruderten. Obwohl das Land nach Freya rief und ihren Blick auf geradezu magische Weise anzuziehen schien, behielt sie Larkin im Auge. Er hatte den Kopf gesenkt und klammerte sich mit beiden Händen am Bug fest.

Kaum war das Meer seicht genug, um den Grund zu erkennen, sprang er aus dem Boot. An einem Seil zog er sie bis zum Ufer, und der Duft von Blumen und Gräsern mischte sich unter den salzigen Geruch der See.

An Land angekommen, bedeutete Larkin Freya mit einer Handbewegung, sitzen zu bleiben, während er sein feuergebundenes Schwert hervorzog, über den Strand lief und die Lage sondierte.

»Werdet Ihr in Nihalos auch die Krönung von Prinz Kheeran besuchen?«, fragte Elroy plötzlich und beugte sich nach vorne, die Ellenbogen auf den Knien abgestützt. Er schenkte dem Dschungel, der nur einige Schritte von ihnen entfernt begann, überhaupt keine Beachtung.

Freya schüttelte den Kopf, wobei der Prinz und seine Krönung durchaus ihr Interesse weckten. Gerne hätte sie gesehen, wie ein anderer Thronerbe seine Macht erlangte. Dafür hatten sie allerdings keine Zeit, denn jeder Augenblick, den sie länger in Melidrian verweilten, stellte eine Gefahr dar. »Wie weit ist es von hier bis in die Stadt?«

»Der Hof der Unseelie ist etwa einen Tagesmarsch entfernt.« Elroy richtete den Blick gen Himmel. »Aber ihr werdet es nicht mehr vor Anbruch der Nacht bis dorthin schaffen, und ich würde euch davon abraten, in der Dunkelheit durch den Nebelwald zu laufen.«

Freya nickte und sah zum Nebelwald. Ein Name, der überhaupt nicht zu dem leuchtend grünen Dickicht passen wollte. »Was wird dein nächstes Ziel sein?«

»Amaruné«, antwortete Elroy.

»Was –« Freya unterbrach sich. Beinahe hätte sie gefragt, was Elroy in der Hauptstadt wollte, dabei wusste sie es ganz genau: Er würde nach den erlogenen Zutaten für die Unsterblichkeit suchen. Wie lange es wohl dauern würde, bis er erkannte, dass er einem Schwindel zum Opfer gefallen war. »Ich bin mir sicher, dir wird es in der Hauptstadt gefallen.«

In dem Moment kam Larkin zurückgelaufen. »Die Luft ist rein«, sagte er. Sein Gesicht hatte deutlich an Farbe gewonnen. Er schob das Schwert zurück in seinen Gürtel, ehe er ihr die Hand reichte und dabei half, aus dem Boot zu steigen. Seine Finger waren warm und schwielig, und Freya konnte spüren, wie die Berührung ihre flatternden Nerven beruhigte. Sie war nicht alleine. Larkin war bei ihr. Gemeinsam würden sie den Weg nach Nihalos und zu Talon finden. Sobald sie einen Unterschlupf für die Nacht gefunden hatten, würde Freya noch einmal einen Suchzauber wirken, und sobald sie in Nihalos waren, könnten sie vielleicht eine Karte der Hauptstadt erwerben, um zu erfahren, wo genau sich Talon dort aufhielt.

»Dann heißt es jetzt wohl Abschied nehmen«, sagte Elroy.

Larkin nickte knapp und wandte sich wieder dem Dschungel zu. Elroy und er würden wohl so schnell keine Freunde werden. Ob der Wächter seinen Hass auf das Meer auf den Piraten übertrug oder noch immer Unmut über seinen Versuch, ihn zu kaufen, empfand, wusste Freya nicht; aber so bald würden sich die beiden Männer wohl ohnehin nicht mehr treffen.

»Danke, dass du uns auf dein Schiff gelassen hast.«

»Jederzeit, Prinzessin.« Elroy lächelte sie an und nickte seinen Männern zu. Sie sprangen aus dem Boot und schoben es zurück ins Wasser, ehe sie wieder hineinhüpften und eifrig zum Schiff zurückruderten.

Freya blieb regungslos am Ufer stehen und beobachtete, wie das Boot in die Ferne rückte. Sie war noch nie so weit von zu

Hause weg gewesen, und es versetzte sie in eine merkwürdig wehmütige Stimmung, Elroy gehen zu lassen. Der Pirat gehörte ohne Zweifel zu den interessantesten Menschen, die sie je getroffen hatte, und zu gerne hätte sie sich von ihm bei einem Glas Wein noch die eine oder andere Geschichte erzählen lassen.

»Wir sollten uns auf den Weg machen«, sagte Larkin eindringlich. Es klang wie ein Vorschlag, aber tief unter den Worten lauerte ein Befehl. Er war wieder ganz der Wächter. Nun, da er wieder auf dem Land war, hatte er seine Seekrankheit offenbar schnell überwunden.

Freya wandte Elroy und seinem Schiff den Rücken zu und sah zu Larkin auf. Die Sonne war so grell, dass sie die Augen zusammenkneifen musste. Der Dschungel hinter ihm verschwamm zu einer gigantischen dunkelgrünen Mauer – massiv und scheinbar unüberwindbar, aber davon würde sich Freya nicht aufhalten lassen.

25. Kapitel – Weylin

– Nihalos –

Angestarrt zu werden war für Weylin nichts Neues, immerhin war er ein Halbling. Ein Außenseiter. Seit seiner Kindheit begleiteten ihn die neugierigen, oft aber auch verachtungsvollen Blicke der Seelie in seiner Heimatstadt Daaria. Weshalb er schnell gelernt hatte, sich ungesehen durch die Straßen zu bewegen und mit dem Vulkanstein zu verschmelzen. Damals war sein einziges Ziel gewesen, der Feindseligkeit der anderen Fae zu entkommen, aber sein Geschick, eins mit der Dunkelheit zu werden, war nicht unbemerkt geblieben. Von den Bediensteten am königlichen Hof hatte er den Beinamen *Schatten* erhalten. Und gepaart mit seinen schnellen Fingern und der endlosen Gier seines Vaters, des Hofschneiders, hatte es nicht lange gedauert, bis Gerüchte über ihn Königin Valeska erreicht hatten – und er zu *ihrem* Schatten geworden war.

Doch heute war er kein Schatten, er war wie einer der Monde, dazu verflucht, am Nachthimmel gesehen zu werden. Hier, in Nihalos, gab es keine dunklen Mauern aus Basalt und keine düsteren Ecken, die dazu einluden, darin unterzutauchen. In der Stadt der Unseelie war alles hell und gläsern, grün und strahlend – es war widerwärtig. Weylin konnte es kaum erwarten, wieder nach Daaria zurückzukehren. Sosehr er Valeska auch hasste, so sehr liebte er seine Stadt, und er vermisste den Geruch von Rauch und Asche in der Luft.

Es war ihm allerdings untersagt, ohne den Kopf des Kronprinzen nach Daaria zurückzukehren. Nicht wortwörtlich, aber er hatte von Königin Valeska den eindeutigen Befehl bekommen, das zu Ende zu bringen, was er vor achtzehn Jahren begonnen hatte. Und es verging kaum ein Tag, an dem Weylin es nicht bereute, Valeskas Auftrag damals absichtlich falsch gedeutet zu haben.

Räumt den Prinzen aus dem Weg!

Er hatte es damals nicht über sich gebracht, das hilflose, weinende Bündel in seinen Armen mit einer Klinge zum Schweigen zu bringen. Stattdessen hatte er einen anderen Weg gewählt. Einen Weg, der ihm zum Verhängnis geworden war. Nun war der Prinz zurück, und Valeska verlangte seinen Tod.

Viel Zeit blieb Weylin jedoch nicht mehr. Kheerans Krönung stand kurz bevor, und Samias Prophezeiung, dass er der jüngste Herrscher aller Zeiten werden würde und damit ein großes Unglück über das Land brächte, würde sich schon bald bewahrheiten, nun da König Nevan tot war. Niemand hatte sein Ableben kommen sehen. Er hatte in der Blüte seines Lebens gestanden, noch keine vierhundert Jahre alt, und dennoch war er in einer Nacht vor zwei Monaten einfach entschlafen.

Weylin konnte noch immer nicht glauben, dass die Seherin mit ihrer Vorhersage recht behalten sollte, aber das spielte nun auch keine Rolle mehr. Alles, was zählte, war, dass das Blut des Prinzen schon bald über das Glas und den hellen Stein sickerte, welche diese Stadt formten.

Weylin zog an den Zügeln seines Pferdes, und der schwarze Hengst blieb vor einer Taverne stehen, die *Zum glänzenden Pfad* hieß, aber vermutlich das am wenigsten glänzende Gebäude der Stadt war, aus Sandstein erbaut und mit Fenstern, die nicht so aussahen, als wären sie je geputzt worden. Doch auf der ausgeblichenen Kreidetafel vor der Tür stand in leicht verwischten Buchstaben, dass noch Zimmer frei waren. Hoffentlich würde man hier auch das Geld eines Halblings annehmen und ihn nicht wieder wegschicken.

Weylin sprang aus dem Sattel. Seine Stiefel trafen hart auf den Boden, aber kein Staub wirbelte unter seinen Füßen auf. Diese Stadt erschien auf den ersten Blick makellos. Sie war ein perfekt arrangiertes Musikstück, und nur wer genau hinhörte, erkannte, dass im Hintergrund eine verstimmte Geige spielte. Und die Taverne vor Weylin war diese verstimmte Geige.

Er band sein Pferd an einer Tränke fest, woraufhin sich das Tier sofort über das Wasser hermachte. Der Ritt von Daaria nach Nihalos hatte eine gefühlte Ewigkeit gedauert und an ihren Kräften und Nerven gezerrt. Nicht nur einmal waren sie von Elva angegriffen worden. Nur wenige Stunden von der Stadt entfernt hatte Weylin Zephyr beinahe verloren, als sich eines der Biester aus einer Baumkrone heraus auf sie gestürzt hatte.

Weylin klopfte dem Hengst, der ihn schon durch so manche Gefahr treu begleitet hatte, liebevoll gegen die Flanke und ließ seinen Blick über die Straße gleiten. Überall um ihn herum standen schmal gebaute Unseelie mit blasser Haut und blonden Haaren. Den Männern fielen sie wie flüssiges Gold über die Schultern, während viele der Frauen sie kurz trugen, um ihre spitzen Ohren zur Schau zu stellen.

Weylin hingegen hatte seine schwarze Mähne zu einem Knoten auf dem Kopf zusammengebunden, und seine Haut war nach dem Sommer von der Sonne gebräunt. Eine Eigenschaft, die er von seiner menschlichen Mutter geerbt hatte. Damit zog er sämtliche Aufmerksamkeit auf sich.

Der Taverne gegenüber war eine Bäckerei, und eine junge Fae, vielleicht zwanzig oder dreißig Jahre alt, deren Gesichtszüge noch dabei waren, wirklich erwachsen zu werden. Sie starrte ihn unverfroren an, während sie mit ihren Händen eine Regenwolke dirigierte, die das Dach ihres Hauses wässerte. Vermutlich hatte sie noch nicht viele Halblinge in ihrem Leben gesehen, wenn überhaupt. Die Unseelie waren Meister darin, ihnen das Gefühl zu geben, nicht willkommen zu sein. Nicht umsonst hatten sich die meisten Halblinge zurückgezogen und lebten inzwischen in Levátt, einem Dorf in der Nähe vom Sommerwald.

Weylin erwiderte den Blick der Unseelie und zog die Augenbrauen in einer stummen Aufforderung nach oben, nur um die Fae zu verwirren. Diese schnappte überrascht nach Luft und wandte sich eilig von ihm ab, als hätte er sie bei etwas Verbotenem erwischt.

Mit einem kaum hörbaren Seufzen machte Weylin seinen Seebeutel vom Sattel los und betrat den *Glänzenden Pfad*. Der Boden knirschte unter seinen Stiefeln, und ein modriger Geruch, als wären die Fenster schon lange nicht mehr geöffnet worden, lag in der Luft. Es war ruhig in der Taverne mit Ausnahme einer einsamen Fae, die zusammengesunken auf einer der Bänke saß und in ihr Weinglas starrte. Weylin schritt an ihr vorbei zum Tresen, hinter dem eine alte Fae stand, welche ihre fünfhundert Jahre längst überschritten haben musste. Ihre Haut war nicht länger glatt, sondern von tiefen Furchen durchzogen, und ihr blondes Haar hatte begonnen auszufallen. Die kahlen Stellen an ihren Schläfen waren nicht mehr zu übersehen.

»Seid gegrüßt«, sagte die alte Fae und neigte den Kopf.

Weylin bemühte sich nicht um ein freundliches Gesicht, die Unseelie konnte es ohnehin nicht mehr sehen, denn ihre Augen waren erblindet. Sein Vorteil, so wurde er von ihr zumindest nicht als Halbling erkannt, höchstens als Seelie, denn in seiner Stimme schwang das Grollen mit, das den Daaria-Akzent ausmachte. »Ich habe gelesen, Ihr hättet noch Zimmer frei.«

»Das habe ich. Wie lang wollt Ihr bleiben?«

Nur so lange wie nötig. »Bucht das Zimmer für drei Wochen.«

Ein strahlendes Lächeln trat auf die Lippen der Fae, vermutlich kamen nur selten Gäste, die länger als ein paar Tage im *Glän-*

zenden Pfad verweilten. »Seid Ihr wegen der Krönung des Prinzen in der Stadt?«

»Sozusagen.« Weylin hielt seine Stimme ausdruckslos. »Wie viel Talente macht das?« Er wusste, dass die Unseelie häufig auch Güter und Dienstleistungen als Zahlung austauschten. Doch er hatte der alten Fae nichts zu geben und auch keine Zeit, Gefälligkeiten für sie zu erledigen.

»Welche Elemente?«

»Feuer und Luft.« Er besaß auch einen Wasser-Talent, den er auf dem Weg hierher von einem Händler erhalten hatte, aber dieser war in Daaria wesentlich wertvoller als hier, weshalb Weylin ihn sich aufsparen wollte.

»Oh, Feuer *und* Luft?« Die Fae runzelte die Stirn. »Seid Ihr ein Seelie?«

Weylin unterdrückte ein Schnauben. »Nein, nur jemand, der hart arbeitet.« Zumindest in gewisser Weise stimmte das, denn die Talente hatte er von Valeska bekommen, um seinen Aufenthalt in Nihalos zu finanzieren, während er nach einer Möglichkeit suchte, Kheeran zu töten, obwohl es ihm noch immer widerstrebte, den Prinzen zu ermorden. Ein einziger Fehler seinerseits könnte einen Krieg auslösen. Doch jedes Mal, wenn in ihm Widerstand aufkeimte und er daran dachte, Valeskas Befehl zu missachten, trieb es einen brennenden Schmerz durch die Narbe auf seinem Rücken.

»Schade! Ich habe schon lang keinen Seelie mehr getroffen«, sagte die Unseelie, die von seinem inneren Kampf nichts zu bemerken schien.

»Glaubt mir. Die sind nichts Besonderes.«

Die Fae lachte. »Da habt Ihr recht. Ob ein Element, zwei oder vier, wir alle müssen auf derselben Erde leben. Dann wären es für drei Wochen zwanzig Feuer-Talente oder vierzig Luft-Talente. Wie ihr wünscht ...«

So viel zum Thema Gleichstellung aller Elemente, aber Weylin konnte den Preis der Fae verstehen. In Daaria herrschte das ganze Jahr über Sommer, aber in Nihalos gab es einen Winter, und der würde schon bald einsetzen. Feuer wurde da dringend benötigter als Luft, es lag also im Interesse der Unseelie, dass er damit bezahlte.

Er holte die gläsernen Kugeln mit dem orangen Schimmer aus seinem Beutel und reichte sie der Fae. Im Gegenzug erhielt er einen Schlüssel, und nachdem er noch einmal nach Zephyr geschaut hatte, ging er auf sein Zimmer. Ein schmaler Raum, der nur mit dem Nötigsten ausgestattet war: einem Schreibtisch, einem Schrank, einem Bett und einer Waschstelle. Eine Toilette gab es in dem alten Gebäude noch nicht, dafür musste die Latrine im Erdgeschoss genutzt werden.

Weylin warf seinen Beutel auf das Bett und trat an die Waschstelle heran. Darüber hing ein Spiegel, erstaunlich klar für die Taverne, als hätte man ihn neu und nur für ihn angebracht, damit er die Schande, die seinen Hals verunstaltete, klar und deutlich sehen konnte. Die rote Brandnarbe, die einen perfekten Abdruck von Valeskas Hand darstellte, hob sich deutlich von seiner Haut ab. Und verspottete ihn jedes Mal aufs Neue für seine Schwäche. Die Königin hatte sie ihm vor sieben Jahren als Bestrafung zugefügt, nachdem sie erfahren hatte, dass er Prinz Kheeran am Leben gelassen hatte. Als sich Valeskas Hand damals um seine Kehle geschlossen und zugedrückt hatte, hatte Weylin für einen Moment geglaubt, die Königin würde ihn für seinen Ungehorsam töten. Er hatte es sich beinahe gewünscht, aber Valeska hatte sich damit zufriedengegeben, ihn zum zweiten Mal als ihr Eigentum zu markieren – und das war noch schlimmer.

Weylin drehte den Wasserhahn auf. Ein Gluckern und Gurgeln war zu hören, aber nur ein paar Tropfen fielen in das Becken. Er rüttelte an dem Griff, aber nichts geschah. »Verdammt!« Das hatte ihm nach seiner langen Reise gerade noch gefehlt. Er stützte sich auf dem Waschbecken ab und nahm einen tiefen Atemzug, um sein Gemüt zu beruhigen. Er würde die Zeit in Nihalos überstehen und einen Weg finden, den Prinzen zu töten und die Prophezeiung zu stoppen, ohne erwischt zu werden. Denn eines war sicher, sollten die Unseelie ihn fassen, würden sie seiner Existenz ein Ende setzen – und genau das führte er: eine Existenz. Kein Leben. Und auch wenn er sich damals gewünscht hatte, Valeska würde ihn töten, so war er noch nicht bereit zu sterben, nicht solange er nicht wusste, wie es sich anfühlte, wirklich lebendig zu sein. Lebendig und frei. Aber beides war nicht möglich, solange er Valeskas Befehle wie eine Marionette ausführte.

Der Blutschwur, der ihn an die Königin band, machte es ihm unmöglich, sie umzubringen, aber sobald Kheeran keine Bedrohung mehr für ihr Land darstellte, würde er seine Suche nach einem Fluchbrecher fortführen. Er hatte in den letzten Jahren jede freie Minute damit verbracht, Hinweise auf den Verbleib der Fluchbrecher zu sammeln. Inzwischen hatte er eine Vermutung über ihren Aufenthaltsort, aber zuerst musste der Prinz sterben.

Weylin klammerte sich an das Wissen um die Fluchbrecher. Es schenkte ihm Hoffnung und gab ihm die Kraft, weiterzumachen. Er stieß sich von dem Waschbecken ab und ging zu seinem Beutel. Er nahm ein sauberes Hemd heraus und tauschte es gegen sein verschwitztes, ehe er sich daranmachte, verschiedene Waffen – Dolche, Messer und Wurfsterne – an seinem Körper zu verstecken.

In Daaria stellte er seine Schmuckstücke offen zur Schau in Ledergürteln und -schnallen, aber in Nihalos sah man sicherlich nicht gerne bewaffnete Fremde durch die Straßen irren, und Weylin war als Halbling schon auffällig genug. Nicht die besten Voraussetzungen, um sich heimlich an den Prinzen heranzuschleichen. Noch vor einigen Wochen oder gar Monaten, vor

Nevans Tod, als Kheeran noch weniger im Fokus des Volkes gestanden hatte, wäre dies viel leichter gewesen, aber Valeska hatte bis zum letzten Moment gewartet, ihm erneut den Befehl zu geben, den Prinzen zu töten. Warum konnte Weylin nicht mit Gewissheit sagen, entweder hatte die Königin abgewartet und gezögert aus Angst, einen Krieg zu provozieren, oder – und das war wahrscheinlicher – sie hatte kein Vertrauen mehr in ihn gehabt und den Auftrag anderweitig vergeben. Nur waren seine Vorgänger anscheinend sieben Jahr lang komplett unfähig gewesen, und nun durfte er das ausbaden. Nur dass Kheeran inzwischen tagein, tagaus unter dem Schutz der Garde stand.

Umgezogen und mit ausreichend Metall unter der Kleidung, verließ Weylin sein Zimmer. Die alte Fae stand noch immer hinter der Theke, aber die andere Fae war gegangen. Weylin trat an den Tresen heran, darauf bedacht, Geräusche von sich zu geben, um die Frau nicht zu erschrecken.

»Ist mit Eurem Zimmer alles in Ordnung?«, fragte sie.

»Das Wasser funktioniert nicht.«

»Oh.« Mitfühlend legte die Fae eine Hand auf ihre Brust. »Das tut mir wahnsinnig leid. Im Moment gibt es ein paar Probleme mit der Wasserversorgung, aber die werden sicherlich bald behoben sein. Ich lasse euch so lange Wassereimer auf das Zimmer bringen.«

»Danke«, erwiderte Weylin mit einem Schmunzeln. Probleme mit der Wasserversorgung bei den Unseelie? Das hatte schon fast etwas Komisches, da gefühlt in jeder Straße dieser Stadt mindestens zwei Brunnen standen, damit die Fae ungehindert ihre Magie ausüben konnten.

Weylin verabschiedete sich von der Fae und trat auf die Straße. Das Sonnenlicht blendete ihn für einen Moment, und Schatten tanzten vor seinen Augen. Zephyr stieß bei seinem Anblick ein freudiges Wiehern aus. Er lächelte das Pferd an. »Keine Sorge, du hast deinen Dienst für heute erledigt. Ruh dich aus!« Der

Hengst gab ein Schnauben von sich, das in Weylins Ohren geradezu erleichtert klang, und senkte das Haupt wieder über die Wassertränke.

Er sah sich in der Straße um und überlegte, in welche Richtung er gehen sollte. Die Straßen in Nihalos sahen für ihn alle vollkommen identisch aus, mit all dem Grün und den zahlreichen kleinen Flüssen, welche die Wege durchzogen. Lediglich die Brunnen mit ihren unterschiedlichen Statuen halfen ihm dabei, sich zu orientieren. Denn er musste die Stadt auskundschaften, bevor er einen Plan zu Kheerans Ermordung ausarbeiten konnte. Mit Sicherheit würde man ihn nicht einfach mit einem Schwert in den Thronsaal marschieren lassen, auch wenn ihm das seine Arbeit deutlich erleichtern würde.

»He, Kleiner!«, rief Weylin in Richtung eines Faejungen, der einige Schritte von ihm entfernt auf dem Boden saß. Er warf drei Steine in die Höhe, aber anstatt zu fallen, blieben die Kiesel in der Luft stehen, und der Junge bewegte seine Finger im Takt einer imaginären Melodie, um sie tanzen zu lassen. Doch verlor er den Rhythmus, als er Weylins Stimme hörte. Die Steine fielen klackernd zu Boden, und der Junge sah überrascht zu ihm auf. Seine hellblauen Augen weiteten sich beim Anblick von Weylins durch und durch schwarzer Gestalt. Schweigend starrte er ihn an.

»Auf welchem Weg gelange ich am schnellsten zum Schloss?«

Der Junge antwortete ihm nicht. Ungeduldig zog Weylin eine Augenbraue in die Höhe und verschränkte die Arme vor der Brust. Ein sichtliches Schaudern durchlief den Körper des Jungen, aber schließlich hob er seine Hand und deutete nach links.

Weylin nickte, und in einem Anflug von Freundlichkeit griff er in seine Hosentasche und zog ein Luft-Talent hervor. Er warf es dem Jungen zu, der es auffing, und ein Lächeln durchbrach seine verängstigte Miene.

»Danke!«

Weylin erwiderte nichts und wandte sich in die Richtung, die der junge Fae ihm gezeigt hatte. Seine beste Chance, Kheeran zu ermorden, war wohl während einer Feierlichkeit im Schloss. Unruhe, Chaos und Panik waren stets eine gute Deckung, und wenn der Prinz nur ansatzweise so war wie Valeska, würde er bis zu seiner Krönung zahlreiche dieser Feste austragen. Ein Grund, mit dem Personal des Palastes zu sprechen.

Um den feindseligen Blicken der Unseelie zu entgehen, beschleunigte Weylin seine Schritte. Immer wieder sah er sich dabei nach schmalen Gassen und Pfaden um, in denen er untertauchen konnte, aber die gab es in Nihalos nicht. Und auch der Weg über die Dächer war ausgeschlossen, denn auf diesen hatten die Fae Gärten herangezüchtet, welche die Stadt mit einem lieblich blumigen Duft erfüllten, zu süß für Weylins Geschmack.

Er versuchte, sich alles um sich herum einzuprägen, jede Kreuzung, jedes Gebäude, jeden Brunnen und jeden Laden, um mögliche Fluchtwege auszuloten, welche man eindimensional auf einer Karte vermutlich nicht erkennen konnte. Dabei entging ihm nicht, wie viele Glasereien es in Nihalos gab, aber das war nicht weiter verwunderlich, die gesamte Stadt schien aus Glas und Kristall zu bestehen, ein Symbol für das Element Wasser, während die unzähligen Pflanzen nicht nur das Element Erde repräsentierten, sondern die Magie der Fae auch direkt unter Beweis stellten. Nirgendwo waren dürre Blätter oder vertrocknete Blüten zu sehen, alles war satt und lebendig.

Nach über einer Stunde Fußmarsch konnte Weylin endlich das Schloss hinter den Dachgärten und Brunnenskulpturen erkennen. Es wirkte wie aus Glas gegossen, und der Sonnenuntergang spiegelte sich in den endlosen Fenstern in orangeroten Tönen, wunderschön, aber furchtbar grell. Weylin musste seinen Blick abwenden – und erstarrte.

Nicht weit von ihm entfernt war ein Laden, der Musikinstrumente verkaufte. Er wusste, er sollte weitergehen, um endlich den Palast zu erreichen, aber er konnte nicht widerstehen. Seine Füße setzten sich wie von selbst in Bewegung und blieben erst stehen, als er vor der Auslage stand. Eine geradezu kindliche Aufregung ließ sein Herz schneller schlagen, wie damals, als sein Vater noch gelebt und ihm Geschenke von seinen Geschäftsreisen mitgebracht hatte.

In der Auslage des Geschäfts lagen eine Violine, mehrere Flöten und eine Laute. Und obwohl die Laute das Instrument seiner Wahl war, war es doch die imposante Harfe, die Weylins Blick fesselte. Ihr Korpus war aus dunklem Holz, so glatt geschliffen und poliert, dass sich das Licht darin spiegelte. Der Hals hingegen war golden, und Schnitzereien schlängelten sich vom Fuß die Säule empor bis zum Kopf, wie eine Weinranke, die im Frühjahr die ersten Sprossen trieb.

Beim Anblick der Harfe kribbelte es Weylin in den Fingern. Er würde alles dafür geben, ein solch schönes Instrument spielen zu dürfen. Doch er konnte es sich nicht leisten. Als Schatten bekam er nur das Nötigste von der Königin bezahlt, und seine Zeiten als Dieb waren lange vorbei. Nach dem Tod seines Vaters und den ersten Morden hatte er es aufgegeben, andere zu bestehlen. All das Blut hatte seinen moralischen Kompass aus dem Gleichgewicht gebracht, und er weigerte sich, tiefer abzurutschen, als unbedingt nötig war

In Anbetracht der Instrumente verlor Weylin jedes Gefühl für Zeit. Erst als eine Kutsche an ihm vorbeisauste und der Fahrtwind ihm die Haare ins Gesicht peitschte, erwachte er aus seinen Tagträumen. Benommen sah er sich um und entdeckte zwei weibliche Unseelie. Sie standen gemeinsam vor einem der anderen Läden und hielten einander an den Händen. Doch ihr Blick ruhte nicht auf der Auslage, sondern auf ihm. Dabei bewegten sich ihre Lippen, und obwohl er sie nicht hören konnte, war er sich dennoch sicher, dass die beiden über ihn sprachen – und vermutlich hatten sie nichts Gutes zu sagen.

Weylin hasste es, wie ein Vieh in der Markthalle angestarrt zu werden, aber es gab nichts, was er tun konnte, ohne weitere Aufmerksamkeit zu erregen. Also wandte er sich von den Unseelie ab und beschloss, sich auf seine Aufgaben zu konzentrieren. Den Prinzen töten. Einen Fluchbrecher finden. Sich diese Harfe kaufen – in dieser Reihenfolge, nichts anderes würde funktionieren. Mit einem letzten sehnsuchtsvollen Blick auf das Instrument riss sich Weylin von der Auslage los und lief dem Schloss entgegen.

Der Garten des *Zepters* war erfüllt von Stimmen und Gelächter. Der Geruch von süßen Äpfeln und noch süßerem Wein lag in der Luft. Gläserne Kugeln, in denen magisches Feuer brannte, hingen an Schnüren über den Köpfen der Gäste, und Fackeln tanzten im Wind.

Das *Zepter* war eine Schenke in der Nähe des Palastes, und es hatte Weylin nicht viel abverlangt herauszufinden, dass sich die Bediensteten des Schlosses hier abends gerne einfanden, um sich abseits der dünnen Palastwände über den Prinzen und die königliche Familie auszutauschen. Es waren vor allem Unseelie anwesend, aber die Haare von ein paar Seelie brachten rote Tupfer in das Meer aus Blond. Dies waren Abgesandte und Gefolgsleute von Valeska, welche Nihalos auskundschafteten, bevor die Königin selbst dort eintraf und als Ehrengast an Kheerans Krönung teilnehmen würde.

Wie überall in der Stadt zog Weylin auch im *Zepter* die Aufmerksamkeit auf sich, dabei hatten einige Fae offenbar schon genug Wein intus, um über seinen verrufenen Status als Halbling hinwegzusehen. Nicht alle Blicke waren feindselig und skeptisch oder begafften seine Brandnarbe, einige zeigten auch Lüsternheit, denn anders als bei den drahtig gebauten Unseelie-Männern zeichneten sich deutliche Muskeln und breite Schultern unter Weylins Hemd ab. Doch er war nicht hier, um sich zu vergnügen – noch nicht.

Weylin schlenderte an den Tischen vorbei zu dem Tresen, der am Rande des Geschehens aufgebaut war. Die Fae hinter der Theke war gerade dabei, ein Glas mithilfe ihrer Magie zu polieren. Immer wieder ließ sie dafür große Wassertropfen über die dreckige Oberfläche tanzen, bis diese klar war.

»Seid gegrüßt«, sagte Weylin und lehnte sich gegen die Theke.

Die Unseelie hob den Kopf und ließ ihren Blick über seinen Körper gleiten. Nicht interessiert, aber abschätzend, als könnte er jemand sein, der ihr Ärger bereitete.

»Was kann ich Euch bringen?«

»Ein Glas Wein.«

»Kommt sofort.« Die Wirtin wandte sich von ihm ab und hantierte an den Fässern herum, die sich hinter ihrem Rücken auftürmten wie eine Mauer. Weylin musste nicht lange auf seinen Wein warten und bezahlte mit einem Luft-Talent. Kaum hatte die Wirtin das Talent in ihrer Schürze verschwinden lassen, widmete sie sich auch schon wieder dem Polieren der Gläser – keine Zeit für Fragen; aber vor allem keine Zeit für einen Halbling.

Die Fae, die überall in dem bestuhlten Garten saßen, unterhielten sich in eingeschworen Gruppen. Weylin wollte nicht noch mehr auffallen als ohnehin schon, indem er sich in eine Unterhaltung hineindrängte, und suchte sich stattdessen einen freien Platz inmitten der Menge, um zu lauschen. Er nahm einen Schluck von seinem Wein. Er schmeckte süßlich wie Traubensaft, hatte aber im Abgang eine brennende Note, die ihn wissen ließ, dass er nicht zu viel von dem Zeug trinken sollte.

Unauffällig sah sich Weylin zwischen den Gästen um und beobachtete die Unseelie, die anscheinend weder Grenzen noch Schamgefühl kannten. Zwei Bänke von ihm entfernt saß eine Fae rittlings auf dem Schoß einer anderen. Die beiden Frauen küssten sich innig, und die eine hatte bereits eine Hand unter das Kleid der anderen geschoben. Doch kaum einer der Anwesenden schenkte ihnen Beachtung. In Daaria wäre so etwas nicht denkbar. Denn in der Heimatstadt der Seelie waren solch öffentliche Bekundungen von Zuneigung unerwünscht, und ein Teil von Weylin wollte wegsehen, aber er war auch gefesselt von dem Anblick. Nicht weil es ihm gefiel, sondern weil es zwei Frauen waren, die sich küssten. Zwei Fae, die demselben Geschlecht angehörten, und niemand störte sich daran. Niemand verfluchte sie, *bei den Göttern,* oder beschuldigte sie der Sünde.

Weylin riss seinen Blick von den beiden Faefrauen los und versuchte sich stattdessen auf die Gespräche um sich herum zu konzentrieren, in der Hoffnung, einen brauchbaren Hinweis aufzuschnappen. Lange musste er nicht warten, bis eine der Unterhaltungen seine Aufmerksamkeit erregte. »Sie wollten ihn vergiften«, erzählte eine weibliche Fae. Sie hatte sich über den Tisch gebeugt, und ihr Gesicht war nur wenige Fingerbreit von ihrem Gesprächspartner entfernt, einem männlichen Fae in bürgerlicher Kleidung.

»Schon wieder?«

Die Frage des Fae ließ Weylin stutzen. Hieß das, es hatte in jüngster Vergangenheit mehrere Attentate auf den Prinzen gegeben? Jeder Einwohner Melidrians wusste, dass sich Kheeran nicht gerade der größten Beliebtheit erfreute. Die Unseelie waren ein stolzes Volk, noch mehr als die Seelie. Vielen missfiel die Vorstellung, von einem Achtzehnjährigen regiert zu werden, und sie gönnten ihm die Gunst der Götter nicht, aber niemals hätte Weylin gedacht, dass die Unseelie bereit waren, so weit zu gehen.

»Sie wollten es in sein Essen geben.«

»Aber die Wachen konnten sie aufhalten?« Mit all den Gesprächen um sich herum war Weylin sich nicht sicher, aber er glaubte, Enttäuschung in der Stimme des Fae zu hören.

Die weibliche Fae seufzte. »Ja, leider.«

So viel dazu, dachte Weylin und nippte an seinem Wein.

»Die beiden Attentäter wurden dem Prinzen sofort vorgeführt. Ich war natürlich nicht dabei, aber der Waffenschmied Ockan kennt einen der Gardisten, und dieser meinte, Kheeran hätte die ganze Zeit über *gelächelt*.« Das letzte Wort sprach die Fae mit einem solchen Ekel aus, als würde sie nicht über ihren Prinzen, sondern über einen Halbling oder gar Menschen sprechen.

»Was hat er mit ihnen gemacht?«

»Der Mann musste das Gift trinken, die Frau dabei zusehen.«

»Abartig«, murmelte der Fae und erschauderte bei dieser Vorstellung so offensichtlich, dass Weylin sein Zittern selbst aus der Ferne und über den Rand seines Weinglases erkennen konnte.

»Das passiert eben, wenn du bei den Elva aufwächst.«

Weylin unterdrückte ein Schnauben. Er konnte nicht glauben, dass die Unseelie diesen Schwachsinn, welchen der Königshof ihnen über Kheerans Verschwinden kurz nach seiner Geburt aufgetischt hatte, tatsächlich für bare Münze nahmen. Welches Kleinkind – welches Baby – überlebte schon ungeschützt unter Elva? Er wäre von den Kreaturen zerfleischt worden, noch bevor er den ersten Schrei hätte tun können.

»Er ist ein Monster«, stimmte der Fae mit einem Nicken zu.

»Ein Monster, das uns schon bald regieren wird … oder auch nicht.« Die Fae zuckte mit den Schultern und ließ die Worte bedeutungsschwer im offenen Raum verweilen.

Ihr Gegenüber runzelte die Stirn. »Was willst du damit sagen?«

»Nichts. Nur, dass ich nachgedacht habe.«

»Worüber?«, fragte der Fae hörbar skeptisch. Er schien bereits zu ahnen, in welche Richtung das Gespräch verlaufen würde – genauso wie Weylin. Sein Herzschlag beschleunigte sich, und er setzte sein Glas ab, um wirklich kein Wort mehr zu verpassen.

Die Unseelie beugte sich noch weiter über den Tisch. Misstrauisch sah sie nach links und rechts, aber die anderen Gäste der Schenke, die dabei waren, die Anstrengungen des Tages in Wein zu ertränken, beachteten sie nicht. Und Weylin gelang es mühelos, ihrem Blick auszuweichen. »Darüber, die Sache selbst in die Hand zu nehmen«, erklärte die Frau schließlich, wobei Weylin den Satz weniger hörte, als dass er ihn von ihren Lippen ablas, so leise sprach sie nun.

»Spinnst du?!«, fauchte der Fae. »Das meinst du nicht ernst, oder?«

Die Antwort kam mit leichter Verzögerung. »Natürlich nicht.« Sie lachte nervös. »Ich habe mir nur Gedanken gemacht, wie ich den Prinzen umbringen würde, aber dafür mein Leben riskieren? Sicherlich nicht. Irgendein anderer Idiot wird sich schon um ihn kümmern.«

Und dieser Idiot werde vermutlich ich sein, dachte Weylin.

Der Fae seufzte erleichtert. »Gut. Ich will übermorgen nicht hierher zurückkommen und erfahren, dass man dich auf dem Marktplatz enthauptet hat.«

»Keine Sorge, das wird nicht passieren.« Die Unseelie lächelte den männlichen Fae an und hob ihr Glas. Die beiden prosteten einander zu und wechselten zu Weylins Missfallen das Thema. Er gierte danach, den Plan der Frau zu hören, denn auch wenn sie gescherzt und ihre Worte mit Gleichgültigkeit gefüllt hatte, so konnte der Ausdruck in ihren Augen ihre wahren Wünsche nicht verbergen.

Er hoffte inständig, dass die beiden noch einmal auf das Thema zurückkommen würden, aber stattdessen verloren sie sich in sinnlosem Geplänkel über die Gärten der Stadt und die Obsternte. Mit jeder Minute, die er ihnen zuhören musste, wuchs in ihm der Drang, sich den Dolch, der in seinem Hemdsärmel steckte, ins Ohr zu rammen. Ein Verlangen, das noch wuchs, als zwei andere Fae ein paar Tische weiter anfingen zu singen und dabei nur jede zweite Note trafen.

Nach und nach leerte er sein Weinglas, und eine Unseelie, die ihn schon eine ganze Weile beobachtet hatte, wagte es schließlich sogar, sich zu ihm zu setzen. Er blockte ihren Versuch einer Unterhaltung ab, denn seine Pläne für den heutigen Abend hatten sich geändert. Er musste sich nicht mehr umhören. Er musste nur noch die richtigen Fragen stellen.

Nach einer gefühlten Ewigkeit standen die Fae, die er belauscht hatte, endlich auf und verließen den Garten des *Zepters*. Sein Blick folgte den beiden. Sie blieben vor dem Gartentor der Schenke stehen, und obwohl sie eindeutig kein Liebespaar waren, verabschiedeten sie sich mit einem leidenschaftlichen Kuss, der zum Glück ein schnelles Ende fand. Die Wege der beiden Unseelie trennten sich, und sofort war Weylin auf den Beinen. Er zwängte sich durch die dicht stehenden Tische hindurch, und auch wenn sie im Freien waren, hatte er das Gefühl nur noch warme, abgestandene Luft einzuatmen. Erleichtert verließ er den Garten und sah in die Richtung, in welche die weibliche Fae verschwunden war. In der Ferne konnte er noch ihre Gestalt sehen, die angeheitert vom Wein leicht schwankend ihren Weg ging.

Das würde ein leichtes Spiel werden. Mit schnellen Schritten folgte er der Fae. Es war dunkel auf der Straße, und das Licht in den Häusern war erloschen. Nun, da die Nacht über die Stadt hereingebrochen war und überall dort Schatten erzeugte, wo zuvor keine gewesen waren, fühlte Weylin sich zu Hause.

Die Fae bog in eine schmalere Straße ein, in der sich Efeu elegant von den Dächern rankte. »He, wartet!«, rief Weylin, nicht interessiert daran, diskret vorzugehen.

Die Fae blieb stehen und drehte sich zu ihm um. Ein überraschter Ausdruck huschte über ihr aalglattes Gesicht, wurde aber sogleich von Enttäuschung abgelöst. Vermutlich hatte sie gehofft, er wäre der hübsche Unseelie, mit dem sie gesprochen hatte. Pech gehabt. »Was wollt Ihr?«

»Mit Euch reden«, sagte Weylin. Er bemühte sich, seiner Stimme einen sanfteren Klang zu verleihen, und blieb stehen, um die Fae nicht zu verschrecken. Die Luft um sie herum knisterte von der Magie. Da kein Wasser in unmittelbarer Nähe war, konnte das nur eines bedeuten: Sie beherrschte das Element Erde.

»Worüber?«, fragte die Fae skeptisch.

Er musste zuerst ihr Vertrauen gewinnen. »Wie ist Euer Name?«

»Biaànka.«

»Ich bin Weylin«, sagte er, um ein aufgeschlossenes Lächeln bemüht.

»Und worüber wollt Ihr mit mir reden?« Biaànka musterte ihn von Kopf bis Fuß, und die Schwingungen der Magie verstärkten sich, wodurch er ein leichtes Vibrieren des Bodens fühlen konnte.

»Ich habe gehört, was Ihr im *Zepter* gesagt habt.«

Biaànka runzelte die Stirn. »Ich weiß nicht, wovon Ihr redet.«

»Ihr habt etwas über den Prinzen erzählt.«

Bereit zur Flucht, wich Biaànka einen Schritt zurück »Wer seid Ihr? Arbeitet Ihr für ihn? Seid Ihr sein Lakai?«

»Nein.« Weylin schüttelte amüsiert den Kopf. »Ich bin derjenige, der ihn umbringen wird.«

Biaànkas Augen weiteten sich. »Ist das Euer Ernst?«

Weylin nickte.

»Und was hat das mit mir zu tun?«

Langsam näherte sich Weylin Biaànka wieder. Er wollte nicht bedrohlich wirken, aber manche Worte wurden besser leise gesprochen, vor allem in einer Stadt mit gläsernen Wänden. »Ich habe mitbekommen, dass Ihr von einem Plan erzählt habt. *Eurem* Plan, den Prinzen aus dem Weg zu räumen. Ich will ihn hören.«

Biaànka schluckte schwer, und im Schein der Monde glaubte Weylin zu erkennen, wie ihre ohnehin schon blasse Haut noch heller wurde. »Woher weiß ich, dass ich Euch vertrauen kann?«

Weylin schnaubte. »Kommt schon. Seht mich an. Ich bin ein Halbling. Glaubt Ihr wirklich, ich stecke mit Prinz Kheeran unter einer Decke?«

Biaànka neigte den Kopf. »Vielleicht. Es könnte eine List sein.«

»Ein Halbling als Tarnung?«

Sie nickte, aber er erkannte den Zweifel in ihren Gesichtszügen.

Noch nie hatte ein Halbling am Königshof der Unseelie gedient, zumindest hatte er noch nie von einem gehört. *Es sei denn, er ist ein Schatten, wie du einer bist, flüsterte eine Stimme in seinem Hinterkopf,* aber er ignorierte sie. »Das traut Ihr dem Prinzen wirklich zu?«

»Ihm nicht, aber seinem Berater Aldren. Oder der Königin.«

»Ich weiß doch bereits, dass Ihr einen Plan habt«, sagte Weylin. »Würde ich für den Prinzen arbeiten, wäre das Grund genug, Euch festzunehmen.«

Nachdenklich schürzte Biaànka die Lippen. »Da ist was dran.«

Es entstand eine kurze Pause, die erfüllt war von Stimmen, die vom Wind dünn an sie herangetragen wurden, und vom Zirpen der Insekten, die es sich auf den Dachgärten gemütlich gemacht hatten. »Also«, sagte Weylin schließlich. »Der Plan. Verratet Ihr ihn mir?«

»Es ist weniger ein Plan als eine Idee.«

Enttäuschend, aber zumindest ein Anfang. »Und was für eine Idee?«

»Die Parade«, sagte Biaànka bedeutungsschwer, als müsste Weylin wissen, wovon sie redete, aber hätte er diese Dinge bereits gewusst, müsste er sich nicht mit ihr abgeben.

»Was für eine Parade?«, fragte er mit gehobener Augenbraue.

»Na, die Parade des Schöpferfests. Prinz Kheeran wird eine Rede halten und auf einer Kutsche durch die Stadt fahren, um den Leuten zuzuwinken. Zumindest hat das sein Vater immer getan. Er wäre ein offenes Ziel, und alles, was es bräuchte, wäre Pfeil und Bogen und etwas Zielgenauigkeit.«

Weylin lächelte. Chaos und Panik. »Danke!«

Biaànka biss sich auf die Unterlippe und musterte ihn von Kopf bis Fuß, als würde sie der Gedanke, er könnte derjenige sein, der Kheeran zur Strecke bringen würde, erregen. »Ihr wollt ihn wirklich umbringen?«

Weylin nickte.

»Habt Ihr schon mal jemanden getötet?«

»Ja, habe ich«, antwortete er, und sein Lächeln wurde breiter. Biaànka setzte an, um es zu erwidern, als sie das dunkle Funkeln in seinen Augen zu bemerken schien. Der Anflug von Lust verschwand aus ihrem Gesicht, und schneller, als sich die Unseelie mit ihrer Erdmagie gegen ihn hätte wenden können, rammte Weylin ihr seinen luftgebundenen Dolch von unten durch den Schädel. Er durchstieß Haut und Knochen, bis die Waffe bis zum Heft in Biaànkas Kopf steckte.

Diese hatte den Mund aufgerissen, aber für einen Schrei hatte es nicht mehr gereicht. Mit einem schmatzenden Geräusch zog Weylin die Klinge heraus, Blut quoll aus der Wunde hervor, und ein unverständliches Gurgeln verließ die Kehle der Unseelie, ehe sie leblos zusammensackte und sich ihr Blut in roten Flüssen über den Boden schlängelte.

Weylin ging in die Knie und wischte die blutige Waffe an Biaànkas Kleidung ab, bevor er sie wieder im Ärmel seines Hemdes verschwinden ließ. Ein paar Herzschläge blieb er dort hocken und wartete auf das schlechte Gewissen, das ihn spüren ließ, dass er noch kein Monster war. Doch mit jedem weiteren Mord wurde das Gefühl der Schuld in seiner Brust schwächer, und bald würde es schon ganz verschwunden sein. Er hatte die Unseelie nicht am Leben lassen können, das Risiko, von ihr verraten zu werden, war zu groß gewesen.

Mit einem Seufzen stand Weylin auf und wandte sich von der Leiche ab, bevor ihn jemand entdecken und aufhalten konnte. Er hatte einen Plan zu schmieden und einen Prinzen zu töten.

26. Kapitel – Ceylan

– Niemandsland –

»Mein König, Herrscher über Thobria, mein Gott, ich bin Euer Diener, Euer Knecht und Euer Geselle. Mein Leben liegt in Eurer Hand. Meine Zukunft in Eurem Tun. Bewahret mich vor dem Unheil und behütet mich vor den Fae –«

Ceylan presste die Lippen aufeinander, damit kein Ton ihren Mund verließ. Sie konnte nicht fassen, was ihre Augen sahen und ihre Ohren hörten. Gestandene Männer, unsterbliche Wächter in dunkler Uniform, die vollkommen hörig den König anbeteten und verehrten, als hätte dieser auch nur einen Finger gekrümmt, um die Menschen im Dorf vor den Elva zu schützen. *Sie* waren das gewesen, während Andreus sich vermutlich in seinem Himmelbett in Amaruné herumgewälzt hatte. Aber wo war *ihre* Anerkennung? Die einzige Erklärung, die Ceylan finden konnte, war, dass diese Religion ein Anker für diese Männer war, die einzige Konstante in einem langen Leben, in dem sich alles andere wandelte und veränderte.

»Lehret uns und formet uns. Schützt uns und wachet über uns«, schlossen die Wächter das Gebet ab, die Köpfe vor dem Scheiterhaufen andächtig gesenkt. Inmitten der Flammen, die orangerot in den Nachthimmel züngelten, lagen drei in dunkle Stoffe eingewickelte Körper – Njal, Boyd und Torin. Ceylan hatte die Wächter nicht gekannt, konnte ihre Namen noch nicht einmal mit Gesichtern in Verbindung bringen, dennoch war ihre Kehle gefährlich eng. Doch sie wollte sich nicht die Blöße geben und vor Tombell und den anderen auch nur eine einzige Träne vergießen. Es gab ohnehin schon zu viel Gerede über sie. Inzwischen war sie nicht nur *die Frau*, sondern auch *das ungehorsame Weib*. Das Letzte, was sie brauchte, war auch noch der Ruf einer Heulsuse. Dabei war es nicht der Tod der Wächter selbst, der sie so belastete. Es waren die Umstände, die dazu geführt hatten, ihr eigenes Versagen und die Erinnerungen an ihre Eltern, welche ihr Herz schwer werden ließen.

»Niemandem ist Abschied vertrauter als einem Wächter!« Die Stimme des Field Marshals hallte über den Platz. Er stand auf einem Podest, wodurch er auf sie und die Flammen herabsehen konnte. Dabei war seine Miene so ausdruckslos wie seine Stimme. Vermutlich hatte er in den letzten Jahrzehnten schon zu viele seiner Männer auf dem Scheiterhaufen gesehen, um sich davon noch beeinflussen zu lassen. »Wir mussten schon viele Menschen in unserem Leben gehen lassen. Vater. Mütter. Geschwister. Ehefrauen und Kinder. Wir haben sie zurückgelassen, um hierherzukommen und unserem Land zu dienen. Heute sind sie Erde und Asche, genauso wie Njal, Boyd und Torin. Möge ihr Rauch den Weg zurück zu ihren Familien finden. Und mögen sie in Frieden ruhen.«

Ein Brennen setzte in Ceylans Hals ein, und sie blinzelte heftig, um die Feuchtigkeit aus ihren Augen zu vertreiben. Nun traten die Männer, die sich um den Scheiterhaufen versammelt hatten, einzeln nach vorne und warfen etwas in die Flammen, das Ceylan nicht erkennen konnte.

»Was ist das?«, fragte Ethen, der die ganze Zeit über neben ihr gestanden hatte, mit gesenkter Stimme. Das Feuer warf orangene Lichtschatten auf seine gerunzelte Stirn und sein Gesicht, das von Unwohlsein und Trauer gezeichnet war.

Ceylan räusperte sich. »Ich … ich weiß es nicht.«

»Spielkarten, Haarbüschel, Stofffetzen … was immer sie zu geben haben«, antwortete jemand hinter ihnen. Ceylan drehte sich um. Zuerst erkannte sie den Wächter nicht, der gekrümmt hinter ihnen stand, einen Gehstock in der Hand, der so dürr war, dass er eigentlich unter der Last des massigen Körpers hätte zusammenbrechen müssen. Doch als sie in die braunen Augen des Mannes blickte, erkannte sie ihn – Gothar. Das letzte Mal, als sie ihn gesehen hatte, hatte er blutend auf dem Boden des Dorfes gelegen, seitdem hatte er die Krankenstation nicht mehr verlassen.

»Warum tun sie das?«, erkundigte sich Ethen.

Gothar hob leicht die Schultern, wie zu einem Zucken. »Tradition. Damit die Verstorbenen etwas von uns mitnehmen und an uns denken können, während sie in Frieden ruhen.«

Warum hatte ihnen das niemand gesagt? »Ich habe nichts mitgebracht«, sagte Ceylan mit Bedauern in der Stimme.

»Das macht nichts«, sagte Gothar mit einem sanften Lächeln. Es saß irgendwie schief auf seinen Lippen, als hätte man ihm beruhigende Kräuter oder Ähnliches eingeflößt, die seinen Verstand benebelten und von den Schmerzen ablenkten, die das Gift der Elva verursachte. »Für die nächste Bestattung, die hoffentlich lange auf sich warten lässt, wisst ihr es.«

Ethen nickte und drehte sich wieder dem Scheiterhaufen zu. Ceylan hingegen konnte sich nicht von Gothar abwenden, und sie fragte sich, ob er als vierter Wächter in den Flammen liegen würde, wäre sie nicht gewesen. Er hielt ihrem Blick stand und bedeutete ihr mit einem Nicken, ihm zu folgen. Sie gehorchte, und in quälend langsamen Schritten humpelte Gothar zu einem abgeholzten Baumstamm, der von den Wächtern als Bank genutzt wurde. Mit einem Ächzen setzte er sich hin. Ceylan löste das magische Schwert von ihrem Gürtel, lehnte es gegen den Stamm und nahm neben dem Wächter Platz.

Gothar griff in die Tasche seines Mantels und zog ein Döschen hervor. Ceylan glaubte zuerst, es wäre ein Mittel gegen seine Schmerzen, doch es war eine weiße Salbe. Er tauchte den

Finger hinein und schmierte sie sich unter die Nase. »Gegen den Gestank«, sagte er auf ihren fragenden Blick hin. »Ich hasse den Geruch von verbranntem Menschenfleisch.«

Ceylan nickte, denn der süßliche Duft verbrannter Haut war auch ihr zuwider. Zum Glück war es eine stürmische Nacht, und der Wind würde den Rauch schon bald vertrieben haben.

Gothar hielt ihr die Dose entgegen.

Ceylan zögerte nur eine Sekunde, bevor sie sich etwas von der Salbe nahm, die einen angenehm blumigen Duft hatte. Bei jedem anderen Wächter hätte sie vermutlich abgelehnt, aus Angst, schwach zu wirken, aber Gothar konnte sie vertrauen. Er war vermutlich nur ihretwegen noch am Leben und würde es nicht wagen, schlecht über sie zu denken.

Er ließ das Döschen wieder in seinem Mantel verschwinden und beugte sich nach vorne, die Hände und das Kinn auf seinem Gehstock abgestützt. Es war irritierend, einen Mann, der keinen Tag älter als Anfang zwanzig aussah, auf diese Art zu erleben, vor allem da keine sichtbaren Verletzungen zu erkennen waren. Sämtliche Schürf- und Fleischwunden hatten sich dank seiner schnellen Heilungsfähigkeiten bereits wieder geschlossen.

»Ich wollte mich bei dir bedanken, dafür, dass du mich gerettet hast.«

»Das ist doch selbstverständlich.«

»Nein, ist es nicht. Es war nicht deine Aufgabe.«

Ceylan zuckte in gespieltem Gleichmut mit den Schultern. Sie war stolz darauf, Gothar das Leben gerettet zu haben, aber sie schämte sich dafür, anschließend von Elva überwältigt worden zu sein. Ihretwegen hatte Leigh das Dorf verlassen müssen, und das wiederum hatte unschuldigen Menschen den Tod gebracht, die auf ihn und seine magischen Waffen angewiesen gewesen wären.

»Khoury hat mich heute besucht«, sagte Gothar in ihr Schweigen hinein.

»Was wollte der Field Marshal?«

»Meine Sicht auf die Dinge, die im Dorf passiert sind.«

»Und was hast du ihm gesagt?«, fragte Ceylan mit unsicherer Stimme. Sie ärgerte sich darüber, ihre Sorgen so dicht an der Oberfläche zu tragen. Aber morgen wäre ihre Anhörung wegen der Sache mit Derrin und der direkten Missachtung eines Befehls. Sie konnte nicht einschätzen, was passieren würde, und diese Unsicherheit nagte an ihr.

»Dass ich dir dankbar bin, aber es sich nicht abstreiten lässt, dass du Leighs Anweisung ignoriert hast. Damit hast du dich und andere in Gefahr gebracht, und das können wir nicht durchgehen lassen. Was, wenn dir die anderen Novizen gefolgt wären?«, fragte Gothar.

Ceylan biss die Zähne aufeinander und schwieg. Etwas Ähnliches hatte bereits Leigh zu ihr gesagt, und er hatte recht, aber zumindest von Gothar hatte sie sich mehr Unterstützung erhofft. Es gab unter den Wächtern keine Todesstrafe, also zumindest das hatte sie nicht zu befürchten. Aber noch stand sie am Anfang ihrer Ausbildung und war ein entbehrliches Mitglied. Was würde mit ihr geschehen, wenn der Field Marshal zu der Entscheidung kam, dass sie den Ärger nicht wert war, und sie wegschickte?

»Aber ich habe Khoury auch gesagt, dass du nur versucht hast, dich zu beweisen, und das kann dir niemand verdenken, nicht solange seine Männer dir das Gefühl geben, du hättest es nicht verdient, hier zu sein«, fuhr Gothar fort. Seine Worte klangen kurzatmig, als würde das Sprechen seinen geschundenen Körper erschöpfen. »Derrin und die anderen glauben, sie hätten ein Recht, hier zu sein, weil sie mit Eiern geboren wurden. Dir wollen sie das Recht absprechen, weil du keine hast. Aber das ist nicht fair, zumal wir alle wissen, dass du die beste Kämpferin unter ihnen bist.«

»Danke«, murmelte Ceylan. Sie widersprach Gothar nicht,

auch wenn der Wunsch, sich gegenüber den Männern zu beweisen, nicht der treibende Grund für ihr Handeln gewesen war. Aber vielleicht hatte er unterbewusst auch in ihre Entscheidung mit hineingespielt, Leighs Befehl zu missachten. Ihr Motiv spielte ohnehin keine Rolle, alles, was für Tombell zählte war ihr Ungehorsam, eine Eigenschaft, die man unter den Wächtern nicht gerne sah.

Gothar lächelte sie an und erhob sich mit einem Ächzen von dem Baumstumpf. »Nichts zu danken. Du hast für dein Können hart gearbeitet. Lass dir nicht einreden, du wärst schlechter als die anderen, nur weil dein Körper ein anderer ist. Sie sind nur eingeschüchtert und übertragen ihre eigenen Unsicherheiten auf dich, aber das wird sich legen.«

»Das hoffe ich«, erwiderte Ceylan und beobachtete, wie Gothar langsam davonlief. Ihr schweres Herz war dank seiner Worte ein klein wenig leichter, ihre Sorgen wegen der Anhörung aber leider kein bisschen geringer.

$$\triangledown$$

Ein Klopfen an der Tür riss Ceylan aus ihren Gedanken. Sie hatte die letzten Minuten geistesabwesend auf die Schnürsenkel ihrer Stiefel gestarrt, die sie eigentlich binden wollte. Die ganze Nacht über hatte sie wach gelegen und sich Sorgen um den Ausgang ihrer Anhörung gemacht. Ihr Körper war von diesen Mutmaßungen erschöpft, und als sie ihre Reflexion am Morgen im Spiegelglas des Waschraumes gesehen hatte, war sie vor sich selbst erschrocken. Die dunklen Ringe unter ihren Augen waren wie Krater in einer Landschaft.

»Ceylan?«, fragte eine Stimme vor dem Zimmer.

Benommen stand sie vom Bett auf und öffnete die Tür für Leigh. Sie verstand nicht, wieso er überhaupt klopfte, schließlich war das hier sein Zimmer. Nachdem er sie vor den Elva gerettet hatte, hatte er sie hier schlafen lassen, damit sie sich in Ruhe hatte erholen können, ohne sich dem Lärm und der Unruhe der Schlafsäle auszusetzen. Doch aus zwei Nächten waren drei geworden, dann vier, dann fünf, und heute war sie noch immer hier. Sie hatte Leigh gefragt, ob sie gehen sollte. Er hatte beteuert, dass sie so lange bleiben durfte, wie sie wollte, denn er hatte woanders Unterschlupf gefunden. Dennoch nahm sich Ceylan jeden Morgen nach dem Aufstehen vor, heute wieder in den Schlafsaal zurückzukehren. Aber ihre Bedenken, mit den anderen Novizen in einem Raum zu schlafen nach dem, was sie Derrin angetan hatte, hielten sie zurück, trotz des Geredes der anderen Wächter. Diese spekulierten natürlich über Leighs und ihre Schlafsituation und setzen Gerüchte in die Welt, die mit keinem Funken der Wahrheit entsprachen. Vermutlich sollte sie sich Sorgen darum machen, was dieses Gerede mit ihrem Ruf anstellte, aber die Ruhe und Sicherheit, die Leighs Zimmer ihr bot, waren es wert.

Leigh war in seiner vollständigen Wächteruniform gekleidet. Selbst der schwere Mantel mit dem weißen Pelz lag über seinen Schultern, vermutlich erwartete man das von einem Captain bei einer Anhörung. »Welche Elva hat dich denn verschluckt und wieder ausgespuckt?«, fragte er und musterte sie von Kopf bis Fuß.

»Ich habe die Nacht über trainiert«, log Ceylan und griff nach dem wassergebundenen Schwert, das neben dem Kamin stand. Das warme Kribbeln, das sie seit der Zeremonie begleitete, wurde stärker, als ihre Finger das Heft der Waffe berührten. Ihre Sinne schärften sich augenblicklich, als würde sie die Welt durch eine Lupe betrachten.

»Du solltest nicht ohne Aufsicht trainieren. Das bestärkt falsche Kampftechniken.«

Ceylan ließ das Schwert in die Halterung an ihrem Gürtel gleiten. »Das nächste Mal, wenn ich nachts üben möchte, werde ich dich aufwecken.«

»Oder du gehst zu den Wächtern, die den Stützpunkt beaufsichtigen.«

»Natürlich. Die helfen mir sicherlich gerne«, sagte Ceylan mit einem Augenrollen. Die anderen Wächter würden ihr nichts beibringen, lieber würden sie eine Wand anstarren.

Leigh wusste, dass sie recht hatte, und wechselte das Thema. »Kommst du?«

»Hab ich denn eine andere Wahl?«

»Nicht wirklich.«

»Und worauf warten wir dann?« Ceylan trat an Leigh vorbei in den Gang. Sie konnte Schritte und Stimmen hören, die sich von ihr entfernten und nach draußen liefen, um das Spektakel ihrer Anhörung mitzuerleben. Vermutlich hofften die meisten anderen Wächter darauf, dass Tombell sie wegschickte, damit die Männer wieder unter sich sein würden, aber das konnten sie vergessen. Lieber fesselte Ceylan sich an die Mauer, als diese verlassen zu müssen.

»Du musst nicht nervös sein. Es wird alles gut werden.«

»Wer sagt, dass ich nervös bin?«

Vielsagend zog Leigh eine Augenbraue in die Höhe.

Sie war um ein ausdrucksloses Gesicht bemüht, aber ihm konnte sie nichts mehr vormachen, nicht mehr seit sie ihm von ihren Eltern und ihrem Dorf erzählt hatte. »Was habe ich zu erwarten?«

»Zuerst wird der Field Marshal eine Rede halten, anschließend wird er –«

»Nein«, unterbrach Ceylan ihn und straffte ihre Schultern, als sie an einer Gruppe Wächter vorbeiliefen, die verschwörerisch die Köpfe zusammengesteckt hatten. Ihre leise gesprochenen Worte verstummten, als sie Leigh mit ihr entdeckten. Es war leicht zu erahnen, worüber sie gesprochen hatten. »Ich meine, was für eine Strafe habe ich zu erwarten? Ich kann doch nicht die Erste sein, die einen Befehl missachtet hat, oder?«

»Nein, bist du nicht.«

»Und wie hat man die anderen Wächter bestraft?«, fragte Ceylan mit einem mulmigen Gefühl im Magen. Sie wollte vorbereitet sein, aber ein Teil von ihr wollte sich auch noch länger ihrem naiven Unwissen hingeben.

»Unterschiedlich«, antwortete Leigh. »Tombell ist ein Freund von kreativen Strafen.«

»Was heißt das?«

»Dass er sich gerne etwas Neues ausdenkt. Ein Novize ist einmal während seiner ersten Nachtschicht eingeschlafen. Der Field Marshal hat ihn erwischt, und zur Strafe durfte er drei Tage lang nicht schlafen. Einen anderen Wächter, der sich an der Vorratskammer vergriffen hat, hat er gezwungen, zwölf Laib Brot hintereinander zu essen. Ich habe noch nie einen Menschen so viel kotzen sehen wie den Wächter nach dieser Sache.«

»Danke für das Bild in meinem Kopf«, erwiderte Ceylan, mit einem Schnauben, aber so widerlich die Vorstellung von Erbrochenem auch war, so harmlos erschien sie auch. Wenn alles, was sie erwartete, eine demütigende Aufgabe war, hatte sie nichts zu befürchten. Sie hatte in ihren Jahren auf der Straße von Müll gelebt, in Ställen geschlafen, in Kuhscheiße gestanden und genug andere Dinge erlebt und getan, auf die sie nicht stolz war. Der Field Marshal konnte sie mit einer solchen Strafe daher nicht in die Knie zwingen.

Leigh und Ceylan verließen die Unterkunft mit den Schlafsälen und gingen zu dem Gebäude, in dem ihre Anhörung stattfinden würde. Die Luft an diesem Morgen war klar. Nichts war mehr von dem süßlichen Geruch verbrannten Menschenfleischs übrig, stattdessen brachte der Wind den Duft von Regen mit sich, und gräuliche Wolken versprachen einen Schauer für spätere Stunden.

Dutzende von Wächtern standen tatenlos im Gemeinschaftsraum herum, in dem Tombell und die anderen hochrangigen

Wächter auf Ceylan warteten. Sie gierten danach, ihre Bestrafung mitzuerleben, ähnlich dem gemeinen Fußvolk, das sich bei einer Hinrichtung schaulustig um den Galgen versammelte.

Ceylan sah sich in den Reihen der Männer um. Einige von ihnen erwiderten ihren Blick, aber sie ignorierte deren Neugierde und hielt stattdessen nach Gothar Ausschau. Doch der verletzte Wächter war nirgendwo auszumachen. Vermutlich hatten die Bestattungen am Vorabend ihn zu sehr geschwächt und ihn heute ans Bett gefesselt.

Leigh begleitete Ceylan zum vorderen Teil des Raumes. Man hatte dort eine lange Tafel aus dunklem Holz aufgebaut, mit sechs Stühlen zu einer Seite. Fünf der Plätze waren bereits von Field Marshal Tombell, General Klifford, Colonel Farrow, Captain Remhall und Lieutenant Glade besetzt, der sechste Stuhl gehörte Leigh. Er wies sie an, Stellung vor dem Tisch zu beziehen. Dabei beobachtete der Field Marshal jeden ihrer Schritte. Seine Gesichtszüge waren leer und sein Blick so kühl, dass sämtliche Emotionen eingefroren schienen, wodurch Ceylan nicht einzuschätzen vermochte, ob er ihr wohlgesonnen war oder nicht.

Ohne ein Wort der Zurechtweisung verstummten alle Gespräche. Ein dichtes Schweigen legte sich über den Raum, das nur durch die Geräusche des Dornenwaldes gebrochen wurde, die durch ein offen stehendes Fenster klangen. Ceylan fühlte sich an den Abend zurückversetzt, an dem sie ihre Unsterblichkeit erhalten hatte, denn wieder stand sie als erste Novizin im Mittelpunkt der Aufmerksamkeit, aber inzwischen war sie die forschen, lüsternen und verachtenden Blicke der anderen Wächter so gewohnt, dass sie sie kaum mehr wahrnahm. Sie waren zu einer Begleiterscheinung geworden, aber das änderte nichts an der generellen Tatsache, dass es ihr zuwider war, ständig unter Beobachtung zu stehen.

»Novizin Alarion«, sagte Tombell übertrieben förmlich. Seine Worte wurden von einem Seufzen begleitet. Es war seine erste

Gefühlsregung in Ceylans Richtung. »Ihr steht heute vor uns, weil Ihr einen direkten Befehl von Captain Fourash ignoriert habt und mit dieser Entscheidung das Leben anderer Wächter und Menschen in Gefahr gebracht habt. Zudem habt Ihr einen anderen Novizen, Derrin Armwon, mit einem Dolch angegriffen. Was habt Ihr zu eurer Verteidigung zu sagen?«

»Nichts.«

Tombell hob seine vernarbte Augenbraue. »Nichts?«

»So ist es.« Sie wollte sich weder erklären noch rechtfertigen. Sie hatte getan, was sie für richtig gehalten hatte, und vielleicht war das ein Fehler gewesen, aber sie würde zu ihrer Entscheidung stehen und nicht versuchen, sich mit irgendwelchen feigen Begründungen herauszureden. Und ganz sicher würde sie nicht auf das Mitleid des Field Marshals drängen, indem sie ihm von ihrer Familie erzählte.

»Seid Ihr Euch sicher?«

»Was willst du … was wollt Ihr von mir hören?«, korrigierte sich Ceylan. »Eine Erklärung? Eine Lüge? Eine Entschuldigung?«

»Letzteres wäre ein guter Anfang.«

»Entschuldigt, dass ich Gothar das Leben gerettet habe. Ich werde es das nächste Mal unterlassen«, erwiderte Ceylan. Sie wusste nicht, aus welchen Tiefen ihrer selbst diese sarkastischen, womöglich gar dummen Worte kamen. Sie versetzten die Wächter im Saal, die bis zu diesem Moment geschwiegen hatten, in Aufregung. Empörtes Gemurmel setzte ein. Stiefel schabten über den Boden, und Beleidigungen hallten durch den Raum zu Ceylan nach vorne. Sie zwang sich dazu, geradeaus zu sehen, und nicht noch mehr Dummheiten von sich zu geben. Ihr Blick landete wie von selbst auf Leigh, der enttäuscht den Kopf schüttelte.

»Ruhe!«, brüllte Tombell, und das Gerede erlosch so plötzlich wie eine Fackel, die ins Wasser geworfen wurde. Vielsagend blickte sich der Field Marshal in der Runde um, und erst als er sich sicher war, die Kontrolle über den Saal wiedererlangt zu haben, blickte er zu Ceylan. Verachtung, wie sie zuvor nicht da gewesen war, loderte in seinen Augen, und er hatte die Hände vor sich auf dem Tisch zu Fäusten geballt. »Ihr solltet besser aufpassen, was Ihr sagt. Wir scherzen nicht über den Tod und vor allem nicht über das Leben unserer Brüder – und Schwestern«, fügte er nach einer kurzen Pause hinzu. »Wenn ich Euch noch einmal so etwas sagen höre, lasse ich Euch mit fünfhundert Peitschenhieben strafen, habt Ihr verstanden?«

In der Stille konnte Ceylan hören, wie ein Wächter hinter ihr scharf die Luft einsog. Mit ihren Heilungsfähigkeiten würden sie diese Hiebe nicht töten, aber sie wären alles andere als angenehm. Anscheinend hatte sie mit ihrer Bemerkung einen wunden Punkt getroffen. »Verstanden.«

»Gut, dann lasst uns weitermachen.« Tombell schluckte schwer, wie um die aufgebrachte Note, die noch immer in seiner Stimme mitschwang, herunterzuwürgen. »Captain Fourash, habt Ihr dem Ganzen noch etwas hinzuzufügen, ehe ich das Strafmaß festlege?«

Leigh schüttelte den Kopf. »Nein. Die Sache ist genauso abgelaufen, wie ich es schon berichtet habe. Ich habe den Novizen die Anweisung gegeben, in ihrem Schlafsaal zu bleiben. Ceylan Alarion hat sich dem Befehl verweigert, und nachdem sie Derrin Armwon mit einem nicht-magischen Dolch außer Gefecht gesetzt hat, ist sie uns gefolgt. Sie hat Gothar gerettet, wurde im Kampf aber selbst verletzt und musste von mir versorgt werden.«

Tombell nickte. Seine zu Fäusten geballten Hände lösten sich und legten sich aneinander wie zum Gebet. Nachdenklich betrachtete er Ceylan, die unter seiner Musterung zu schwitzen begann, aber vielleicht lag es auch an den unzähligen Wächtern im Raum. »Als Prinz Kheeran Euch die Unsterblichkeit verliehen hat und wir auf der Feier danach gesprochen haben, hat er mich nach Nihalos zu seiner Krönung eingeladen«, hob der Field Marshal an. »Ich habe lange überlegt, ob ich diese Reise antreten möchte, ob sie das Risiko wert ist und ob ich die Befehlsgewalt so lange an meinen Stellvertreter General Sloan übergeben kann.«

Der General neben ihm nickte – interessiert und bejahend.

»Und ich habe mich dafür entschieden zu gehen«, fuhr Tombell fort. »Mit König Nevan hatten die Wächter nur einen schwachen Verbündeten im Reich der Fae, und auch Königin Valeska hat kein großes Interesse am Niemandsland und den Wächtern. Mit Prinz Kheeran haben wir endlich wieder die Chance, Kontakt zu der Magie herzustellen, die uns erschaffen hat und uns am Leben hält. Ich möchte diese Möglichkeit nutzen. Ein paar meiner Männer, Captain Fourash eingeschlossen, werden mich begleiten – und nun auch Ihr, Novizin Alarion. Packt Eure Sachen!«

»Was?!«, platzte es aus Ceylan heraus. Hatte sie den Field Marshal eben richtig verstanden? Sie sollte ihn nach Nihalos begleiten? Zu den Fae? Er musste zu viel von dem Rauch des Scheiterhaufens eingeatmet haben. »Das ... das geht nicht«, protestierte sie.

»Und wieso nicht?«, fragte Tombell.

»Was ist mit dem Training?« Sie bemerkte, dass ihre Stimme schrill geworden war, und räusperte sich, um ihr einen tiefen Klang zu verleihen. »Ich werde zurückfallen. Die anderen –«

»Daran hättet Ihr vorher denken müssen«, unterbrach sie der Field Marshal.

»Ich will nicht –«

»Was Ihr *wollt*, tut hier nichts zur Sache. Ihr sollt bestraft werden, nicht belohnt«, sagte Tombell und fügte hinzu: »Auch wenn manch ein anderer Novize es vielleicht als Ehre ansehen würde, mich begleiten zu dürfen. Es gibt nicht viele Wächter, die in ihrem Leben die Gelegenheit geboten bekommen, die Stadt der Unseelie zu besuchen.«

Ich könnte darauf verzichten, dachte Ceylan, hielt aber die Worte zurück. Sie wusste nicht, wann oder wie, aber der Field Marshal hatte sie durchschaut und erkannt, wie sehr sie die Fae und Elva verabscheute. Dabei fürchtete sie sich nicht vor dem Marsch durch den Nebelwald oder den Elva, die dort lauerten. Sie würde schon auf sich aufpassen können, das hatte sie bisher immer. Was jedoch ein angstvolles Ziehen in ihrer Brust auslöste, war der Gedanke, tagelang in einer Stadt ausharren zu müssen, in der es von Fae nur so wimmelte. Alleine die Vorstellung reichte aus, um ihr einen kalten Schauder über den Rücken zu treiben, und sie würde auch den Prinzen wiedersehen müssen, was sie auf eine ganz andere Art und Weise nervös machte. Er hatte etwas an sich, das ihren Abscheu zu Neugierde werden ließ. Und das verunsicherte sie mehr als alles andere. Wieso konnte Tombell sie nicht einfach nackt über den Platz jagen oder sie Pferdedung essen lassen? Beinahe alles wäre ihr lieber gewesen als ein Besuch am Hof der Unseelie.

27. Kapitel – Freya

– Nebelwald –

Freyas Füße versanken mit jedem Schritt im Sand, als versuchte das magische Land sie zu verschlingen. Und jedes Mal, wenn sie ihren Stiefel befreite, rieselten die feinen Körner zurück in das Loch, das sie hinterlassen hatte. Dieser Anblick hatte etwas geradezu Hypnotisches an sich, aber Freya blieb keine Zeit, ihn zu genießen.

Eine Weile folgten sie dem Verlauf der Küste, ehe sie schließlich in das Dickicht des Dschungels eintauchten, einen Kompass in der Hand, der ihnen den Weg wies. Hier gab es keine von Kies vorgegebenen Straßen, keine ausgelegten Wege und keine Trampelpfade. Es schien, als wären Larkin und sie seit Jahrzehnten die ersten Menschen – oder zumindest größeren Lebewesen –, welche diesen Teil von Melidrian betraten.

Anders als im Dornenwald spürte Freya die Länge ihres Marsches nicht. Es gab ständig Neues zu entdecken. Der Dschungel war noch viel lebendiger und vibrierender, als es aus der Ferne den Anschein gehabt hatte. Insekten zirpten in jedem Winkel des Waldes, und bunte Vögel, wie Freya sie noch nie gesehen hatte, nisteten in den Kronen der Bäume, die wohltuenden Schatten spendeten. Nur an wenigen Stellen erlaubte das Geäst den Sonnenstrahlen bis zum moosbedeckten Boden herabzusteigen. Eigenartige Schlingpflanzen wickelten sich an den Stämmen der Bäume empor und fielen anschließend wie Vorhänge von deren Ästen. Sträucher mit gigantischen Blättern, groß wie die Reifen einer Kutsche, wucherten entlang ihres Weges, und farbenfrohe Blumen, mit makellosen Blüten, die aussahen, als hätte man sie gezeichnet, blühten in ruhigen Ecken und hatten es irgendwie gelernt, inmitten der wuchtigen Bäume zu überleben.

Doch Larkins Haltung zeigte deutlich, dass man sich von dieser Idylle nicht täuschen lassen durfte. Seine Schultern waren angespannt, und anders als im sterblichen Land bemühte er sich nicht, Abstand zu Freya zu halten, um seiner *Göttin* den Freiraum zu geben, den seine Religion verlangte. Er blieb dicht an ihrer Seite, immer auf der Hut. Jedes noch so leise Geräusch, das nicht zum Chor der Wildnis zu passen schien, weckte seine Aufmerksamkeit, und seine Finger schlossen sich fester um den Griff seines Schwertes.

Beinahe geräuschlos bewegten sie sich über das Moos, und während ein Teil von Freya hoffte, dass sie Nihalos ohne Zwischenfälle erreichen würden, gierte der andere Teil von ihr danach, eine Elva zu sehen, nun da sie bereits einer Fae begegnet war. Vermutlich ein naiver und dummer Wunsch, einer dieser Kreaturen begegnen zu wollen, doch manchmal wog die Wissensgier in Freya stärker als die Vernunft. »Ich dachte ganz Melidrian wimmelt vor Elva«, sagte Freya. »Ich sehe keine.«

Larkin schaute sie aus dem Augenwinkel an. Unwohlsein spiegelte sich in seinen Gesichtszügen wieder, als würde er lieber nicht mit ihr sprechen. »Nur weil Ihr sie nicht seht, heißt das nicht, dass sie nicht da sind.«

Freya ließ ihren Blick ein weiteres Mal durch das Dickicht gleiten – aber sie sah nichts, nur sattes Grün. Sie mussten alleine sein.

»Elva sind Künstler der Tarnung, das macht sie so gefährlich, vor allem in ihren eigenen Wäldern«, erklärte Larkin mit ruhiger Stimme, wie ein Jäger, der das Wild nicht vertreiben wollte. »Ihr könnt sie nur sehen, wenn sie gesehen werden wollen, und dann ist es meist bereits zu spät. Warum glaubt Ihr, dass nicht mehr Fae in den Wäldern leben? Sie haben Angst.«

»Warum? Sie haben doch ihre Elementarmagie.«

»Magie ist wertlos gegen einen Feind, den man nicht sehen kann und der in der Überzahl ist«, erklärte Larkin. Magie pulsierte in den Adern dieses Mannes, und schon unter normalen Umständen faszinierte er Freya, aber wenn er über die Elva und die Fae sprach, war es geradezu unmöglich, ihm nicht zuzuhören. Sie könnte ihm stundenlang lauschen und nur sprechen, um Fragen zu stellen. »Die Elva selbst können die Elemente nicht beherrschen. Aber ihre Instinkte sind messerscharf, und sie haben Fähigkeiten, die kein Fae erlernen kann, so stark seine Elementarmagie auch ist. Außerdem greifen Elva häufig –«

Larkin stockte, und ein angriffslustiges Funkeln trat in seine Augen. Kurz darauf hörte auch sie das verräterische Rascheln. Hektisch blickte sie sich um, aber sie konnte nicht ausmachen, woher das Geräusch kam. Freyas Hand wanderte zu dem Dolch in ihrem Umhang. Ein Vogel kreischte auf, sein Krächzen klang wie der Hilferuf eines Kindes. Und auf einmal schien sich das gesamte Dickicht zu bewegen. Zweige knackten. Blätter raschelten. Und ein dunkler Schatten zischte aus dem Gebüsch.

Freya stieß einen spitzen Schrei aus. Im selben Moment wurde sie auch schon zu Boden gerissen. Ihre Schulter schlug hart gegen eine herausstehende Wurzel, und ein drückender Schmerz zog sich ihr Rückgrat hinab. Freya ignorierte ihn. Unnachgiebig kämpfte sie gegen die dunkle Gestalt an, die sie zu Boden drückte. Sie schlug wie wild um sich, als plötzlich zwei Hände ihre Gelenke packten und sie festhielten. Das Gefühl der rauen Fingerkuppen war Freya allerdings vertraut, und augenblicklich erstarb ihre Gegenwehr – Larkin.

Er hatte sich auf sie geworfen, um sie zu beschützen.

Ein Kreischen ließ Freya erstarren, und Larkin spannte sich über ihr an. Langsam drehten sie ihre Köpfe und sahen gleichzeitig in die Richtung, aus der das Geräusch kam. Nur wenige Fuß von ihnen entfernt saß ein schwarzer Vogel. Er hatte das Haupt geneigt und beobachtete sie, aus Augen so dunkel wie sein Gefieder. Freya hatte noch nie ein solches Tier gesehen. Sein schwarzer Körper hatte sie für den Bruchteil einer Sekunde glauben lassen, sie hätte eine Krähe vor sich. Doch dann erkannte sie, dass das Geschöpf viel zu groß für eine solche war und sein Schnabel zu lang. Außerdem besaß es Ohren, die an eine Raubkatze erinnerten, und einen Schwanz wie der eines Ochsen. Er baumelte vom Ast und schwang hin und her, wie das Pendel einer Uhr. Zwischen den Krallen seiner linken Klaue hielt er ein totes Tier, dessen rotes Blut zu Boden tropfte.

»Ist das eine Elva?«, fragte Freya mit einem Wispern.

Larkin nickte, und ihr Herz pochte schneller. Man sollte vorsichtig mit den Dingen sein, die man sich wünschte. Das Geschöpf beobachtete sie. Sein Blick war zu eindringlich und klug für den eines wilden Tieres. Ein kalter Schauder lief Freya über den Körper. Und weder sie noch Larkin bewegten sich, als die Elva sich schließlich ihrer Beute zuwandte. Mit ihrem spitzen Schnabel schabte sie das Fleisch von den Knochen und würgte es in großen Brocken hinunter, das Gefieder so dunkel, dass das Blut nicht zu erkennen war.

Irgendwann spürte Freya ein unangenehmes Stechen in ihrem rechten Bein. Sie versuchte es zu bewegen, um den Schlaf abzuschütteln, der dabei war, Besitz von ihren Muskeln zu ergreifen, doch Larkins Gewicht ruhte zu schwer auf ihr.

Sie musste einen Laut von sich gegeben haben, denn der Wächter blickte von der Elva zu ihr. Sein Gesicht war nur wenige Fingerbreit von ihrem eigenen entfernt. Bisher hatten Angst und Neugierde für das magische Wesen Freyas Gedanken für sich beansprucht, weshalb sie erst in diesem Moment realisierte, wie nah sie einander waren. Sie konnte Larkins Atem auf ihrer Haut spüren und seinen Blick, der sich suchend über ihr Gesicht tastete. Seine Augen waren so dunkel, dass seine Pupillen aus der Ferne schwer auszumachen waren, aber aus der Nähe konnte Freya erkennen, wie sie sich weiteten, während er sie musterte. Hitze stieg in ihr auf, und auf einmal war sie sich nur allzu bewusst, wie sich Larkins Körper der Länge nach gegen ihren presste. Kein Blatt passte mehr zwischen sie. So etwas hatte sie noch nie gefühlt. Sie war Männern schon nahe gewesen. Auf den Bällen am Hof hatte sie mit ihnen getanzt. Sie hatten ihre Hände auf ihre Schultern gelegt und manchmal auch forsch auf ihre Hüften und sie an sich gezogen, aber Larkin so auf sich liegen zu spüren, war eine vollkommen neue Erfahrung, und sie wusste nicht, wie sie darüber denken sollte. Vermutlich war ihr Verstand vor Schreck und Faszination, eine Elva gesehen zu haben, noch gelähmt. Ob er auch darüber nachgedacht hatte, wie sich ihre Brüste gegen sein Hemd drückten?

Die Elva stieß ein Krächzen aus und ließ die Überreste ihrer Beute fallen. Der Kadaver kam mit einem Klatschen neben ihnen auf dem Boden auf. Freya zuckte zusammen, und die Elva begann laut und alarmierend mit den Flügeln zu schlagen. Larkins Muskeln spannten sich an. Er hatte die Brauen zusammengezogen, und ein unbeirrbarer Ausdruck trat in seine Augen.

»Nicht«, zischte sie und versuchte ihn an seinem Mantel festzuhalten, aber Larkin ignorierte ihre Bitte. Er sprang auf die Beine, und in derselben unmenschlich schnellen Bewegung griff er sein Schwert vom Waldboden. Die Klinge der magischen Waffe zischte durch die Luft. Die Elva stieß sich vom Ast ab. Ihre Flügel bauschten sich auf, und sie gab einen weiteren Schrei von sich, der abrupt verstummte. Zwei dumpfe Aufschläge waren zu hören, als Kopf und Körper der Elva getrennt voneinander auf die Erde fielen.

Freya starrte das Haupt der Elva an, den Schnabel aufgerissen, die Augen weit geöffnet und leer, während dunkles Blut aus der geöffneten Kehle tropfte. Sie schluckte, und auf einmal fiel es ihr schwer, ihren Mageninhalt für sich zu behalten. Eilig wandte sie den Blick ab und rollte sich auf Hände und Knie.

»Prinzessin?«

Sie schloss die Augen und nahm einen tiefen Atemzug. Sie hatte Larkin schon kämpfen sehen, und der Anblick von Blut war ihr auch vertraut, aber das geköpfte Tier nur eine Armlänge entfernt war ihr gerade zu viel. Außerdem war sie sich sicher, feuchte Tropfen auf ihrer Wange gespürt zu haben. Eilig griff sie nach dem Rockzipfel ihres Mantels und wischte sich damit über das Gesicht. Igitt! Sie sollte sich waschen. Hatte sie vorhin nicht einen Bach plätschern hören?

»Tut mir leid«, sagte Larkin. »Ich musste es tun. Ihre Rufe hätten sonst weitere Elva angelockt.«

Freya nickte abwesend und verweilte noch ein paar Herzschläge kniend auf dem Waldboden. Sie atmete ruhig ein und wieder aus und starrte das Moos an, während Larkin die Teile der Elva einsammelte und sie im Gebüsch verschwinden ließ. Anschließend brachte er Freya ihren Wasserschlauch. Sie nahm ihn dankend entgegen und trank sparsame Schlucke, da sie unsicher war, wie lange ihnen ihr Vorrat würde reichen müssen.

Larkin verstaute das Wasser wieder in ihrem Beutel, und ohne ein Wort zu sagen, setzten sie ihren Weg fort. Doch Freyas Faszination für den Dschungel war nicht mehr dieselbe. Angst und Misstrauen hatten sich unter ihre Neugierde gemischt, und wenn sie sich nun im Wald umsah, tat sie das nicht, um die exotischen Pflanzen zu bewundern, sondern weil sie glaubte, die Blicke der unsichtbaren Geschöpfe auf sich zu spüren. Freya griff in die Ärmel ihres Umhangs. Sie umfasste das Heft des Dolches und ließ es nicht wieder los.

Inzwischen hatte die Sonne den höchsten Punkt des Firmaments erreicht. Trotz des dichten Blattwerks drang die Wärme bis zum Waldboden hinab und trieb Freya den Schweiß auf die Stirn. Ihre Füße begannen abermals zu schmerzen, und in ihrer

Seite spürte sie ein Stechen, aber sie wollte keine Pause einlegen, ehe sie kein sicheres Versteck für die Nacht gefunden hatten.

Freya konnte nicht einschätzen, wie lange sie inzwischen gelaufen waren, aber nach einer Weile, blieb Larkin neben einem Strauch mit zahlreichen Dornen stehen. Diese waren groß und spitz genug, um einen zu durchbohren, sollte man versehentlich in das Geäst stürzen.

»Warum halten wir an?«, fragte Freya.

»Hört Ihr es nicht?«

Freya neigte den Kopf und lauschte. Tatsächlich hatten sich die Geräusche des Dschungels verändert. Unter das Zwitschern, Zirpen und Rascheln hatte sich ein Rauschen gemischt. Nicht wie das Plätschern eines Baches, sondern – »Ein Wasserfall.«

Larkin nickte.

Sie folgten dem Tosen, das mit jedem Schritt lauter wurde, und schließlich öffnete sich das Dickicht zu einer Lichtung. Freya stockte der Atem. Bereits der Dschungel war ihr wunderschön erschienen, aber er war nichts im Vergleich zu dem Anblick, der sich ihr nun bot. Der Wasserfall, den sie gehört hatten, stürzte aus siebzig Fuß Höhe in die Tiefe und formte einen Tümpel, so klar und rein, dass man die Steine am Grund erkennen konnte. Er war umwuchert von den farbenprächtigsten Blumen, und Libellen, die im Licht blaugrün schimmerten, tanzten durch die Luft.

Doch es war nicht nur der Wasserfall, der Freyas Blick fesselte, es war der Tempel, der am Ufer des Teiches stand. Er war aus einem Gestein errichtet, das Freya noch nie zuvor gesehen hatte. Es war hell und glänzte in der Sonne wie eine Perle – makellos. Nichts trübte das reine Antlitz des Heiligtums. Irgendjemand musste es regelmäßig von Dreck und Unrat befreien, und das konnte nur eines bedeuten: Fae waren in der Nähe.

Freyas Herzschlag beschleunigte sich, denn wenn Fae in der Nähe waren, konnten sie nicht mehr weit von Nihalos entfernt sein. »Wir sollten hier unser Lager für die Nacht aufschlagen«, sagte Larkin entschlossen. »Wartet hier!« Er setzte ihr Gepäck ab, zückte sein Schwert und näherte sich dem Tempel in bedachten Schritten, als er plötzlich stehen blieb und sich zu Freya umdrehte.

Fragend zog sie eine Augenbraue in die Höhe. »Was ist?«

Er musterte sie nachdenklich. »Mir gefällt es nicht, Euch hier draußen alleine zu lassen.«

»Dann begleite ich Euch in den Tempel.« Sie bückte sich, um den Beutel aufzuheben.

»Nein. Es könnte darin von Elva nur so wimmeln.«

Freya schnaubte. »Für eine Sache müsst Ihr Euch entscheiden. Entweder komme ich mit, oder ich bleibe hier. Wie ich mich in Luft auflösen kann, hat mir Moira noch nicht beigebracht.«

»Wenn das so ist, dann folgt mir – aber seid vorsichtig!«

»Ich bin immer vorsichtig«, erwiderte Freya, und Larkin gab ein Geräusch von sich, das verdächtig nach einem amüsierten Schnauben klang. Es verstummte allerdings sofort wieder, als er die Tür zum Tempel aufzog. Die Eisenbeschläge quietschten leise, aber dies war das einzige Geräusch aus dem Tempel. Kein Krächzen, Schnattern oder Fauchen von Elva.

Mit erhobenem Schwert betrat Larkin die Gebetsstätte. Freya folgte ihm mit angehaltenem Atem. Das Innere des Tempels wurde von unzähligen Kerzen erleuchtet, deren Flammen im Luftzug der geöffneten Tür flackerten, aber nicht erloschen. Ihr warmes Licht beschien die hellen Wände und den polierten Boden, der glänzte, als hätte er noch nie einen Klumpen Erde gesehen. Die Decke des Tempels wölbte sich nach oben. Sie war bemalt und zeigte den Nachthimmel mit seinen Monden, so täuschend echt, dass Freya auf das Trugbild hätte hereinfallen können, hätte sie das Licht der Sonnenstrahlen hinter sich nicht sehen können.

Sie folgte Larkin durch den Tempel, der leer war, mit Ausnahme von fünf Statuen, die auf Podesten standen und in der Form eines Pentagons angeordnet waren. Sie zeigten zwei Frauen und drei Männer, wobei die Skulptur von einem der Männer deutlich herausstach, denn sie war nicht gepflegt worden. Ihr Gestein war im Gegensatz zu dem der anderen Statuen verwittert, zeigte Sprünge, und Freya erkannte auch ein paar dunkle Flecken zu seinen Füßen, die sie an die Mäuseexkremente erinnerten, die sie im Verlies gesehen hatte.

»Wer sind sie?«, fragte Freya und bewunderte die Skulpturen. Ihr Vater hatte für den Bau des neusten Tempels die besten Steinmetze Thobrias angeheuert, aber selbst ihr Talent reichte nicht an die Handwerkskunst heran, die Freya nun vor sich sah. Obwohl die Statuen aus Stein waren, wirkten ihre feinen Gesichtszüge so lebendig, als könnten sie jeden Moment von ihren Podesten steigen und aus dem Tempel marschieren.

»Das sind die Götter der Anderswelt«, antwortete Larkin und deutete auf eine der Frauen. Auf ihrer Brust war ein Dreieck eingraviert, dessen Spitze nach oben zeigte, wie auf Freyas magischem Würfel. »Das ist Litha, Göttin des Feuers. Das neben ihr ist Mabon, Gott der Lüfte. Sie werden von den Seelie verehrt.«

Freya musterte die Statue des Mannes. Das Dreieck saß auf seinem linken Oberschenkel und war in der Mitte von einer zusätzlichen Linie geteilt. Das musste das Symbol der Luft sein.

»Neben Mabon steht die Statue von Ostara, Göttin der Erde. Sie wird von den Unseelie verehrt, genauso wie Yule, Gott des Wassers.«

Die Dreiecke dieser beiden Götter zeigten nach unten. Sie saßen auf dem rechten Oberschenkel und auf dem Bauch, und durch das Emblem der Erde verlief zusätzlich eine Linie. Freya verspürte den nagenden Drang, näher an die Statuen heranzutreten und die Symbole zu berühren, aber sie unterdrückte diesen Impuls, denn sie wollte nicht respektlos erscheinen, auch wenn dies nicht ihre Götter waren. Ob Talon in seiner Zeit in Melidrian schon einen solchen Ort besucht hatte? Er würde es hier lieben. Die Königsreligion hatte er nie ernst genommen, aber das hier waren richtige Götter.

»Und wer ist das?«, fragte Freya und deutete auf die verwitterte Statue.

Larkin schob sein Schwert zurück in den Gürtel. Es war eine natürliche Bewegung, dennoch wirkte es einen Moment so, als würde er ihrer Frage ausweichen wollen. »Das ist Cernunnos, der Gott des Todes.«

Freya hatte nicht viel Ahnung von Göttern, aber wenn sie sich einen Gott des Todes vorstellen musste, würde er nicht aussehen wie Cernunnos. Denn selbst die Schichten aus Dreck vermochten es nicht, seine attraktiven Gesichtszüge zu verbergen. »Warum kümmert sich niemand um seine Statue?«

»Die Fae beten das Leben an, nicht den Tod.«

»Gehört der Tod nicht zum Leben dazu?«

Larkins rechter Mundwinkel zog sich leicht in die Höhe. »Ich glaube nicht, dass ein unsterblicher Wächter die richtige Person ist, um mit Euch über den Tod zu philosophieren, aber ich weiß, dass es nur wenig gibt, was die Fae mehr fürchten als den Tod.«

»Dabei haben sie so viel mehr Leben geschenkt bekommen als wir Menschen. Sie sollten Cernunnos dankbar dafür sein, dass er sie so lange auf dieser Erde verweilen lässt.«

»Ihr langes Leben schreiben die Fae nicht Cernunnos zu, sondern den anderen Göttern, die ihnen auch ihre Magie geschenkt haben. Wasser. Feuer. Luft. Erde«, erklärte Larkin und griff nach dem Beutel, den Freya in den letzten Minuten getragen hatte.

»Das heißt, er hat ihnen keine Magie vermacht?«

»Nein.«

»Und wofür steht der Stern auf seiner Stirn?«

»Ich weiß es nicht. Darüber müsstet Ihr mit einem Priester sprechen.«

»Gibt es die in Melidrian?«

»Wo es Tempel gibt, gibt es auch Priester.«

»Glaubt Ihr, dieser Tempel hat einen?«

»Vermutlich, und ich hoffe sehr, dass er in den nächsten Stunden nicht wiederkehrt.«

Aber dann könnte ich mit ihm reden, dachte Freya und richtete ihren Blick wieder auf Cernunnos. Irgendetwas an seiner verwitterten Skulptur faszinierte sie und stimmte sie zugleich traurig. Vielleicht war es auch nur der Gedanke an den Tod selbst, der sie melancholisch werden ließ, vor allem in ihrer derzeitigen Situation, in der jeder Atemzug ihr letzter sein könnte.

Während Larkin ihr Quartier für die Nacht vorbereitete, nutzte Freya die Zeit, um abermals einen Suchzauber nach Talon zu wirken. Sie verbrannte eine weitere mit ihrem Blut bemalte Schulnotiz von ihm über einer Kerze. Ihre Hände zitterten vor Aufregung, und ihr Magen fühlte sich schwer an, obwohl sie seit Stunden nichts gegessen hatte. Bisher hatte sich Talon in Nihalos aufgehalten, aber was, wenn dem nicht mehr so war? Was, wenn er tot war? Oder weiter nach Daaria gezogen war? Was, wenn sie so weit gekommen waren, nur um jetzt am falschen Ende von Melidrian zu sitzen?

Diese und andere Fragen drängten sich Freya unwillkürlich auf, während sie das Papier, das Feuer gefangen hatte, über die Schale führte, in der zerrissene Blätter schwammen. Asche rieselte ins Wasser, und jede Flocke war gefüllt mit ihren Erinnerung an Talon. Sie tauchte ihr Pendel in die Schüssel. Wasser tropfte von der Spitze des Kristalls auf die Karte, deren Tinte bereits leicht verlaufen war. Freya versetzte dem Stein einen Schwung, und die Härchen an ihren Armen stellten sich auf. Zuerst dachte sie, es wäre die übliche Nervosität vor einem Zauber, die ihren Körper so reagieren ließ, aber etwas stimmte nicht.

Die Luft wurde schwerer, wie kurz vor einem Gewitter, erfüllt vom Knistern der Magie. Das Pendel tanzte wild in ihrer Hand. Zog schwungvolle Kreise um die Karte …

»Freya?«

Nur widerwillig sah sie vom Pendel auf, doch etwas Alarmierendes lag in Larkins Stimme. Seine Augen waren dunkel geworden, während der Rest seines Körpers vor Anspannung zu vibrieren schien. Freyas Blick zuckte zu dem Pendel, das sich noch immer drehte, und wieder zurück zu Larkin. »Was –«

Die restlichen Worte blieben ihr in der Kehle stecken.

Die Wand hinter Larkin bewegte sich.

Nein, nicht die Wand.

Die Luft unmittelbar davor flackerte.

Flimmerte.

Und eine Elva formte sich aus dem Nichts.

28. Kapitel – Weylin

– Nihalos –

Verträumt ließ Weylin seinen Blick über den Hals der Harfe bis zur Krone gleiten, die Säule entlang hinab bis zum Fuß, wo er sich für einen Moment im Anblick der kunstvollen Schnitzereien verlor. Seit er das Instrument entdeckt hatte, war er beinahe jeden Tag zum Laden zurückgekehrt. Das erste Mal war es unbewusst geschehen. Seine Füße hatten ihn wie von selbst vor das Schaufenster getragen, als hätten die unbespielten Saiten der Harfe nach ihm gerufen. Seitdem war er immer wieder gekommen. Noch nie hatte er sich getraut, das Geschäft zu betreten, aus Angst davor, wozu ihn seine niederen Instinkte antreiben könnten, um an das Instrument zu kommen. Aus diesem Grund stand er wie ein verhungerter Straßenjunge vor der Auslage einer Bäckerei und bewunderte die Schönheit der Harfe aus der Ferne.

Er strich mit den Fingerspitzen über das Glas, das von den Sonnenstrahlen erwärmt war; ein stummes *Auf Wiedersehen*, ehe er sich in Bewegung setzte. Ihm blieb nicht mehr viel Zeit bis zum Schöpferfest. Dank eines geschwätzigen Kutschers kannte Weylin inzwischen den Weg, den der Prinz auf der Parade nehmen würde, und hatte die Gegend ausreichend auskundschaften können. Er kannte jeden Fluchtweg und jedes Versteck auf dieser Strecke; von leer stehenden Häusern bis hin zu trockengelegten Brunnen und staubigen Weinkellern war alles dabei. Auch die beste Position, um einen Pfeil in das Herz des Prinzen zu jagen, war ihm bereits bekannt.

Zudem hatte er sich bereits ein Dutzend wasser- und erdge-
bundener Pfeile besorgt, damit die Elemente nicht auf Valeska
und die Seelie zurückzuführen waren. Die Geschosse waren aus
Metall, man konnte sie also nicht mithilfe von Magie aus Kheerans Körper ziehen. Alles, was nun noch fehlte, war die Uniform
einer Palastwache. Diese Dinger sahen geradezu lächerlich pom-
pös aus und wirkten mit all ihren Stickereien und Verzierungen
weniger wie Kampfmonturen als vielmehr wie Trachten reicher
Kaufmänner. Nichtsdestotrotz brauchte Weylin eine von ihnen,
um am Tag der Parade weniger aufzufallen. Für diesen Zweck
hatte er sich auch eine Perücke besorgt, die ihn beinahe all seine
Feuer-Talente gekostet hatte. Offenbar waren seine Luft-Talente
genauso wertlos wie seine eigene, kaum existente Luftmagie.

Geräuschlos folgte Weylin den inzwischen bekannten Wegen
durch Nihalos. Er passierte dabei unzählige Brunnen und kleinere Flüsse, welche die Stadt und ihre Gärten durchzogen, wie
Adern einen Körper, um ihn am Leben zu erhalten. Nicht alle
Bäche führten mehr Wasser, und kleine Nagetiere nutzten die
brachliegenden Flussbetten, um darin Löcher zu graben, in
denen sie sich bei Tage verstecken konnten. Bei Nacht hingegen
und im Schein der Monde konnte Weylin ihr Quietschen und
Fiepen hören, während der Rest der Stadt schlief, nicht ahnend,
was er für das Schöpferfest geplant hatte. Doch nach allem, was
er in den letzten Tagen gehört hatte, tat er anscheinend nicht nur
Valeska und Samia einen Gefallen mit der Ermordung des Prinzen, sondern auch den Unseelie.

Er erreichte das Schloss, wobei das einzige Hindernis die ver-
worrenen Gärten waren, die es umgaben. Keine Mauern schütz-
ten den Prinzen, und keine besetzten Wachtürme überschauten
seinen Besitz. Zwar wurden die Gärten von Gardisten patrouilliert, aber bei Nacht und in den langen Schatten, welche die
kunstvoll gestutzten Bäume warfen, waren diese keine Bedrohung für Weylin, der sich nur in der Dunkelheit wirklich zu

Hause fühlte. Wie bereits all die Male zuvor, als er den Palast für die heutige Nacht ausgekundschaftet hatte, glich der Weg in den Innenhof des Schlosses einem Spaziergang. Mehrmals schlich er unbemerkt so knapp an den Wachen vorbei, dass er sich unwillkürlich fragte, ob er mit den Jahren so gut geworden war oder ob diese Männer und Frauen den Prinzen in Wirklichkeit auch lieber tot als auf dem Thron sehen wollten.

Am Hof der Unseelie war es um diese Uhrzeit ruhig, wie auch im Rest der Stadt. Die einzigen Geräusche waren das Lachen und die Stimmen irgendwelcher Gardisten, die sich beim Kartenspiel vergnügten. Verschmolzen mit dem Schatten einer Säule lauschte Weylin ihnen einige Minuten, in der Hoffnung, noch etwas Nützliches zu erfahren. Einer der Männer – Ehmeet – hörte allerdings nicht auf, über Duana zu reden, eine Frau, in die er verliebt war. Weylin beneidete ihn. Er sehnte sich nach einem Leben, in dem eine unerwiderte Liebe das Einzige war, das trübe Gedanken in ihm hervorrufen konnte.

Eine Sekunde überlegte er, den liebestrunkenen Tölpel von seinem Leid zu erlösen und ihm einfach seine Uniform zu stehlen. Aber ein nackter, ermordeter Gardist würde für Aufsehen sorgen, und Weylin bemühte sich stets, keine allzu hohen Wellen zu schlagen, vor allem nicht, wenn sie seinen Plan gefährden könnten.

Unsichtbar zog er an den Wachmännern vorbei und durchquerte den Innenhof des Schlosses, in dessen Mitte ein Rechteck aus dunklem Basalt saß, das angeblich von einem schwarzen Tempel stammte, in dem man vor langer Zeit Cernunnos, den Gott des Todes, angebetet hatte. Heute war von diesem vermeintlichen Tempel nichts mehr übrig, und im Zentrum des dunklen Feldes stand ein prachtvoller Brunnen, dessen Statue die zwei Götter der Unseelie darstellte – Ostara, Göttin der Erde, und Yule, Gott des Wassers. Und während es aus Yules Händen herausplätscherte, wucherten zwischen Ostaras Fingern Blüten so rot, dass sie selbst in der Dunkelheit zu leuchten schienen. Doch das waren nicht die einzigen Blumen. In jedem Winkel des Gartens schien es ungewöhnliche Pflanzen zu geben, die nicht nur aus Melidrian und Thobria stammten, sondern auch aus Ländern des weit entfernten Séakis.

Gerne hätte Weylin sich die Zeit genommen, diese seltenen Exemplare zu bewundern, aber er wollte es nicht riskieren, entdeckt zu werden, und all die Fenster, die sich zum Innenhof hin öffneten, machten ihn nervös. Dabei waren es vor allem die dunklen Räume, die in beunruhigten. In den hell erleuchteten Zimmern konnte er die Unseelie beobachten, die sich dort herumtrieben, und ihren Blicken ausweichen; wo Nacht herrschte, konnte er nur auf sein Glück hoffen.

Ohne bemerkt zu werden, gelang es Weylin, bis zu der Wäscherei vorzudringen, die in einem hinteren Teil des Schlosses eingekesselt zwischen der Schneiderei und einem Gewächshaus lag. Er huschte zur Tür und wollte diese aufdrücken, aber das Schloss gab nicht nach. Abgesperrt. Leise fluchend blickte er über seine Schulter, um sicherzugehen, dass er noch immer alleine war, bevor er seine Hand ausstreckte. Als Seelie-Halbling konnte er nur die rudimentärste Magie wirken, aber für das Öffnen eines Schlosses sollte das ausreichen. Er konzentrierte sich auf die Luft, bis sie sich langsam seinem Willen beugte und sich in Bewegung setzte. Wirbel umflossen seine Hand und hüllten seine Finger ein. Die Magie prickelte auf Weylins Haut, und er dirigierte die feinen Luftströme durch das Schloss. Er ließ sie auf und ab tanzen, bis er das Rasten der Bolzen hörte.

Erneut versuchte Weylin die Tür aufzudrücken, und dieses Mal gab sie ohne Widerstand nach. Er schlüpfte ins Innere der Wäscherei. Es war vollkommen dunkel, sodass er kaum die eigene Hand vor Augen sehen konnte, daher tastete er nach einem seiner letzten verbliebenen Feuer-Talente. Er zerdrückte die gläserne Kugel, und magische Flammen loderte zwischen seinen Fingern auf. Sie verbrannten ihn nicht, denn die Magie in den Talenten war schwach und gehorchte dankbar der Person, die sie freigelassen hatte. Er entzündete mit seinem magischen Feuer eine der Kerzen, die überall im Raum verteilt standen, und erstickte die Flammen mit seinen Fingern.

Im flackernden Licht des Feuers sah sich Weylin in der Wäscherei um. Unzählige Waschkübel mit Reibebrettern standen um einen Brunnen in der Mitte des Raumes. Leinen spannten zwischen den Balken an der Decke, und Regale voller Stoffe säumten die Wände bis unters Dach. Sofort machte er sich auf die Suche nach den Uniformen der Palastwache.

Er entdeckte einen Rollwagen mit gewaschener Kleidung. Eilig durchwühlte er diesen nach einer Uniform in seiner Größe, was eine Herausforderung war, da die meisten Unseelie wesentlich schmaler gebaut waren als er. Schließlich wurde er jedoch fündig. Er stopfte die helle Robe in seinen Beutel und schnappte sich zur Tarnung auch noch einen der Wasserschläuche, welche die Gardisten stets trugen, ehe er die Flamme auf der Kerze löschte.

Er wollte gerade ins Freie schlüpfen, als ihn eine Stimme innehalten ließ. Er erstarrte und lauschte auf die leise gesprochenen Worte. »Wir haben ein Problem«, hörte er einen Mann sagen.

Es entstand eine kurze Pause. Neugierig schob Weylin die Tür weiter auf und entdeckte zwei Gestalten, die sich versteckt im Schatten eines Baumes unterhielten, sodass man sie von den höher gelegenen Fenstern aus nicht sehen konnte. Der Mann war wesentlich größer als die Frau und trug die Uniform der Palastwache, aber die Frau war die Mächtigere der beiden. Ihre Aura hatte eine unverkennbar magische Ausstrahlung, und für Weylin bestand kein Zweifel daran, dass sie zu jenen Fae gehörte, die nicht nur ein, sondern zwei Elemente beherrschten.

»Was soll das heißen?«, fragte die Frau. Sie klang wütend. Anders als viele der weiblichen Unseelie trug sie ihr Haar nicht kurz, sondern ungewöhnlich lang. Es reichte ihr nicht nur bis zu den Hüften, sondern die Spitzen berührten sogar den Boden.

Der Mann senkte reumütig den Kopf. Weylin erkannte sich in dieser Geste wieder, zu oft hatte er Valeska ähnlich gegenübergestanden. »Die Lieferung. Sie war falsch. Man hat uns übers Ohr gehauen.«

»Und Ihr habt das zugelassen?«

Er nickte.

Die Frau stieß ein frustriertes Knurren aus und schloss um Fassung ringend für einen Moment die Augen, als wäre sie es leid, mit solch unfähigen Leuten zusammenarbeiten zu müssen. »Was ist der neue Plan?«

Der Mann senkte erneut sein Haupt. »Wir … wir arbeiten noch daran.«

»Euch bleibt nicht mehr viel Zeit.«

»Das wissen wir«, sagte der Fae, und dabei gewann seine Stimme an Überzeugungskraft und Selbstbewusstsein. »Aber Ihr könnt mir vertrauen. Es wird alles rechtzeitig zur Krönung fertig sein.«

»Das will ich auch hoffen. Die Zukunft unseres Volkes steht auf dem Spiel.«

Wieder entstand eine Unterbrechung, und die beiden Unseelie starrten einander vielsagend an, bis sich der Mann schließlich verbeugte. »Danke, Onora. Ihr werdet es nicht bereuen, Euer Vertrauen in mich gesetzt zu haben.«

»Dankt mir nicht zu früh. Und jetzt macht Euch an die Arbeit. Noch einen Misserfolg dieser Art werde ich Euch nicht verzeihen.« Onora wandte dem Gardisten den Rücken zu und marschierte erhobenen Hauptes davon. Weylin hatte zwar keine Ahnung, um was für eine Lieferung es ging, aber eines war sicher: Onora plante etwas Besonderes für die Krönung. Eine Krönung, die nicht stattfinden würde, dafür würde Weylin sorgen.

29. Kapitel – Freya

– Nebelwald –

Die Elva grüßte Freya mit einem höhnischen Grinsen, das zwei Reihen scharfer Zähne entblößte, spitz genug, um sich durch Haut und Knochen zu beißen. Freya erstarrte, und das Herz pochte so heftig gegen ihren Brustkorb, dass sie sich sicher war, die Elva könnte es schlagen hören. Diese hatte nichts mit der krähenähnlichen Kreatur gemein, der Larkin den Kopf von den Schultern geschlagen hatte. Diese Elva besaß ein flaches Gesicht, große Ohren und einen langen, aber schmalen Schwanz. Statt Gefieder trug sie dunkles Fell, das es ihr eigentlich unmöglich hätte machen sollen, sich in dem hellen Tempel zu verstecken – und doch war es ihr gelungen. Vermutlich mithilfe ihrer Magie, welche Larkins und ihren Verstand getrübt hatte.

Ein sanftes Ziehen lief durch Freyas Arm, und sie konnte spüren, dass das Pendel zwischen ihren Fingern zum Stillstand gekommen war und auf den Ort zeigte, an dem Talon sich aufhielt. Doch sie wagte es nicht, den Blick zu senken, geschweige denn sich zu bewegen. Aus dem Augenwinkel bemerkte Freya eine weitere Bewegung. Eine weitere Elva.

Die Kreaturen kletterten mit Pfoten, die an menschliche Hände erinnerten, an den Wänden des Tempels entlang, wie Fliegen, die mühelos kopfüber von Decken hingen. Und wie Fliegen, die gierig die Essensreste nach einem Festmahl anstarrten, beobachteten die Elva nun Larkin und sie. Zögerlich und mit angehaltenem Atem löste Freya ihre Aufmerksamkeit von der Elva, die sie mit ihren schwarzen Augen fixiert hatte, und sah zu dem Wächter.

Grimmige Züge hatten Besitz von seinem Gesicht ergriffen, und eine Falte hatte sich zwischen seinen Augenbrauen eingenistet. Dabei lag etwas Berechnendes in seinem Blick, als hätte er vor, die Kreaturen anzugreifen, aber das wäre Wahnsinn gewesen. Er hatte keine Chance gegen die Elva, sie waren in der Überzahl. Freya war sich nicht sicher, wie viele es waren, vier oder fünf der Kreaturen hatte sie allerdings trotz ihrer eingeschränkten Sicht bereits entdeckt.

»Nicht«, sagte Freya tonlos.

»Keine Wahl«, erwiderte Larkin, ebenfalls ohne die Worte laut auszusprechen. Dabei lag ein Funkeln in seinen Augen, beinahe so, als würde er Gefallen an der Herausforderung finden und an der Möglichkeit, seine Fähigkeiten als *unsterblicher* Wächter unter Beweis stellen zu können. Vielleicht sollte Freya ihn daran erinnern, dass das Wort *unsterblich* nur eine Phrase war, um die Langlebigkeit der Wächter zu bezeichnen, aber dass sie keineswegs immun gegen den Tod waren.

Doch Freya blieb keine Zeit, Larkin von seinem Vorhaben abzubringen. Er griff bereits nach der Schale mit dem Kräuterwasser und schleuderte sie gegen die Wand des Tempels. Das Metall traf mit einem ohrenbetäubenden Klirren auf das Gestein, und Freya zuckte erschrocken zusammen, und auch die Elva wichen für den Bruchteil einer Sekunde zurück. Eine Sekunde, die für Larkin ausreichte, um sein Schwert zu zücken. Keine Zurückhaltung lag in seinen Bewegungen, als er seine Waffe auf die erste Elva niedersausen ließ. Die Klinge traf auf den Schädel der Kreatur, bevor diese sich in Sicherheit bringen konnte. Ihr lebloser Körper fiel wie ein Sack zu Boden, und die anderen Elva begannen aufgeregt zu kreischen. Schrill und viel zu hoch klangen ihre Rufe, und Freya musste dem Drang widerstehen, sich die Ohren zuzuhalten.

»Rennt!«, befahl Larkin ihr und schwang in derselben Bewegung sein Schwert, das eine weitere Elva erwischte und ihr den Arm abtrennte. Sie fiel von der Wand und versuchte noch davonzukriechen, aber Larkin erstach sie von hinten. Dunkles Blut sprenkelte auf den Boden und in Larkins Gesicht. Freya gefiel es nicht, ihn allein zu lassen, aber sie wollte ihm nicht im Weg stehen, und vor allem wollte sie ihn mit ihrer Anwesenheit nicht ablenken. Sie raffte ihren Umhang zusammen und stürmte zum Ausgang, als die zweiflügelige Tür des Tempels mit einem lauten Knall zufiel. Zwei der magischen Wesen hingen jeweils links und rechts an der Tür und hatten das gehässige Grinsen aufgesetzt, mit dem bereits die erste Elva Freya bedacht hatte.

Eisige Kälte breitete sich bei diesem Anblick in ihr aus und glitt ihr bis in die Fingerspitzen, als sie begriff, in was für einem Schlamassel sie tatsächlich steckten: umzingelt von einer Gruppe Ungeheuer in einem geschlossenen Raum, ihr einziger Fluchtweg verschlossen.

Freya zog den Dolch aus ihrem Umhang. Die Klinge blitzte im Schein der Kerzen auf. Sie wusste, dass gewöhnliche Waffen auf die Einwohner Melidrians nicht dieselbe todbringende Wirkung hatten wie magische, aber vielleicht konnte sie zumindest ein wenig Zeit für Larkin schinden.

Die Elva, die am linken Türflügel hing, stieß sich von dem Holz ab und sprang geradewegs auf Freya zu. Unbeholfen stach sie mit der Klinge in Richtung der Kreatur und wünschte sich zum wiederholten Mal, seit sie diese Reise angetreten hatte, an irgendeiner Art von Kampfunterricht teilgenommen zu haben, aber für Reue war es zu spät. Wie erwartet wich die flinke Elva ihrem lächerlichen Versuch, sie zu erstechen, aus und krabbelte in Windeseile erneut die Wand des Tempels empor bis an die Decke.

Freya legte den Kopf in den Nacken, um das Biest im Auge zu behalten, aber gleichzeitig musste sie auf Larkin und die anderen Elva achten. Zwei weitere Kadaver lagen auf dem Boden, und ihr Blut sammelte sich an den Füßen der Götterstatuen wie eine Opfergabe.

Die Elva über Freya stieß sich von der Decke ab und stürzte sich auf sie. Panisch wich sie einen Schritt zurück. Ihre Hände bebten vor Aufregung, als sie mit dem Dolch ausholte. Doch sie zwang sich, die Waffe festzuhalten, und tatsächlich erwischte sie die Kreatur. Diese stieß ein Kreischen aus, und schwarzes Blut tropfte zu Boden. Es war ein verstörender Anblick, und ein Gefühl der Schuld loderte in Freya auf, aber es verging so schnell, wie es gekommen war, denn bereits im nächsten Augenblick sprang sie eine Elva von der Seite an. Instinktiv riss sie die Arme in die Höhe. Dennoch bekam die Kreatur sie zu fassen. Sie klammerte sich an ihren Umhang und versuchte daran emporzuklettern, um Freyas Kopf zu erreichen.

Sie stieß einen Schrei aus. Larkin, der gerade drei Elva in eine Ecke gedrängt hatte, wirbelte herum. Seine Augen weiteten sich, und ungeachtet seiner Gegner stürzte er in ihre Richtung. Er packte das Biest im Nacken, zerrte es von Freya herunter und schleuderte es davon. Die Krallen, die sich in Freyas Umhang geschlagen hatten, rissen dabei Löcher in den Stoff.

»Warum seid Ihr noch hier?«, knurrte Larkin, jeder Muskel in seinem Körper angespannt. Er klang aufgebrachter als jemals zuvor. Sein Akzent war schwer und seine Stimme voller Zorn.

»Sie haben mir den Weg … vorsichtig!« Eine Elva sprang den Wächter von hinten an. Dank Freyas Warnung war Larkin allerdings schneller. Er wirbelte herum, und noch im Sprung teilte er den Körper der Elva in zwei Hälften. Freya kniff die Augenlider zusammen und versuchte, nicht über das Geschehene nachzudenken, alles, was zählte, war, lebend hier rauszukommen.

Larkin baute sich vor Freya auf und versuchte sie zu schützen. Die Elva waren jedoch gewitzt und griffen von allen Seiten an – auch von oben. Eine von ihnen stürzte sich von der Decke auf

Larkin herab und hielt ihm mit ihren menschenähnlichen Händen die Augen zu. Der Wächter fluchte laut, und mit einem Knurren versuchte er, nach der Elva zu greifen, bekam sie aber nicht zu fassen.

Freya zögerte nicht. Sie packte den Schwanz der Kreatur und wollte ihn mit ihrem Dolch abtrennen. Die Waffe war allerdings zu stumpf und blieb auf halbem Wege im Wirbel stecken. Kreischend fuhr die Elva herum. Ihre Bewegung war so abrupt und schnell, dass es Freya den Dolch aus der Hand riss. Blut spritzte ihr ins Gesicht, und noch im selben Moment stürzte sich das Biest auf sie.

Freya versuchte sich mit ihren Armen zu schützen, aber es half nichts. Die Klauen der Elva schlugen sich in ihre Haut und entfachten einen brennenden Schmerz, wie sie ihn noch nie gespürt hatte. Blind vor Qualen stolperte sie rückwärts über einen der Kadaver, die Larkin zurückgelassen hatte. Sie schrie auf und stürzte. Der Aufprall presste ihr die Luft aus der Lunge. Atemlos japste sie nach Luft, ihr blieb jedoch keine Zeit, sich zu sammeln oder über die Flüssigkeit nachzudenken, die den Stoff ihres Umhangs tränkte, denn die Elva saß auf ihrer Brust. Eine weitere der Kreaturen machte sich an ihrem Bein zu schaffen, und eine dritte beugte sich über ihr Gesicht. Blut färbte ihre hellen Zähne rosa – war es Larkins Blut oder ihr eigenes?

Hektisch wälzte sich Freya hin und her in dem Versuch, die Elva abzuschütteln. Ihr Herz raste, und in ihren Ohren rauschte es. Überleben, das war alles, was noch zählte. Blind tastete sie nach den Anhängern um ihren Hals, obwohl die Krallen der Elva ihren Arm noch immer festhielten. Sie fühlte ihre Haut reißen. Doch sie bekam die drei gläsernen Kugeln zu fassen und zerdrückte sie zwischen ihren zitternden Fingern.

Glas splitterte – und ein Knall erschütterte den Tempel. Die Elva kreischten auf, als eine Stichflamme über Freya hinwegrollte. Sie verbrannte den Sauerstoff in der Luft, und für den

Bruchteil einer Sekunde gab es nichts, was sie hätte einatmen können. Sie begann zu husten und rollte sich auf alle viere. Das Gewicht der Elva war von ihrem Körper verschwunden. Statt des Rauschens ihres Blutes hörte Freya von der Explosion ein Piepsen in ihren Ohren und konnte kaum einen klaren Gedanken fassen. Was war passiert? Warum wirkten ihre Anhänger plötzlich so viel stärker? *Natürlich*, sie war nicht länger in Thobria, sondern in Melidrian. Hier bündelte sich die Magie, seit man die Fae und Elva aus dem sterblichen Land vertrieben hatte.

»Freya!« Larkins Stiefel tauchten vor ihr auf. Er griff ihr unter die Arme und zog sie auf die Beine. »Geht es Euch gut?«

Sie nickte benommen und zog die Ärmel ihres Umhangs über ihre verkratzten Unterarme. Sie wollte nicht, dass sich Larkin deswegen Sorgen machte. »Und Euch?«

»Ebenfalls.«

Freya atmete erleichtert auf und sah sich im Tempel um. Sämtliche Elva waren tot. Entweder lagen sie zerstückelt in ihrem eigenen Blut, oder ihre Leichen waren verkohlt von den magischen Flammen. Die Explosion hatte mehrere Fuß weit gereicht und einen kreisförmigen Ascheschatten auf dem Boden hinterlassen. Ungläubig starrte Freya diesen an, nicht in der Lage zu begreifen, dass sie das mit ihrer Magie angerichtet hatte. Zum Glück hatte sie nur drei der Anhänger bei sich getragen. Nicht auszudenken, was passiert wäre, hätte die Explosion weiter gereicht und auch Larkin erwischt.

Sie sah wieder zu dem Wächter. Dankbar stellte sie fest, dass er von den Flammen verschont worden war. Sein Bart, den er sich in Limell hatte abrasieren lassen, war längst nachgewachsen. Schwarzes Blut sprenkelte sein Gesicht. Ruß verschmierte seine Wange, und Teile seiner Kleidung waren angesengt. Aber das waren die einzigen Spuren, die das Feuer an ihm hinterlassen hatte.

Zögerlich streckte Freya die Hand nach Larkin aus. Sie wischte ihm mit dem Daumen den schwarzen Staub von der Wange. Unentwegt sah er ihr dabei in die Augen. Der Kampfgeist war nicht gänzlich aus seinem Blick verschwunden, aber ein sanfteres Gefühl mischte sich unter seine Rage.

»Prinzessin«, raunte er mit tiefer Stimme. »Wir sollten von hier verschwinden, bevor weitere Elva auftauchen.«

Freya wusste nicht wieso, aber sie war von den Worten enttäuscht, aber natürlich hatte der Wächter recht. Mit all den Leichen und dem Blut war der Tempel ohnehin kein Ort mehr, an dem sie die Nacht verbringen wollte. Sie ließ ihre Hand sinken. Eilig packten sie das Pendel, die Schale und was sonst noch von ihrem Besitz übrig war, ein und machten sich umgehend auf den Weg. Mit seinem Schwert bewaffnet, gab Larkin die Richtung vor. Sie stürmten an dem Wasserfall vorbei und in den Wald hinein, der dunkler wurde, je tiefer die Sonne stand. Ungestüm schlug Larkin Äste und Pflanzen aus dem Weg. Immer wieder trafen Zweige Freya dabei ins Gesicht, aber lieber ein Kratzer auf den Wangen als eine klaffende Bisswunde am Hals.

Freya konnte nicht einschätzen, wie lange sie rannten. Die erste Minute nahm sie noch bewusst wahr, doch nach einer Weile brauchte es all ihre Konzentration, um ihren Körper am Laufen zu halten. Sie war solche Anstrengungen nicht gewohnt und bereute es, ihr Pferd in Thobria zurückgelassen zu haben. Ihre Lunge spannte, ihre Kehle brannte, und ekliger Schleim bildete sich in ihrem Mund. Das Atmen fiel ihr zunehmend schwerer. Sie begann zur röcheln, und schwarze Punkte setzten sich in ihr Blickfeld, bis sie nicht mehr richtig sehen konnte und wegen einer Wurzel strauchelte.

Bevor ihre Knie auf dem Boden aufkommen konnten, packte Larkin ihren Arm und brachte sie wieder in eine aufrechte Position. »Prinzessin? Geht es Euch gut?«

Sie blinzelte. Das alles ging etwas zu schnell für ihren von der Anstrengung träge gewordenen Verstand. Sie wusste, dass sie

Larkin eine Antwort schuldig war, aber in diesem Moment konnte sie die Worte nicht greifen, die ihren Verstand streiften und darauf warteten, ausgesprochen zu werden

»Prinzessin?« Sorge ließ Larkins tiefe Stimme sanfter klingen.

Sie lächelte schwach, wobei sich die beunruhigten Gesichtszüge des Wächters noch immer hinter einer Wand dunkler Flecken versteckten. Nach einigen Herzschlägen brachte sie ihren Mund endlich dazu, sich zu bewegen. »Keine ... keine Sorge. Alles bestens.«

Zögerlich ließ Larkin ihre Schultern los. »Seid Ihr Euch sicher?«

Freya nickte. »Ich muss mich nur ausruhen.« Sie drehte den Kopf, um sich nach einer Möglichkeit umzusehen, sich hinzusetzen, aber schon diese leichte Bewegung reichte aus, um einen sengenden Schmerz durch ihren Körper zu jagen. Es fühlte sich so an, als hätte jemand einen Eimer kochendes Wasser über sie gegossen, nur verbrannte ihre Haut nicht äußerlich, sondern innerlich. Freya japste nach Luft. Tränen schossen ihr in die Augen, und sie biss sich auf die Unterlippe, um keinen Schrei auszustoßen, der möglicherweise weitere Elva anlockte.

»Wurdet Ihr gebissen?«, fragte Larkin. Er klang nicht länger sanft, sondern herrisch und bestimmend. Er bat sie nicht um eine Antwort, er *erwartete* eine.

»Sie haben mich gekratzt.«

»Wo?«

»An den Armen.« Larkin manövrierte sie gegen einen Baum, damit sie sich abstützten konnte, bevor er ohne das übliche Zögern ihren Arm ergriff und den Stoff ihres Umhangs nach oben zog. Er fauchte und zischte daraufhin Worte, die Freya noch nie zuvor in ihrem Leben gehört hatte, aber sie klangen so hart und scharf wie Flüche.

Unbeabsichtigt hatten sich Freyas Augen geschlossen. Sie zwang sich dazu, sie wieder zu öffnen, wobei sich ihre Lider anfühlten, als hätte jemand Säcke voller Salz daran befestigt. Sie blinzelte gegen das Gewicht und gegen das Licht an, um auf ihren Arm zu sehen, und was sie dort erblickte, ließ ihren Atem stocken.

Die roten Kratzer hatten sich verfärbt. Die aufgescheuerten Stellen waren dunkel wie Pech, und dort, wo Freyas Adern für gewöhnlich blassblau unter ihrer Haut verliefen, waren nun schwarze Linien, die langsam ihren Arm emporkrochen. Der Schwindel, der sie schon zuvor gepackt und durchgeschüttelt hatte, erfasste sie erneut. Ihre Knie wurden weich, ihre Beine schwer. Das Brennen, das in ihrer Kehle angefangen und sich auf ihren ganzen Körper ausgebreitet hatte, wurde noch stärker. Ihr Magen verkrampfte sich, und ein alles überwältigender Schmerz zog sich durch ihr Inneres, als würden ihre Organe zu Staub und Asche zerfallen.

Sie stöhnte auf. Ihre Augenlider flatterten und wollten sich schließen. Larkin sagte etwas und rüttelte sie an den Schultern, aber der Schmerz vereinnahmte ihren Körper, und sie war nicht länger in der Lage, seine Worte zu begreifen. Sie versuchte, gegen die dunklen Punkte, die ihr das Bewusstsein rauben wollten, anzukämpfen, aber es gelang ihr nicht, und sie wurde von einer alles verzehrenden Schwärze verschluckt.

30. Kapitel – Kheeran

– Nihalos –

»Kheeran!«, keuchte Sibeal. In Ekstase warf sie den Kopf in den Nacken, umfasste ihre Brüste und begann sie zu kneten, bemüht, ihm eine sinnliche Vorstellung zu bieten, die auch ihn zum Höhepunkt bringen sollte. Rhythmisch ließ sie ihr Becken auf seiner Erektion kreisen.

»Gleich!« Das sagte Sibeal bereits seit einigen Minuten. Sie stöhnte und quietschte, als würde ihr Leben davon abhängen, ihm Befriedigung zu verschaffen. Allerdings wussten sie beide, dass Kheeran nicht bei der Sache war. Er war in letzter Zeit zu angespannt. Trotzdem hatte er gehofft, dass eines von Bryoks hübschesten Mädchen ihm etwas Erleichterung verschaffen könnte. Kheeran war nicht das erste Mal in Bryoks Etablissement, das sich verborgen unterhalb der Stadt befand, aber das erste Mal wünschte er sich, nicht hierhergekommen zu sein. Nicht nur, dass er als künftiger König einen Ruf zu verlieren hatte, aber Sibeal vermochte ihm auch nicht das zu geben, was er wirklich wollte.

Sie war wunderschön, mit schmalen Hüften, einem Gesicht wie gezeichnet und Brüsten, die üppiger waren, als die der meisten Unseelie-Frauen, was auch der Grund war, weshalb er für die Zeit mit ihr fünfzig Talente bezahlt hatte. Ein anderer Mann würde für diesen Preis jede Sekunde mit Sibeal auskosten. Doch wenn der Prinz seine Augen schloss, sah er nicht die hübsche Fae vor sich, sondern blickte in stürmische Augen, die ihn wütend anfunkelten.

Ceylan. Wäre sie jetzt bei ihm, würde ihr braunes Haar ihr in Wellen über die Schultern fallen, sodass die Spitzen die Knospen ihrer Brüste umspielten, die eine Nuance dunkler waren als ihre bronzefarbene Haut. Kheeran wollte sie kosten. Er stellte sich vor, wie es wäre, ihren Körper mit seinen Lippen zu erkunden – Stück für Stück. Sein Glied wurde härter.

»Kheeran!«, stöhnte Sibeal mit ihrer hohen Stimme und brachte seine Fantasie zum Platzen. *Bei den Göttern*, er musste wirklich aufhören, an die Wächterin zu denken. Sollte diese jemals erfahren, wie sehr der Gedanke an sie ihn erregte, würde sie ihn mit ihrem wassergebundenen Schwert kastrieren.

Kheeran packte Sibeal an der Hüfte und drehte sie herum, sodass er über ihr lag. Sie lachte, ein glockenheller Klang. Ihre blauen Augen leuchteten vor Lust, und ihre Wangen waren von einer zarten Röte überzogen. Was war nur falsch mit ihm? Warum konnte er sie nicht begehren?

Er beugte sich nach vorne und küsste sie stürmisch, während er gleichzeitig hart in sie eindrang. Härter, als Sibeal es mochte, aber er hatte für sie bezahlt, also ließ sie ihn gewähren, vielleicht weil sie ahnte, dass er anders niemals kommen würde. Seine Finger gruben sich in ihre Taille, und wäre sie ein Mensch gewesen, würde sein Griff wohl blaue Flecken auf ihrer Haut hinterlassen haben. Ob man diese bei Ceylan überhaupt sehen würde?

Sibeals Stöhnen wurde mit jedem weiteren Stoß lauter, und auch Kheerans eigenes Keuchen kam schneller, bis er sich schließlich in ihr ergoss, und das keine Sekunde zu spät. Denn im selben Moment klopfte es an der Tür der Kammer, und weil Aldren überhaupt keine Manieren besaß, wenn die Königin nicht in der Nähe war, betrat er den Raum, ohne auf eine Einladung zu warten. Sein Gang geriet nicht einmal ins Stolpern, als er entdeckte, dass Kheeran noch immer in Sibeal war, seinen nackten Hintern entblößt.

»Seid gegrüßt, Sibeal«, sagte Aldren mit amüsiertem Unterton, und ein anzügliches Grinsen legte sich auf seine Lippen, das Ziegenbärtchen darunter war heute etwas länger als gewöhnlich. Kurz glaubte Kheeran, der andere Unseelie würde sich seiner Kleidung entledigen und sich zu ihm ins Bett gesellen; es wäre nicht das erste Mal. Doch Aldren verschränkte lediglich die Arme hinter dem Rücken und beobachtete sie ungeniert. »Seid ihr fertig?«

Kheeran seufzte. Er zog sich aus Sibeal zurück, rollte sich von ihr herunter und gab ihr das Zeichen zu gehen. Sie sprang sofort vom Bett auf, stieg in ihr Kleid, das ein Hauch von nichts war, und stürzte aus der Kammer, die nur von Kerzen erleuchtet wurde.

»Bist du jetzt zufrieden?«, fragte Kheeran und stand ebenfalls auf.

Aldren zuckte mit den Schultern. »Ich weiß nicht, wovon du redest.«

Kheeran schnaubte und trat vor den großen Spiegel, den Bryok neben dem Bett hatte anbringen lassen. »Denk das nächste Mal, bevor du ein Zimmer betrittst, einfach daran, das andere Leute so etwas wie Schamgefühl besitzen.«

»Aber zu diesen Leuten gehörst du anscheinend nicht«, erwiderte Aldren. In der Reflexion des Spiegels konnte Kheeran erkennen, wie sein Freund und Berater anerkennend den Blick über seinen nackten Körper wandern ließ.

Kheeran griff nach der Bürste, um seine Haare zu bändigen, die vom Sex völlig zerzaust waren. In groben Bewegungen fuhr er durch seine blonde Mähne und blieb an mehreren Knoten hängen. Gewaltsam kämmte er sie heraus und ignorierte dabei das schmerzhafte Ziehen an seiner Kopfhaut.

Aldren runzelte die Stirn. »Was ist los?«

»Nichts ist los«, log Kheeran.

»Dafür, dass Sibeal eben noch hier war, bist du ziemlich angespannt.« Aldren legte die Hände auf Kheerans Schultern und begann seinen Nacken zu kneten. Kheerans harte Muskeln gaben nur langsam unter dem Druck nach. »War es nicht gut?«

Kheeran seufzte. »Doch, war es.«

»Wirklich?«, fragte Aldren skeptisch, ohne die Massage zu unterbrechen. Seine schmalgliedrigen Finger wussten genau, was zu tun war und wie Kheeran berührt werden mochte, nicht allzu sanft.

Der Prinz antwortete mit einem Brummen.

Aldren lachte. »Verstehe. Es war *nicht* gut.«

»Das habe ich nicht gesagt.«

»Nein, hast du nicht, aber das eben war dein Lass-mich-damit-in-Ruhe-Brummen. Ist Sibeal dir nicht mehr hübsch genug?«

Sibeal war hübsch, aber Schönheit war nicht alles, vor allem in einem Land, in dem anscheinend jeder damit beschenkt war. Kheeran brauchte mehr. »Daran liegt es nicht.«

»Wollte sie dir nicht geben, was du brauchst?«

Er schüttelte den Kopf. Was immer er von Sibeal verlangte, sie würde es tun, wenn die Bezahlung stimmte. Das war einer der Gründe, weshalb er Bryoks Etablissement aufsuchte, anstatt sich selbst um eine Frau zu bemühen, die seine Vorlieben im Bett teilte.

»Begehrst du vielleicht etwas anderes?«, fragte Aldren, wie immer bemüht, ihm alles zu geben, was er brauchte, um glücklich zu sein.

Kheeran ließ die Bürste sinken und schloss die Augen. »Vielleicht.«

Aldren trat dichter an ihn heran, bis seine Brust Kheerans nackten Rücken streifte und sich seine Männlichkeit gegen sein Gesäß drückte. »Einen Mann?« Hoffnung schwang in Aldrens Frage mit, und nicht zum ersten Mal wünschte sich Kheeran, er könnte wie all die anderen Unseelie sein und die Gefühle seines Freundes erwidern. Es würde vieles einfacher machen. Aldren stammte aus einer angesehenen Familie, wurde vom Volk geschätzt und stand in der Thronfolge nur dicht hinter ihm.

Kheeran schluckte schwer. »Nein, keinen Mann.«

Aldren wich zurück. Seine Frustration war deutlich spürbar. »Eine Elva?«

Kheeran schlug die Augen auf. »Eine Elva? Du bist ekelhaft.«

Aldren lachte über seinen Scherz, aber die Enttäuschung über die Ablehnung war noch nicht aus seinem Blick gewichen. Er ließ seine Hände aus Kheerans Nacken gleiten und trat einen Schritt nach hinten. Sein Lachen verstummte, und sein Gesichtsausdruck wurde ernst, während er Kheerans Spiegelbild musterte. »Ich könnte für dich nach einer Halblingfrau fragen.«

Kheeran erstarrte. »Was?«

»Ihr Haar wäre dunkel, wie das der Wächterin.«

»Woher –« Kheeran vollendete seine Frage nicht. Natürlich hatte Aldren bemerkt, wie er an der Mauer die Augen nicht von Ceylan hatte lassen können. Er kannte ihn einfach zu gut und hatte schon immer ein Händchen dafür gehabt, in ihm zu lesen wie in einem offenen Buch. »Das ist keine gute Idee.«

»Das habe ich auch nie behauptet«, erwiderte Aldren.

Kheeran nickte. Sollte das Volk erfahren, dass er sich mit einer Halblingfrau vergnügte, könnte er sich wohl vom Rest seiner ohnehin wenigen Befürworter verabschieden. Niemals würde er dann noch akzeptiert werden.

Kheeran wandte sich von dem Spiegel ab und sah sich nach seiner Kleidung um. Bryoks Kammer war stilvoll eingerichtet, mit zahlreichen Kissen und Decken, die mit den edelsten Stoffen aus Séakis überzogen waren. Es gab ein purpurnes Sofa, und auf einem Tisch standen Flaschen, gefüllt mit dem edelsten Wein, sowie Teller, angerichtet mit dem köstlichsten Obst.

Kheeran entdeckte seine Kleidung neben dem Sessel, über den er eine halbe Stunde zuvor Sibeal gebeugt hatte, um sie von hinten zu nehmen. »Wie viel Zeit bleibt mir noch?«

»Nicht mehr viel. Die Sitzung beginnt in einer Stunde, und du solltest dich vorher unbedingt waschen.« Aldren rümpfte die Nase. Kheeran hätte das leicht als Beleidigung auffassen können, aber er wusste, dass sein Berater nicht von seinem Geruch sprach, sondern vom schweren Duft des Alkohols und des Opiums, der hier überall in der Luft lag.

»Gib mir noch zehn Minuten«, sagte Kheeran und schlüpfte in seine Kleidung. Er würde alles tun, um den Treffen mit den Beratern seines Vaters zu entgehen, vor allem weil er keinen Sinn in seiner Anwesenheit sah. Noch war er nicht König und besaß keine Befehlshoheit, was meist endlose Diskussionen zur Folge hatte.

Nachdem Kheeran angezogen war, verließen Aldren und er die Kammer, die Bryok ihm für seine Zeit mit Sibeal zur Verfügung gestellt hatte. Vor dem Raum stand eine Wache, die dafür sorgte, dass den Gespielinnen oder Gespielen nichts zustieß. Der Fae nickte ihnen zu und zeigte ihnen den Weg zurück in den Salon. Das Freudenhaus lag unter der Oberfläche und war von Erdmagiern aus Gestein geschaffen worden. Die niedrigen Decken wölbten sich über Kheeran und Aldren, und die Musik, die im Salon gespielt wurde, hallte von den Wänden wider. Dennoch vermochte sie das Stöhnen, Keuchen und Schreien nicht vollständig zu überdecken, das aus den einzelnen Kammern kam. Zumindest andere Fae fanden hier Vergnügen.

»Möchtest du etwas trinken?«, fragte Kheeran Aldren, als sie den Salon betraten. Gläserne Kugeln, in denen magisches Feuer loderte, hingen von der Decke und erzeugten ein schummriges Licht, das gepaart mit dem Dunst des Opiums und des Alkohols das Gefühl erweckte, in einem Traum gefangen zu sein – auch einer der Gründe, weshalb Kheeran so gerne hierherkam. Ein weiterer – und wohl der wichtigste Grund – war, dass Bryok in seinem Etablissement Drogen aus Séakis verkaufte, welche in ganz Melidrian verboten waren. Kheeran konsumierte diese zwar nicht, aber durch diesen Handel machten sich alle Anwesenden strafbar, was diesen Ort zu einem wohlgehüteten Geheimnis machte. Und solange Bryok damit sein Geschäft machte, würde auch niemand offen über diesen Ort sprechen oder darüber, dass Kheeran hierherkam.

Aldren schüttelte den Kopf und strich mit der Hand über das Jackett seiner Uniform. Für einen Außenstehenden sah dies nach einer beiläufigen Bewegung aus, aber Kheeran wusste, dass Aldren nach einer seiner Waffen getastet hatte. Sicherlich kein Fehler an einem Ort wie diesem. In der Mitte des Raumes tanzte eine männliche Fae im Takt der Musik und entledigte sich nach und nach ihrer Kleidung, während nur ein paar Tische weiter vier Unseelie Karten spielten. Zwischen ihnen stand ein gläserner Krug voller Talente, der Sieger des Spiels könnte von diesem Gewinn mehrere Monate überleben.

Kheeran schlenderte zur Bar. »Ein Glas deines besten Weins.«

»Für dich jederzeit«, sagte Daimhin und schenkte ihm ein liebreizendes Lächeln, das keineswegs anzüglich war. Sie war Bryoks Frau und kannte ihn inzwischen seit fast zwei Jahren. Sie stellte ein Glas Rotwein vor ihm auf dem Tresen ab. »Hattest du Spaß mit Sibeal?«

»Ist es möglich, keinen Spaß mit ihr zu haben?«, erwiderte Kheeran mit einem Lächeln, um nicht lügen zu müssen, denn er wollte nicht, dass Sibeal Ärger bekam, nur weil er nicht aufhören konnte, an Ceylan zu denken.

»Soll ich einen Termin bei ihr für dich freihalten?«, fragte Daimhin. Es war nett von ihr zu fragen, auch wenn es natürlich um das Geschäft ging.

Kheeran schüttelte den Kopf und trank noch etwas von seinem Wein. »Ich weiß noch nicht, wann ich das nächste Mal hier bin. Ich bin die nächsten Wochen ziemlich eingespannt, wie du dir denken kannst.«

Daimhin lachte. »Natürlich. Die Krönung. Bist du aufgeregt?«

Aldren räusperte sich neben Kheeran, eine Mahnung, nicht zu antworten.

Kheeran ignorierte seinen Berater. Daimhin und Bryok waren die verschwiegensten Personen, die er kannte, und für die meisten Einwohner Nihalos waren sie ganz gewöhnliche Fae. Wer würde ihnen schon glauben, dass sie mit dem zukünftigen König gesprochen hatten? »Aufgeregt davor, das Tor zur Anderswelt zu öffnen, neue Magie zu empfangen und über ein ganzes Volk zu herrschen? Darauf kannst du wetten.«

»Mach dir keine Sorgen! Du wirst ein guter König, wie dein Vater.« Daimhin tätschelte ihm die Hand und, ohne zu fragen, füllte sie sein Weinglas noch einmal auf. Kheeran ignorierte Aldrens missbilligende Blicke und stürzte den Inhalt des nun wieder vollen Glases seine Kehle hinab. In diesem Zustand konnte er den Rat seines Vaters vielleicht ertragen.

»Komm, lass uns gehen«, sagte er an Aldren gewandt und stand auf. Der Raum um ihn herum drehte sich, aber er genoss das Gefühl, das ihn davon abhielt, sich Sorgen zu machen – zumindest für den Moment.

▽

Gewaschen und mit einem falschen Lächeln, das er wie eine Maske trug, folgte Kheeran Aldren eine Stunde später durch die Flure des Palastes. Die Wirkung des Alkohols hatte nachgelassen, dennoch konnte Kheeran die Treppen, die in einen der Türme führten, nur langsam emporsteigen. Sein Vater hatte dort den Saal für Besprechungen einrichten lassen, damit niemand sie belauschen konnte. Der Raum war mit Ausnahme einer langen hölzernen Tafel, die mit zehn Stühlen umstellt war, auch vollkommen leer – und acht der Plätze waren bereits besetzt. Kheeran und Aldren waren wie immer die Letzten in der Runde. Die Stimmen der anderen Fae verstummten, als sie den Saal betraten. Und die Gardisten, die den Raum von außen bewachten, zogen die massive Tür zu, durch die kein Wort nach außen dringen konnte.

»Prinz Kheeran«, grüßte Onora. Die älteste Beraterin und rechte Hand seines Vaters erhob sich von ihrem Stuhl und verbeugte sich. Ihr langes Haar, das ihr bis zu den Füßen reichte, streifte dabei über den Marmorboden. Es musste sie einiges an Überwindung kosten, ihm solche Ehrfurcht zu zollen, obwohl sie keinerlei Respekt für ihn empfand.

»Onora«, erwiderte Kheeran und sah sich im Raum um. Die anderen Fae hatten sich ebenfalls erhoben und die Köpfe geneigt. Mit einer Handbewegung bedeutete er ihnen, sich zu setzen. Aldren und er nahmen am Kopfende des Tisches Platz, der mit Wasser und geschnittenem Obst auf goldenen Tabletts bestückt worden war. Kheeran griff nach einer Aprikose und lehnte sich in seinem Stuhl zurück. Erwartungsvoll blickte er in die Runde.

Teagan räusperte sich und erhob sich erneut von seinem Stuhl. Er war ein gut dreihundert Jahre alter Fae mit schmalen Lippen, einem breiten Kiefer und hellem Haar, in das mindestens fünfzig goldene Ringe eingeflochten waren. »Dann werde ich wohl den Anfang machen«, sagte der oberste Kommandant der Garde mit einer dunklen Stimme, die Kheeran unweigerlich an Field Marshal Khoury Tombell denken ließ. »Wie bereits bekannt, wurde kürzlich eine ermordete Fae in der Nähe des *Zepters* aufgefunden. Wir haben die Suche nach ihrem Mörder nun eingestellt.«

»Wieso?«, fragte Kheeran.

»Sämtliche Hinweise sind ins Leere verlaufen.«

»Das heißt nur, dass ihr die falschen Hinweise gefunden habt.«

»Bei allem Respekt, mein Prinz, meine Gardisten haben mehrere Tage mit der Suche nach dem Täter verbracht und mit den bevorstehenden Feierlichkeiten alle Hände voll zu tun. Unsere Ressourcen werden an anderer Stelle benötigt.«

»Sagt wer?«

Teagans Blick zuckte zu Onora.

Natürlich. »Fahrt mit der Suche nach dem Mörder fort«, befahl Kheeran. »Ich fühle mich nicht sicher in einer Stadt, in der Fae frei herumlaufen, die anderen Dolche in den Schädel rammen. Und wenn es sein muss, zieht Gardisten von der Feierlichkeit ab. Verstanden?«

Teagan nickte verhalten, und Stille legte sich über den Saal. Kheeran sah sich abermals in der Runde um und hoffte darauf, dass einer der anderen Berater ihn befürwortend anlächeln würde, doch dem war nicht so. Und obwohl Kheeran wusste, dass er recht hatte – er konnte keinen Mörder frei herumlaufen lassen –, erwischte er sich dabei, wie er seine Entscheidung infrage stellte. Doch bevor er sein Rückgrat verlieren und seinen Befehl zurücknehmen konnte, übernahm Onora das Wort.

»Lasst uns mit der Tagesordnung fortfahren. Heute Morgen sind weitere Abgesandte von Königin Valeska am Hof eingetroffen. Sie wird Nihalos gemeinsam mit ihren Gefolgsleuten rechtzeitig zum Schöpferfest und der Parade erreichen. Die Gemächer im Nordflügel des Schlosses wurden bereits vorbereitet und Plätze in den Ställen freigeräumt«, sagte Onora, und die Ehrerbietung, die in Valeskas Namen mitschwang, war nicht gespielt.

Kheeran nahm diese Information mit einem Nicken zur Kenntnis, fühlte sich aber nicht dazu berufen, etwas zu sagen. Ihm war es gleichgültig, ob Valeska am Schöpfungsfest, geschweige denn an der Krönung teilnahm.

»Danke, Onora«, sagte Aldren an Kheerans Stelle. »Wie sieht es mit der Planung zum Schöpferfest aus?«

»Die Vorbereitungen sind abgeschlossen, und der Wagen für die Parade ist gestern fertig geworden. Er steht im Stall. Der Prinz und Ihr könnt ihn euch gerne ansehen«, erklärte Onora mit einem Lächeln so steif, dass es schmerzen musste. Und Kheeran versuchte zu erkennen, was sein Vater in seiner Beraterin gesehen hatte. Mehrere Jahrzehnte lang hatte sie vertrauenswürdig und gehorsam an seiner Seite gedient. Kheeran war Nevans Sohn, sein Fleisch und Blut, und dennoch schien jede Sekunde in seiner Nähe Onoras Geduld zu strapazieren, weshalb er nicht verstand, wieso ihr diese Treffen so wichtig waren. Es wäre für alle Seiten einfacher gewesen, die Korrespondenz über Aldren abzuwickeln. Nach Kheerans Krönung würde er ohnehin Onoras Platz einnehmen, wenn er den Rat neu besetzen würde.

»Auch die Planung für die Krönung ist beinahe abgeschlossen«, fuhr Onora fort. »Die Gärten um den Festplatz herum wurden neu bepflanzt, die Bestuhlung für die Gäste koordiniert, das Bankett –«

»Was ist mit den Wächtern?«, unterbrach Kheeran die Beraterin.

»Teagan und seine Gardisten haben bereits Notfallpläne –«

»Nein«, schnitt er ihr erneut das Wort ab. »Ich rede von den unsterblichen Wächtern. Habt ihr schon etwas von ihnen gehört? Wird Field Marshal Tombell der Krönung beiwohnen?« Kheeran hegte die absurde Hoffnung, der Wächter würde kommen und Ceylan mitbringen, aber das war natürlich Irrsinn. Sie war eine Novizin und nur eine von vielen. Selbst wenn sich Tombell dafür entschied, an seiner Krönung teilzunehmen, dann ohne Ceylan.

Onora beugte sich über den Tisch, die Hände vor dem Körper so fest verschränkt, dass Knochen und Sehnen deutlich unter ihrer blassen Haut hervortraten. »Mir war nicht bekannt, dass Ihr den Wächter eingeladen habt.«

»Seit wann muss ich Einladungen zu *meiner* Krönung mit Euch absprechen?«, fragte Kheeran schroff, und er versuchte sich seine Enttäuschung nicht anmerken zu lassen, sondern straffte seine Schultern, während sich einer der wenigen Gründe, sich auf seine Krönung zu freuen, in Luft auflöste.

»Das müsst Ihr nicht«, erwiderte Onora mit leerer Stimme und ausdruckslosem Gesicht, aber ihre leuchtend blauen Augen vermochten nicht zu verbergen, wie sehr ihr die Vorstellung, unsterbliche Wächter zu Gast zu haben, missfiel.

Kheeran wich ihrem Blick nicht aus und zog eine Augenbraue in die Höhe. Er wartete noch immer auf eine Antwort, und Onora wusste das. Ihr Starren war ein stumm ausgefochtener Machtkampf, da sie sich in ihrer Position kein wahrhaftiges Duell erlauben konnten. Dennoch war die Luft erfüllt vom Knistern der Magie. Noch beherrschten Onora und er dieselben Elemente – Wasser und Erde –, aber schon bald würde er auch über Feuer und Luft befehligen können und wäre damit allen anderen Unseelie überlegen.

31. Kapitel – Freya

– Nihalos –

Freya konnte spüren, wie ihr Bewusstsein aus dem Schlaf in die Wirklichkeit glitt. Sie gähnte und kniff die Augen zusammen, denn hinter ihren Lidern konnte sie bereits das grelle Licht des Tages ausmachen. Sie hatte den merkwürdigsten, schönsten und grausamsten Traum aller Zeiten gehabt. Gemeinsam mit einem nett anzusehenden unsterblichen Wächter hatte sie sich auf den Weg nach Melidrian gemacht, um Talon zu finden, der sich angeblich in Nihalos aufhielt und jahrelang inmitten der Fae überlebt hatte.

Wie schön das wäre.

Freya rollte sich in ihrem Bett herum und spürte dabei jeden ihrer Knochen, als wäre sie eine Großmutter und keine junge Frau. Etwas stimmte nicht. Ihre Decke war zu dünn, das Kissen zu flach und die Matratze unter ihr zu hart. Warum lag sie nicht in ihrem eigenen Bett? Hatte sie die Nacht mal wieder mit Melvyn und zu viel Wein verbracht und war ins falsche Schlafgemach gestolpert?

Blinzelnd öffnete Freya die Augen, und es dauerte einen Moment, bis ihr Verstand begriff, was sie sah. Sie lag auf einer einfachen Pritsche in einem karg eingerichteten Raum. Dem Bett gegenüber war in der Wand ein Becken eingelassen, und Wasser tropfte aus dem darüberliegenden Hahn. Der Boden war aus hellem Holz, das gepflegt aussah, aber von den Jahren etliche Kratzer und Schlieren hatte. Es gab einen Schrank, davor lag der

Beutel, den Freya für gewöhnlich unter ihrem Bett versteckte, und daneben stand ein Tisch, an dem ein Mann mit dunklem Haar und breiten Schultern mit dem Rücken zu ihr saß.

Larkin.

Sie erinnerte sich.

Ihr vermeintlicher Traum war überhaupt kein Traum gewesen. Sie war wirklich nach Melidrian gereist, um ihren Zwillingsbruder zu retten. Ächzend setzte sich Freya auf. Schwindel überfiel sie, und in ihren Schläfen pochte es. Larkin blickte über die Schulter zu ihr. Das Erste, was sie bemerkte, war, dass er sich rasiert hatte, das Zweite, was ihr auffiel, waren die dunklen Ringe, die unter seinen Augen lagen, als hätte er tagelang nicht geschlafen.

»Ihr seid wach.« Die Erleichterung, welche in diesen drei Worten mitschwang, beunruhigte Freya und machte sie noch neugieriger darauf, zu erfahren, was passiert war.

»Wie lange habe ich geschlafen?« fragte sie. Ihre Stimme klang nicht wie ihre eigene, sondern heißer und rauer, wie die von Moira. Und ihre Kehle war ausgetrocknet, als hätte sie die ganze Nacht mit offenem Mund geschlafen – hoffentlich nicht!

Larkin stand von seinem Platz auf und ging zu dem Waschtrog. Er füllte einen Becher mit Wasser und brachte ihn zu ihr. Dankend nahm sie das Gefäß entgegen und trank in vorsichtigen Schlucken, um ihren leeren Magen nicht zu überfordern. »Was ist passiert?«, erkundigte sich Freya und bemerkte dabei, dass Larkin zuvor nicht geantwortet hatte.

Er saß nun auf einem Hocker neben dem Bett. »Ihr wisst es nicht?«

Sie schüttelte den Kopf; eine schlechte Idee. Sofort wurde ihr wieder schwindelig. Die Finger ihrer freien Hand krallten sich ins Laken, als könnte sie an dem dünnen Stoff Halt finden.

Larkins Gesicht verfinsterte sich. »Was ist das Letzte, woran Ihr euch erinnert?«

Freya dachte zurück. Sie waren gemeinsam auf einem Schiff gewesen. Elroy hatte sie nach Melidrian gebracht, und Larkin war seekrank geworden. Gemeinsam hatten sie sich durch den Dschungel gekämpft und … »Wir waren in einem Tempel.«

Er nickte. »Dort wurden wir von Elva angegriffen.«

Daran konnte sie sich nicht erinnern. Sie betrachtete Larkin eingehend, doch der Wächter sah unverletzt aus in seiner schwarzen Hose und dem dunklen Hemd, von dem sie sich nicht erinnern konnte, es mit ihm in Ciradrea gekauft zu haben. »Geht es Euch gut?«

Larkin lachte, als hätte sie etwas Amüsantes gesagt. »Mir geht es bestens, nun da Ihr wieder wach seid. Ihr wart diejenige, die verletzt wurde. Die Elva haben euch vergiftet. Ihr habt das Bewusstsein verloren.«

Vergiftet? Fassungslos starrte Freya Larkin an und versuchte Erinnerungen an den Tempel heraufzubeschwören, aber in ihrem Kopf herrschte nur Leere. Sie sah an sich herab. Die Decke war von ihrem Oberkörper gerutscht, aber nichts an ihr schien verändert. Sie hatte keine Verletzungen, nur … sie hob die Hand, in der sie noch immer den Becher hielt, und erkannte auf ihrem Arm Linien, die sich trotz ihrer ohnehin hellen Haut blass abzeichneten, wie Monate alte Narben. Panik erfasste Freya, und ihr Blick zuckte hektisch durch den Raum. »Wie lange lag ich hier?«

»Sieben Tage.«

Nicht so lange wie befürchtet, aber lange genug. Wobei das die Frage aufwarf, wie es sein konnte, dass ihre Wunden so schnell verheilt waren. Die Antwort lag auf der Hand: Magie. Freya stellte den Becher auf dem Nachttisch ab, auf dem auch eine dicke Kerze stand. »Wo sind wir?«

»In Nihalos.«

»Wirklich?!« Freya schlug ihre Decke zurück und stand auf. Ihr Herz raste, und ihre Aufregung war größer als der Schwindel, der sie erfasste. Unsicher auf den Beinen wankte sie zu einem der Fenster. Blauer Himmel und strahlender Sonnenschein grüßten und blendeten sie gleichermaßen. Sie blinzelte gegen die Helligkeit an, bis sich ihre Augen daran gewöhnt hatten – und ihr stockte der Atem. Sie wusste überhaupt nicht, wohin sie zuerst sehen sollte. Vor ihr lag ein Garten, reich bepflanzt mit den ungewöhnlichsten Blumen und den exotischsten Bäumen, die sie abseits des Nebelwaldes jemals gesehen hatte. Leuchtende Blüten so groß wie ihr Kopf, Sträucher mit den üppigsten Früchten und Bäume, deren Äste sich zu Zöpfen geflochten hatten.

Bei genauerem Betrachten erkannte Freya allerdings, dass sich kein Garten vor ihrem Fenster erstreckte, sondern *Gärten*, die auf den Dächern der anderen Häuser wuchsen, die sanft in ein Tal abflachten. Und inmitten der Gärten stand ein gläsernes Schloss, das im Schein der Sonne funkelte wie ein Kristall. Konnte das wirklich der grausame Ort sein, von dem man sich in Thobria Schauergeschichten erzählte? In der Ferne entdeckte Freya mehrere niedrig hängende Regenwolken, die sich auf unnatürliche Weise über die Stadt verteilten. Flüsse plätscherten durch die Straßen, und kleine Wasserfälle stürzten sich von den Dächern der Häuser in die Tiefe.

Freyas Erinnerung an den Tempel im Nebelwald kehrte zurück, und wie bei dem Tümpel tanzten Libellen und Schmetterlinge durch die Luft.

Doch so prächtig der Anblick der Stadt auch war, es waren die Menschen, nein, nicht die Menschen – die Fae, die Freya am meisten faszinierten. Es waren hochgewachsene Gestalten, mit schmalen Gesichtszügen und blonden Haaren, die unter Freyas Blick völlig alltäglich auf den Straßen umhereilten. Sie unterhielten sich, lachten und versuchten ihre Ware auf der Straße zu verkaufen. Faekinder tollten um einen Brunnen herum und spielten mit dem Wasser. Sie bändigten es mithilfe ihrer Magie, ließen es in losen Fäden durch die Luft schweben und spritzten einander nass, dabei kicherten und quietschten sie vergnügt. Laut den Geschichten, die man sich in Thobria hinter vorgehaltener Hand zuflüsterte, sollten Fae nicht einmal in der Lage sein, solch glückliche Geräusche von sich zu geben.

Überhaupt sah es in der Stadt der Unseelie vollkommen anders aus, als man sich in den Sagen und Geschichten erzählte. Darin war die Rede von einem dunklen Schloss aus schwarzem Stein erbaut und nicht von einem Palast aus Glas. Es floss Blut auf den Straßen, und der Tod lag wie eine Decke über der Stadt; grau und schwer und ohne Hoffnung.

Tränen stiegen Freya in die Augen. Sie war überwältigt und dankbar. Dankbar dafür, dass Talon in dieser Stadt war und nicht an dem grausamen Ort ihrer Vorstellung. Er war hier; in Nihalos. Und das erste Mal seit vielen Jahren waren sie einander wirklich nahe, und schon bald würde sie ihn in die Arme schließen können. Denn jetzt, wo sie es schon so weit geschafft hatte, würde sie nichts anderes mehr zulassen. Sie würde ihn finden und nach Hause bringen.

»Stimmt etwas nicht?«, fragte Larkin besorgt.

Freya schniefte, wischte sich die Tränen von den Wangen und sah zu dem Wächter. »Nein. Ich habe nur nicht damit gerechnet, wie schön es hier ist.« Sie stockte, als ihr ein Gedanke kam. »Wie sind wir überhaupt hierhergekommen?«

»Ich habe Euch getragen.«

»Den ganzen Weg?«

Er nickte. »Vom Tempel aus war es nicht mehr weit.«

Freya wusste nicht, ob es eine Lüge war oder der Wahrheit entsprach, aber die Länge der Strecke war auch nicht so wichtig. So oder so war ein Vorankommen in diesem Dschungel eine Herausforderung, vor allem mit der Bedrohung durch die Elva. Und Larkin hatte all das auf sich genommen, um sie zu retten. »Danke!«

»Ich … ich habe nur meine Pflicht erledigt«, sagte Larkin verlegen.

Mit unsicheren Schritten trat Freya von dem Fenster weg und auf Larkin zu. Ihre nackten Füße erzeugten kein Geräusch auf dem Boden. Sie blieb vor seinem Hocker stehen. Der Wächter blickte zu ihr auf, und auf einmal musste sie an den Moment im Nebelwald denken, als er auf ihr gelegen hatte. Unwillkürlich begann Freyas Herz schneller zu schlagen. Ohne diesen Mann wäre sie heute nicht hier. »Danke!«, sagte sie noch einmal.

»Ihr …« Larkin räusperte sich. »Ihr müsst mir nicht danken.« Er war zu bescheiden. »Aber ich möchte.« Freya lächelte und legte ihre Hand an sein Gesicht. Er zuckte zusammen, wich aber nicht vor ihr zurück. Seine Haut war warm, und obwohl sie aus der Ferne glatt aussah, konnte Freya feine Stoppeln unter ihren Fingern ertasten. Es fühlte sich aufregend an, ihm so nahe zu sein, und ihr wurde heiß, während sie die Konturen seines Kiefers langsam nachzog. Larkin stockte hörbar der Atem. Sie beugte sich nach vorne und drückte dem Wächter einen Kuss auf die Wange. Einen Moment verweilten ihre Lippen, ehe sie sich wieder aufrichtete. Ihr ganzer Körper wirkte angespannt, und sie spürte ein Verlangen, das ihr bisher fremd gewesen war. Und vermutlich war es nur ihrem geschwächten Zustand zu verdanken, dass sie dem Ziehen in ihrer Mitte nicht nachgab. »Danke, Larkin!«

Mit großen Augen starrte er sie an. Sein Kehlkopf hüpfte nervös, und Freya glaubte eine zarte Röte auf seinen Wangen zu erkennen, die zuvor nicht da gewesen war. »Es war mir eine Ehre, Prinzessin.«

32. Kapitel – Larkin

– Nihalos –

»Ich bin bald zurück«, erklärte Larkin und sah ein letztes Mal zu der Prinzessin. Sie lag wieder in ihrem Bett. Die Decke bis zur Brust hochgezogen, beobachtete sie ihn mit glasigem Blick und einem schmalen Lächeln, das mit Sicherheit strahlender gewesen wäre, würde das Gift der Elva nicht in ihrem Körper wüten. Dank der Kräuter, die er einer Heilerin abgekauft hatte, hatte Freya das Schlimmste bereits überstanden, aber es würde noch eine Weile dauern, bis sie bei vollen Kräften war und sich unter die Fae mischen konnte. Der verkniffenen Miene der Prinzessin war anzusehen, wie sehr ihr dieser Zustand missfiel. Sie wollte die Unterkunft verlassen, Nihalos erkunden und nach ihrem Bruder suchen. Larkin konnte ihren Drang nachvollziehen. Nur Freyas Wunsch, den Prinzen zu finden, hatte sie überhaupt hierhergebracht und ihm die Freiheit beschert, aber sie war noch nicht bereit, und er würde nicht zulassen, dass sie ihre Gesundheit gefährdete.

Während seiner Zeit an der Mauer hatte er Hunderte von Elva-Angriffen miterlebt. Seine Männer waren von den Kreaturen gekratzt, gebissen und bespuckt worden, und nicht alle dieser Zwischenfälle hatten ein gutes Ende genommen. Die Prinzessin konnte sich glücklich schätzen – und er sich auch. Nicht auszudenken, was passiert wäre, wäre Freya in seiner Obhut gestorben. Das hätte er sich niemals verzeihen können. Er hatte geschworen, sie mit seinem Leben zu verteidigen, und das würde er auch tun, umso mehr verabscheute er den Umstand, sie nun alleine lassen zu müssen. Doch die Prinzessin hatte ihn darum gebeten, eine Stadtkarte von Nihalos zu besorgen, damit sie einen weiteren Suchzauber für ihren Bruder wirken konnte.

»Was kann mir in diesem Zimmer schon passieren?«, hatte Freya gefragt. Larkin wusste nicht, wo er anfangen sollte, denn er vertraute diesen Unseelie kein bisschen, aber er hatte sich die Worte verkniffen. Denn er kannte die störrische Prinzessin inzwischen gut genug, um zu wissen, wann sie ein »Nein« von ihm nicht akzeptieren würde; nicht, wenn es um ihren Bruder ging.

Larkin zog die Tür hinter sich zu und rüttelte noch einmal am Knauf, um sicherzugehen, dass das Schloss auch richtig eingerastet war. Zwar würde es keine Fae davon abhalten, dennoch in das Zimmer zu gelangen, aber zumindest wäre es ein größeres Hindernis. Die alte Fae, welche hinter ihrer Theke den Eingang zum *Glänzenden Pfad* bewachte, nickte Larkin zu, als er die Treppe nach unten kam. Er grüßte sie im Vorbeigehen und fragte sich, ob die erblindete Unseelie wusste, dass sie einen Wächter und einen Menschen bei sich aufgenommen hatte. Drei Gasthäuser hatten ihn und Freya aus genau diesem Grund abgewimmelt, trotz des bedenklichen Zustands der Prinzessin, was die Unseelie in Larkins Ansehen nicht hatte steigen lassen. Aber er hatte schon immer ein Problem mit den Unseelie gehabt, und die meisten Wächter, die jemals das Vergnügen gehabt hatten, Zeit mit einer Unseelie zu verbringen oder gar Nihalos zu besuchen, teilten seine Ansicht.

Die Seelie wirkten auf den ersten Blick rückschrittlicher, vielleicht sogar wilder als die Unseelie, besaßen jedoch die Ehrlichkeit, den Anstand und das Rückgrat, die direkte Konfrontation zu suchen, während ein Unseelie dich anlächelte und umarmte, nur um dir von hinten einen Dolch in den Rücken zu rammen. Mit diesem Wissen lief Larkin bedachtsam durch die reich geschmückten Straßen der Stadt. Girlanden aus Blumen hingen von den Dächern, über Fenstern und Türen und rankten sich um die Brunnen, die klares Wasser an die Oberfläche pumpten. Aber diese Pracht war nur Schein und diente Larkins Meinung nach nur dazu, das wahre Gesicht von Nihalos zu verbergen, das sich offenbarte, wenn man genau hinsah – oder in manchen Fällen hinhörte.

»Ist das ein Halbling?«, flüsterte eine Unseelie, als Larkin eine der zahlreichen Handelsstraßen der Stadt betrat. Hier würde er auf jeden Fall eine Karte für die Prinzessin finden. Er blieb stehen, um sich zu orientieren, da sein letzter Besuch in Nihalos bereits mehrere Jahrzehnte zurücklag. Damals hatte er Freyas Urgroßvater begleitet, als dieser mit König Nevan über die Kosten für die Wächter an der Mauer neu hatte verhandeln wollen; natürlich waren die Gespräche gescheitert.

»Nein, ein Wächter. Achte auf die Ohren«, erwiderte eine andere Fae. Sie hatte die Stimme gesenkt und wühlte sich geschäftig durch die Auslage eines Schneiders. Abwesend ließ sie dabei den Stoff durch ihre Finger gleiten, während sie neugierige Blicke in Larkins Richtung warf, die alles andere als herzlich waren.

»Noch schlimmer.« Die Unseelie, die zuerst gesprochen hatte, rümpfte die Nase. »Was will der hier?«

»Ich habe gehört, Prinz Kheeran hätte sie eingeladen«, sagte die Fae, und beim Namen des Prinzen schwang noch mehr Abscheu in seiner Stimme mit als bei dem Wort *Wächter*, was Larkin aufhorchen ließ. Die Unseelie waren ein hochmütiges Volk und stolz auf ihren König – zumindest bisher, aber der bittere Tonfall der Fae ließ erahnen, das Prinz Kheeran nicht in der Gunst seiner Untertanen stand. Wussten Tombell und die Wächter von dem Unmut der Fae? In anderen Fällen hätte es eine Lappalie sein können, die sie eigentlich nicht interessieren musste, aber bei einem Volk wie den Unseelie konnte sich aufgestaute

Unzufriedenheit schnell in Gewalt niederschlagen, die das Abkommen zwischen den Ländern gefährden könnte.

Eigentlich hätte Larkin dieser Umstand egal sein können. Er war kein Wächter mehr – oder zumindest lag die Mauer nicht mehr in seiner Verantwortung. Dennoch konnte er seine Beine nicht dazu bewegen, weiterzugehen und das Gerede der Fae zu ignorieren.

»Ich wüsste gerne, was im Kopf des Prinzen vorgeht«, erwiderte die Unseelie und ließ den roten Stoff, den sie vermeintlich begutachtet hatte, zurück in die Auslage fallen. Vergessen war Larkin, ihre ganze Bitterkeit galt nun Kheeran.

»Nicht nur du. Er ist wahnsinnig.«

Die Unseelie schüttelte enttäuscht den Kopf. »Sie sollten nicht zulassen, dass er König wird.«

»Und wer soll an seiner Stelle regieren?«

»Der Rat? Aldren?« Sie zuckte mit den Schultern. »Jeder ist für diese Aufgabe besser geeignet als Kheeran. Er ist noch viel zu jung, und vergiss nicht die Jahre, die er bei den Elva verbracht hat. Das kann nicht spurlos an einem vorbeigehen.«

Larkin wusste von der Entführung des Prinzen kurz nach seiner Geburt, aber er hatte an der Mauer nie erfahren, was aus ihm geworden war. Bis zu seiner Befreiung aus dem Kerker hatte er nicht einmal von Nevans Ableben gewusst. Der König der Unseelie war noch nicht alt gewesen, nicht für eine Fae, und eigentlich noch zu jung zum Sterben. Was war mit ihm geschehen?

Larkin nahm sich vor, dies in Erfahrung zu bringen, aber dafür blieb später noch Zeit. Er wollte auf dem schnellsten Weg zurück zur Prinzessin. Nicht zu wissen, ob es ihr gut ging oder wie sich das Gift der Elva auf sie auswirkte, machte ihn nervös. Am liebsten wäre er vor ihr auf die Knie gesunken und hätte ein Gebet an den König gesandt, aber das würde Freya nicht gutheißen, und vermutlich wäre es falsch, zu ihrem Vater zu beten, während er dabei war, solch unangemessene Gefühle für Freya zu entwickeln.

Noch immer konnte er das Kribbeln ihrer Lippen auf seiner Haut spüren, aber er wäre ein Idiot, wenn er glaubte, es könnte mehr als Dankbarkeit hinter Freyas Geste stecken. Sobald Freya ihren Bruder gefunden und er sie sicher zurück nach Thobria gebracht hatte, würde sie ihn fallen lassen und ihm das geben, was sie als »Freiheit« bezeichnete. Aber Larkin wäre nicht frei, denn im sterblichen Land war er ein gesuchter Verbrecher. Er wäre immer auf der Flucht, ohne ein Zuhause und ohne eine Familie oder Menschen, denen er wichtig war. Alleine müsste er seiner einsamen Existenz einen Sinn geben – aber was sollte das bringen? Denn was war ein Leben ohne Freunde wert, mit denen man es teilen konnte? Und Larkin wusste nicht, ob er bereit war, neue Bekanntschaften zu schließen, in dem Wissen, dass diese in dreißig oder vierzig Jahren nicht mehr da sein würden; er allerdings schon.

33. Kapitel – Ceylan

– Nebelwald –

»Ich hasse diese Viecher«, fauchte Leigh mit zusammengebissenen Zähnen. Er wischte sich den Schweiß mit dem Unterarm von der Stirn und stieg über den Kadaver einer enthaupteten Elva hinweg, die entfernt Ähnlichkeit mit einem Hahn aufwies. Sie war nur etwa dreimal größer und ihr Gefieder vollkommen schwarz und glänzend.

»Da bist du nicht der Einzige«, sagte Ceylan und zog ein Tuch aus dem Beutel, der am Sattel ihres Pferdes befestigt war, um damit das Blut von ihrem Schwert zu wischen. Sie hatte sich noch immer nicht ganz an diese Waffe gewöhnt und vermisste ihre Mondsichel-Messer, aber zum Glück wusste sie auch mit einem Schwert Köpfe abzutrennen.

»Schade, dass wir sie nicht essen können«, warf Bríon ein, der schon vor dem Angriff vom Abendessen gesprochen hatte, und schubste den Kopf einer Elva mit der Spitze seines Stiefels ins Gestrüpp. Er war einer der Wächter, die Field Marshal Tombell ausgewählt hatte, um ihn zu begleiten. Bríon wirkte auf den ersten Blick älter als die meisten Wächter mit seinen ergrauten Schläfen und den feinen Linien, die sich bereits um seine Augen gelegt hatten, dabei war er mit gerade einmal sechzig Jahren wohl der Zweitjüngste ihrer Gruppe; jünger war nur Ceylan.

Leigh schüttelte sich vor Ekel. »Ich würde diese Kreaturen nicht einmal essen, wenn sie schmecken würden wie der Fleischeintopf meiner Großmutter.« Die Erinnerung daran glättete sein vor Abscheu verzogenes Gesicht. »Oder vielleicht doch.«

»Ich würde es nicht riskieren. Es sei denn, du möchtest dich selbst vergiften«, sagte der Field Marshal. Ceylan warf ihm das Tuch entgegen, mit dem sie ihre Klingen gereinigt hatte, damit auch er sein Schwert vom Blut der Elva befreien konnte. Aber es waren nicht nur ihre Waffen, die etwas abbekommen hatten, auch ihnen sah man die Strapazen des Kampfes und der Reise an, die inzwischen einige Tage andauerte. Mit den Pferden hätten sie Nihalos längst erreichen müssen, aber die Hitze jenseits des Niemandslandes war trotz der kommenden Wintermonate sengend. Die Luft war schwül und machte ein Vorankommen schwer. Wesentlich öfter, als ihnen lieb war, mussten sie den Pferden eine Pause gönnen und sie abseits des Weges zu Gewässern führen.

Und dann waren da noch die Elva. Diese lästigen kleinen Biester, die scheinbar nur existierten, um ihnen das Leben schwer zu machen. Seit sie die Mauer passiert hatten, konnte Ceylan ihre Blicke auf der Haut spüren. Wie Schatten, die sich durch die Dunkelheit bewegten, folgten ihnen die Kreaturen auf Schritt und Tritt. Die Pferde waren nervös und sie mit gezückten Waffen ständig auf der Hut, dennoch gelang es den Elva jedes Mal aufs Neue, sie aus dem Hinterhalt zu überraschen. Es schien beinahe so, als hätten die magischen Wesen sich ein Spiel daraus gemacht: Wer treibt die Wächter zuerst in den Wahnsinn?

Bisher ging der Preis an jene Elva, die Ceylan vor zwei Tagen beinahe ihre linke Hand gekostet hätte. Das Biest hatte sich in der Nacht an ihr Lager herangeschlichen und sich an ihren Vorräten zu schaffen gemacht, während sie geschlafen hatten. Bríon war aufgewacht, hatte instinktiv mit seinem Schwert ausgeholt und es auf die Elva niedersausen lassen, nur wenige Fingerbreit von Ceylans Hand entfernt, und hätte sie auch nur gezuckt, wäre sie um fünf Finger ärmer und einen Stumpf reicher gewesen.

In dieser Nacht hatte Ceylan kein Auge mehr zugetan, und auch sonst schlief sie schlecht, denn das richteten die Elva mit einem an. Sie machten die Leute paranoid und füllten ihre Köpfe mit Angst und Panik.

Gefühlt hatte sich Ceylans Herzschlag seit dem ersten Angriff kurz hinter dem Niemandsland nicht mehr beruhigt. Doch anders als Tombell, Leigh und die anderen Wächter fand sie keinen Trost darin, dass sie schon bald Nihalos erreichen würden. Ihr würde es erst wieder gut gehen, sobald sie zurück im sterblichen Land war. Auch wenn ihr die Vorstellung, dafür noch einmal den Nebelwald durchqueren zu müssen, mehr als nur missfiel.

»Lasst uns unser Lager hier aufschlagen«, sagte Tombell und legte den Kopf in den Nacken. Noch war der Himmel von einem klaren Blau, aber bald schon würden die Schatten länger und der Wald dunkler werden. »Ceylan und Leigh, ihr sammelt Feuerholz. Bríon und Ivar, ihr geht auf die Jagd, vielleicht findet ihr etwas nicht Giftiges zu essen. Lennon, du versorgst die Pferde, und Fergus, du baust mit mir das Lager für die Nacht auf. Verstanden?«

»Verstanden«, echoten die Wächter und machten sich ans Werk.

»Welche Richtung?«, fragte Leigh. Er rückte die Lederriemen an seinen Unterarmen zurecht, die ihm vermutlich genauso heiß und feucht auf der Haut klebten wie Ceylan. Sie deutete in den Westen, dort glaubte sie das Plätschern von Wasser zu hören. Zwar bargen Flüsse und Gewässer immer Gefahr, da sie auch durstige Elva anlockten, aber Ceylan musste sich dringend waschen, und zwar überall. Hoffentlich würde es ihr gelingen, sich für ein paar Minuten davonzustehlen, auch wenn Leigh sie seit Beginn der Reise nur selten aus den Augen gelassen hatte.

Scheinbar war er von Tombell dazu beauftragt worden, ihr Kindermädchen zu sein, um sicherzustellen, dass sie keine Dummheit beging.

»Diese Elva rauben mir noch den Verstand«, sagte Leigh. Er trat mit seinem Fuß auf einen großen Ast und hob ihn an, sodass er entzweibrach. Beide Stücke reichte er Ceylan. »Kein Wunder, dass sich die Fae lieber in Städten zusammenpferchen, als hier zu leben.«

Eine ganze Weile liefen sie in Richtung Westen und sammelten dabei jedes Holzscheit auf, das sich für ein Lagerfeuer eignete. Dabei mussten sie sich durch das Dickicht kämpfen, denn richtige Wege gab es im Nebelwald nicht. Lianen hingen von den Ästen, und Ranken schlängelten sich an massiven Baumstämmen empor. Würde Ceylan nicht hinter jedem dieser Stämme eine Elva vermuten, könnte sie das magische Land sogar als schön bezeichnen, mit seinem satten Grün, dem moosigen Boden und den Blumen, die in den lebendigsten Farben leuchteten und allerlei Schmetterlinge anlockten.

Während sie das Holz sammelten, erzählte Leigh ihr wie so oft von Angriffen und Zwischenfällen mit Elva an der Mauer. Er erklärte die Manöver und Vorgehensweisen der Wächter als eine Art theoretischen Unterricht. Doch es war kein Ersatz für das Training, das Ceylan wegen ihrer Reise verpasste. Jeden Tag fragte sie sich, was die anderen Novizen wohl gerade lernten, während sie stundenlang auf ihrem Pferd saß, bis ihre Oberschenkel brannten.

Das Plätschern des Wassers, das Ceylan gehört hatte, wurde lauter und schwoll zu einem Rauschen an. Nur wenige Schritte später durchbrachen sie den dichten Wald und betraten eine Lichtung, die alles übertraf, was Ceylan bis zu diesem Augenblick von Melidrian gesehen hatte. Das Rauschen stammte von einem Wasserfall, der sich aus etlichen Fuß Höhe in die Tiefe stürzte und dem ein Tümpel zu Füßen lag. Das Wasser war vollkommen rein, und trotz der Spiegelung der umliegenden Bäume und Felsen konnte man den Grund noch erkennen. Direkt neben dem Tümpel stand das erste Gebäude, das Ceylan sah, seit sie Melidrian betreten hatten – ein Tempel. Er war aus hellem Gestein errichtet und glänzte im Schein der Sonne. Die Tür der Gebetsstätte stand offen, und im Inneren konnte Ceylan tote Elva erkennen: Erstochen, geköpft und verbrannt lagen ihre Kadaver auf dem blutbefleckten Boden.

Leigh zog sein Schwert hervor. »Leg das Holz weg!«, befahl er mit gesenkter Stimme.

Ceylan gehorchte und griff nach ihrem Schwert. Irgendetwas störte sie an dem Anblick der toten Elva. Zuerst wusste sie nicht, was es war, bis sie begriff, dass es die Umstände ihres Todes waren. Die Fae verehrten ihre Götter. Ihnen hatten sie ihre Magie zu verdanken. Niemals würden sie in einem ihrer Tempel töten und die Leichen so respektlos vor den Füßen ihrer Götter liegen lassen. »Das waren Menschen«, schlussfolgerte Ceylan.

»Oder«, erwiderte Leigh und stieg mit bedächtigen Schritten die Stufen zum Eingang des Tempels empor. Ceylan folgte ihm und riss ihren Blick von den Elva los, um den Rest des Tempels in Augenschein zu nehmen.

Eine Brandspur zeichnete den Boden, und die Wände waren gesprenkelt vom schwarzen Blut der Elva. Fünf Statuen standen in der Mitte des Raumes, aber nur vier davon waren gepflegt, die fünfte alt und verwittert.

»Was, glaubst du, ist hier passiert?«, fragte Ceylan und schlich an einer der Skulpturen vorbei, um sicherzustellen, dass sich dahinter keine Elva versteckte, die den Angriff überlebt hatte.

»Ich würde vermuten, dass diese Leute Unterschlupf gesucht haben und von den Elva überrascht wurden.« Leigh ging vor den toten Kreaturen in die Hocke. Sie sahen vollkommen anders aus als jene Geschöpfe, die ihnen auf ihrem Weg bisher begegnet waren.

»Anscheinend sind sie davongekommen.«

»Oder ihre Körper wurden von den überlebenden Elva davongeschleift.«

Daran zweifelte Ceylan, denn sie konnte kein rotes Blut sehen, nur schwarzes. Dies wiederum bestärkte Leighs Vermutung, dies könnte das Werk von Wächtern gewesen sein. Kein gewöhnlicher Mensch konnte unbeschadet einen solchen Angriff überstehen. Nur was hatte das zu bedeuten? Normalerweise drangen Wächter nicht so tief nach Nihalos vor und vor allem nicht ohne das Wissen des Field Marshals. Selbst die abgelegenen, kleineren Stützpunkte hatten die Pflicht, solche Missionen bei Tombell zu melden.

»Lass uns gehen«, sagte Leigh. Er ließ das Schwert zurück in die Scheide an seinem Gürtel gleiten und fuhr sich mit dem Unterarm über die Stirn. Sein helles Haar war schweißnass. »Die anderen warten sicherlich schon.«

»Du willst einfach gehen?«, fragte Ceylan ungläubig und blickte auf die toten Elva hinab. Sollten sie nicht zumindest versuchen, die Menschen zu finden, die dafür verantwortlich waren? Sie mussten doch irgendwelche Spuren im Wald hinterlassen haben.

»Das ist hier nicht unsere Angelegenheit.«

»Aber was, wenn sie verletzt sind?«

»Dann ist es immer noch nicht unsere Angelegenheit. Unsere Pflicht endet nach dem Niemandsland. Die Leute wissen, worauf sie sich einlassen, wenn sie Melidrian betreten.«

Wie von selbst ballten sich Ceylans Hände fester um ihr Schwert. Sie konnte nicht glauben, was ihre Ohren da hörten. Wächter existierten, um die Menschen, Fae und Elva voreinander zu schützen, und Leigh wollte diese armen Seelen einfach im Stich lassen? Und selbst wenn dies Wächter waren, die ohne Tombells Wissen nach Melidrian gekommen waren, konnten sie nach einem solchen Angriff sicherlich Hilfe brauchen. Was, wenn es einem von ihnen wie Gothar ergangen war? Ein Bild des anderen Wächters, wie er blass und schwach auf seinem Gehstock lehnte, formte sich vor Ceylans innerem Auge. Und vermutlich trugen diese Fremden keine heilenden Kräuter mit sich herum wie jene, die Ceylan vor der Abreise in ihrem Sattel verstaut hatte. Sie musste –

»Vergiss es!«, zischte Leigh so bestimmend, dass es Ceylan aus ihren Gedanken riss.

Sie blinzelte irritiert. »Was soll ich vergessen?«

»Das, woran du gerade denkst.«

»Ich denke an gar nichts.«

Vielsagend zog Leigh die rechte Braue in die Höhe und verschränkte die Arme vor der Brust. Sein Blick war unnachgiebig und seine Iris so hell, dass seine Augen im richtigen Lichteinfall wie Spiegel wirkten. Spiegel, die Ceylan ihre eigenen Lügen zeigten.

Ceylan seufzte. »Gut, du hast recht, aber wir können diese Leute nicht einfach –«

»Wir können und wir werden«, schnitt Leigh ihr das Wort ab. Er ließ seine Arme hängen und trat dicht an Ceylan heran. Sie konnte den Geruch von Erde und Schweiß an ihm wahrnehmen. »Das hier ist nicht unser Kampf. Diese Reise ist schon gefährlich genug, ohne dass wir uns auf die Suche nach Menschen oder Wächtern begeben, die diesen Weg für sich gewählt haben. Nihalos wartet auf uns.«

»Nihalos kann mich mal.«

»Ceylan«, mahnte Leigh mit einer strengen Stimme, wie er sie nur selten gegen sie erhob. In diesem Moment war er nicht ihr Freund, sondern Captain Fourash. »Ich befehle dir, *nicht* auf die Suche nach diesen Leuten zu gehen. Und in Anbetracht der Tatsache, dass du nur hier bist, weil du bereits gegen einen meiner Befehle verstoßen hast, würde ich dir raten, dieses Mal auf mich zu hören. Oder willst du nach unserer Rückkehr an die Mauer noch weitere Trainingsstunden verpassen, weil du Latrinen putzen musst?«

Ceylan biss die Zähne zusammen.

»Willst du?«

»Nein«, knurrte sie, den Kiefer noch immer angespannt. Diese Leute sich selbst zu überlassen, gefiel ihr nicht, aber Leigh hatte recht. Sie konnte sich einen weiteren Regelverstoß nicht leisten, und wer immer diese Fremden waren, sie waren nicht zufällig hier, denn man gelangte nicht aus Versehen so tief in die Wälder von Melidrian.

»Gut, dann sind wir uns ja einig.« Leigh lächelte, wandte sich ab und marschierte aus dem Tempel. Ceylan warf noch einen letzten Blick in Richtung der toten Elva, ehe sie ihm folgte. Er kniete vor dem Feuerholz, das sie gesammelt hatten, und hob es auf.

»Leigh?«

Er drehte den Kopf und sah sie über seine Schulter hinweg an. Müdigkeit lag in seinen Augen, als rechnete er damit, dass sie den Streit über die Fremden noch einmal aufleben lassen wollte, aber das hatte sie nicht vor. »Ja?«

Ceylan deutete auf den Tümpel hinter sich. »Gibst du mir fünf Minuten?«

Er runzelte die Stirn. »Wofür?«

»Um mich zu waschen.«

»Muss das sein?« Unsicher blickte Leigh in die Wälder und neigte den Kopf, um auf verdächtige Geräusche zu lauschen. Nicht, dass das etwas brachte. Denn die meisten Elva hörte man erst, wenn man sie auch sah.

»Es muss. Es sei denn, du möchtest, dass ich den Sattel mit meinem Blut verschmiere.«

Leighs Augen weiteten sich, als er endlich begriff, um was es ging. »Verstehe. Natürlich. Ich ähm … warte hier?« Für einen Mann, der eben noch zwei Elva den Kopf abgeschlagen hatte, wirkte er auf einmal ziemlich verlegen.

»Danke! Ich beeile mich.«

Er nickte und wandte ihr eilig den Rücken zu. Ceylan drehte sich um und lief zu dem Tümpel zurück, als Leighs Stimme sie noch einmal innehalten ließ. »Sei vorsichtig!«

34. Kapitel – Freya

– Nihalos –

Freya stieß einen frustrierten Laut aus und ballte die Hand um den Kristall. Am liebsten hätte sie das Pendel quer durch den Raum gegen die Wand geschleudert, aber die Genugtuung, es zersplittern zu sehen, würde nur von kurzer Dauer sein.

»Unnützes Ding!«, fauchte Freya. Sie löste ihre verkrampften Finger und ließ den Anhänger auf die Karte von Nihalos fallen, die Larkin ihr besorgt hatte. Sie war nicht solch ein Kunstwerk wie Morthimers Zeichnung von Lavarus, die Moira besaß, aber sie erfüllte ihren Zweck. Einzelne Gebäude waren zwar nicht auszumachen, aber Stadtviertel und Straßen waren zu erkennen.

»Ihr solltet nicht so hart zu euch sein«, sagte Larkin. Er saß auf dem Stuhl und polierte sein magisches Schwert, als könnte er dessen schwarze Klinge, die sämtliches Licht verschluckte, zum Glänzen bringen. »Ihr seid noch –«

»– erschöpft von dem Gift«, beendete Freya den Satz. Der Wächter hatte diesen bereits in den verschiedensten Formulierungen an sie gerichtet. »Das weiß ich.«

Rückwärts ließ sie sich auf die Matratze fallen, die hart wie ein Brett unter ihr lag. Den Blick an die Decke gerichtet rieb sich Freya die Schläfen in kreisenden Bewegungen. Erneut hatte dort ein pochender Schmerz eingesetzt, wie jedes Mal in den vergangenen Tagen, wenn sie sich zu sehr aufgeregt hatte. Tief in ihrem Inneren wusste sie, dass Larkin recht hatte. Die Kratzer der Elva waren vielleicht nicht mehr auf ihrer Haut zu sehen, den Kräutern, die Larkin von einer Heilerin gekauft hatte, sei Dank, aber das Gift war noch immer in ihrem Körper. Sie konnte es spüren, wie den Wein am nächsten Morgen in ihrem Kopf. Es benebelte sie, und obwohl die Magie in Nihalos so dicht war, dass Freya sie auf ihrer Haut zu spüren glaubte, gelang es ihr nicht, einen Suchzauber zu wirken. Das Pendel kreiste und kreiste, bis es den Schwung verlor, ohne auszuschlagen. Sie war einfach zu schwach und konnte sich nicht richtig konzentrieren, aber das änderte nichts an ihrer Ungeduld und ihrem Wunsch, Talon so schnell wie möglich zu finden.

»Vielleicht sollten wir einfach rausgehen und nach ihm suchen.« Freya deutete in Richtung des Fensters und der belebten Straßen einige Fuß unter ihrem Zimmer. Sie hatte die Taverne, seit sie aus der Ohnmacht erwacht war, nicht verlassen und die meiste Zeit im Bett verbracht. Erst am vergangenen Abend hatte sie es das erste Mal gewagt, für längere Zeit aufzustehen. Sie war durch das Gasthaus gewandert und hatte sich gemeinsam mit Larkin in die heruntergekommene Schenke gesetzt. Dort hatte eine alte Fae ihnen Traubensaft und gegartes Gemüse serviert – typisch für die Unseelie, denn diese aßen weder Fleisch noch Fisch.

Larkin ließ von seinem Schwert ab. »Das halte ich für keine gute Idee.«

Freya richtete sich wieder auf. »Ich schon.«

Es wirkte, als müsste Larkin ein Augenrollen zurückhalten. »Nihalos ist eine große Stadt. Ohne Anhaltspunkt können wir tagelang durch die Straßen irren, ohne Euren Bruder zu finden.«

»Dann sollten wir besser früher als später damit anfangen.«

»Und *wo* wollt Ihr beginnen?«

»Keine Ahnung.« Freya hob die Schultern. Sie fühlte sich steif und unbeweglich. »Aber es wäre schon ein Fortschritt, diese Bruchbude zu verlassen.«

»Ihr solltet Euch schonen«, beteuerte Larkin.

»Das sagt Ihr seit Tagen.«

»Ja, denn ich bin davon überzeugt, dass Eure Magie der richtige Weg ist. Erholt Euch und übt Euch noch etwas in Geduld. Sobald Ihr wieder vollends bei Kräften seid, wird Euer Suchzauber auch funktionieren. Vertraut mir!«

Das Problem ist nicht, dass ich Euch nicht vertraue. Ich vertraue mir nicht, dachte Freya. Ihre Magie war schon immer wankelmütig gewesen. Mit Ausnahme der gekauften Anhänger funktionierten ihre Zauber seltener, als dass sie wirkten.

»Noch zwei Tage«, sagte Larkin, dem ihr frustrierter Gesichtsausdruck nicht entgangen war. »Erholt Euch noch zwei Tage, und wenn Euer Zauber dann noch immer nicht wirkt, machen wir uns auf herkömmliche Weise auf die Suche nach Talon. Einverstanden?«

Freya nickte niedergeschlagen, aber nur, weil das Pochen in ihren Schläfen mit den letzten Herzschlägen schlimmer geworden war. Sie räumte sämtliche Utensilien, die sie für den Zauber auf dem Bett verteilt hatte, zur Seite und rollte sich auf der Matratze zusammen, um sich ein wenig auszuruhen. Dabei wandte sie Larkin den Rücken zu, dennoch konnte sie den Blick des Wächters auf sich spüren. Sie bewunderte ihn für seine Ruhe und Gelassenheit ihr gegenüber. Seit Tagen war er ihretwegen in diesem Zimmer gefangen und schlief sitzend auf dem Stuhl. Sie an seiner Stelle wäre längst verrückt geworden, aber vielleicht war es das, was die Unsterblichkeit mit sich brachte – endlose Geduld; denn es lagen noch Jahrhunderte vor ihm. Oder hatten erst die Jahre im Kerker ihn so werden lassen?

Bei diesem Gedanken wurde Freya einmal mehr bewusst, wie wenig sie eigentlich über den Mann wusste, mit dem sie seit Wochen durch das Land reiste. Er war mutig, loyal und gläubig, aber er trug seine Identität als Wächter noch immer wie eine Maske. »Larkin?«

»Prinzessin?«

Sie drehte sich auf der Matratze herum. »Warum seid Ihr Wächter geworden?«

»Wieso wollt Ihr das wissen?«, fragte Larkin misstrauisch, wie jemand, der es gewohnt war, auf der Hut zu sein, und der in seinem Leben schon zu viele zwielichtige Menschen getroffen hatte.

»Ich möchte gerne mehr über Euch erfahren.«

Larkin zögerte, und Freya erkannte, dass ihm ein weiteres »Wieso?« auf der Zunge lang, doch stattdessen antwortete er: »Ich wollte meinem Land und meinem König eine Hilfe sein.«

»Und warum als Wächter und nicht einfach als Gardist?«

»Wächter werden besser bezahlt.«

»Sie tragen aber auch die größere Verantwortung.« Freya hielt Larkin nicht für einen Lügner, vor allem nicht »*seiner Göttin*« gegenüber, aber sie hatte den Eindruck, er versuchte, sie mit seinen Worten auf eine falsche Fährte zu locken. Sie glaubte ihm nicht, dass er diesen Weg des Goldes wegen gewählt hatte, dafür saß sein Ehrgefühl zu tief.

»Das stimmt natürlich«, erwiderte Larkin trocken. Er griff nach dem Lappen, mit dem er sein Schwert gereinigt hatte, und nahm sich einen seiner Stiefel. Keine Flecken waren darauf zu sehen, dennoch begann er das Leder geschäftig zu polieren. Den Kopf gesenkt wich er Freyas Blick aus, aber sie gab sich nicht mit seiner flüchtigen Antwort zufrieden. Wenn er nicht reden wollte, sollte er es ihr sagen, wie damals in der Taverne in Ciradrea. Unnachgiebig starrte sie ihn an, und das Schweigen zwischen ihnen wurde schwerer, trotz der fröhlichen Stimmen, die vor dem Gasthaus auf den Straßen erklangen.

Schließlich holte Larkin tief Luft und stieß ein Seufzen aus. Ohne den Blick von seinen Stiefeln zu nehmen, begann er zu erzählen: »Mein Vater war Priester in einem Tempel nahe dem Niemandsland. Ich bin bei ihm aufgewachsen und habe den Wächtern oft beim Training zugesehen. An manchen Tagen, wenn Field Marshal Jarlath besonders gute Laune hatte, durfte ich mitmachen. Natürlich nicht richtig, aber sie haben mir einen Holzstecken gegeben und mir die Bewegungsabfolge erklärte und mir beigebracht, wie man Pfeil und Bogen hält.« Bei dieser Erinnerung zuckte ein Lächeln über Larkins Gesicht. »Mein Vater wollte natürlich, dass ich in seine Fußstapfen trete und Priester werde. Ich war kurz davor, meine Ausbildung anzufangen, als er von Elva angefallen wurde. Ich wollte ihm damals zu Hilfe eilen, aber er hat mir befohlen wegzubleiben. Also bin ich stehen geblieben und habe dabei zugesehen, wie er um sein Leben gekämpft hat. Schließlich hat Field Marshal Jarlath die Elva umgebracht, aber da war es bereits zu spät. Mein Vater war tot, und ich wollte mich angesichts dieser Kreaturen nie wieder so hilflos fühlen.«

Freya schluckte schwer. »Das … das tut mir leid.«

Larkin schüttelte zurückhaltend den Kopf. »Das muss es nicht. Seitdem sind über zweihundert Jahre vergangen. Er wäre heute ohnehin nicht mehr am Leben.«

»Aber das ändert nichts daran, dass Ihr seinen Tod mit ansehen musstet.«

»Ich habe seitdem viele Männer sterben sehen«, sagte Larkin. Er blickte kurz zu ihr auf, sah aber gleich wieder auf seinen Stiefel. Er stellte ihn zur Seite und nahm sich den zweiten.

Freya wollte ihm sagen, dass das nicht dasselbe war, denn diese Männer waren nicht sein Fleisch und Blut, aber sie hatte das Gefühl, dass der Wächter ihr Mitleid nicht wollte. Und vielleicht irrte sie sich, und er war nach all den Jahren doch darüber hinweg. »Wie kam es, dass euer Vater Priester wurde? *Welborn* ist nicht der Name eines Gläubigen. Er gehört zum Adel.«

»Welborn ist nicht der Name meines Vaters.« Larkins Stimme wurde bei diesen Worten härter – dunkler. »Er gehört dem Mann, der mein Vater sein sollte.«

»Oh, Ihr seid also –«

»Ein Bastard«, kam Larkin ihr zuvor, und aus seinem Mund klang das Wort nicht wie eine Beleidigung oder ein Stigma, sondern wie etwas, auf das man stolz sein konnte. »Meine Mutter wurde von ihren Eltern mit einem wesentlich älteren Kaufmann vermählt, als sie vierzehn war. Er war ein jähzorniger Mann und hat Gewürze nach Evardir geschifft. Eines Tages hat er dort meine Mutter am Hafen gesehen. Ihre Familie war arm, und er hat ihnen mehr Gold geboten, als sie je zuvor gesehen haben. Sie war nicht glücklich mit ihm, und während er auf Reisen war, hat meine Mutter meinen Vater kennengelernt. Als ich geboren wurde, wusste sie bereits, dass ich nicht Welborns Sohn bin. Dennoch hat sie mich die ersten Jahre unter seinem Dach großgezogen, bis die Unterschiede zwischen mir und ihrem Gemahl zu offensichtlich wurden und sie um mein Leben fürchten musste, weshalb sie mich zu meiner eigenen Sicherheit in den am weitesten entfernten Tempel in den Süden gebracht hat; zu Gael.«

»Das heißt, der Mann, der dich aufgezogen hat, Gael, war gar nicht dein Vater?«

»Er war nicht mein Erzeuger, aber er war in jedem Sinne mein Vater. Welborn war nie zu Hause, und den Geliebten meiner Mutter habe ich nie kennengelernt. Gael war der Einzige, der daran interessiert war, aus mir einen guten Mann zu machen. Das macht ihn für mich zu meinem Vater.«

»Und was hat deine Mutter Welborn über dich erzählt, nachdem du weg warst?« Freya konnte sich ein so unstetes Leben überhaupt nicht vorstellen.

Larkin zuckte mit den Schultern. »Keine Ahnung, vermutlich dass ich im Meer ertrunken oder weggelaufen bin. Ich habe sie danach viele Jahre nicht gesehen, bis sie mir einen Brief geschrieben hat, in dem sie mir von Welborns Tod erzählt hat. Sie wollte, dass ich zurück nach Evardir komme, aber damals war ich bereits ein Wächter.«

Gerne hätte Freya noch mehr über Larkin erfahren. Sie wollte wissen, ob er Geschwister hatte und was als Kind sein Leibgericht gewesen war. Doch sie fürchtete sich davor, mit ihren Fragen alte Wunden aufzureißen. Und schon mit anhören zu müssen, wie Larkins Kindheit verlaufen war, tat Freya im Herzen weh. Sie fühlte sich einsam und vom Schicksal beraubt, weil ihr Bruder entführt worden war, aber Larkin hatte so viel mehr verloren; nicht zuletzt wegen ihres Vaters. Sein Lebensweg war mit Verlusten gepflastert, und nun hatte er nicht einmal mehr die Männer an der Mauer, mit welchen er die Ewigkeit teilen konnte.

△

»Wieso habt Ihr mich nicht früher geweckt?«, fragte Freya. Sie schwang die Beine über die Bettkante und stand auf; zu schnell, denn Schwindel überfiel sie, aber davon ließ sie sich nicht beirren. Unsicher wankte sie in Richtung des Waschtrogs und stützte sich auf dem steinernen Becken ab.

»Ihr habt den Schlaf gebraucht«, erwiderte Larkin und öffnete das Fenster, um frische Luft in den Raum zu lassen, der von der Nacht warm und stickig geworden war. Eine kalte Brise wehte in das Zimmer. Die Sonne lag an diesem Morgen hinter einer dicken Wolkendecke verborgen, die verheißungsvoll über der Stadt lag.

»Und Ihr benötigt ihn auch.«

»Ich habe geschlafen.«

»Auf einem Stuhl.« Freya deutete vielsagend auf das besagte Möbelstück. »Nur weil Schlafentzug Euch nicht umbringt, heißt das nicht, dass Ihr keinen Schlaf braucht.«

»Mein Körper funktioniert anders als eurer«, sagte Larkin und sah sie ausdruckslos an.

Freya seufzte, da er offenbar nicht verstehen wollte, worauf sie hinauswollte, und wandte sich wieder dem Waschtrog zu. Über dem Becken hing ein Spiegel, und bereits ein flüchtiger Blick reichte aus, um Freya zu zeigen, dass sie genauso aussah, wie sie sich nach über zwölf Stunden Schlaf fühlte: zerknittert. Das Kissen hatte rillenartige Abdrücke auf ihrer Wange hinterlassen. Ihre Lippen waren aufgesprungen, und ihr blondes Haar war vollkommen zerzaust, mit sichtlichen Knoten in den Spitzen. Freya versuchte sie mit ihren Fingern herauszukämmen. Aber als ihr dies nicht gelang, ließ sie die Hand sinken und drehte stattdessen den Hahn auf, der gluckernd zum Leben erwachte. Langsam tröpfelte Wasser aus der Leitung. Freya fing es mit ihren Händen auf und wusch sich das Gesicht, ehe sie ein paar Schlucke trank.

Ihr Körper war ausgetrocknet und ihr Magen leer. Doch sie ignorierte den Hunger und das schmuddelige Aussehen, für das ihre Mutter sie getadelt hätte. Stattdessen lief sie zurück zum Bett und breitete unter Larkins skeptischen Blicken die Stadtkarte von Nihalos auf der Matratze aus.

»Prinzessin –«

»Nicht«, unterbrach sie ihn. Freya wusste, was er sagen wollte. Sie sollte erst einmal etwas essen, um zu Kräften zu kommen. Er war ihre Stimme der Vernunft. Doch die Zeit rannte ihr davon, und ebenso sehr, wie sie Talon finden wollte, musste sie wissen, ob die Magie zu ihr zurückgekehrt war. Sie stellte die Schüssel mit den Resten des Kräuterwassers bereit und entzündete die Kerze, ehe sie ein Stück Papier aus Talons Notizbuch riss. Es waren nicht mehr viele Seiten übrig.

Behutsam legte sie das Buch auf den Nachttisch und griff nach ihrem Dolch. Sie betrachtete die Klinge eingehend, bevor sie die Spitze gegen ihren Zeigefinger drückte. Sie fühlte keinen Schmerz mehr, die Haut an ihren Fingern war bereits geschunden von all den Suchzaubern, welche sie in den letzten Tagen gewirkt hatte. Blut quoll aus der kleinen Schnittwunde hervor. Mit viel Sorgfalt zeichnete Freya die Skriptura auf das Papier und dachte dabei an Talon. Sein Lächeln. Seine Stimme und sein

Mut, als er sie vor den schwarz gekleideten Männern beschützt hatte.

Bitte, lass es funktionieren, flehte Freya, ehe sie die blutverschmierte Notiz über die Kerze hielt. Sogleich fing das Papier Feuer und regnete als Asche in die Schale. Erfüllt von den Erinnerungen an Talon und ihrer Sehnsucht, tauchte Freya das Pendel ins Wasser; ließ es eins mit den Elementen und ihrer Magie werden. *Finde Talon!*

Freya hob den Kristall über die Karte und versetzte ihn in Schwung. In kreisenden Bewegungen umrundete das Pendel die Stadt. Tropfen fielen auf die Zeichnung, sprenkelten die Linien, wellten das Papier. Der Stein drehte sich immer schneller – und beschrieb einen unnatürlichen Bogen. Ein Zittern durchlief Freyas Körper. Ihr Herzschlag beschleunigte sich …

Das Pendel stoppte. Die Magie war zu ihr zurückgekehrt! Freya beugte sich über die Karte. Für einen Fremden mochte es so aussehen, als wäre das Pendel einfach zum Erliegen gekommen, denn die Spitze des Kristalls zeigte beinahe auf die Mitte der Karte. Doch Freya konnte die Magie spüren.

»Larkin!«, rief sie. Sie wagte es nicht, zu blinzeln. Der Wächter trat an das Bett heran. »Ihr seht das doch auch, oder?«

»Ja.«

»Talon«, flüsterte Freya, und Tränen traten ihr in die Augen. Er lebte, und er befand sich im Zentrum der Stadt, mitten im Geschehen, wanderte er unter den Fae. Nun mussten sie ihn nur noch finden und aufsammeln! Leider war die Karte zu skizzenhaft, um seinen genauen Aufenthaltsort zu bestimmen, aber sie hatten einen Anhaltspunkt und keine Zeit zu verlieren!

△

Bis vor wenigen Minuten hatte Freya nicht gewusst, dass es möglich war, Juckreiz an den Ohren zu empfinden, aber die goldenen Aufsätze, die nun an ihrem Kopf saßen, belehrten sie eines Besseren. In der Zeit, in der sie sich vom Gift der Elva erholt hatte, hatte Larkin ihr nicht nur die Stadtkarte besorgt, sondern war auch zu einem Goldschmied gegangen, der Schmuck für die spitzen Ohren der Fae anfertigte. Er hatte Freya zwei Aufsätze gekauft, damit sie ihre Menschlichkeit darunter verstecken konnte. Doch sie wusste nicht, wie lange sie dieses kratzende Gefühl noch aushalten würde, auch wenn es die perfekte Tarnung für sie war. Mit ihren sanften Gesichtszügen und den blonden Haaren fügte sie sich in den Kreis der Fae ein, zumindest in den größten Teil. Denn überrascht hatte sie feststellen müssen, das vor allem die Frauen unter den Unseelie ihre Haare kurz trugen. In Thobria wäre das undenkbar. König Andreus würde sie vermutlich in eine Kammer sperren, würde sie es wagen, sich den Kopf zu rasieren. Dort würde er sie ausharren lassen, bis sie wieder dem Bild entsprach, das ihr Volk von einer Frau hatte.

Doch es waren nicht ihre langen Haare oder ihre Menschlichkeit, die dafür sorgten, dass immer wieder neugierige Blicke in ihre Richtung wanderten. Das lag ausschließlich an Larkin. Kein Schmuckstück dieses Landes konnte seine Herkunft verbergen, vor allem nicht mit dem feuergebundenen Schwert, das an seiner Hüfte baumelte und das er sich weigerte abzunehmen.

»Sie werden denken, ich wäre für die Krönung in der Stadt und Ihr eine Bedienstete des Prinzen, die dazu abgestellt wurde, mir Gesellschaft zu leisten«, hatte Larkin gesagt. Aber damit ihr Plan aufging, musste sich Freya um einen neutralen Gesichtsausdruck bemühen, auch wenn alles in Nihalos sie in Staunen versetzte, angefangen bei den Einwohnern über die Gärten und Brunnen bis hin zu den schmalen Kanälen, die sich durch die Stadt zogen wie Adern. Die Elemente Wasser und Erde ließen sich wirklich in jedem Winkel dieser Stadt wiederfinden. Kleine Wasserfälle stürzten sich von den Dächern und wurden im

Boden zu fließenden Gewässern. Und Ranken umwucherten die aus hellem Stein erbauten Häuser. An den Ästen einiger Sträucher und Büsche hingen gläserne Kugeln mit einem orangenen Schimmern im Inneren, die Freya stark an ihre Anhänger erinnerten, nur waren sie wesentlich größer.

»Auf der Karte sah der Weg kürzer aus«, bemerkte Freya und beobachtete eine Fae dabei, wie sie Hand an die vertrocknete Blüte einer Blume legte und dieser neues Leben einhauchte. Die welk gewordenen Blätter färbten sich erst gelb, dann orange und schließlich rot und violett, ehe sie sich aufrichteten und der Sonne entgegenreckten.

»Vermutlich war die Karte nicht ganz maßstabsgetreu.«

»Aber Ihr seid Euch sicher, dass dies der richtige Weg ist?«

Larkin nickte. »So wurde es mir gesagt.«

»Vielleicht hat die Fae Euch belogen«, sagte Freya, die bereits ein Stechen in ihrer Seite bemerkte und eine unwillkommene Enge in der Brust.

»Das bezweifle ich.« Larkin zuckte mit den Schultern. »Die meisten von ihnen neigen dazu, die Wahrheit zu sagen, wenn man ihnen die Klinge einer magischen Waffe an die Kehle hält.«

Freya erstarrte und packte die Hand des Wächters. Fassungslos sah sie ihn an. »Das hab Ihr nicht wirklich getan, oder? Ihr könnt doch nicht durch die Gegend –« Sie unterbrach sich, als sie das Zucken in seinen Mundwinkeln bemerkte. »Ihr veralbert mich.«

Larkin lachte. »Wie kommt Ihr darauf?«

»Pah!« Sie ließ seine Hand los und verschränkte die Arme vor der Brust, aber dabei musste sie mit aller Kraft gegen ein Schmunzeln ankämpfen. Sie genoss es, auf diese unbeschwerte Weise mit ihm reden und scherzen zu können, vor allem da sie nun Talons Aufenthaltsort kannte und nicht mehr in Zweifeln und Sorgen versinken musste. »Ich werde Euch von nun an kein einziges Wort mehr glauben können.«

»Ich werde schon einen Weg finden, Euer Vertrauen wiederzugewinnen«, erwiderte Larkin und ging weiter.

Freya eilte ihm nach, wobei es sie einiges an Mühe kostete, seinen langen Schritten zu folgen, obwohl sie das Gefühl hatte, dass er sich für sie bereits bemühte, langsamer zu gehen. Mit bestimmender Sicherheit führte Larkin sie durch die Stadt in die Richtung, in die das Pendel ausgeschlagen hatte – dem Palast entgegen. Und je näher sie dem Schloss kamen, umso voller wurden die Straßen und umso aufgeregter die Stimmung. Etwas Verheißungsvolles lag in der Luft.

»Was geht hier vor sich?«, fragte Freya, als sie mehrere Fae entdeckte, die mit ihrer Erdmagie die Straße fegten, bis kein Staubkorn mehr übrig war.

»Das Schöpferfest«, antwortete Larkin und wich einem Karren aus, auf dem kristallene Karaffen transportiert wurden. »Die Unseelie feiern es eine Woche vor der Wintersonnenwende. Es wird später am Tag eine Parade geben und anschließend zahlreiche Feierlichkeiten, überall in der Stadt.«

»Wieso habt Ihr mir nichts davon erzählt?«

»Es erschien mir nicht wichtig.«

Freya nickte. Larkin hatte recht, alles, was zählte, war Talon, dennoch war sie fasziniert von dem Anblick der geschäftigen Fae. Sie spähte über die Schulter zu einer Unseelie, welche akribisch Blumenstöcke verrutschte und Ranken, die von den Dächern fielen, arrangierte. Nichts wurde dem Zufall überlassen. Zwei der Fae diskutierten lautstark darüber, wie tief der Zweig einer efeuähnlichen Pflanze fallen durfte. Freya beobachtete die beiden noch immer, als sie plötzlich in etwas Hartes, Unnachgiebiges hineinrannte.

Erschrocken wich sie zurück. Kurz dachte sie, sie wäre gegen einen der Bäume gelaufen, die überall am Wegrand standen. Doch als sie aufsah, blickte sie in ein Paar dunkler Augen, und es dauerte einen Moment, bis sie realisierte, dass es nicht Larkin war, der sie verärgert anfunkelte, und auch kein anderer Wächter. Der Mann vor ihr hatte spitze Ohren, aber seine rabenschwarzen Haare zeigten deutlich, dass er kein Unseelie war.

»Pass doch auf, wo du hinläufst«, fauchte der Fae, der komplett in Schwarz gekleidet war.

»Entschuldigung«, murmelte Freya. Sie wich erst einen und dann noch einen zweiten Schritt zurück. Erst da bemerkte sie die Brandnarbe am Hals des Fae, und sie hätte schwören können, dass sie die Form eines Handabdrucks hatte.

»Gibt es hier ein Problem?«, fragte Larkin. Seine Worte klangen beiläufig, und er wirkte entspannt, aber nachdem sie Tage und Wochen mit dem Wächter verbracht hatte, bemerkte Freya seine Anspannung, auch wenn sie unter der Oberfläche lag.

»Nein, ich habe nur nicht auf den Weg geachtet.«

»Das solltest du zukünftig besser, wer weiß schon, wo du sonst hineingerätst«, sagte der Fae. Seine Gesichtszüge waren steinhart und erinnerten sie an die eines Kriegers, der entschlossen war, als Sieger aus einem Kampf hervorzugehen. Niemals konnte ihre Ungeschicklichkeit diese Gefühle in ihm hervorgerufen haben, sie waren schon vorher da gewesen, und es lag ihr auf der Zunge, ihn danach zu fragen. Doch noch bevor Freya den Mut aufbringen konnte, die Worte auszusprechen, wandte sich der Fae ab und marschierte davon, seine Schritte hart und seine Haltung angespannt – eindeutig ein Krieger.

Ihr Blick zuckte von dem Fae zu dem Gebäude, vor dem er gestanden hatte. Überrascht stellte sie fest, dass es ein Laden für Musikinstrumente war. Nicht das, was sie erwartet hätte. Sie sah noch einmal in Richtung des Mannes, aber er war bereits verschwunden. »War das ein Seelie?«

Larkin schüttelte den Kopf. »Kein Seelie. Ein Halbling.«

»Ein Halbling?«

»Ja. Halb Mensch, halb Fae.«

Freya wusste natürlich, was ein Halbling war. Sie waren ebenfalls Teil der Geschichten, die man sich im sterblichen Land erzählte. Doch anders als die Fae und Elva erschienen sie darin immer mehr wie mystische Gestalten, die nicht wirklich existierten. Grausame Mischwesen, um Männer und Frauen davor abzuschrecken, sich auf die Fae einzulassen, die mit ihrer Schönheit bezirzen konnten. Dabei war Freya nicht bewusst gewesen, dass eine solche Vereinigung körperlich überhaupt möglich war.

»Seid ihr Euch sicher?«

»Mehr als sicher. Ich bin schon Hunderten von Halblingen begegnet.«

»Hunderten?!«, fragte Freya überrascht.

Der Wächter nickte.

»Das kann nicht sein. Er ist der Erste seiner Art, den ich hier sehe.« Und schließlich liefen sie bereits eine Weile durch Nihalos.

»Die wenigsten Halblinge wohnen in den Städten der Fae«, erklärte Larkin. Er berührte sie sanft am Ellenbogen, eine Aufforderung weiterzugehen. »Vor allem nicht in Nihalos. Sie sind Außenseiter und werden verachtet. Kein Unseelie, der etwas von sich hält, würde sich jemals auf einen Halbling einlassen. Die Seelie sind offener, dennoch wird man in Daaria nicht viele Halblinge antreffen.«

Freya runzelte die Stirn. »Das heißt, die Halblinge leben in den Wäldern?«

»Nein, in Levátt, einem Dorf nördlich von Daaria, zwischen dem Sonnen- und dem Nebelwald. Dort haben sie sich zusammengefunden. Aber ihr werdet Levátt auf keiner Karte finden. Es existiert offiziell nicht, genauso wie seine Einwohner.«

Natürlich nicht. Es war Menschen und Fae gleichermaßen verboten, das Niemandsland zwischen den Ländern zu überwinden, aber das Vorhandensein von Halblingen zeigte, dass dieses Verbot und damit das Abkommen gebrochen worden war – mehrfach. Ob es auch Halblinge in Thobria gab? Und ob ihr Vater und Roland davon wussten? Unwahrscheinlich, und wenn dem so wäre, hätten sie sie bereits alle getötet, schließlich waren sie mit der Magie verbandelt, ebenso wie die Alchemisten, die sie verbrennen ließen.

Doch nun, da Freya in Nihalos war, verstand sie noch weniger, weshalb die Menschen die Magie so fürchteten. Sie genoss das Gefühl der Magie wie Samt auf der Haut und war sich sicher, es zu vermissen, sobald sie zurück in Thobria war. Aber zumindest Talon würde dann nicht länger fehlen. Mit ihm hätte sie endlich den Teil von sich zurück, den sie vor sieben Jahren verloren hatte, und sie konnte es kaum erwarten, ihrer Einsamkeit ein Ende zu bereiten.

35. Kapitel – Weylin

– Nihalos –

Ohne es geplant zu haben, stand Weylin einmal mehr vor dem Schaufenster des Musikgeschäftes. Es war der Morgen des Schöpferfests, und er sollte sich auf seinen Auftrag vorbereiten, aber als er sein Zimmer verlassen hatte, um die Latrine aufzusuchen, hatten ihn seine Füße weitergetragen; bis hierher. Doch er konnte den Anblick der Instrumente nicht genießen. Denn er konnte *ihre* Nähe spüren, wie die Anwesenheit der Magie. Aber während das Kribbeln der Elemente angenehm und vertraut war, fühlte sich Valeskas Aura an, als hätte jemand seine Hände in einen Schraubstock gedreht und wäre nun dabei, jeden seiner Nägel einzeln auszureißen.

Die Königin war am Vortag in Nihalos eingetroffen und würde als Ehrengast am Schöpferfest teilnehmen. In weniger als zehn Stunden würde sie auf einer der Kutschen sitzen und dem Volk winken, obwohl sie Seelies in Wirklichkeit verachtete, und er würde hinter dem Dachfenster eines verlassenen Hauses lauern. Mit gespannter Sehne und auf eine Stelle fixiertem Blick würde er dort sitzen und Valeska an sich vorbeiziehen lassen, um seinen Pfeil in die Brust des Prinzen zu treiben, obwohl er den Boden lieber mit dem Blut der Königin sprenkeln wollte. Der Blutschwur, der als Narbe seinen Rücken entstellte, würde seine Finger allerdings davon abhalten, die todbringende Waffe gegen Valeska abzufeuern. Zumindest würde der Tod des Prinzen Samias Prophezeiung verhindern und das Land vor der

Dunkelheit retten; ein kleiner Trost dafür, dass Weylin nicht in der Lage war, sich selbst aus der Finsternis zu befreien, die sein Leben war; aber nicht mehr lange. Er würde einen Fluchbrecher finden, und sobald er frei –

Weylins Gedanken rissen jäh ab, als er von der Seite angerempelt wurde. Die Unseelie, die gegen ihn gelaufen war, stolperte einen Schritt zurück und sah ihn mit großen blauen Augen erschrocken an, als könnte sie nicht fassen, dass sich ein Halbling in ihrer schönen Stadt aufhielt. »Pass doch auf, wo du hinläufst«, fauchte er.

»Entschuldigung.« Die Fae wich einen Schritt zurück – dann noch einen.

»Gibt es hier ein Problem?« Die raue Stimme mit dem nordischen Akzent erklang zu Weylins rechter Seite. Er sah von der Fae auf und blickte geradewegs in die braunen Augen eines Wächters. Jedoch nicht irgendeines Wächters: Field Marshal Larkin Welborn. Sein Gesicht würde Weylin niemals vergessen – gebräunte Haut, dunkles Haar, ein markanter Kiefer, von Stoppeln überzogen, und volle Lippen, die niemals zu lächeln schienen und dennoch wie eine Einladung wirkten. Natürlich hatte der Field Marshal keine Ahnung, wer er war, aber Weylin hatte ihn damals an der Mauer gesehen und aus dem Schatten heraus beobachtet, wie er über die anderen Wächter befehligt hatte.

»Nein, ich habe nur nicht auf den Weg geachtet«, antwortete die Fae auf die Frage, die Weylin beinahe schon wieder vergessen hatte. Warum ein Wächter eine Unseelie durch Nihalos begleitete, war ihm schleierhaft. Er riss seinen Blick von dem Field Marshal los, sah zu der Frau und betrachtete sie eingehend. Erst da bemerkte er, dass etwas mit ihr nicht stimmte. Im Trubel der Stadt, die bis zum Rand mit Magie gefüllt war, war es leicht zu übersehen, und die goldenen Aufsätze auf ihren Ohren trugen zu der Täuschung bei, aber die vermeintliche Fae war in Wahrheit ein Mensch. Sie hatte sich in der Magie gesuhlt und sie wie einen Mantel übergestreift, der aus der Ferne gut aussah, aber sobald man genauer hinsah, erkannte man Löcher im Stoff.

»Das solltest du zukünftig besser, wer weiß schon, wo du sonst hineingerätst«, sagte Weylin schließlich. Er bemühte sich, sein Gesicht trotz all der Fragen in seinem Kopf ausdruckslos zu halten, denn was immer hier vor sich ging, er konnte es sich nicht erlauben, sich in die Sache mit hineinziehen zu lassen. Er hatte einen Prinzen zu töten, und bevor das Mädchen oder der Field Marshal noch etwas sagen konnten, wandte er sich ab und eilte mit festen Schritten davon, ohne sich noch einmal umzudrehen.

Mit einer ruppigen Bewegung verriegelte Weylin die Tür seines Zimmers, um die Außenwelt auszusperren, die so viele Ablenkungen und Verführungen bereithielt. Er musste sich nun konzentrieren. Die Sonne hatte den höchsten Punkt des Firmaments bereits überschritten, und es waren nur noch wenige Stunden bis zur Parade des Schöpferfests; er musste sich vorbereiten und Stellung beziehen. Seine Finger juckten, und er konnte es kaum mehr erwarten, den Bogen zu spannen und den todbringenden Pfeil auf den Prinzen abzufeuern. Er trug diese Verantwortung schon zu lange auf seinen Schultern und war bereit, ihr Gewicht fallen zu lassen.

Weylin trat an den Waschtrog heran und betrachtete ein letztes Mal seine dunkle Erscheinung im Spiegel, ehe er seine Kleidung auszuziehen begann. Stück für Stück entblößte er sich, legte den Stoff und die Waffen ab, die darunter versteckt waren, bis er vollkommen nackt war. Unzählige Narben zeichneten seinen Körper und erzählten die Geschichten von gefochtenen Kämpfen, errungenen Siegen und bitteren Niederlagen. Die Unseelie würden ihn für diese Makel verurteilen, aber Weylin hatte mit den Jahren Gefallen an seinen Narben gefunden, sie erinnerten ihn daran, dass er mehr war als nur ein Schatten; er war aus Fleisch und Blut. Nur eine seiner Narben verabscheute er zutiefst –

Er drehte sich herum und spähte über seine Schulter. Das Erste, was er sah, waren rote Schlieren, die eine Feuerpeitsche vor vielen Jahrzehnten in sein Fleisch gerissen hatte. Sie stammten von einem der ersten Aufträge, die Valeska ihm je erteilt hatte. Ein Großhändler, der das Schloss mit Getreide beliefern sollte, hatte mehr Gewicht in Rechnung gestellt, als er hatte bringen lassen. Der Königin war das nicht entgangen, und sie hatte ihm den Auftrag gegeben, ihr das Geld zurückzubringen und dem Händler die linke Hand abzutrennen. Unerfahren, wie er gewesen war, war er in eine Falle getappt. Die Lakaien des Händlers hatten ihn festgehalten und gebrandmarkt. Blutig und beschämt war er nach Hause gekrochen, bis er eine Woche später zurückgekehrt war und jedem seiner Peiniger die Kehle aufgeschlitzt hatte.

Doch es waren nicht diese auffälligen roten Schlieren, die er hasste. Es waren die präzise eingeritzten Schnitte zwischen seinen Schulterblättern, die ein Dreieck formten. Valeska hatte es in seine Haut geritzt und die Wunde mit ihrem eigenen Blut gefüllt und ihn so für immer an sich gebunden. Jung und naiv hatte er es damals für eine Ehre gehalten, als Halbling der Königin dienen zu dürfen; heute wusste er es besser.

Weylin schüttelte den Kopf und verdrängte die düsteren Erinnerungen an eine längst vergangene Zeit, die er nicht mehr ändern konnte. Er musste sich auf das konzentrieren, was vor ihm lag, und holte die Kleidung hervor, die er aus der Wäscherei des Schlosses gestohlen hatte. Während er in Gedanken noch einmal das geplante Attentat durchging, schlüpfte er in die Uniform. Sie fühlte sich ungewohnt weich auf seiner Haut an, und er kam sich in dem hellen Stoff mit dem vergoldeten Muster wie ein Verräter vor.

Um sich selbst nicht völlig fremd zu sein, versteckte er zwei luftgebundene Dolche an seinem Körper, ehe er nach der Perücke griff, die ihn vollkommen in einen Unseelie verwandeln würde. Das blonde Haar glitt wie flüssige Seide durch seine Finger. Dies war der Moment, den er so lange wie möglich hinausgezögert hatte, denn es war unmöglich, seine schwarze Mähne ungesehen unter der Perücke zu verstecken, und er konnte es sich nicht erlauben, dass seine Eitelkeit seinem Auftrag im Weg stand, nicht wenn das Schicksal des Landes und sein Leben von seiner Tarnung abhingen.

Vorsichtig legte Weylin die Perücke zur Seite und nahm sich seinen schärfsten Dolch. Der Griff war aus Holz, aber mit einem dunklen Stoff umwickelt, der das Blut seiner Opfer auffangen sollte. Doch heute würde kein Blut die Klinge benetzen. Weylin schluckte schwer. Seine Hände zitterten. Es war lächerlich. Haare spürten nichts. Sie wuchsen nach, und er brauchte sie nicht – und dennoch hatte er das Gefühl, dass er dabei war, eines seiner Gliedmaßen abzutrennen. Er war es gewohnt, sie zu tragen wie ein Schutzschild, das die Narbe an seinem Hals verdeckte, und sie als Instrument zu nutzen, das ihm dabei half, mit der Dunkelheit zu verschmelzen. Aber in der Stadt der Unseelie musste er nicht zum Schatten werden, sondern sich in Licht verwandeln.

36. Kapitel – Freya

– Nihalos –

Es hatte in den vergangenen Jahren seit Talons Verschwinden viele Momente gegeben, in denen Freya vor Frust und Hoffnungslosigkeit hatte aufgeben wollen. In diesen Augenblicken war das Verlangen, auf den Boden zu sinken, sich zusammenzurollen und hemmungslos zu weinen, übermächtig gewesen, und nicht selten hatte sie diesem Drang im Schutz ihrer Gemächer nachgegeben. Hätte sie all die Tränen aufgefangen, die sie um Talon geweint hatte, könnte sie wohl den Fluss damit füllen, der durch Nihalos und unter der Brücke hindurchrauschte, die sie gerade dabei waren zu überqueren.

Doch der Frust, den Freya in dieser Sekunde verspürte, war ein anderer. Er drohte sie nicht in die Knie zu zwingen und schluchzen zu lassen. Er weckte in ihr den Wunsch, die Hände zu Fäusten zu ballen und damit auf etwas einzuschlagen; bevorzugt auf die Männer, die Talon entführt hatten. Sie irrten bereits seit Stunden durch diese vermaledeite Stadt, die für Freya in kürzester Zeit jeden Reiz und jede Schönheit verloren hatte. Vergessen waren die exotischen Blumen. Das schimmernde Licht. Die gepflegten Straßen und eleganten Gläser. Sie konnte nichts mehr davon sehen. *Wollte* nichts davon sehen. Sie wollte nur noch ihren Bruder finden, ihn in die Arme schließen und von hier wegbringen, aber Talon war nirgendwo auszumachen.

Sie hatten sich ein bestimmtes Vorgehen überlegt. Systematisch durchkämmten sie das Viertel, in welches das Pendel sie geschickt hatte, unweit vom Schloss entfernt. Sie betraten jedes Geschäft, spähten in jeden Winkel und stiegen jede Brücke hinab, um in den Schatten am Ufer nachzusehen. Freya studierte eingehend die männlichen Wesen, die ihnen begegneten, verglich ihre Gesichtszüge mit jenen aus ihren Erinnerungen. Talon kreuzte ihren Weg jedoch nicht, und ihre Hoffnung sank mit jedem weiteren schmerzhaften Schritt. Inzwischen brannten die Sohlen von Freyas Füßen, als wäre sie über heiße Kohle gelaufen, und ihr war schwindelig. Allerdings setzte sie alles daran, sich dieses Unwohlsein nicht anmerken zu lassen.

Sie hatte Larkin auch vorgeschlagen, sich aufzuteilen, aber der Wächter hatte es abgelehnt und auch nicht mit sich reden lassen. Freya verstand seine Gründe. Sie konnten es sich nicht erlauben, einander zu verlieren, dennoch empfand sie Wut auf die Situation. Talon könnte das Viertel längst verlassen haben und sich wie so viele andere Fae irgendwo in der Stadt einen guten Aussichtspunkt gesucht haben, um den Prinzen zu bewundern.

Freya und Larkin blieben an einer Kreuzung stehen. Anscheinend führte die Parade des Schöpferfests hier nicht entlang, denn nur wenige Fae waren auf den Straßen. Sie waren vermutlich zurückgeblieben, um ihre Tavernen für die bevorstehenden Festlichkeiten vorzubereiten, oder sie weigerten sich schlichtweg, dem Prinzen ihre Ehrfurcht zu zollen und ihm zuzujubeln. Freya, die in den letzten Stunden nichts anderes getan hatte, als auf die Unseelie zu achten, war natürlich nicht entgangen, dass nicht alle von ihnen erfreut über die bevorstehende Krönung waren. Einige Fae hatten sogar das Wort »unwürdig« in den Mund genommen, laut ihnen hatte Kheeran es nicht verdient, mit der Magie der Anderswelt beschenkt zu werden; was immer das bedeuten mochte.

»Hier waren wir schon«, sagte Larkin und neigte den Kopf. Aus der Ferne trug der Wind Musik und Stimmengemurmel heran. Freya war sich nicht sicher, ob die Parade bereits begonnen hatte oder erst noch anfangen würde, die Sonne ging jedoch langsam unter, und genauso wie das Licht des Tages schwand ihre Zuversicht.

»Ich weiß«, sagte Freya mit einem Seufzen. Sie hatten inzwischen mehrere Straßen und Gebäude doppelt abgesucht, doch bisher hatte keiner von ihnen das in Worte gefasst, denn eine solche Feststellung enthielt die bittere Erkenntnis: Sie würden Talon hier nicht mehr finden, zumindest nicht heute, und das bedeutete, es würde mindestens ein weiterer Tag vergehen, bevor Freya ihren Bruder wiedersah.

»Es tut mir leid, Prinzessin.«

Sie schlang ihren Umhang fester um sich. »Das muss es nicht. Es ist nicht Eure Schuld.«

»Nein, aber ich bedaure es dennoch zutiefst, Prinz Talon nicht gefunden zu haben.«

Freya nickte und ließ ihren Blick über die Kreuzung gleiten. *Nur noch eine Straße,* flüsterte eine Stimme in ihrem Hinterkopf. Aber sie wusste, dass es, wenn sie dieser Stimme nachgäbe, nicht bei einer Straße bleiben würde. Sie würde noch eine durchsuchen wollen und noch eine und noch eine, immer mit der Angst, nur noch wenige Schritte von Talon entfernt zu sein und zu früh aufgegeben zu haben. Doch sie war erschöpft und musste sich ausruhen, wenn sie einen neuen Suchzauber wirken wollte. »Lasst uns etwas essen und zum *Glänzenden Pfad* zurückgehen. Morgen ist auch noch ein Tag.«

Larkin stimmte dem Vorschlag zu, und sie entschieden sich für eine Taverne, die *Das Zepter* hieß und an der sie mehrmals vorbeigelaufen waren. Dort konnte man nicht nur im Inneren sitzen, sondern es sich auch in einem bestuhlten Garten gemütlich machen. Gläserne Kugeln hingen auch hier von den Ästen einiger Bäume, und noch nicht entzündete Fackeln steckten in der Erde. Der Duft von Zucker lag in der Luft, Weinfässer wurden herbeigerollt, und es gab eine Tafel, die reich gedeckt war mit Obst, allerlei Grünzeug und frisch gebackenem Brot, dessen Geruch Freya das Wasser im Mund zusammenlaufen ließ.

Larkin und sie suchten sich einen windgeschützten Platz. Die wenigen Fae, die bereits anwesend waren, verfolgten sie mit ihren Blicken, dabei stand vor allem Larkin im Mittelpunkt der Aufmerksamkeit. Der Wächter fiel mit seinen breiten Schultern und dunklen Haaren einfach überall auf. Er ging für sie zur Theke und kam mit einem Krug Wasser, einem Teller Obst und einer leeren Schale zurück, die er auf dem Tisch abstellte.

»Danke«, sagte Freya und betrachtete die fremdartig aussehenden Früchte. Sie hatte in der Vergangenheit viele Geschichten über das für Menschen angeblich todbringende Essen der Fae gehört, sodass sie instinktiv nach einem vertraut aussehenden Stück Apfel griff, auch wenn sie sich nicht vorstellen konnte, dass Larkin ihr etwas Giftiges vorsetzte. Sie biss in das Obst, das süß und sauer zugleich schmeckte, aber sie empfand dabei keinen Genuss. In diesem Augenblick war Essen eine Notwenigkeit, um zu funktionieren. Die Enttäuschung darüber, Talon nicht gefunden zu haben, saß tief, und obwohl sie bereits so weit gekommen waren – weiter als die meisten anderen Menschen, die Melidrian betraten –, fühlte sie sich wie eine Versagerin, schwach und unwürdig.

»Macht Euch keine Sorgen. Wir werden Euren Bruder finden.«

»Und was ist, wenn nicht?« In den vergangenen Tagen hatte sich Freya nur selten erlaubt, so zu denken. Sie hatte sich stets an ihre Hoffnung, ihre Zuversicht und ihre Entschlossenheit geklammert, aber in diesem Moment fühlte sie sich nur noch schwach und ausgebrannt.

Larkin schüttelte den Kopf und nahm sich eine eigenartig aussehende Frucht vom Teller. Ihre Form erinnerte an eine Weintraube, aber ihr Fleisch war weiß und saftig. »Das ist ausgeschlossen. Ich werde diese Stadt nicht ohne Prinz Talon verlassen, auch wenn es Jahre dauern sollte.«

Freya lächelte. »Ich kann nicht jahrelang hierbleiben.«

»Ihr nicht, aber ich schon. Ich kann Euch nach Thobria begleiten und wieder hierher zurückkehren.« Er nickte entschlossen und schob sich die Frucht in den Mund. Einige Sekunden kaute er darauf herum, ehe er einen kleinen, länglichen Kern ausspuckte und in die leere Schale legte.

Freyas Kehle wurde eng. »Das … das würdet Ihr tun?«

»Wenn Ihr es wünscht«, sagte Larkin mit geneigtem Kopf. Er tat das nicht für sie, sondern für seine Göttin und seinen Gott – den Prinzen –, dennoch erwärmte die Selbstverständlichkeit seiner Worte Freya das Herz, obwohl sie nicht plante, in nächster Zeit zu gehen. Sie konnte vielleicht keine Jahre in Melidrian verbringen, aber in den nächsten Wochen konnte sie niemand dazu bringen, die Stadt ohne Talon zu verlassen. Man würde sie an den Haaren aus Nihalos schleifen müssen.

Larkin räusperte sich. Freya blickte auf und bemerkte, dass sie ihn die letzten Sekunden gedankenverloren angestarrt hatte, aber daran schien sich der Wächter nicht gestört zu haben. »Ich würde Euch gerne eine Frage stellen, die mir überhaupt nicht zusteht.«

Freya lächelte schwach. »Ihr könnt mich alles fragen.«

»Warum wollt Ihr den Prinzen unbedingt finden? Versteht mich nicht falsch. Ich halte Euer Vorhaben für sehr nobel und unterstütze Euch, aber sobald der Prinz nach Thobria zurückkehrt, verliert ihr Euren Anspruch auf den Thron und werdet womöglich niemals Königin. Die wenigsten Adeligen, die ich in meinem Leben kennengelernt habe, wären bereit, diesen Titel zu opfern, nicht einmal für ein geliebtes Familienmitglied.«

»Dann lieben sie nicht genug.«

»Und Ihr tut es?«

Freya nickte ohne Zögern und erinnerte sich an all die Momente in ihrem Leben zurück, die ihr ohne Talon so einsam und sinnlos erschienen waren. Dabei dachte sie nicht nur an die großen Ereignisse, wie ihren Geburtstag oder die Feier zum neuen Regentschaftsjahr des Königs, sondern auch an die kleinen Dinge. Wie oft hatte sie etwas Interessantes in einem ihrer Lehrbücher gelesen und gewünscht, ihm davon erzählen zu können? Und wie oft hatte sie an regnerischen Abenden die Sehnsucht überfallen, ein Spiel mit ihm zu spielen? Sie hatte es sogar aufgegeben, Abkürzungen und Geheimgänge im Schloss finden zu wollen, denn diese Entdeckungen brachten keine Freude, wenn man sie nicht teilen konnte.

»Euer Bruder kann sich glücklich schätzen, Euch zu haben«, sagte Larkin. Seine Worte klangen wie ein Kompliment, das Freya aber nicht annehmen wollte. Sie war nicht so selbstlos, wie er glaubte. Ja, sie liebte Talon, und sein Leben stand für sie an oberster Stelle, aber sie wollte auch keine Königin werden. Sie scheute sich vor der Verantwortung, der Aufmerksamkeit und vor ihrem eigenen Volk. Diese Last wollte sie auf die Schultern ihres Bruders laden, und daran war rein gar nichts Nobles oder Ehrenwertes.

△

»Wir sollten uns auf den Rückweg machen, bevor es ganz dunkel wird«, sagte Freya und blickte in den Himmel. Die Sonne, welche die Wolkendecke von hinten beschienen und hellgrau hatte erscheinen lassen, war untergegangen, und ein tiefes Blau senkte sich über das Land.

Larkin nickte. »Die Parade wird vermutlich auch bald vorbei sein.«

Was bedeutete, die Taverne und sämtliche Gasthäuser der Stadt würden schon bald von Fae geflutet werden. Unter anderen Umständen hätte Freya sich gerne unter die Unseelie gemischt, um noch mehr über das magische Volk zu erfahren, aber heute hatte sie dafür keine Kraft mehr. Freya stand von ihrem Platz auf. Ihre Knochen schmerzten, und sie fühlte sich wie

Moira, die mühselig die Stufen in ihren Keller hinabsteigen musste. Ein Frösteln durchlief ihren Körper, als sie die Hitze der kürzlich entzündeten Fackeln zurückließ und mit Larkin auf die Straße trat.

Der Wind verteilte über die gesamte Stadt die Geräusche der Parade, die gerade dabei war, auf den Palast zuzumarschieren, der nur wenige Straßen vom *Zepter* entfernt war. Auf ihrer Suche nach Talon waren sie mehrfach an den prachtvoll bepflanzten Gärten vorbeigelaufen, und jedes Mal war Freya überrascht davon gewesen, dass es keine Mauern gab, welche das Schloss befestigten.

Völlig selbstverständlich schlug Larkin den Weg zu ihrem Gasthaus ein. Sie hingegen hatte längst die Orientierung verloren. Anders als in Amaruné, wo Straßen überlegt und gut strukturiert angelegt worden waren, verliefen sie in Nihalos kreuz und quer. Freya vermisste die Ordnung, aber sie vertraute Larkin und folgte ihm, ohne Fragen zu stellen. Doch nach einer Weile wurde klar, dass sie dabei waren, geradewegs in die Feierlichkeiten hineinzulaufen. Die gesungenen Lieder wurden lauter, das Pfeifen der Flöten schriller und die von der Menge gerufenen Worte klarer. Einige jubelten dem Prinzen zu und wünschten sich, von ihm angesehen zu werden, während andere ihn als Taugenichts beschimpften und forderten, er solle zurück in die Wälder kriechen.

»Wir sollten besser woanders langgehen«, sagte Larkin, und wie so häufig in ungewissen Situationen legte er die Hand auf sein Schwert, als wollte er sich vergewissern, dass die Waffe noch da war. Suchend blickte er sich nach einem Ausweg um. »Oder wir verstecken uns, bis die Parade vorbeigezogen ist.«

»Wir könnten natürlich auch hingehen.«

Larkin zog die Augenbrauen zusammen. »Wohin?«

»Na, zur Parade.« Vielsagend deutete Freya die Straße aufwärts. Nur ein paar Häuser weiter versperrten Dutzende von Fae ihnen den Weg. Sie hatten ihnen den Rücken zugekehrt und beobachteten das Geschehen. Ihre vom Schloss weggedrehten Köpfe ließen erahnen, dass der Prinz erst noch an ihnen vorbeifahren würde.

»Wieso?«

Freya zuckte mit den Schultern. »Um den Prinzen zu sehen.« Sie war nicht nach Melidrian gekommen, um sich mit dem hiesigen Königshaus anzufreunden, aber niemand konnte ihr sagen, wann sie das nächste Mal die Gelegenheit haben würde, Prinz Kheeran zu sehen. Falls sie diese Chance überhaupt noch einmal bekommen würde. In den Jahren nach dem Abkommen zwischen Thobria und Melidrian hatte es regelmäßig Zusammenkünfte der drei Königreiche gegeben. Doch diese Tradition war schon lange eingeschlafen. Ihr Vater König Andreus hatte nie einen Fuß in das magische Land gesetzt, und auch König Nevan und Königin Valeska hatten sich nie nach Thobria gewagt. Sollte der Prinz ähnlich wie sein Vater über die Menschen denken, würde er Thobria mit Sicherheit nicht mehr zu Freyas Lebzeiten aufsuchen. Bei diesem Gedanken wurde es ihr auf einmal wichtig, Kheeran zu sehen, um einen Eindruck von dem Mann zu bekommen, der in den nächsten Jahrhunderten über einen Teil von Lavarus regieren würde.

»Seid Ihr sicher, dass Ihr dafür in der Verfassung seid?«, fragte Larkin

Freya stand auf zwei Beinen und konnte laufen, da würde sie wohl für ein paar Minuten an der Parade teilnehmen können. Larkin wirkte skeptisch, aber er verwehrte ihr ihren Wunsch nicht, und gemeinsam liefen sie auf die Ansammlung zu.

Die Unseelie waren zwar schlank und schmal gebaut, aber hochgewachsen, sodass es Freya nicht möglich war, über sie hinwegzusehen. Sie reckte den Hals, aber es half nichts. Sie starrte lediglich auf eine Reihe blonder Hinterköpfe. »Ich kann nichts erkennen.«

Larkin seufzte. »Folgt mir!« Kaum hatte er die Worte ausgesprochen, kämpfte er sich durch die Masse. Seine kräftige Statur und seine breiten Schultern halfen ihm dabei. Die Fae schimpfen und fluchten, verstummten aber, als sie den Wächter erblickten. Ob es Angst oder Ekel war, konnte Freya nicht einschätzen, aber die meisten von ihnen wichen anschließend freiwillig zurück. Sie folgte Larkin auf den Fersen, und ehe sie sichs versah, stand sie vor einer Blumengirlande, die als Absperrband diente. Fae in prachtvollen Uniformen standen in regelmäßigen Abständen dahinter. In der mit Gold verzierten Kleidung hätten sie in Freyas Augen als Adelige durchgehen können, aber ihre zur Schau gestellten Schwerter und ihre wachsamen Blicke ließen keinen Zweifel daran, dass dies Gardisten waren, abgestellt, um rebellierende Zuschauer in ihre Schranken zu weisen.

Freya und Larkin hatten es gerade noch rechtzeitig an die Absperrung geschafft. In diesem Moment rollten die ersten Festkutschen heran. Es waren keine gewöhnlichen Gespanne. Sie besaßen kein Häuschen, sondern bestanden aus ebenmäßigen Flächen, die von Gattern umzäunt waren. Die Fae hatten sie mit prachtvollen Blumenketten und -gestecken geschmückt. Lichterkugeln und Fackeln erhellten die Wägen, die von weißen Pferden im gemächlichen Tempo gezogen wurden. Sänger und Musiker marschierten mit der Parade und untermalten sie mit lieblichen Melodien, während andere Fae Kunststücke aus Wasser- und Erdmagie vollführten. Durchsichtige Flüsse schwebten durch die Luft, umflossen die Kutschen, tanzten zwischen den Pferden und wiegten sich im Takt der Musik. Der Anblick war hypnotisierend, und Freya fiel es schwer, ihren Blick loszureißen, aber mehr als die Magie interessierte sie der Prinz.

»Ist er das?«, fragte Freya und deutete auf den Mann, der mit dem ersten Wagen herangezogen wurde. Er trug seine blonden Haare offen, und nur sein Gesicht war von schmalen Zöpfen eingerahmt, in denen glänzende Ringe eingeflochten waren. Er lächelte und winkte in die Menge, ähnlich wie ihr Vater es von ihr bei öffentlichen Auftritten stets erwartet hatte.

»Nein, das ist nur irgendein Fae«, antwortete Larkin. Er stand direkt hinter ihr und schützte sie vor den anderen Zuschauern, die nach vorne drängen wollten. Freya konnte seine Brust an ihrem Rücken spüren, aber sie war viel zu aufgeregt, um seine Wärme wirklich wahrzunehmen. All ihre Aufmerksamkeit ruhte auf der Parade. Weitere Kutschen mit wichtigen Persönlichkeiten des Königshauses wurden vorbeigezogen. Besonders viel Jubel wurde einer weiblichen Unseelie zuteil, deren Haare bis zum Boden reichten. Sie lächelte selbstzufrieden und genoss sichtlich die Aufmerksamkeit und den Beifall. Freya fragte sich, ob sie die Königin – Kheerans Mutter – war.

Doch noch beeindruckender als die Unseelie war die Fae, die auf der nächsten Kutsche stand. Sie hatte feuerrote Haare, die ihr in wilden Locken über die Schulter fielen, bis in ihr üppiges Dekolleté. Dieses trug sie offenherzig in einem dunkelgrünen Kleid zur Schau, das eng an ihrem kurvigen Körper anlag. »Wer ist das?«, raunte Freya, ihre Stimme andächtig gesenkt.

»Königin Valeska, Herrscherin über die Seelie.«

»Sie ist – «

»– atemberaubend?«, ergänzte Larkin.

Freya nickte. Sie war sich sicher, noch nie in ihrem Leben eine schönere Frau gesehen zu haben. Alle Fae waren hübsch, das stand außer Frage, aber keine Unseelie, der sie bisher begegnet war, konnte es mit Valeskas vollkommener Erscheinung aufnehmen. Das Feuer brachte ihre alabasterfarbene Haut zum Schimmern, ihr rotes Haar zum Leuchten und die Krone mit den goldenen Zacken zum Funkeln. Ihre grünen Augen blitzten fröhlich im Schein der Flammen auf, und ihre Lippen hatten sich zu einem Lächeln verzogen, das so intim war, dass es den Eindruck erweckte, die Königin wäre nicht auf einer Parade, sondern im Schlafgemach mit ihrem Geliebten. Freya war von ihrem Anblick gefesselt, aber offenbar hatte die Seelie nicht auf alle diese Wirkung. Von irgendwoher erklangen Beleidigungen und Worte des Missfallens, aber die erhabene Miene von Valeska verrutschte keine Sekunde.

»Die Unseelie scheinen sie nicht sehr zu mögen«, stellte Freya fest und folgte dem Festwagen mit ihrem Blick, als er langsam an ihr vorbeizog.

»Das liegt nicht an Valeska. Sie haben generell wenig Sympathien für die Seelie übrig.«

»Verstehe«, murmelte Freya. »Wie alt ist sie?«

Larkin grummelte. »Ich bin mir nicht sicher. Dreihundert? Dreihundertfünfzig Jahre? Sie regiert jedenfalls schon sehr lange über die Seelie.«

»Alleine?«

»Mir wäre zumindest nicht bekannt, dass sie eine Bindung eingegangen ist.«

Freya konnte nicht anders, als Bewunderung für diese Frau zu empfinden. Wenn sie es schaffte, Jahrhunderte ohne Mann über die Seelie zu regieren, wieso bestand König Andreus dann darauf, dass sie Melvyn heiratete?

Freyas Neugierde über die Fae, welche in den letzten Tagen von ihrer Sehnsucht nach Talon überschattet worden war, kehrte zurück. Sie wollte mehr über die Königin erfahren, die dabei war, aus ihrem Blickfeld zu gleiten. Ihrer Kutsche folgten weitere Seelie, die Feuer- und Luftmagie beherrschten. Sie spuckten Flammen, ließen Skulpturen aus Fackeln wachsen und trieben mit ihrer Magie Windränder an.

Gebannt verfolgte Freya das Schauspiel, bis der nächste Wagen vorfuhr, der die Zuschauer in noch lauteren Jubel ausbrechen ließ als bei der Fae mit den langen Haaren. »Königin Zarina!«, brüllte ein Mann neben Freya, und die Unseelie um sie herum fielen in die Rufe mit ein. »Zarina! Zarina! Zarina!«

Das war also Kheerans Mutter. Nach Valeska wirkte sie erstaunlich unscheinbar. Einzig das Diadem, das einem Dornenkranz nachempfunden war, hob sie von den Unseelie ab, die vor ihr auf den Wägen gestanden hatten.

Die Musik, welche den Umzug bisher begleitet hatte, veränderte sich. Das liebliche Flötenspiel wurde energischer, die Trommeln intensiver, und der Gesang, der sich ohnehin im stetigen Lärm der Zuschauer verloren hatte, verstummte. Obwohl Freya sich nicht mit den Traditionen und Gepflogenheiten der Fae auskannte, wusste sie, was nun kommen würde. *Wer* nun kommen würde. Ihr Herzschlag beschleunigte sich, obwohl es dafür keinen Grund gab.

»Kheeran!«, erklang es weiter aufwärts der Straße von den Fae, die den Prinzen zuerst zu Gesicht bekamen. Gefangen in der Euphorie der Parade schienen die meisten Fae zu jubeln oder zumindest verhalten zu klatschen. Doch einige wenige Individuen hielten mit ihrer Meinung nicht zurück und beschimpften Kheeran lautstark als Trottel, Stümper und Elva-Liebhaber.

Der Prinz zeigte sich davon unberührt und winkte der Menge zu. Bereits aus der Ferne erkannte Freya ihn, denn er stand auf einem Podest, das zusätzlich auf seiner Kutsche angebracht worden war, sodass er sich nicht nur über die Zuschauer, sondern auch über die vorangefahrenen Fae erhob. Er trug eine helle Uniform, die mit zwei goldenen Knopfleisten und Stickereien an den Ärmeln verziert war, Federn schmückten seine Schultern wie eine Epaulette. Sein blondes Haar fiel ihm glatt bis zur Taille, und er trug ebenfalls einen goldenen Dornenkranz auf dem Kopf.

Etwas an seiner Gestalt kam Freya merkwürdig bekannt vor. Sie runzelte die Stirn, verwarf diese Empfindung der Vertrautheit aber sogleich wieder. Mit Sicherheit war ihr Verstand nur verwirrt, weil sich die meisten Unseelie so ähnlich sahen. Das musste es sein. Doch das Gefühl der Vertrautheit, das der Prinz in ihr weckte, wollte nicht verschwinden; ganz im Gegenteil. Es wurde zunehmend stärker und legte sich schwer auf Freyas Magen.

Sie beobachtete mit schneller schlagendem Herzen, wie sich die Kutsche des Prinzen näherte. Ihre Augen brannten vom Rauch der Fackeln, aber sie wagte es nicht, zu blinzeln, während Kheerans Gesichtszüge deutlicher wurden. Seine markanten Wangenknochen. Seine blauen Augen mit den Brauen, die einige Nuancen dunkler waren als sein Haar. Sein Läch–

Freya stockte der Atem. Das … das konnte nicht sein.

Unmöglich.

War sie so erschöpft, dass sie bereits anfing zu halluzinieren?

Nun begann sie zu blinzeln. Heftig. Ihr wurde schwindelig. Aber das Bild, das sie vor ihrem inneren Auge sah, wollte nicht weichen, sondern wurde immer klarer, wie ein Gemälde, das zuerst nur eine Skizze war und nach und nach aus Schichten von Farbe entstand. Freyas Hände begannen unkontrolliert zu zittern, und bevor sie wusste, was sie tat, oder begreifen konnte, was ihre Erkenntnis für Folgen hatte, rief sie seinen Namen: »Talon. Talon!«

»Wo?«, fragte Larkin. Sie ignorierte ihn.

»Talon!«, brüllte sie stattdessen noch einmal, so laut, dass das Wort in ihrer Kehle brannte. Sein Winken geriet für einen Moment ins Stocken, und das war das Zeichen, das Freya gebraucht hatte. Sie stürzte nach vorne und duckte sich unter dem Absperrband hindurch, um zu Talon zu gelangen.

»He! Komm zurück!«, keifte einer der Gardisten und war innerhalb einer Sekunde bei ihr. Er packte sie an der Schulter, und bevor sie wusste, wie ihr geschah, drückte er sie zurück in die Masse der Zuschauer. Doch jegliche Vernunft hatte sie verlassen. Ihr Verstand war blind, und ihr Herz sah nur noch Talon. Sie musste unbedingt zu ihm. Unbedacht stürmte sie noch einmal nach vorne, aber die Wache hielt sie auf. »Vergiss es!«

»Aber mein Bruder –«

»Ist mir egal«, fauchte der Unseelie und öffnete den Wasserschlauch an seinem Gürtel, bereit, die Absperrung mit seiner Magie zu verteidigen, sollte sich Freya gegen seinen Befehl stellen. Das Blut rauschte in ihren Ohren. Sie wusste nicht, was sie tun sollte. Ihr Blick zuckte von dem Gardisten zu Talon, dessen Kutsche nur wenige Fuß von ihr entfernt war. Er sah in ihre Richtung. Ob er sie erkannte? Freya schluckte schwer, um die Enge in ihrer Kehle zu vertreiben, und noch einmal nach ihm zu rufen, als plötzlich etwas durch die Luft zischte.

Ein Ruck fuhr durch Talons Körper.

Er erstarrte.

Denn ein Pfeil ragte aus seiner Brust.

Freya schrie – und die gesamte Parade stimmte ein, als der Prinz leblos zusammensackte.

Teil 3

37. Kapitel – Ceylan

– Nihalos –

Ceylan umklammerte das Heft ihres Schwertes, versuchte aber, sich ihre Unruhe nicht anmerken zu lassen. Die anderen Wächter wirkten entspannt, obwohl die Unseelie sie bereits seit geschlagenen zehn Minuten unbeachtet in einem Vorraum des Schlosses stehen ließen. Sie hätten genauso gut unsichtbar sein können, obwohl sich ihre schwarze Kleidung markant von der hellen Einrichtung des Palastes abhob. Zwar warfen die Fae flüchtige Blicke in ihre Richtung, aber keine von ihnen blieb stehen. Geschäftig schwirrten sie um sie herum und trugen Blumensträuße, Kerzen und Teller umher. Jedes Mal, wenn eine Unseelie an ihr vorbeirauschte, standen die Härchen auf Ceylans Armen aufrecht, und ihre Muskeln spannten sich an. Sie verabscheute diese Kreaturen und zählte schon jetzt die Sekunden, bis sie diesen Hof und diese Stadt wieder verlassen konnte.

»*Beim König*, riecht das gut«, bemerkte Bríon und legte sich eine Hand auf den Bauch. Lennon gab ein zustimmendes Brummen von sich, und auch Ceylan musste gestehen, dass es im Schloss köstlich roch, doch das spielte keine Rolle. Sie würde nichts essen, was von Fae zubereitet worden war, da konnte ihr Magen noch so knurren. »Vielleicht sollten wir einfach schon mal in den Speisesaal vorgehen«, schlug Bríon vor.

Der Field Marshal hob eine Augenbraue und starrte den Wächter vielsagend an. Der stieß ein Seufzen aus und lehnte sich ungeachtet seiner dreckigen Uniform gegen die weiße Wand. Ceylan wünschte, sie könnte auch so unbekümmert sein, dass ihre einzige Sorge dem Abendessen galt. Sie wurde allerdings immer nervöser, je länger sie hier standen. Ihr Magen zog sich zusammen, und ihre Haut kribbelte, als würden Tausende von Insekten über ihren Körper wandern. Und die Tatsache, dass dies eindeutig ein Hintereingang war und man sie nicht auf offiziellem Weg in den Palast gebracht hatte, machte die Situation nicht gerade vertrauenserweckender.

Ceylan stellte sich vor, wie jeden Augenblick eine Schar von Gardisten hier einfallen und sie mit ihrer Wasser- und Erdmagie angreifen würde, um sie auf einen Scheiterhaufen zu führen. Doch sollte es tatsächlich dazu kommen, würde sie nicht kampflos aufgeben, sondern so viele Fae wie möglich mit sich in den Tod reißen.

Plötzlich wurde die Tür, durch die sie gekommen waren, aufgestoßen. Ceylan zuckte zusammen. Es war so weit. Sie verstärkte den Griff um ihr Schwert und war bereit, die Waffe zu ziehen, als mehrere Fae durch den Eingang traten. Zwei von ihnen taumelten und hinterließen auf den hellen Fliesen eine dünne Spur aus Blut, die nicht zu übersehen war.

»Geht es ihm gut?«, fragte eine dritte Fae besorgt. Ihre Worte wurden von Schluchzern begleitet. Auf ihrem Kopf saß eine goldene Krone.

»Mir geht es bestens«, antwortete der verletzte Fae durch zusammengebissene Zähne, und erst da erkannte Ceylan, dass eine der gekrümmten Gestalten Prinz Kheeran war. Er trug eine helle Uniform, und ein Pfeil steckte in seiner linken Schulter. Bei dem Fae, der ihn stützte, handelte es sich um seinen Berater, der ihn auch zur Mauer begleitet hatte. Aldren setzte den Prinzen vorsichtig auf einem Hocker im Eingangsbereich ab.

»Ich hole einen Heiler«, sagte plötzlich eine vierte Fae, die mehr Wut als Sorge zu empfinden schien. Sie hatte endlos lange blonde Haare, deren Spitzen über den Boden schleiften, als sie davoneilte.

»Und ich werde den Ball absagen«, beschloss die Fae, die Ceylan für die Königin hielt.

»Nein!« Der Befehl aus Kheerans Mund klang erstaunlich herrisch, dafür, dass ein Pfeil aus seinem Körper ragte. Schweiß war ihm auf die Stirn getreten, und sein Gesicht war aschfahl. »Wir bereiten dieses Fest seit Wochen vor. Es wird stattfinden.«

»Aber du bist verletzt.«

Ein müdes Lächeln trat auf Kheerans Lippen, und seine Augen schlossen sich für einen Moment, die Bewegung seiner Lider war zu langsam, um als Blinzeln durchzugehen. »Glaub mir, das spüre ich, aber genau diese Reaktion erhoffen sie sich. Sie wollen, dass ich Schwäche zeige.«

»Sie wollten dich umbringen!«

»Und das nicht zum ersten Mal«, warf Aldren ein. Er trug seine Sorge um den Prinzen nicht so offen zur Schau wie die Königin, aber seine gefurchte Stirn und das zornige Funkeln in seinen Augen zeigten deutlich, dass ihn der Zwischenfall nicht unberührt ließ. Ceylan musste an das Gespräch denken, das sie an der Mauer zwischen den beiden Fae belauscht hatte.

»Was erwartet ihr von mir?«, fragte Kheeran. Sein Blick wanderte träge zwischen seinem Berater und der Königin hin und her. »Dass ich mich den Rest meines Lebens im Schloss verstecke und mich nicht mehr zeige, aus Angst vor dem Unmut meines Volkes? Wenn dem so ist, kann ich gleich zurück in die Wälder verschwinden, aus denen ich gekrochen bin.«

Die Königin japste erschrocken auf, als könnte sie nicht fassen, was ihr Sohn da eben gesagt hatte. Ceylan verstand nicht, worum es ging, und entschied sich, den Field Marshal oder Leigh später danach zu fragen.

»Das erwarten wir nicht von dir«, antwortete Aldren. »Aber gerade steckt ein Pfeil in deiner Schulter.«

Kheeran reckte das Kinn in die Höhe. »Dann entfern ihn!«

Unsicher spähte Aldren in den Gang, in dem die Fae mit den langen Haaren verschwunden war. »Wir sollten auf den Heiler warten.«

»Der wird auch nichts anderes tun, als das Ding herauszuziehen.«

»Ich will dir nicht wehtun.«

»Sehr nobel von dir, aber das hilft mir nicht.« Ceylan wunderte sich, wieso sie den Pfeil überhaupt in seiner Schulter hatten stecken lassen. Womöglich war während des Angriffs dafür keine Zeit gewesen, sondern Flucht ihre oberste Priorität.

Aldren verzog die Lippen zu einer Grimasse und sah zur Königin, als wartete er auf ihre Erlaubnis. Doch sie reagierte nicht auf seinen Blick. Fahrig spielte sie mit einer Kette, die um ihrem Hals hing. Eine unsichere Geste, die nicht zu dem arroganten Bild passte, das Ceylan von den Fae hatte. »Wie du willst, aber versprich mir, nicht wieder ohnmächtig zu werden.«

Kheeran zog die Augenbrauen zusammen, als wäre es ihm peinlich, daran erinnert zu werden. »Das war nur der Schock.«

Aldren nickte in einer abgehackten Bewegung und betrachtete den Pfeil. Vorsichtig strich er mit seinen Fingern über das Material. Selbst aus der Ferne erkannte Ceylan den gräulichen Schimmer. Das Geschoss musste aus einer Art Metall gegossen sein, was bedeutete, Erdmagie würde nicht dabei helfen, ihn zu entfernen. »Vielleicht hilft ein Feuer-Talent«, grübelte Aldren. »Wir könnten das Metall schmelz–«

»Das dauert zu lange«, unterbrach ihn Kheeran. Ceylan war sich sicher, dass er in der letzten Minute noch blasser geworden war. »Mach einfach. Er ist so reingekommen, also geht er auch so raus.«

»Bist du dir sicher?«

»Absolut.« Allmählich schien der Prinz die Geduld zu verlieren.

»Einverstanden.« Aldren griff sich das Ende des Pfeils, seine Schultern sichtlich angespannt. »Auf drei. Eins, zwei, drei –« Der Fae zog, und Kheeran brüllte vor Schmerz auf, kaum hatte sich das Geschoss auch nur einen Fingerbreit bewegt. Sofort ließ Aldren los. »Ich … ich kann das nicht.«

Kheeran blickte zu seinem Berater auf. »Stell dich nicht so an! Ich weiß, was du im Auftrag des Königshauses schon alles getan hast. Das ist nichts dagegen.«

»Aber da ging es nicht um dich.«

Der Prinz seufzte schwer und schloss entmutigt die Augen. »Dann warten wir wohl auf den Heiler.«

»Ich kann es machen«, sagte Ceylan. Die Worte hatten ihren Mund verlassen, bevor sie sich eines Besseren besinnen konnte. Sämtliche Aufmerksamkeit im Raum richtete sich auf sie, und Kheerans Augen weiteten sich, als hätte er ihre Anwesenheit in seinem Delirium bisher überhaupt nicht wahrgenommen. Wortlos blinzelte er mehrfach, wie um sicherzugehen, dass sie auch wirklich da war und nicht nur ein Trugbild seines schmerzvernebelten Verstandes.

»Das halte ich für keine gute Idee«, murmelte Aldren, und auch die Königin wirkte alles andere als begeistert von ihrer Einmischung.

»Hast du das schon einmal gemacht?«, fragte Kheeran.

»Nein, aber die meisten Leute, die ich kenne, würden auch sterben, wenn man ihnen einen Pfeil in den Körper jagt.« So blass wie Kheeran war, würde Ceylan aber nicht auf sein Überleben wetten. Der Pfeil war eindeutig magiegeschmiedet, und das bedeutete, dass seine Heilungsfähigkeiten blockiert wurden.

»Tu es!«, sagte der Prinz dennoch mit einem Stöhnen.

Ceylan reichte Leigh ihren Beutel und trat nach vorne. Der Field Marshal verzog missbilligend die Lippen, während die anderen Wächter einfach nur überrascht wirkten, Ceylan eingeschlossen. Wieso wollte sie Kheeran helfen? Nein, sie wollte ihm nicht helfen. Sie wollte sich die Chance, den Prinzen etwas leiden zu sehen, nur nicht entgehen lassen, und früher oder später würde ihn jemand von diesem Pfeil befreien, also warum nicht sie? Das war ihre Rache dafür, dass er ihren Namen bei der Zeremonie der Unsterblichkeit zuerst aufgerufen hatte.

Aldren machte Platz für Ceylan, wich jedoch nicht von Kheerans Seite. Dieser sah zu ihr auf. Sein Blick war ein Durcheinander aus Gefühlen. Schmerz. Sorge. Angst. Erleichterung. Verwirrung. Was ihm gerade wohl durch den Kopf ging? Im Kampf verletzt zu werden, war eine unangenehme Erfahrung, aber sicherlich nicht mit dem Verrat zu vergleichen, den Kheeran gerade am eigenen Leib erfuhr. Ceylan wollte sich gar nicht vorstellen, wie sie sich fühlen würde, sollte Leigh je sein Schwert gegen sie erheben.

Ihre Finger schlossen sich um den metallenen Pfeil, der sich erstaunlich leicht in ihrer Hand anfühlte. Wer immer ihn geschmiedet hatte, verstand etwas von seinem Handwerk. Augenblicklich spürte sie die Magie, die innerhalb der Waffe vibrierte und Besitz von ihrem Körper ergriff. »Wieder auf drei?«

Kheeran nickte.

Und sie grinste. »Drei!«

Mit einem Ruck zog sie das Geschoss aus seiner Schulter. Er schrie auf. Blut spritzte, und der Oberkörper des Prinzen sackte kraftlos nach vorne. Aldren fing ihn auf. Er warf ihr einen finsteren Blick zu und stützte den Prinzen. »Halte durch, der Heiler kommt bald.«

Kheeran sagte nichts, aber zumindest hatte er nicht das Bewusstsein verloren. Er atmete schwer und drückte mit seiner Hand gegen das Loch an seiner Schulter. Blut quoll zwischen seinen Fingern hervor. Langsam richtete er sich wieder auf, und eindringlicher, als es in seinem Zustand möglich sein sollte, betrachtete er Ceylan. Sie wusste genau, was er sah. Schlammbespritzte Stiefel. Dreckige Kleidung. Zerzauste Haare. Zuletzt blieb sein Blick an dem Pfeil in ihrer Hand hängen. Sein Blut tropfte von der Spitze. »Danke!«

»Gerne. Ruf mich einfach, wenn dein Volk das nächste Mal versucht, dich umzubringen.«

Kheeran verzog das Gesicht zu einem der Situation völlig unangemessenen Schmunzeln. »Das werde ich.«

Eilige Schritte erklangen. Die Fae mit den langen Haaren war endlich zurück, und sie wurde von einem Mann begleitet, der für einen Unseelie erstaunlich alt aussah. Mit Fältchen um den Augen, einem gekrümmten Rücken und blondem Haar, so licht, dass seine fleckige Kopfhaut zu sehen war, unterschied er sich kaum von einem älteren Menschen. Ohne die Anwesenden zu beachten, eilte er zu Kheeran.

»Mein Prinz!«, grüßte er ihn mit einer Verbeugung, bevor er seine Tasche abstellte und darin herumzuwühlen begann. Er förderte eine Schere zutage und schnitt damit die Uniform um Kheerans Wunde herum großzügig auf. Ceylan war sich sicher, dass es nicht zur Etikette gehörte, einen halb nackten Prinzen anzustarren, aber der Anblick des Blutes fesselte sie. Es wirkte so menschlich.

»Meine Güte«, raunte der Heiler, nachdem er das Einschussloch freigelegt hatte, und schüttelte entgeistert den Kopf. »Was für ein Dilettant hat diesen Pfeil entfernt? Die Wunde ist ja völlig ausgefranst.«

Erneut richteten sich sämtliche Augenpaare auf Ceylan. Auch die Fae, die den Heiler geholt hatte, betrachtete sie nun. Die Abscheu, die sich dabei in ihrer gekräuselten Nase zeigte, spiegelte Ceylans eigene Abneigung den Fae gegenüber wider. Schön, wenn Hass auf Gegenseitigkeit beruhte. »Wer bist du?«

»Ceylan Alarion«, antwortete sie plump, was der Fae wiederum nicht zu gefallen schien.

Ihr Mund wurde zu einem blassen Strich in ihrem Gesicht, ehe sie fragte: »Und was willst du hier?«

»Gar nichts.« Ceylan zuckte mit den Schultern. »Eigentlich möchte ich wieder gehen.«

Irritiert und verärgert zugleich starrte die Fae sie an.

Der Field Marshal räusperte sich und trat nach vorne. Er wandte sich zuerst an die Fae, die Ceylan für die Königin hielt und die das Geschehen in den letzten Minuten schweigend beobachtet hatte. Aus ihren Augen sprach kein Hass, nur Sorge um den Prinzen. Sie beachtete Tombell kaum, dennoch deutete dieser eine Verbeugung an. »Königin Zarina. Es ist mir eine Ehre, Euch kennenzulernen. Prinz Kheeran, schön, Euch wiederzusehen, wenn auch in einer etwas unangenehmen Situation.«

»Ebenso«, erwiderte Kheeran mit verzerrtem Gesicht. Der Heiler war gerade dabei, eine Tinktur in seine Wunde zu träufeln, die anscheinend nicht nur rot war wie Feuer, sondern ebenso zu brennen schien.

Der Field Marshal begrüßte auch Aldren, ehe er sich an die langhaarige Frau wandte, der es überhaupt nicht zu gefallen schien, als Letztes begrüßt zu werden. »Beraterin Onora. Ich bin Field Marshal Khoury Tombell. Und das sind meine Begleiter: Captain Leigh Fourash und die Wächter Bríon Pardrey, Lennon Seaton, Ivar Estham und Fergus Mcphee.« Er deutete nach und nach auf die Männer. »Und Novizin Ceylan Alarion hat sich Euch schon selbst vorgestellt. Wir wurden von Prinz Kheeran eingeladen, seiner Krönung beizuwohnen.«

»Ihr habt nicht auf die Einladung geantwortet«, erwiderte Onora trocken. Eine klare Anschuldigung schwang in ihren Worten mit, begleitet von einer weiteren Welle der Abneigung.

Der Field Marshal verzog keine Miene; lächelte sogar. »Tut mir leid, aber wir haben keine Einladung erhalten, die eine Antwort erfordert hätte. Nur ein vom Prinzen selbst ausgesprochenes Willkommen.«

»Es gehört sich nicht, unangekündigt zu einer solch großen und wichtigen Feierlichkeit zu kommen. Das Festessen ist bereits geplant, die Sitzordnung festgelegt und alle Zimmer im Schloss sind vergeben, aber euch Menschen hat es schon immer an Respekt gemangelt.«

Ein irrwitziger Funke Hoffnung stieg in Ceylan auf. Wenn alle Zimmer vergeben waren, es keinen Platz für sie gab und sie auf der Krönung ohnehin unerwünscht waren, würde ihr Aufenthalt in Nihalos womöglich kürzer ausfallen als erwartet.

»Wir Wächter empfinden größten Respekt vor den Fae«, erwiderte der Field Marshal und führte dabei die Hand zu seinem magischen Schwert. Es war keine Drohung, nur ein Verweis darauf, dass er ohne die Magie Melidrians und ohne die Gabe der Fae heute nicht mehr hier stehen würde.

»Das bezweifle ich stark.« Vielsagend blickte Onora auf den weißen Marmorboden, auf dem die schlammigen Abdrücke der Stiefel der Wächter zu sehen waren. »Aber vielleicht verwechsle ich mangelnden Respekt auch mit fehlender Reinlichkeit.«

Ceylan ballte die Hände zu Fäusten. Wie konnte diese Fae es wagen, so mit ihnen zu sprechen? Sie waren tagelang durch den Nebelwald geritten, hatten mit Elva gekämpft und sich zwischen Büschen erleichtert, nur um zu der beschissenen Krönung *ihres* Königs zu kommen. Doch bevor sie der Beraterin ihre Meinung sagen konnte, ergriff Kheeran das Wort.

»Onora!«, mahnte er mit scharfer Stimme. Er saß inzwischen aufrecht, und der Heiler war dazu übergegangen, eine grüne Paste auf seiner Haut zu verteilen, deren strengen Geruch nach Kräutern Ceylan selbst aus der Ferne wahrnahm. »In diesem Schloss gibt es über zweihundert Zimmer. Ich bin mir sicher, wir werden irgendwo noch sieben freie Betten finden. Wenn es sein muss, sollen sich zwei oder drei von Valeskas Gefolgsleuten ein Schlafgemach teilen. Schließlich hat sie unangemeldet ihren halben Hofstaat mitgebracht. Und wenn sie sich weigern, dürft Ihr *ihnen* gerne etwas von Respektlosigkeit erzählen.«

Ein wütendes Funkeln trat in Onoras Augen. Sie hatte das

Gesicht von Kheeran abgewandt, sodass dieser es nicht sehen konnte, Ceylan jedoch sehr wohl. Aber ehe sich Onora umdrehte, wich das bösartige Blitzen einem feinen Lächeln, das nichts von ihrem Widerstreben preisgab. »Wenn Ihr das wünscht, mein Prinz.«

Kheeran nickte. »Das tue ich.«

Onora deutete eine Verbeugung an, und bei diesem Anblick verspürte Ceylan eine merkwürdige Genugtuung, auch wenn das bedeutete, dass sie Nihalos in nächster Zeit nicht verlassen würden. Mit ansehen zu dürfen, wie sehr die Fae es verabscheute, Kheeran Gehorsam zu leisten, machte diesen Umstand jedoch ein klein wenig erträglicher. »Ich werde mich darum kümmern.«

»Danke! Und wenn Ihr schon dabei seid: Sorgt dafür, dass heute Abend Stühle an meiner Tafel frei sind. Ich möchte den Field Marshal und seine Wächter als Ehrengäste an meinem Tisch haben.«

Empört schnappte Onora nach Luft. »Prinz Kheeran –«

»Das wäre alles«, unterbrach er sie und senkte seinen Blick auf den Heiler, der dabei war, ihm einen Verband anzulegen. Das letzte Wort war gesprochen.

▽

Mit eiligen Schritten, die keinen Zweifel daran ließen, dass Onora sie so schnell wie möglich wieder loswerden wollte, durchquerten Ceylan und die anderen Wächter den Palast. Trotz der Fae, die ihren Weg kreuzten und Ceylan immer wieder daran erinnerten, wo sie war und in wessen Gesellschaft sie sich befand, musste sie zugeben, dass das Schloss seinen Reiz hatte. Sie mochte die weißen Wände, die zahlreichen Fenster und den Blick in die Gärten und über die Stadt, die von einer malerischen Schönheit war mit ihren hellen Fassaden, den bepflanzten Dächern und den zahlreichen Lichtern, die in der Abenddämmerung glühten. Ceylan fragte sich, ob sie immer brannten oder nur zu dem Spektakel gehörten, das die Fae als Schöpferfest bezeichneten.

Onora führte sie über eine wunderschöne Wendeltreppe nach oben, und das erste Mal kreuzten hier Seelie ihren Weg. Diese bedachten sie mit skeptischen Blicken, wobei ihre Ablehnung nicht alleine den Wächtern galt, sondern auch der Beraterin, die sie gekonnt ignorierte. Nachdem sie eine ganze Weile durch das Schloss gelaufen waren und Ceylan die Orientierung verloren hatte, blieben sie vor einer der vergoldeten Türen stehen. »Field Marshal. Das wird Euer Zimmer sein. Ihr werdet es Euch mit Captain Fourash teilen.«

»Großartig«, sagte Leigh und legte Tombell einen Arm um die Schulter. »Das wird wie damals, als du noch kein Field Marshal warst und auf der Pritsche unter meiner geschlafen hast.«

Tombell wandte sich an Onora. »Hättet Ihr noch einen anderen Schlafplatz für mich? Ich schlafe auch gerne auf der Streckbank in der Folterkammer.«

»He!« Leigh ließ von Tombell ab und betrachtete ihn in gespielter Empörung. »So unerträglich bin ich auch nicht.«

Der Field Marshal zog eine Augenbraue in die Höhe. »Behauptet wer?«

»Ich. Und ich verbringe viel Zeit mit mir selbst.«

»*Du* hast auch keine andere Wahl«, betonte Tombell.

Leigh neigte den Kopf. »Hätte ich schon, aber wo bliebe da der Spaß?«

Onora räusperte sich und unterbrach damit die Neckerei der beiden. Sie wirkte alles andere als amüsiert, als wäre jede Sekunde, die sie in der Nähe der Wächter verbringen musste, eine Qual. Und beinahe rechnete Ceylan damit, dass sie ihnen tatsächlich einen Platz in der Folterkammer anbieten würde.

»Danke«, sagte der Field Marshal mit seiner ernsten, tiefen Stimme.

Leigh pflichtete ihm mit einem Nicken bei, und die beiden betraten ihr Quartier für die kommende Woche.

Als Nächstes bekamen Bríon und Ivar ein Zimmer zugeteilt, ehe Lennon und Fergus an der Reihe waren. Schließlich war nur noch Ceylan übrig. Es gefiel ihr nicht, mit der Beraterin alleine zu sein, aber sie wollte auch keine Schwäche zeigen, indem sie einen der anderen darum bat, sie zu ihrem Zimmer zu begleiten. »Hier ist es«, sagte Onora, nachdem sie eine weitere Wendeltreppe nach oben gestiegen waren, und stieß die Tür zu dem Schlafgemach auf. »Ich hoffe, es ist nach Eurem Geschmack. Wascht Euch die Hände, bevor Ihr alles mit Blut besudelt.«

Ceylan blickte auf ihre Hände hinab. Noch immer klebte das getrocknete Blut des Prinzen daran. Den Pfeil hatte Aldren ihr abgenommen, in der Hoffnung, er könnte ihnen einen Hinweis auf den Attentäter geben. »Ich werde mein Bestes geben, und ich werde auch versuchen, mich nicht in einer Ecke zu erleichtern, aber versprechen kann ich nichts.«

Onora starrte sie fassungslos an. Doch bevor die Fae noch etwas erwidern konnte, knallte ihr Ceylan die Tür vor der Nase zu und drehte den Schlüssel im Schloss herum. *Verfluchtes Spitzohr!*

Sie stieß ein erleichtertes Seufzen aus. Nach der tagelangen Reise war sie endlich alleine, und keine Fae war in unmittelbarer Nähe. Ceylan schloss die Augen und ließ diesen Zustand ein paar Sekunden auf sich wirken, ehe sie die Lider aufschlug, um sich in dem Zimmer umzusehen.

»*Beim König*«, murmelte sie, während ihr Blick das erste Mal durch den Raum glitt, der größer war als das Haus, in dem sie aufgewachsen war. Dutzende von Glaskugeln, in denen magisches Feuer brannte, erhellten das Zimmer, das auf der einen Seite nur aus Fenstern bestand. Sie gaben den Blick auf die königlichen Gärten frei, die von Fackeln erhellt wurden. In der

Ferne erkannte Ceylan einen Brunnen, dessen Wasser den Schein der Flammen reflektierte, und dahinter lag die Stadt.

Der Raum wurde von einem hellen Teppich ausgekleidet, und Gemälde, die den Nebelwald zu den verschiedensten Tageszeiten zeigten, hingen an den Wänden. In der Mitte des Zimmers stand ein Bett, breit genug, um Platz für drei Männer zu bieten. Es gab auch einen Schreibtisch, auf dem cremefarbenes Papier und ein Tintenfässchen bereitgestellt waren, sowie einen Kleiderschrank, der sechs Türen besaß. Neben ihm befand sich eine geschlossene Tür. Ceylan lief darauf zu, bis sie sich an ihre dreckigen Stiefel erinnerte. Sie streifte sie sich von den Füßen, sodass sie den weichen Teppich unter ihren Sohlen fühlen konnte.

Hinter der Tür verbarg sich ein Waschraum prächtiger, als alle, die sie zuvor in ihrem Leben gesehen, geschweige denn benutzt hatte. Weiße Fliesen, die mit goldenen Ornamenten verziert waren, säumten die Wände. Es gab zwei Waschbecken und eine Toilette aus hellem Gestein sowie eine Badewanne aus glänzendem Metall, die frei im Raum stand – groß genug, um komplett darin einzutauchen.

Obwohl Ceylan nicht wusste, wie viel Zeit ihr bis zum Fest blieb, zögerte sie keine Sekunde und drehte den Hahn auf. Es gluckerte und sprudelte, und kurz darauf begann sich die Wanne mit dampfendem Wasser zu füllen. Sie tauchte ihre blutverschmierten Finger in die Wärme und erschauderte vor Vorfreude. Eilig entledigte sie sich ihrer verschwitzten Kleidung und stieg in die fast noch leere Wanne. Ungeduldig beobachtete sie das einlaufende Wasser, das sie erst abdrehte, als kein weiterer Tropfen mehr hineinpasste.

Mit einem Stöhnen lehnte sie sich zurück, und sofort entspannten sich ihre von der Reise steifen Muskeln. Für einen Moment konnte sie vergessen, dass sie am Hof der Unseelie war. Sie schloss die Augen und lehnte den Kopf zurück. Ihre Gedanken wanderten zu den anderen Wächtern (*ob sie auch Gebrauch von ihren Bädern machten?)* und zu Prinz Kheeran *(ob er sich von seiner Verletzung bereits erholt hatte?)*. Ceylan würde es früh genug erfahren.

Umgeben von wohliger Wärme blieb sie eine Weile ruhig liegen, ehe sie nach der Seife griff, die zusammen mit ein paar Handtüchern auf einem Tisch neben der Wanne lag. Sie duftete herrlich nach Lavendel, und Ceylan ließ sich beim Waschen alle Zeit der Welt. Anschließend stieg sie aus dem Wasser und wickelte sich eines der Tücher um den Körper. Diese waren weich wie Seide und so warm wie eine Daunendecke.

Sie blickte zu dem Haufen schwarzer Kleidung, die auf dem Boden lag. Sie wollte nicht wieder in ihre dreckige Uniform schlüpfen, nun da sie so sauber war wie vermutlich seit Wochen nicht mehr. Hoffnungsvoll lief sie in das andere Zimmer zurück und öffnete den Kleiderschrank. Hinter den ersten vier Türen war er leer. Hinter der fünften entdeckte sie saubere Kleidung. Umgehend schlüpfte sie in eine dunkle Leinenhose mit zu langen Beinen, und ein Hemd, das so aussah, als wäre es noch nie getragen worden. Sie war gerade dabei, den letzten Knopf zu schließen, als es plötzlich an ihrer Tür klopfte. Ceylan erwartete, dass Leigh gekommen war, um sie für die Feierlichkeit abzuholen, an der sie als Prinz Kheerans Ehrengäste teilnehmen sollten. Doch ihr Besucher war keiner der Wächter, sondern Aldren. Er hatte sich ebenfalls umgezogen und trug nun eine beige-goldene Uniform, ähnlich der der Gardisten, die jeden Winkel des Schlosses bewachten. In seinen Händen hielt er einen großen schwarzen Sack. Ceylan zog eine Augenbraue nach oben. War der Fae gekommen, um sie zu entführen?

»Darf ich reinkommen?«, fragte der Unseelie.

»Es ist euer Schloss«, erwiderte Ceylan und wich zurück, damit Aldren eintreten konnte. Einen Moment zögerte sie, die Tür zu schließen, da sie mit dem Fae nicht alleine sein wollte.

»Ich hoffe, dir gefällt dein Zimmer.«

Ceylan zuckte mit den Schultern. »Ich habe schon an unge-mütlicheren Orten übernachtet.« *Welche ich diesem Schloss jedoch vorziehen würde,* fügte sie in Gedanken hinzu.

Aldren lächelte. Ceylan fand es unfair, wie unnatürlich schön die Fae waren und wie ihr liebreizendes Äußeres es vermochte, über die Schwärze ihrer Seele und ihre bestialischen Triebe hin-wegzutäuschen. »Ich bin mir sicher, du und die anderen Wäch-ter werden einen angenehmen Aufenthalt haben, dafür wird Prinz Kheeran sorgen. Er hat mich auch gebeten, dir dies hier vorbeizubringen.« Er legte den schwarzen Sack auf ihrem Bett ab und öffnete die Kordel, die ihn zugehalten hatte.

»Was ist das?«, fragte Ceylan.

Statt zu antworten, zog Aldren ein Kleid aus dem Sack. Es war aus einem feinen Stoff genäht, so hell wie die Gischt des Meeres. Es hatte lange Ärmel, einen schweren Rock, der bis zum Boden reichte, und einen mit goldenen Stickereien versehenen Kragen. Außerdem besaß es einen Ausschnitt, der tiefer reichte, als es Ceylan lieb war. »Deine Robe für das Schöpferfest.«

Verblüfft blinzelte Ceylan den Fae an. »Das soll ich anziehen?«

Er nickte. »Der Prinz persönlich hat es für dich ausgesucht«, erklärte Aldren mit einer Bestimmtheit, die nahelegte, dass es eine Ehre war, Kleidung tragen zu dürfen, die Kheeran für einen gewählt hatte.

Ceylan wusste nicht, was sie sagen sollte. Sie hatte seit einer Ewigkeit kein Kleid mehr getragen. Und noch nie eines beses-sen, das so kostbar und edel war wie jenes, das Aldren gerade in den Händen hielt.

»Gefällt es dir nicht?«, fragte Aldren und betrachtete den dunkelblauen Stoff.

Doch, das tut es, dachte Ceylan. Nur weil sie einen scharf ge-schliffenen Dolch und elegant geschwungene Messer zu schät-zen wusste und sich in den letzten Jahren ihres Lebens keine schönen Dinge hatte leisten können, bedeutete das nicht, dass sie blind dafür war. Sie war sich nur nicht im Klaren darüber, ob es eine gute Idee wäre, dieses Kleid zu tragen. Seit sie eine Wächterin war, setzte sie alles daran, von den Männern an der Mauer respektiert zu werden. Sie wollte als Kriegerin gesehen werden. Nicht als ein Objekt der Begierde. Aber wenn sie dem Field Marshal und den anderen Wächtern in diesem Kleid gegenübertrat, würden diese vermutlich nur die Teile ihres Körpers sehen, auf die sie nicht reduziert werden wollte: Sie war mehr als ihre glatte Haut, ihre langen Beine und ihre Brüste.

»Ich kann das nicht anziehen«, sagte Ceylan schließlich.

Aldren zog eine Augenbraue nach oben. »Wieso nicht?«

»Ich bin eine Wächterin.«

»Ich weiß, aber deine Uniform ist so verdreckt, dass ich sie bis hierher riechen kann«, erwiderte Aldren und deutete in Richtung des Badezimmers. »Und was du anhast, ist nicht feierlich genug.«

Ceylan stieß ein Grummeln aus. Ginge es nach ihr, hätte sie auf die Teilnahme am Schöpferfest verzichten können, allerdings hatte sich der Field Marshal mit einem eindringlichen »Wir sehen uns am Tisch« in sein Zimmer verabschiedet und sie dabei so angesehen, dass die Bedeutung hinter seinen Worten unmissverständlich gewesen war. »Was tragen der Field Marshal und die anderen?«

»Dasselbe wie ich.«

Sie betrachtete die beige-goldene Uniform, mit dem Gürtel und all ihren Knöpfen. Es schien die offizielle Uniform der königlichen Garde zu sein. Sich ihr zuzuordnen gefiel Ceylan nicht. Sie diente nicht den Unseelie und würde es niemals tun, aber zumindest würde sie sich darin nicht von den anderen Wächtern unterscheiden. »Kann ich das auch bekommen?«

»Wenn du das willst«, sagte Aldren mit einem schmalen Lächeln. Er schien ihre Zweifel zu spüren.

Ceylan biss sich auf die Unterlippe. Wollte sie das wirklich?

Wollte sie sich die Chance entgehen lassen, das schönste und teuerste Kleid zu tragen, das man ihr jemals vor die Nase halten würde? Sie bereute ihre Entscheidung, eine Wächterin zu sein, nicht und freute sich darauf, ins Niemandsland zurückzukehren und ein paar Elva den Hintern zu versohlen. Doch das Leben, das sie dort führen würde, war sehr einfach, und tagein, tagaus würde sie dieselbe Uniform tragen. Nie wieder würde sich ihr eine solche Gelegenheit bieten, und schließlich würden nicht alle Wächter sie in dem Kleid sehen. Nur eine Handvoll, und Leigh hatte bisher stets zu ihr gestanden. Er würde seine Meinung über sie nicht ändern, nicht wegen so etwas.

Ceylan streckte Aldren die Hand entgegen. »Gib her!«

»Bist du dir sicher?«, fragte er amüsiert.

Sie schnaubte und entriss ihm das Kleid.

38. Kapitel – Kheeran

– Nihalos –

Talon.

In den vergangenen Jahren hatte Kheeran alles darangesetzt diesen Namen zu vergessen und aus seinem Gedächtnis zu streichen. Doch heute auf der Parade hatte ihn jemand gerufen.

Talon.

Es waren Monate vergangen, seitdem Kheeran sich das letzte Mal erlaubt hatte, an diese fünf Buchstaben zu denken, die den Schlüssel zu einem anderen Leben darstellten. Und noch viel länger war es her, dass ihn das letzte Mal jemand so genannt hatte. Kaum jemand in Melidrian kannte diesen Namen, nur er, die Königin, Onora, Aldren und seine Gruppe Wachen, die ihn damals zurückgeholt hatten. Jeder Einzelne von ihnen hatte geschworen, Kheerans Geheimnis zu bewahren und mit in den Tod zu nehmen. Dennoch war er sich sicher gewesen, seinen alten Namen aus der Menge gehört zu haben. Er hatte versucht, die Person ausfindig zu machen, die nach *Talon* gerufen hatte, aber bevor er sie hatte entdecken können, war er von dem Pfeil getroffen worden.

Kheeran betrachtete den Verband an seiner Schulter. Darunter spürte er das Prickeln der langsam einsetzenden Heilung. Vermutlich sollte er sich glücklich schätzen, dass der Attentäter die Waffe nicht in Elvagift getränkt hatte. In diesem Fall würde er jetzt wohl nicht mehr aufrecht stehen, dennoch war sein Angreifer klug vorgegangen. Einen Pfeil aus Metall statt aus Holz zu verwenden, damit Kheeran und seine Gardisten ihn mit ihrer Erdmagie nicht umlenken konnten, war geschickt gewesen. Und hätte das Geschoss ihn nur ein paar Fingerbreit tiefer getroffen, wäre er jetzt nicht mehr am Leben. Ein beängstigender Gedanke, der ihn vermutlich mehr in Panik versetzen sollte, aber er war vollkommen von den Erinnerungen an Talon eingenommen.

Talon, der nicht mehr existierte. Und den es eigentlich nie gegeben hatte. Er war eine Rolle gewesen, in die Kheeran unwissentlich für ein paar Jahre geschlüpft war. Doch er vermisste sein menschliches Ich und alles und jeden, der mit Talon einhergegangen war. Vor allem eine Person vermisste er, und es verging kein Tag, an dem er nicht an sie dachte.

Freya. Sie zurückzulassen, war das Schmerzhafteste, was er bis zu diesem Tag hatte durchstehen müssen. Er malte sich oft aus, wie es wäre, sie auf seinem Schloss zu haben. Sie würde es hier lieben, vor allem wenn er ihr von all den Geheimgängen erzählte, die sich hinter Spiegeln, unter Brunnen und zwischen den Wänden verbargen.

Ein Klopfen riss Kheeran aus seinen Gedanken, und wie so oft betrat Aldren sein Gemach, ohne auf eine Einladung zu warten. »Deine neue Uniform«, sagte er und hängte besagtes Kleidungsstück an den Schrank.

»Danke«, erwiderte Kheeran. Er nahm das Jackett vom Haken, das jenem glich, welches der Heiler hatte zerschneiden müssen. In bedachten Bewegungen schlüpfte er hinein und versuchte die Knöpfe zu schließen, aber seine Finger zitterten heftig.

»Lass mich das machen.« Kheeran ließ seine Arme sinken, und Aldren trat dichter an ihn heran. Mit gerunzelter Stirn und zusammengekniffenen Lippen machte er sich an die Arbeit. Kheeran spürte, dass sein Berater etwas zu sagen hatte, aber erst, als er beim vorletzten Knopf angelangt war, fand er den Mut zu sprechen. »Ich halte das für einen Fehler.«

»Mich zum König zu machen? Ja, das finde ich auch.«

»Du weißt genau, dass ich vom Schöpferfest rede«, mahnte Aldren. »Du bist nicht in der Verfassung, um unter Leute zu gehen. Du zitterst, du schwitzt und bist vermutlich nur eine falsche Bemerkung davon entfernt, eine dumme Entscheidung zu treffen.« Kheeran hasste es, dass Aldren ihn so gut kannte und durchschaute. »Außerdem konnten die Gardisten den Angreifer noch nicht fassen. Was ist, wenn er noch einmal versucht, dich zu töten?«

»Dann geht es hoffentlich auch ein zweites Mal daneben.«

Aldrens Gesicht verfinsterte sich. »Findest du das etwa witzig?«

»Nein, aber ich habe es vorhin schon gesagt, und ich wiederhole es gerne noch einmal: Ich werde mich nicht verstecken.« Er war ein Prinz, und er kannte seine Verantwortung, seine Aufgaben und seine Pflicht. Dass er elf Jahre seines Lebens geglaubt hatte, er würde einem anderen Volk dienen, änderte daran nichts. Die Leute brauchten einen Anführer, und er hatte auf dieser Seite der Mauer keine Geschwister, welche seine Rolle übernehmen konnten.

»Warum bist du nur so stur?«

»Weil ich es sein muss.« *Eine eigene Meinung und der Wille, diese durchzusetzen, zeichnen einen starken König aus, doch ein wirklich guter König stellt sich niemals über sein Volk*, hatte sein … hatte König Andreus stets zu sagen gepflegt.

Diese Worte waren Kheeran in Fleisch und Blut übergegangen, und er würde sich nicht von seinem Entschluss, am Ball teilzunehmen, abbringen lassen. Alleine in seinem Schlafgemach würde er nur zu grübeln beginnen, und an welch finsteren Ort ihn seine Gedanken dann bringen würden, konnte niemand sagen. Lieber war er in Gesellschaft, vor allem in der von Ceylan.

▽

Kheeran hörte die Stimmen seiner Gäste schon von Weitem. Ihr Gerede wurde von leiser Musik untermalt, die im Laufe des Abends lauter werden würde, sobald die ersten Fae die Tanzfläche betraten. Zumindest diese Pflicht blieb ihm mit seiner verletzten Schulter heute erspart. Vor der geschlossenen Tür des Festsaals kamen Aldren und er zum Stehen. »Warte hier«, sagte sein Berater.

Kheeran seufzte. »Muss das sein?«

»Ja. Es gehört dazu. Und du warst derjenige, der am Ball teilnehmen wollte.«

»Ich erinnere mich, aber jeder da drin weiß, wer ich bin.«

»Darum geht es nicht«, erwiderte Aldren und schlüpfte in den Ballsaal, bevor Kheeran noch etwas sagen konnte. Er holte tief Luft und strich seine Uniform glatt. Saßen seine Haare richtig? Er sah zur Fensterfront, und seine Reflexion blickte ihm entgegen, aber sie war zu unscharf, als dass er aus der Entfernung etwas hätte erkennen können. Da ertönte auch schon ein helles Läuten. Die Stimmen im Saal senkten sich zu einem Murmeln, ehe sie schließlich vollständig verstummten und Aldren zu hören war: »Der Gastgeber des heutigen Abends ist eingetroffen: Eure Hoheit, Prinz Kheeran, Herrscher über Melidrian, Prinz von Nihalos und baldiger König der Unseelie. Heißt ihn willkommen!«

Die Tür vor Kheeran schwang auf magische Weise auf, und unter dem verhaltenen Klatschen der geladenen Gäste, die sich von ihren Plätzen erhoben hatten, betrat er den Festsaal. Mit gestrafften Schultern und einem falschen Lächeln täuschte er Gelassenheit vor, obwohl es in ihm tobte. Sein leerer Magen hatte sich mit Nervosität gefüllt. Alle Blicke ruhten auf ihm. Was dachten die Leute, wenn sie ihn so sahen? Respektierten sie ihn? Oder verachteten sie ihn? Hielten sie seine Entscheidung, am Fest teilzunehmen, für mutig oder für naiv? Würde er gleich von einem zweiten Pfeil getroffen werden? Und würde wieder jemand nach *Talon* rufen?

Es war unwahrscheinlich, dennoch nagten Unsicherheit und Zweifel an ihm, aber er weigerte sich, dies nach außen hin zu zeigen. Sein einstudiertes Lächeln wurde breiter, und er betrachtete die Anwesenden, ohne ihre Gesichter wirklich zu sehen. Lange Tische und Stühle mit pompösen Lehnen waren an den äußeren Seiten aufgestellt worden. Sie waren von Fae in edlen Gewändern und Uniformen besetzt. Die Mitte des Raumes diente als Tanzfläche, in deren Herz fünf Musiker standen, die ihre Instrumente niedergelegt hatten und sich vor ihm verneigten. Säulen, auf denen Kerzen standen, tauchten den Raum in ein warmes Licht, ebenso wie die gläsernen Kugeln, die von der Decke baumelten und in denen magische Flammen brannten. Es hätte hier gemütlich sein können, wären die zweihundert geladenen Gäste nicht gewesen.

Mit erhobenem Haupt schritt Kheeran zu seinem Platz. Sein Tisch stand auf einem Podest, sodass er den kompletten Saal überblicken konnte. Zu seiner Linken saßen seine Mutter, die erleichtert wirkte, ihn zu sehen, und Valeska in Begleitung ihre Seherin Samia. Die Seelie-Königin hatte sich ebenfalls erhoben und klatschte, aber ihr verkniffenes Lächeln zeugte davon, dass sie vermutlich gerade auch lieber an einem anderen Ort wäre – Kheeran verstand das gut. Der Platz zu seiner Rechten wurde von Aldren besetzt, und neben ihm …

Bei den Göttern! Kheeran stockte der Atem, und er war sich sicher, dass ihm seine Gesichtszüge auf ziemlich unkönigliche Weise entglitten. Ceylan. Sie hatte die schwarze Kleidung der Wächter abgelegt und trug stattdessen ein Kleid in der Farbe der Monde, dessen Ausschnitt tiefer reichte, als Kheeran zu blicken wagte. Die Ansätze ihrer Brüste blitzten unter dem Stoff hervor, und das Kerzenlicht verlieh ihrer dunklen Haut einen goldenen Schimmer. Das Haar fiel ihr lockig über die Schultern, und Kheeran stellte sich vor, wie er es zur Seite schieben müsste, um eine Spur aus Küssen auf ihrem Dekolleté zu verteilen.

Dieser Gedanke entlockte Kheerans Körper eine Reaktion, die er in Anwesenheit seiner Gäste und vor allem seiner Mutter nicht haben sollte. Er brachte seine Gesichtszüge unter Kontrolle, wobei es ihm dieses Mal leichterfiel zu lächeln. Wer hatte Ceylan nur dieses Kleid gegeben? Ein flüchtiger Blick zu Aldren und dessen wissendes Lächeln bestätigten seinen Verdacht. Kheeran trat um den Tisch herum und blieb vor seinem Stuhl stehen. Erwartungsvoll wurde er von Unseelie, Seelie und Wächtern angestarrt.

»Ich danke Euch allen für Euer Kommen«, erklärte er mit einer Stimme, die erhaben klang und jener seines Vaters glich. Keine Zweifel, keine Unsicherheiten und kein Schmerz schwangen in seinen Worten mit. »Es freut mich, dass Ihr meiner Einladung zum diesjährigen Schöpferfest gefolgt seid. Dieser Tag macht uns bewusst, dass die Wintersonnenwende kurz bevorsteht. In sieben Tagen werden wir der Anderswelt und unseren Göttern Ostara und Yule, aber auch Mabon und Litha so nahe sein wie das letzte Mal zur Sommersonnenwende, dem heiligsten Festtag unserer geschätzten Ehrengäste, Königin Valeska und ihr Hofstaat.« Kheeran deutete auf die Königin, welche auf die für sie typische elegante Art den Kopf neigte. Alle anwesenden Gäste klatschten – und zeigten damit mehr Anstand als einige Bewohner Nihalos' zuvor, denn viele Unseelie waren während der Parade nicht davor zurückgeschreckt, ihren Unmut über die Anwesenheit von Königin Valeska kundzutun.

Kheeran wartete, bis der Beifall verklungen war, ehe er weitersprach: »Doch dieses Jahr zelebrieren wir nicht nur die Wintersonnenwende zu Ehren unserer Götter, sondern auch meine Krönung. Ich freue mich darauf, den Segen der Anderswelt entgegenzunehmen und endlich als vollwertiger König der Unseelie das Erbe meines Vaters, König Nevan, anzutreten. Ich hoffe, ich kann ihn stolz machen.«

Erneuter Jubel brach im Saal aus, lauter als jener, den Valeska erhalten hatte. Doch Kheeran vermutete, dass der Applaus weniger ihm galt als vielmehr dem Andenken seines Vaters. Das Volk hatte König Nevan geliebt, weshalb die Nachricht über seinen frühen Tod auch ein so großer Schock für alle gewesen war. Und vermutlich war der unerwartete Thronwechsel auch einer der Gründe, weshalb viele Kheeran nicht als ihren König akzeptieren wollten. Nach nur zwei Jahrhunderten unter Nevans Führung waren sie noch nicht bereit, ihren alten Herrscher loszulassen.

»Und nun …«, demonstrativ griff Kheeran nach seinem Glas. »… wünsche ich Euch allen einen schönen Abend und eine wundervolle Nacht. Esst und trinkt und tanzt, auf dass die Götter unser Lachen hören. Auf Ostara und Yule und auf König Nevan!«

Die Gäste erhoben ihre Gläser, prosteten einander zu, und die Musiker begannen erneut zu spielen. Kheeran setzte sich und nippte an seinem Wein. Er nahm nur einen kleinen Schluck, da der Heiler ihn ermahnt hatte, heute nicht so viel zu trinken, weil der Alkohol seinen Körper lähmte und seine Genesung verlangsamte. Wäre es ein gewöhnlicher Pfeil gewesen, wäre seine Wunde längst geheilt, aber die Magie des Geschosses verlangsamte den Prozess, obwohl es bereits entfernt worden war.

»Eine schöne Rede«, bemerkte Aldren mit verschmitztem Grinsen von der Seite.

Kheeran stellte sein Glas ab. »Danke, dass du sie geschrieben hast.«

»Es war mir ein Vergnügen.«

Die Ehrlichkeit in seiner Stimme ließ Kheeran nicht an seiner Aussage zweifeln. Aldren tat alles für ihn, und an Tagen wie diesem wünschte er sich, er könnte seinem Berater mehr zurückgeben als Anerkennung, Ruhm und Gold. Was ihn daran erinnerte, dass Aldren auch noch etwas anderes für ihn getan hatte – und noch mehr für ihn tun könnte. »Lass uns Plätze tauschen.«

»Was?«

»Lass uns Plätze tauschen«, sagte Kheeran noch einmal im Flüsterton.

»Das geht nicht. Ich kann nicht auf deinem Platz sitzen.« Vielsagend sah Aldren den Stuhl an, auf dem Kheeran saß. Er sah genauso aus wie all die anderen Stühle. Der einzige Unterschied war, dass sein Platz das Zentrum der Tafel war – so wie Kheeran später als König der Mittelpunkt seines Volkes sein würde.

»Du kannst alles, wenn ich es dir erlaube.«

»Nein.« Aldren schüttelte den Kopf. »Es gehört sich nicht.«

»Dann –« ... *tausch den Platz mit ihr,* wollte Kheeran sagen, hielt die impulsiven Worte aber im letzten Moment zurück. Denn für keine Frau der Welt würde er Aldren dazu zwingen, von seiner Seite zu weichen. »Bitte!«, flehte Kheeran stattdessen.

Aldren starrte ihn einen Augenblick an, dann seufzte er und schob seinen Stuhl zurück. »Du bist unmöglich.«

Kheeran grinste. »Danke!«

Schnell tauschten sie ihre Plätze. Der Wechsel blieb natürlich nicht lange unbemerkt. Königin Zarina verzog missmutig die Lippen, sagte jedoch nichts. Wäre Kheeran an diesem Tag nicht angeschossen worden, hätte sie vielleicht einen Streit hinter vorgehaltener Hand riskiert, aber heute schützte ihre Dankbarkeit über sein Wohlbefinden ihn vor einer Diskussion.

Kheeran beugte sich zu Ceylan, die gerade mit einem der anderen Wächter sprach. Er hatte eisgraue Augen, und sein Haar war so blond, dass es beinahe weiß wirkte, wie Schnee auf einer Bergspitze. Allerdings konnte Kheeran sich nicht an seinen Namen erinnern.

Der andere Wächter bemerkte Kheeran zuerst. Er nickte ihm zu, wodurch auch Ceylan Kenntnis von ihm nahm. Sie drehte sich zu ihm herum, und auch wenn das Lächeln auf ihren Lippen nicht gänzlich in sich zusammenfiel, so wurde es schmaler.

»Eure Hoheit«, grüßte sie ihn. Spott schwang in ihrer Stimme mit.

»Wächterin Alarion.«

Diese Anrede schien ihr zu gefallen, denn ihre Gesichtszüge wurden weicher.

»Du siehst wunderschön aus«, sagte Kheeran geradeheraus. Der Wächter hinter Ceylan stieß ein Schnauben aus, aber er ignorierte ihn und ließ seinen Blick an Ceylan hinabwandern, ohne zu lange an einer Stelle zu verharren. »Das Kleid steht dir ausgezeichnet.«

»Das musst du sagen, schließlich ist es von dir.« Sie rollte mit den Augen, als wäre ihr das Kompliment gleichgültig, aber sie log. Kheeran erkannte es an der Röte, die ihr in die Wangen stieg, und in Gedanken schickte er ein »Danke« an Aldren, denn obwohl Kheeran das Kleid nicht selbst ausgesucht hatte, erfüllte es ihn mit Befriedigung, dass sie etwas trug, von dem sie glaubte, er hätte es ausgewählt.

»Wie gefällt es dir in Nihalos?«, fragte er, bemüht, seine Stimme möglichst neutral klingen zu lassen, obwohl der Schmerz in seiner Schulter durch den Platzwechsel schlimmer geworden war.

Sie zögerte einen Augenblick, ehe sie antwortete. »Die Stadt ist beeindruckend.«

Er schmunzelte. Ceylan glaubte vielleicht, ihr Unbehagen verstecken zu können, aber das war ein Trugschluss. Zwar war ihr Gesicht ausdruckslos und spiegelte dieselbe Gleichgültigkeit wider, die er während seines Besuchs im Niemandsland bei so vielen Wächtern gesehen hatte. Doch während diese Männer im Verlauf von Jahrzehnten gelernt hatten, die Gefühle auch aus ihren Augen zu verdrängen, loderten die Emotionen in Ceylans Blick noch. Vermutlich wäre ihr in diesem Moment jeder Ort auf dieser Welt lieber gewesen als sein Schloss.

»Und ihre Einwohner?« Er konnte sich die Frage nicht verkneifen.

Nun verrutschten Ceylans Lippen dennoch ein Stück, und Kheeran konnte sehen, wie sie die Worte zurückhielt, die ihr auf der Zunge lagen. Vermutlich hatte der Field Marshal sie zu gutem Benehmen und Höflichkeit ermahnt, dabei wünschte Kheeran sich nichts sehnlicher, als dass sie ehrlich mit ihm war. »Sie sind … anders.«

Kheeran gab ein wissendes Brummen von sich und griff nach dem Wein. Er führte das Glas an seine Lippen. »Gib es zu! Du möchtest, dass wir uns alle an einem Strick erhängen.«

»Genug Bäume dafür gäbe es in Eurer Stadt.«

»Allerdings«, pflichtete er bei. »Genau aus diesem Grund wurden sie gepflanzt, und falls sie doch nicht ausreichen, können wir mit unserer Erdmagie schnell neue wachsen lassen.«

Ceylans Mundwinkel zuckten, aber das Zucken verschwand sofort wieder, als sie realisierte, dass sie dabei war, über einen seiner trockenen Witze zu lachen, die Aldren so sehr verabscheute.

Ein weiteres Läuten ertönte, und mehrere Fae in schlichten Uniformen strömten in den Saal. Sie trugen Teller, die von goldenen Clochen verdeckt wurden, und servierten sie den anwesenden Gästen. Kheeran lehnte sich in seinem Stuhl zurück, um der Bediensteten, die ihm auftischte, die Arbeit zu erleichtern. Sie hob die Cloche an, und warmer, köstlich duftender Dampf stieg ihm in die Nase.

»Danke!«

Die Fae verbeugte sich. »Es ist mir eine Ehre.«

Ceylan stieß ein verächtliches Schnauben aus. Die Fae warf ihr einen finsteren Blick zu, wagte es aber nicht, die Stimme gegen einen von Kheerans Ehrengästen zu erheben.

Besteck und Gläser klirrten überall um sie herum, als die Gäste zu essen begannen, vor allem einer der Wächter konnte es kaum erwarten. Er hob seinen Teller an und schob sich das Essen mit seiner Gabel praktisch nur in den Mund. Der Field

Marshal, der neben ihm saß, verpasste ihm einen Stoß, woraufhin er den Teller abstellte und sich bemühte, gemächlicher zu essen.

Die Köche hatten Kheerans Leibgericht zubereitet, gedämpftes Gemüse mit scharfen Linsen, Hummus und frisch gebackenem Kürbisbrot. Es war noch warm und der Teig herrlich luftig. Nur ein einziger Koch an seinem Hof konnte es auf diese Weise zubereiten. Er tauchte das Brot in die Linsen, als er bemerkte, dass Ceylan nicht aß. Sie hatte die Hände im Schoß gefaltet.

»Hast du keinen Hunger?«

»Doch, aber ich werde nichts essen, was von Fae zubereitet wurde«, erwiderte sie und betrachtete die bunte Vielfalt auf ihrem Teller mit so viel Ekel, dass man hätte glauben können, man habe ihr Dreck vorgesetzt.

»Das könnte sich als schwierig herausstellen«, bemerkte Kheeran. Er griff nach seinem Wein, aber als ihm der Rat des Heilers einfiel, wechselte er zu seinem Wasserkelch. »Du bist noch mindestens eine Woche hier.«

Ceylan lächelte verkniffen. »Ich werde das schon aushalten.«

Er hörte ihren Magen knurren. »Das ist lächerlich.«

»Wenn du das sagst.«

»Was soll schon passieren?«

Ceylan zuckte mit den Schultern. »Man könnte uns vergiften.«

Kheerans Stirn furchte sich. »Wieso sollten wir das tun? Ihr seid meine Ehrengäste.«

»Vielleicht wirst du es nicht tun, aber dein Berater.«

Kheeran blickte über seine Schulter, gerade noch rechtzeitig, um zu sehen, wie sich Aldren blitzschnell umdrehte und seinem Essen zuwandte. Er konnte sich vorstellen, mit welch giftigem Blick Aldren Ceylan bedacht hatte, auch wenn seine bitteren Gefühle wohl eher persönlicher Natur waren und nichts mit ihrem Wächtersein zu tun hatten. »Niemand wird dich vergiften«, versprach Kheeran und beugte sich über ihren Teller. Er nahm eine Scheibe ihres Brotes, tunkte es in den Hummus, biss ein Stück ab und kaute langsam. »Siehst du. Alles bestens. Ich bin nicht tot umgefallen.«

»Pfff, das hat nichts zu bedeuten.« Sie schob ihren Teller von sich weg. »Du bist ein Fae.«

»Was mich nicht tötet, wird dich auch nicht töten. Du bist kein Mensch mehr, schon vergessen?«

Ceylans Gesichtszüge verhärteten sich, und ihre Hände ballten sich zu Fäusten. Vermutlich konnte Kheeran sich glücklich schätzen, dass die zu diesem Essen gereichten Messer stumpf waren, da das Gemüse einem praktisch auf der Zunge zerging. »Ich *bin* ein Mensch.«

Diesem Irrglauben war er früher auch unterlegen. »Menschen altern.«

»Ich bin trotzdem –« Ceylan verstummte. Ihr Blick glitt an ihm vorbei. Ihre Augen verengten sich, und ihre Schultern spannten sich an. Sie beugte sich nach vorne und hob den Saum ihres Kleides an. Ein Dolch blitzte darunter hervor, aber noch griff sie nicht danach.

Kheeran drehte sich auf seinem Stuhl herum und entdeckte zwei Gardisten, die mit festen Schritten direkt auf seinen Tisch zumarschierten. Obwohl ihre Kleidung der von Aldren glich, waren sie dennoch von seinem Berater und den anderen uniformierten Gästen zu unterscheiden. Sie trugen Schwerter bei sich und stellten diese offen zu Schau, obwohl Waffen während der Feierlichkeiten eigentlich im Saal verboten waren.

»Eure Hoheit«, sagte einer der Gardisten. Sie blieben beide vor Kheerans Stuhl stehen und verneigten sich. »Wir bedauern es sehr, Euer Fest stören zu müssen.«

»Und wieso tut ihr es dann?«, fragte Kheeran mit harscher Stimme.

»Eure Anwesenheit ist erforderlich.«

»Weswegen?« Unter anderen Umständen hätte er sich über

diese Unterbrechung gefreut, aber nicht, während er mit Ceylan sprach. Wer wusste schon, wann er das nächste Mal die Gelegenheit dazu bekommen würde? Seine Tage waren bis zur Krönung von morgens bis abends verplant und gefüllt mit Pflichten, die ihm nicht gleichgültiger hätten sein können.

»Wir haben jemanden festgenommen«, antwortete einer der Gardisten.

»Den Attentäter?«, fragte nun Aldren von der Seite, und Kheeran bemerkte, dass auch seine Mutter und Königin Valeska der Unterhaltung lauschten sowie ein Dutzend weitere Fae, deren eigene Gespräche verstummt waren. Neugieriges Pack.

Die Gardisten wechselten einen flüchtigen Blick, und der eine fuhr sich nervös mit der Zunge über die Oberlippe. »Vermutlich nicht«, antwortete er. »Es sind zwei. Wir haben sie aufgehalten, als sie versucht haben, ins Schloss einzudringen. Sie haben sich gewehrt und bestehen darauf, mit Euch zu sprechen.«

»Seht ihr nicht, dass ich gerade beschäftigt bin?« Mit einer ausholenden Bewegung deutete Kheeran auf den Saal. Der Kreis der Fae, die sie neugierig beobachteten, war in den letzten Sekunden gewachsen.

»Das haben wir den beiden Gefangenen auch gesagt«, beteuerte der Gardist. Er beugte sich nach vorne und sprach mit gesenkter Stimme weiter: »Aber der eine ist ein unsterblicher Wächter, und das Mädchen wollte einfach keine Ruhe geben.«

»Sie hat uns gebeten, Euch das zu geben«, sagte der andere Gardist und zog ein zusammengerolltes Notizbuch hervor. Es war sehr dünn, als hätte jemand Seiten herausgerissen, und der Ledereinband war von jahrelanger Nutzung abgegriffen und rissig.

Kheeran runzelte die Stirn. »Was soll das sein?«

»Sie meinte, Ihr würdet es verstehen.«

Kheeran nahm das Notizbuch entgegen, eines, wie es vermutlich Tausende in ganz Melidrian gab. Aldren streckte neugierig den Hals, und auch Ceylan, die vermutlich ein Abenteuer witterte, kam näher. Womöglich hoffte sie darauf, heute noch ein paar Fae quälen zu dürfen.

Kheeran schlug das Büchlein auf. Blinzelte. Und erstarrte.

Sein Herz geriet ins Stocken, und Schmerz, der nichts mit dem Loch in seiner Schulter zu tun hatte, bohrte sich in seine Brust. Denn was er sah und las, war seine eigene Handschrift. Die Tinte war von den Jahren verblasst und die Buchstaben krakelig, aber er würde diese Notizen jederzeit wiedererkennen.

Liebstöckel. Salbei. Melisse.

Der Unterricht bei Ocarin.

Die Rufe auf der Parade.

War das möglich?

Freya?

39. Kapitel – Freya

– Nihalos –

Unter den wachsamen Blicken der Palastwache marschierte Freya nervös auf und ab. Sie hatte versucht, sich neben Larkin auf die Bank zu setzen und seine gleichgültige Miene zu imitieren, aber es war ihr nicht gelungen. Trotz Erschöpfung vibrierte ihr ganzer Körper vor Nervosität, und ihre Hände zitterten so stark, dass es ihr in diesem Moment gänzlich unmöglich gewesen wäre, einen Suchzauber zu wirken. Ihre Schritte waren das einzige Geräusch im Raum, und sollte man sie hier noch länger warten lassen, würde sie wohl eine Furche in den Boden laufen. Man hatte sie bereits vor einer gefühlten Ewigkeit in die Kammer gesperrt, die vermutlich zu den dunkelsten Räumen des Schlosses gehörte. Viel hatte Freya nicht von dem Palast gesehen, ehe man sie festgenommen hatte. Doch die Korridore, die sie durchquert hatten, waren aus geradezu leuchtendem Marmor errichtet worden. Gläserne Kugeln, in denen Flammen tanzten, säumten die Wege, und überall schien es Fenster zu geben – nur nicht in diesem Raum.

»Prinzessin«, sagte Larkin, als sie ein weiteres Mal an ihm vorbeilief, und streckte seine Hand nach ihr aus, ohne sie zu berühren. »Setzt euch!«

Sie schüttelte den Kopf. »Ich kann nicht.«

Larkin seufzte, und das erste Mal, seit sie geschnappt worden waren, taute seine eisige Miene auf. »Ich weiß, Ihr seid von dem überzeugt, was Ihr auf der Parade gesehen habt. Aber es geht hier nicht um irgendeinen Fae, sondern um den Prinzen. Ihr solltet euch keine allzu große Hoffnung machen.«

Freya nickte, obwohl ihre Hoffnung, Talon bald wiederzusehen, neben ihrer Sorge um ihn das Einzige war, was sie gerade noch auf den Beinen hielt. Sie war vollends erschöpft. Nicht nur von ihrem Marsch durch die Stadt und der Suche nach ihrem Bruder, sondern auch von ihrem Streit mit Larkin. Sie hatte den Wächter noch nie zuvor so wütend erlebt. Das Feuer in seinen Augen, das sonst nur während eines Kampfes zu sehen war, war in seinem Blick aufgelodert. Er war stinksauer gewesen, weil sie versucht hatte, die Barriere auf dem Schöpferfest zu durchbrechen und einem bewaffneten Gardisten direkt in die Arme gelaufen war. Sie hatte sich entschuldigt und beteuert, es für Talon getan zu haben, was Larkin nur noch mehr aufgebracht hatte. Er wollte ihr nicht glauben, hatte ihre Entdeckung als Halluzination bezeichnet, vom Elvagift in ihrem Körper verursacht, aber sie hatte sich nicht überzeugen lassen und darauf bestanden, das Schloss aufzusuchen. Sie wusste, was sie gesehen hatte, auch wenn es sich danach anhörte, als hätte sie den Verstand verloren. Sie begriff es ja selbst nicht. Wie konnten Talon und Prinz Kheeran ein und dieselbe Person sein? Sie kannte Talon, und er war kein Fae. Weder hatte er in ihrer Nähe je Magie gewirkt, noch besaß er spitze Ohren. Ja, seine Ohren hatten eine seltsame Form gehabt, aber das waren ganz sicher keine Spitzen gewesen!

Und doch bestand für Freya kein Zweifel …

»Wie lange müssen wir noch warten?«, fragte sie ungeduldig in den niedrigen, fensterlosen Raum hinein, aber die Gardisten, welche den Durchgang nach draußen bewachten, antworteten nicht. Freya war sich nicht einmal sicher, worauf genau sie warteten. Niemand sagte ihnen etwas. Zuvor waren sie von zwei unhöflichen Unseelie befragt worden, aber es kam Freya vor, als wäre dies schon Stunden her. Natürlich hatte sie ihnen nicht die Wahrheit über sich und den Prinzen erzählt, nur dass sie unbedingt mit ihm sprechen musste. Die Männer hatten sie ausgelacht, aber schweren Herzens hatte Freya ihnen schließlich Talons Notizbuch überlassen. Denn wenn Kheeran der war, für den sie ihn hielt, würde er es wiedererkennen, vorausgesetzt die Wachen brachten ihm das Buch. An die Möglichkeit, dass sie es nicht taten und Larkin und sie hier festsaßen – womöglich für immer – wollte sie gar nicht denken. Sie war nicht so weit gekommen, um sich jetzt aufhalten zu lassen.

Plötzlich klopfte es gegen die Tür. Die Gardisten im Raum spannten sich an, als sie von außen geöffnet wurde. Die beiden Unseelie, die Freya und Larkin zuvor befragt hatten, traten ein – und sie waren nicht alleine.

Freya stockte der Atem. Das Zittern ihrer Hände breitete sich auf ihrem ganzen Körper aus. Ihr Herz raste. Prinz Kheeran stand vor ihr. Und Kheeran war … »Talon«, keuchte sie und stürzte nach vorne, um ihren Bruder in die Arme zu schließen. Sie wollte ihn an sich drücken. Festhalten. Nie wieder loslassen. Ihre Blicke trafen sich, und seine blauen Augen leuchteten auf. Er erkannte sie! Sie war nicht verrückt!

Doch bevor Freya Talon erreichte, trat einer der Gardisten hervor. Mit gezückter Waffe baute er sich zwischen ihnen auf, die Klinge auf Freyas Kehle gerichtet. Sie erstarrte, im selben Moment, in dem sie von hinten gepackt wurde. Larkin zerrte sie hinter sich – und plötzlich standen sie vier bewaffneten Unseelie gegenüber und in ihrer Mitte Talon, der sie fassungslos anstarrte. »Freya.« Ihr Name klang atemlos aus seinem Mund. »Bist du … bist du es wirklich?«, fragte er über die Klingen seiner Gardisten hinweg.

Sie schluckte schwer. Ihre Kehle war trocken, während ihre Augen feucht wurden. Sie nickte und versuchte zu begreifen, was gerade passierte. Nicht im Traum hatte sie sich ihr Wiedersehen mit Talon so vorgestellt. Talon – ein Fae. Ein Unseelie. Fassungslos starrte Freya ihren vom Volk und ihren Eltern totgeglaubten Bruder an. Er war am Leben und so erwachsen und groß geworden. Damals bei seiner Entführung hatte sie ihn noch überragt, jetzt musste sie zu ihm aufblicken. Seine Schultern waren breiter geworden, auch wenn er die typisch schmale Figur der Unseelie hatte. Ihr Blick wanderte von seinem Kinn mit der feinen Narbe zu seinen Ohren, aber sein langes blondes Haar verdeckte sie.

»Lasst uns alleine«, sagte Talon, seine Stimme deutlich tiefer als damals.

Die Gardisten tauschten nervöse Blicke aus und sahen zu Larkin. »Euer Hoheit –«

»Verschwindet!«, unterbrach Talon den Fae mit einem gefährlichen Fauchen, als würde es ihn ärgern, dass der Mann seinen Befehl infrage stellte.

»Selbstverständlich.« Der Unseelie neigte den Kopf und schob sein Schwert zurück in die Halterung an seinem Gürtel. Die anderen Fae folgten seinem Beispiel, ehe sie die Kammer verließen. Die Tür fiel hinter ihnen mit einem Klicken ins Schloss, und es senkte sich vollkommene Stille über den Raum.

Noch immer starrte Freya Talon an. Ihre Zunge fühlte sich schwer an, als hätte jemand ein Gewicht daran befestigt, obwohl Reden sonst ihre leichteste Übung war. Doch sie wusste nicht, was sie sagen sollte. Sooft sie sich diesen Moment vorgestellt hatte, sie hatte nie über ihre ersten Worte nachgedacht, aber vielleicht waren Worte in diesem Moment auch bedeutungslos.

Ein Schluchzen entwand sich Freyas Kehle. Sie presste sich die Hand vor den Mund und schob sich an Larkin vorbei. Talon kam ihr entgegen, und auf halbem Wege trafen sie sich. Er schlang die Arme um sie und drückte sie an sich wie einen verloren geglaubten Schatz, den er endlich wiedergefunden hatte. Freya kniff die Augen zusammen und vergrub ihr Gesicht an Talons Brust. Sie zitterte am ganzen Leib und fürchtete, ihre Beine könnten jeden Moment unter ihr nachgeben. Das alles war zu viel. Talon war hier. Sie hatte ihn gefunden! Er lebte. Er war kein Sklave. Musste nicht hungern. Wurde nicht ausgepeitscht. Nicht misshandelt. Es ging ihm gut, bis auf –

»Deine Schulter«, murmelte Freya an seiner Uniform.

»Mach dir darum keine Sorgen«, flüsterte er an ihrem Ohr, und sie konnte die Tränen der Freude auch in seiner Stimme hören. »Was machst du hier?«

»Dich retten.«

»Wovor?«

Darauf hatte sie keine Antwort, denn offensichtlich ging es ihm gut. Sie ließ ihn los und trat einen Schritt zurück. »Vor einem Leben ohne mich?«, scherzte sie trocken.

Er sah auf sie herab, und ein Lächeln brach aus ihm heraus, das sie mit aller Deutlichkeit erkennen ließ, wen sie vor sich hatte. Talon grinste noch immer auf dieselbe Art und Weise wie früher, mit leicht schiefen Lippen.

Freya hörte ein Knarzen hinter sich. Larkin. Talon schien sich im selben Moment daran zu erinnern, dass sie nicht alleine waren, und sie beide wandten sich zu dem unsterblichen Wächter um. Freya wischte sich eine Träne von der Wange. »Seht Ihr, ich hatte recht. Es lag nicht am Elvagift!«

»Was für Elvagift?«, fragte Talon sofort.

»Das spielt keine Rolle«, sagte Freya, um ihren Bruder nicht zu beunruhigen.

Larkin durchkreuzte diesen Plan allerdings: »Sie wurde im Nebelwald angegriffen.«

Talon blickte Freya besorgt an. »Geht es dir gut?«

»Bestens. Die Kratzer sind schon verheilt.« Zum Beweis schob sie den Ärmel ihrer Robe nach oben, um ihm die verblassenden Narben an ihrem Unterarm zu zeigen, die aussahen, als wären sie Monate alt. Talon hob die Hand, wie um die blassen Male zu berühren, hielt aber im letzten Moment inne. »Darf ich?«, fragte er zögerlich.

Freya nickte, und Talon umfasste ihr Gelenk. Er drehte ihren Arm erst vorsichtig nach links, dann nach rechts. Dabei bemerkte Freya, dass Talons eigene Haut vollkommen makellos war. Keine einzige Narbe war auf seinem Handrücken zu sehen, nicht einmal von dem Winter vor zehn Jahren, als sie beim Schlittenfahren gegen einen Baum geprallt waren. Sie hatte sich am Kopf verletzt und Talon ... sie wusste es nicht. Sie hätte schwören können, damals Blut an seinem Unterarm bemerkt zu haben, aber wenn sie jetzt darüber nachdachte, hatte sie die Wunde dazu nie gesehen. Generell konnte sie sich nicht daran erinnern, dass Talon jemals verletzt oder krank gewesen war. Ihr war das nie eigenartig erschienen – bis jetzt. War das niemandem je aufgefallen?

Sanft fuhr Talon eine der verblassenden Narben mit seinem Daumen nach, aber es wirkte, als würde er sie nicht wirklich sehen. Sein Blick ging ins Leere, und er schien in Gedanken versunken zu sein. Freya hatte so viele Fragen an ihn. Wie war er hierhergekommen? Wie war er zu Prinz Kheeran geworden? Hatte er hier Freunde? Eine Freundin? Mochte er das Essen in Melidrian? War Fechten noch immer seine liebste Freizeitbeschäftigung?

Plötzlich klopfte es an der Tür. Talon ließ sie los und trat einen Schritt zurück. Freyas Haut kribbelte dort, wo zuvor noch seine Finger gelegen hatten.

»Ja?«, sagte Talon, dabei waren die zwei Buchstaben weniger eine Frage als ein Befehl. Seine Stimme klang nun erstaunlich fest – geradezu herrschaftlich, wie die Stimme eines wahren Königs.

Ein Mann schlüpfte in die Kammer. Sein blondes Haar trug der Unseelie offen, aber links und rechts hatte er sich zwei kleine Zöpfe geflochten, die sein Gesicht umrahmten, Ringe hingen darin. Sein Blick glitt von Talon zu Freya, weiter zu Larkin und schließlich wieder zurück zu Talon – zu Prinz Kheeran. »Was treibst du hier? Deine Gäste warten auf dich. Jetzt ist nicht die Zeit, um Gefangene zu befragen.«

Talon schnaubte. »Das sind keine Gefangenen.«

Der Fae verdrehte die Augen. »Wenn du das sagst.«

»Aldren. Ernsthaft«, ermahnte Talon. »Ich möchte dir jemanden vorstellen.«

Skeptisch sah Aldren Freya mit hochgezogenen Brauen an.

»Das …« Talon deutete auf sie. »… ist Freya.«

Die Augen des anderen Fae weiteten sich. »*Die* Freya?«

Talon nickte, und so etwas wie Stolz lag in dieser Geste, als würde er sich glücklich schätzen, sie vorstellen zu dürfen. Freyas Herz machte einen Sprung.

Aldren musterte sie von Kopf bis Fuß und rümpfte die Nase. Vermutlich war sie in einer furchtbaren Verfassung, nach allem, was in den letzten Stunden passiert war. »Mhhh«, grummelte Aldren schließlich. Er lehnte sich zurück und fuhr sich nachdenklich über das stoppelige Kinn. »Kein Wunder, dass du elf Jahre lang als ihr Bruder durchgegangen bist.«

»Er *ist* mein Bruder«, sagte Freya bestimmend. Zwar hatte sie keine Ahnung, was in Nihalos vor sich ging und wieso Talon bald den Thron der Unseelie besteigen sollte, aber diese eine Sache wusste sie mit Gewissheit: Er war ihr Bruder. Sie spürte die Wahrheit in ihrem Herzen.

»Ganz wie du meinst«, erwiderte Aldren schnippisch und fragte Talon: »Können wir gehen?«

»Wohin?«

»Zurück zum Fest.« Er deutete in Richtung der Tür, obwohl dort nichts auf eine Feierlichkeit hindeutete. Allerdings hatte Freya Musik und Stimmen gehört, als Larkin und sie von den Gardisten ins Schloss gebracht worden waren.

»Ich werde doch jetzt nicht auf das Fest gehen«, sagte Talon. Er klang empört, als könnte er nicht glauben, dass Aldren das auch nur in Erwägung zog.

»Und ob du das wirst.« Der Fae verschränkte die Arme vor der Brust. Unter seiner Uniform zeichneten sich deutliche Muskeln ab. Er war eindeutig ein Gardist oder ein Krieger, und doch redete er mit Talon auf Augenhöhe. »Du hast darauf bestanden, dass der Ball stattfindet, und hast den Field Marshal und die anderen Wächter an deinen Tisch geholt, wenn du jetzt einfach verschwindest, wird der Rat dir das Leben noch schwerer machen.«

»Wer ist der Field Marshal?« Die Frage kam von Larkin. Er hatte sich in den letzten Minuten so ruhig verhalten, dass Freya seine Anwesenheit beinahe vergessen hätte, aber auch nur beinahe.

»Khoury Tombell«, antwortete Talon umgehend. Er hatte Larkin bisher weitestgehend ignoriert. Nun betrachtete er den Wächter eingehend. »Und wer bist du?«

»Larkin Welborn. Ich bin Prinzessin Freyas Wächter.«

»Ich wusste nicht, dass die königliche Familie sich unsterbliche Wächter als Leibeigene hält«, sagte Aldren. Die Anklage in seiner Stimme war nicht zu überhören. Freya kannte das Abkommen und wusste, dass die Wächter keinem König dienen durften. Sie sollten möglichst neutral zwischen den Ländern stehen, aus diesem Grund wurde ihnen die vermeintliche Unsterblichkeit verliehen, so waren sie nicht Mensch und nicht Fae.

Freya lächelte. »Das ist eine lange Geschichte.«

»Und vermutlich auch eine sehr spannende, aber dafür ist jetzt keine Zeit. Kheeran wird erwartet.«

Talon schüttelte den Kopf. »Ich werde nicht –«

»Denk nur an all das Gerede. Und an Ceylan«, unterbrach Aldren ihn. »Willst du sie wirklich mit deiner Mutter, Onora und Valeska und ihrer komischen Hexe alleine am Tisch sitzen lassen? Danach wird sie nie wieder ein Wort mit dir reden, das ist dir hoffentlich klar.«

Talons Unentschlossenheit war ihm deutlich anzusehen.

Zweifelnd blickte er zwischen Freya und Aldren hin und her. Schließlich seufzte er und ließ die Schultern hängen. »Einverstanden. Ich gehe zurück, aber nur unter einer Bedingung: Du kümmerst dich darum, dass Freya und Larkin ein Zimmer bekommen. Sie sollen bleiben.«

»Im Palast?«

»Nein, in den Pferdeställen.« Talon rollte mit den Augen. »Natürlich im Palast.«

»Wir haben keine Zimmer mehr frei«, erwiderte Aldren nüchtern.

»Ich bin mir sicher, du findest eine Lösung.«

Aldren schüttelte resignierend den Kopf und fasste sich mit Daumen und Zeigefinger an die Nasenwurzel. »Du musst wirklich aufhören, ständig ungeladene Gäste ins Schloss zu holen.«

»Und du musst aufhören, ständig meine Befehle infrage zu stellen.«

»Dann hör du auf, mir ständig Befehle zu geben, die ich infrage stellen muss.«

Talon antwortete mit einem Achselzucken, wie um zu sagen: *Ich bin der Prinz.* Aldrens finsteren Blick ignorierend, wandte er sich an Freya. »Vorausgesetzt, ihr wollt überhaupt bleiben.«

»Natürlich«, erwiderte Freya. Er war hier. Wo sonst hätte sie hingehen wollen?

40. Kapitel – Weylin

– Nihalos –

Valeska kam. Weylin konnte sie spüren, wie ein herannahendes Gewitter, dessen Blitze Bäume in Brand steckten, sodass es kein Versteck gab und einem nichts anderes übrig blieb, als sich dem Sturm zu stellen.

Er richtete sich auf und versuchte seinem Spiegelbild keine Beachtung zu schenken. Er trug wieder schwarz und hatte die blonde Perücke abgelegt, aber seine dunklen Haare waren fort. Er hatte einen klaren Blick auf seinen verbrannten Hals, und die Narbe schien ihn zu verspotten. Ob heute Nacht noch eine zweite hinzukommen würde?

Alles war nach Plan gelaufen. Er war als Gardist der Unseelie durchgegangen, hatte sich unbemerkt positionieren können und Kheeran im Visier gehabt. Es hätte funktionieren müssen. Doch in letzter Sekunde hatte irgendetwas die Aufmerksamkeit des Prinzen erregt, und er hatte sich bewegt. Nicht viel, aber bereits die leichte Drehung hatte ausgereicht, und der Pfeil hatte sich in seine Schulter anstatt in sein Herz gebohrt. Weylin hatte versucht, noch einen zweiten Pfeil nachzulegen, aber die Gardisten und Fae, die Kheeran umgehend zu Hilfe geeilt waren, hatten ihm die Sicht versperrt. Widerwillig hatte er den Rückzug angetreten, sich völlig im Klaren darüber, was dies womöglich bedeutete. Und wie es schien, hatte der junge Prinz tatsächlich überlebt, anderenfalls wäre ihm die Nachricht über sein Ableben sicherlich schon zu Ohren gekommen.

Leise klopfte es an der Tür seines gemieteten Zimmers. Weylin öffnete sie nur widerwillig, und obwohl es im Gang dunkel war und sie einen Umhang mit Kapuze trug, der ihr Gesicht vor ihm verbarg, erkannte er Valeska. Ihre Statur. Ihre Haltung. Ihre Ausstrahlung. Sie hob den Kopf. Ihre grünen Augen fingen das Kerzenlicht ein, das im Raum brannte, und gaben es als wütendes Funkeln wieder. Dennoch erschien ein Lächeln auf Weylins Lippen, ganz wie Valeska es ihm befohlen hatte, so unpassend es auch war.

»Lass mich rein!«, forderte sie.

Er machte einen Schritt zur Seite, und die Königin trat ein. Sie schob ihre Kapuze zurück. Ihr makelloses Gesicht war zu perfekt für einen Ort wie diesen. Sie musste nach der Feierlichkeit im Schloss direkt zu ihm gekommen sein, denn sie trug noch den prachtvollen Schmuck, den er auf der Parade an ihr gesehen hatte. Bei dem Anblick hatten seine Hände zu zittern begonnen, und er hatte sich nichts sehnlicher gewünscht, als den Pfeil, der auf seiner Sehne lag, abzufeuern, aber der Blutschwur, der auf seinem Rücken brannte, hatte ihn davon abgehalten.

Mit gerümpfter Nase sah sich Valeska in der Kammer um. »Was für ein Rattenloch. Wozu habe ich dir all diese Talente mitgegeben? Habe ich dir nicht gesagt, du sollst dir ein Zimmer näher am Schloss suchen?«

»Das habt Ihr, Eure Hoheit«, beteuerte Weylin. Die Worte des Gehorsams brannten wie Gift auf seiner Zunge. »Aber die Unseelie haben mich des Öfteren abgewiesen. Sie vermieten nicht gerne an einen Halbling.«

Valeska schnaubte abfällig, wobei nicht zu erahnen war, ob ihre Verachtung den Unseelie und ihrer Einstellung galt oder der Tatsache, dass er ein Halbling war. »Wie dem auch sei. Wir haben wichtigere Dinge zu besprechen.«

Weylin rührte sich nicht. Doch sein Kopf nickte wie von selbst.

In einer gemächlichen Bewegung, als hätte sie alle Zeit der Welt, streifte sich die Königin ihren Umhang von den Schultern und legte ihn über den Stuhl, wie erwartet trug sie darunter ein prachtvolles Kleid, dessen Saum über den staubigen Boden schleifte. »Prinz Kheeran ist am Leben. Du hast versagt.«

Er senkte den Blick.

Valeska trat an das Fenster. Inzwischen war es so spät, dass selbst die Flammen und Fackeln der Festlichkeiten erloschen waren. »Deine Unfähigkeit widert mich an. Wie kann es sein, dass der Prinz noch immer nicht tot ist?« Valeskas Stimme war ruhig. Gefährlich ruhig. Nichts von dem Zorn, der in ihren Augen loderte, spiegelte sich darin wider. »Sag es mir! Wieso ist es dir bisher nicht gelungen, den Prinzen zu töten?«

Weylin presste die die Lippen aufeinander. »Es tut mir leid.«

»Das ist keine Antwort auf meine Frage. Und sieh mich an, wenn du mit mir redest!«

Widerwillig hob er den Kopf, und erneut formte sich ein unangemessenes Lächeln auf seinen Lippen. Er wollte Valeska nicht antworten. Er wollte nach dem Dolch an seinem Gürtel greifen, sich auf sie stürzen, ihr die Kehle durchschneiden und dabei zusehen, wie das Leben aus ihr herausfloss. »Ich … vielleicht ist es nicht meine Bestimmung, den Prinzen zu töten.«

Valeska lachte, es war ein trockenes, bitteres Lachen. »Deine Bestimmung ist, was immer ich sage.«

»Natürlich, Eure Hoheit.«

Sie musterte ihn von Kopf bis Fuß. Ihre Aufmerksamkeit blieb an der Narbe an seinem Hals hängen, mit der sie ihn vor sieben Jahren für seinen Ungehorsam gebrandmarkt hatte. »Zieh dich aus!«

Weylin konnte dem Zwang in ihren Worten nicht widerstehen. Wie von selbst hoben sich seine Hände zur der Knopfleiste seines Hemdes und öffneten sie. Das Kleidungsstück fiel zu Boden. Valeska betrachtete ihn eindringlich. Vermutlich überlegte sie, welche Stelle seines Körpers sie als Nächstes verschandeln sollte. Viel Platz war nicht mehr geblieben. Er löste den für Waffen gedachten Ledergürtel, der seine Brust umspannte, ehe er sich seiner Schuhe und seiner Hose entledigte.

Vollkommen entblößt stand er vor Valeska, und ein bitterer Geschmack legte sich auf seine Zunge. Er wollte sich erbrechen, aber sein Körper gehörte nicht ihm, sondern der Königin. Anerkennend ließ sie ihren Blick über ihn gleiten und kam langsam näher, wobei ihre Füße keinen Laut auf den Dielen erzeugten, als würde sie darüber hinwegschweben. Vor ihm blieb sie stehen, und obwohl die Königin kleiner war als er, fühlte es sich so an, als wäre sie diejenige, die auf ihn herabsah. Dieses Gefühl ihrer Überlegenheit wurde von seiner Nacktheit noch verstärkt.

»Fass deinen Schwanz an!«, befahl Valeska.

Weylins Hand schloss sich um sein schlaffes Glied.

Sie lächelte zuckersüß, aalte sich im Glanz ihrer Macht, da sie wusste, wie sehr er das hier hasste. Manchmal vermutete er, dass es nicht der Sex war, der die Königin befriedigte, sondern das Gefühl der absoluten Kontrolle. »Du weißt, was ich sehen will.«

Ja, das wusste er. Seine Hand begann sich zu bewegen, weil er nicht anders konnte. Er hasste diese Demütigung, diese Erniedrigung. Er war vielleicht ein Halbling, dennoch hatte er es nicht verdient, auf diese Weise seiner Würde beraubt zu werden. Lieber würde er sich auspeitschen lassen, denn körperlicher Schmerz war so viel leichter zu ertragen als das hier – aber das wusste Valeska.

Eine Weile beobachtete sie ihn. Der Zorn verschwand aus ihren Augen, aber es war keine Lust, die ihn ersetzte, sondern Genugtuung. Sie genoss es, mit ihm zu spielen und ihn leiden zu sehen. »Also, noch einmal von vorne. Warum ist der Prinz noch am Leben?«

»Ich weiß es nicht. Er … er hat sich bewegt, als ich den Pfeil abgefeuert habe.« Weylins Atem wurde stockender. »Ich will genauso wenig wie Ihr, dass sich Samias Prophezeiung erfüllt.«

»Was du willst, tut nichts zur Sache«, erklärte Valeska. Sie trat dichter an ihn heran und um ihn herum, dabei strich sie mit einem Finger sein Schlüsselbein entlang, über seine Schulter, bis in seinen Nacken. Die Berührung ließ ihn frösteln, dennoch wurden die Bewegungen seines Armes nicht langsamer. »Aber …«, fuhr Valeska fort, »… ich glaube dir.«

»Danke, meine Königin«, presste er zwischen zusammengebissenen Zähnen hervor. Seine Muskeln begannen unkontrolliert zu zittern, während sein Körper unter Valeskas Befehl einem Verlangen nachgeben wollte, das seine Seele Stück für Stück zerriss. »Ihr werdet es nicht bereuen. Ich verspreche Euch, ich werde einen Weg finden, Prinz Kheeran zu töten, noch ehe er König wird.«

»Das wirst du, aber nicht jetzt.« Valeska packte, was von seinem nun kurzen Haar noch übrig war, und zerrte seinen Kopf zurück. Ein reißender Schmerz fuhr ihm durch die Schläfen. Er empfand ihn als angenehm, denn für eine Sekunde, lenkte er ihn von seiner Demütigung ab. »Die Krönung ist bereits in sechs Tagen«, wisperte Valeska an seinem Ohr, ihr warmer Atem roch nach Wein. »Nach deinem heutigen Scheitern wird Kheeran besser bewacht als je zuvor. Kein Staubkorn kommt mehr an ihn heran. Und das ist deine Schuld.«

»Es tut mir leid«, wiederholte Weylin kurzatmig. Das rhythmische Auf und Ab seiner Hand wurde schneller. Lange würde er das nicht mehr aushalten.

»Das sollte es auch. Aber ich habe bereits einen neuen Plan, der uns mehr Zeit verschafft.« Sie drückte ihre Lippen auf seinen Hals, küsste die Stelle, an der sein Puls heftig pochte, und leckte ihm den Schweiß von der Haut. Er kniff die Augen zusammen und versuchte sich vorzustellen, dass der gut aussehende Wächter hinter ihm stand, den er neulich auf den Straßen von Nihalos getroffen hatte. Larkin. Doch so hart und bitter Valeskas Seele war, so süß und sanft war ihr Körper, der Weylin jeder Illusion beraubte. »Willst du ihn hören?«

Weylin nickte.

»Gut, ich werde ihn dir verraten, aber zuerst musst du noch etwas anderes für mich tun.« Valeska trat hinter ihm hervor, und sie ließ ihren Blick ein weiteres Mal über seinen Körper wandern. Seine Muskeln waren angespannt, und seine Haut glänzte feucht vom Schweiß. Es schien Valeska zu gefallen, was sie sah, denn Begierde zeichnete nun ihre zuvor neutralen Gesichtszüge. »Hör auf!«

Augenblicklich fiel Weylins Hand von sich ab. Gerne hätte er erleichtert aufgeatmet, doch sein Glied pochte geradezu schmerzhaft, und dass Valeska ihn nicht kommen ließ, konnte nur eines bedeuten –

»Zieh mir das Kleid aus!« Sie drehte sich um, und obwohl er innerlich bebte, zitterten seine von Valeska gesteuerten Finger nicht, als er ihre Knöpfe öffnete. Das Kleid rutschte ihr von den Schultern und entblößte einen Körper, den viele Seelie wohl als vollkommen bezeichnet hätten: glatte Haut, breite Hüften, eine schmale Taille und üppige Brüste – Weylin hätte sich am liebsten übergeben. Der einzige Makel an Valeska waren die Narben, die von ihrer Krönung stammten. Sie saßen zwischen ihren Brüsten, auf ihrem Bauch und ihren Oberschenkeln, aber viele Fae hätten auch sie als schön bezeichnet, denn sie waren ein Zeichen ihrer Macht und ihrer adeligen Abstammung.

»Danke«, säuselte Valeska. Doch nichts Liebreizendes lag in ihrer Stimme. Sie klang wie eine Jägerin, die wusste, dass sie gewonnen hatte. Anmutig schritt sie zu dem heruntergekommenen Bett und legte sich darauf. Ihre königliche Haltung blieb unangetastet. Einige Herzschläge lang betrachtete sie Weylin unter halb gesenkten Lidern, wie er nackt und hilflos vor ihr stand, ihrem Willen ausgeliefert. Ein diabolisches Lächeln trat auf ihre Lippen. »Komm her!«

Weylins Beine gehorchten – während ein Teil von ihm zerbrach.

41. Kapitel – Freya

– Nihalos –

Freya wälzte sich in ihrem Bett herum. Nachdem sie tage- und nächtelang auf der ungemütlichen Pritsche im *Glänzenden Pfad* geschlafen hatte, sollte die mit Wasser gefüllte Matratze nach diesem anstrengenden Tag eigentlich eine Wohltat für ihren Körper sein. Doch sie fand keinen Schlaf. Seit Stunden rollte sie sich von einer Seite auf die andere, vom Rücken auf den Bauch und wieder zurück, denn sie konnte ihren Gedanken ebenso wenig Einhalt gebieten wie den Wellen, die über das Meer rollten. Sie hatte Talon gefunden. Ihn getroffen. Mit ihm gesprochen. Sie hatte so lange von diesem Moment geträumt, dass er sich unwirklich anfühlte. Sie fürchtete, die Augen zu schließen, aufzuwachen und feststellen zu müssen, dass Larkin recht gehabt hatte. Was, wenn es wirklich nur ein sehr realistischer Fiebertraum war, vom Gift der Elva erzeugt?

Das würde zumindest erklären, wieso Talon der Thronerbe der Unseelie sein sollte. Dieses Detail wollte Freya noch immer nicht in den Kopf. Ihr Bruder – König der Fae? Wusste ihr Vater davon? War das Ganze womöglich nur ein abgekartetes Spiel, von dem sie nichts geahnt hatte? Ein geschickter Schachzug, den alle vor ihr verheimlicht hatten, um Melidrian für sich einzunehmen, indem man Talon als Unseelie ausgab? Nein, das konnte nicht sein. Niemals hätte ihre Mutter zugelassen, Talon mit elf Jahren auszuspielen wie eine Trumpfkarte. Außerdem wäre dadurch das Risiko eines neuen Krieges zu groß geworden, denn auch wenn die Menschen inzwischen über bessere Waffen verfügten, wären die Folgen einer solchen Schlacht fatal, vor allem wenn sie sich erneut über mehrere Jahrzehnte hinziehen sollte.

Freya kniff die Augen zusammen und wälzte sich erneut auf dem Bett herum, das unter ihr leise gluckerte. Noch vor einer Stunde hatte sie das Geräusch kaum wahrgenommen, denn die Musik und die Stimmen des Schöpferfestes hatten es übertönt, aber mittlerweile war es still im Palast geworden, mit Ausnahme gelegentlicher Schritte, die durch die Gänge hallten. Sie fragte sich, wie spät es war. Der Nachthimmel war dunkel und von Wolken verhangen, welche die Monde und die Sterne vor ihr verbargen, und es gab auch keine Uhr in ihrem Zimmer.

Ob Larkin bereits schlief? Er hatte darauf bestanden, einen Raum zugeteilt zu bekommen, der ihrem nahe war. Freya wusste, dass sein Schlafgemach nur zwei Türen weiter lag. Zwischen ihnen befand sich eine Bibliothek und das Zimmer eines Beraters, der sich geweigert hatte, sein Quartier zu tauschen.

Freya biss sich auf die Unterlippe und krallte ihre Finger in das Bettlaken, um sich davon abzuhalten, zu Larkin zu gehen. Doch es half nichts. Sie brauchte Ablenkung, unmöglich konnte sie noch länger untätig in der Stille herumliegen. Sie rollte sich aus dem Bett und legte sich ihren Umhang über die Schultern, da sie nur ein dünnes Nachthemd trug. Barfuß lief sie zur Tür, doch Schritte im Gang ließen sie innehalten. Sie zögerte. Sie sollte nicht zu Larkin gehen. Was, wenn er tatsächlich schlief und sie ihn weckte? Ihretwegen hatte er die letzten Nächte auf einem Stuhl verbringen müssen. Er hatte sich Erholung und etwas Ruhe vor ihr verdient.

Freya wollte gerade wieder in ihr Bett zurückgehen, als es an ihre Tür klopfte. Vermutlich wäre es klüger gewesen, sie geschlossen zu halten, denn es hätte auch ein fremder Unseelie davorstehen können, aber Freyas Neugierde siegte über ihre Vernunft, und sie öffnete ihrem nächtlichen Besucher.

Es war Talon. Er lächelte sie an. »Du bist noch wach.«

»Ja, ich konnte nicht schlafen.«

»War das Fest zu laut?«

Sie schüttelte den Kopf. »Ich habe nur über einiges nachgedacht.«

»Das kann ich mir vorstellen.« Er senkte seinen Blick zu Boden, und Freyas Augen folgten ihm. Sie schmunzelte, als sie bemerkte, dass er barfuß war, obwohl er noch immer seine Uniform trug. Er räusperte sich. »Darf ich reinkommen?«

Sie hielt einen Moment inne, dann nickte sie. Sie kannte den Mann nicht, der vor ihr stand, aber sie vertraute dem Jungen, der in ihm steckte. Mit vor Nervosität kribbelnden Beinen trat sie ein paar Schritte zurück, und Talon kam ins Zimmer. Er sah sich unruhig in dem Raum um, als hätte er das Zimmer noch nie gesehen. Sie schloss die Tür und verweilte auf der Stelle, unsicher, was sie jetzt tun sollte. Sie hatte so viele Fragen, aber jede einzelne Antwort von Talon würde das Durcheinander in ihrem Kopf vermutlich nur größer werden lassen. Doch irgendwann, irgendwo musste sie anfangen. Ihr Unwissen würde sie nicht ewig schützen. »Wie heißt du?«, fragte Freya schließlich, nachdem sie den Mut zum Sprechen gefunden hatte, und setzte sich auf ihr Bett.

Talon schnaubte. »Das weißt du.«

»Ich meine …« Sie seufzte. Warum war das so schwer? »Wie soll ich dich nennen?«

Er zuckte mit den Schultern. »Wie du möchtest.«

Freyas Mundwinkel zuckten.

»Nur nicht Tölpel oder Trottel.«

»Das schränkt meine Möglichkeiten stark ein.«

Er schnaubte und schob die Hände in die Taschen seiner Uniform. Nur wer genau hinsah, konnte erkennen, dass er seinen linken Arm schonte. »Ich heiße Kheeran. Zumindest ist das der Name, der mir zuerst gegeben wurde.«

»Von wem?«

»Königin Zarina und König Nevan.«

In Freyas Brust wurde es eng. »Sie sind deine Eltern?«

Talon nickte.

Ihr Herz setzte einen Schlag aus. Natürlich hatte sie es bereits geahnt, aber die Worte aus Tal–, *Kheerans* Mund zu hören, war noch einmal etwas anderes. Doch selbstverständlich war er Zarinas und Nevans Sohn, niemals würden die Unseelie einen Sterblichen auf ihren Thron setzen. Andererseits war ihr Vater auch bereit gewesen, ihn zu krönen und ihm den Thron über Thobria zu überlassen. Hatte er es wirklich nicht gewusst? »Darf ich sie sehen?«

Kheeran runzelte die Stirn. »Wen?«

»Deine Ohren.«

Verlegen senkte Kheeran den Blick. »Da gibt es nicht viel zu sehen.«

Betrübt sah sie ihn an. »Was meinst du damit?«

Er lächelte traurig und kam auf sie zu. Einen Moment hielt er inne, bevor er sich zu ihr aufs Bett setzte, nur eine Armlänge entfernt. In bedächtigen Bewegungen schob er sein Haar erst auf der linken, dann auf der rechten Seite zurück und entblößte zwei goldene Aufsätze, wie Freya sie getragen hatte, um sich als Fae zu tarnen. Er schloss die Augen, und ein tief reichender Schmerz zeichnete sein Gesicht. Freya wollte ihre Bitte schon zurücknehmen, aber da war es bereits zu spät. Kheeran löste die Aufsätze von seinen Ohren – und da waren keine Spitzen, nur eine glatte Oberseite, wie in Freyas Erinnerung.

Sie schluckte. Es war Kheeran anzusehen, wie schwer es ihm fiel, sich auf dieser Weise vor ihr zu entblößen. So zeigte er sich offensichtlich nicht gerne, und dass er ihr nach all den Jahren noch genug vertraute, um sich ihr gegenüber so zu öffnen, bedeutete ihr viel. Zögerlich streckte sie ihre Hand nach seinen Ohren aus. Kheeran zuckte zusammen, aber nicht zurück, als sie ihn berührte. Die Haut unter ihren Fingerspitzen fühlte sich warm und glatt an. Es gab kein Narbengewebe. Keine Verwucherungen. Jeder, der ihn so sah, würde denken, die eigenartige Form seiner Ohren wäre angeboren. Freya hatte das auch geglaubt. »Was ist passiert?«, fragte sie mit heiserer Stimme und ließ ihren Arm sinken.

Kheeran schlug die Augen auf. »Man hat sie mir abgeschnitten.«

»Wann?«

Er seufzte. »Ich war noch ein Baby. Gerade mal ein paar Wochen alt, als jemand mich aus meinem Kinderzimmer hier in Nihalos entführt hat, um mich auf die andere Seite der Mauer zu bringen. Vermutlich waren es die Entführer, die ...« Er stockte. »Ich sollte offenbar als Menschenjunge durchgehen.«

Freya stutzte. Das war alles? Warum sollte sich jemand den Bemühungen und Gefahren aussetzen, einen Kronprinzen zu entführen, nur um ihn dann auf der anderen Seite der Mauer abzusetzen? Das ergab für sie keinen Sinn, andererseits verstand sie nichts von all dem, was gerade passierte. »Vater weiß es also nicht?«

Kheeran schüttelte den Kopf. »Hätte er es gewusst, als er mich damals gefunden hat, hätte er mich vermutlich auf der Stelle umbringen lassen und mich nicht mit aufs Schloss genommen, um mich als seinen Sohn großzuziehen. Er wollte immer einen Jungen als Thronerben. Mich als deinen Zwilling auszugeben, war für ihn die einzige Chance, die Krone an einen männlichen Erben zu reichen, ohne seine Erstgeborene töten zu müssen.«

Freyas Magen rumorte. Sie kannte die Geschichten und wusste von den erstgeborenen Töchtern, die im Laufe der Jahre im Kreis der Adeligen hatten sterben müssen, um Platz für einen männlichen Erben zu machen, damit dieser das Geburtsrecht auf seiner Seite hatte. Dass König Andreus sie womöglich nur verschont hatte, weil er Kheeran damals gefunden hatte, jagte ihr einen Schauder über den Rücken. Und selbstverständlich hatte sich ihre Mutter bereit erklärt, Kheeran als ihren eigenen Sohn großzuziehen, um sie zu retten. Dennoch schmerzte diese Lüge wie keine andere zuvor. Sie hatte gedacht, Talon und sie wären ein Fleisch und Blut, aber das stimmte nicht. Nicht einmal nach seinem vermeintlichen Tod hatten es ihre Eltern über sich gebracht, ihr die Wahrheit zu sagen. Sie wollten, dass sie eine große, gerechte Herrscherin wurde, vermochten aber nicht ehrlich mit ihr zu sein.

»Woher wussten die Fae, wo sie dich finden würden?«, fragte Freya.

»Nach meiner Entführung wurden Suchzauber gewirkt, um mich aufzuspüren, aber sie haben nicht funktioniert. Ich war noch zu jung und meine Aura zu schwach, um von der Magie erfasst zu werden. Außerdem hatte ich keine wirkliche Verbindung zu den Gegenständen, die man für die Zauber nutzen konnte. Ich war so klein, und mir war nicht einmal bewusst, was es bedeutet, am Leben zu sein. Man hat die Suche nach mir ruhen lassen, aber nie gänzlich eingestellt. Jahrelang gab es keinen Hinweis auf mein Verbleiben, bis ich mit Vater die Mauer besucht habe. Du erinnerst dich?«

Freya nickte.

»An diesem Tag war ich der Magie so nahe wie noch nie zuvor. Und vermutlich hat das irgendetwas in mir ausgelöst«, fuhr Kheeran fort. »Denn als Onora kurz darauf einen Suchzauber gewirkt hat, hat sie mich gefunden.«

Hätte Kheeran ihren Vater an diesem Tag also nicht begleitet, wäre seine Magie nicht erwacht, und man hätte ihn nicht entführt, aber vermutlich wäre es nur eine Frage der Zeit gewesen, bis es passiert wäre. Denn früher oder später, hätte er als König an die Mauer reisen müssen. »Wusstest du es?«

»Das ich eine Unseelie bin?« Kheeran lachte trocken. »Nein, woher auch? Ich habe nichts von der Magie gespürt. Erst die

Männer, die mich zurückgeholt haben, haben mir erzählt, wer ich bin und was mit mir geschehen ist. Ich wollte ihnen zuerst nicht glauben, bis sie mir gezeigt haben, wie ich meine Magie wirken kann, und plötzlich ergab so vieles Sinn. Ist dir aufgefallen, dass ich als Kind kein einziges Mal krank war?«

Freya schüttelte den Kopf, dabei war ihr seine Wortwahl nicht entgangen. *Zurückgeholt,* nicht entführt. »Haben sie dich gut behandelt?«

»Ja. Zuerst hatte ich unglaubliche Angst. Dann wurde ich wütend. Ich habe sie angeschrien, getreten und gebissen, doch egal was ich gemacht habe, sie haben mich nie angerührt, sondern mich einfach meinem Zorn überlassen. Doch als die Nacht hereinbrach, kam die Angst, und ich habe angefangen zu weinen. Die Männer haben ein Lager aufgeschlagen, und einer von ihnen hat sich zu mir gesetzt. Er hat sich die Maske vom Gesicht gezogen, mich angelächelt und mir gesagt, sein Name sei Aldren und er würde lieber sterben, als zuzulassen, dass mir etwas zustößt. Ich fragte: Warum? Und daraufhin hat er mir erzählt, wer ich wirklich bin.«

Freya griff nach Kheerans Hand, die in seinem Schoß lag, und drückte sie. Seine Finger waren kalt und feucht – wie ihre eigenen. Sie konnte sich gar nicht vorstellen, wie er sich damals gefühlt haben musste. Sie hatte Ängste und Qualen erlitten wie noch nie zuvor in ihrem Leben, und das obwohl sie vertraute Gesichter und liebe Menschen um sich gehabt hatte. »Ich wünschte, du hättest das alles nicht alleine durchstehen müssen.«

»Ich war nicht alleine. Ich hatte Aldren.«

Freya blickte auf ihre ineinander verschränkten Hände. »Ihr seid gute Freunde, oder?«

Kheeran nickte. »Ich wüsste nicht, was ich ohne ihn machen sollte.«

Wäre er nicht gewesen, hättest du mich gehabt, dachte Freya, doch dies war ein egoistischer Gedanke. Denn sosehr sie die

Männer für Ocarins Tod und Kheerans Entführung auch hasste, nun da sie die Wahrheit kannte, wusste sie, dass ihre Entscheidung, Kheeran zu holen, das einzig Richtige war. Er hätte niemals König in Amaruné werden und unter Menschen leben können, spätestens in seinen Zwanzigern hätten die Leute angefangen, über seine nicht schwindende Jugend zu reden. Und von da an wäre es für ihn nur noch ein kurzer Weg bis zum Galgen gewesen. Das mit ansehen zu müssen, hätte sie nicht ertragen.

»Woher hast du das?«, fragte Kheeran plötzlich und riss Freya aus ihren trübseligen Gedanken und den unschönen Visionen eines alternativen Lebens. Sie sah auf und folgte seinem Blick zu dem magischen Würfel, den sie auf ihren Nachttisch gestellt hatte.

»Du weißt, was das ist?«

»Natürlich.« Er ließ ihre Hand los und griff nach der hölzernen Box. »Die werden in Melidrian benutzt, um Kinder ihre Magie üben zu lassen, und um herauszufinden, welches Element sie beherrschen.« Konzentriert starrte er auf die Box und drehte sie in seinen Händen. »Ich würde sie ja öffnen, aber noch habe ich keine Kontrolle über das Feuer. Erst nach meiner Krönung.«

Freya grinste. »Ich kann sie schon jetzt öffnen.«

Skepsis lag in Kheerans Blick. »Wie?«

»Gib her!« Sie wartete nicht, bis er ihr den Würfel überließ, sondern griff ihn sich. Sie legte ihre Hände auf die ins Holz geritzten Dreiecke und holte tief Luft. Die ersten Male hatte sie die Augen schließen müssen, um genug Konzentration für das Feuer heraufzubeschwören, aber sie hatte auf Elroys Schiff geübt. Eine vertraute Hitze erwärmte ihre Handflächen, kurz bevor ein Klicken ertönte und der Deckel des Würfels aufsprang.

»Unglaublich.« Kheeran beugte sich nach vorne und betrachtete die blau lodernde Flamme im Inneren einige Sekunden, ehe er mit zusammengezogenen Augenbrauen aufblickte. »Wie hast du das gemacht?«

Freya hob die Schultern. Sie stellte den Würfel zurück auf ihren Nachttisch. Der Deckel klappte zu, und das Feuer verschwand. »Ich weiß auch nicht. Es ist einfach etwas, das ich kann. Früher nicht, aber seit ich bei Moira in die Lehre gegangen bin, werde ich immer besser. Und im magischen Land zu sein, schadet meiner Magie auch nicht«

»Deiner Magie?«, platzte Kheeran heraus, als hätte er nicht gerade mit eigenen Augen beobachtet, wie sie das Feuer im Würfel heraufbeschworen hatte. »Wissen unsere Eltern davon?«

»Natürlich nicht! Wäre es so, würde ich jetzt nicht mehr hier sitzen. Vater hasst die Magie wie eh und je. Er lässt jeden hinrichten, bei dem auch nur der Verdacht besteht, er könnte mir ihr verbandelt sein.«

»Ich verstehe das nicht.« Ungläubig schüttelte Kheeran den Kopf, dabei ließ die Sorge um sie seine Gesichtszüge hart werden. »Wie kannst du nur ein solches Risiko eingehen?«

»Wie hätte ich es nicht eingehen können? Ich musste dich finden.«

Kheeran musterte sie mit vorwurfsvollem Blick. »Du hast das meinetwegen getan?«

War das eine ernst gemeinte Frage? »Für wen denn sonst?«

Er stutzte. »Warum?«

»Hätte ich dich einfach deinem Schicksal überlassen sollen?«

»Ja!«, antwortete Kheeran ohne jedes Zögern. »Wenn das bedeutet hätte, dass du dein Leben nicht aufs Spiel setzt.«

Er war so ein Heuchler. Wäre sie an seiner Stelle gewesen, hätte er dasselbe für sie getan. Und der einzige Grund, weshalb er nicht alles in Bewegung gesetzt hatte, um wieder zu ihr zu kommen, war der, dass er gewusst hatte, dass sie in Sicherheit war. Diesen Luxus hatte sie nicht gehabt. Jahrelang hatte sie in Angst um ihn gelebt. »Tja. Es ist wohl zu spät, um das rückgängig zu machen.«

Kheerans Kiefer spannte sich an. »Versprich mir, dass du diese Moira nicht wieder triffst.«

Eigentlich hätte Freya dieses Versprechen leicht von den Lippen gehen müssen. Sie hatte Talon – Kheeran – gefunden. Das war immer ihr Ziel gewesen. Es gab keinen Grund mehr für sie, noch länger an der Magie festzuhalten. Aber die Kräuter, die Elemente und die Skriptura waren inzwischen zu einem Teil ihres Lebens und ihrer Identität geworden. Wie sollte sie das aufgeben, ohne sich selbst zu verlieren? Sie konnte nicht einfach nur Prinzessin sein. Sie war so viel mehr.

Doch sie wurde davor bewahrt, das Versprechen geben zu müssen, denn es klopfte erneut an ihrer Tür. Kheeran sah sie fragend an. »Noch mehr nächtlicher Besuch?«

Freya furchte die Stirn. »Keinen, den ich erwarte.«

»Mhh«, brummte er. »Wenn ich die Tür öffne, steht da also nicht dein Wächter?«

»Nein«, antwortete Freya und war sich dabei sogar sicher. Larkin hatte zu viel Respekt, um sie mitten in der Nacht in ihrem Schlafgemach aufzusuchen. Er würde das nur tun, wenn es unbedingt nötig war, und bei einem Notfall würde er sich nicht von einer Tür stoppen lassen, sondern einfach in den Raum stürmen, um sie vor der Bedrohung zu schützen.

Das Klopfen erklang abermals.

»Herein!«, brüllte Kheeran. Sein Ruf klang überraschend laut, da sie die ganze Zeit über unbeabsichtigt mit gesenkten Stimmen gesprochen hatten. Vermutlich war das etwas, das die Nacht und die Dunkelheit mit sich brachten, obwohl niemand da war, den sie hätten stören können.

Die Tür schwang auf, und Aldren betrat das Zimmer. Sein Blick zuckte von Kheeran zu Freya und wieder zu Kheeran. Er seufzte, aber dabei ruhte ein wissendes Lächeln auf seinen Lippen. »Ich wusste doch, dass ich dich hier finden würde.«

»Gibt es ein Problem?«, fragte Kheeran.

Aldren lächelte, und Freya versuchte den liebenswert aussehenden Fae mit einer der dunklen Gestalten, die sie überfallen und Ocarin umgebracht hatten, in Verbindung zu bringen. War womöglich sogar er es gewesen, der ihren Lehrer erstochen hatte?

»Nein, es ist nur schon spät.«

Kheeran zog eine Braue in die Höhe. »Du bist gekommen, um mich ins Bett zu schicken?«

»Sozusagen.«

Kheeran stieß ein Schnauben aus. »Bin ich dafür nicht etwas zu alt?«

Aldren machte eine vage Handbewegung. »Darüber lässt sich streiten. Außerdem wollte ich nach deiner Schulter sehen. Du solltest sie wirklich schonen und dich ausruhen. Morgen stehen einige wichtige Treffen an.«

»Freya und ich –«

»Ihr könnt morgen weiterreden«, unterbrach Aldren ihn. »Ich war so frei, Onora zu deiner Anprobe zu bestellen, dadurch erledigst du zwei Sachen gleichzeitig und kannst mit Freya zusammen frühstücken.«

»Kann ich das Treffen mit Onora nicht einfach ausfallen lassen?«, fragte Kheeran hoffnungsvoll.

Aldren schüttelte den Kopf. »Das wird leider nicht möglich sein.«

»Nun gut, wenn es sein muss.« Er sah zu Freya. »Sehen wir uns zum Frühstück?«

»Natürlich«, erwiderte Freya, etwas überrascht davon, dass Kheeran Aldrens Worte so einfach Folge leistete, aber sein Berater hatte recht. Er sollte sich schonen, und morgen war ein neuer Tag.

»Großartig.« Kheeran grinste sie an. »Ich hol dich ab.«

»Ich freu mich.«

Blitzschnell beugte er sich nach vorne und drückte ihr einen Kuss auf die Stirn, ehe er aufstand und zu Aldren lief. Er wollte gerade auf den Gang hinaustreten, als sich Aldren ihm in den Weg stellte und sich vernehmlich räusperte. »Deine Ohren.«

»Oh!« Kheeran ließ sein blondes Haar nach vorne fallen. »Besser?«

Aldren neigte den Kopf und betrachtete ihn mit einem Funkeln in den Augen, das Freya selbst aus der Ferne erkannte. Er hob die Hand, und in einer erstaunlich liebevollen Geste legte er eine Strähne an die richtige Stelle, um Kheerans Makel vor dem Rest des Schlosses zu verbergen. »Jetzt.«

»Danke!« Kheeran trat an Aldren vorbei in den Gang. Der andere Fae blickte ihm nach, ehe er sich noch einmal zu Freya umwandte. »Gute Nacht, Prinzessin!«

»Gute Nacht!«, erwiderte sie, und mit einem Klicken fiel die Tür hinter ihm ins Schloss.

42. Kapitel – Larkin

– Nihalos –

Ziellos irrte Larkin durch die Gänge des Schlosses. Er fühlte sich an seine Zeit im Verlies des Königs erinnert, obwohl er sich frei bewegen durfte, genug zu essen bekam und es im Palast wesentlich besser roch. Allerdings wurde er von den Fae mit demselben Ekel betrachtet, mit dem auch die Gardisten im Schloss ihn bedacht hatten, und es gab nichts für ihn zu tun. Er war überflüssig, nun da Freya ihren Bruder gefunden hatte und jede freie Minute mit Prinz Kheeran verbrachte. Erst vor wenigen Minuten waren sie aufgebrochen, um einen Tempel zu besuchen, und anschließend wollten sie zu dem Schneider, der Freyas Kleid für die Krönung entwerfen sollte, da nichts, was sie in ihrem Beutel mit sich trug, auch nur im Ansatz dafür geeignet war, bei einer solchen Feierlichkeit getragen zu werden.

Larkin hatte Freya begleiten wollen. Er vertraute Kheeran und vielleicht noch seinem Berater Aldren, aber nicht den anderen Fae. Denn sie kannten die Wahrheit über ihren Prinzen und Freya nicht. Für sie war Freya nur ein Mensch. Schwach und unbedeutend. Mit einem Lächeln hatte sie ihm jedoch versichert, dass sie ihn nicht brauche, und ihm befohlen, sich einen Tag freizunehmen. Aber er wollte keinen freien Tag, davon hatte es in den letzten Jahren zu viele gegeben. Er wollte gebraucht werden, und zu wissen, dass Freya nicht länger auf ihn angewiesen war, machte ihn rastlos. Er brauchte eine Aufgabe. Doch im Palast erwartete niemand seine Hilfe, und den misstrauischen Blicken der Fae nach zu urteilen, wollte sie auch niemand.

Er kam sich nutzlos vor. Ein Gefühl, an das er sich niemals gewöhnen würde. Die Jahre im Gefängnis hatten ihm das bewiesen. Anderen zu helfen, war für ihn wie die Luft zum Atmen. Einer der Gründe, warum er in den letzten Wochen und Monaten im Verlies nicht verrückt geworden war, war *Maus*. Vielleicht war es übertrieben und ein wenig lächerlich, schließlich war die Maus nur ein Tier, aber sie zu unterstützen, ihr Versteck zu bauen, hatte ihm geholfen, bei Verstand zu bleiben und seine eigene, schäbige Existenz erträglicher gemacht.

Sein ganzes Leben war darauf ausgelegt, anderen zu dienen, so war er im Tempel von seinem Vater erzogen worden, und so war es als Wächter zu seiner Bestimmung geworden. Schon als Novize hatte er die weniger begabten Neulinge dabei unterstützt, die Kunst des Schwertkampfes zu erlernen, später hatte er viele freiwillige Aufgaben an der Mauer übernommen und war zum Ausbilder geworden, bis er schließlich zum Field Marshal aufgestiegen war. Und in dieser Position hatte man ihn mehr gebraucht als je zuvor.

Doch seine damalige Ehre gehörte nun der Vergangenheit an. Er stand vor dem Nichts und wusste nicht, ob er diese Leere in seiner Brust je wieder würde füllen können, geschweige denn, ob er das überhaupt wollte. Vielleicht war es an der Zeit, Abschied zu nehmen. Von diesem langen Leben und dieser Welt, die ihn nicht mehr zu brauchen schien. Er könnte nach Evardir zurückkehren und am Ort seiner Geburt sein selbst gewähltes Ende finden. Diese Vorstellung hatte etwas Beruhigendes. Keine Fesseln. Keine Gitter. Freiheit und einen Frieden, den er sich nach über zweihundert Jahren sicherlich verdient hatte.

Klirr! Das Geräusch aufeinandertreffender Schwerter riss Larkin urplötzlich aus seinen trübsinnigen Gedanken. Seine Füße hatten ihn aus dem Schloss und in einen der Innenhöfe getragen. Er stand unter einem Rundbogen im Schatten, und nicht weit von ihm entfernt duellierten sich vier in Schwarz gekleidete Gestalten in Paaren. Sein geschultes Auge brauchte nur den Bruchteil einer Sekunde, um zu erkennen, dass keine Gefahr bestand; es war ein Übungskampf – zwischen unsterblichen Wächtern.

Prinz Kheeran hatte ihm bereits bei ihrem ersten Gespräch verraten, dass weitere Wächter im Palast zu Gast waren, aber das Schloss war so groß und verwinkelt, dass er ihnen noch nicht begegnet war. Er hätte sie suchen können, aber ein Teil von ihm hatte sich vor dem Wiedersehen mit Khoury gescheut, der unter ihm als General an der Mauer gedient hatte.

Nun stand der neue Field Marshal nur noch wenige Fuß von ihm entfernt und parierte einen Schlag von Bríon Pardrey, ehe er umgehend wieder in den Angriff überging. Khoury hatte schon immer einen sehr kraftvollen und zielstrebigen Kampfstil verfolgt.

Larkin löste seinen Blick von seinem alten Freund und betrachtete das zweite Duell. Obwohl er ihm den Rücken zugewandt hatte, erkannte er den Taugenichts Leigh an seinem blonden Haarschopf. Er kämpfte mit einer Frau, die den Griff ihres Schwertes umklammerte, als hätte sie noch nicht oft eine solche Waffe in den Händen gehalten. Sie war flink und bewegte sich geschickt, weshalb sie nicht umgehend verlor, aber in einem Kampf auf Leben und Tod würde sie dieses Herumgehüpfe nicht retten.

Leigh spielte mit ihr, aber bereits ein paar Herzschläge später schien er der Sache überdrüssig zu sein und setzte seinen finalen Hieb. Er täuschte einen Schlag von links vor, griff aber von rechts an. Die Frau versuchte noch, ihn abzuwehren, aber er hatte sie mit seinem Manöver überrumpelt. Vor Schreck wich die Spannung aus ihrem Körper, und mit einer gezielten Bewegung schlug Leigh ihr die Waffe aus der Hand. Sie segelte durch die Luft und blieb in einem Blumenbeet stecken.

»Du elender Mistkerl!«, fluchte die Frau und schüttelte ihr Handgelenk.

Leigh lachte. »Wie oft willst du noch auf denselben Trick reinfallen?«

»Weiß ich nicht. Ich mach das nicht mit Absicht«, zischte sie und wandte sich ab, um ihr Schwert zu holen, als sie Larkin unter dem Rundbogen bemerkte. Sie erstarrte und zog irritiert die Augenbrauen zusammen. Zwar trug er nicht die offizielle Uniform der Mauer, aber selbst für einen Neuling, wie sie es war, war seine Ausstrahlung unverkennbar. Sie vermochte ihn nur nicht einzuordnen. Larkin erwiderte ihren Blick und musterte die Frau. Mit ihrer dunklen Haut wirkte sie noch fremdartiger an diesem Ort, als sie es als Wächterin ohnehin schon war. Ihr langes schwarzes Haar hatte sie zu einem unordentlichen Zopf geflochten, der ihr über die Schulter fiel, und Staub bedeckte ihre Uniform, als hätte Leigh sie heute schon das eine oder andere Mal in den Dreck geschubst.

»Was ist?«, fragte dieser. »Hast du einen Geist –« Er verstummte. Sein Blick war dem der Frau gefolgt, und er begann zu blinzeln, als könnte er seinen Augen nicht trauen. »Ja, da holen mich doch die Elva!«

Sein Ruf ließ das rhythmische Klirren des anderen Kampfes verstummen, und Khoury und Bríon senkten ihre Waffen. Nun starrten alle vier Wächter Larkin an, und während die Frau vor allem irritiert wirkte, spiegelte sich Überraschung und Unglauben in den Gesichtern der anderen wider.

»Ich fasse es nicht.« Khoury trat einen Schritt vor. »Larkin? Larkin Welborn?«

Larkin trat aus dem Schatten des Rundbogens hervor, und ein eigenartig flaues Gefühl breitete sich in seinem Magen aus, das er als Nervosität erkannte. Es tat gut, die anderen Wächter zu sehen, aber er vermochte ihre Reaktion auf ihn nicht abzuschätzen, schließlich waren sie dabei gewesen, als die Gardisten des

Königs im Niemandsland einmarschiert waren, um ihn festzunehmen. Damals hatte er das Ganze zuerst für einen dummen Fehler gehalten, ein Missverständnis, aber die Männer waren nicht zum Scherzen aufgelegt gewesen. Sie hatten den Befehl gehabt, ihn mitzunehmen, da er seiner Aufgabe als Field Marshal angeblich nicht gerecht geworden war. Seine Wächter hatten beteuert, dass das nicht stimmte, dass die Elva nicht zu kontrollieren waren und er sein Bestes gegeben hatte. Doch die Gardisten hatten nicht hören wollen, und es war zu einem Handgemenge zwischen den beiden Fronten gekommen, ehe Larkin dem Einhalt geboten und freiwillig mit nach Amaruné gegangen war. Erst später hatte er erfahren, dass es dem König dabei nicht um das Dorf Bellmare an sich ging, sondern einzig und alleine um die Herzöge, die er nicht hatte retten können. Und weil Bellmare jenseits des Niemandslandes lag, hatte der König ihn nach den Gesetzen Thobrias bestrafen dürfen.

»Sei gegrüßt, Khoury«, erwiderte Larkin.

Sprachlos starrte dieser ihn einen Moment an, ehe er zu Larkins Erstaunen mit ausgebreiteten Armen auf ihn zugelaufen kam. Larkin hieß die Umarmung seines alten Freundes willkommen. »Es tut gut, dich zu sehen«, sagte Khoury neben seinem Ohr und klopfte ihn dabei auf den Rücken.

»Gleichfalls«, erwiderte Larkin, und während Khoury ihn festhielt, verschwand eine Last von seinen Schultern, von der er gar nicht gewusst hatte, dass er sie getragen hatte. Er war froh gewesen, wieder auf freiem Fuß zu sein und Freya dienen zu dürfen, aber bis zu diesem Augenblick war ihm nicht klar gewesen, wie sehr er die Männer vermisst hatte, die er als seine Brüder bezeichnete.

Larkin ließ Khoury los und betrachtete ihn eingehend. »Ich habe gehört, du bist jetzt Field Marshal.«

Die Wiedersehensfreude wich aus Khourys Gesicht, und seine Miene wurde ernst. Er nickte, kurz und abgehackt, als würde er lieber nicht antworten, aus Angst vor Larkins Reaktion. Schließlich war er der erste Marshal, der in diesen Posten erhoben worden war, ohne dass sein Vorgänger verstorben war. Doch Khourys Sorgen waren unbegründet. Larkin legte ihm eine Hand auf die Schulter. »Sie hätten keinen Besseren wählen können.«

Khourys Lächeln kehrte zurück. »Danke!«

Larkin nickte und wandte sich den anderen Wächtern zu, die näher gekommen waren. »Hallo, Bríon!« Er steckte dem rothaarigen Mann seine Hand entgegen. »Es kommt mir wie eine Ewigkeit vor.«

»Das glaub ich gerne. Im Kerker verfliegt die Zeit sicherlich nicht.«

»Das kannst du laut sagen. Noch langsamer vergehen nur die Minuten, in denen man aufs Essen wartet«, scherzte Larkin. Er erinnerte sich, dass Bríon schon immer eine Schwäche für gute Mahlzeiten gehabt hatte. Ansonsten wusste er nicht viel über den Wächter. Sie waren einander nie wirklich nahe gewesen. Während ihn mit Khoury Freundschaft verband und mit Leigh eine gegenseitige Abneigung hatte Larkin zu Bríon ein neutrales Verhältnis.

»Wahre Worte«, lachte dieser und trat zur Seite, um Platz für Leigh zu machen.

Widerwillig sah Larkin zu ihm. Sein Lächeln wurde verkrampft. Er mochte Leigh nicht, denn er hatte generell noch nie viel Respekt für Männer empfunden, die nur wegen des Geldes ins Niemandsland kamen. Die meisten von ihnen konnte er dennoch verstehen. Sie taten es, um ihre Familien zu ernähren und ihre Kinder durch harte Winter zu bringen. Aber Leigh war ein Wächter geworden, um seine Schulden bei den Dunkelgängern zu begleichen, weil er dumm genug war, diese zu bestehlen. Er war ein Dieb. Ein Verbrecher. Unwürdig. »Wächter Fourash.«

»Captain Fourash«, korrigierte Leigh ihn mit einem stolzen Grinsen. »Ich wurde befördert.«

Befördert? Larkins Blick zuckte zu Khoury, obwohl er nicht das Recht hatte, die Entscheidungen des neuen Field Marshals infrage zu stellen, auch wenn Leigh seiner Meinung nach die Führungsqualitäten einer toten Schildkröte besaß. Er war ein Kindskopf, und anstatt ein Teil der Gruppe zu werden, hatte er immer nach Möglichkeiten gesucht herauszustechen. Auch während ihrer seltenen Besuche in Thobria. Die Wächter waren stets bemüht, sich dort ruhig und unauffällig zu verhalten, um kein Aufsehen zu erregen, da alleine ihre Anwesenheit ausreichte, um die Leute nervös zu machen. Leigh allerdings war stets aufgefallen, sei es durch Schauergeschichten von der Mauer oder seine Betrügereien beim Kartenspiel, die nie lange verborgen geblieben waren.

»Wenn das so ist, kann ich nur gratulieren.« Die Worte kamen Larkin nur widerwillig über die Lippen.

»Danke!« Leigh schien nichts von seinem Widerstreben zu bemerken. »Was machst du hier?«

Die Frage überraschte ihn, aus irgendeinem Grund hatte er angenommen, die Wächter hätten bereits von Freyas Ankunft erfahren. »Hat euch das niemand gesagt?«

»Nein, wer denn?«, fragte Leigh und umfasste mit einer Handbewegung den leeren Innenhof mit dem schwarzen Rechteck in der Mitte. Nur zwei Palastwachen standen in der Ferne vor einem der Durchgänge. »Die Einzigen, die uns nicht vollkommen ignorieren, sind Kheeran und sein Berater Aldren.«

»Aber ihr wisst, dass Prinzessin Freya hier ist, oder?«

»Man sagte uns, sie sei zur Krönung eingeladen«, antwortete Khoury. »Wir hielten das jedoch für ein Gerücht. Die Unseelie stehen seit Jahren nicht mehr in Kontakt mit den Draedons.«

»Das stimmt, aber Prinzessin Freya ist tatsächlich hier«, versicherte Larkin. »Ich habe sie hierher begleitet.«

»König Andreus hat dich mit seiner Tochter losziehen lassen?«, fragte Leigh ungläubig.

Larkin zögerte. Er könnte reinen Tisch machen und die Wahrheit sagen: dass Freya ihn aus dem Verlies befreit hatte, damit er sie nach Melidrian begleiten konnte. Das würde allerdings nicht nur Fragen zu ihrem Motiv aufwerfen, sondern ihn auch als Flüchtigen offenbaren. Und obwohl die anderen Wächter ihm anscheinend wohlgesonnen waren, zweifelte Larkin nicht daran, dass sie ihre Pflicht erfüllen und ihn zurück in sein Verlies bringen würden, wenn sie die Wahrheit erfuhren. Doch er würde lieber sterben, als in den Kerker zurückzukehren. »Die Prinzessin muss beschützt werden, und niemand in Amaruné kennt Melidrian besser als ich«, antwortete Larkin stattdessen. Seine Worte waren keine Lüge, aber sie ließen Raum für Interpretation.

»Als könntest du irgendwen beschützen«, murmelte die Wächterin, die im Hintergrund stehen geblieben war. Sie hatte die Stirn gerunzelt, und etwas Düsteres lag in dem Blick, mit dem sie Larkin bedachte. Von ihr ging eine komische Schwingung aus, die er nicht zuordnen konnte.

»Kennen wir uns?«, fragte er.

»Nein.«

Nach einer Erklärung suchend sah Larkin zu Khoury, aber es war Leigh, der das Wort ergriff. Er stellte sich neben die Frau und legte ihr einen Arm um die Schulter. Sie ließ ihn gewähren, aber es änderte nichts an ihrem verbitterten Gesichtsausdruck. »Ich glaube, man hat euch noch nicht vorgestellt. Das ist Ceylan Alarion, die vielversprechendste Novizin des Niemandslandes.«

»Ich bin Larkin.« Er bot auch ihr seine Hand an.

Sie griff nicht danach, sondern verschränkte die Arme vor der Brust. »Ich weiß, wer du bist.«

Larkin ließ seinen Arm sinken. »Dann scheint mein Ruf mir vorauszueilen.«

»Allerdings«, erwiderte Ceylan trocken. Sie funkelte ihn noch einen Moment länger an, ehe sie Leighs Arm abschüttelte, sich abrupt abwandte und zu ihrem Schwert marschierte. Ruckartig riss sie es aus dem Boden und stampfte mit festen Schritten davon.

Irritiert sah Larkin ihr nach. »Was habt ihr den Novizen nur von mir erzählt?«

»Nichts«, beteuerte Bríon, der nicht weniger verwundert wirkte.

»Mach dir deswegen keinen Kopf«, sagte Khoury. »Sie ist manchmal etwas kompliziert, und sie muss ihren Platz in unseren Reihen erst noch finden, aber Leigh hat recht. Sie ist eine verdammt gute Kämpferin. Das mit dem Schwert hat sie noch nicht so drauf, aber du hättest sie mal mit ihren Messern kämpfen sehen müssen. Wären die magiegebunden gewesen, hätte sie es mit dir aufnehmen können.«

Larkin schnaubte. »Das bezweifle ich.«

»Wirklich? Immerhin warst du sieben Jahre eingesperrt.«

»Was willst du damit sagen?«

»Du bist aus der Form.«

»Bin ich nicht.«

»Ach ja?« Khoury zog seine vernarbte Augenbraue in die Höhe. »Dann beweis es mir!«

Larkin musste grinsen. »Du willst kämpfen?«

Khoury zuckte mit den Schultern, als wäre es ihm egal, ob sie sich duellierten oder nicht, aber Larkin konnte die Vorfreude in seinen dunklen Augen aufblitzen sehen, und ihm ging es ähnlich. Vor aufgeregter Erwartung spannten sich seine Muskeln an.

»Ich mach dich fertig, Tombell.«

»Das werden wir sehen.«

Leigh und Bríon machten Platz, und Larkin und Khoury brachten sich in Stellung. Fast gleichzeitig zogen sie ihre Schwerter hervor. Über die Distanz starrten sie einander an. Ein siegessicheres Lächeln ruhte auf Khourys Lippen. Larkin konnte es kaum erwarten, es aus seinem Gesicht schwinden zu sehen. Anders als bei den Trainingskämpfen mit den Novizen gab es kein Signal, das ihnen mitteilte, wann der Kampf begann – es passierte einfach.

Wie nicht anders zu erwarten, ging Khoury in die Offensive und verließ sich wie immer auf seine Stärke. Mit festen Hieben ließ er sein Schwert auf Larkin niedersausen, aber dieser sah die Attacke kommen und parierte die Schläge geschickt mit seiner eigenen Klinge.

Larkin lachte. »Netter Versuch.«

»Das war nur der Anfang.« Khourys Worte waren ein Versprechen, denn bereits im nächsten Moment stürzte er sich erneut auf ihn. Ihre Waffen trafen in einem Klingensturm aufeinander. Es war ein vertrauter Tanz, der Larkins Puls in die Höhe schnellen ließ. Das Klirren des Metalls lockte schon bald weitere Schaulustige an, aber davon ließ er sich nicht ablenken. In einem Kampf war es wichtig, sein Umfeld im Auge zu behalten und es für sich zu nutzen, aber es durfte niemals zur Ablenkung werden.

Khoury machte einen Sprung auf Larkin zu. Der wich zurück und stieg über mehrere Steine, die ein Beet abgrenzten. Seine Stiefel sanken in der frisch gewässerten Erde ein, aber das hatte er kommen sehen. Er balancierte sein Gewicht aus, duckte sich unter einem Schlag hindurch, der ihn treffen sollte, und trat mit seinem Fuß nach Khourys Schienbein. Der andere Wächter stolperte erstaunt zurück. Larkin grinste und nutzte das Überraschungsmoment, um in den Angriff zu wechseln. Er schlug nach Khoury, aber anstatt das Schwert zu blockieren, ließ sich dieser auf den Boden fallen und rollte zur Seite. Larkin wurde vom Schwung seiner Waffe nach vorne gerissen und geriet ins Taumeln. Er fand sein Gleichgewicht gerade rechtzeitig wieder, denn als er herumwirbelte, holte Khoury für einen Treffer aus.

Nur knapp gelang es Larkin, den Schlag noch abzufangen, der so kraftvoll war, dass er seinen Arm zum Schwingen brachte. Womöglich behielt Khoury recht, und er war doch ein wenig aus der Form, aber das machte sie nur zu ebenbürtigen Gegnern, denn früher war er immer der Bessere von ihnen gewesen.

»Wirst du schon müde, alter Mann?«, fragte Khoury, ihre Klingen drückten gegeneinander.

»Das hättest du wohl gerne«, antwortete Larkin durch zusammengebissene Zähne und sprang rückwärts, um Khourys Waffe auszuweichen, die nach vorne schnellte. Blitzschnell ließ Larkin sein eigenes Schwert fallen. Mit seinen nun freien Händen, packte er Khoury an einem seiner Handgelenke. Erschrocken riss der andere Wächter den Kopf in die Höhe, aber da war es bereits zu spät. Mit einem schnellen, kraftvollen Ruck, riss Larkin Khourys rechtes Gelenk herum, und das Geräusch von brechenden Knochen war zu hören. Khoury schrie auf und ließ vor Schmerz seine Waffe ebenfalls fallen. »Du niederträchtiger Bastard!«

Larkin lachte. Er fühlte sich an die Zeit erinnert, bevor er Field Marshal geworden war. Damals hatten Khoury und er sich zum Leidwesen des damaligen Anführers der Wächter im Training ständig die Knochen gebrochen. Er wusste zwar ihren Einsatz zu schätzen, rügte sie aber auch für ihren Leichtsinn. Diese Verletzungen heilten zwar schnell, konnten aber auch zum Verhängnis werden, wenn es in dieser kurzen Zeitspanne zu einem echten Angriff kam. »Anscheinend bin ich nicht der Einzige, der weich geworden ist.«

»Na warte!« Khoury holte mit seiner linken Faust aus. Larkin blockte den Schlag, und es kam zu einem Gerangel zwischen ihnen. Empört schrien irgendwelche Fae auf, als sie in eines der Blumenbeete traten. Larkin würde sich später dafür bei Kheeran entschuldigen. Er duckte sich unter einem von Khourys Hieben vorbei, ging in die Hocke, griff sich eine Handvoll Erde und warf sie in die Luft.

Khoury wich erschrocken zurück und kniff die Augen zusammen. Larkin sprang aus dem Beet. Er kickte das wassergebundene Schwert zur Seite, das über den Boden schlitterte, und griff sich seine eigene Waffe, die er auf Khoury richtete. »Gib auf!«

Khourys Blick zuckte von Larkin zu der Klinge. Er atmete schwer. Seine Brust hob und senkte sich hektisch, aber vermutlich nicht vor Anstrengung, sondern Aufregung. »Niemals!«

Er stürzte nach vorne. Larkin versuchte ihn mit dem Schwert aufzuhalten, aber Khoury tauchte geschickt unter seiner Waffe hindurch und rammte ihn. Gemeinsam stürzten sie zu Boden, aber Larkin gelang es, seine Beine zwischen ihre Körper zu bekommen. Er stieß den anderen Wächter von sich, sodass dieser über ihn hinwegflog und mit einem harten Aufschlag auf den Steinen zum Liegen kam.

Larkin sprang auf die Beine und drückte Khoury die Spitze seines Schwertes gegen die Brust. Nun konnte er sich nicht bewegen, ohne sich selbst aufzuspießen. »Bist du jetzt bereit aufzugeben?«

Keuchend betrachtete Khoury das dunkle Metall, bevor er seinen Kopf zurückfallen ließ und nervös lachte. »Ja, bin ich. Du hast gewonnen.«

»Und?«, fragte Larkin erwartungsvoll.

Eine Schweißperle rollte Khoury über die Stirn. »Du bist nicht aus der Form.«

»Das wollte ich hören.« Larkin grinste zufrieden, nahm sein Schwert zurück und ließ es in die Scheide gleiten. »Sieben Jahre Verlies lassen meinen Körper nicht vergessen, was er fast zweihundertfünfzig Jahre lang gelernt hat.«

»Ich bin wirklich beeindruckt.« Khoury rappelte sich auf, wobei er darauf achtete, kein Gewicht auf seine rechte Hand zu geben. »Aber musstest du so unfair kämpfen?«

»Wann haben wir beide jemals ein faires Duell ausgetragen?«, hakte Larkin nach.

»Stimmt, aber das mit dem Handgelenk war wirklich mies.« Er betrachtete seinen Arm. Die Verletzung war von außen nicht einmal mehr zu sehen. »Es wird Stunden dauern, bis das richtig abgeheilt ist.«

»Armer Junge.« Larkin schob die Unterlippe nach vorne. »Soll ich es gesundküssen?«

»Ich bitte darum«, erwiderte Khoury und streckte ihm herausfordernd die Hand entgegen.

Larkin zögerte nicht und presste seine Lippen flüchtig gegen die Haut des anderen Mannes. Nach Jahrzehnten im selben Schlafsaal, demselben Waschraum und Seite an Seite im Kampf, verlor man jede Scheu vor Körperkontakt. »Besser?«

»Nein.« Khoury wich zurück. »Ich glaube, du hast es schlimmer gemacht.«

»Vielleicht findest du eine hübsche Fae, die dich den Schmerz vergessen lässt.«

Er grinste, und sein Blick wanderte zu einem der Rundbögen. Dort hatten sich ein paar Fae versammelt, die ihren Kampf beobachtet hatten. Unter ihnen waren auch zwei weibliche Unseelie, die sie neugierig beobachteten. »Ich nehme die kleinere, du die größere?«

Larkin musterte die Fae, aber nur flüchtig. Sie waren nicht Freya, und das war alles, was er wissen musste. Zwar würde zwischen ihm und Freya niemals etwas passieren, er war im Rang zu weit unter ihr, aber er wollte sich nicht auf andere Frauen einlassen, solange er noch in ihrem Dienst stand. »Du kannst dein Glück gerne bei beiden versuchen.«

»Wirklich?«

»Klar, sieh es als Dankeschön. Ich hatte schon lange nicht mehr so viel Spaß wie gerade eben.«

»Du hast eine eigenartige Definition von Spaß.«

»Es tut einfach gut, endlich wieder richtig zu kämpfen.«

»Das glaube ich«, pflichtete Khoury ihm bei und sah den Fae hinterher, die den Hof verließen, um wieder ihrer Arbeit nachzugehen, nachdem es nichts mehr zu sehen gab. Er zögerte kurz, als überlegte er, den beiden Frauen zu folgen, wandte sich dann aber wieder Larkin zu. »Wirst du zurück an die Mauer kommen, sobald die Prinzessin wieder in Amaruné ist?«

Larkin schüttelte den Kopf.

»Wieso nicht?«

»Der König hat mich nicht zurück in den Dienst erhoben.« Er würde gerne zurückkehren, und er war sich sicher, dass er von den Wächtern wiederaufgenommen werden würde. Doch das Risiko war zu groß. Wenn König Andreus Wind davon bekam, würde nicht nur Larkin bestraft werden, sondern auch Khoury und mit Sicherheit noch ein paar weitere hochrangige Wächter. Das wollte Larkin nicht riskieren.

»Und was wirst du dann tun?«

Larkin zuckte mit den Schultern. »Ich weiß es noch nicht.«

»Das ist eine Schande. Ein Talent wie deines sollte nicht verschwendet werden.«

»Ich habe keine Wahl.«

»Man hat *immer* eine Wahl«, sagte Khoury eindringlich und fuhr sich über das Kinn, als hoffte er auf eine Eingebung, die es ihm ermöglichte, Larkin zurück ins Niemandsland zu holen. Dieser betrachtete seinen alten Freund eingehend von Kopf bis Fuß: Von seinen zerzausten Haaren bis zu seinen dreckigen Stiefeln und dazwischen die schwarze Uniform, die Larkin selbst nie wieder tragen würde. Doch der neue Field Marshal hatte recht, er *hatte* eine Wahl! Er konnte vielleicht kein Teil der Wächter sein, aber er *war* ein Wächter. Nichts konnte ihm seine Kraft rauben, und solange er auf freiem Fuß war, konnte ihn niemand davon abhalten, seiner Bestimmung zu folgen und zu helfen. Dafür musste er nicht an der Mauer dienen. Er hatte es mit eigenen

Augen gesehen: Überall in Thobria gab es Menschen, die sich nicht selbst verteidigen konnten, sei es vor Diebesbanden, die im Dornenwald lauerten, oder vor Betrügern, die in den Städten ihr Unwesen trieben. Er konnte für sie da sein, und diese Leute würden seine Hilfe nicht ablehnen.

43. Kapitel – Kheeran

– Nihalos –

Kheeran schloss die Augen und legte den Kopf in den Nacken. Obwohl es in den letzten Tagen merklich kälter geworden war und ein kühler Wind blies, kribbelte die Sonne angenehm warm auf seiner Haut. Ihr Schein war so strahlend, dass er die feinen Äderchen sehen konnte, die seine Lider durchzogen. Das Prickeln der Wärme war allerdings nicht das Einzige, was er fühlte. Er spürte auch Freyas Blicke auf sich ruhen.

Sie saßen an einem der Brunnen im Schlossgarten, hinter ihnen das Plätschern des Wassers und über ihnen das Zwitschern der Vögel, die vermutlich hofften, Aldren würde kommen, um sie zu füttern. Doch der andere Fae würde höchstens auftauchen, um Kheeran abzuholen. Denn eigentlich sollte er in diesem Moment in einer Besprechung sitzen, aber die Vorstellung, sich schon wieder mit den Ratsmitgliedern in dem Turmzimmer einzusperren, hatte eine solch beklemmende Enge in seiner Brust ausgelöst, dass er keine Luft mehr bekommen hatte und aus seinem Schlafgemacht geflüchtet war. Allerdings war es nur eine Frage der Zeit, bis Aldren ihn finden, zurück in den Palast und zu seiner Tagesordnung schleifen würde.

»Du siehst erschöpft aus«, sagte Freya. Ihre Worte klangen leicht genuschelt. Sie aß von dem Kuchen, den er an diesem Morgen für sie hatte backen lassen. Denn während ihrer Reise von Thobria nach Melidrian war sang- und klanglos der Geburtstag vergangen, den sie immer gemeinsam gefeiert hatten. Auch wenn er in Wirklichkeit einige Wochen älter war.

Kheeran konnte noch immer nicht glauben, dass Freya nach all den Jahren tatsächlich nach Nihalos gekommen war, um ihn zu suchen. Alle anderen hatten ihn längst aufgegeben, selbst seine Zieheltern, doch nicht sie. Sie war schon immer eigensinnig gewesen, aber das hatte er stets an ihr geliebt, weswegen er umso glücklicher war, sie nun wieder bei sich zu haben. In den letzten Tagen hatte er jede freie Minute mit Freya verbracht, und sie hatten versucht, sich gegenseitig zu erzählen, was der jeweils andere verpasst hatte, wobei es nicht leicht war, ein halbes Leben innerhalb von ein paar Stunden zusammenzufassen. Es gab noch immer vieles, was sie nicht voneinander wussten. Dennoch vertraute Kheeran Freya und wusste, dass er ehrlich zu ihr sein konnte. Und die Wahrheit war, dass seine Tage immer länger und seine Nächte immer kürzer wurden. Er konnte nicht mehr schlafen. Gedanken an die bevorstehende Krönung hielten ihn wach, und wenn er doch einschlief, waren es Albträume, die ihn weckten. In den weniger schlimmen war es sein Blut, das durch die Straßen von Nihalos floss, in den grausameren versagte er als König und das Blut seines Volkes flutete die Stadt. Er war dieser Verantwortung nicht gewachsen.

»Ich bin auch erschöpft«, erwiderte er.

Er hörte, wie Freya ihren Teller zur Seite stellte. Das Porzellan klirrte leise auf dem steinernen Brunnen, ehe sich eine Hand auf sein Knie legte. Die Berührung war kaum spürbar, und doch schien sie eine Verbindung zu schaffen, die fester stand als ein Fels in der Brandung. »Was ist los?«

Er schlug die Augen auf. »Ich –« Die Worte blieben ihm in der Kehle stecken. Er presste die Lippen aufeinander, bisher hatte er sich noch nie erlaubt, die Wahrheit zu sagen, aber wenn er sich jemandem anvertrauen konnte, dann Freya. Vorsichtig blickte er sich um, um sicherzustellen, dass sie nicht belauscht wurden.

Teagan hatte ein halbes Dutzend Gardisten abgestellt, die ihm auf Schritt und Tritt folgten, um ihn zu bewachen – wie ein Kleinkind, das nicht selbst auf sich aufpassen konnte. Dabei schienen sie zu vergessen, dass er nicht nur die Elemente Luft und Erde beherrschen konnte, sondern auch im Schwertkampf unterrichtet worden war.

»Kheeran?« Freya klang besorgt.

Er seufzte und sah sie an. Angst spiegelte sich in ihren Augen, aber obwohl sie von Unseelie umgeben war, galt die Furcht nicht ihr selbst, sondern ganz allein ihm. »Ich will nicht König werden«, gestand er. Seine Stimme war ein Flüstern, das an den letzten Worten brach.

Die Sorge in Freyas Blick wandelte sich zu Mitgefühl, und die Falte, die sich zwischen ihren zusammengezogenen Augenbrauen gebildet hatte, wurde weicher. Sanft drückte sie sein Knie. »Mach dir keine Sorgen! Du schaffst das«, versicherte sie ihm mit einem Lächeln, aus dem mehr Überzeugung und Zutrauen sprachen, als er verdient hatte. »Du bist der geborene König.«

Er schüttelte den Kopf. »Du irrst dich.«

»Nein, das tue ich nicht«, widersprach Freya und lehnte sich ihm entgegen, bis ihre Gesichter sich beinahe berührten, ihre Köpfe verschwörerisch zusammengesteckt waren. Was die Gardisten wohl dachten, was sie zu besprechen hatten? »Ich habe dich immer bewundert und daran geglaubt, dass du ein großartiger König werden würdest. Erinnerst du dich an das, was unser Vater stets gesagt hat?«

»Eine eigene Meinung und der Wille, diese durchzusetzen, zeichnen einen starken König aus, doch ein wirklich guter König, stellt sich niemals über sein Volk.«

»Richtig, und das trifft auf dich zu, mehr als auf jede andere Person, die ich kenne.«

Sie irrte sich. Er besaß im Moment weder eine eigene Meinung – Onora, Teagan, Aldren und die anderen diktierten sein Leben – noch die Entschlossenheit, seinen eigenen Willen durchzusetzen, anderenfalls säße er nicht im Schlossgarten, sondern wäre schon über alle Berge, auf dem Weg nach Thobria. Und allein dieser Wunsch zeigte, dass er tief in seinem Inneren auch nicht für sein Volk da sein wollte. »Hier geht es aber nicht um unseren Vater oder um Menschen, hier geht es um die Fae.«

Freya furchte dir Stirn. »Macht das einen Unterschied?«

»Einen gewaltigen. Denn anders als die Menschen verstehe ich die Fae nicht.«

Die Verwirrung auf Freyas Gesicht wurde stärker. »Aber du bist ein Fae.«

»Der viele Jahre als Mensch großgezogen wurde«, erwiderte Kheeran so leise wie möglich. Er wollte sich gar nicht vorstellen, was passieren würde, wenn das Volk von seiner Zeit als Talon erfuhr. »Sie sind anders als wir ... als du.«

»Abgesehen von der Magie?«

»Ja. Sie sind –« Er schüttelte den Kopf und suchte nach einer Möglichkeit, ihr zu vermitteln, was er in den letzten Jahren beobachtet hatte. Nach außen war alles in Nihalos rein und prunkvoll, aber tief im Herzen der Stadt herrschte eine Finsternis, die von einem unstillbaren Verlangen genährt wurde. »Sie sind hoffnungslos«, sagte er schließlich. »Ich kann es nicht anders beschreiben. Sie sind gelangweilt von ihrem langen Leben und wissen nichts mit sich anzufangen. Sie existieren nur, um da zu sein, und füllen ihre Tage mit Wein, Affären und Intrigen, ohne etwas zu bewirken. Wenn sie sterben, werden sie zu Rauch und Asche, ohne ihren Abdruck auf dieser Welt zu hinterlassen. Nicht einmal ihre Familien trauern um sie, denn mit den Jahrhunderten leben sich Eltern und Kinder auseinander. Jeder ist für sich. Jeder kämpft für sich. Und das lässt sie bitter werden. Die einzige Aufgabe eines Königs besteht darin, sie bei Laune zu halten, damit sie ihre Langeweile nicht an den Seelie, Elva oder Menschen auslassen. Denn innere Leere kann zu Verzweiflung werden, und Verzweiflung verleitet einen zu dummen Dingen. Ihr Hass auf mich ist nicht darin begründet, dass ich einen Fehler gemacht habe. Sie stürzen sich auf mich, weil sie nichts Besseres zu tun haben und glauben, mit ihrer Rebellion Sinn in die Einöde ihres Lebens bringen zu können.«

Einige Herzschläge lang sagte Freya nichts. »Und die Menschen? Sie sind anders?«

Kheeran nickte. »Die meisten schon. Es gibt immer die Ausnahmen von der Regel, wie Aldren bei den Unseelie, aber generell leben die Menschen bewusster. Sie nutzen ihre kurze Zeit auf dieser Welt klug und leben nicht nur, um zu existieren. Sie erkennen die Schönheit eines Sonnenaufgangs und genießen die Liebe und das Zusammensein mit ihrer Familie ein ganzes Leben lang. Fae werden all dem überdrüssig. Vermutlich muss ich erst hundert Jahre alt werden, um sie zu verstehen.«

»Das –« Freya schüttelte den Kopf. »Ich weiß nicht, was ich sagen soll.«

»Da gibt es nichts zu sagen. Es ist, wie es ist, und die Fae wollen es auch nicht anders. Könnten sie sich entscheiden, würden sie alle ihr langes Leben einer frühen Sterblichkeit vorziehen, aber nur, weil sie nicht wissen, wie reich sie in dieser Zeit wären.« Kheeran konnte spüren, wie seine eigenen Worte ein leeres Echo in seiner Brust zurückließen. Mit der Erkenntnis, dass er ein Fae war, hatte er viele Jahre gewonnen, aber vieles andere verloren, das er schmerzhaft vermisste.

»Es tut mir leid, dass du so in Bezug auf dein Volk fühlst.«

»Mir auch.«

»Du könntest mit mir nach Amaruné kommen, um dort König zu werden«, schlug Freya vor, doch die Leichtigkeit in ihrer Stimme war nur gespielt, um ihn aufzumuntern. »Dann müsste ich es nicht werden. Das würde mir sehr gelegen kommen.«

Kheeran schnaubte. »Auch keine Lust auf den Thron?«

»Nicht wirklich.« Sie lehnte sich zurück, um die letzten Sonnenstrahlen aufzufangen, ehe sich die Sonne hinter einer großen Wolke verkroch. »Zu viel Verantwortung, der ich nicht gewachsen bin. Ich liebe meine Freiheit. Und die Magie. Gegen den Glauben und die Grundprinzipien meines eigenen Volkes zu verstoßen, scheint keine gute Voraussetzung für meine Herrschaft zu sein.«

»Du magst die Magie wirklich«, stellte er fest. Sie hatten nicht mehr darüber geredet, seit Freya ihm in ihrem Schlafgemach von ihrem Alchemie-Unterricht und ihren Suchzaubern erzählt hatte. Das Versprechen, zukünftig keine Magie mehr zu wirken, hatte sie ihm nicht gegeben, und ihrem verträumten Gesichtsausdruck nach würde sie das auch nie tun, obwohl sie damit ihr Leben riskierte. Aber das konnte er ihr nicht vorwerfen, nicht nachdem er kurz zuvor diese Begeisterungsfähigkeit am Menschsein gelobt hatte. »Möchtest du einen Trick sehen?«

Freyas rechter Mundwinkel zuckte. »Möchtest du angeben?«

»Vielleicht ein bisschen.« Er grinste und horchte in sich hinein. Keine Sekunde später fühlte er die Magie, die durch seine Adern floss. Seine Sinne schärften sich, sodass er das Wasser im Brunnen nicht nur sehen und hören, sondern auch riechen und fühlen konnte. Er spürte die Feuchtigkeit der einzelnen Partikel, nicht nur im Wasser, sondern auch in der Luft, in den Pflanzen, die sie umgaben, in seinem eigenen Körper und dem von Freya. Sie alle trugen dieses lebenswichtige Element in sich. Er streckte seinen Geist danach aus und bewegte seine Finger in den rhythmischen Bewegungen, die man ihm nach seiner Ankunft in Nihalos beigebracht hatte.

Wirkliche Meister mussten dies nicht tun. Ihre Gedanken reichten aus, um ein Element zu kontrollieren, aber es würde noch Jahre dauern, bis Kheeran diese Kunst in Perfektion beherrschte. Dennoch beugte sich das Wasser seinem Willen. Durchsichtige Fäden erhoben sich aus dem klaren Nass, tanzten durch die Luft und verwoben sich miteinander. Er ließ sein Handgelenk kreisen, ein paar Tropfen fielen zurück in den Brunnen, aber der Rest des Wassers formte sich zu einer schimmernden Kugel, die über Kheerans Handfläche schwebte. Mit den Fingern seiner anderen Hand beschwor er seine Erdmagie hervor, und Kieselsteine erhoben sich zitternd vom Boden. Es kostete ihn noch immer viel Konzentration, beide Elemente gleichzeitig zu beherrschen, trotzdem ordneten sich die Steine symmetrisch um den Wasserball an und begannen ihn zu umkreisen wie die Monde die Erde.

»Unglaublich«, raunte Freya, und die Anerkennung in ihrer Stimme ließ seine Brust vor Stolz anschwellen. Eigentlich war ihm seine Magie relativ gleichgültig. Sie hatte ihre Vorzüge, aber er definierte sich nicht über die Elemente, die er beherrschte, nicht wie all die anderen Fae. Vermutlich verspürte er deswegen auch keine Ehre dabei, ein Unseelie zu sein. Doch es gefiel ihm, wie ihn Freya in diesem Moment ansah, als würde er endlich einmal etwas richtig machen. »Ich wünschte, ich könnte das auch.«

»Du konntest den Würfel öffnen.«

»Ja, aber das ist nicht dasselbe«, beteuerte Freya. »Der Würfel ist ein Hilfsmittel. Würdest du mir eine Fackel geben und von mir verlangen, einen Feuerball daraus zu formen, könnte ich das nicht, auch wenn mein Leben davon abhinge.«

Mit einer Bewegung seiner Hand schleuderte Kheeran die Wasserkugel zurück in den Brunnen, und die Kieselsteine fielen zu Boden. »Ich wüsste nicht, welchen Vorteil dir ein Feuerball bringen würde.«

Freya rollte die Augen. »Es geht nicht um den Feuerball, sondern ums Prinzip.«

»Mmmh«, brummte Kheeran und unterdrückte ein Schmunzeln. »Verstehe. Das Prinzip.«

»Du machst dich lustig über mich.« Sie verpasste ihm einen Schlag gegen den Arm. Es war nur ein spielerischer Klaps, dennoch konnte Kheeran aus dem Augenwinkel sehen, wie sich einer der Gardisten aufrichtete, als müsste man ihn beschützen. Lachhaft.

»Nein, tue ich nicht. Ich verstehe dich nur nicht. Wofür brauchst du Magie? Würdest du die Felder in Amaruné damit wässern? Oder die Windmühlen antreiben? Häuser aus dem Boden stampfen? Oder mit deinem Feuer die Kamine im Schloss schüren?« Nichts von allem war möglich, ohne die Gesetze des Landes zu brechen.

»Nein, natürlich nicht. Ich würde –« Freya unterbrach sich und neigte den Kopf. »Ich könnte – Es wäre möglich –« Sie verstummte erneut, die Lippen geschürzt, dachte sie einen Augenblick nach, ehe sie genervt die Arme in die Luft warf. »Mir fällt gerade nichts ein. Aber zu irgendetwas muss die Magie gut sein. Du kannst mir nicht erzählen, dass eure Götter euch mit einer völlig unnützen Gabe beschenkt haben.«

»Ich weiß nicht, wieso wir über die Elemente herrschen können.« Er zuckte mit den Schultern, die er im nächsten Moment anspannte, als er vertraute Schritte näher kommen hörte. Das war es wohl mit seiner Flucht vor seinen Pflichten und Verantwortungen.

»Da bist du ja!«, rief Aldren.

Er seufzte, und Freya schenkte ihm ein bedauerndes Lächeln. »Hast du mich etwa gesucht?«

»Sehr witzig. Ich habe dich heute schon fünfmal an das Treffen erinnert«, tadelte Aldren.

»Vielleicht hat der Pfeil meinem Gedächtnis geschadet«, erwiderte Kheeran und musste unweigerlich an Ceylan denken, die ihm von dem Geschoss befreit hatte. Seit Freya am Hof war, hatte er die Wächterin nicht mehr gesehen. Was sie wohl gerade machte? Ob Aldren ihm erlauben würde, sie aufzusuchen, bevor sie in die Sitzung gingen? Vermutlich nicht.

»Natürlich hat er das.« Aldren verdrehte die Augen, wobei er nicht annähernd so genervt aussah wie vermutlich beabsichtigt. Was wahrscheinlich daran lag, dass er die Wahrheit kannte und wusste, wie viel Freya ihm bedeutete und wie wichtig ihm die Zeit mit ihr war. Doch Aldren war der Einzige, der sich so tolerant zeigte. Die Berater seines Vaters waren die Wände hochgegangen, als sie von Freyas Anwesenheit im Schloss erfahren hatten, und auch die anderen Fae am Hof, einschließlich Königin Zarina, waren alles andere als erfreut über den Besuch. Eigentlich durfte sich Freya nicht in Nihalos aufhalten. Ihre Anwesenheit verstieß gegen das Abkommen zwischen den Ländern, das besagte, dass kein menschliches Wesen Melidrian betreten durfte. Nur seine Lüge, er hätte sie als Vertreterin des Königshauses zu seiner Krönung eingeladen, rettete sie vor dem Verlies und hielt Teagan davon ab, seine Truppen in Thobria einmarschieren zu lassen.

$$\triangledown$$

»Auf keinen Fall!«, entfuhr es Onora so scharf, dass die Hälfte der anwesenden Berater vor Schreck zusammenfuhr. Sie war von ihrem Stuhl aufgesprungen und funkelte Teagan über die Tafel hinweg wütend an. Der Kommandant hatte eben seinen Plan erläutert, die Krönung in den Palast zu verlegen. Traditionell wurde das Ritual, bei dem das Tor zur Anderswelt geöffnet wurde, auf dem Festplatz der Stadt abgehalten, neben dem Tempel. Die Bürger der Stadt sollten Zeuge der Zeremonie werden und mit ansehen, wie die Götter dem neuen König seine Macht verliehen, indem sie ihm die Gabe schenkten, alle vier Elemente zu beherrschen.

»Das habt Ihr nicht alleine zu bestimmen!«, erwiderte Teagan, mit gerötetem Kopf. Er hatte sich ebenfalls von seinem Platz erhoben und mit abgestützten Händen über den Tisch gelehnt, als könnte er Onora mit seiner Größe einschüchtern. Aber jeder, der Nevans Beraterin kannte, wusste, dass das nicht funktionieren würde.

»Ihr aber auch nicht!«

»Ich finde, Teagans Vorschlag ist eine Überlegung wert«, warf Aldren ein, der zu Kheerans Rechten saß, sich aber nicht auf den Streit einließ. Gemächlich schnitzte er mit einem Dolch mundgerechte Stücke aus einem Apfel, den er auf dem Weg zum Saal aus einem der Gärten gepflückt hatte.

»Da gibt es nichts zu überlegen.« Störrisch verschränkte Onora die Arme vor der Brust. »Eine Krönung findet nur alle paar Hundert Jahre statt, und ebenso selten wird das Tor zur Anderswelt geöffnet. Das Volk hat ein Anrecht darauf, bei der Zeremonie dabei zu sein. Sie ihm vorzuenthalten ist falsch.«

»Ihr habt recht«, sagte Teagan und ließ sich wieder auf seinen Stuhl sinken, als würde er ahnen, dass die bevorstehende Diskussion ihm viel Kraft rauben würde. »Und es gefällt mir auch nicht, den Einwohnern dies zu verwehren, aber meine Sorge gilt vor allem der Sicherheit des Prinzen. Ihn zu schützen hat für mich die oberste Priorität, und ihr habt gesehen, was auf der Parade passiert ist.«

»Ja, das habe ich«, erklärte Onora mit ruhiger Stimme, als läge der Vorfall bereits Jahre zurück, obwohl sie neben Kheerans Mutter und Aldren diejenige gewesen war, die sich am meisten Sorgen um ihn gemacht hatte. Am Tag nach dem Fest hatte sie sich mehrfach nach seinem Wohlbefinden erkundigt. Selten legte sie so viel Mitgefühl an den Tag. »Aber wisst Ihr, was ich nicht gesehen habe?«, fuhr sie fort. »Eure Gardisten auf den Dächern und in der Menge. Sie standen nur auf der Straße herum.«

Teagans Augen verengten sich zu Schlitzen. »Was wollt Ihr damit sagen?«

»Das wisst Ihr ganz genau. Es ist immerhin Eure Aufgabe, für die Sicherheit des Prinzen zu sorgen, und von einem Pfeil getroffen zu werden, würde ich nicht als *sicher* bezeichnen.«

»Das ist unerhört!«, platzte Teagan heraus. Er sprang wieder auf die Beine. Die Anschuldigung brachte ihn so auf, dass die Röte von seinem Gesicht in seine spitzen Ohren kroch. »Wir sind die Pläne mit Euch durchgegangen. Ihr habt sie abgesegnet. All meine Männer –«

Kheeran blendete die wütenden Worte des Kommandanten aus. Zwar hatte Onora nicht ganz unrecht, aber es war unmöglich, jedes Risiko zu eliminieren, es sei denn, man sperrte ihn in einen leeren Raum, tief unten im Schloss. Er machte Teagan keine Vorwürfe. Die einzige Person, die für das Durcheinander verantwortlich gemacht werden konnte, war der Attentäter, der noch immer auf freiem Fuß war. Vermutlich sollte Kheeran sich seinetwegen größere Sorgen machen, aber seit dem Abend des Schöpferfestes galten seine Gedanken einer einzigen Person.

Talon.

Er vermisste den Jungen, der er gewesen war und den Freya heraufbeschworen hatte. Seine Erinnerungen an die ersten Jahre seines Lebens waren so präsent, wie schon lange nicht mehr. Freya hatte mit ihrer Anwesenheit eine verschlossene Kiste geöffnet, und seit der ersten Nacht in ihrem Zimmer musste er immer wieder an Ereignisse denken, von denen er glaubte, sie vergessen zu haben, zum Beispiel an einen Besuch in der Stadt mit ihrer Mutter, kurz vor ihrem siebten Geburtstag. Sie hatten sich Geschenke aussuchen sollen, und Freya hatte sich eine aus Holz geschnitzte Wächterfigur gewünscht. Ihre Mutter hatte jedoch verneint, da eine solche Figur nicht für Mädchen – und vor allem nicht für eine Prinzessin – geeignet war. Freya hatte die Figur zurückgestellt, aber ihre Enttäuschung war nicht zu übersehen gewesen. Sie hatte ihm leidgetan, woraufhin er sich die Figur gewünscht hatte. Erinna hatte sie ihm, ohne zu zögern, gekauft, und später hatte er sie Freya zu ihrem Geburtstag geschenkt. Vor Freude war sie ihm um den Hals gefallen, und mehrere Monate lang hatte sie den kleinen Wächter überall mit hingenommen, bis er plötzlich verschwand. Kheeran hatte stets den Verdacht gehegt, Königin Erinna könnte ihn ihr weggenommen haben.

Immer wieder in den vergangenen vier Tagen hatten ihn solche Erinnerungen heimgesucht. Nirgendwo war er sicher vor ihnen. Er war in einer Besprechung, und sie überkamen ihn. Er lag in seinem Bett, und sie fielen über ihn her. Er saß auf seinem Thron, und sie stürzten auf ihn ein. Sie waren bittersüß und führten ihm ein leichteres, glücklicheres Leben vor Augen, mit Freya an seiner Seite. Er hatte seine Schwester vermisst, mehr als alles andere. Und es spielte keine Rolle für ihn, dass sie nicht blutsverwandt waren. Sie verband etwas miteinander, das sich nicht mit Händen greifen ließ, denn auch nach all den Jahren war Freya ihm noch vertraut. Und sicher war es auch diese Verbundenheit, die sie an sein Überleben hatte glauben lassen, während alle anderen dachten, er sei tot. Womöglich war es ihre Magie, die sie auf diese Weise verbandelt hatte. Freya besaß eindeutig eine Begabung, ansonsten hätte sie das Feuer im Würfel nicht erwecken können, und er war schließlich eine Fae. Was auch immer es war, Kheeran war dankbar dafür und wünschte, er könnte Nihalos gemeinsam mit Freya verlassen.

Nicht nur, um seinem Schicksal als ungeliebter König zu entgehen, sondern er vermisste das sterbliche Land und auch die Menschen dort, allen voran seine Eltern. Seit sieben Jahren bemühte er sich, nicht an König Andreus und Königin Erinna als seinen Vater und seine Mutter zu denken. Es hatte ihn Monate gekostet, Nevan und Zarina als seine Eltern anzuerkennen. Inzwischen waren sie ihm ans Herz gewachsen, aber Freyas Anwesenheit beförderte all die alten Gefühle, die er vergraben hatte, wieder ans Tageslicht. Er sehnte sich nach dem Mann, der ihm mit so stolzem Blick alles über das Königsein erzählt hatte, und der Frau, die ihm als Kind am Bett Lieder über die unsterblichen Wächter vorgesungen hatte. Nevan und Zarina hatten ihn nie so behandelt. Und auch wenn sie alles in ihrer Macht Stehende getan hatten, um ihm sein neues Leben so leicht wie möglich zu machen, hatte sich der Hof der Unseelie nie wirklich wie ein Zuhause angefühlt, und sein einziger Freund war Aldren. Die anderen Fae hassten ihn oder akzeptierten ihn lediglich, weil sie es mussten, aber sie interessierten sich nicht wirklich für ihn, sondern nur für seine Blutlinie und die Macht, die mit ihr kam.

»Kheeran, seid Ihr damit einverstanden? – Kheeran!«

Er schreckte beim Klang von Onoras Stimme in seinem Stuhl auf und sah sich irritiert in der Runde um. Alle Augenpaare waren auf ihn gerichtet. Erwartungsvoll sahen die Ratsmitglieder ihn an, und er versuchte anhand ihrer Gesichter zu erahnen, worüber sie gerade geredet hatten. Ging es noch immer darum, die Krönung zu verlegen? Er hatte keine Ahnung. Er war vollkommen in seinen Gedanken versunken gewesen. Fahrig wischte er sich die zitternden Hände an seiner Hose ab, zu benommen von den Erinnerungen, um die Maske aufzusetzen, die er bei diesen Treffen für gewöhnlich trug.

»Seid Ihr damit einverstanden, dass wir die Brunnen am Tempel während der Zeremonie trockenlegen und das Mitbringen von Wasserschläuchen verbieten?«, fragte Onora mit geschürzten Lippen, sichtlich genervt von seiner geistigen Abwesenheit. »Wir halten es für das Beste, es dem Volk so schwer wie möglich zu machen, Magie während Eurer Krönung zu wirken. Damit es zu keinen Angriffen kommt.«

Er schluckte schwer, um die Enge in seiner Kehle hinunterzuwürgen, aber es half nichts. Er hatte das Gefühl, keine Luft zu bekommen. Panik stieg in ihm auf. Am liebsten wäre er aufge-

standen und davongerannt, aber die bohrenden Blicke der Ratsmitglieder, verlangten eine Antwort von ihm. Und die Wahrheit war: Es war ihm egal. Er wollte weder die Zeremonie noch
seine Krönung. Er wollte auch nicht alle Elemente beherrschen. Und über die Fae regieren. Er wollte nichts von alldem. Er
wollte gemeinsam mit Freya zurück nach Thobria. Er wollte verschwinden.

»Was passiert, wenn ich sterbe?«

Onora hob die Augenbrauen. »Wie bitte?«

»Was passiert, wenn ich vor der Krönung sterbe oder kurz danach?«, sagte Kheeran, um eine gleichmäßige Atmung bemüht.
Doch es fiel ihm schwer, die Kontrolle über seinen Körper zu
behalten. Logisch wusste er, dass er nicht in unmittelbarer Gefahr war. Dennoch raste sein Herz, und Schweiß durchnässte
seine Uniform, als hätte er um sein Leben gekämpft, und in gewisser Hinsicht tat er das vielleicht. Er kämpfte gegen die Krone,
die er nicht tragen wollte, und das Leben, das er sich wünschte.
»Ich habe keinen Thronerben. Wer wird nach mir König oder
Königin werden?«

»Macht euch darum keine Sorgen«, antwortete Teagan und
lehnte sich in seinem Stuhl nach vorne. Der Zorn war aus seinem Gesicht gewichen, was bedeutete, er musste sich mit Onora
geeinigt haben. »Ich kann verstehen, wenn Euch meine Vor-
schläge für Euren Schutz verunsichern, aber ich kann Euch versichern, dass Ihr nicht sterben werdet. Ich würde mein eigenes
Leben für Eures opfern.«

»Das freut mich zu hören, aber das ist keine Antwort auf
meine Frage.«

»Solltet Ihr ableben, bevor es einen Erben gibt, wird der neue
König oder die neue Königin vom Rat gewählt unter Berück-
sichtigung der edelsten Blutlinie«, erklärte Onora mit sachlicher
Stimme, als würde sie das Protokoll verlesen. »Doch das letzte
Wort haben die Götter. Beschenken sie einen Fae mit der Gabe

aller vier Elemente, steht der Krönung nichts im Wege. Passiert dies nicht, wird der Vorgang wiederholt.«

»Verstehe.« Kheeran nickte. Sollte es zu einer solchen Wahl kommen, könnte praktisch jede Unseelie, die zwei Elemente beherrschte, König oder Königin werden, denn die Blutlinien der adeligen Fae lagen dicht beieinander. Vermutlich würde sogar Onora selbst den Thron besteigen. Kheeran war sich allerdings nicht sicher, ob Nevans rechte Hand wirklich für den Thron geschaffen war. Sie besaß zwar eine eigene Meinung und einen starken Willen, aber nicht die Demut, um den Wünschen des Volkes gerecht zu werden. »Wäre es mir gestattet, meinen Nachfolger zu erwählen?«

Verwunderte Blicke schweiften durch den Raum, in dem es erstaunlich ruhig geworden war. Kheeran konnte die Verunsicherung der Berater förmlich spüren, die in Wellen von ihnen ausging. In all den Jahrtausenden hatte es noch nie einen König oder eine Königin ohne Thronerben gegeben, weshalb niemand diese Frage je hatte stellen müssen – bis heute. »Ich denke, das könnten wir akzeptieren«, sagte schließlich Gemhá. Sie war mit knapp hundertfünfzig Jahren neben Kheeran und Aldren das jüngste Mitglied im Rat. Vor über vierzig Jahren hatte sie die Position ihres Vaters übernommen, der nach einem fast siebenhundertjährigen Leben verstorben war. »Aber wie Teagan bereits sagte. Ihr müsst euch keine Sorg–«

»Und was ist, wenn ich nicht sterbe?«, fiel ihr Kheeran ins Wort.

Sie runzelte ihre glatte Stirn. »Dann werdet natürlich Ihr König.«

»Nein.« Er seufzte. Wieso fiel es ihm so viel schwerer, seine Wünsche dem Rat zu offenbaren als Freya? Freya glaubte zumindest, dass er ein guter König sein könnte. Doch die Fae, die vor ihm saßen, dienten ihm nur, weil es von ihnen verlangt wurde und weil sie Nevan geliebt hatten. Sie erwarteten nichts von ihm, das zeigte die Art und Weise, wie sie ihn bei jeder Entscheidung bevormundeten. »Ich meine, was ist, wenn ich am Leben bin und einen Nachfolger bestimmen will, weil ich nicht König werden möchte.«

Stille.

Die von einem Lachen durchbrochen wurde. »Hört nicht auf ihn«, sagte Königin Zarina, die am Ende der Tafel saß. Es waren die ersten Worte, die sie an die Runde richtete. Als Eingeheiratete in die königliche Familie hatte sie keinen Einfluss auf die Entscheidungen des Rates und keinen Anspruch auf den Thron. Ihre Anwesenheit war rein repräsentativ, aber andere ließen sich aus Respekt vor König Nevan und der Krone von ihrer Meinung leiten, was ihr eine ganz eigene Art von Macht verlieh. »Er ist nur nervös.«

Der Rat murmelte zustimmend.

Mit liebevoll gesenkter Stimme fuhr Zarina fort: »Mach dir keine Sorgen, mein Sohn! Sobald du erst einmal König bist, gehören diese Zweifel der Vergangenheit an. Du bist Nevans Fleisch und Blut. Was er hatte, trägst auch du in dir. Niemand wird ein besserer Anführer für die Unseelie sein als du, auch wenn das noch nicht alle erkennen. Vertrau mir! Ich bin deine Mutter.« Der letzte Satz mochte sich für einen Außenstehenden beiläufig anhören, aber für Kheeran klang es, als wollte die Königin ihn an etwas erinnern, von dem sie glaubte, er könnte es vergessen haben, und damit hatte sie nicht ganz unrecht.

»Ich bin mir sicher, Ihr werdet ein guter König«, pflichtete Teagan ihr bei.

»Absolut«, stimmte ihm Gemhá zu, und eine Handvoll anderer Ratsmitglieder bejahten dies ebenfalls. Kheeran bemerkte, dass Onora nicht unter ihnen war. Dennoch war sie die Erste, die wieder das Wort ergriff und zur Tagesordnung zurückkehrte, als wäre nichts geschehen.

Kheeran wusste nicht, ob er sich darüber ärgern oder ihr dankbar sein sollte. Es war naiv von ihm gewesen, so frei seine Meinung zu äußern, aber er hatte sich von dem Gespräch mit Freya mitreißen lassen. Ein dummer Fehler.

44. Kapitel – Ceylan

– Nihalos –

»Verdammt!«, fluchte Ceylan und rammte ihr Schwert mit voller Wucht in den Boden. Köpfe drehten sich in ihre Richtung, aber sie ignorierte die Blicke der Fae, die geschäftig durch das Schloss und seine Gärten huschten, um alles für die Krönung am nächsten Tag vorzubereiten. Sie sollten sich besser beeilen und ihre Arbeit erledigen, damit der Zeremonie morgen nichts im Wege stand. Denn sobald das Theater vorbei war, könnten die Wächter ihre Abreise vorbereiten und endlich ins Niemandsland zurückkehren.

Ceylan konnte es kaum mehr erwarten, auch wenn das bedeutete, dass sie erneut tagelang auf einem Pferd sitzen und gegen Elva kämpfen musste. Alles war ihr lieber als der Alltag im Schloss. Sie hasste Nihalos und jede Minute, die sie hier verbringen musste. Die Fae gafften sie ununterbrochen an und spotteten über ihre dunkle Haut. Wenn sie noch einen Witz darüber hörte, sie solle sich mal waschen, würde Blut fließen!

Tatsache war, dass sie seit ihrer Ankunft im Palast jeden Abend gebadet hatte, denn der Waschraum, der an ihr Zimmer anschloss, war das einzig Gute an diesem vermaledeiten Ort. Doch keine Seife der Welt, so gut sie auch duftete, konnte sie dazu bringen, ihre Meinung über die Fae zu ändern. Zwar waren die Unseelie keine unkontrollierten Biester, wie Ceylan sie sich als Kind vorgestellt hatte, aber sie waren niederträchtig und gehässig, und würde man ihnen die Erlaubnis geben, diese dunkle Seite auszuleben, würden sie es tun – und Freude dabei empfinden.

Ceylan zog ihr Schwert aus der Erde. Sie vermisste ihre Mondsichel-Messer, aber was hatte sie schon für eine andere Wahl, als sich nun diese Waffe zu eigen zu machen? Sie holte tief Luft und hob ihr rechtes Bein, sodass sie auf dem linken balancieren musste, wie es ihr gezeigt worden war. Dabei versuchte sie nicht ins Schwanken zu geraten. Sie war zwar kräftig, aber mit der langen, schweren Waffe, war es nicht leicht, das Gleichgewicht zu halten, was für einen Kampf überlebenswichtig war. Lieber hätte Ceylan neue Schritt- und Bewegungsabfolgen gelernt, aber ohne die anderen Wächter war dies eine der wenigen Übungen, die sie verrichten konnte, ohne sich darum sorgen zu müssen, sich eine falsche Technik anzueignen – aber sie hasste dieses passive Training!

Und das Schlimmste war, dass sie wusste, dass Leigh und die anderen irgendwo am Hof waren und sich duellierten. Sie wäre gerne bei ihnen gewesen, aber sie brachte es nicht über sich, zu ihnen zu gehen, denn *er* würde da sein.

Larkin Welborn.

Sie konnte nicht fassen, dass der König ihn freigelassen hatte und ihm auch noch das Leben seiner Tochter anvertraute. Zwar gehörte Ceylan nicht der Königsreligion an, und auch sonst empfand sie nicht viel Ehrfurcht für die königliche Familie, aber selbst sie konnte erkennen, was für eine Ehre es war, auf Prinzessin Freya aufpassen zu dürfen. Es war, als würde der ehemalige Field Marshal dafür belohnt werden, dass Ceylans Eltern und Hunderte von anderen Menschen in Bellmare unter seiner Aufsicht gestorben waren. Dabei sollte er im Verlies des Palastes verrotten und Schimmel ansetzen. Doch er war hier, und sein Anblick führte Ceylan vor Augen, wie unfair diese Welt war.

Der logische Teil ihres Verstandes wusste, dass sie Larkin nicht alleine für den Fall von Bellmare verantwortlich machen konnte. Die anderen Wächter waren ebenso daran beteiligt gewesen, und aus ihrer eigenen Erfahrung wusste sie inzwischen, dass die Elva unberechenbar waren. Dennoch war Larkin es gewesen, der die Truppen angeführt und befehligt hatte. Das hatte ihn für ihr früheres Ich zum Sündenbock gemacht, und alte Gewohnheiten ließen sich nun mal schwer ablegen, auch wenn sie vielleicht irrational waren. Und in ihren Augen sollte Larkin büßen. Er sollte nicht mit den anderen Wächtern lachen. Er sollte sie nicht um ihr Training bringen. Sie wollte lernen, wie sie Fae töten konnte, die sie angafften. Sie wollte ... sie wollte von hier weg.

Frustriert warf Ceylan ihr Schwert in eines der Blumenbeete, wobei sie vergaß, dass sie immer noch auf einem Bein stand. Die Wucht ihres Wurfes riss sie herum, und sie fiel auf den Boden. Hart kam sie auf dem Stein auf. Ein dumpfer Schmerz pochte an ihrem Steißbein, verklang aber sofort wieder. Sie ließ sich auf den Rücken fallen und stellte enttäuscht fest, dass Tränen der Wut ihren Blick in den Himmel verschleierten. Wieso hatten Larkin und die Fae eine solche Macht über sie?

»Kann man dir helfen?«, fragte plötzlich eine männliche Stimme. Einen Moment später schob sich ein Kopf vor Ceylans Gesicht. Eilig blinzelte sie die Tränen fort, und für einen kurzen Moment dachte sie, das blonde Haare über ihr würde zu Kheeran gehören. Doch dann erkannte sie Aldren, der amüsiert auf sie herabblickte.

»Nein«, erwiderte Ceylan schroff und sprang so schnell auf die Beine, dass dem Fae kaum Zeit blieb zurückzuweichen.

Aldren straffte die Schultern. Wie immer in den letzten Tagen, wenn sie ihn gesehen hatte, trug er die gold-beige Uniform der Gardisten. Seine Frisur war vom Wind, der durch den Hof blies, leicht zerzaust, aber das tat seiner Schönheit keinen Abbruch. Waren die Fae nicht gelangweilt von ihrer eigenen Perfektion? »Ich wollte nur fragen.«

»Sehr nett von dir.« Ceylan holte ihr Schwert aus dem Blumenbeet.

»Wieso trainierst du nicht mit den anderen Wächtern?«

Sie wandte sich ihm wieder zu. »Keine Lust.«

»Oh!« Er schmunzelte belustigt. »Gibt es etwa Streit?«

»Ich wüsste nicht, was dich das angeht«, fauchte Ceylan und schob das Schwert zurück in seine Scheide, da sie sonst Gefahr lief, Aldren die Klinge ins Herz zu rammen. Den Berater des Prinzen zu ermorden, würde sicherlich nicht gut aufgefasst werden. »Was machst du überhaupt hier? Solltest du nicht bei Kheeran sein und ihm den königlichen Hintern küssen?«

Er seufzte. »Das würde ich gerne, aber ihm wäre es lieber, du würdest diese Aufgabe übernehmen.«

Ceylan schnaubte und versuchte nicht daran zu denken, was Aldren mit dieser Aussage implizierte. Sie war weder dumm noch blind, und sie wusste, dass Kheeran Gefallen an ihr gefunden hatte. Sein Interesse war ihr schon an der Mauer nicht entgangen, doch während des Schöpferfestes war es noch deutlicher geworden. Leigh und die anderen hatten ihr zwar Komplimente für das Kleid ausgesprochen, aber keiner von ihnen hatte sie so angesehen, wie der Prinz es getan hatte. Er hatte verzaubert gewirkt, so als hätte er noch nie etwas Schöneres gesehen als sie, obwohl er von Schönheit umringt war.

»Ich kann dir versichern, Kheeran und all seine Körperteile gehören ganz alleine dir«, sagte Ceylan, und weil sie neugierig war, fragte sie noch einmal: »Aber im Ernst, was machst du hier? Musst du nichts für die Krönung vorbereiten?«

»Das klingt beinahe so, als würde dich die Krönung interessieren.«

Ceylan ballte die Hände zu Fäusten, aber dies war das einzige Anzeichen ihres Unwohlseins, das sie sich erlaubte, nach außen zu tragen. »Das tut sie auch, denn sobald der Zirkus vorbei ist, kann ich zurück an die Mauer.«

»Ich weiß, und ich kann es kaum erwarten.« Aldren lächelte bei diesen Worten, aber dieses Mal war es kein amüsiertes Lächeln, sondern ein zufriedenes, wie ein Krieger es nach gewonnener Schlacht auf den Lippen trug.

»Dann sind wir ja schon zwei.«

»Schön, wenn man sich so einig ist.«

»Allerdings«, erwiderte Ceylan mit einem verkrampften Lächeln. Ohne noch ein weiteres Wort zu sagen, fuhr sie auf dem Absatz herum und ließ Aldren allein inmitten der Bäume stehen. Sie verspürte nicht das Verlangen, irgendeiner Etikette oder irgendwelchen Verhaltensregeln gerecht zu werden. Schnurstracks lief sie zurück in den Palast, in dem sie sich trotz der zahlreichen Gänge und Treppen inzwischen erstaunlich gut zurechtfand. Sie ignorierte die Fae, die ihren Weg kreuzten, und sie mit finsteren Blicken bedachten, stattdessen beschleunigte sie ihre Schritte.

▽

Mit einem Seufzer stieg Ceylan aus dem abgekühlten Wasser und wickelte sich in das trockene Tuch. Sie verknotete die Spitzen oberhalb ihrer Brüste. Ihre Fingerspitzen waren schrumpelig und vom Baden vollkommen aufgeweicht. Sie hatte keine Ahnung, wie lange sie in der Wanne gelegen hatte. Denn es war nicht so, als hätte sie etwas anderes zu tun gehabt, und wenn sie schon ihren Gedanken nachhing, konnte sie das auch ein letztes Mal in dem nach Lavendel duftenden Wasser tun.

Eine Weile hatte sie versucht Larkin und ihre Vergangenheit aus ihrem Kopf zu verdrängen, aber schließlich hatte sie es aufgegeben und sich von ihren Gedanken treiben lassen, die sie nicht nur an schreckliche Orte gebracht hatten. Oft vergaß sie in ihrem Hass und ihrem Zorn, dass sie auch schöne Erinnerungen an ihre Eltern besaß. Beispielsweise hatte ihr Vater ihrer Mutter häufig Blumen geschenkt, die er selbst gepflückt hatte. Sie hatte ihn angelächelt und an den Blüten gerochen, anschließend hatte sie Ceylan den Strauß überlassen, damit sie ihn ins Wasser stellen konnte. Ceylan hatte diese Aufgabe geliebt, denn sie hatte ihr das Gefühl gegeben dazuzugehören.

Dieses Gefühl der Zugehörigkeit war mit ihren Eltern gestorben, und schon oft hatte sich Ceylan gefragt, wie ihr Leben wohl aussehen würde, hätte Larkin seine Truppen damals besser angeführt. Was wäre sie heute für ein Mensch, wären ihre Eltern nicht gestorben? Wäre sie bereits verheiratet? Hätte sie Kinder? Es wäre möglich, auch wenn sie sich nicht in der Rolle einer Mutter sehen konnte. Nicht heute. Nicht morgen. Und nicht in zehn Jahren. Keine Enkel zu bekommen, hätte ihrer eigenen Mutter das Herz gebrochen.

»Wie gut, dass sie das niemals mitbekommen wird«, murmelte Ceylan. Sie trocknete sich ab und schlüpfte in ihr Nachthemd. Im Waschraum gab es keine Fenster, sämtliche Helligkeit stammte von den gläsernen Kugeln, die von innen heraus leuchteten und ihrer Haut einen zarten Schimmer verliehen. Sie hatte keine Ahnung, wie diese Dinger funktionierten, und hatte es bereits am Tag ihrer Ankunft aufgegeben, das Licht löschen zu wollen. Stattdessen hatte sie sämtliche Kugeln in den Waschraum getragen und schloss nun die Tür.

In ihrem Schlafgemach brannte nur eine altmodische Laterne auf dem Schreibtisch, deren Flamme flackernde Schatten an die Wände warf. Auf dem Stuhl davor lag ihre frisch gewaschene Wächteruniform, und daneben stand ihr Beutel, den sie bereits für die Abreise nach der Krönung gepackt hatte. Von den Gesprächen, die Ceylan belauscht hatte, wusste sie, dass die Zeremonie am Mittag stattfinden würde, wenn die Sonne am höchsten stand. Denn es gab nur ein schmales Zeitfenster, in dem die Konvergenz zwischen ihrer Welt und der Anderswelt es zuließ, dass das Tor zwischen den Ebenen geöffnet würde. Sobald Kheeran die Gabe der vier Elemente erhalten hatte, würde er gekrönt werden. Im Anschluss folgen Feierlichkeiten, die mehrere Tage andauern würden. Aber es gab für die Wächter keinen Grund, bei diesen anwesend zu sein, und wenn es sein musste, würde Ceylan den Field Marshal an den Haaren auf sein Pferd und aus der Stadt zerren. Sie würde keine Minute länger als nötig in Nihalos verweilen.

Ceylan legte sich auf die mit Wasser gefüllte Matratze. Neben den Bädern würde sie einen bequemen, ruhigen Schlafplatz für sich allein wohl am meisten vermissen, sobald sie zurück an der Mauer war. Dafür freute sie sich umso mehr auf das Training und darauf, wieder eine von vielen zu sein. Zwar würde sie als Frau weiterhin hervorstechen, aber lieber ließ sie sich von den anderen Wächtern begaffen als von den Fae. Diese Männer konnte sie zumindest in ihre Schranken weisen, ohne fürchten zu müssen, damit gegen das Abkommen zu verstoßen.

Ceylan rollte sich auf die Seite und lauschte den Geräuschen im Schloss. Es war nicht vollkommen still, aber leiser als in den Nächten zuvor. Beinahe schien es, als würden alle für den morgigen Tag Kraft tanken. Aber trotz der Ruhe konnte Ceylan nicht einschlafen. Ausnahmsweise waren es allerdings nicht ihre Gedanken und ihre Sorge, ein Fae könnte in ihr Zimmer eindringen, die sie wach hielten, sondern ihr Hunger. Ihr Magen gab laute, gurgelnde Geräusche von sich und erinnerte sie daran, dass sie nur zwei Äpfel und eine Birne gegessen hatte, und auch die Tage zuvor waren ihre Mahlzeiten eher spärlich ausgefallen, da sie sich weiterhin weigerte, Gerichte zu essen, die von Fae zubereitet worden waren.

Mit einem genervten Ächzen schlug Ceylan ihre Bettdecke zurück. Sie tastete nach dem Dolch, den sie unter ihrem Kissen versteckte, stand auf und warf sich den Umhang aus hellem Stoff über, der im Kleiderschrank gehangen hatte. Die rechte Hand schob sie in den linken Ärmel, um die Klinge darin verschwinden zu lassen. Sie wollte nicht für Aufruhr sorgen, indem sie mit einem gezückten Dolch durch den Palast marschierte, aber, *beim König*, sie würde nicht unbewaffnet durch ein Schloss voller Fae wandern.

Leise zog sie die Tür ihres Schlafgemachs auf und spähte in den Korridor hinaus. Er war leer mit Ausnahme eines Gardisten, der regungslos die ihm gegenüberliegende Wand anstarrte. Ceylan juckte es in den Fingern, ein lautes Geräusch von sich zu geben, um zu sehen, ob der Fae erschrecken würde, aber sie wollte keine Aufmerksamkeit erregen, sondern nur ihren Hunger stillen. Eilig huschte sie in den Flur, bis zur nächsten Treppe und die Stufen hinab. Ihre Schritte waren die einzigen, die zu hören waren, denn in diesem Teil des Schlosses patrouillierten nicht mehr viele Gardisten. Laut den Bediensteten, die sie belauscht hatte, waren sie alle abgezogen worden, um Kheerans Gemächer im Nordflügel zu bewachen. Ceylan war das ganz recht, denn obwohl sie bereits seit einer Woche im Palast war, rechnete sie stets damit, von den Gardisten angegriffen zu werden. Wer wusste schon, wann die Fae die Kontrolle über ihre wilden Instinkte verloren und zu den Monstern verkamen, die sie tief in ihrem Herzen waren.

Ein kalter Windstoß schlug Ceylan entgegen und blähte ihren Umhang auf, als sie das Treppenhaus verließ. Sie erzitterte und zog den Stoff enger um sich, als sie plötzlich etwas Körniges unter ihren nackten Fußsohlen spürte. Sie blieb stehen und sah hinunter. Auf dem weißen Marmorboden, der immer strahlend sauber war, lagen Erdkrümel, als wäre jemand mit schmutzigen Stiefeln durch den Palast gelaufen. Sie blickte um sich, um herauszufinden, woher die Spur kam und wohin sie verlief, aber es gab keine Fährte. Der Dreck lag einfach hier, als hätte ihn jemand verstreut. *Eigenartig.*

Ceylan zögerte noch einen Augenblick, lief dann aber weiter. Was im Schloss vor sich ging, hatte sie nicht zu interessieren. Doch sie geriet erneut ins Stocken, als sie um eine Ecke bog und sah, wie ein Gardist eilig über den Flur huschte. An sich war daran nichts ungewöhnlich, doch was Ceylan innehalten ließ, war die vollkommene Geräuschlosigkeit seiner Schritte. Bei diesen hohen Wänden müsste sie eigentlich ihr Echo hören – aber es war vollkommen still.

Ein beklemmendes Gefühl breitete sich in Ceylans Brust aus, und sie umfasste den Dolch in ihrem Ärmel fester. Irgendetwas stimmte nicht mit diesem Gardisten. Er war *zu* lautlos. Sie war auch bemüht, leise zu sein, um nicht aufzufallen, aber das hier war etwas anderes.

Vergiss es, sagte eine Stimme in ihrem Hinterkopf. *Es kann dir egal sein, was hier vor sich geht. Hol dir etwas zu essen und geh zurück in dein Zimmer, bald bist du wieder an der Mauer.*

Dennoch sperrte sich ihr Verstand dagegen, den Vorfall zu vergessen, und sie brachte ihre Füße nicht dazu, den Weg in die Küche einzuschlagen. Wider besseren Wissens setzte sie sich in Bewegung, um dem Gardisten zu folgen, bevor er in den Tiefen des Schlosses verschwand. Nicht annähernd so leise wie der Mann flitzte sie in denselben Gang.

Vorsichtig spähte sie um die Ecke und entdeckte, dass er das Ende des Korridors bereits erreicht hatte. Ihn zu sehen, aber nicht hören zu können, ließ Ceylan erschaudern. Ihr Blick wanderte zu seinen Füßen, die jedoch eindeutig den Boden berührten. Der Gardist blieb stehen, als sich der Flur teilte. Mit bedächtigen Bewegungen sah er sich sorgfältig um, wie jemand, der nicht bemerkt werden wollte. Kein königlicher Wächter, der auf offizieller Mission war, hatte einen Grund, sich so zu verhalten. Er führte etwas im Schilde, und sie würde herausfinden, was das war.

Plötzlich drehte sich der Unseelie um. Erschrocken wich Ceylan hinter die Mauer zurück. Ihr Herz pochte wild, und ihre Hände begannen zu schwitzen. Hatte er sie gesehen? Vermutlich nicht. Sie stand schließlich am anderen Ende des Ganges, und die Jahre auf der Straße hatten ihr schnelle Reflexe antrainiert. Sie wartete, bis sich ihr Puls beruhigt hatte. Anschließend nahm sie einen tiefen Atemzug und beugte sich nach vorne, um nachzusehen, ob der Gardist noch da war.

Er war es – und er stand direkt vor ihr.

Ein erschrockener Ruf entfuhr Ceylans Kehle. Sie taumelte rückwärts, und ein brennender Schmerz loderte an ihrem linken Handgelenk auf. Blut tropfte aus ihrem Ärmel. Vor Schreck hatte sie sich mit ihrem Dolch selbst verletzt. Sie zog die Waffe hervor und richtete sie auf den Gardisten, der sie mit dunklen Augen anstarrte.

Moment.

Dunkle Augen?

Ceylans Gedanken stolperten über diese Erkenntnis, als die Hand des Mannes auch schon nach vorne schnellte, um sie zu packen. Sie machte einen Satz zurück. Ihre nackten Füße rutschten auf dem glatten Boden aus. Ihr gelang es, das Gleichgewicht zu halten, aber lange nützte ihr dieser Erfolg nichts. Der Gardist griff sie sogleich wieder an. Er zückte keine Waffe, sondern schlug stattdessen heftig auf sie ein. Dabei waren seine Finger nicht zu Fäusten geballt, sondern durchgedrückt; seine Hände waren wie harte Metallplatten. Ceylan fiel es schwer, den schnellen Angriffen auszuweichen und sie abzublocken. Der Mann ließ ihr nicht die geringste Chance, selbst in die Offensive zu wechseln. Und jedes Mal, wenn er ihren Körper mit der Kante seiner Hand traf, spürte sie den schmerzhaften Stoß bis in die Knochen.

»Wer bist du?«, fragte sie durch zusammengebissene Zähne. Sie erwartete keine Antwort, aber sie hoffe, dass die Worte ihren Angreifer ablenkten. Keine Chance. Unbeirrt drängte der Fae sie weiter rückwärts. Sie konnte nicht sehen, wohin sie trat, aber ihr blieb keine Zeit, sich um das Sorgen zu machen, was hinter ihr lag. Es war das, was vor ihr war, was ihr Angst einjagte.

Keuchend duckte sie sich unter einem weiteren Schlag hindurch und versuchte auf Hüfthöhe mit ihrem Dolch einen Treffer zu landen, aber der Mann konterte so schnell, dass Ceylan ihm trotz ihrer geschärften Sinne kaum folgen konnte. Wer zum Henker war er?

Die Antwort würde sie vermutlich erst bekommen, wenn der Kampf vorbei und sie noch bei Bewusstsein war, was fraglich war. Denn ihr Gegenüber war nicht nur größer als sie, es war auch stärker und ein brillanter Kämpfer. Trotz seiner Geschwindigkeit setzte er jeden seiner Hiebe mit Präzision. Der Blick aus seinen dunklen Augen löste sich dabei keinen Moment von Ceylan, und auch sie wagte es nicht, sich von ihm abzuwenden.

Mit konzentriertem Blick verfolgte sie die Bewegungsabfolge des Mannes und versuchte seinen Rhythmus zu verinnerlichen, um sich auf seinen Takt einzulassen. Dabei bemerkte sie, dass er sehr auf ihre rechte Hand und ihren Dolch fokussiert war; das konnte sie für sich nutzen. Sie täuschte ein Manöver von rechts vor, als wollte sie mit der Klinge zustechen, verlagerte ihr Gewicht dann aber zur anderen Seite, um seine Deckung von links zu durchbrechen. Ihr Angriff ging jedoch ins Leere, genauso wie der nächste und der darauf folgende. Was immer sie versuchte, der Fae war vorbereitet.

Wie von selbst wanderte ihre Aufmerksamkeit dabei immer wieder zu der feuerroten Narbe an seinem Hals. Zuerst hatte sein blondes Haar sie verdeckt, aber nun sah sie das Brandmal deutlich, denn sein Haar war verrutscht: Er trug eine Perücke. Er war kein Unseelie. Aber wenn er ein Eindringling war, wieso zog er nicht seine Waffe und setzte ihrem Kampf und ihr ein Ende?

Es sei denn, er wollte sie überhaupt nicht töten. Diese Erkenntnis traf Ceylan so unerwartet, dass sie den nächsten Angriff des Fae zu spät kommen sah. Er packte ihre rechte Hand und riss ihren Arm herum, bis sie einen reißenden Schmerz in ihrer

Schulter spürte. Sie ließ ihren Dolch fallen, und Tränen schossen ihr in die Augen. »Mistkerl«, fluchte sie.

Der warme Atem des Fae streifte ihr Ohr. »Du hättest mir nicht folgen dürfen«, sagte er mit Bestimmtheit. Er hatte einen Akzent, den Ceylan in ihrer Angst nicht zuordnen konnte. Ihr rauschte das Blut in den Ohren, und alles in ihr schrie danach, sich gegen den Griff des Fae zu wehren, aber mit einem panischen, unbedachten Verhalten könnte sie ihr eigenes Todesurteil unterschreiben. Sie zwang sich dazu, ruhig zu bleiben.

»Was willst du von mir?«, fragte sie, überhaupt nicht ruhig.

»Von dir? Nichts.« Der Fae lachte. Das Geräusch verursachte eine Gänsehaut auf ihrem Körper, denn es war völlig freudlos. Er schien sich nicht einmal über seinen Sieg zu freuen, der zum Greifen nahe war. Womöglich war er doch ein Geist. »Und jetzt schlaf schön!«

»Was –« Ceylan hatte nicht die Chance, den Satz zu beenden. Die Hand des Mannes legte sich über ihren Mund und die Nase, wie um sie zu ersticken. Nun begann sie doch heftig zu strampeln, der Schmerz in ihrem Arm war vergessen.

Sämtliche Muskeln in ihrem Körper spannten sich an, in einem letzten Versuch sich zu retten. Lange hielt ihre Gegenwehr allerdings nicht an. Ihre Augenlider begannen zu flattern, obwohl jede Faser ihres Körpers schrie, sie müsse bei Bewusstsein bleiben. Sie kämpfte gegen die Decke der Trägheit an, die sich über ihren Verstand zu legen drohte, aber sie war zu schwer und drückte sie nieder.

»Psssh«, säuselte der Fae hinter ihr, wie ein Vater, der seine Tochter beruhigte, kurz bevor Ceylan das Bewusstsein verlor.

45. Kapitel – Kheeran

– Nihalos –

»Kheeran!« Jemand rüttelte an seiner Schulter. »Kheeran! Wach auf!«

Er stieß ein Brummen aus, rollte im Bett herum und zog sich die Decke über den Kopf. Ein Teil seines Verstandes schlief noch und weigerte sich, das Land der Träume zu verlassen, während der andere Teil bereits hellwach war und ihn mit roten Flaggen daran erinnerte, was für ein Tag heute war: der Tag seiner Krönung. Der Gedanke daran weckte keine Vorfreude in ihm, sondern verstärkte nur seinen Wunsch, liegen zu bleiben. Wenn er die Minuten verschlief, in denen er das Tor zur Anderswelt öffnen konnte, würde man die Krönung wohl oder übel bis zur nächsten Wintersonnenwende in einem Jahr verschieben müssen. Und vielleicht würden seine Mutter und der Rat bis dahin einsehen, was für ein miserabler Herrscher er sein würde.

»Kheeran!« Aldren packte seine Decke und zerrte sie ihm vom Körper.

Kheeran setzte sich auf. Sein Kopf pochte, und seine Schultern schmerzten von der Anspannung und dem Stress der letzten Tage. Er war nicht bereit – und müde bis auf die Knochen. Er hatte am Abend stundenlang in seinem Bett wach gelegen und versucht, sich mit dem abzufinden, was heute passieren würde. Dabei hatte sein Verstand immer wieder wilde Fantasien geflochten, wie er seinem Schicksal entkommen könnte. Dafür war es nun zu spät.

»Kheeran«, sagte Aldren ein weiteres Mal eindringlich. Es war, als würde er durch die ständige Verwendung seines Namens versuchen, einen besseren König heraufzubeschwören.

Er öffnete die Augen und blinzelte gegen die Helligkeit an. Nachdem seine Sicht klar war, nahm er zwei Dinge gleichzeitig wahr: Erstens war es noch nicht Morgen. Dunkelheit herrschte vor seinem Fenster. Und zweitens war Aldren blass wie ein Bettlaken. Nur seine Augen waren dunkel und von Trauer gezeichnet. Kheeran wurde übel, und er versuchte sich für die schlimmste Nachricht, die sein Berater ihm überbringen konnte, zu wappnen. »Was ... was ist passiert?«, fragte er mit vom Schlaf rauer Stimme.

Aldren ließ die Lippen fest aufeinandergepresst.

»Jetzt sag schon«, drängte Kheeran und wünschte sich, Ceylan wäre hier. Sie würde ihm die schlechte Nachricht so überbringen, wie sie ihm den Pfeil aus der Schulter gerissen hatte: schnell und schonungslos. Denn erst nach dem Schmerz konnte der Heilungsprozess beginnen.

Aldrens Kehlkopf hüpfte nervös. »Es geht um deine Mutter.«

Kheeran konnte sein Herz bis in den Hals pochen spüren. »Was ist mit ihr?«, fragte er, obwohl er glaubte, die Antwort bereits zu kennen.

»Sie ...« Aldrens Hände ballten sich zu Fäusten, der Stoff des Bettlakens zerknitterte zwischen seinen Fingen. »Sie ist tot.«

»Tot?« Benommen starrte Kheeran Aldren an.

»Ja«, antwortete dieser. Er zögerte kurz, dann setzte er sich zu Kheeran aufs Bett und nahm seine Hand. Er drückte sie sanft und voller Mitgefühl, dabei waren seine Finger so klamm wie Kheerans eigene.

Er konnte es nicht fassen. Tot. Königin Zarina war tot – seine Mutter. Wie konnte das sein? Gestern Abend noch hatte er mir ihr an einem Tisch gesessen, und jetzt war sie nicht mehr da. Fort. Verloren. Für immer. Und er war alleine. Sie war das letzte

Mitglied seiner Familie gewesen, denn Nevans älterer Bruder war bereits vor einem Jahrhundert verstorben, und seine Mutter hatte keine Geschwister. »Wie ist sie –?«

»Ermordet«, sagte Aldren, bevor Kheeran die Frage aussprechen musste. »Man hat ihr die Kehle durchgeschnitten.« Er stolperte durch diesen Satz wie ein Junge, der keiner Seele etwas zuleide tun konnte, anstatt wie ein Mann, der selbst schon Hunderte von Leben beendet hatte.

Kheeran nickte. Er hatte in seinem Dasein schon viel Verlust erfahren müssen. Nicht immer waren dabei Leute gestorben, aber ihm war das Gefühl der Verzweiflung vertraut, wenn man wusste – oder zumindest glaubte –, man würde eine geliebte Person nie wiedersehen. Dennoch hatte er nie gelernt, mit diesem Schmerz umzugehen, der nicht stechend war wie von einer Klinge und auch nicht lodernd wie bei einer Brandverletzung. Dieser Schmerz war anders, roh und gewaltig riss er ein Loch in die Seele und ließ Dunkelheit zurück, wo zuvor Licht geherrscht hatte. »Wer hat sie gefunden?«

»Ihre Liebhaberin. Elisha.«

Kheeran war stets bemüht gewesen, den Männern und Frauen, die seit Nevans Tod das Bett seiner Mutter gewärmt hatten, aus dem Weg zu gehen. Doch er kannte Elisha. Sie war eine lebensfrohe junge Fae und noch nicht verbittert von ihrer jahrhundertelangen Existenz. Unter keinen Umständen würde sie ihr Leben durch eine solche Tat aufs Spiel setzen, zumal Zarina ihr nicht nur Zuneigung, sondern auch Reichtum geschenkt hatte. Besser hätte es Elisha nicht treffen können. »Wissen wir schon, wer das getan hat?«

»Nicht mit Gewissheit. Wir sind noch dabei, die Lage zu sondieren.«

»Verstehe. Kann …« Kheerans Stimme brach ab. Er nahm einen tiefen Atemzug und versuchte die Kontrolle über seine bebende Unterlippe wiederzuerlangen. »Ich möchte zu ihr.«

Aldren drückte seine Hand fester. »Bist du sicher, dass du das willst?«

Er nickte, auch wenn es kein schöner Anblick werden würde, aber alles in ihm verlangte danach, seine Mutter zu sehen. Kraftlos stand er aus dem Bett auf, und Aldren half ihm dabei, sich anzuziehen. Er knöpfte ihm wieder das Hemd zu, weil seine Finger zu sehr zitterten. Er ging auch vor ihm in die Knie, um ihm dabei zu helfen, in seine Schuhe zu steigen. Kheeran schämte sich nicht dafür. Er war zu erschöpft, und seine Gedanken drehten sich wie ein Kreisel, der aber immer wieder zur Seite umkippte.

Seite an Seite lief er mit Aldren zum Schlafgemach seiner Mutter. Den ganzen Weg über fürchtete, er seine Beine könnten unter ihm nachgeben, aber er durfte keine Schwäche zeigen, ebenso wenig wie er über die Gründe und Umstände des Mordes nachdenken durfte – noch nicht. Doch die Stille im Palast half nicht gerade dabei, seinen Gedanken Einhalt zu gebieten, und er fragte sich, wie die Bediensteten und Gardisten, die noch ruhig in ihren Betten schliefen, reagieren würden, wenn sie von Zarinas Tod erfuhren.

Eine ganze Weile waren Aldrens und seine Schritte das einzige Geräusch im Schloss, bis er kurz vor Zarinas Zimmer die Stimmen von Onora und Teagan hörte. Sie schienen über etwas zu streiten, aber Kheeran war nicht in der Verfassung, das Gesprochene wirklich auszumachen. Was wollten sie überhaupt dort? Und wer hatte sie geholt? Er hatte keine Lust darauf, die beiden zu sehen. Er wollte seine Mutter ein letztes Mal besuchen und sich nicht mit den Ratsmitgliedern über die Konsequenzen des Mordes austauschen.

»Halt sie von mir fern«, sagte Kheeran.

Aldren nickte. Er musste nicht fragen, wen er meinte.

Sie erreichten die Räumlichkeiten der Königin. Zwei Gardisten flankierten die Tür, und Elisha saß zusammengesunken an der Wand daneben. Die Beine an den Oberkörper gezogen, das Gesicht zwischen den Armen vergraben, schluchzte sie leise und sah nicht einmal auf, als sie an ihr vorbeiliefen. Im Zimmer der Königin waren ebenfalls drei Personen: Teagan, Onora und ein Mann in Schlafrobe, der interessiert um Zarinas Bett herumschlich. Kheeran nahm sie nur mit einem flüchtigen Blick war, ehe sich seine ganze Aufmerksamkeit auf die leblose Gestalt richtete, die auf der Matratze lag.

»*Bei den Göttern*«, keuchte Kheeran. Er schlug sich die Hand vor den Mund und trat näher an das Bett heran. Der eiserne Geruch von Blut schwängerte die Luft, und ein fauliger Geschmack legte sich auf seine Zunge. Seine Mutter hatte gekämpft. Das Bettlaken, das von ihrem Blut dunkelrot getränkt war, war zerwühlt. Ihre Decke lag auf dem Boden, und ein blutiger Handabdruck verschmierte den Bettpfosten, als hätte sie versucht, sich so an ihrem Leben festzuhalten. Man hatte ihr die Kehle aufgeschlitzt, und die klaffende Wunde war noch immer an ihrem Hals zu sehen, denn ihre Magie hatte nicht ausgereicht, um sie schnell genug heilen zu lassen.

»Prinz Kheeran –«, setzte Onora an.

»Jetzt nicht«, fuhr ihr Aldren über den Mund.

»Aber –«

»Nein«, fauchte Aldren und packte Onora, die einen Schritt nach vorne getreten war, am Arm.

Kheeran ignorierte sie und blieb neben dem Bett stehen. Tränen stiegen ihm in die Augen, als er Zarinas blasses Gesicht betrachtete. Ohne all das Blut hätte es wirken können, als wäre sie friedlich entschlafen. Jemand, vermutlich Teagan, hatte ihre Augen geschlossen, und der Zug um ihre Lippen war so weich, dass man glaubte, sie könnte jeden Moment lächeln. Das hatte sie in den vergangenen Monaten, seit dem Tod seines Vaters, nicht mehr oft getan. Ob die beiden nun wieder zusammen waren?

Kheeran sank auf die Knie und griff nach der Hand seiner Mutter, die schlaff von der Matratze herunterhing. Ihre Haut war kalt, und ihre Muskeln boten keinerlei Widerstand, als er ihre Finger an seinen Mund führte und ihr einen letzten Kuss auf die Knöchel hauchte. »Ich liebe dich«, flüsterte er und erkannte dabei, dass er ihr das nie gesagt hatte. Ein Gefühl der Scham mischte sich unter seine Trauer. Und er musste an den Tag denken, an dem er ins Schloss zurückgekehrt war.

Er war geblendet gewesen von der Schönheit der Stadt und ihrer Einwohner. Mit offen stehendem Mund hatte er jeden angestarrt, der ihren Weg kreuzte. Vor allem die Frauen hatten seinen Blick schon damals wie magisch angezogen. Er war mit Aldren durch die Straßen Nihalos' geritten, bis zum Schloss. Einer der Krieger war bereits vorausgeeilt, um ihre Ankunft zu verkünden, sodass sie schon erwartet wurden. Dutzende von Fae waren im Innenhof versammelt gewesen. Aldren war von seinem Pferd gestiegen und hatte ihn anschließend heruntergehoben. Seine Beine, die von dem langen Ritt ganz weich waren, hatten unter ihm nachgegeben, und er wäre gestürzt, hätten ihn nicht zwei starke Arme aufgefangen. Mit verängstigtem Blick hatte er aufgesehen und in das lächelnde Gesicht eines Mannes geblickt, der eine Krone auf seinem Haupt trug. »Sei gegrüßt, mein Sohn! Weißt du, wer ich bin?«

Kheeran hatte den Fae mit den spitzesten Ohren, die er bis dahin gesehen hatte, betrachtet. Sein blondes Haar war noch länger als das von Aldren, und das Blau seiner Augen war eisig gewesen, wie die Decke eines zugefrorenen Sees. Doch das Eis war nicht nur kühl, sondern es reflektierte auch das Licht der Sonne. Dieser Mann hatte für ihn nicht ausgesehen wie der monströse Fae aus den Gruselgeschichten, welche sich die Kinder im Schloss in Amaruné stets erzählt hatten. »Ihr seid König Nevan.«

Das Lächeln des Unseelie war breiter geworden. »Ja, aber vor allem bin ich dein Vater. Und das ist deine Mutter.« Er hatte auf die Frau gedeutet, die neben Kheeran in die Knie gegangen war. Zuerst hatte er gedacht, sie hätte Schmerzen, denn ihr Gesicht war tränenüberströmt gewesen, aber sie hatte ihn angelächelt. Dabei hatten ihre blauen Augen das Licht nicht nur reflektiert, sie waren das Licht selbst. Und ihre Stimme hatte genauso warm geklungen. Niemals würde er die ersten Worte vergessen, die sie damals zu ihm gesagt hatte …

»Kheeran?« Aldrens Hand legte sich auf seine Schulter und riss ihn aus seiner Erinnerung.

Er blickte von der leblosen Hand seiner Mutter auf. »Was?«, fragte er mit dünner Stimme.

»Es wird Zeit.«

»Wofür?«

Bedauern spiegelte sich in Aldrens Gesicht. »Die Sonne geht bald auf. Wir müssen sie wegbringen, wenn wir nicht wollen, dass die Leute sie so sehen. Außerdem gibt es Dinge zu besprechen, die keinen weiteren Aufschub zulassen. Es tut mir leid, Kheeran.«

Kheeran war weder bereit, sich diesen Dingen zu stellen, noch, seine Mutter gehen zu lassen, aber er wusste, dass sie es nicht gewollt hätte, so von den Bediensteten gesehen zu werden: vom Tod fleckig gezeichnet und in ihrem eigenen Blut sowie ihren Fäkalien liegend, nachdem sich sämtliche Muskeln ihres Körpers entspannt hatten. Kheeran ließ ihre Hand los und erhob sich vom Boden. »Bringt sie weg!«

Aldren lächelte ihn traurig an, und zwei Gardisten, die von ihm unbemerkt das Zimmer betreten hatten, machten sich an die Arbeit, seine Mutter in eine Decke einzuwickeln. Anschließend trug einer der beiden ihre verhüllte Gestalt davon. Sie wirkte klein und schmal, wie ein Kind, und Kheeran zwang sich dazu, nicht daran zu denken, wie man ihren Körper für die Beisetzung vorbereiten würde. Stattdessen wandte er sich Aldren zu und erkannte, dass auch Onora, Teagan und der Fae, dessen Namen er nicht kannte, an ihn herangetreten waren. Sie alle bedachten ihn mit besorgten Blicken, aber in ihren Gesichtern lag auch eine Entschlossenheit, die ihm nicht gefiel.

»Was ist?«, fragte er in einem erstaunlich schroffen Tonfall.

»Zuerst möchte ich Euch mein Beileid aussprechen«, sagte Teagan. »Es schmerzt mich, in so kurzer Zeit nicht nur König Nevan, sondern auch Königin Zarina verloren zu haben, und ich kann mir nicht vorstellen, wie Ihr Euch fühlen müsst. Sie waren beide noch zu jung, um dieser Welt entrissen zu werden. Und ich kann Euch versichern, dass der Verantwortliche hierfür seine gerechte Strafe bekommen wird.«

»Falls wir ihn finden«, warf Kheeran ein.

Teagan räusperte sich, und sein Blick schweifte kurz zu Onora und Aldren, ehe er weitersprach. »Wir wissen mittlerweile, wer Eure Mutter ermordet hat, Eure Hoheit.«

»Wer?«

»Wir haben das hier bei der Königin gefunden«, sagte Teagan und hob seinen Arm. Zuerst verstand Kheeran nicht, was der Kommandant von ihm wollte, bis er das lange schwarze Haar entdeckte, das er zwischen seinen Fingern hielt. Sein Blut gefror zu Eis. Denn es gab vermutlich nur eine einzige Person in ganz Nihalos, zu der dieses Haar gehören konnte, aber das konnte nicht sein, oder? Ceylan konnte nicht …

Kheerans Hände ballten sich zu Fäusten. »Bringt die Wächterin zu mir!«

46. Kapitel – Ceylan

– Nihalos –

Etwas hämmerte auf Ceylans Kopf. Es war, als würde eine unsichtbare Gestalt mit einem Stein auf ihre Stirn einschlagen. In ihren Schläfen pochte es heftig, und alles um sie herum drehte sich. Die Decke. Der Boden. Die Wände. Und nicht einmal sie selbst schien stillzustehen, obwohl sie sich an einer Säule festklammerte. Dennoch widerstand sie dem Drang, sich wieder hinzusetzen, nachdem sie darum gekämpft hatte, überhaupt auf die Beine zu kommen.

Ich werde diesen Mistkerl töten, schwor sie sich selbst und kniff die Augen zusammen, um sich auf ihre Atmung zu konzentrieren. Sie schämte sich dafür, schon wieder einen Kampf verloren zu haben. Sie schien einfach nicht gewinnen zu können, sobald es darauf ankam. Aber zumindest war sie noch am Leben, und die Chance auf Rache war ihr geblieben, auch wenn das im Moment nur ein schwacher Trost war.

Nach einer Weile ließ der Schwindel nach, und Ceylan wagte es, die Augen zu öffnen. In vorsichtigen Bewegungen drehte sie den Kopf, um sich umzusehen. Sie war allein, und vor den Fenstern herrschte noch immer sternenklare Nacht. Nur weit in der Ferne glaubte sie einen hellen Schimmer zu entdecken, aber vielleicht war der auch nur ihrem vernebelten Verstand zuzuschreiben.

Sie entdeckte ihren Dolch auf dem Boden. Das Blut von der Schnittwunde, die sie sich selbst zugefügt hatte, war inzwischen auf der Klinge getrocknet, allerdings war etwas davon auf den Marmor getropft. Stöhnend ging Ceylan in die Knie und kratzte die Flecken mit ihren Fingernägeln vom Stein. Sie würde nicht zulassen, dass jemand von diesem erbärmlichen Kampf erfuhr.

Ächzend richtete sie sich wieder auf und machte sich auf den Weg zurück in ihr Schlafgemach. Sie kam nur langsam voran, aber das Laufen tat ihr gut. Mit jedem Schritt, ging es ihr besser und nachdem sie die Treppen bis zu ihrem Stockwerk erklommen hatte, fühlte sie sich schon beinahe wieder menschlich.

»Stellt das gesamte Schloss auf den Kopf, wenn das nötig ist«, hörte Ceylan plötzlich eine tiefe Stimme sagen. Sie erstarrte. Das Trampeln von mindestens einem Dutzend Füßen, die sich auf sie zubewegten, war zu hören. Scheinbar war es den Gardisten nicht entgangen, dass jemand in den Palast eingedrungen war, vielleicht würden die Fae ihr dabei helfen, ihre Rache zu bekommen.

Entschlossen lief Ceylan den Gardisten entgegen. Angeführt wurden sie von dem Mann, der ihnen als Teagan vorgestellt worden war. Die Augen des Fae verfinsterten sich, als er sie erblickte. Das Gesicht von Hass und Verachtung gezeichnet, marschierte er geradewegs auf sie zu. »Ceylan Alarion –«

Sie blieb stehen, runzelte die Stirn. »Ja?«

»Ihr seid festgenommen. Im Namen von Kronprinz Kheeran nehme ich Euch in Gewahrsam.«

»Was?!« Die Worte trafen Ceylan vollkommen unerwartet, und für einen Moment war sie überhaupt nicht in der Lage, ihre Bedeutung zu begreifen. Vielleicht lag das auch daran, dass ihr Verstand noch immer ein wenig benebelt war, doch jede Benommenheit wich von ihr, als zwei Gardisten sie packten und ein dritter ihr ihren Dolch entriss. »Lasst mich los! Ihr könnt mich nicht festnehmen!«

»Wir können, und wir werden.«

Sie riss an ihren Armen, um freizukommen. Vergeblich. »Warum?«

»Das wisst Ihr ganz genau.«

»Offenbar nicht, wenn ich danach frage«, fauchte Ceylan und funkelte Teagan wütend an, der sie selbstgefällig anlächelte. Sie wollte ihm das Grinsen aus dem Gesicht schlagen, aber all die Festnahmen im Laufe ihres Lebens hatten sie gelehrt, dass es nie eine gute Idee war, Wachen anzugreifen, es sei denn, man hatte eine realistische Chance zu entkommen, und die hatte sie nicht.

»Ihr werdet angeklagt für den Mord an Königin Zarina«, antwortete Teagan.

»Die Königin wurde ermordet?«

»Jetzt stellt Euch nicht dümmer, als Ihr seid.«

»Ich war das nicht. Ich schwöre es«, erklärte Ceylan mit aufsteigender Panik und zunehmend schneller schlagendem Herzen. Sie wand sich dabei in den Griffen der Fae. Denn sie war nicht dämlich und wusste, welche Strafe sie erwartete, wenn man sie tatsächlich für den Mord an der Königin verurteilte. Doch sie war noch nicht bereit zu sterben, vor allem nicht für ein Verbrechen, dass sie nicht begangen hatte. »Aber ich weiß, wer es getan hat. Ich habe ihn gesehen!«

Teagan wirkte unbeeindruckt. »Tatsächlich?«

»Ja, es war der Mann mit der Narbe am Hals. Er war als Gardist verkleidet und hat mich angegriffen, als ich auf dem Weg in die Küche war!«

»Mhh«, brummte Teagan. Er klang nicht überzeugt, vielmehr amüsiert. Neugierig neigte er den Kopf und fragte spöttisch: »Und wo ist dieser verkleidete Gardist?«

»Ich weiß es nicht.« Sie wollte mit den Schultern zucken, aber die Fae ließen das nicht zu. Ceylan warf ihnen einen vernichtenden Blick zu. Sobald sie frei war, würde sie sie dafür büßen lassen. »Er hat mich überwältigt. Ich wurde ohnmächtig, und als ich wieder zu mir kam, war er verschwunden.«

Teagan schnaubte. »Wie überaus praktisch.«

»Ihr müsst mir glauben!«, flehte sie. Hatten diese jämmerlichen Worte gerade wirklich ihren Mund verlassen? Sie waren ihr peinlich, aber zugleich wäre es töricht, auch nur irgendetwas unversucht zu lassen, um freizukommen. Eine Verurteilung für die Ermordung der Königin würde keinen schnellen und schmerzlosen Tod mit sich bringen, die Fae würden sie leiden lassen.

»Ich muss überhaupt nichts«, erklärte Teagan. Er winkte zwei weitere Gardisten heran, eine unausgesprochene Drohung, und verschränkte die Arme vor der Brust. »Und jetzt folgt mir! Oder muss ich Euch zwingen?«

Ceylan schluckte schwer. »Wohin wollt Ihr mich bringen?«

»Zum Prinzen. Er erwartet Euch.«

Sie sollte zu Kheeran? Gut. Er würde ihr glauben. Er *musste* ihr glauben. Zumindest war er den Wächtern gegenüber nicht so feindselig eingestellt wie all die anderen Fae. Teagan beispielsweise betrachtete sie wie den Dreck unter seinen Stiefeln. Für ihn war es das Leichteste, sie zu verurteilen. Anschließend konnte er sich zurücklehnen und sich einreden, seine Pflichten erfüllt zu haben.

Sie machten sich auf den Weg zu Kheeran. Ceylan versicherte den Gardisten mehrfach, dass sie aus freien Stücken mit ihnen gehen würde. Eine Flucht machte keinen Sinn, weit würde sie ohnehin nicht kommen, aber die Unseelie ließen sie nicht los. Ihre Finger drückten fest durch den dünnen Stoff ihres Umhangs und Nachthemds, und beinahe wünschte sie sich, man würde sie einfach fesseln. Sie war jedoch dankbar für die leeren Gänge und dafür, dass nicht viele Leute sie so zu Gesicht bekamen. Vielleicht wäre die Sache mit Kheerans Hilfe überstanden, bevor Tombell und die anderen überhaupt aufwachten.

Sie erreichten den Thronsaal, und wie zu jeder Stunde des Tages standen zwei Gardisten davor. Teagan bedeutete Ceylan und den Fae, die sie festhielten, stehen zu bleiben. Wütende Stimmen drangen durch die massive Tür. Anscheinend war im Inneren des Saals eine heftige Debatte im Gange.

»Ich werde mich heute nicht krönen lassen!«, brüllte Kheeran!

»Doch, das werdet Ihr«, forderte eine weibliche Stimme – Onora.

»Ihr könnt mich nicht zwingen.«

»Aber ich kann Euch zur Vernunft bringen.«

»Meine Mutter ist tot.« Kheerans Worte waren von Bitterkeit durchtränkt.

»Und das bedauere ich zutiefst«, erwiderte Onora. »Aber dies ist nur ein weiterer Grund, wieso die Zeremonie heute stattfinden muss. Das Volk braucht einen Herrscher, und wir können nicht bis zur Wintersonnenwende warten, um ihm diesen zu geben.«

»Es gibt den Rat.«

»Der Rat ersetzt keinen Herrscher. Die Leute brauchen jemanden, zu dem sie aufsehen können.«

»Und derjenige bin nicht ich.«

»Ihr werdet es sein, sobald die Götter Euch gesegnet haben.«

»Das wird allerdings nicht heute passieren«, sagte Kheeran entschlossen. Es klang so, als wäre das letzte Wort gesprochen. Teagan nickte den Gardisten zu. Die Tür zum Thronsaal wurde geöffnet und Ceylan in den Raum geführt, der nur von dem dämmrigen Licht einiger Glaskugeln erhellt wurde. Kheeran stieg gerade die Stufen zu seinem Thron empor. Erschöpft ließ er sich auf den goldenen Stuhl fallen und stützte sein Kinn auf der geballten Faust ab. Der Verlust seiner Mutter nahm ihn sichtlich mit. Selbst aus der Ferne erkannte Ceylan die dunklen Ringe und die roten Ränder unter seinen Augen. Er hatte sein Hemd nicht in die Hose gesteckt, und seine Haare waren nicht nur leicht zerzaust, sondern wirkten so, als hätte er sich bereits die ganze Nacht hin und her gewälzt.

»Ihr habt keine andere Wahl«, sagte Onora plötzlich mit schneidender Stimme und trat vor Kheeran. »Wenn Ihr die Kontrolle über Nihalos nicht verlieren wollt, müsst Ihr heute König werden. Das Volk braucht einen starken Anführer. Ihr dürft keine Schwäche zeigen.«

»Ich bin also schwach, weil ich um meine Mutter trauere?«, fragte Kheeran mit hochgezogenen Brauen.

»Ihr seid schwach, weil Ihr nicht tut, was getan werden muss.«

Kheeran ließ den Arm sinken, auf dem er sein Kinn abgestützt hatte. Wut mischte sich unter seinen Schmerz. Ceylan war sich sicher, sie könnte seinen Zorn auf ihrer Haut kribbeln spüren, wäre sie nur näher an dem Prinzen dran. »Ihr irrt euch.«

»Und Ihr lasst euch von euren Gefühlen leiten.« Onora trat noch einen Schritt auf den Thron zu. Doch Aldren, der am Rande des Geschehens stand und die Unterhaltung bisher schweigend beobachtet hatte, streckte seine Hand aus und bedeutete Onora, stehen zu bleiben. Diese zögerte, trat aber schließlich ehrfürchtig zurück. »Ich bitte Euch, Prinz Kheeran. Versucht Euch einmal in die Lage des Volkes hineinzuversetzen«, fuhr sie fort. »Ja, viele der Unseelie zweifeln an Euch, aber nur, weil sie Euch unterschätzen und sich nach einem König sehnen, der die Dinge in die Hand nimmt. Ihr könntet dieser König sein, wenn Ihr heute Größe beweist und Euch krönen lasst, anstatt Euch zu verstecken.«

Ceylan erwartete, dass Kheeran die Beraterin erneut zu den Elva wünschen würde, aber stattdessen zögerte er. Nachdenklich biss er sich auf die Unterlippe. Er neigte den Kopf und sah zu Aldren. Der Fae sagte nichts, dennoch starrten sie einander an und schienen eine Unterhaltung zu führen, die sich nur zwischen ihren Blicken abspielte. Schließlich wandte sich Kheeran wieder Onora zu, die sich erwartungsvoll nach vorne gelehnt hatte. Er musterte sie, während er letzte Argumente abzuwägen schien.

»Einverstanden«, sagte Kheeran schließlich mit einem Seufzen. »Ich werde mich krönen lassen, aber ich werde keine der anschließenden Feiern besuchen.«

»Verständlich, mein Prinz«, erwiderte Onora mit einem Lächeln, so strahlend, dass man hätte glauben können, sie selbst würde heute zur Königin ernannt werden »Das ist die einzig richtige Entscheidung. Ich bin stolz auf Euch, und Eure Mutter wäre es auch.«

Kheeran grummelte etwas Unverständliches und sah sich träge im Saal um, bis sein Blick den von Ceylan erfasste. Ihr Herz stockte, denn der Schmerz, der in seinen Augen lag, war ihrem eigenen so ähnlich. Sie wusste, wie es sich anfühlte, ohne Eltern zu sein. Ihr Verlust ließ eine Leere in einem zurück, die sich nie wieder füllen würde, denn niemand konnte einem Vater und Mutter ersetzen.

Onora deutete eine Verneigung an und verabschiedete sich, um alles für die Krönung vorzubereiten. Ihre Schritte halten durch den Thronsaal. Im Vorbeigehen bedachte sie Ceylan mit einem vernichtenden Blick, ehe sie die Tür hinter sich schloss, woraufhin sich eine geisterhafte Stille über den Raum legte, die Ceylan an den Moment erinnerte, als sie ihren lautlosen Angreifer beobachtet hatte. Ein Schauder lief ihr den Rücken hinab. Wäre sie doch nur in ihrem Zimmer geblieben und hätte den Hunger ausgehalten.

»Tretet vor!«, sagte Aldren.

Die Gardisten schubsten sie nach vorne, bis sie wenige Fuß von dem königlichen Podest entfernt stehen blieb. Sie spürte ein Pochen in ihren Armen, dort, wo die Gardisten sie bis eben festgehalten hatten. Nun war sie frei, aber sie spürte die Anwesenheit der Wachen hinter ihrem Rücken.

»Kniet nieder!«, befahl Teagan, der neben sie getreten war.

Ceylan regte sich nicht.

Teagan verdrehte genervt die Augen. »Ihr habt mich schon verstanden: Kniet. Nieder!«

Ceylan reckte das Kinn in die Höhe und straffte ihre Schultern. Sie würde nicht einmal vor König Andreus in die Knie gehen. Die Ehre ihrer Unterwürfigkeit galt ganz allein der Mauer und den Wächtern und niemandem sonst. Vor allem nicht dem Kronprinzen der Unseelie! »Das werde ich nicht.«

»Tut es!«, knurrte Teagan mit gefletschten Zähnen.

»Nein.«

Sie hatte das Wort kaum ausgesprochen, als sie ein kräftiger Tritt in die Kniekehlen traf. Mit einem Schrei, der mehr Schreck als Schmerz in sich trug, fiel sie zu Boden. Der Marmor war eiskalt unter ihren Fingerspitzen. Sie erzitterte allerdings aus einem anderen Grund. Sie versuchte aufzustehen, aber die Hände, die sie zuvor festgehalten hatten, waren zurück und drückten sie nieder. Ceylan ballte die Hände zu Fäusten und hob den Blick. Kheeran sah auf sie herab. Die Arme auf den Lehnen abgestützt, saß er völlig regungslos auf seinem Thron. Nichts an seiner Haltung zeigte, dass er sich freute, sie zu sehen. Ceylan wurde mulmig zumute, vielleicht würde es doch nicht so einfach werden, den Prinzen von ihrer Unschuld zu überzeugen.

»Warum?«, fragte er. Es war das einzige Wort, das seinen Mund verließ.

»Ich war es nicht. Ich habe deine Mutter nicht getötet«, erwiderte Ceylan. Sie bemühte sich, ruhig zu bleiben, aber das war angesichts einer Situation, die ebenso gut aus ihren Albträumen stammen könnte, nicht einfach. Sie war dem Wohlwollen und der Gnade eines Fae ausgesetzt, und wie die alten Kriegsgeschichten in Thobria sie gelehrt hatten, besaßen vor allem die Unseelie nicht viel davon.

»Warum sollte ich dir glauben?«

»Weil ich dir das niemals antun würde.« *Und vor allem nicht mir selbst.* Sie wollte diesen Ort nur noch verlassen, und sobald Kheeran sie gehen ließ, würde sie ihre Sachen packen und verschwinden. Scheiß auf die Krönung. Scheiß auf den Field Marshal. Scheiß darauf, dass er sie dafür bestrafen würde.

Kheeran schüttelte den Kopf. Er war nicht überzeugt.

»Was für einen Grund hätte ich, deine Mutter zu töten?«, fragte Ceylan.

»Ich weiß es nicht.« Er zuckte mit den Schultern. »Du verachtest die Fae.«

Sie presste die Lippen aufeinander. Das Blut rauschte in ihren Ohren. Es lag ihr auf der Zunge zu widersprechen. Doch alle Anwesenden einschließlich Kheeran kannten die Wahrheit. Sie hatte nie ein Geheimnis aus ihren Gefühlen gemacht, und ihm nun ins Gesicht zu lügen, würde ihrer Glaubhaftigkeit nur schaden. »Das tue ich, aber hätte ich vorgehabt, einen von euch zu töten, hätte ich mir Aldren ausgesucht.«

Offenbar hatte Kheeran nicht mit so viel Ehrlichkeit gerechnet, und kurz entglitten ihm vor Überraschung seine Gesichtszüge. »Wieso?«

»Er mag mich nicht.«

Kheerans Blick zuckte zu seinem Berater, der beiläufig die Schulter hob, wie um zu sagen: *Unrecht hat sie nicht.*

Einen Moment schien es, als wollte Kheeran deswegen noch etwas sagen, aber er entschied sich anders. »Aldrens Feindseligkeit dir gegenüber tut hier nichts zur Sache. Es geht um meine Mutter.«

»Sie wurde von dem verkleideten Gardisten getötet.«

Kheeran runzelte die Stirn. »Was für ein verkleideter Gardist?«

»Mit Verlaub, dieser Gardist existiert nicht«, sagte Teagan und trat einen Schritt nach vorne, die Hände hinter dem Rücken verschränkt. »Sie behauptet, sie sei von einem Fae angegriffen worden, der uniformiert war. Er soll sie niedergeschlagen und anschließend die Königin ermordet haben. Das ist unmöglich. Meinen Männern wäre ein fremder Gardist aufgefallen.«

»Anscheinend nicht«, schnaubte Ceylan.

»Halt die Klappe!«, fuhr Teagan sie an. Seine zuvor blassen Wangen waren vom Zorn gerötet. Ceylan war sich allerdings nicht sicher, ob sich all seine Wut wirklich gegen sie richtete oder ob ein Teil davon nicht ihm selbst galt. Schließlich war es seine Aufgabe als Kommandant der Garde, für die Sicherheit der königlichen Familie zu sorgen, und so wie sie das einschätzte, hatte er inzwischen des Öfteren versagt.

»Warum glaubst du überhaupt, dass der Gardist verkleidet war?«, fragte Kheeran interessiert. »Vielleicht hatte einer von Teagans Männern einfach deine Einstellung satt.«

Empört schnappte Teagan nach Luft. »Keiner meiner Leute – «

Kheeran brachte ihn mit einer Handbewegung zum Schweigen. »Ich habe mit Ceylan gesprochen.«

»Es war kein Gardist, denn der Mann, der mich angegriffen hat, war keiner von euch. Er war kein Unseelie. Er hatte braune Augen, und sein blondes Haar war falsch. Ich habe die Perücke verrutschen sehen, als ich mit ihm gekämpft habe.«

Etwas wie Erleichterung flackerte in Kheerans Augen auf, und er beugte sich neugierig nach vorne. Das Haar fiel ihm über die Schultern, und Ceylan stellte überrascht fest, dass sie die goldenen Aufsätze nicht sehen konnte, die er für gewöhnlich trug. Anscheinend hatte er in der Eile vergessen, sie anzulegen. Allerdings konnte sie die Spitzen seiner Ohren ebenfalls nicht ausmachen, so sah er beinahe wirklich wie ein Mensch aus. »Besteht die Möglichkeit, dass er darunter langes schwarzes Haar hatte?«

»Ähm, keine Ahnung«, stammelte Ceylan, irritiert von der Frage. »Es wäre denkbar. Wieso?«

»Wir haben ein solches Haar an der Leiche meiner Mutter gefunden.«

»Ein Haar, wie es auch zu dir passen würde«, bemerkte Aldren von der Seite. Er starrte noch immer finster drein, während sich Kheerans Miene ein wenig aufgehellt hatte. Ein Teil von ihm schien zumindest noch Hoffnung zu hegen, dass sie unschuldig war. Das machte Ceylan Mut.

»Vielleicht war es meins«, sagte sie. Es waren nicht die klügsten Worte, die sie jemals ausgesprochen hatte, aber falls es ihres war, brauchte es eine Erklärung, wie es dorthin gekommen war. »Ich habe mit dem Mann gekämpft. Es könnte an seiner Kleidung hängen geblieben sein.«

»Ja, das wäre möglich«, murmelte Kheeran nachdenklich.

»Oder auch nicht«, sagte Aldren. »Vielleicht ist sie nur eine gute Geschichtenerzählerin.« In dieser Behauptung schwang ein Misstrauen mit, das Ceylan einmal mehr daran erinnerte, wieso sie sich Aldren als ihr Opfer auserkoren hätte. Er schürte Zweifel in Kheerans Kopf, wo keine sein sollten. Der Prinz wollte sie gehen lassen. Sie erkannte es an seinem Blick – aber er konnte nicht. Nicht solange ihre Unschuld nicht bewiesen war, dafür war das Verbrechen zu grausam.

»Was sollen wir mit ihr machen?«, fragte Teagan nach einigen Sekunden des Schweigens.

Ich weiß es nicht, erwiderten Kheerans Augen.

»Sperrt sie in das Verlies«, sagte sein Mund. »Ich kümmere mich nach der Krönung um sie.«

47. Kapitel – Freya

– Nihalos –

Freya strich andächtig über den Stoff ihres neuen Kleides. In Amaruné besaß sie einen gigantischen Schrank, der bis auf die letzte Stange mit edlen Gewändern behangen war. Dennoch konnte sie ehrlich behaupten, noch nie etwas Schöneres getragen zu haben als das Kleid, das sie gemeinsam mit Kheeran ausgesucht hatte. Es war schulterfrei und von einer undefinierbaren Farbe, die sich änderte, je nachdem wie das Licht auf den seidenen Stoff fiel. Er erinnerte Freya an einen Regenbogen, der auf die schimmernde Oberfläche des Meeres traf. Das Oberteil des Kleides war zusätzlich mit Blättern aus demselben Material bestickt. Diese verteilten sich vereinzelt auch noch über den Rock, wodurch es so aussah, als würde ein Baum sein Laub verlieren. Dieser Eindruck wurde durch das wechselnde Farbenspiel noch betont. Freya hatte keine Ahnung, wie es dem Schneider gelungen war, diese Illusion zu erschaffen, aber sie konnte es kaum erwarten, sich in dem Kleid zu zeigen, und hoffte, es mit nach Amaruné nehmen zu können.

Bisher war sie bemüht gewesen, den Gedanken an ihre Heimat zu verdrängen, denn obwohl sie es kaum erwarten konnte, in ihrem eigenen Bett zu schlafen und Moira von ihren Erlebnissen in Melidrian zu erzählen, verspürte sie einen dumpfen Schmerz in der Brust, wenn sie daran dachte, Nihalos und vor allem Kheeran zu verlassen. Nach all den Jahren waren sie endlich wieder vereint, und eine Woche reichte nicht aus, um die verloren gegangene Zeit aufzuholen. Es gab noch so viele Ecken in Nihalos, die sie erkunden, und Dinge, die sie erleben wollte. Sie hatte bisher nur einen Bruchteil der Magie der Fae gesehen. Am beeindruckendsten waren wohl die Regenwolken, welche die Unseelie herbeirufen konnten, aber Freya wusste, dass noch viel mehr möglich war.

Sie wollte noch bleiben, aber sie musste zurück. Ihr blieb keine andere Wahl. Sie war gekommen, um ihren Bruder zu finden und um sich mit eigenen Augen zu vergewissern, dass es ihm gut ging. Das hatte sie getan. Es gab für sie keinen rationalen Grund mehr, noch länger im magischen Land zu bleiben, aber dafür unzählige von Gründen, nach Thobria zurückzukehren.

Bisher hatte sie sich geweigert, über die Folgen ihrer Entdeckung nachzudenken, aber viel länger kam sie nicht mehr darum herum: Talon – Kheeran – würde heute zum König der Unseelie werden. Er war kein Mensch. Und nicht ihr leiblicher Bruder. Er würde den Thron in Amaruné nicht besteigen, und ihr blieb nichts anderes übrig, als selbst Königin zu werden. Sie wollte es nicht, aber sie würde es tun. Es war die Verantwortung, die ihr in die Wiege gelegt worden war.

Freya seufzte, wandte sich vom Spiegel ab und setzte sich auf ihr Bett, um sich die Schuhe anzuziehen. Sie vermisste die Hilfe ihrer Zofe, denn es dauerte eine Weile, bis sie sich durch die Schichten aus Stoff gearbeitet und die Riemen ihrer Sandalen geschlossen hatte. Nun war sie fertig und musste nur noch auf Aldren warten, der am Abend angeboten hatte, sie zur Krönung zu begleiten.

Ein Blick aus dem Fenster verriet Freya jedoch, dass es noch gut zwei Stunden dauern würde, bis die Sonne den höchsten Punkt des Firmaments erreicht hatte. Erst dann war es Kheeran möglich, das Tor zur Anderswelt zu öffnen. Und obwohl sie bedauerte, dass er König eines Volkes werden musste, mit dem er sich nicht verbunden fühlte, war sie gespannt auf die Zeremonie. Sie würde der erste Mensch seit vielen Jahrhunderten sein, der Zeuge dieses Spektakels wurde, und sobald sie zurück in Amaruné war, würde sie ihre Erlebnisse und ihr neu gewonnenes Wissen über die Fae und Elva aufschreiben, um es für die Alchemisten zu bewahren, in der Hoffnung, dass es nicht wieder zerstört werden würde.

Sie ließ sich rückwärts auf das Bett fallen. Die mit Wasser gefüllte Matratze schwappte unter ihr. Sie schloss die Augen und stellte sich vor, sie wäre auf Elroys Schiff und erst auf dem Weg nach Nihalos. Hätte sie damals nur gewusst, was sie heute wusste. Ein Klopfen holte sie aus ihrem Tagtraum.

Sie richtete sich auf. »Herein!«

Larkin trat ein. Er hatte sich ebenfalls für die Krönung umgezogen, doch da Schwarz scheinbar die einzige Farbe war, die er trug, ähnelte seine Montur den vorherigen, nur dass sein Hemd aus einem edleren Stoff bestand, der sich schmeichelhaft den kräftigen Konturen seines Körpers anpasste. Er hatte sich auch frisch rasiert und sich die Haare aus dem Gesicht gekämmt. »Prinzessin«, grüßte er sie.

»Wächter«, äffte sie ihn nach und erhob sich vom Bett, erneut strich sie ihr Kleid glatt.

Larkins Blick folgte der Bewegung ihrer Hände, ehe er sich auf Wanderschaft begab. Er sah von ihrem Rock hoch, glitt über ihre schmale Taille bis zu ihren Brüsten. Dort verweilte er vier Herzschläge lang – das wusste Freya so genau, weil sie das Pochen in ihrer Brust zählte. Anschließend erkundete er die Wölbung ihres Schlüsselbeins, hinauf bis zu ihrem Gesicht, wo sie einander in die Augen sahen.

Hitze stieg in Freya auf, und ihr Mund wurde trocken. Es gab noch eine Sache – eine Person, die sie vermissen würde, sobald sie zurück in Amaruné war: Larkin. Der schweigsame Wächter war ihr während ihrer gemeinsamen Zeit ans Herz gewachsen – vielleicht sogar mehr als das –, und sie wollte nicht, dass sich ihre

Wege trennten. Bereits in den letzten Tagen hatte sie versucht, Abstand zwischen sie zu bringen, um sich an seine Abwesenheit zu gewöhnen, denn nach Wochen des Beisammenseins und all den gemeinsamen Erlebnissen würde es ihr schwerfallen, ohne ihn zu sein. Sie vermisste ihn jetzt schon und wünschte sich, sie könnte ihn einfach mit in den Palast nehmen, ohne sich Sorgen darum machen zu müssen, dass ihr Vater ihn wieder einsperrte oder, schlimmer noch, ihn umbringen ließ.

»Dieses Kleid –«, setzte Larkin mit rauer Stimme an, sprach aber nicht weiter.

»Ja?«

»Ihr –« Sein Kehlkopf hüpfte sichtlich. »Ihr werdet darin frieren.«

Freya lachte und trat auf Larkin zu, bis sie nur noch eine Armeslänge trennte. Ein aufregendes Flattern breitete sich in ihrem Inneren aus, und sie fühlte, wie sehr sie es vermisst hatte, ihn um sich zu haben und mit ihm alleine zu sein. »Ich bin mir sicher, Eure Religion verbietet Euch nicht, mir ein Kompliment zu machen.«

»Die Art von Kompliment, die ich Euch machen will, sehr wohl«, raunte Larkin. Seine Augen verdunkelten sich, aber es war nichts Gefährliches, das in ihnen lauerte.

»Und was, wenn ich Euch befehle, Eure Gedanken auszusprechen?«

»Dann würde ich es tun.«

Freya neigte den Kopf, der Befehl lag ihr auf der Zunge, sie zögerte jedoch. Zwar nagte die Neugierde an ihr, und sie wollte wissen, was Larkin dachte und ob er ihre Sehnsucht teilte, aber sie wollte seinen Glauben und seine Ehrfurcht nicht ausnutzen. Wenn sie je einen Schritt in diese Richtung wagen sollten, dann, weil sie es beide wollten, und nicht, weil er sich von ihr gezwungen fühlte. »Habt Ihr schon alles für unsere Abreise vorbereitet?«

Der überraschende Themenwechsel ließ Larkins Gesichtszüge entgleiten, aber bereits einen Moment später hatte er sich wieder unter Kontrolle und betrachtete sie mit neutraler Miene. Freya wünschte sich, er würde sich mehr in die Karten blicken lassen. »Ja, ich habe gemeinsam mit Aldren alles in die Wege geleitet. Morgen Vormittag geht es los, zurück zur Atmenden See. Dort wird ein Schiff auf uns warten, das uns in den Norden und so nahe wie nur möglich an Amaruné heranbringt.«

»Ihr wagt Euch noch einmal auf ein Schiff?«

Larkin nickte langsam, als wäre er über diese Tatsache nicht wirklich erfreut. »Es ist der schnellste und sicherste Weg zurück. Eine andere Route zu wählen, wäre unnötig riskant. Ich werde das schon aushalten.«

Aber ich vielleicht nicht, dachte Freya. Auf diese Weise würde ihre Reise nur ein schnelleres Ende finden. Sie hatte sich darauf gefreut, mit Larkin ein letztes Mal durch den Dornenwald zu reiten, ehe sie Abschied voneinander nehmen und sie sich den Konsequenzen ihrer Flucht stellen musste. Doch er hatte recht, einen anderen Weg zu wählen, wäre unvernünftig. »Vielleicht haben die Fae ein Mittel gegen Eure Übelkeit. Ich sehe Euch nur ungern leiden.«

»Ich werde mich bei einem der Heiler erkundigen«, erwiderte Larkin. Im selben Moment klopfte es erneut an die Tür. Er öffnete sie.

»Ich hoffe, ich störe nicht«, sagte Aldren zur Begrüßung. Er sah müde aus und hatte dunkle Ringe unter den Augen, als hätten ihn die Vorbereitungen für die Krönung die ganze Nacht wach gehalten.

Freya schüttelte den Kopf. »Überhaupt nicht. Wir haben auf dich gewartet.«

»Wunderbar. Dann können wir los?«

»Gleich.« Freya eilte zu ihrem Kleiderschrank und nahm den Mantel heraus. Er hatte die Farbe von dunklem Laub und ergänzte das Kleid perfekt, denn Larkin hatte recht: Ohne einen Mantel würde sie frieren. »Jetzt kann's losgehen.«

»Ausgezeichnet.« Aldren lächelte, aber die Geste wirkte eigenartig verkrampft. Er führte sie durch das Schloss, in dem ein hektisches Getümmel herrschte. Gefühlt hatte sich die Anzahl der Bediensteten verdoppelt. Eilig huschten sie durch die Räume, verteilten Blumensträuße, rückten Möbel umher und versuchten mit ihrer Wassermagie Flecken von Boden und Wänden zu entfernen, die Freya nicht einmal sehen konnte. Alles sollte perfekt sein für Kheerans Krönung. Ob überhaupt jemand hier im Schloss ahnte, dass er den Thron gar nicht besteigen wollte? Oder hatte er sich nur ihr anvertraut?

»Ihr werdet mir sagen, wo ihr sie hingebracht habt!«, erhob sich eine tiefe Stimme aus dem monotonen Gemurmel der Bediensteten, die bemüht waren, ihre Arbeit so leise wie möglich zu verrichten. Freya hatte keine Ahnung, wer da sprach, aber mit einem Schlag wirkte Larkin angespannt. »Mir ist egal, was der Prinz gesagt hat. Sie unterliegt meiner Verantwortung!«

Wer auch immer antwortete, sprach leiser, wodurch Freya nur einen Teil der Unterhaltung mitbekam, aber bei dem lauten Mann musste es sich um einen Wächter handeln, zumindest ließen das sein fehlender Respekt vor Kheerans Befehl und Larkins Reaktion erahnen.

Freya holte zu Aldren auf. »Was ist passiert?«, fragte sie.

»Kheeran hat die Wächterin festnehmen lassen.«

»Ceylan?« Alarmiert trat Larkin an Aldrens andere Seite. Dieser nickte.

»Was hat sie angestellt?«

»Darüber darf ich nicht reden.«

Freya schürzte die Lippen. Das hörte sich nicht gut an. Wenn er nicht einmal mit ihnen darüber sprechen durfte, die morgen abreisten und vermutlich nie wieder zurückkehren würden, musste es etwas Ernstes sein.

Larkin ließ nicht locker. »Steckt sie in schlimmen Schwierigkeiten?«

»Sie wurde in Gewahrsam genommen, weil ein Verdacht gegen sie besteht. Aufgrund der bevorstehenden Krönung war bisher nur keine Zeit, das Anliegen zu prüfen. Macht euch keine Sorgen um sie«, erklärte Aldren und beschleunigte seine Schritte, als wollte er sie von dem Streit weglocken. Es gefiel Freya nicht, dass er anscheinend etwas vor ihnen verbergen wollte. Aber womöglich war es auch nur die Anspannung, die ihn antrieb, schließlich war heute auch für ihn ein großer Tag. Sobald Kheeran gekrönt war, wäre Aldren nicht nur offiziell die rechte Hand des Königs, sondern er würde auch Onoras Platz als Oberhaupt des Rates einnehmen, da gehörte etwas Nervosität wohl dazu.

Vor dem Schloss standen prächtige Kutschen aus hellem Holz, die darauf warteten, die geladenen Gäste in die Stadt zu bringen. Aldren öffnete die Tür eines der Gefährte, vor das vier Pferde gespannt waren, die unruhig mit den Hufen scharrten. Freya raffte ihr Kleid. Der dünne Stoff blieb an ihren Fingern kleben, die vor Aufregung kalt und feucht waren, beinahe so, als wäre sie auf dem Weg zu ihrer eigenen Krönung.

Das Innere der Kutsche wurde von einer der Feuerkugeln ausgeleuchtet, da jemand die Vorhänge vor den Fenstern zugezogen hatte, vermutlich um ihnen vor der öffentlichen Krönung noch etwas Ruhe zu gönnen. Larkin setzte sich mit gebührendem Abstand neben Freya auf die Bank. Aldren nahm gegenüber von ihnen Platz, mit dem Rücken zum Kutscherhäuschen. Er klopfte gegen das Holz, und eine Sekunde später setzten sie sich mit einem Ruck in Bewegung. Knirschend rollten die Räder über den Kiesweg. Als sie die ebenmäßige Straße erreichten, wurde es ruhiger im Inneren der Kutsche, und Stille breitete sich zwischen den drei Fahrgästen aus, die angespannter wurde, je länger sie fuhren. Augenblicke vergingen. Nervös fuhr Freya mit ihrem Zeigefinger die Konturen eines aufgenähten Laubblattes nach, dabei zuckte ihr Blick unruhig von der einen Seite zur anderen und vom Boden bis zur Decke. Sie wollte sich gar nicht vorstellen, wie es Kheeran gehen musste, wenn die Aufregung bereits in ihrem Magen ein dumpfes Gefühl hinterließ. Sie wünschte, sie könnte jetzt bei ihm sein, seine Hand halten und ihm gut zureden. Niemand sonst würde das gerade tun, zumal es außer ihr und Larkin wohl nur zwei Personen hier in Melidrian gab, die sein Schicksal kannten und sich um sein Wohlbefinden sorgten. Und eine der beiden saß gemeinsam mit Freya in der Kutsche. Dieser Gedanke ließ Freyas nervöse Finger innehalten. Sie runzelte die Stirn und sah zu Aldren. Er fing ihren Blick umgehend auf, als hätte er nur darauf gewartet. »Warum bist du eigentlich nicht bei Kheeran?«

Aldren lächelte. »Ich werde zu ihm zurückfahren, sobald ihr auf euren Plätzen sitzt.«

»Er sollte jetzt nicht alleine sein.«

»Er ist nicht alleine. Seine Mutter ist bei ihm«, sagte Aldren, aber er klang verunsichert, als würde er selbst nicht daran glauben, dass Königin Zarina Kheeran den Zuspruch bieten konnte, den er brauchte.

Freya neigte den Kopf. »Du weißt, wie er in Bezug auf die Krönung fühlt, nicht wahr?«

»Natürlich. Ich weiß alles über Kheeran.«

»Nur, weil du ihn mir damals weggenommen hast«, zischte Freya.

»Ich habe ihn dir nicht weggenommen«, sagte Aldren mit ruhiger Stimme. »Er hat dir niemals gehört.«

Der seidene Stoff knirschte zwischen Freyas Fingern, die sich zu Fäusten ballten. Kheeran sah Aldren vielleicht als seinen Freund, aber er gehörte auch zu den Männern, die ihn entführt und Ocarin ermordet hatten. »Er war glücklich in Amaruné.«

»Die Betonung liegt auf *war*. Nun ist er hier glücklich.«

»Du irrst dich.« Sie hatte es in Kheerans Augen gesehen, als er mit ihr über seine Krönung und die Fae gesprochen hatte. Er wollte nicht nur nicht König werden, sondern er fühlte sich fremd an diesem Ort und missverstanden von den Einwohnern, die ihm den Tod wünschten. Freya hatte sich in ihren Albträumen vorgestellt, wie Kheeran gequält und mit spitzen Instrumenten gefoltert wurde. Im Schloss musste er zwar nicht bluten, aber er wurde auf eine ganz andere Art und Weise gequält.

»Woher willst du das wissen?«, fragte Aldren, seine rechte Augenbraue arrogant in die Höhe gezogen. »Du kennst Kheeran nicht. Du kanntest Talon. Er ist heute ein anderer.«

»Weil ihr ihn zu jemand anders gemacht habt.«

Aldren verzog die Lippen zu einem grimmigen Lächeln, und das erste Mal seit ihrem Kennenlernen konnte Freya die Wildheit der Fae in seinen Augen erkennen, vor der sich die Menschen fürchteten. Larkin entging dies nicht, und er rutschte näher an sie heran, obwohl der Kutschenraum keinen Platz für ein Gefecht bot. »Wir haben ihm nur geholfen, zu erkennen, wer er wirklich ist.«

»Redest du dir das ein, um dein Gewissen zu erleichtern?«

»Ich rede mir nichts ein.«

»Doch, das tust du. Denn du denkst nicht an Kheeran, sondern nur an dich«, fauchte Freya. Es kostete sie all ihre Beherrschung, nicht auf die andere Seite der Kutsche zu steigen und Aldren kräftig durchzurütteln.

»Du hast keine Ahnung«, erwiderte dieser träge, als würde ihn dieses Gespräch ermüden. »Kheeran ist der Einzige, an den ich denke. Alles, was ich tue, tue ich für ihn. Ich liebe ihn.«

Freya schnaubte. »Ich liebe ihn auch.«

Aldren stieß ein abgehacktes Lachen aus. »Nein, tust du nicht. Nicht so, wie ich ihn liebe.« Vielsagend sah er sie an, der Blick aus seinen blauen Augen war so eindringlich, dass sie die Wahrheit hinter seiner Wut und seiner Sorge zu erkennen vermochte. Wie hatte sie es zuvor übersehen können?

Sie lehnte sich zurück. »Aber wenn du ihn so sehr liebst, wieso bist du dann hier und nicht bei ihm? Der heutige Tag ist nicht leicht für ihn.«

»Das weiß ich, aber ich muss das hier zuerst erledigen.«

»Was?«, fragte Freya. In diesem Moment war nichts wichtiger als Kheeran.

Der Unseelie antwortete nicht sofort, sondern wandte sich dem verdunkelten Fenster zu. Er schob den Vorhang mit einem Finger zur Seite und sah nach draußen, ehe er den Stoff zurückfallen ließ und sich aufrichtete. »Ich bringe euch aus der Stadt. Ihr werdet noch heute abreisen.«

»Was?!« Panisch richtete sich Freya auf und riss den Vorhang zurück. Mit einem einzigen Blick erfasste sie die Umgebung vor dem Fenster. Die Kutsche rollte gerade einen Hügel empor, der die Stadt überblickte. Die Häuser standen weiter auseinander, umgeben von Feldern, und vereinzelte Bäume deuteten den Anfang des Nebelwaldes an.

Freya riss sich von dem Anblick los und funkelte Aldren an. »Was soll das? Die Krönung –«

»Du wirst nicht an der Krönung teilnehmen«, unterbrach Aldren sie. Er beugte sich nach vorne, griff unter seine Sitzbank und zog einen Beutel hervor, den sie im Schatten zuvor nicht gesehen hatte. Es war ihre Tasche. Wie konnte das sein? Ein Bediensteter aus dem Palast musste sie eilig von ihrem Zimmer in die Kutsche geschafft haben, während sie mit Aldren durch das Schloss gelaufen waren.

»Aber … Kheeran hat mich eingeladen«, stammelte Freya. Hilfe suchend blickte sie zu Larkin. Der Wächter regte sich nicht, aber er hatte die Augen zusammengekniffen und betrachtete Aldren mit einem wachsamen Blick, als würde er jede Sekunde mit einem Angriff rechnen.

Aldren seufzte. »Ich weiß. Und er wird enttäuscht sein, zu erfahren, dass du bereits abgereist bist, aber es ist notwendig. Kheeran ist ein Unseelie. Er gehört zu uns, und ich kann nicht zulassen, dass deine Anwesenheit seine Gedanken mit Erinnerungen vergiftet, die ihn zweifeln lassen.«

»Woran zweifeln?«

»Das weißt du ganz genau«, sagte Aldren. In diesem Moment erschien er weder glücklich noch selbstzufrieden. Er wirkte bekümmert, als würde ihm selbst nicht gefallen, was er im Begriff war zu tun. »Er würde sich nicht nur gegen seine Krone entscheiden, sondern auch gegen uns Fae, und was dann? Soll er die nächsten sechshundert Jahre versteckt im sterblichen Land leben? Einsam und verlassen, wenn du in fünfzig Jahren stirbst? Oder soll er die Ewigkeit mit deinem Wächterfreund verbringen?«

»Ich –« Freyas Herz verkrampfte sich. Worte des Widerspruchs krochen ihr die Kehle empor, aber sie brachte es nicht über sich, sie auszusprechen. Sie wusste, dass Aldren recht hatte. Kheeran gehörte vielleicht noch zu ihr, aber er gehörte nicht mehr nach Thobria. Er konnte genauso wenig in die Menschenwelt zurückkehren, wie sie in Melidrian bleiben konnte, auch wenn sie es wollten. Dieses Wissen änderte allerdings nichts an der Enttäuschung und dem überwältigenden Gefühl der Trauer, das sich in Freya ausbreitete und ihr die Tränen in die Augen trieb. Sie war noch nicht bereit. Sie wusste, dass ihre Zeit in Nihalos begrenzt war, aber ihr blieb noch ein Tag.

Ein Tag, um für Kheeran da zu sein.

Ein Tag, um ihm seine Angst zu nehmen.

Ein Tag, um ihm zu zeigen und zu sagen, was er ihr bedeutete.

Ein Tag –

»Kehrt um!«, sagte Larkin plötzlich. Überrascht blickte Freya zu ihm auf. Durch die Tränen, die ihr bereits über die Wangen liefen, nahm sie seine Umrisse nur noch unscharf wahr. Doch sie musste seinen Zorn nicht sehen, um ihn spüren zu können. Er veränderte seine Ausstrahlung wie die Dunkelheit die Straßen einer Stadt.

Aldren schüttelte den Kopf. »Das werden wir nicht tun.«

»Kehrt um!«, wiederholte Larkin noch einmal, seine Stimme ein tiefes Knurren. Er rutschte auf der Sitzbank nach vorne, die für seinen massigen Körper ohnehin zu klein erschien. »Die Prinzessin möchte zur Krönung ihres Bruders.«

»Er ist nicht ihr Bruder.«

»Zur. Krönung.« Larkins Geduld bröckelte wie Farbe von einer Mauer.

»Nein.«

Larkins Kiefer spannte sich an, und er legte seine Hand auf den Griff des Dolches, der neben seinem Schwert hing. Die Drohung war eindeutig. »Ich kann dich zwingen.«

Aldren lächelte grimmig. »Du kannst es versuchen.«

»Wie du willst.«

»Nein!« Freya packte Larkin am Handgelenk, bevor er seine Waffe ziehen konnte. »Nicht!«

Mit gefurchter Stirn blickte er an sich herab und auf ihre Finger, die seinen Arm umschlossen. Seine Muskeln wurden unter ihrem Griff weicher. »Ich dachte, Ihr wollt zur Krönung.«

»Das will ich, aber Aldren hat recht.« Diese Worte waren wie Gift für ihre Seele, und sie konnte spüren, wie die Einsamkeit, die sie in den letzten Tagen verdrängt hatte, sich einen Weg zurück in ihr Herz fraß, aber dies war unvermeidbar gewesen. »Kheeran gehört hierher.«

Die Falte zwischen Larkins Augenbrauen wurde tiefer. »Wir wollen ihn nicht entführen, sondern nur zu seiner Krönung.«

»Es ist mehr als nur eine Krönung. Es geht um sein Schicksal und den Rest seines Lebens.« Aus dem Augenwinkel sah Freya Aldren nicken. Er hatte es längst begriffen – und sie nun auch. Es ging nicht um das, was sie wollten. Es ging um das, was für

Kheeran das Beste war. In der Menschenwelt hatte er sich verlaufen und den ihn vorgeschriebenen Weg verloren. Nun mussten sie ihn dabei helfen seinen Pfad wiederzufinden und dieser führte ihn auf den Thron der Unseelie, nicht nach Thobria.

48. Kapitel – Weylin

– Nihalos –

Er hatte versagt. Schon wieder. Zugegeben, Königin Zarina war tot, denn wie von Valeska vorhergesagt waren die Gemächer der Königin kaum bewacht gewesen. Sämtliche Gardisten waren zum Schutz von Kheeran abgezogen worden. Es wäre unmöglich gewesen, sich an diesen Männern und Frauen im Nordflügel des Schlosses vorbeizuschleichen, aber die Gemächer der Königin waren erstaunlich leicht zugänglich gewesen.

Doch Valeskas skrupelloser Plan, dass das Ableben der Königin die Krönung verhindern und um ein Jahr aufschieben würde, war nicht aufgegangen. Valeska war sich sicher gewesen, die Trauer des jungen Prinzen würde ausreichen, um die Zeremonie auf die nächste Wintersonnenwende zu verschieben, sodass ihm mehr Zeit bliebe, Kheeran ein für alle Mal aus dem Weg zu räumen. Doch Valeska hatte den Prinzen und seinen Wunsch, König zu werden, unterschätzt.

Dies war nicht Weylins Schuld, dennoch hatte Valeska nicht gezögert ihren Frust an ihm auszulassen. Am frühen Morgen, kurz nach Sonnenaufgang, war sie wutentbrannt in den *Glänzenden Pfad* gestürmt, und hatte ihn zur Rede gestellt, wobei hauptsächlich sie gesprochen hatte, ihre Worte nicht laut, aber schneidend wie eine Klinge.

»Ich erwarte, dass du den Prinzen tötest, bevor er gekrönt wird. Mir ist egal, welches Opfer du dafür bringen musst. Gib dein eigenes Leben, wenn es nötig ist. Hast du verstanden?«

Er hatte genickt, wie der hörige Sklave, der er war, und nun stand er hier. Abermals als Unseelie verkleidet, mit blondem Haar, aber ohne Uniform hatte er sich gemeinsam mit Hunderten von Fae auf dem großen Platz vor dem Tempel versammelt und wartete auf den Beginn der Zeremonie – und auf seine Chance.

Der Tempel, war ein beeindruckendes Gebäude, bei dem sich die Unseelie selbst übertroffen hatten. Seine Fassade war aus reinem Weiß, und er überragte, all die anderen Bauwerke in seiner Nähe. Seine Türme reichten weit in den Himmel, und sein Dach wurde von majestätischen Säulen gestützt. Der Eingang war ein weites Tor, zu dem man zehn Treppenstufen hinaufsteigen musste. Es war mit einem Mechanismus aus dem sterblichen Land versehen, wodurch es sich so weit aufschieben ließ, dass die Wand beinahe vollkommen verschwand und man eine ungehinderte Sicht auf die Skulpturen der Götter im Inneren hatte. Im Vordergrund standen Ostara und Yule nebeneinander, links und rechts von ihnen, ein wenig in den Hintergrund gerückt, Litha und Mabon. Doch das war nicht das einzige Beeindruckende an dem Tempel. Vor allem die zahlreichen Verzierungen zogen mit ihrer Detailtreue die Blicke auf sich. Sie zeigten Szenarien aus der Natur, in der Erde und Wasser eine wichtige Rolle spielten, aber auch Feuer und Luft waren in den Gravuren immer wieder zu finden.

Direkt vor dem Tempel floss ein etwa fünf Fuß breiter Bach, der von Brücken überspannt wurde. Er lag heute allerdings trocken, vermutlich um zu verhindern, dass jemand Wassermagie gegen den Prinzen einsetzte, und auch das Tragen von Wasserschläuchen war den Unseelie wahrscheinlich aus diesem Grund verboten.

Hinter den Brücken standen mehrere Reihen Stühle, auf denen die Mitglieder des Rates und die geladenen Ehrengäste saßen, wobei einige der Plätze frei waren. Auch Valeska war unter ihnen.

Sie trug ein weißes Kleid, welches das Rot ihrer Haare betonte. Die Hände hatte sie sittsam in ihrem Schoß gefaltet. Sie lächelte und wirkte wie eine Frau, die niemandem etwas zuleide tun konnte. Doch Weylin wusste es besser, und er erahnte die Ungeduld, die im Inneren der Königin tobte. Sie hasste es zu warten.

Die anderen adeligen Fae waren Weylin nicht vertraut, aber er erkannte die unsterblichen Wächter, welche ebenfalls in der ersten Reihe saßen. Ihre Gesichter waren leer, ihre Blicke finster. Sie schienen nicht sonderlich erfreut über die Krönung, aber vielleicht war es auch die Abwesenheit der Frau, welche ihm im Schloss begegnet war, die sie missmutig stimmte. Gegen sie zu kämpfen, war nicht Teil seines Plans gewesen, aber er hatte sie am Leben gelassen. Eine Entscheidung, die sich hoffentlich nicht als Fehler herausstellen würde.

Weylin verdrängte den Gedanken an die Wächterin. Er hatte sich auf wichtigere Dinge zu konzentrieren, wie den Tod des Prinzen. Lange hatte er überlegt, wo und wie er es anstellen sollte, bis ihm klar geworden war, dass die Feierlichkeit selbst seine beste, wenn nicht sogar seine einzige Chance war. Nach dem Tod der Königin war der Prinz durch die Gardisten unantastbar – bis zur Zeremonie. Das Tor zur Anderswelt musste er eigenständig öffnen, und hoffentlich wären die Wachen von der Magie und den Göttern abgelenkt genug, um Weylin nicht kommen zu sehen.

Er tastete langsam, um kein Aufsehen zu erregen, nach den Dolchen und Messern, die er unter seiner Kleidung versteckt hatte. Zuerst hatte er erneut Pfeil und Bogen in Erwägung gezogen, aber die Gardisten hatten die umliegenden Häuser unter ihrer Kontrolle, und inmitten der Masse wäre eine solche Waffe zu auffällig. Weylin würde also selbst Hand anlegen müssen, trotz des Risikos, dabei zu sterben, aber wenn er versagte, würde die Königin dafür sorgen, dass er in diesem Leben nicht mehr glücklich wurde.

»Sie sind da«, murmelte eine Frau neben Weylin in dem Moment, in dem auch er die Kutsche bemerkte, die neben dem Tempel gehalten hatte. Gezogen von vier Schimmeln und begleitet von mehr Gardisten, als er mit einem Blick zählen konnte. Die meisten von ihnen saßen ebenfalls auf Pferden. Zwei Wachen, die bei dem Kutscher gesessen hatten, sprangen vom Bock und öffneten die Tür für den Ankömmling im Inneren.

Die Stimmen der Anwesenden wurden leiser, und einige verstummten auch vollkommen, um nichts zu verpassen. Neugierig reckten sie ihre Hälse, um über die Hinterköpfe ihrer Vordermänner hinwegsehen zu können. Die Fae tuschelten von allen Seiten, und die erwartungsvolle Anspannung, die seit Weylins Ankunft auf dem Platz über ihnen schwebte, brach über sie herein wie ein Sommergewitter. Würde er diesen Moment mit einem Musikstück untermalen wollen, wäre das dumpfe Schlagen von Trommeln zu hören, gepaart mit dem aufkommenden Summen einer Geige, das mit jedem seiner Herzschläge lauter wurde.

Mit wachsamem Blick beobachtete Weylin, wie zuerst ein Mann aus der Kutsche stieg, der für eine Unseelie erstaunlich stämmig war, mit breiten Schultern. Die vorderen Strähnen seiner Haare hatte er zu Zöpfen zusammengefasst, in die zahlreiche goldene Ringe eingeflochten waren, sodass seine Ohren für jeden gut zu sehen waren. Er trug eine Uniform. Abzeichen glänzten an der Schärpe, die seine Brust umspannte. Er nickte in Richtung der Leute, wandte sich dann allerdings den Gardisten zu. Seine Hände bewegten sich. Doch er wirkte keine Elementarmagie, sondern gab mit seinen Fingern Befehle, die prompt ausgeführt wurden. Die Gardisten stiegen von ihren Pferden, und mit strammen Schritten bildeten sie einen schützenden Halbkreis um die Kutsche, wodurch sie vielen der Schaulustigen die Sicht raubten, auch Weylin.

Er stieß einen Fluch aus, und ohne Rücksicht auf die vernichtenden Blicke und die boshaften Worte zu nehmen, die man ihm entgegenschleuderte, drängte er sich weiter nach vorne, um besser sehen zu können und um später einen möglichst ungehinderten Zugang zu Kheeran zu haben. Aus dem Augenwinkel sah er, dass eine weitere Fae aus der Kutsche ausstieg. Es war eine zierliche Unseelie mit Haaren, die bis zum Boden reichten. Weylin erkannte sie als die Frau, die er vor einigen Nächten in der Nähe der Wäscherei belauscht hatte.

»Onora!«, brüllten die Fae im Chor. »Onora. Die Stadt braucht dich!«

Onora lächelte und winkte der Masse zu, woraufhin freudiger Jubel ausbrach. Sie waren immer noch dabei, in die Hände zu klatschen und schrille Pfiffe auszustoßen, als Aldren aus dem Gefährt ausstieg. Der Unseelie war Weylin vertraut. Er war der Berater des Prinzen und ehemaliges Mitglied einer Elitegruppe der Gardisten. Wenn irgendjemand Weylin heute davon abhalten konnte, Kheeran zu töten, dann er.

Aldren blieb neben der Kutsche stehen. Die Hände hinter dem Rücken verschränkt, den Kopf hoch erhoben. Er ließ sich nicht anmerken, was für einen grausamen Fund es am Morgen im Schloss gegeben hatte. Noch verheimlichte der Hof den Tod von Königin Zarina, aber ihr Fehlen blieb nicht unbemerkt.

»Wo ist Königin Zarina?«

»Hast du Zarina gesehen?«

»Ist die Königin nicht bei ihnen?«

Fragen erhoben sich aus der Masse der Unseelie. Weylin, der wohl als Einziger von ihnen die Wahrheit kannte, ignorierte sie. Er ließ sich sein falsches blondes Haar ins Gesicht fallen, um seine Narbe am Hals zu verdecken, und schob sich weiter nach vorne. Mit seiner kräftigen Statur fiel er inmitten der Unseelie auf, aber gerade diese Auffälligkeit hielt wohl die meisten davon ab, ihn zurückdrängen zu wollen. Oder es war der Anblick von Prinz Kheeran, der sie in seinen Bann zog.

Der zukünftige König blieb auf der obersten Stufe der Kutsche stehen und winkte seinem Volk zu. Sein blondes Haar fiel ihm glatt bis zur Taille, die goldenen Besätze seiner Ohren ragten darunter hervor. Weylin erinnerte sich noch genau daran, wie es gewesen war, ihm damals die Spitzen abzutrennen. Kheeran hatte auf dem Waldboden gelegen und geschlafen, erschöpft von all den Tränen, welche er bis zu diesem Zeitpunkt bereits vergossen hatte. Er hatte gezögert, dem Baby wehzutun, aber er hatte gewusst, dass es Kheerans einzige Chance war, in Thobria zu überleben. Gerettet hatte es ihn nicht.

Kheeran stieg aus der Kutsche. Heute trug er keine Uniform, wie bei der Parade, sondern war in einen langen cremefarbenen Umhang gehüllt. Dieser war mit goldenen Stickereien verziert, deren Muster ähnlich wie die Gravuren des Tempels an die Elemente erinnerten. Die Fäden wellten sich wie das Wasser, zogen Kreise wie die Luft, züngelten wie Flammen über den Stoff und bildeten kleine Flächen, welche die Erde symbolisierten.

Doch anders als seinem Berater und Onora gelang es Kheeran nicht, die Gefühle über den Tod seiner Mutter aus seinem Gesicht zu verbannen. Er wirkte unglücklich. Seine Augen waren glasig und seine Haut blass. Unruhig wanderte sein Blick durch die Reihe der Gäste, als erwartete er, die Königin dort sitzen zu sehen. Seine Enttäuschung entging auch seinen Untertanen nicht.

»Er sieht nicht aus wie jemand, der König werden möchte.«

»Sicherlich ist er nur nervös.«

»Dazu hat er auch allen Grund.«

»Besser er geht wieder zurück zu den Elva.«

Den Elva. Weylin unterdrückte ein Schnauben. Was würden die Unseelie nur tun, wenn sie erfuhren, dass ihr König in Wahrheit die ersten elf Jahre seines Lebens unter Menschen verbracht hatte? Zwar machten sie sich über ihn und die Elva lustig, aber auch ein Hauch Anerkennung schwang in ihren Stimmen mit, wenn sie davon sprachen, dass ein Kind jahrelang im Nebelwald überlebt hatte.

Weylin hatte die erste Reihe der Zuschauer erreicht. Nur noch eine Barrikade aus Stein trennte ihn von den geladenen Gästen und Kheeran, der soeben die Treppen des Tempels erklomm. Die Statuen der Götter ragten majestätisch hinter ihm auf. In seiner hellen Robe wirkte er wie einer von ihnen. Und obwohl Weylin sich schon vor Jahrzehnten mit seiner Existenz als Halbling und seiner schwachen Magie abgefunden hatte, verspürte er in dieser Sekunde einen stechenden Neid. Womit hatte dieser Jüngling die Gabe aller vier Elemente verdient? Er hatte in seinem Leben noch nichts geleistet. Er war nur aus dem richtigen Mutterleib gekrochen. Und deswegen konnte er tun und lassen, was er wollte, während Weylin an Valeska gebunden war und vermutlich ohne einen freien Willen sterben müsste.

Das Volk jubelte Kheeran noch immer zu. Manche taten dies nur verhalten, andere aus voller Kehle. Ob sie wirklich von ihm als König überzeugt waren, oder sich nur von der Feierlichkeit und den Erwartungen der Zeremonie mitreißen ließen, vermochte Weylin nicht zu sagen. Es hätte ihm auch nicht gleichgültiger sein können. Er interessierte sich nur für eine Sache: den richtigen Moment.

Seine Muskeln spannten sich an, und mit angestrengtem Blick verfolgte er jede Bewegung des Prinzen, der Gardisten und der anderen Teilnehmer an der Zeremonie. Die Erste, die nach vorne trat, war Onora. Sie bereitete die Arme aus. Ihr Kleid hatte weit fallende Ärmel, wodurch sie an einen Vogel erinnerte, der seine Schwingen ausbreitete. »Seid gegrüßt«, setzte Onora an, und der Wind schien ihre Stimme über den gesamten Platz zu tragen. »Geehrte Unseelie und Seelie. Geehrte Wächter und – Menschen.« Sie stolperte über das letzte Wort, aber sie ließ sich nicht lange beirren. »Willkommen! Heute ist Wintersonnenwende, und uns steht der kürzeste Tag und die längste Nacht des Jahres bevor. Seit wir Fae von den Göttern mit der Magie der Elemente beschenkt worden sind, feiern wir die Wende, denn sie bringt uns der Anderswelt und ihren Göttern näher. Ostara, Göttin der Erde, wird unsere Felder mit ihrer Magie berühren. Yule, Gott des Wassers, wird uns vor einer Dürre bewahren. Mabon, Gott der Lüfte, bringt uns den Atem, und Litha, Göttin des Feuers, wird uns Wärme schenken.«

Die Fae begannen bei diesen Versprechen zu klatschen.

Onora deutete in den verhangenen Himmel. Nur vereinzelt gelang es Sonnenstrahlen, sich einen Weg durch die Wolkendecke zu bahnen. Onora sprach weiter: »Doch heute soll nicht nur unser Land von der Magie berührt werden, sondern auch unser verehrter Kronprinz. Nach dem frühen Ableben seines Vaters und meines Freundes König Nevan ist seine Zeit gekommen. Er wird den Thron besteigen, um uns mit seiner Kraft, seiner Entschlossenheit und seiner Klugheit anzuleiten. Aber bevor dies geschehen kann, muss er sich als würdig erweisen und von den Göttern anerkannt werden. Ostara und Yule haben Prinz Kheeran bereits mit den Elementen Erde und Wasser beschenkt, aber nur, wenn auch Litha und Mabon ihn akzeptieren, ist er der Krone würdig und darf als einer von zwei Herrschern über Melidrian regieren!«

Erneut toste Jubel auf, aber auch Zweifel und Ablehnung mischten sich unter die Freude: »Vielleicht retten uns die Götter vor diesem Fehler.« – »Er wird niemals alle vier Elemente beherrschen können.« – »Vermutlich traut er sich nicht einmal, das Ritual durchzuführen.« – »Hoffentlich setzt er sich mit seinem eigenen Feuer in Brand.«

Onora schenkte diesen Rufen keine Beachtung. Ihr Lächeln blieb unverändert. »Nun wird es Zeit für mich, das Wort abzugeben, denn bald erreicht die Sonne den höchsten Punkt des Firmaments. Es ist mir eine Ehre, bei diesem Ereignis anwesend zu sein, und ich könnte nicht glücklicher darüber sein, Prinz Kheeran bald meinen König nennen zu dürfen. Lang lebe Prinz Kheeran! Lang lebe die Magie!«

Noch ein weiteres Mal brauste Beifall auf, wobei sich Weylin dem Eindruck nicht entziehen konnte, dass dieser vor allem Onora und den Göttern galt. Unabhängig davon, was man über Kheeran und seine Qualitäten als Anführer dachte: Die Konvergenz zur Anderswelt und die Nähe zu den Göttern war etwas Besonderes. Und heute würden sie ihnen nicht nur nahe sein, sondern Kheeran würde das Tor öffnen, um seine Magie zu erbitten. Dieses Ereignis wiederholte sich normalerweise nur alle vier- bis fünfhundert Jahre, immer zur Ernennung eines neuen Herrschers, da es nur ihnen vorbehalten war, mit den Göttern zu kommunizieren.

Onora verbeugte sich und wich zurück, um das Wort an Kheeran zu übergeben. Ein Zögern des Prinzen ließ die Zeremonie für ein paar Sekunden stocken, ehe er langsam nach vorne trat, vier Gardisten an seiner Seite, welche mit konzentrierten Gesichtern und fokussiertem Blick die Umgebung im Auge behielten. Weylin wägte ab, bereits jetzt anzugreifen, aber noch waren die Fae zu aufmerksam. Doch sein Moment würde kommen.

»Es ist mir eine große Ehre, heute hier stehen zu dürfen«, sagte der Prinz, aber der Klang seiner Stimme widersprach seinen Worten. Er klang abwesend, als würde er sich wünschen, an einem anderen Ort zu sein. Suchend glitt sein Blick über seine geladenen Gäste hinweg.

»Auch wenn ich die Umstände, die mich hierher geführt haben, zutiefst bedauere«, fuhr er fort. Zumindest sein Bedauern wirkte aufrecht. »Mein Vater, König Nevan, musste diese Welt zu früh verlassen. Er war ein gerechter und aufmerksamer Herrscher. Ein weiser Mann sagte einmal zu mir: ›Eine eigene Meinung und der Wille, diese durchzusetzen, zeichnen einen starken König aus, doch ein wirklich guter König, stellt sich niemals über sein Volk.‹ Passender hätte er meinen Vater nicht beschreiben können. Er wurde von allen geliebt, und es wird nicht leicht werden, in seine Fußstapfen zu treten. Aber ich werde alles in meiner Macht Stehende tun, um ihm gerecht zu werden.«

Weylin unterdrückte ein Schnauben, blendete Kheerans nächste Worte aus und konzentrierte sich stattdessen auf die Umgebung und die Gardisten. Er hatte in seinem Leben schon zu viele Reden dieser Art gehört, die meisten von Valeska. Sie klangen imponierend und schafften Vertrauen und Hoffnung, aber ließ man genügend Zeit vergehen, durchschaute man die Maskerade. Valeska konnte gnädig sein, denn sie liebte Daaria, daran bestand kein Zweifel. Nur aus diesem Grund und weil sie Samia vertraute, riskierte sie einen Krieg, indem sie Kheeran töten ließ. Sie würde alles tun, um Melidrian und ihre geliebten Seelie zu retten. Halblinge wie er waren ihr egal. Sie würde ihn, ohne mit der Wimper zu zucken, opfern, um ihre Seelie zu schützen. So erschufen die Monarchien eine Illusion von Sicherheit und Wohlstand, auf Kosten all jener, die nicht dem Bild entsprachen.

Wäre Weylin König, würde er sich für Gleichstellung aller einsetzen, egal ob Seelie, Unseelie, Mensch oder Halbling. Keiner von ihnen war besser oder schlechter als der andere. Er wusste das, denn er vereinte die Welten, die von einer Mauer getrennt wurden, in sich. Zwar war seine Luftmagie weniger ausgeprägt als die der meisten Seelie, aber er war keineswegs schwächer. Die Tatsache, dass er in den vergangenen Jahrzehnten mehrere Dutzende von ihnen hatte überwältigen können, bewies dies.

Doch Weylin war kein König. Er würde nur zum Mörder eines Königs werden. Kheeran hatte seine Ansprache beendet, die vermutlich von Floskeln, Nostalgie und Lügen durchzogen gewesen war. Valeska versteckte ihre falschen Versprechungen stets hinter einem Lächeln, aber die Miene des jungen Prinzen war angespannt, und die Trauer über den Tod seiner Mutter, umschattete sein Gesicht. Nun verstummte auch das letzte Murmeln der Masse, und eine geradezu gespenstische Stille legte sich über den Platz.

Alle Augen waren auf Kheeran gerichtet. Dieser blickte gen Himmel, als würde er ein kurzes Stoßgebet an die Götter schicken, ehe er die Hände hob und die Knöpfe seiner Robe öffnete. Stück für Stück entblößte er seinen beinahe makellosen Körper. Nur eine kleine Narbe an seinem Kinn, und das frische Mal an seiner linken Schulter trübten seine Perfektion.

Unter seinem Gewand trug Kheeran einen einfachen Lendenschurz. Wenn dieser Teil der Zeremonie ihm unangenehm war, so ließ er sich dies zumindest nicht anmerken. Sein Kopf war hoch erhoben, als er Aldren die Robe reichte. Im Austausch legte dieser vor Kheeran einen breiten Ledergürtel auf dem Boden ab, in dem vier Dolche steckten. Dankend nickte der Prinz seinem Berater zu, bevor er sich erneut seinem Volk zuwandte – wortlos starrte er in die Menge.

Wartete.

Und sie alle warteten mit ihm.

49. Kapitel – Kheeran

– Nihalos –

Kheeran blickte Aldren nach. Er wollte die Hand nach ihm ausstrecken und seinem Freund sagen, dass er bleiben sollte, aber das ging nicht. Was jetzt auf ihn zukam, musste er allein durchstehen. Er ließ seinen Blick durch die Zuschauer gleiten, auf der Suche nach einem vertrauten Gesicht. Aber er fand keines. Seine Mutter hatte er für immer verloren, und Ceylan saß in seinem Kerker. Er konnte … *wollte* nicht glauben, dass sie die Mörderin sein sollte. Doch die Beweise sprachen für sich. Was hatten die Fae Ceylan nur angetan, um einen solchen Hass zu verdienen? Kheeran wusste es nicht, und dies war nicht der richtige Ort, um sich darüber Gedanken zu machen.

Doch er vermisste noch eine weitere Person: Freya. Wo war sie? Ihr Fernbleiben konnte er sich nicht erklären. Bereits während Onoras Rede hatte er erfolglos Ausschau nach ihr gehalten. Warum war sie nicht hier? Er brauchte sie. Nur sie verstand, wie er sich fühlte und was für eine Überwindung es ihn kostete, überhaupt hier zu sein. All die Augenpaare, die auf ihn gerichtet waren und erwarteten, dass er etwas Großartiges leistete, obwohl er sich am liebsten in seinem alten Zimmer in Amaruné versteckt hätte. Er wollte verschwinden.

Doch das konnte er nicht. Und ihm blieb auch keine Zeit mehr, nach Freya zu suchen. Jetzt oder nie. Onora hatte recht. Ihm blieb nur diese eine Chance, das Volk von sich zu überzeugen und seine verstorbenen Eltern stolz zu machen.

Das Läuten einer Glocke erklang, zart wie ein Windspiel. Das war das Signal, auf das sie alle gewartet hatten. Die Konvergenz zur Anderswelt hatte ihren Höhepunkt erreicht. Mit zitternden Fingern griff Kheeran nach dem ersten der vier Dolche. Es war eine wassergeschmiedete Waffe, die aussah wie aus Glas gegossen. Wunderschön und tödlich zugleich.

Kheeran atmete tief ein, während der Rest des Platzes die Luft anzuhalten schien. Mit weichen Knien drehte er sich in den Norden – die Richtung des Wassers – und führte die Klinge an seinen Bauch. Er spürte den Kuss der Klinge an seiner Haut. Dabei raste sein Herz wie noch nie zuvor in seinem Leben. Onora und die anderen hatten ihm hundertmal erklärt, was zu tun war, dennoch zögerte er. Nicht wegen der Schmerzen, sondern wegen der Folgen, die sie für ihn hätten.

»Jetzt mach schon!«, brüllte ein Fae aus den Rängen der Zuschauer.

»Gibt den Dolch lieber Onora!«

»Schlitz dir die Kehle auf!«

»Los! Die Zeit läuft!« Und das tat sie tatsächlich. Auf einem Podest, unweit von Kheeran, stand eine Sanduhr. Schwarzer Sand rieselte durch ihre Öffnung und zählte die Sekunden, die ihm noch blieben.

»Kheeran.« Es war Aldren, der seinen Namen sanft flüsterte. Dennoch konnte er ihn klar und deutlich hören. Er wandte sich dem anderen Fae zu, und dieser erwiderte seinen Blick. Ein zartes Lächeln ruhte auf seinen Lippen. »Du schaffst das«, murmelte Aldren beinahe tonlos. »Ich glaube an dich.« *Ich liebe dich.*

Die letzten drei Worte sprach Aldren nicht aus, aber Kheeran konnte sie in seinen Augen sehen, und da wusste er, dass er Aldren nicht enttäuschen konnte. Er holte noch einmal tief Luft, dann drückte er die Klinge in seinen Bauch. Ein stechender Schmerz fuhr ihm durch den Körper, als die magische Waffe seine Haut durchdrang. Er biss die Zähne zusammen und zwang sich dazu, seine Hand zu bewegen, um sich das umgedrehte Dreieck in die Haut zu ritzen, das für das Element Wasser und seine Gottheit Yule stand. Schweiß trat auf Kheerans Stirn. Das Zittern seiner Finger wurde schlimmer, während er die Klinge bewegte, und rote Rinnsale flossen an seinem Körper hinab, während sich der Schmerz wie ein Wurm durch seine Glieder fraß.

Kheeran hatte keine Ahnung, wie er diese Prozedur noch dreimal überstehen sollte, und er war noch nicht einmal fertig mit dem ersten Ritual! Er führte den wassergeschmiedeten Dolch von seinem Bauch an sein Handgelenk und setzte einen weiteren Schnitt, dort, wo seine Adern seine helle Haut durchschienen. Diese Narben würden ihn für den Rest seines Lebens zeichnen, ebenso wie das Mal an seiner linken Schulter, welches der Pfeil des Attentäters hinterlassen hatte.

Kheeran streckte seinen Unterarm aus, damit sein Blut auf den nördlichen Teil des Tempelbodens tropfen konnte. Regungslos verharrte er in dieser Position, bis sich genug Blut gesammelt hatte. Anschließend ging er in die Hocke und zeichnete ein weiteres Dreieck. Denn sein Blut war der Schlüssel, und die Symbole waren das Schloss. Wenn sie zusammenpassten und harmonierten, würde sich das Tor zur Anderswelt öffnen.

Unentwegt fühlte er die Blicke der Wächter und der anderen Fae auf sich. Die meisten von ihnen waren ruhig, gebannt von der Zeremonie, aber immer wieder drangen Rufe des Zuspruchs und des Missfallens zu ihm durch. Doch davon ließ Kheeran sich nicht aus der Fassung bringen.

Er schob den wassergeschmiedeten Dolch zurück in den ledernen Gürtel und griff sich die erdgeschmiedete Waffe, wobei er bereits fühlen konnte, wie seine Bewegungen langsamer wurden. Der Schmerz und das verlorene Blut nagten an seinem Bewusstsein, aber er wusste, dass er es durchstehen konnte. Sein Vater hatte es auch geschafft!

Irgendwie gelang es ihm, das Ritual noch dreimal zu wiederholen. Für das Element Erde drehte er sich in den Westen und ritzte sich ein umgedrehtes Dreieck mit zusätzlicher Linie in den rechten Oberschenkel. Für das Element Luft schnitt er sich in den linken Oberschenkel und drehte sich in den Osten, bevor er sich für das Feuer die Brust aufritzte und sich dem Süden – und damit auch wieder den Anwesenden – zuwandte; und jedes Mal ließ er dabei Blut aus seinem Arm auf den Boden tropfen.

Am Ende benetzte Blut Kheerans gesamten Körper. Schweiß tropfte von seinem Kinn. Seine Augen tränten, und er selbst konnte fühlen, wie eiskalt seine Glieder waren, aber es war fast geschafft! Nun, musste er nur noch die Götter heraufbeschwören. Er sah zu der Sanduhr mit dem schwarzen Sand. Ihm nicht mehr viel Zeit.

Er holte tief Luft und setzte sich auf den kühlen Marmorboden, inmitten seiner Blutsymbole. Dabei versuchte er den Schmerz in seinen Beinen, seinem Bauch und seiner Brust zu ignorieren. Die Wunden, die er sich selbst zugefügt hatte, brannten und pulsierten im Takt seines viel zu schnellen Herzschlags. Doch dieser Schmerz war nichts im Vergleich zu den Qualen, die er in seinem Inneren erlitt. Die Trauer um den Tod seiner Mutter.

Die Sorge um Ceylans Schicksal.

Die Angst vor seiner Ernennung zum König.

Und die Verzweiflung über Freyas Abwesenheit.

Kheerans Hände bebten, als er sie auf seine Knie legte, und er hoffte, dass niemand das Zittern sehen konnte, das seinen Körper zum Vibrieren brachte. In der erwartungsvollen Stille des Volkes und der geladenen Gäste hörte er in seinen Ohren das Rauschen seines Blutes und das Rasseln seiner unregelmäßigen Atmung. Er warf einen letzten Blick in die Reihen der Zuschauer, aber Freya fehlte noch immer.

Kheeran hörte ein vernehmliches Räuspern.

Onora.

Die Konvergenz war dabei zu enden.

Bitte, lass es schnell vorbeigehen, bat er und schloss die Augen, um die Götter anzuflehen, ihm eine Gabe zu schenken, die er überhaupt nicht besitzen wollte.

50. Kapitel – Weylin

– Nihalos –

Es war so weit. Nur noch ein paar Sekunden. Jeder Muskel in Weylins Körper spannte sich an. Der Prinz ließ sich im Kreis seines Blutes nieder, die Beine überkreuzt, die Hände auf den Knien. Die Spitzen seines blonden Haares streiften die Wunden an seiner Brust und seinem Bauch, färbten sich rot und verteilten blutige Striemen auf seiner Haut. Seine Lippen begannen sich zu bewegen, die Worte zu leise und andächtig gesprochen, als dass Weylin sie hätte verstehen können. Doch er kannte das Gebet der Götter auswendig, wie wohl jeder Anwesende mit Ausnahme der unsterblichen Wächter, die ihren Blicken nach zu urteilen, lieber an einem anderen Ort gewesen wären.

Gesegnet seien die Elemente,
die uns Leben und Frieden bringen,
entstiegen sind wir den Flammen,
getragen wurden wir von der Luft,
geformt hat uns die Erde,
und vom Wasser wurden wir erweckt.

In seinen Gedanken wiederholte Weylin die Worte in der alten Sprache, nicht um die Götter zu rufen, aber um sie um Verzeihung zu bitten für das, was er jeden Augenblick tun würde. Er musste nur noch darauf warten, dass die Gardisten ihre wachsamen Blicke abwendeten.

Plötzlich wehte ein kräftiger Wind über den Platz und schlug Weylin das falsche Haar ins Gesicht. Die Böe brauste über die Köpfe der Anwesenden hinweg und zum Tempel, doch nicht in ihn hinein. Stattdessen verdichtete sich ein Sturm vor dem Eingang. Er saugte Staub und Erde in sich auf und wurde sichtbar. In einem Wirbel tanzte er um Kheeran herum, ehe er in den Himmel aufstieg. Die Wolkendecke begann sich ebenfalls zu drehen, als würde sie zu einer stummen Melodie tanzen. Dabei bildete sich ein Loch in ihrer Mitte, und Sonnenstrahlen fanden ihren Weg zur Erde.

Die Härchen an Weylins Armen stellten sich auf. Die Fae um ihn herum raunten anerkennend und jauchzten auf, als es plötzlich zu regnen begann. Feine Tropfen rieselten auf sie herab und zauberten bereits nach wenigen Sekunden einen Regenbogen über ihren Köpfen, der sich über die ganze Stadt zu spannen schien.

Weylin gelang es kaum, seinen eigenen Blick abzuwenden. Es sah aus, als hätte jemand den Regenbogen mit kräftigen Farben an den Himmel gemalt, aber in Wirklichkeit war er ein Geschenk der Götter.

Doch trotz dieser Schönheit wanderte Weylins Hand unter das Jackett, das er über seinem Hemd trug. Seine Finger schlossen sich um das Heft des Dolchs, und er bereitete sich darauf vor, die Waffe im richtigen Moment zu ziehen. Seine Hände waren ruhig. Sie arbeiteten selbst unter höchster Anspannung präzise, auch wenn sein Herz heftig pochte und der Teil von ihm, der nicht von Valeska kontrolliert wurde, sich einfach umdrehen und gehen wollte.

Als hätte die Königin seinen verräterischen Gedankensplitter gehört, drehte sie den Kopf und spähte über ihre Schulter zu ihm. Ihr Blick begegnete dem seinen, und ein eisiger Schauder lief ihm über den Rücken. Er schluckte schwer, und seine Mundwinkel zogen sich wie von selbst in die Höhe. *Verdammter*

Blutschwur. Valeska lächelte zufrieden und nickte ihm zu, eine stumme Ermutigung, das zu tun, was sie ihm befohlen hatte.

Er umklammerte die Waffe fester und sah sich ein letztes Mal um. Wie erhofft, waren viele Gardisten abgelenkt und bewunderten das Spektakel am Himmel. Weylins Blick war flüchtig, wie seine Gedanken. Er dachte nicht länger an das Leben, das er ohne Valeska haben könnte. Oder an die Harfe, die ungespielt im Schaufenster auf ihn wartete. Denn die Kontrolle der Königin und das Brennen in seiner Narbe erlaubten ihm kein Zögern.

Er zückte seinen Dolch, bereit, noch mehr von Kheerans Blut zu vergießen … als plötzlich ein lauter Knall ertönte.

Eine Druckwelle rollte über Weylin hinweg, und die Fae um ihn herum schrien auf. Erdklumpen und Steine regneten auf sie herab, und Weylin riss schützend die Hände über den Kopf.

Dies war kein Geschenk der Götter.

Dies war ein Angriff.

Und nicht er hatte ihn geplant.

51. Kapitel – Freya

– Nihalos –

»Wir sollten gehen, damit wir den Hafen vor Anbruch der Nacht erreichen«, sagte Larkin mit gesenkter Stimme. Es waren die ersten Worte, die er an Freya richtete, seit sie aus Aldrens Kutsche ausgestiegen waren und sich auf eine Bank vor einer alten Wassermühle gesetzt hatten, die an einem der zahlreichen Flüsse stand, die Nihalos durchquerten. Das Gebäude war von der Witterung gezeichnet und von Moos überwuchert. Das Holz des Wasserrades, das einst dunkel gewesen sein musste, war verblichen, und Algen klammerten sich dort fest, wo das Rad in den Fluss eingelassen war, aber es drehte sich nicht mehr.

»Noch nicht«, sagte Freya, ohne ihren Blick von der Stadt abzuwenden, die sich vor ihren Füßen erstreckte. Von dem Hügel, auf dem sie waren, konnte man über ganz Nihalos blicken, von den bewachsenen Dächern bis hin zum gläsernen Schloss und den Turmspitzen des Tempels, an dem die Krönung stattfand. Freya stellte sich vor, wie Kheeran in diesem Moment vor seinem Volk stand und nach ihr Ausschau hielt. Ob Aldren ihm den Brief, den sie in der Kutsche aufgesetzt hatte, bereits gegeben hatte? Oder würde er damit bis nach der Krönung warten? Wusste er schon, warum sie nicht an der Zeremonie teilnahm, oder war er einfach nur von ihrer Abwesenheit enttäuscht?

Larkin setzte sich neben sie auf die Bank, dabei achtete er ausnahmsweise nicht darauf, Abstand zu ihr zu halten. Ihre Beine berührten sich, und auch wenn es nicht viel war, war Freya dankbar dafür, nicht allein sein zu müssen. »Wollt Ihr zurück?«

Sie schüttelte den Kopf. Natürlich wollte sie zurück, aber sie würde es nicht tun. Kheeran musste seinen eigenen Weg finden – einen neuen Weg. Sieben Jahre als Fae reichten nicht aus, um elf Jahre als Mensch ungeschehen zu machen, aber er musste vergessen, um sich auf sein neues Leben einlassen zu können. Und sie würde ihn nur an das erinnern, was er nicht haben konnte, genauso, wie er sie an das erinnerte, was sie nicht haben konnte: einen älteren Bruder, der für sie den Thron besteigen würde.

»Seid Ihr Euch sicher?«

Freya nickte und warf einen flüchtigen Blick zu den zwei Schimmeln, die Aldren ihnen überlassen hatte. »Nur noch ein paar Minuten.« Sie wusste nicht, wieso sie hierbleiben wollte. Sie konnte weder etwas von der Krönung sehen noch hören, aber sie war noch nicht bereit, sich von der Stadt zu verabschieden und Kheeran allein zu lassen. Auf diese Weise hatte sie das Gefühl, ihm dennoch nahe zu sein. Außerdem war sie noch nicht willens, ihre Reise enden zu lassen und sich von Larkin zu verabschieden. Was würde der schweigsame Wächter nun tun, da er frei war? Würde er Thobria verlassen? Oder sich in den Wäldern des Dornenwaldes verstecken? »Larkin?«

»Ja, Prinzessin?«

Sie sah zu Larkin, dessen Gesicht ihr inzwischen so vertraut war, dass sie es auch mit geschlossenen Augen sehen konnte. Vielleicht würde das den Trennungsschmerz lindern. *Oder ihn um ein Vielfaches schlimmer machen.* »Nennt mich doch bitte Freya.« Ihr gefiel es, ihren Namen aus seinem Mund zu hören, mit dem runden Akzent, der ihn so sanft klingen ließ.

Larkin nickte. »Wenn Ihr das wünscht … Freya.«

Sie lächelte. »Was ist Euer Plan, sobald wir wieder in Thobria sind?«

»Ich werde dafür sorgen, dass Ihr sicher nach Hause kommt«, erklärte er völlig selbstverständlich und sah ihr dabei tief in die Augen. Ein Versprechen.

»Und anschließend?«, fragte Freya, auch wenn sie nicht daran denken wollte. Sie überlegte bereits seit Tagen, wie sie ihren Vater überreden könnte, Larkin zu ihrem Leibwächter zu machen, aber bisher war ihr kein Argument eingefallen, von dem sie glaubte, dass es ihn überzeugen könnte. Und wie Aldren bereits zuvor gesagt hatte, durften Wächter keinem Königreich dienen, sondern nur dem Niemandsland.

»Werde ich das tun, was ich am besten kann«, antwortete Larkin. »Menschen helfen. Vermutlich werde ich dafür zurück in den Süden reisen.«

In den Süden. Weit weg von ihr. Sie wollte jedoch nicht egoistisch sein und schenkte ihm ein bestärkendes Lächeln. Sie war sich sicher, er würde gute Arbeit leisten, und die Leute nahe der Mauer konnten durch ihn nur gewinnen.

Schweigend starrten Larkin und sie auf Nihalos herab, als Freya plötzlich eine Bewegung in der Wolkendecke über dem Tempel sah. Sonne durchbrach das triste Grau, kurz bevor Freya einen Tropfen auf ihrer Nase spürte. Erst einen, dann zwei, dann drei, bis ein lieblicher Schauer auf sie herabregnete. Sie blinzelte die Tropfen aus ihren Wimpern und erkannte einen Regenbogen, der sich über den Tempel spannte.

Freya lächelte, und ihre Brust schwoll vor Stolz an. Sie wusste zwar, dass Kheeran kein König werden wollte, aber er war würdig. Die Götter antworteten auf seinen Ruf. Tränen, die Freya zuvor verdrängt hatte, stiegen in ihr auf. Ihre Lippen begannen zu beben. »Larkin, ich –«

Ein Knall schnitt ihr das Wort ab.

Und eine Rauchwolke stieg vom Tempel auf.

52. Kapitel – Kheeran

– Nihalos –

Der Boden erbebte, und ein ohrenbetäubender Knall schleuderte Kheeran zurück in die Wirklichkeit. Er schlug die Augen auf und japste nach Luft. Seine Verbindung zur Anderswelt war gerissen, wie das letzte Seil einer Brücke, ehe sie in die Tiefe stürzte. Und er war mit ihr gefallen. Seine Lunge spannte, und sein Herz raste. Das Feuer, welches Göttin Litha ihm in diesem Moment hatte schenken wollen, erlosch. Er hatte dessen Wärme bereits spüren können, aber nun war da nur noch Kälte. Eisig kroch sie durch seine Adern. Er begann heftig zu zittern, und die feinen Härchen an seinen Armen stellten sich auf, obwohl der Regen aufgehört hatte.

Plötzlich packten ihn vertraute Hände.

Aldren.

Kheeran versuchte die Benommenheit abzuschütteln, welche sein Dämmerzustand verursacht hatte. Er blinzelte und sah zu seinem besten Freund auf, der ihn mit besorgtem Blick anstarrte. Seine Lippen bewegten sich, aber Kheeran verstand kein Wort. Nur langsam löste sich die Stille auf, welche die Anderswelt in seinem Kopf zurückgelassen hatte. Sie wich panischen Stimmen, schrillem Kreischen und wirren Rufen, die vom Getrampel Hunderter Füße untermalt wurden.

»Kheeran! Steh auf! Kheeran!« Aldren griff ihm unter die Schultern und hob ihn auf die Beine. Seine Knie waren weich, und Blut tropfte aus seinen Wunden.

»Kheeran? Bist du bei mir?« Aldrens Gesicht war nur einen Fingerbreit von seinem eigenen entfernt. Er konnte den Atem des anderen Fae spüren. Seine Pupillen waren geweitet, und jegliche Farbe war ihm aus dem Gesicht gewichen.

»Ja – ja.« Kheerans eigene Stimme klang dünn. Schwach. Was war passiert? Hatten die Götter ihn als unwürdig erachtet? Konnte das sein? Panik, Freude und Hoffnung stiegen gleichermaßen in ihm auf. War er seinem Schicksal entkommen? Konnte er gemeinsam mit Freya nach Thobria gehen, ohne sein Volk zu verraten?

Unerwartet bemerkte Kheeran plötzlich den Geruch von Rauch. Er brannte in seiner Nase und trieb ihm die Tränen in die Augen. Benommen sah er sich um und entdeckte ein Feuer. Nicht weit vom Tempel entfernt standen mehrere Häuser in Flammen. Wieso löschte es niemand? Eine vage Erinnerung an abgestellte Brunnen und gedämmte Flüsse stieg in Kheeran auf, aber bevor dieser Gedanke klarer werden konnte, ertönte erneut ein lauter Knall, und ein Windstoß rollte über sie hinweg. Er trieb Dreck und Kiesel vor sich her, die über Kheerans Haut schabten und in den Schnittwunden brannten. Auch größere Steine flogen durch die Luft, kurz bevor weitere Gebäude in Flammen aufgingen. Die Schreie, die über den Platz hallten, wurden lauter. Kheeran sah sich um, konnte dem Durcheinander aus Seelie und Unseelie mit seinen Blicken aber nicht folgen.

»Halt das!«, befahl Aldren. Er drückte ihm etwas in die Hand und zog ihn hinter sich her. Um sie herum hatten sich Gardisten versammelt. Sie waren in Kampfstellung gegangen und hatten ihre Wasserschläuche geöffnet, um Flammen und Angreifer von ihm fernzuhalten.

Ein dritter und vierter Knall erklangen direkt hintereinander, aus unterschiedlichen Richtungen. Kheeran konnte den Druck und die Hitze der Explosionen spüren, die zusätzlich ein Klingen in seinen Ohren hinterließen. Ihm war schwindelig. Sein

Körper war angeschlagen vom Blutverlust, den Bemühungen der Zeremonie und geschwächt von der Gabe der Luftmagie, die er von Mabon erhalten hatte und an die er sich erst gewöhnen musste.

»In den Tempel!«, bellte Teagan und riss die Arme in die Höhe, um einen Steinbrocken abzulenken, der geradewegs auf sie zustürzte. Das Stück Mauer, das es aus einem der Gebäude gerissen hatte, erstarrte in der Luft, und Teagan ließ es langsam zu Boden gleiten.

»Auf keinen Fall«, erwiderte Aldren, der noch immer Kheerans Hand hielt. Ihre Finger hatten sich miteinander verschränkt. Doch während Kheerans Körper nach wie vor zitterte, nicht zuletzt weil man ihm im letzten Augenblick die Feuermagie wieder entrissen hatte, schien Aldren vor Aufregung zu glühen. »Darin ist es nicht sicher. Was, wenn darin auch Sprengstoff ist?«

»Wir haben alles durchsucht.«

»Tut mir leid, aber auf Euch ist kein Verlass, und ich werde Kheeran den Attentätern keinesfalls auf einem Silbertablett servieren wie damals auf der Parade.«

Teagans linkes Augenlid zuckte. »Im Tempel können wir ihn beschützen.«

»Auf dem Schöpferfest konntet Ihr das auch nicht. Kümmert Ihr Euch lieber um die Brände und die Angreifer, und ich sorge für Kheerans Sicherheit«, sagte Aldren, und ehe Kheeran sichs versah, wurde er die Treppe des Tempels hinabgezerrt. Ein reißender Schmerz fuhr ihm in seine Schulter. Er stieß ein Zischen aus und versuchte sich von Aldren loszumachen, aber der andere Fae war schon an guten Tagen stärker als er – und heute war kein guter Tag.

Der Platz vor dem Tempel wurde von Chaos regiert. Viele der Unseelie versuchten zu fliehen, aber Brände und Geröll versperrten die Fluchtwege. Das Gestein hätte leicht beiseitegeräumt werden können, würde nicht so eine Hektik herrschen, und wäre da nicht der Rauch gewesen, der in den Augen brannte und einem die Sicht raubte. Einige Fae versuchten ebenfalls, die Flammen zu löschen. Sie nutzten Regenwolken und ihre Wasser-Talente oder ließen Erde von den umliegenden Dächern schweben. Aber das Feuer war eindeutig magischer Natur, denn es kämpfte um sein Überleben und brach immer wieder hervor. Wieso halfen die Seelie nicht mit ihrer Luft- oder Feuermagie? Sie könnten die Flammen stoppen oder zumindest dem Rauch Einhalt gebieten – aber Letzteres konnte er auch!

»Aldren! Lass mich los!«, rief Kheeran und riss an seiner Hand.

Der andere Fae ließ nicht locker. »Was ist?«

»Die Leute brauchen meine Hilfe.« Kheeran deutete mit dem Stoffbündel, das Aldren ihm in die Hand gedrückt hatte, in Richtung der Brände. Im selben Moment ertönte der nächste Knall. Instinktiv zuckte Kheeran zusammen, während noch mehr Gestein durch die Luft flog.

Aldren stellte sich schützend vor ihn. »Und was gedenkst du zu tun?«

»Ich könnte mit meiner Luftmagie –«

»Vergiss es!« Aldren schüttelte den Kopf. Das Weiß seiner Augen war vom Rauch gerötet, und bereits nach dieser kurzen Zeit lag eine Schicht aus Dreck über seiner Haut. »Du kannst sie noch nicht beherrschen.«

»Ich will es versuchen.«

»Das kann ich nicht zulassen.«

»Ich bin dein Prinz. Du kannst mir nichts befehlen.«

»Stimmt, aber ich bin auch dein Freund und bitte dich, vernünftig zu sein«, sagte Aldren. »Du bist zu wichtig, um ein solches Risiko einzugehen, außerdem ist dein Volk sehr gut in der Lage, sich selbst zu helfen.« Er zeigte auf eines der Feuer. Dort hatten sich Fae versammelt, die dabei waren, die Flammen mit

Erde und Dreck langsam zu ersticken. »Niemand wird zu Schaden kommen.«

Kheeran wusste, dass Aldren das nicht versprechen konnte. Vielleicht war bereits jemand zu Schaden gekommen, und womöglich waren diese Explosionen erst der Anfang. Aber gerade wenn dem so war, wäre allen geholfen, wenn er flüchten würde. Diese Anschläge galten ihm – wie all die Anschläge zuvor – und wenn er nicht auf dem großen Platz war, gab es für die Angreifer keinen Grund, weiteren Sprengstoff zu zünden und unschuldige Leben in Gefahr zu bringen. »Einverstanden. Lass uns verschwinden.«

Aldren lächelte. »Ich wusste doch, du kannst vernünftig sein.«

Kheeran ließ sich von Aldren führen. Zwar kannte er sich in der Gegend um den Tempel ebenso gut aus wie sein Berater, aber er wollte keine Zeit mit einem erneuten Streit verschwenden. Alles, was zählte, war, dass er schnellstmöglich von seinem Volk isoliert wurde, damit dieses in Sicherheit war. Doch die anderen Fae machten es ihnen nicht leicht. Sie liefen kreuz und quer auf den Straßen. Blieben willkürlich stehen. Riefen Anweisungen. Und versuchten der Situation mit ihrer Magie Herr zu werden, aber aufgrund des dichten Gedränges war das nicht einfach. Viele Fae rannten desorientiert durch die Gegend, um den Bränden und dem Rauch zu entkommen. Dreck wurde blind durch die Luft geschleudert, und das wenige Wasser wurde so unkoordiniert auf die Brände verteilt, dass es nicht ausreichte, um auch nur eine Flamme zu löschen. Währenddessen legte sich die Asche wie eine graue Decke über die Stadt.

»Aus dem Weg!«, brüllte Aldren. Er hustete, und mit einer einzigen Bewegung seiner Hand flogen ihnen Dutzende, vielleicht Hunderte von kleinen Brocken entgegen, die aus Häusern herausgebrochen waren. Sie schossen direkt auf sie zu, doch bevor die Steine sie treffen konnten, setzten sie sich vor Aldren zu einer Art Mauer zusammen, die er wie ein Schutzschild vor ihnen herschob.

Erschrocken sprangen die anderen Fae zur Seite, fluchten und versuchten vor Zorn, Aldrens Magie zu brechen und die Mauer zum Einsturz zu bringen. Ohne Chance. Nicht umsonst hatte König Nevan ihn vor beinahe sieben Jahren dazu auserkoren, Kheeran aus der Menschenwelt zurückzuholen.

Kheeran war dicht hinter Aldren, allerdings fiel es ihm zunehmend schwerer, mit Aldren Schritt zu halten. In seinem Kopf drehte sich alles, Tränen verschleierten ihm die Sicht, und sein ganzer Körper pochte von den Wunden, die von all der Bewegung und Anstrengung wieder schlimmer zu bluten begonnen hatten.

»Nur noch ein kleines Stück!«, sagte Aldren, als hätte er Kheerans Gedanken gelesen. Der Griff um dessen Hand wurde fester. Aldren schenkte ihm Kraft und Wärme, zwei Dinge, die Kheeran in diesem Moment gut brauchen konnte. Er biss die Zähne zusammen und zwang sich dazu weiterzulaufen – für Aldren. Für sein Volk.

Plötzlich wurden die Rauchschwaden um sie herum dichter, und die Wärme, die sie umgab, wurde zu einer brennenden Hitze. Kheeran sah sich um und erkannte, dass sie geradewegs durch ein Feuer und über Berge aus Schutt rannten. Links und rechts von ihm leckten die Flammen an seiner Haut, und der Boden unter seinen Füßen war glühend heiß. Ein vollkommen neuer Schmerz erfasste ihn, aber er ignorierte ihn und presste das Stoffbündel in seiner Hand, das sich als seine Robe herausgestellt hatte, schützend gegen die Brust.

Die Hitze verging so schnell, wie sie gekommen war, und sie fanden sich auf der anderen Seite der eingestürzten Gebäude wieder. Einige Fae waren Aldrens schützender Mauer gefolgt und verteilten sich nun in alle Richtungen. Andere Fae, die vermutlich nicht an der Zeremonie teilgenommen hatten, hievten mit ihrer Magie Felsbrocken zur Seite oder reichten sich Wasser ohne einen Eimer von Hand zu Hand, um das Feuer zu löschen.

»Bald haben wir es geschafft.«, sagte Aldren und wurde langsamer.

Kheeran nickte. Er fragte nicht, wohin Aldren ihn brachte. Es war ihm egal, solange er an diesem Ort einen Moment hatte, um sich zu sammeln. Noch erlaubte er sich nicht, daran zu denken, was die geplatzte Krönung zu bedeuten hatte und welche Folgen sie mit sich bringen würde, dafür war später noch Zeit. Auch wenn allein die Vorstellung ausreichte, um seinen Puls noch weiter in die Höhe zu treiben.

Aldren ließ seine Hand los. »Hier sind wir vorerst sicher«

Kheeran sah sich um. Sie standen in einer schmalen Gasse, kaum sechs Fuß breit, durch die keine Kutsche passte. Von den Dächern der umliegenden Gebäude fielen Ranken, und ein Tukan nistete auf einem Steinvorsprung, aber abgesehen von dem Vogel waren sie allein. Nur aus der Ferne waren Stimmen und Schritte zu hören. Keine weitere Explosion war erklungen, seit sie den Platz vor dem Tempel verlassen hatten.

»Was ist da passiert?«, fragte Kheeran atemlos. Er ließ die Robe, die von seinem Blut befleckt war, fallen und stützte die Hände auf die Knie, darauf bedacht, die Schnitte an seinem Oberschenkel nicht zu berühren.

Aldren schüttelte den Kopf. »Ich weiß es nicht.«

»Ich dachte, ich hätte einen Erlass unterschrieben, damit Teagan sämtliche Gebäude für die Krönung räumen und durchsuchen kann, um so etwas zu vermeiden.«

»Ich weiß, ich war dabei.«

»Allmählich glaube ich, der Kommandant will mich umbringen.«

»Glaubst du das wirklich?«, erkundigte Aldren sich mit zusammengezogen Augenbrauen. Er stellte die Frage mit einer solchen Ernsthaftigkeit, dass Kheeran über seine eigenen Worte nachzudenken begann, die eigentlich nur als Scherz gemeint waren. Wäre das möglich? Konnte Teagan hinter den Attentaten stecken? Sein Vater hatte Teagan sein Leben anvertraut – aber womöglich war das ein Fehler gewesen. Was, wenn es kein Zufall war, dass seine gesamte Familie unter der Aufsicht des Unseelie gestorben war. Er hatte die Mittel, die Wege und die Männer, um solche Anschläge zu planen.

»Ich weiß es nicht«, antwortete Kheeran schließlich, obwohl diese Vorstellung ihn mehr als beängstigte. Teagan lebte seit Jahrzehnten im Schloss, und Kheeran hatte ihm stets vertraut. »Aber sobald sich die Lage wieder beruhigt hat, sollten wir der Sache nachgehen.«

Aldren nickte nachdenklich. Kheeran erwartete, dass sein Berater in der Angelegenheit noch etwas zu sagen hatte, doch stattdessen begann Aldren sich auszuziehen. Er knöpfte seine Uniform auf.

»Aldren? Was soll das werden?«, fragte Kheeran.

»Ich ziehe mich aus«, erwiderte Aldren, ohne von seinen Stiefeln aufzusehen.

»Denkst du wirklich, dass jetzt der richtige Zeitpunkt dafür ist?«

»Es ist immer der richtige Zeitpunkt, um gemeinsam mit dir nackt zu sein.« Aldren blickte auf und schenkte Kheeran ein schelmisches Grinsen, das dazu bestimmt war, seine Nerven zu beruhigen. »Ich will, dass du meine Uniform anziehst. Damit fällst du weniger auf.«

»Und was wirst du anziehen?«

Aldren hob die Robe vom Boden auf. »Die hier.«

Kheeran zog seinen Lendenschurz aus und ergriff die Kleidung, die Aldren ihm reichte, wobei es ihm mit seinen Verletzungen schwerfiel, in den Stoff zu schlüpfen. Er stöhnte und ächzte, und es dauerte länger als gewöhnlich, bis er die Uniform angelegt hatte.

»Lass uns weitergehen«, sagte Aldren und strich die zeremo-
nielle Robe glatt, die mit Kheerans Blut beschmiert war. »Ich
werde mich erst sicher fühlen, wenn wir im Schloss sind.«

Kheeran nickte, und sie wollten ihren Weg gerade fortsetzen,
als zwei Gestalten am anderen Ende der Gasse auftauchten.
Kheeran erstarrte, erkannte aber im nächsten Moment, dass die
Männer zu seiner Garde gehörten. Ihm entwich ein erleichtertes
Seufzen. Dies war allerdings nur von kurzer Dauer, denn die
Gardisten stürmten auf sie zu, und das nicht auf eine »Wir sind
erleichtert, euch zu sehen, mein Prinz«-Art-und-Weise. Statt-
dessen öffneten sie die Trinkschläuche an ihren Gürteln, um das
Wasser daraus mit ihrer Magie zu kontrollieren.

»Überlass die mir«, sagte Aldren mit einem Knurren. Er trug
keine Waffen bei sich, aber die brauchte er auch nicht, denn er
war seine eigene Waffe. Er breitete die Hände aus und spannte
die Muskeln an. Das Wasser drang aus den herabhängenden
Ranken und ließ die Pflanzen welk werden. Tropfen lösten sich
von den Blättern und aus der Luft und sammelten sich zwischen
Aldrens Fingern. Als er genug Flüssigkeit beisammenhatte, ließ
er das Wasser zu Eiszapfen gefrieren, die seine Hände umschlossen und spitz genug waren, um einen Körper zu durchstoßen.

Dies geschah binnen weniger Herzschläge, obwohl sich Kheeran nicht sicher war, ob sein Herz in diesem Moment überhaupt
noch schlug. Er konnte es nicht fassen, Teagan hatte ihn hinter-
gangen; die ganze Zeit! Kheeran hatte ihm vertraut. Und der
Kommandant hatte hinter seinem Rücken seine Ermordung
geplant. Womöglich hatte er auch seinen Vater und seine Mutter
auf dem Gewissen. Das würde auch erklären, weshalb der Mann,
den Ceylan angeblich gesehen hatte, in eine Uniform gekleidet
gewesen war. Wieso hatte er nicht auf sie gehört?

Die zwei Gardisten hatten sie inzwischen erreicht. Das Wasser
war in ihren Händen zu Peitschen geworden, die auf Aldren nie-
dersausten, um ihn außer Gefecht zu setzen, aber dieser war

wendig wie das Wasser selbst. Er duckte sich unter den Hieben hindurch, zeitgleich brachte er einen seiner Eiszapfen wieder zum Schmelzen, damit er sich als dünne Schicht über den Boden ausbreitete. Er schlitterte darüber, geradewegs auf einen der Männer zu. Dieser machte einen Satz zurück und ließ seine Peitsche auf die Eisscholle niederkrachen, um Aldren zu stoppen. Die Rutschbahn zersplitterte in Tausende von kleinen Kristallen, aber davon ließ sich Aldren nicht beirren. Er fing die Eissplitter mit seiner Magie auf, formte sie zu spitzen Geschossen und schleuderte sie dem abtrünnigen Gardisten entgegen. Dieser riss seine Hände in die Höhe, um das Eis zu stoppen, aber seine Magie reichte nicht aus, um Aldren die Kontrolle zu entreißen. Er stieß einen Schrei aus, als das Eis in seinen Körper einschlug und ihn durchbohrte. Er taumelte zurück, und dunkle Blutflecken bildeten sich auf seiner Uniform, bevor er reglos zusammensackte.

Zeitgleich gelang es Aldren, den zweiten Fae, der ebenfalls das Wasser beherrschte, zu fesseln. Steine waren aus dem Boden geschossen und hatten sich um die Füße des Gardisten gelegt, sodass er sich nicht von der Stelle bewegen konnte. Er versuchte sich mithilfe von Eis und Wasser zu befreien. Vergebens.

Plötzlich sah Kheeran eine Bewegung aus dem Augenwinkel. Er duckte sich blitzschnell unter einem Stein hindurch, der auf seinen Kopf zuraste. Der Brocken donnerte mit voller Wucht gegen die Hausmauer neben ihm. Ein dritter Gardist war aufgetaucht. Kheeran war so sehr auf Aldrens Kampf konzentriert gewesen, dass er nicht bemerkt hatte, wie er sich von hinten an ihn herangeschlichen hatte. »Seid gegrüßt, mein Prinz.«

»Was wollt Ihr?«, fragte Kheeran und versuchte den Gardisten zuzuordnen. Hatte er ihn schon einmal gesehen? Diente er im Schloss? Oder auf einem der Außenposten? Er wusste es nicht, denn er schenkte den wenigsten Fae im Schloss wirklich Aufmerksamkeit – sie waren ihm genauso egal wie sein Thron.

»Dass Ihr von der Bildfläche verschwindet«, antwortete der Mann mit wildem Blick, und der Stein, der in die Hausmauer gedonnert war, erhob sich wieder und flog erneut auf Kheeran zu. Dieser riss die Hände in die Höhe. Der Stein erstarrte und blieb in der Luft schweben. Kheeran kämpfte gegen die Kräfte des Gardisten an. Eigentlich sollte es für ihn als Fae mit herrschender Abstammung eine Leichtigkeit sein, den anderen Unseelie zu überwältigen, aber er war geschwächt, und obwohl er bereits seit sieben Jahren trainierte, stand er mit seinen Fähigkeiten noch am Anfang.

Kheeran stieß ein Stoßgebet an Göttin Ostara aus, deren Anwesenheit er während der Zeremonie deutlich gespürt hatte, doch die Konvergenz der Welten war vorbei. Er war auf sich allein gestellt. Er biss die Zähne zusammen und stemmte die Füße in den Boden, um sich mit seiner Erdmagie zu verbinden. Ein Beben lief durch seine Beine, und auch der Rest seines Körpers erzitterte. Das Symbol der Erde auf seinem Oberschenkel begann stärker zu pochen, und ein brennender Schmerz zog sich seine Nerven hinab, bis in seine Fußsohle – und noch tiefer. Plötzlich spürte er nicht mehr nur den kalten Stein unter seinen Zehen, sondern er fühlte auch, was unter ihm lag.

Die Erde.

Den Kies.

Den Schlamm.

Die Knochen längst verstorbener Lebewesen. Kheeran nahm all das in sich auf. Sein Herzschlag wurde ruhiger, seine Muskeln weniger verkrampft, und ihm fiel es zunehmend leichter, den Stein davon abzuhalten, ihn niederzuschlagen. Entschlossen konzentrierte er sich auf diese neu gewonnene Kraft und stellte sich vor, wie sie von seinen Füßen aus seinen Körper empor- bis in seine Hände stieg.

»Ihr seid erbärmlich«, sagte der Gardist mit einem selbstgefälligen Grinsen.

Und Ihr seid besiegt, dachte Kheeran und drückte gegen die unsichtbare Mauer, die den Stein zurückhielt. Zuerst gab sie nicht nach, doch dann fuhr urplötzlich ein Ruck durch seinen Körper, und er schleuderte den Stein dem Gardisten mit voller Wucht entgegen. Dieser versuchte noch auszuweichen, aber er war zu langsam. Das Geschoss traf ihn an der Schläfe, und er sackte bewusstlos zu Boden. Lange würde dieser Zustand vermutlich nicht anhalten. Eilig sah sich Kheeran nach Aldren um, um ihn zu unterstützen. Doch der andere Fae hatte seine Hilfe nicht nötig. Er hatte den letzten Gardisten bereits endgültig unschädlich gemacht und lehnte nun neben ihm an der Hausmauer. Die Arme verschränkt, lächelte er Kheeran an. »Das sah gar nicht so schlecht aus.«

»Gar nicht so schlecht?« Kheeran zog eine Braue in die Höhe. Sein gesamter Körper schmerzte, und das Blut seiner wieder aufgerissenen Wunden verklebte die Uniform. »Er ist bewusstlos.«

»Schon, aber es war auch irgendwie ein Glückstreffer«, sagte Aldren. Er stieß sich von der Mauer ab und blieb vor Kheeran stehen. »Mich hättest du mit diesem Stein nicht erwischt.«

Kheeran verdrehte die Augen. »Natürlich nicht, großer Meister.«

»Der Name gefällt mir.«

»Gewöhn dich besser nicht daran«, sagte Kheeran mit einem schwachen Lächeln und holte tief Luft. Er fühlte sich noch immer benommen, aber es war eine andere Art der Benommenheit als zuvor. »Warum tut Teagan das?«

»Ich weiß es nicht«, sagte Aldren. Er bückte sich zu einem der bewusstlosen Männer, löste den Trinkschlauch von dessen Gürtel und ließ mit einer Handbewegung all das Wasser hineinlaufen, das sich auf dem Boden zu einer Pfütze gesammelt hatte. »Aber wir sollten nicht hier herumstehen und darauf warten, es herauszufinden. Darum kümmern wir uns später.«

Kheeran konnte dem nur zustimmen, auch wenn er ein un-
gutes Gefühl dabei hatte, ins Schloss zurückzukehren. Niemand
konnte ihm sagen, wie viele oder welche Gardisten der Krone
untreu geworden waren. Womöglich würden sie geradewegs in
eine Falle laufen. Doch wohin hätten sie sonst gehen sollen? Für
ihn gab es nur diesen einen Ort.

»Mach dir keine Sorgen!«, sagte Aldren. Er streckte eine
Hand nach Kheerans Haar aus und drapierte eine verrutschte
Strähne zurück an ihren Platz. »Solange ich lebe, bist du in
Sicherheit.«

Kheeran lächelte schwach und griff nach Aldrens Hand. Er
drückte seine Finger, die noch kalt waren vom Eis, und ohne ihn
loszulassen, setzte er sich in Bewegung. Sie folgten der Gasse in
Richtung des Schlosses. Hinter ihrem Rücken stieg Rauch in den
Himmel, und hektische Stimmen erhoben sich in die Luft. Plötzlich hörte Kheeran ein Zischen, gefolgt von einem Keuchen.

Kurz bevor ihm Aldrens Hand entglitt.

Und sein bester Freund zu Boden ging.

53. Kapitel – Weylin

– Nihalos –

Voller Genugtuung beobachtete Weylin, wie der Prinz in sich zusammensackte. Ein dunkler Fleck bildete sich auf dem weißen Stoff seiner Robe, dort, wo sich der wassergeschmiedete Dolch in seinen Körper gebohrt hatte. Zuerst hatte Weylin befürchtet, Kheeran im Getümmel verloren zu haben, aber er hatte seine Spur wiedergefunden, und hier war er. Erlöst von der Aufgabe, die Valeska ihm vor achtzehn Jahren aufgetragen hatte. Zwar war er noch nicht frei von der Königin, aber nun, da der Prinz tot war, konnte er endlich seine Suche nach einem Fluchbrecher fortführen.

»Aldren! Aldren«, rief der in Uniform gekleidete Gardist und sank neben dem Prinzen in die Knie. Weylin stockte. Was rief er da? War der Mann in der Robe, der leblos auf dem Boden lag, etwa gar nicht der Prinz? Weylin biss die Zähne zusammen, und seine Hände begannen vor Enttäuschung und Wut zu zittern. Das konnte nicht sein. Er war so ein Idiot! Er hatte nicht den Prinzen getroffen, sondern seinen Berater. Die beiden hatten ihn an der Nase herumgeführt, aber das würde er sich nicht gefallen lassen.

Die Sache endete hier. Und heute.

Weylin griff unter seine Jacke und zog je einen erd- und einen feuergeschmiedeten Dolch hervor. Es waren die Waffen, die Kheeran während seiner Zeremonie verwendet hatte. Bei seiner überstürzten Flucht waren sie liegen geblieben, aber Weylin hatte gelernt, nie eine gute Waffe zu verschwenden. Außerdem hatte es beinahe etwas Ironisches, dass der Prinz durch die Klingen sterben würde, die ihm eigentlich Macht hätten verleihen sollen.

Entschlossen rannte Weylin auf Kheeran zu und ignorierte die drei Gardisten, die regungslos seinen Weg säumten. Eiskristalle knirschten unter seinen Füßen. Der Prinz hob erschrocken den Kopf, als er ihn kommen hörte. Seine Augen weiteten sich, und er sprang auf die Beine. Weylin zögerte nicht, einen weiteren Dolch zu schleudern, dieses Mal auf den echten Thronerben. Dieser riss die Arme nach oben, und der Dolch erstarrte im Flug. Luftmagie. Mabon hatte es während der Krönung also tatsächlich geschafft, dem Prinzen seine Magie zu schenken.

Doch diese Wendung brachte Weylin nicht aus der Fassung. Er stürzte sich auf Kheeran, riss sie beide zu Boden. Mit zu viel Schwung rollte Weylin einige Fuß über den Prinzen hinweg. Dabei spürte er kleine Gesteinsbrocken, die sich in seine Haut drückten. Er ignorierte das Stechen und stand sofort wieder auf.

Kheeran war zu Aldrens reglosem Körper gekrochen und hielt den Trinkschlauch seines Beraters in den Händen. Zufrieden bemerkte Weylin, dass er den Prinzen am Arm erwischt hatte. Mit einer blutbenetzten Hand entkorkte er gerade die Flasche, und kurz darauf schlängelte sich das Wasser in durchsichtigen Fäden um seine Finger. Weylin unterdrückte ein Schnauben. Glaubte der Prinz wirklich, eine Chance gegen ihn zu haben? Er hatte schon weitaus fähigere Fae aus dem Weg geräumt. Die einzigen Gründe, weshalb Kheeran bis heute überlebt hatte, waren Glück und die talentierten Unseelie, die auf ihn aufgepasst hatten. Doch jetzt war er auf sich allein gestellt, und ausnahmsweise würde Weylin es genießen, Blut fließen zu sehen. Die Jagd nach dem Prinzen hatte schon viel zu lange angedauert.

Kheeran startete einen Angriff. Durchsichtige Fäden aus Wasser schossen wie Seile auf Weylin zu, legten sich um seine Handgelenke. Er spürte eine stechende Kälte, als sie zu Eis wurden, allerdings froren sie nicht richtig durch. Im Inneren der Fesseln konnte Weylin sich bewegendes Wasser erkennen.

Die Magie des Prinzen war wirklich ein Witz. Weylin riss an seinen Armen, und das Eis zerbrach wie der Ast eines morschen Baumes. Er schüttelte das gefrorene Wasser von seinen Fingern und ließ seine Handgelenke kreisen. »Du könntest dir Leid und mir Mühen ersparen, wenn du dich einfach ergibst.«

»Nein.« Kheeran schüttelte den Kopf. Die Blässe seiner Wangen wurde von einem wütenden Rot abgelöst. »So leicht, werde ich es dir nicht machen.« Ein bitteres Grinsen trat auf seine Lippen, und plötzlich flog Weylin etwas von der Seite ins Gesicht. Es war eine von den Dächern herunterhängende Ranke, die nach ihm zu greifen versuchte. Eines musste man Kheeran lassen, was ihm an Talent, Kraft und Erfahrung fehlte, machte er zumindest ansatzweise mit Entschlossenheit wieder wett – nur würde ihn das nicht retten.

Weylin holte mit seinem Dolch aus und zerschnitt die Ranke, als auch schon eine Faust auf ihn zuflog. Der Bastard hatte sich an ihn herangeschlichen. Blitzschnell duckte er sich, aber noch in derselben Bewegung holte er mit seinem linken Bein aus. Er zog Kheeran die Füße unter dem Boden weg, und mit einem Ächzen knallte der Unseelie mit dem Rücken auf die Erde. Das hatte er davon, wenn er glaubte, ihn austricksen zu können.

Weylin setzte sich rittlings auf den jungen Prinzen und sah auf ihn hinab. Kheeran starrte ihn mit großen, zornigen Augen an, aber keine Angst lag in seinem Blick. »Sie werden dich hierfür jagen. Du wirst nie wieder eine ruhige Nacht haben, das verspreche ich dir.«

»Ich habe schon seit vielen Jahren keine Nacht mehr durchgeschlafen«, erwiderte Weylin mit einem schroffen Lachen. Nicht seitdem Valeskas Blutschwur auf seinem Rücken brannte.

Kheeran kniff die Augen zusammen und funkelte ihn voller Hass und Verachtung an. Weylin musste an das letzte Mal denken, als er Kheeran so nahe gewesen war. Damals hatte er als Säugling in seinen Armen gelegen. Ob sich der Prinz an ihn erinnerte? Vermutlich nicht.

»Grüß die Götter von mir«, sagte Weylin und holte mit der Klinge aus.

54. Kapitel – Freya

– Nihalos –

»Seid ihr Euch sicher, dass dies der richtige Weg ist?«, fragte Larkin mit erhobener Stimme, um überhaupt gehört zu werden. Immer noch war das Krachen und Zerbersten von Gestein zu hören. Die letzte Explosion war bereits vor einer Weile verklungen, aber die Fae kämpften noch immer mit den Flammen und damit, Steine zur Seite zu räumen, welche die Wege verschüttet hatten.

»So sicher, wie ich mir sein kann«, erwiderte Freya und hoffte, dass sie nicht zu spät waren. Sie folgten einer Straße, die vom Tempel wegführte. Freya kannte sich in Nihalos nicht aus und war nicht mit den Gepflogenheiten der Unseelie vertraut, aber wenn sie eine Sache in ihren achtzehn Jahren als Prinzessin gelernt hatte, dann, dass die königliche Familie immer von Gefahrensituationen weggeführt werden musste. Sollten die Fae einen ähnlichen Ansatz verfolgen, war Kheeran nicht mehr am Tempel – und tot war er auch nicht, das konnte sie spüren. Würde ihr Instinkt ihr doch nur verraten, wo genau er sich aufhielt.

Freya raffte ihr Kleid und beschleunigte ihre Schritte. Larkin und sie waren mit den Pferden, die Aldren ihnen gelassen hatte, zurück in die Stadt geritten, aber der Rauch, das Feuer und die Unruhe hatten die Tiere in Panik versetzt. Sie hatten gescheut und an den Zügeln gezerrt, bis Freya und Larkin sich entschlossen hatten, zu Fuß weiterzugehen. Nicht ihre beste Idee, denn Freyas Schuhwerk war nicht für ein solches Szenario geeignet.

Die feinen Riemen ihrer Sandalen rieben an ihren Fersen. Zudem verirrten sich ständig Kieselsteine zwischen ihre Schuh- und Fußsohlen, die schmerzhaft in ihre Haut stachen. Mit eisernem Willen ignorierte sie dieses Gefühl und lief weiter, obwohl sie bereits ein Stechen in ihrer Taille verspürte.

Zwei Fae, die Wasser – ohne Eimer – über ihren Köpfen trugen, stürmten an Freya vorbei und rannten sie beinahe über den Haufen, so wie viele andere der Unseelie auch. Während man sie die letzten Tage stets angestarrt hatte, schien sie plötzlich unsichtbar zu sein. Der einzige Grund, warum sie noch auf den Beinen stand, war vermutlich Larkin, der ihr dicht auf den Fersen war.

»Links!«, rief Freya ihm über ihre Schulter zu und schlug einen Haken in eine Gasse, die von der Hauptstraße wegführte. Mit Sicherheit würde man versuchen, Kheeran über Schleichwege zurück ins Schloss zu bringen. Sie orientierte sich an den gläsernen Turmspitzen, die vor ihr aufragten, und lauschte auf Stimmen und Geräusche, die ihr einen Hinweis auf Kheerans Verbleiben geben könnten, aber mit all dem Lärm und dem Rauschen des Blutes in ihren Ohren war es ihr kaum möglich, einzelne Wörter herauszufiltern. Das Herz pochte ihr bis zum Hals, und ein Brennen zog sich ihre Kehle hinab. Ihr Körper wollte, dass sie stehen blieb, aber das würde sie nicht tun. Sie würde nicht stoppen, bis sie Kheeran gefunden hatte.

Jedes Mal, wenn sie um eine Ecke bog keimte erneut Hoffnung in ihr auf. Sie entdeckte blonde Haare und uniformierte Männer, und jedes Mal glaubte sie für den Bruchteil einer Sekunde, Kheeran vor sich zu sehen, bis sie feststellte, dass es nur irgendein Gardist oder ein anderer Unseelie war. Diese Erkenntnis fühlte sich jedes Mal aufs Neue an wie ein Hieb in den Magen, doch Freya biss die Zähne zusammen und rannte weiter und weiter und weiter.

Eilig stürmte sie um die nächste Ecke und geriet ins Schlittern, als Eiskristalle ihr die Füße unter dem Boden wegziehen wollten. Sie schrie auf und fiel nach hinten. In der Erwartung, auf dem harten Stein aufzuschlagen, kniff sie die Augen zusammen. Doch Larkins starke Hände packten sie und zogen sie mühelos zurück auf die Beine.

»Dank–« Freya blieb das Wort in der Kehle stecken, als sie eine leblose Gestalt mit einem Dolch im Rücken bemerkte, die eine zeremoniell aussehende weiße Robe trug. Unsicher zuckte ihr Blick weiter, und sie entdeckte ein paar Fuß entfernt den Halbling, der sie vor dem Musikladen angerempelt hatte. Sie erkannte ihn an seiner leuchtend roten Narbe am Hals. Er kniete über Kheeran, einen Dolch in den Händen. Und mit einem zufriedenen Lächeln auf den Lippen ließ er die Klinge hinabsausen.

»Nein!«, schrie Freya. Ohne zu zögern, stürzte sie nach vorne, aber Larkins Hände hielten sie zurück. Sogleich schossen ihr Tränen in die Augen, und ein unsäglicher Schmerz nistete sich in ihrem Herzen ein. Jeder Gedanke in ihrem Kopf verstummte. Das durfte nicht passiert sein – und doch konnte sie den Dolch sehen, der nun aus Kheerans Körper ragte. Sie stieß einen gequälten Schrei aus, und ihre Beine drohten unter ihr nachzugeben, aber ihr Wunsch, bei Kheeran zu sein, war größer als die Trauer, die sie in die Knie zwingen wollte.

Der Halbling, der den Dolch noch immer mit beiden Händen umschlossen hielt, hob den Kopf. Sein Blick begegnete Freyas, und ihre Trauer kippte wie ein vom Sturm entwurzelter Baum. An ihre Stelle trat etwas Neues: Hass, Zorn und das Verlangen nach Rache. Freya wand sich in Larkins Griff, um sich loszureißen. Doch seine Finger drückten sich nur fester in ihre Schulter. Sie nahm den Schmerz kaum wahr. »Lasst mich los!«, fauchte sie.

»Nein, Ihr wartet hier«, flüsterte Larkin neben ihrem Ohr. »Ich kümmere mich um den Halbling.«

»Ihr dürft ihn nicht töten«, verlangte sie. *Dieses Privileg gehört mir.*

Larkin nickte. Seine Hände glitten von ihren Schultern, und er stürmte auf den Halbling zu. Noch in derselben Bewegung zog er sein feuergeschmiedetes Schwert hervor. Der Halbling sprang auf die Beine und zückte von irgendwoher einen weiteren Dolch, der dem in Kheerans Brust ähnlich sah.

Larkin stach mit seiner Klinge auf den Halbling ein. Dieser sprang rückwärts und blockte das Schwert mit seinem Dolch. Geschickt parierte er noch zwei weitere von Larkins Hieben, aber viel hatte er dem mächtigeren Schwert nicht entgegenzusetzen.

Freya beobachtete den Kampf ein paar Herzschläge lang, aber dann hielt sie es nicht mehr aus. Sie konnte nicht untätig am Rand des Geschehens stehen und darauf warten, dass es vorbei war. Ohne darüber nachzudenken, rannte sie zu Kheeran. Er regte sich nicht. Sie sank neben ihm auf die Knie und schluchzte. Der Dolch des Halblings ragte aus seiner Brust, und ein Blutfleck hatte sich um die Klinge herum auf der Uniform gebildet, die ohnehin vollkommen verschmiert war. Stammte all das Blut von Kheeran?

»Kheeran«, flüsterte Freya mit einer bebenden Stimme, die rau von den Tränen war, die sie zurückzuhalten versuchte. Sie streckte ihre Hand nach seinem blassen Gesicht aus und fuhr mit den Fingerspitzen die Konturen seiner Wangen nach. Seine Haut fühlte sich kalt an, als wäre er bereits vor Stunden –

»Freya.«

Sie erstarrte. Und einen Moment lang glaubte sie, sich das heißere Krächzen nur eingebildet zu haben. Ein von ihren Sehnsüchten herbeigerufenes Hirngespinst. Doch dann sah sie Kheerans Augenlider flattern. Träge blinzelte er sie an. Eine Träne löste sich aus seinem Augenwinkel und lief seine Wange hinab.

»Du lebst.« Freya beugte sich über ihn, bis ihr Gesicht seinem ganz nahe war und sie die warme Luft spüren konnte, die seinen Lippen entwich. Seine Augen hatten sich allerdings wieder geschlossen. Er durfte nicht sterben! »Bleib bei mir!«

Instinktiv griff sie nach dem Dolch, um ihn aus Kheerans Brust zu ziehen. Sobald die Wunde offen lag, konnte die Heilung einsetzen. Als sich ihre Finger um das Heft schlossen, verspürte sie einen Schlag, wie von einem kleinen Blitz, der ihr den Arm emporjagte, aber davon ließ sie sich nicht abhalten. Sie zog die Klinge aus seiner Brust. Kheeran stieß einen Schrei aus, und seine Augen öffneten sich. Panisch starrte er sie an, aber sogleich begannen sich seine Lider wieder zu schließen. Blut quoll aus der Wunde hervor, und Freya presste die Finger ihrer freien Hand darauf. »Du wirst das überleben.«

»Freya, du –«

»Psch, sei still«, unterbrach sie Kheeran. Sie betete zu den Göttern, an die sie eigentlich nicht glauben sollte, damit sie sein Leben retteten. Sie durfte ihn nicht verlieren. Sie war vielleicht bereit gewesen, ihn zu verlassen, aber das Wissen, dass er jenseits des Niemandslands seiner Bestimmung folgte, hatte ihr den nötigen Mut dazu gegeben. Doch sie wollte nicht in einer Welt leben, in der Kheeran nicht existierte.

Freya schniefte und hörte hinter sich ein Klirren, gefolgt von einem lauten Fluch. Sie sah sich nach Larkin um. Dem Halbling war es gelungen, ihm das Schwert aus der Hand zu schlagen und ihn gegen eine Wand zu drängen. Er versuchte mit dem Dolch auf Larkin einzustechen. Doch der Wächter hatte die Handgelenke des anderen Mannes gepackt und rang mit ihm um die Kontrolle. Konzentriert starrte Larkin den Halbling an. Seine Arme zitterten vor Anstrengung. Es schien ihn alle Kraft zu kosten, den Dolch von sich fernzuhalten.

Freya wusste, dass Larkin nicht wollte, dass sie sich einmischte, aber sie konnte nicht zulassen, dass der Halbling ihn ebenfalls verletzte oder gar tötete. Kurz entschlossen streifte sich Freya den Mantel von den Schultern, drückte den Stoff auf Kheerans Wunde und legte dessen Hände darauf.

»Ich bin gleich wieder zurück«, flüsterte sie und schnappte sich erneut den Dolch mit der blutigen Klinge, den sie aus Kheerans Körper gezogen hatte. Wieder spürte sie einen weichen Blitz durch ihren Körper zucken.

Ganz langsam stemmte sie sich in die Höhe, um die Aufmerksamkeit des Halblings nicht zu erregen, aber auch um Larkin nicht abzulenken. In bedachten Schritten pirschte sie sich an die beiden Männer heran. Sie redete sich ein, dass das nichts Neues für sie war. In Amaruné hatte sie sich schon mit zahlreichen Herumtreibern auf ihrem Weg zu Moira auseinandersetzen müssen, trotzdem trieb es ihr den Schweiß auf die Stirn, während sie sich auf den Halbling konzentrierte.

Freya wartete, bis sie nur noch wenige Fuß von dem Halbling entfernt war. Dann machte sie einen Satz nach vorne, umklammerte den Griff des Dolches fester und stach ihn dem Halbling mit voller Wucht in den Rücken, an die Stelle, an der sie das Herz vermutete. Sie zog die Klinge allerdings sogleich wieder heraus, um ihm keine weitere Waffe an die Hand zu geben.

Der Mann schrie auf und stolperte einen Schritt nach vorne. Larkin nutzte den Schreckmoment, um seinen Gegner zu entwaffnen. Er griff sich den Dolch, packte den Halbling und verpasste ihm mit dem Griff einen kräftigen Schlag gegen die Schläfe. Die Augen des Halblings rollten zurück, und er sackte bewusstlos zusammen. Freya starrte auf seine reglose Gestalt und sein Blut, das sich auf dem Boden verteilte. Ihre Hand, in der sie den Dolch hielt, zitterte heftig.

»*Beim König*, Freya!«, rief Larkin. Mit zwei großen Schritten war er bei ihr und entriss die Waffe ihren steifen Fingern. Er warf die Klinge achtlos zur Seite. Klirrend kam sie auf dem steinernen Boden auf. »Was habt Ihr Euch dabei gedacht?«

»Ich … ich wollte Euch nur helfen«, stammelte Freya, irritiert von seinem plötzlichen Zorn. Sollte er ihr nicht dankbar sein?

»Helfen?! Ihr habt einen magiegeschmiedeten Dolch ange-fasst.« Aufgebracht deutete er auf die Waffe. »Habt Ihr eine Ahnung, was passieren hätte können? Diese Waffen sind nicht für Menschen gedacht. Es hätte Euch töten können.«

Töten? Ungläubig sah Freya von Larkin zu dem Dolch mit der dunklen Klinge, die sämtliches Licht in sich aufzunehmen schien. Er hatte recht. Die Waffe war magisch. Sie hatte über-haupt nicht darauf geachtet. Sie hatte nur Kheeran retten wollen, aber das erklärte auch dieses eigenartige Knistern, das sie ver-spürt hatte.

»Ich bin nicht tot«, stellte Freya benommen fest. Beinahe ihr halbes Leben hatte sie davon geträumt, richtige Magie zu wir-ken – und nun war es ihr gelungen. Sie wusste nicht, welches Gefühl sich in ihrem Gesicht widerspiegelte. Erstaunen? Angst? Verzweiflung? Freude? Was immer es war, es ließ Larkins eigene Miene weicher werden.

Er seufzte. »Nein, Ihr seid nicht tot.«

»Aber … wieso?« Sie verstand es einfach nicht.

Larkin schüttelte den Kopf, und ein erleichtertes Lächeln trat auf seine Lippen. »Ich weiß es nicht. Vielleicht seid Ihr einfach etwas Besonderes.«

55. Kapitel – Ceylan

– Nihalos –

Unruhig tigerte Ceylan in ihrer Zelle auf und ab. Bereits seit einer gefühlten Ewigkeit beschrieben ihre Füße denselben Weg durch den kleinen Raum, von den Gitterstäben bis zu dem Fenster, durch das sich nur ein Kleinkind zwängen könnte. Dahinter war nichts zu sehen, nur erdiger Boden und eine weitere Mauer. Die Krönung musste längst vorbei sein, und allmählich beschlichen sie Angst und Zweifel, nicht zuletzt wegen der Explosionen, die sie vor einer Weile gehört hatte. Denn sie war sich nicht sicher, ob das, was sich nach detonierendem Sprengstoff angehört hatte, ein Teil der Zeremonie gewesen war oder ein Angriff – und niemand wollte es ihr sagen. Wie lange würde Tombell noch auf sich warten lassen? Sie war sich sicher gewesen, der Field Marshal oder zumindest Leigh würde in den Stunden nach ihrer Festnahme kommen, um sie zu befreien. Inzwischen saß sie allerdings bereits einen halben Tag in dem Kerker fest.

Dass die Unseelie und auch Kheeran an ihr zweifelten, war eine Sache, mit der sie sich inzwischen abgefunden hatte. Aber was, wenn die Wächter ihr ebenfalls nicht glaubten? Tombell, Leigh und die anderen wussten, wie sehr sie die Fae verabscheute und dass sie nicht davor zurückschreckte, ihre Waffen einzusetzen. Was, wenn sie sie auch für schuldig hielten und sie deshalb in der Gefangenschaft der Unseelie zurückließen und ohne sie ins Niemandsland zurückkehrten? Sie war eine noch kaum trainierte, widerspenstige Novizin, womöglich war der Field Marshal zu der Erkenntnis gekommen, dass sie den Ärger nicht wert sei.

Nein, so durfte sie nicht denken. Tombell würde kommen. Die Wächter waren eine Bruderschaft, sie würden sie nicht einfach den Fae überlassen. Nicht ohne zumindest mit ihr gesprochen zu haben. Ceylan klammerte sich an diese Hoffnung und schlang die Arme um ihre Brust, um sich zu wärmen. Es war kalt in der Zelle unter dem Schloss, und sie trug nur ihr Nachthemd und den Umhang, den sie sich umgeworfen hatte. Nicht einmal Schuhe hatte man ihr gebracht. Ihre Füße waren nackt, eiskalt und dreckig. Der Kerker war wohl der einzige Ort im ganzen Schloss, der nicht penibel gereinigt wurde. Von der Decke hingen Staubweben, und eine Spinne nistete in der Ecke über Ceylans Pritsche. In ihrem Netz hing eine undefinierbare graue Masse – womöglich Eier, dann würde es schon bald in der gesamten Zelle krabbeln. Womit hatte sie das verdient?

Ceylan seufzte und blieb an den Gitterstäben stehen. Sie umfasste das kalte Metall mit den Händen und presste sich dagegen. Sie hatte schon in einigen Kerkern gesessen, aber keiner war so ruhig wie dieser hier. Niemand redete, niemand fluchte, niemand kotzte oder kackte in die Ecken, und niemand beschimpfte die Wärter – *den* Wärter. Einzahl. Nur ein einziger Gardist stand im Gang, aber es gab auch nicht viel zu bewachen, denn bisher hatte sie eigentlich gar keinen anderen Häftling zu Gesicht bekommen.

»He!«, rief Ceylan, um die Aufmerksamkeit des Gardisten zu erregen.

Er rührte sich nicht.

»He, Spitzohr!«

Seine Augenbraue zuckte.

»He, ich rede mit dir. Es ist wichtig.«

»Was?«, knurrte der Unseelie, dessen Uniform in dem schäbigen Verlies noch eleganter wirkte als ohnehin schon. Ceylan fragte sich, ob es ihr gelingen könnte, den Fae zu überwältigen, aber wollte sie es wirklich darauf ankommen lassen? Besser nicht. Sie sollte dem Field Marshal und den anderen noch ein wenig Zeit geben, bevor sie ihren Ausbruch plante.

»Ich habe Durst.«

»Essen gibt es erst am Abend«, antwortete der Fae. Er sah in ihre Richtung, bewegte sich aber nicht von seinem Platz neben der hölzernen Tür fort. Dahinter lag eine Treppe, die zu einem der Hinterhöfe führte.

»Ich habe nicht nach Essen gefragt.«

»Essen. Trinken. Alles dasselbe.« Er zuckte mit den Schultern.

»Nicht für Menschen.«

Er schnaubte. »Du bist kein Mensch.«

Sie wusste, dass er recht hatte, dennoch ärgerte es sie. Denn auch wenn sie nicht *ver*dursten konnte, so hatte sie trotzdem Durst. Ihre Kehle war rau, und ihre Zunge blieb trocken an ihrem Gaumen kleben. Aber eigentlich war das wohl ihre geringste Sorge. Erneut begann sie durch die Zelle zu wandern, bis die Bewegung ihr in Haut und Haar übergegangen war und sie wie in Trance auf und ab lief. Anders konnte man die Zeit hier nicht totschlagen.

Erst ein Klopfen holte sie aus diesem Zustand zurück. Sie hörte, wie eine der Verriegelungen aufsprang, und erneut drängte sie sich an die Gitterstäbe. Ihre Hände waren feucht von ihrem Schweiß.

»Wir möchten mit Ceylan Alarion sprechen.« Ein erleichtertes Seufzen kam Ceylan über die Lippen. Endlich! Sie konnte den Field Marshal hinter der Tür noch nicht sehen, aber seine tiefe Stimme würde sie überall wiedererkennen.

»Ihr seid nicht befugt, das Verlies zu betreten.«

Ceylans Finger krallten sich noch fester um das Gitter.

»Prinz Kheeran hat uns die Erlaubnis erteilt.«

»Das brauche ich schriftlich«, erwiderte der Gardist. Ceylan hasste dieses Spitzohr. Sollte sie je hier rauskommen, würde er ihren Hass zu spüren bekommen.

»Glaubt Ihr, der Prinz hat heute nichts Besseres vor, als irgendwelche Formulare auszufüllen? Lasst uns durch!«

»Tut –« Der Gardist verstummte erst und stieß dann einen Protestlaut aus, als man die Tür aufschob und ihn zur Seite drängte. Er wollte seine Waffe zücken, aber Leigh war schneller. Er hielt dem Fae eine Klinge an den Hals und flüsterte ihm etwas zu, das Ceylan nicht verstehen konnte. Kurz darauf nickte die Wache. Leigh lächelte, tätschelte ihr die Wange und ließ seinen Dolch wieder verschwinden, ehe er gemeinsam mit dem Field Marshal den Kerker betrat. Die beiden sahen mitgenommen aus. Ihre Haare waren durcheinander, und ihre Haut war von einer Schicht aus Staub und etwas Dunklerem bedeckt. Ruß?

»Was ist passiert?«, fragte Ceylan und ließ besorgt ihren Blick über die beiden Wächter gleiten.

»Es gab einen Angriff«, antwortete Leigh und studierte dabei das Verlies. Der Gardist, den sie zur Seite gestoßen hatten, funkelte sie zornig an, aber Leigh ignorierte die dunklen Blicke ebenso wie das Kleintier, das über den Boden huschte.

»Die Krönung wurde gesprengt. Im wahrsten Sinne des Wortes«, ergänzte der Field Marshal. »Jemand hat Sprengstoff in der Nähe des Tempels angebracht und ihn während der Zeremonie gezündet. Uns sind die Gebäude um die Ohren geflogen.«

Ceylans Augen weiteten sich. »Wurde jemand verletzt?«

»Niemand von unseren Männern.«

»Das … das ist gut.« Sie nickte und versuchte zu schlucken, aber ihr trockener Hals ließ dies nicht zu. »Und wie geht es dem Prinzen?«, erkundigte sich Ceylan und redete sich ein, dass sie diese Frage nur stellte, weil er derjenige war, der über ihr Schicksal zu entscheiden hatte.

»Er wurde verletzt, aber er wird es überleben«, antwortete Leigh.

»Gut, dann redet mit ihm und holt mich hier raus«, sagte Ceylan mit einer Ruhe, die sie nicht verspürte.

Leigh und der Field Marshal tauschten einen Blick miteinander und beugten sich dichter an die Zelle heran. Sie rochen nach Rauch und Schweiß. »Das werden wir, aber wir müssen die Wahrheit kennen«, sagte der Field Marshal und sprach dabei mit gesenkter Stimme. »Hast du Königin Zarina getötet?«

Fassungslos trat Ceylan einen Schritt von dem Gitter zurück. »Nein. Selbstverständlich nicht.«

Tombell zog die Augenbrauen zusammen. »Bist du dir sicher?«

»Natürlich!«, fauchte Ceylan. Sie konnte nicht glauben, dass der Field Marshal – und somit vermutlich auch Leigh – an ihr zweifelte. Klar, sie hatte in den Wochen, die sie sich kannten, nichts getan, um ihr Vertrauen zu gewinnen. Aber sie war eine Wächterin. Sie war eine von ihnen, sollte das nicht ausreichen? Ein Vater würde seine eigene Tochter doch nicht auf den Scheiterhaufen bringen, oder?

»Für jemand Unschuldigen siehst du aber ganz schön schuldig aus«, bemerkte Leigh.

Ceylan warf die Arme in die Luft. »Weil ich in einer verdammten Zelle sitze!« Sie biss die Zähne zusammen und versuchte ruhig zu bleiben, auch wenn es ihr schwerfiel. Wäre sie in einem Verlies in Amaruné oder in Orillon, hätte sie sich auf die Pritsche gelegt, die Decke angestarrt und auf den richtigen Moment gewartet, um zu fliehen oder um die Wache zu bestechen. In Nihalos würde beides nicht funktionieren. Sie hatte den Fae nichts zu geben, und der nächste sichere Ort lag mehrere Tagesritte entfernt, hinter der Mauer.

»Ich glaube dir«, sagte Tombell schließlich.

»Sehr gnädig.« Sie klang bissiger als beabsichtigt, aber das war die Angst, die aus ihr sprach. In Wirklichkeit fühlte sie sich erleichtert. Einen Moment hatte sie tatsächlich gefürchtet, die beiden Männer würden nicht auf ihrer Seite stehen. »Also wann redet ihr mit Kheeran?«

Tombell schüttelte bedauernd den Kopf. »Das wissen wir noch nicht. Vermutlich erst in ein paar Tagen.«

»Oder Wochen«, ergänzte Leigh und fuhr sich mit der Hand durch sein gespenstisch helles Haar.

»Was?!«, entfuhr es Ceylan. Ihre Stimme hallte von den Wänden wider. Das hörte sich nicht gut an. Ganz und gar nicht. Frustriert rieb sie sich über das Gesicht und atmete tief durch. In ihren Augen fühlte sie ein verräterisches Brennen, aber sie würde nicht weinen, nicht einmal Tränen der Verzweiflung.

»Durch die gescheiterte Krönung müssen nun viele wichtige Entscheidungen gefällt werden«, erklärte der Field Marshal.

»Mein Leben ist auch eine wichtige Entscheidung!«

Nicht für die Unseelie, entnahm sie Tombells Blick, aber er sprach die Worte nicht aus: »Wir können versuchen, mit Onora zu reden. Vielleicht kann sie –«

»Auf keinen Fall«, unterbrach ihn Ceylan und schüttelte heftig den Kopf. Jede andere Unseelie würde sie, ohne mit der Wimper zu zucken, hinrichten lassen. Kheeran war neben den Wächtern wohl der Einzige, der an ihre Unschuld glauben wollte und sie nicht wegen ihrer Herkunft und Hautfarbe verurteilte. Und lieber würde sie Monate in dieser Zelle ausharren, als sich überstürzt auf dem Schafott wiederzufinden. Was waren schon ein paar Wochen? Sie hatte noch Jahrhunderte vor sich, wenn alles nach Plan lief, davon würde sie sich nicht unterkriegen lassen.

»Auf Prinz Kheeran zu warten, ist die richtige Wahl.« Tombell nickte, als würde er ihre Entscheidung gutheißen. »Auf diese Weise bleibt Leigh genügend Zeit, deine Unschuld zu beweisen. Er wird mit dir in Nihalos bleiben, wir anderen müssen zurück.«

»Das verstehe ich«, erwiderte Ceylan. Sie tat es wirklich. Doch das änderte nichts an der Sehnsucht und der Wut, die sie bei der Vorstellung empfand, dass Tombell und die anderen schon bald Ethen, Derrin, seine schwachköpfigen Freunde und all die anderen Novizen unterrichten würden. Sie wäre nicht dabei, und wenn sie in ein paar Wochen oder Monaten zurückkehrte, läge sie weit hinter den anderen zurück.

»Mach dir keine Sorgen!«, sagte Tombell. »Irgendwie holen wir dich hier raus. Gib uns nur etwas Zeit!«

»Du meinst, *ich* hole sie da raus«, warf Leigh ein.

Tombell verdrehte die Augen. »Selbstverständlich.«

Leigh grinste zufrieden, aber als er sich Ceylan zuwandte, wurde er ernst. »Du kannst dich auf mich verlassen. Ich werde Zarinas wahren Mörder finden, und dann kommst du hier raus. Ich verspreche es.«

Sie zwang sich zu einem Lächeln. »Danke!«

»Nichts zu danken.« Leigh fuhr mit der Hand durch die Luft, um eine Fliege zu vertreiben. »Zumindest kann ich so noch eine Weile die Vorzüge des Schlosses genießen. Die Bäder hier sind wirklich großartig.«

Ceylan schnaubte. »Freut mich, dass du etwas Positives an meiner Situation findest.« Sie wandte sich dem Field Marshal zu, auch wenn es ihr schwerfiel, da sie ihn nicht gehen sehen wollte. Aber ihr blieb keine andere Wahl, und den Wächtern auch nicht: »Ich wünsche dir und den anderen eine gute Reise zurück an die Mauer. Hoffentlich benehmen sich die Elva besser als bei unserer Anreise.«

Der Field Marshal lächelte gezwungen und sah sie eindringlich an. Erleichtert stellte sie fest, dass es keine Verachtung war, die in seinem Blick lag, sondern Sorge und Bedauern. »Das hoffe ich auch. Wir sehen uns bald wieder, Ceylan Alarion.«

Sie nickte nur, aus Angst, ihre Stimme könnte versagen.

»Ich helfe den anderen noch bei den Vorbereitungen für ihre

Abreise, dann komme ich wieder, und du erzählst mir noch einmal, was letzte Nacht genau passiert ist«, sagte Leigh. Seine Aussage, wiederzukommen, war ein Versprechen, und Ceylan klammerte sich an diese Worte, als die beiden Wächter den Kerker verließen und sie allein in ihrer Zelle zurückblieb. Ein Schauder lief ihr über den Rücken, und sie versuchte sich an den Gedanken zu gewöhnen, dass diese vier Wände in den nächsten Wochen ihr Leben sein würden. Ceylan wurde schlecht bei dieser Vorstellung. Sie ließ sich auf ihre Pritsche fallen und vergrub das Gesicht in den Händen. Das durfte alles nicht wahr sein! Wie hatte aus ihrem Entschluss, Leighs Befehl zu ignorieren, das hier werden können? Diese Frage wanderte wieder und wieder durch ihren Kopf, und sie überlegte sich, was sie hätte anders machen können, bis ihr jede Entscheidung, die sie jemals getroffen hatte, wie ein Fehler erschien.

Auf einmal hörte Ceylan ein erneutes Klopfen an der Tür des Kerkers. Sie fuhr in die Höhe. War Leigh schon zurück? Die Schlösser wurden von dem Gardisten entriegelt, und wie von selbst trugen ihre Füße sie zum Gitter. Erwartungsvoll drängte sie sich dagegen.

»Wer ist das?«, fragte ihr Aufpasser.

»Ein neuer Gefangener«, antwortete eine fremde Stimme hinter der Tür.

Enttäuscht sackten Ceylans Schultern zusammen, und sie schleppte sich wieder auf die Pritsche.

»Das sehe ich. Hat er auch einen Namen?«

Der fremde Gardist lachte. »Nenn ihn, wie du willst. Bald ist er eh tot.«

»Dann komm, Narbengesicht, ich hab da ein gemütliches Plätzchen für dich.«

Schritte erklangen, bis die Wachen im Gang vor Ceylans Zelle stehen blieben. Einen Augenblick fürchtete sie, sie würde einen Zellengenossen bekommen, aber der Gardist sperrte das Verlies auf, das ihrem gegenüberlag. Er schubste den Gefangenen hinein, und Ceylan reckte den Hals, um den Neuankömmling zu sehen. Sie erkannte einen dunklen Haarschopf.

»Mach es dir nicht zu gemütlich! Du wirst nicht lange hier sein«, sagte der Gardist mit einem gehässigen Lachen und verriegelte das Schloss.

»Keine Angst, das weiß ich. Ich werde von hier verschwunden sein, noch ehe ihr euch entschieden habt, wie ihr mich hinrichten wollt«, erwiderte eine Stimme, die Ceylan das Blut in den Adern gefrieren ließ.

»Rede dir das nur ein!« Der Gardist trat zurück und gab Ceylan den Blick auf den Gefangenen frei. Doch sie wusste bereits, wer er war.

Zarinas Mörder.

Und er lächelte sie an.

Es geht spannend weiter in Band 2:
Die Krone der Dunkelheit. Magieflimmern

Glossar

Lavarus

Lavarus (La-waa-russ) = Kontinent, der sich in das sterbliche
  Land Thobria und das magische Land Melidrian teilt
Séakis (See-a-kies) = benachbartes Reich westlich der Atmen-
  den See

Thobria – das sterbliche Land (To-bri-a)

Amaruné (A-ma-run) = Hauptstadt des sterblichen Landes
Askane (As-kane) = eine Hafenstadt nahe der Mauer
Evardir (Evah-dir) = nördlichste Stadt in Thobria
Limell (Li-mell) = eine Kleinstadt in der Nähe von Amaruné

Die königliche Familie Draedon (Dra-e-don)

Freya (Frey-ja) = Prinzessin des sterblichen Landes
Talon (Ta-lon) = Prinz des sterblichen Landes (verschollen)
Andreus (An-drois) = König des sterblichen Landes
Erinna (Eriina) = Königin des sterblichen Landes

Weitere Charaktere

Larkin Welborn (Lar-kin Wel-born) = ehemaliger Field
  Marshal
Moira (Mäu-ra) = Alchemistin und Freyas Mentorin
Roland Estdall (Row-land Est-dall) = oberster Kommandant
  der königlichen Garde
Elroy (El-roy) = Pirat (Captain Elroy)

Das Niemandsland – die Grenze zwischen den Ländern
Ceylan Alarion (Säy-lan A-la-rion) = Wächternovizin
Leigh Fourash (Li For-äsch) = Wächter (Captain Fourash)
Khoury Tombell (Kori Tom-bell) = derzeitiger Field Marshal
  und Ausbilder

Melidrian – das magische Land (Me-li-dri-aan)
Nihalos (Ni-ha-los) = Hauptstadt der Unseelie
Daaria (Daaria) = Hauptstadt der Seelie
Levátt (Li-vatt) = Heimat der Halblinge

Der Königshof der Unseelie
Elemente: Wasser und Erde
Kheeran (Ki-ran) = Prinz der Unseelie, baldiger König
Nevan (Nee-wan) = König der Unseelie (verstorben)
Zarina (Sa-rina) = Gemahlin des verstorbenen Königs
Aldren (Old-dren) = Prinz Kheerans bester Freund und Berater

Der Königshof der Seelie
Elemente: Feuer und Luft
Valeska (Wa-les-ka) = Königin der Seelie
Samia (Sa-mi-ah) = Seherin und Valeskas Beraterin
Weylin (Wäi-lyn) = Blutsklave der Königin

Die Götter der Anderswelt
Yule (Jul) = Gott des Wassers (Element: Wasser)
Ostara (Oss-taraa) = Göttin der Erde (Element: Erde)
Litha = (Li-tha) Göttin des Feuers (Element: Feuer)
Mabon (Mah-bon) = Gott der Lüfte (Element: Luft)
Cernunnos (Zer-nu-nos) = Gott des Todes (kein Element)

Danksagung

Unter all meinen Büchern ist *Die Krone der Dunkelheit* das Buch, das gleichzeitig am leichtesten und am schwersten zu schreiben war.

Für gewöhnlich habe ich eine Idee, und nach einjähriger Reifungszeit setze ich mich hin und schreibe die Geschichte auf, wenn mich die Idee noch immer begeistert. Nach einem halben Jahr existiert der erste Rohentwurf, und mit etwas Glück erscheint dieser Entwurf ein paar Monate später als überarbeitetes Buch. Doch bei *Die Krone der Dunkelheit* war alles anders. Ich hatte die Idee zu einer Zeit, in der ich wusste, dass ich der Geschichte nicht gerecht werden kann. Ich musste als Autorin erst noch wachsen, aber anstatt in Vergessenheit zu geraten, blieben mir Freya und Ceylan präsent. Sie haben mich auf eine Art und Weise gefesselt, die ich nicht erklären kann. Und erst Jahre nachdem ich mir die ersten Notizen gemacht hatte, habe ich es gewagt, mich ausführlich mit dem Projekt zu befassen, das damals noch *Der leere Thron* hieß.

Kurz darauf, Anfang 2015, habe ich überraschend meinen ersten Printvertrag für ein anderes Projekt bekommen, und so musste *Der leere Thron* warten. Immer wieder habe ich daran geschrieben, und immer wieder haben mich andere Geschichten in Anspruch genommen, weshalb zwischen der ersten und der letzten geschriebenen Seite mehr als drei Jahre vergangen sind.

Für mich ist das eine lange Zeit. Es hat sich in meinem Leben viel verändert, und ich kann gar nicht sagen, wie oft ich in diesen

Jahren daran gezweifelt habe, ob es mir je gelingen wird *Die Krone der Dunkelheit* zu beenden. Diese Zweifel waren der schwere Teil.

Der einfache Teil war das Schreiben selbst. Trotz der Wochen und Monate, die oft zwischen den einzelnen Kapiteln lagen, ist es mir immer leichtgefallen, einen Weg zurück in die Köpfe meiner Charaktere zu finden. Sie sind ein Teil von mir, und ihre Geschichte wollte erzählt werden, weshalb der Gedanke aufzugeben zwar oft da war, aber nie wirklich eine Option. Nicht zuletzt wegen der fantastischen Menschen, die mir immer Mut zugesprochen haben.

Mein größter Dank gilt (wie so oft) Yvonne. Sie hat immer an *Die Krone der Dunkelheit* geglaubt und wurde auch nie müde, mir das zu sagen. Außerdem hat sie sämtliche Entwürfe des ersten Kapitels gelesen, die existieren – und das sind viele!

Ebenso möchte ich Verena danken, der dieses Buch gewidmet ist. Sie hat bereits einige meiner Romane als Testleserin begleitet, aber von Anfang an habe ich gemerkt, dass *Die Krone der Dunkelheit* auch für sie ein besonderes Projekt ist, und das hat sie mit viel Einsatz bewiesen. Danke, dass du mir eine so große Hilfe warst!

Doch nicht nur Yvonne und Verena haben mich unterstützt, auch viele andere Testleser haben dieses Projekt begleitet, manchmal komplett, manchmal nur in Teilen, aber auf keinen von ihnen hätte ich verzichten wollen. Also danke: Bianca, Nina, Caro, Laura, Nadine, Vanessa, Friederike, Liz, Mia, Josi, Jessy, Tanja, Janina, Isabell und Nadine. Letzterer möchte ich auch für die Skype-Termine danken, in denen sie mein Gefasel ertragen hat.

Auch mein Literaturagent Markus Michalek darf hier nicht fehlen. Er hat *Die Krone der Dunkelheit* nicht nur an den großartigen Piper Verlag vermittelt, sondern hat mir auch dabei geholfen, das Beste aus der Geschichte herauszuholen. Ebenso wie meine Lektorin Lisa Hartmann, die immer ein offenes Ohr für mich hatte. Danken möchte ich auch Carsten Polzin für das Vertrauen in meinen Text und dem gesamten Piper-Team für ihren Einsatz.

Ich danke dem Team von *Guter Punkt* für das wunderschöne Cover, Markus Weber für die Landkarte und Gabriella Bujdosó für die traumhaften Illustrationen. Und auch Brandon Sanderson und Patrick Rothfuss, deren Bücher mir letztes Endes den Mut und die Motivation gegeben haben, *Die Krone der Dunkelheit* zu verwirklichen.

Ein großes Dankeschön geht auch an meine Familie und meine Freunde, die immer für mich da sind. Ohne euch wäre ich so viel ärmer. Und danke auch an meine Leser. Egal ob *Die Krone der Dunkelheit* euer erstes Buch von mir war oder ob ihr bereits andere Geschichten von mir gelesen habt: Eure Unterstützung bedeutet mir viel. Und ich freue mich darauf, schon bald *Die Krone der Dunkelheit. Magieflimmern* mit euch teilen zu dürfen!

LAVARUS

SÉAKIS

DIE ATMENDE SEE

© MARKUS WEBER, GUTER PUNKT

DAS NORDMEER

Evardir

THOBRIA

AMARUNÉ

Askane

Dornenwald

Schatzgebirge

Nebelwald

NIHALOS

Levátt

Feuergebirge

MELIDRIAN

Sonnenwald

Vulkanhöhe

DAARIA

DIE GRAUE SEE

Dir gefallen die Illustrationen?

Dann besuche doch die Illustratorin Gabriella Bujdosó auf ihrer Website: www.gabriellabujdoso.com

 Gabriella Bujdosó zeichnet, seit sie einen Stift halten kann. Sie wurde 1992 in Miskolc (Ungarn) geboren. Nach dem Abitur lernte sie Grafikdesign und Animation in Budapest, bevor sie nach Deutschland zog. Die meisten ihrer Illustrationen sind von Literatur inspiriert, aber sie beschäftigt sich auch gerne mit ihrem eigenen Comic. Außerdem liebt sie Kaffee und Kerzen. Derzeit lebt sie gemeinsam mit ihrem Verlobten und einer wachsenden Sammlung an Büchern in Nürnberg.

Es geht weiter …

Finde interessante Informationen, Bonusmaterial und Gewinnspiele zu Laura Kneidl und »Die Krone der Dunkelheit« auf unserer Seite:

www.piper.de/laura-kneidl-buecher

ENTDECKE NEUE WELTEN

MIT PIPER FANTASY

Mach mit und gestalte deine eigene Welt!

PIPER

www.piper-fantasy.de